Thomas Finn
Der Funke des Chronos

SERIE PIPER

Zu diesem Buch

Durch eine Verkettung unglücklicher Umstände gerät der Medizinstudent Tobias mit einer Zeitmaschine ins Hamburg des Jahres 1842. Dort erwartet ihn, statt der Idylle der biedermeierlichen Hansestadt, blankes Unheil: Ein Serienmörder treibt sein Unwesen und versetzt die Bewohner in Angst und Schrecken. Der fremd aussehende Zeitreisende gerät ins Visier der Polizei und wird der Morde verdächtigt. Als Tobias auch noch in einen Strudel rätselhafter Freimaurerverschwörungen hineingezogen wird, scheint die Katastrophe unabwendbar ...
Ein phantastisches, actionreiches Abenteuer um einen Zeitreisenden, der in einem Netz von Verschwörungen und Intrigen um sein Leben und die Liebe kämpfen muß.

Thomas Finn, geboren 1967 in Chicago, war unter anderem Chefredakteur eines großen Phantastik-Magazins. Bereits seit sechzehn Jahren lebt und arbeitet der preisgekrönte Roman-, Drehbuch- und Theaterautor in seiner Wahlheimat Hamburg, einer Stadt, die ihn aufgrund ihrer aufregenden Geschichte immer wieder aufs neue inspiriert. Weiteres zum Autor: www.thomas-finn.de

Thomas Finn

DER FUNKE DES CHRONOS

EIN ZEITREISE-ROMAN

Piper München Zürich

Von Thomas Finn liegen in der Serie Piper vor:
Der Funke des Chronos. Ein Zeitreise-Roman

Vom Gezeitenwelt-Zyklus liegen bei Piper vor:
1 Der Wahrträumer (Bernhard Hennen)
2 Himmlisches Feuer (Hadmar von Wieser; Serie Piper)
3 Das Weltennetz (Thomas Finn; Serie Piper)
4 Die Purpurinseln (Thomas Finn; auch Serie Piper)
5 Das Traumbeben (Karl-Heinz Witzko; auch Serie Piper)
Das Geheimnis der Gezeitenwelt (Magus Magellan; Serie Piper)

Für Jürgen und Volker

Ungekürzte Taschenbuchausgabe
Januar 2008
© 2006 Piper Verlag GmbH, München
Umschlagkonzeption: Büro Hamburg
Umschlaggestaltung: HildenDesign, München –
www.hildendesign.de
Umschlagabbildung: Johannes Wiebel
Autorenfoto: Florian Lacina
Satz: C. Schaber Datentechnik, Wels
Papier: Munken Print von Arctic Paper Munkedals AB, Schweden
Druck und Bindung: Clausen & Bosse, Leck
Printed in Germany   ISBN 978-3-492-26651-2

www.piper.de

»Es ist klar (...), daß jeder tatsächlich vorhandene Körper sich in vier *Dimensionen ausdehnen muß: in Länge, Breite, Höhe und – in* Dauer. *Aber infolge einer angeborenen Unvollkommenheit unserer menschlichen Natur sind wir, wie ich Ihnen sogleich darlegen werde, geneigt, diese Tatsache zu übersehen. Tatsächlich gibt es vier Dimensionen, von denen wir drei die Ebenen des Raums nennen – und eine vierte: die Zeit.«*

– Aus: Die Zeitmaschine
von H. G. Wells

»Jede Zeit ist eine Sphinx, die sich in den Abgrund stürzt, sobald man ihr Rätsel gelöst hat.«

– Heinrich Heine

Menetekel

*Hamburg 1842, Nacht des 2. Mai,
4 Minuten nach Mitternacht*

Die Knochen splitterten wie brüchiges Glas, als die Droschke über den Katzenkadaver rollte. Soeben läutete das Uhrwerk der Michaeliskirche zur zwölften Nachtstunde. Mit dem zweiten Glockenschlag wurde der ausgedörrte Tierleib emporgewirbelt und landete auf dem schmalen Trottoir der Admiralitätsstraße, die bis hinunter zum Schaarthor mit Abfällen übersät war.

Seit Tagen schon lastete auf Hamburg eine für die Jahreszeit ungewöhnliche Hitze. Die Wärme hatte den Dreck auf den Wegen längst zu einem staubigen Gemenge gebacken. Doch noch immer wurden die Gassen, Gänge und Twieten von jenem fauligen Geruch durchweht, der für die Hafenstadt so bezeichnend war. Denn auch die Fleete und Kanäle, die die Elbmetropole wie Adern durchzogen – und von den Einwohnern Hamburgs so gern zur Entsorgung ihres Unrates genutzt wurden –, hatten sich durch die Sonne erhitzt.

Polizeiaktuar Kettenburg war froh, dem Gestank der Gosse nicht unmittelbar ausgesetzt zu sein. Doch auch im Innenraum des Zweispänners war es unerträglich stickig. Er gestattete es sich, den steifen Kragen seiner Uniformjacke aufzuknöpfen, und lüpfte anschließend ein Taschentuch aus feiner Brüsseler Spitze, um sich den Schweiß von der Stirn zu tupfen. Wie die meisten Bürger der Freien Reichsstadt hatte er darauf gehofft, daß sich die Luft in der Nacht abkühlen würde. Doch die schwache Brise, die mit

Anbruch der Dämmerung vom Hafen her eingesetzt hatte, schien den Kesseln der Dampfschiffe entstiegen zu sein, so warm fühlte sie sich an.

Von dem Tierkadaver, der in diesem Augenblick unter den Rädern der Droschke zermahlen wurde, ahnte Kettenburg nichts. Der Polizeiaktuar hätte sich auch nicht weiter darum gekümmert. Seine Aufmerksamkeit galt von Amts wegen einer ganz anderen Leiche, einer menschlichen nämlich. Nachtwächter hatten sie eine Stunde zuvor im Labyrinth der Gassen nahe dem Binnenhafen entdeckt, im Südwesten der Stadt. Eigentlich haßte er es, zu solch später Stunde geweckt zu werden. Doch Hamburg wurde in diesen Tagen von einer Mordserie heimgesucht, die in der Geschichte der Stadt beispiellos war. Sieben Tote galt es bislang zu beklagen: einen Mann und sechs Frauen. Zumindest soweit man wußte.

Vier der Leichen waren vor drei Wochen auf einem Schindanger vor den Wällen des Hornwerks entdeckt worden. Zwei weitere hatten Gassenjungen im Keller einer Hausruine am Brauerknechtgraben aufgespürt – mitten im Kirchspiel Michaelis, dem Stadtteil um die St. Michaeliskirche herum. Und die letzte war vor drei Tagen bei der Elbwasserkunst nahe der Albertusschanze angespült worden. Ausgerechnet dort, wo man sich bemühte, frisches Trinkwasser für die Stadt zu gewinnen.

Daß alle sieben einem einzigen Täter zum Opfer gefallen waren, hatte man leicht feststellen können. Allesamt waren sie auf die gleiche bestialische Weise umgebracht worden. Kettenburg preßte die Lippen aufeinander, als er an den Anblick der Toten zurückdachte. Sicher würde ihm auch der neue Fund den Schlaf rauben.

Erwischt hatte es vor allem die Untersten in der städtischen Hierarchie: *Gassennymphen* und *Buhlschwestern*, wie die Huren Hamburgs genannt wurden. Mit anderen Worten: niemanden, dem die Pfeffersäcke im Senat auch nur eine Träne nachweinten. Sicher hätte man der Mordserie bis heute nicht die Beachtung gezollt, die ihr zustand, wäre da nicht der Tote vor der Elbwasserkunst gewesen. Er war nicht nur die einzige männliche Leiche, die sie gefunden hatten, er unterschied sich von den anderen Opfern auch durch seinen Stand. Man hatte einen gewissen Otto Benneke in ihm erkannt, den Neffen einer der Erbgesessenen in der Hamburger Bürgerschaft. Erst durch ihn also war die Mordserie zum Politikum geworden.

Drei Tage bevor Benneke angespült worden war, hatte man den jungen Mann als vermißt gemeldet. Offenbar war er seinem Mörder bei einem nächtlichen Saufgelage auf dem Hamburger Berg, dem berüchtigten Vergnügungsviertel im neuen Stadtteil St. Pauli, in die Hände gelaufen.

Kettenburg war daraufhin von Polizeisenator Binder höchstpersönlich beauftragt worden, den Fall aufzuklären – und zwar bevor sich die Morde in der Stadt herumsprechen konnten. Und, wie der Polizeiaktuar nur zu gut wußte, obwohl es nicht ausdrücklich gesagt worden war: bevor jemand die Frage stellen konnte, warum erst jetzt mit Nachdruck ermittelt wurde.

Hinzu kam die mögliche politische Bedeutung der Angelegenheit. In Jahren wie diesen mochte bereits ein Funke ausreichen, um einen Flächenbrand zu entfachen, der sich weit über die Grenzen Hamburgs hinaus ausdehnen konnte. Der Pariser Aufstand vor zwölf Jahren hatte jedem in Europa deutlich gemacht, daß in Frankreich noch immer das Feuer der Revolution schwelte. Burschenschaftler, Kommunisten und Liberale im gesamten Deutschen Bund hatten wieder Hoffnung geschöpft. Doch die Forderungen nach Schwurgerichten, Bauernbefreiung, Presse-, Rede- und Versammlungsfreiheit waren bis heute weitgehend unerfüllt geblieben. Ebenso wie der allzu romantische Wunsch nach einem einheitlichen deutschen Verfassungsstaat. Die Politik Metternichs hatte bislang alle nationalen Regungen im Keim erstickt. Doch wie lange mochte das noch gutgehen? Auch im vergleichsweise liberalen Hamburg lebten genügend Unzufriedene, die nur auf eine Gelegenheit warteten, der Obrigkeit Versagen vorwerfen zu können.

Man saß auf einem Pulverfaß. Und Kettenburg würde nicht zulassen, daß sich die Lunte ausgerechnet in Hamburg entzündete.

Natürlich bekleidete er nicht die Stellung, das späte Engagement des hochmögenden Herrn Polizeisenators in Frage zu stellen. Senator Binder sollte sich jedoch bei allem Respekt bewußt sein, daß sich die Suche nach dem Mörder keineswegs als leicht erweisen würde.

Insgeheim wünschte sich der Polizeiaktuar, ihm würden ebensolche Mittel wie seinen Kollegen in Berlin zur Verfügung stehen. Obwohl er von der preußischen Lust, alles und jeden zu kontrollieren, eher angewidert war, hatte man dort immerhin die kluge Idee geäußert, die Verbrecher und Vagabunden mit einem ausgeklügelten Karteisystem zu erfassen. Sogar die Einrichtung einer eigenen Kriminalpolizei war in Preußens Hauptstadt im Gespräch.

Er hingegen konnte nur auf die Hilfe von drei Dutzend Offizianten zurückgreifen, von denen allgemein bekannt war, daß sie sich bestechen ließen. Ebenso wie das disziplinlose Corps der Nachtwache, dessen Mitarbeit ihm der Polizeisenator zugesichert hatte.

In der Stadt wurden die Nachtwächter spöttisch *Uhlen* genannt. Eulen. Ihre Besoldung war derart dürftig, daß sie tagsüber gezwungen waren, Nebenbeschäftigungen nachzugehen. Jeder Hamburger wußte, daß das schneidige Auftreten des Corps während des allabendlichen Appells auf dem Pferdemarkt nichts als Augenwischerei war. Viele der Männer holten bereits kurz nach Dienstantritt irgendwo in der Stadt den versäumten Schlaf nach. Daß heute ausgerechnet ein Uhle das achte Opfer gefunden hatte, schrieb der Polizeiaktuar eher dem Zufall als geflissentlicher Diensterfüllung zu.

Kettenburg seufzte und riskierte einen Blick durch eines der Droschkenfenster. Trotz der Laterne vorn beim Kutschbock konnte er kaum etwas erkennen. Dennoch war er sich sicher, daß sie Zeughaus und Pulverturm bereits hinter sich gelassen hatten. Ungeduldig klopfte der Polizeiaktuar mit dem Wappenknauf seines Dienststocks gegen die Scheibe zum Fahrerstand.

»Claas, wie lange dauert das noch?«

In diesem Augenblick rumpelte es unter der Droschke. Ohne Zweifel Holzbohlen. Offenbar passierten sie soeben die Schaarthorbrücke.

»Nur noh'n Oogenblick!« antwortete sein Fahrer. »Dor hinnen sünd all Lichters to erkennen!«

Wenige Minuten später kam der Zweispänner zum Stehen. Kettenburg hatte gerade noch genug Zeit, den Kragen seines Uniformrocks zurechtzurücken, als er auch schon Stimmen vernahm. Kurz darauf wurde der Verschlag geöffnet, und jemand leuchtete ins Innere der Kutsche. Der Polizeiaktuar blinzelte. Vor ihm standen zwei Gemeine des Nachtcorps, wie er an den Schirmmützen und den klobigen Mänteln erkannte. Der dickere der beiden trug einen auffallend dichten Vollbart. Sein Kamerad indes war hager, und die kurze, spitze Nase in dem schmalen Gesicht erinnerte Kettenburg an den Schnabel einer Möwe. Beide hielten Lanzen und Blendlaternen in den Händen und wirkten äußerst aufgeregt.

»Herr Polizeiaktuar?«

»Herrgott!« raunzte Kettenburg. »Könnt ihr nicht woanders hinleuchten?«

»'tschuldigung«, stammelte der Dicke und senkte die Leuchte.

Kettenburg stieg aus der Droschke und rümpfte die Nase. Ohne Zweifel hatten die beiden Wacher getrunken. Zu ihren Gunsten wollte er annehmen, daß sie dem Fusel erst nach dem Leichenfund zugesprochen hatten. Unwirsch sah er sich in der Straße um. Sie wurde von schiefen Häusern gesäumt, über deren Fassaden beklemmende Schatten huschten. Als er genauer hinblickte, meinte er hinter einem der Fenster eine Bewegung zu bemerken. Aber selbst wenn einer der Anwohner noch wach war – hier, so nah am Hafen, ging man den Nachtwächtern lieber aus dem Weg.

»Ist bereits ein Offizier vor Ort?«

»Äh, Corporal Lüders hett sich den Toten schon anseh'n. Er is dor hinnen«, erklärte der Dicke verlegen und leuchtete in Richtung Brücke.

»He speit sich grod de Seel ut«, ergänzte der Hagere. Kettenburg folgte dem Schein der Laterne und entdeckte im Dunkeln einen jungen Mann in Paradeuniform, der gegen eine Hauswand lehnte und würgte.

»Wi heff een Kameraden to 'n Hopfenmarkt schickt un um weitere Hilfe beten. Is ober keener kumm.«

Der Polizeiaktuar verbiß sich einen Kommentar.

»Claas«, wandte er sich an seinen Kutscher, »fahr zur Wache und treib den Feldwebel auf. Richte ihm von mir aus, daß ich morgen beim Captain Meldung erstatte, wenn er nicht spätestens in einer halben Stunde hier ist.«

»As Sej wüllt, Herr Polizeiaktuar.«

»Und er soll einen Arzt mitbringen.«

Oder einen Abdecker, fügte Kettenburg in Gedanken hinzu. Das würde wahrscheinlich auf das gleiche hinauslaufen. Claas schnalzte und trieb die Pferde an, die schon unruhig mit den Hufen scharrten. Kurz darauf ratterte das Gefährt wieder in die Dunkelheit davon. Kettenburg schlug ungehalten nach einer Mücke.

»Also, wer hat die Leiche gefunden?«

»Dat war ik, Herr Polizeiaktuar«, meldete sich der Dicke.

»Und dein Name?«

»Jochen. Jochen Borchert.«

»Gute Arbeit, Borchert«, lobte Kettenburg den Uhlen.

Endlich trat der Corporal zu ihnen. Der junge Offizier war noch immer auffallend blaß. Mit der Hand am Zweispitz grüßte er.

»N'abend. Herr Polizeiaktuar, nehme ich an?«

»Corporal Lüders?«

»Ja, ich…« Dem Mann versagte die Stimme. »Bitte entschuldigen Sie, aber… aber der Anblick der Leiche ist einfach grauenvoll. Ich frag mich, welcher Teufel zu so was imstande ist.«

Kettenburg hatte Mitleid mit dem Mann.

»Ich schlage vor, daß Sie mit einem Ihrer Wacher hier bleiben und auf Ihren Feldwebel warten. Und du, Borchert« – er berührte den Dicken mit seinem Dienststock –, »führst mich zu dem Toten. Wo ist er überhaupt?«

»Na, denn folgen Sie mi mol, Herr Polizeiaktuar.«

Der Wacher wandte sich einer engen Seitengasse zu, die Kettenburg im Dunkeln völlig übersehen hätte. Nachdem sie Bergen von Unrat aus dem Weg gegangen waren, erreichten sie eine weitere kleine Straße, die geradewegs auf einen der Fleete zuführte. Das Schnauben eines Pferdes war zu hören. Kettenburg stellte zu seiner Überraschung fest, daß in der Gasse ein Leiterwagen stand, vor dem ein Gaul angeschirrt war. Gleich daneben, im Schmutz der Gosse, lag ein großes Stück Segeltuch, auf dem sich dunkle Flecken ausgebreitet hatten. Borchert hielt inne.

»Dor is der Tote.«

»Wie? Auf dem Leiterwagen?« Kettenburg nahm dem Wacher aufgeregt die Laterne ab. Warum hatte man ihm das nicht gleich gesagt? Das war weit mehr, als er erwartet hatte. Offenbar war der Mörder dabei gestört worden, den Toten im nahen Kanal zu versenken.

Der Polizeiaktuar trat vorsichtig an den Wagen heran und hörte die Fliegen, noch bevor er das Blut roch. Er schluckte. Quer über der Ladefläche lag ein halbnackter, männlicher Toter mit heruntergerutschter Hose. Angesichts des Geschlechts des Opfers kamen Kettenburg einen Augenblick lang Zweifel, ob dieser Fall tatsächlich zu der Mordserie paßte, mit deren Aufklärung er betraut war. Er trat dicht an den Wagen heran und erkannte zu seinem Entsetzen, daß das Gesicht des Toten nur noch aus einer blutigen Masse bestand, in der einige weißen Flecken schimmerten. Die Zähne. Auf Kettenburg wirkte es so, als müsse jemand mit einem Hammer auf den Kopf eingeschlagen haben. Hatte der Täter verhindern wollen, daß man sein Opfer erkannte? Kettenburg ließ das Licht der Laterne weiter über den Leichnam wandern. Wie bei den anderen. Nur daß der rechte Oberarm gebrochen war und in einem grotesken Winkel vom übrigen Körper abstand. Der weiße Knochen bildete einen deutlichen Kontrast zu dem Rot, das ihn umgab. Die Füße des Toten hingegen waren mit Hanfstricken zusammengebunden. Der Polizeiaktuar nahm schweren Herzens sein teures Taschentuch zur Hand und verscheuchte die Fliegen, die sich auf der Leiche niedergelassen hatten. Dann hob er den Körper an der Schulter an, um einen Blick auf den Hinterkopf zu werfen. Kettenburg zuckte zusammen, seine Zweifel verflogen. Jemand hatte dem Unglücklichen die Schädelplatte aufgesägt. Das Gehirn lag offen vor ihm.

»Düwel ok! Wer macht so wat?«

Der dicke Borchert war überraschend lautlos an seine Seite getreten.

»Ich weiß es nicht. Noch nicht!« antwortete der Polizeiaktuar und ließ den Körper wieder auf die Ladefläche sinken. »Wir wissen bis jetzt nur, daß er allen seinen Opfern bei lebendigem Leib den Kopf aufsägt.«

»Und... woher wissen Sie dat?« preßte der Uhle bestürzt hervor. »Ik meen, dat sie noch lebten, als, ja nu, Sie wissen schon, wat ik meen...«

»Zwei der anderen hatten noch einen Knebel im Mund, als wir sie fanden. Außerdem braucht man einen Toten nicht zu fesseln, um ihm den Kopf aufzusägen.« Kettenburg deutete auf die Stricke an den Beinen und hob dann den gebrochenen Arm der Leiche an. Deutlich zeichneten sich auch hier Striemen ab. Borchert keuchte und trat einen Schritt zurück.

»Allzuweit entfernt von hier kann sich das Drama nicht abgespielt haben«, fuhr der Polizeiaktuar mit gepreßter Stimme fort. »Zumindest können wir mit großer Sicherheit davon ausgehen, daß der Arme innerhalb der Stadtwälle zu Tode gekommen ist.«

»Un woher wissen Sie dat nu schon wieder?«

»Die Torsperre, Borchert. Die Stadttore wurden bereits vor sechs Stunden geschlossen. Jeder, der hindurch will, wird kontrolliert. Den Torschreibern wäre aufgefallen, wenn man versucht hätte, einen Toten von außerhalb nach Hamburg zu schaffen.«

»Un wenn der Kerl früher in de Stadt schafft ward?«

»Nein, die Leichenstarre hat noch nicht eingesetzt. Unser Freund hier ist allenfalls vor zwei oder drei Stunden aus dem Leben geschieden.«

»Auf jeen Fall war der Mörder een Fachmann«, murmelte der dicke Wacher.

»Wie kommst du darauf?«

»Deswegen!« Der Uhle deutete auf eine Verletzung im Rücken des Toten. »So 'ne Wunde schlägt een Slachterhoken.« Hastig ergänzte er: »Mien Schwager is Slachtermeester, müssen Sie wissen.«

»Sehr gut, Borchert. Sehr gut! Frage mich wirklich, ob du im Polizeidienst nicht besser aufgehoben wärst.« Anerkennend klopfte Kettenburg dem Dicken auf die Schulter. Der nahm stolz Haltung an. »Und jetzt hol die anderen. Wir brauchen Licht. Viel Licht. Außerdem müssen wir nach Zeugen Ausschau halten. Vielleicht führt uns das auf die Spur des Mörders.«

»Een Sach sollten Sie sich aber noch ansehn.« Borchert nahm dem Polizeiaktuar die Laterne ab und führte ihn am Leiterwagen vorbei zum Fleet. Die Fluten des Kanals stanken erbärmlich, aber Kettenburg war wegen des starken Blutgeruchs fast froh darum. Der Wacher senkte die Leuchte und deutete nach unten. Aus dem Wasser ragten die metallenen Kufen eines großen… Schlittens? Kettenburg riß verblüfft die Augen auf. Sogar eine Art Sitz glaubte er zu erkennen.

Aber das war unsinnig. Niemand benötigte zu dieser Jahreszeit einen Schlitten. Vor allem keinen aus Metall. Leider lag der größte Teil des merkwürdigen Gefährts unterhalb der Wasserlinie.

»Was auch immer das ist, wir werden es bergen. Ich will, daß das noch vor dem Morgengrauen geschieht. Und zwar möglichst ohne Aufsehen.«

»Wie Sie wünschen, Herr Polizeiaktuar. Ik heff da übrigens noch wat funnen.« Der dicke Wacher raufte sich verlegen den Bart und lüpfte die Schirmmütze. »Ik heff fürhin in der Aufregung nich dran dücht, es dem Herrn Corporal to zeigen...«

Borchert wühlte in den Taschen seines Mantels und hielt dem Polizeiaktuar ein schwarzes Armband hin, in dessen Mitte ein flaches, sechseckiges Gehäuse eingebettet war. »Ik heff dat nur funden, weil dat son Geräusch mokt hat.«

»Was hat es?«

»Es hett een paarmal quiekt. Jo nu, so äänlich jeenfalls.«

Kettenburg wog den Fund prüfend in der Hand. Das Material war ungewöhnlich biegsam und leicht. Überrascht zuckte er zurück. Das Gehäuse wurde von einem Glasdeckel geziert, unter dem es blinkte. Ziffern. Das waren Ziffern.

»Herrgott, was ist das?«

»Weet ik nich genau«, brummte Borchert. »Ik heff dor aber so een Idee.«

Kettenburg, der gar keine Antwort erwartet hatte, sah überrascht auf.

»Diese Ziffern, ja nu, sie verännern sich allerweil. Sehen Sie doch. Nu. Und nu. Und nu wedder... Erinnert Sie dat nicht an wat?«

Kettenburg runzelte die Stirn und schaute verblüfft auf. »Du hast recht, Borchert. Sekunde für Sekunde. Das wirkt auf mich... wie eine Uhr!«

Schatten der Vergangenheit

*Hamburg 2006, 16. Dezember,
9.17 Uhr*

»Nein, nein, nein!« Gerresheimer raufte sich den Bart, trat an Tobias' Seite und bedeutete ihm innezuhalten. Er nahm dem Studenten den Degen aus der Hand und stellte sich selbst auf die lange Matte, die die Fechthalle von einem Ende bis zum anderen durchmaß.

Tobias verdrehte unter seiner Drahtmaske die Augen. Schließlich streifte er den Kopfschutz ab und schüttelte seine schulterlangen blonden Haare, während sein Lehrer die Grundposition einnahm.

»Ich sagte *Passata sotto*. Und das bedeutet Ausfall vorwärts. Was du gemacht hast, war die ungelenke Andeutung einer *Patinando*. Höflich formuliert. In Wahrheit sah es aus, als wärst du auf Schmierseife ausgerutscht.«

Gerresheimer winkte Tobias zur Seite und wiederholte noch einmal den Bewegungsablauf. Gebannt sah dieser den grazilen Schrittfolgen, den blitzschnellen Attacken und den virtuos ausgeführten Paraden seines Fechtlehrers zu. Für seine fünfzig Jahre wirkte Gerresheimer noch immer erstaunlich beweglich. Fast nahm der imaginäre Gegner Gestalt an, den der Alte Stück für Stück in die Defensive zwang.

Als Gerresheimer das Ende der Matte erreicht hatte, verharrte er in der Bewegung und wandte sich mit erhobenem Degen Tobias zu.

»Am besten stellst du dir vor, daß du keinen Teflonanzug und auch keine Maske trägst. Und dann denk dir einfach, der Degen hier sei echt. In früheren Zeiten brauchtest du keine fünf Treffer, um den Sieg davonzutragen, du brauchtest nur einen einzigen. Und dieser eine Treffer mußte tödlich sein!«

Tobias runzelte die Stirn. Gerresheimer war sicher der beste Fechtlehrer Hamburgs. Es wäre ganz gewiß sein Verdienst, würde Tobias am Wochenende die Hamburger Landesmeisterschaft gewinnen. Aber nicht zum ersten Mal, seit ihn Gerresheimer unter die Fittiche genommen hatte, hatte er das Gefühl, sein Lehrer nehme den Sport vielleicht eine Spur zu ernst.

»Du mußt dich mehr konzentrieren«, beschwor ihn dieser, während er wieder zu ihm zurückkam. »Wenn du dich zum Kampf stellst, sollen alle deine Sinne deinem Gegner gelten. Du mußt alles ausklammern, was dich ablenkt. Keine Klausuren, keine Filme und vor allem«, Gerresheimer zögerte, »keine Ex-Freundinnen.«

Tobias fühlte sich ertappt. Es war kein Geheimnis, daß am Wochenende auch Katja bei den Meisterschaften antreten würde. Zwei Jahre waren sie ein Herz und eine Seele gewesen, bis sie vor einem Monat mit ihm Schluß gemacht hatte. Kennengelernt hatten sie sich gar nicht mal beim Fechten, ihrer gemeinsamen Leidenschaft, sondern bei einer Vorlesung an der Uni. Auch sie studierte Medizin. Tobias hatte sich sogar schon vorstellen können, eines Tages mit ihr zusammenzuziehen. Ehrlich gesagt hatte er sich das sogar sehnlich gewünscht, schließlich war ihm so etwas wie eine eigene Familie bislang versagt geblieben. Doch das Schicksal wollte ihm dieses Glück offenbar nicht gönnen.

»Ich denke überhaupt nicht an Katja«, log er und zog sich verärgert die Handschuhe aus. Katjas spießige Eltern waren ohnehin nicht gerade froh über ihn gewesen. Jemand, der seine Kindheit im Waisenhaus statt in geordneten Familienverhältnissen verbracht hatte, war eben nicht gut genug für ihre Tochter. Nun, jetzt hatten sie, was sie wollten...

»Aber Rainer, dieses Arschloch, würde ich schon gern auf die Matte schicken. Kann ja wohl nicht so schlimm sein, wenn ich mich damit fürs Wochenende motiviere.«

»Solange dir klar ist, daß du Katja so nicht wiedergewinnst«, seufzte Gerresheimer und nahm Tobias Handschuhe und Maske ab. Plötzlich deklamierte er: »Kannst du nicht mehr Geliebte sein, sei Freundin mir sodann; hat man die Liebe durchgeliebt, fängt man die Freundschaft an.«

Gerresheimer lächelte schmal. »Ist nicht von mir. Das hat Heinrich Heine gedichtet. Vor langer Zeit. Ein kluger Mann.«

Sein Fechtmeister hatte leicht reden. *Freundschaft* mit Katja? Tobias hätte nicht gewußt, wie. Und was Rainer betraf, Arschloch blieb Arschloch. Soviel stand fest. Erst einen auf besten Freund machen und ihm dann die Freundin ausspannen. Irgendwann mußte Katja doch erkennen, welchen Aufschneider sie sich da angelacht hatte.

Gereizt deutete Tobias auf seine Armbanduhr. »Ich muß los. Hab noch 'ne Anatomievorlesung.«

Er wollte sich schon abwenden, als er die Hand seines Lehrers auf der Schulter spürte. »Tut mir leid, falls ich zu weit gegangen bin. Ich weiß, das klingt blöd, aber glaube mir: Andere Mütter haben auch hübsche Töchter. Du wirst schon bald wissen, wovon ich spreche.«

Tobias seufzte. Er konnte sich verstellen, wie er wollte, Gerresheimer wußte immer, was in ihm vorging. Das war schon seit seinem ersten Semester so gewesen. Damals hatte er beim Unisport Badminton belegen wollen. Doch dann war ihm Gerresheimer begegnet, der am schwarzen Brett gerade einen Aushang seiner Schule anbrachte. Sie waren ins Plaudern geraten, schließlich hatte ihm der Fechtlehrer eine kostenlose Probestunde angeboten.

Gerresheimer hatte ihm offenbar an den Augen abgelesen, daß er für diesen Sport Talent hatte. Dabei war er anfangs skeptisch gewesen. Tobias erinnerte sich noch genau daran, daß er die Fechterei immer mit schlagenden Verbindungen gleichgesetzt hatte; bierselige Saufgelage unter Absingen deutschen Liedgutes inklusive. Aber er hatte sich geirrt. Sehr sogar. Heute konnte er sich ein Leben ohne Fechtsport nicht mehr vorstellen. Gerresheimers Gespür für seine Gedanken und Gefühle war manchmal geradezu unheimlich. Zumindest durfte er es als Auszeichnung betrachten, daß sich Gerresheimer bis heute persönlich um seine Fortbildung kümmerte. Die meisten anderen Schüler wurden von Assistenten unterrichtet.

»Na gut, ich versuch, dran zu denken«, murmelte Tobias. »Ich hole mir am Samstag den Titel. So oder so.«

»Richtig. Das ist die angemessene Einstellung.« Gerresheimer zwinkerte ihm aufmunternd zu.

Als Tobias endlich im Umkleideraum stand, war er froh, allein zu sein. Der gewöhnliche Fechtunterricht begann erst um 15 Uhr. Er gehörte zu den wenigen, die sein Lehrer bereits am Vormittag in die Mangel nahm. Niedergeschlagen setzte er sich und konnte nur mit Mühe das Bedürfnis unterdrücken, auf die Metalltür seines Spinds einzudreschen.

Freundschaft mit Katja? War das überhaupt vorstellbar? Tobias zuckte die Achseln. Vielleicht irgendwann einmal. Im Moment vermied er es lieber, seiner Exfreundin über den Weg zu laufen. Tatsächlich war ihm alles andere als wohl zumute, wenn er an das bevorstehende Wochenende dachte. Hoffentlich ging es Katja ebenso. Und hoffentlich brachte sie diesen Schleimer Rainer nicht mit. Schon schlimm genug, sich vorzustellen, was die beiden jetzt vielleicht gerade miteinander trieben.

Es wurde wirklich Zeit, daß er auf andere Gedanken kam. Außerdem wollte er vor der Uni noch seine Digitalkamera zur Reparatur bringen. Nicht daß er mit großer Begeisterung fotografierte, aber auf der Speicherkarte befanden sich noch immer Bilder von ihm und Katja, die sich so nicht herunterladen ließen.

Seufzend trat Tobias unter die Dusche und ließ das heiße Wasser so lange über den Körper laufen, bis er das Gefühl hatte, die Haut werfe Blasen. Die düsteren Gedanken glitten dennoch nur langsam von ihm ab. Anschließend zog er sich um, packte seine Sporttasche und schlurfte zum Ausgang der Sportschule.

Als er das Foyer betrat, schaffte Gerresheimer dort gerade Platz für ein neues Gemälde. Noch lag es in braunes Packpapier eingewickelt auf dem Empfangstresen. Tobias mußte lächeln. Wie andere Leute Briefmarken, sammelte sein Fechtlehrer alte Kunstgegenstände und antiquarische Bücher. Der Raum ähnelte eher dem Museum für Hamburgische Geschichte als dem Eingangsraum einer Sportstätte. Wohin auch immer er blickte, zierten kleine und große Ölgemälde die Wände, die Hamburg von der Zeit der Stadtgründung um 800 bis zum ausgehenden 19. Jahrhundert zeigten. Natürlich alles Originale alter Hamburger Meister. Bilder der St.-Michaelis-Kirche, dem Wahrzeichen der Stadt, von den Hamburgern liebevoll »Michel« genannt, befanden sich ebenso darunter wie Abbildungen der einstigen Hammaburg, von der die Stadt ihren Namen ableitete, oder vom Hamburger Dom, an den heute nur noch der Jahrmarkt auf dem Heiligengeistfeld erinnerte. Und Gerresheimer wußte zu jedem der Gemälde eine Anekdote zu erzählen, wenn man ihn nur ließ.

»Na, wieder ein Stück Tapete gespart?«

»Reine Mängelverwaltung«, flachste der Fechtlehrer. »Wenn mein bestes Pferd im Stall am Wochenende nicht gewinnt, wird es wohl nichts mit neuen Fechtschülern. Dann muß ich auch den Schimmel in den Umkleidekabinen mit Bildern abdecken.«

»Bloß nicht«, feixte Tobias. »Ich hatte mich gerade an das bißchen Natur gewöhnt.«

Gerresheimer schmunzelte und fuhr sich nachdenklich durch den Bart. »Bevor du gehst, kannst du mir noch kurz helfen.« Er nahm das Bild einer Kogge namens *Bunte Kuh* von der Wand, mit der einst der berühmte Pirat Störtebeker aufgebracht worden war, und stellte es auf den Boden. Tobias half ihm dabei, das neue Ölgemälde anzubringen.

Es zeigte eine aufwühlende Szene: einen Feuersturm, der über das alte Hamburg hinwegfegte. Noch immer leuchteten die Farben des Bilds in grellen Tönen. Tobias meinte, die Farben sogar riechen zu können, so als seien sie erst vor kurzem aufgetragen worden – eigenartig.

Zwischen den brennenden Häusern waren Menschen zu erkennen, die verzweifelt versuchten, ihr Hab und Gut in Sicherheit zu bringen. Im Hintergrund zeichnete sich die Silhouette einer Kirche ab, aus der die Flammen hoch zum Himmel schlugen. Ihm schwindelte. Einen Moment lang glaubte Tobias, den Rauch zu schmecken und das Geschrei der Flüchtenden zu hören. Hastig trat er einen Schritt zurück.

»Alles in Ordnung?« Der Fechtlehrer sah ihn besorgt an.

»Ja.« Tobias schluckte und atmete tief ein. Was war nur mit ihm los? Die Szene schien ihm seltsam... vertraut. »Hamburg hat wohl schon einige Unglücke überstanden, wenn ich mir das so anschaue.«

Gerresheimer betrachtete das Gemälde, so schien es, fast mit einem Anflug von Wehmut. »Tja, nichts ist von Bestand. Die Zeit ist wie ein mächtiger Puls. Glück und Unglück wechseln sich ab, und wir können nichts dagegen tun. Aber stets blüht neues Leben aus den Ruinen.«

»Und welches Unglück ist hier dargestellt?«

»Der Große Brand. Er brach am 5. Mai 1842 aus und wütete drei Tage lang. Er ist auch der Grund dafür, warum Hamburg heute keine Altstadt mehr hat. Das Feuer entzündete sich eines Nachts in einem Speicher an der Deichstraße. Ein Drittel der Stadtfläche wurde damals zerstört. Über tausend Fachwerkhäuser brannten ab, einundfünfzig Menschen kamen ums Leben und zwanzigtausend wurden obdachlos.« Gerresheimer räusperte sich. »Aber andererseits – wäre der Große Brand nicht gewesen, vielleicht hätte sich Hamburg dann nicht so schnell zu einer modernen Großstadt entwickelt.«

»Weiß man, wer dafür verantwortlich war?«

»Nein.« Gerresheimer trat wortlos zu seinem Werkzeugkasten und legte den Hammer zurück. Tobias schulterte die Sporttasche und wandte sich dem Ausgang zu. Er hatte das dringende Bedürfnis, frische Luft zu schnappen.

»Wir sehen uns dann morgen wieder. Zur selben Zeit?«

Gerresheimer, der sich samt Werkzeugkasten bereits zum Geräteraum aufgemacht hatte, blieb stehen.

»Zur selben Zeit?« Zu Tobias Verwunderung lachte sein Fechtlehrer. »Nein, ich denke früher. Sogar sehr viel früher…«

Nosce teipsum!

Hamburg 2006, 16. Dezember,
11.31 Uhr

Tobias ließ die Tür seiner kleinen Einzimmerwohnung ins Schloß fallen und war froh, dem vorweihnachtlichen Treiben in Hamburgs Innenstadt entronnen zu sein. Überall versuchten Straßenhändler, Lebkuchen, Glühwein und Tannenbäume zu verkaufen. In den großen Geschäftsstraßen buhlten Heerscharen von Weihnachtsmännern um die Gunst von Müttern mit kleinen Kindern, und kaum eines der Geschäfte verzichtete auf die nervtötende Dauerüberflutung mit Weihnachtsmusik.

Es war wie in jedem Jahr. Der Rummel erinnerte ihn daran, daß ihm schon bald wieder drei Tage bevorstünden, die er allein verbringen mußte. Waisenhaus und Kirchengemeinde hatten ihm bereits Briefe zugestellt, in denen sie auf ihr buntes Festtagprogramm aufmerksam machten. Tobias aber hatte keine Lust auf dröges Gebäck und heimelige Liederabende. Für ihn hatte es bisher nur ein einziges schönes Weihnachten gegeben. Er hatte es im letzten Jahr zusammen mit Katja verbracht.

Tobias warf Jacke und Sporttasche in eine Ecke, ließ sich mißmutig vor seinem Computer nieder und fuhr diesen hoch. In der Hand hielt er eine CD. Dem Händler im Fotogeschäft war gelungen, was ihn als Laien an die Grenzen seiner technischen Fähigkeiten geführt hatte. Der Fachmann hatte die fehlerhafte Speicherkarte seiner Digitalkamera retten können und die verloren geglaubten Aufnahmen auf die Silberscheibe gebrannt.

Mit starrem Blick lud er den Inhalt der CD auf den Monitor. Insgesamt waren es siebenundsechzig Fotos. Sie alle stammten noch aus der Zeit, als er mit Katja zusammen gewesen war. Tobias klickte sich durch die Bildergalerie. Katja war wirklich hübsch. Mit ihrem roten Haar und dem Pagenschnitt, den grünen Augen und der stets körperbetonten Kleidung war sie ein echter Blickfang. Tobias fand vergessene Aufnahmen aus dem letzten Jahr, von ihrem Urlaub in Thailand, Bilder von einer Studentenparty kurz nach ihrer Rückkehr und Aufnahmen von einem Segeltörn auf der Jacht ihrer Eltern. Auf fast allen Bildern war Katja zu sehen. Immer lachte sie. Und jederzeit gelang es ihr, sich verführerisch in Pose zu setzen. Selbst jetzt hatte er noch das Gefühl, sie necke ihn. Verflucht, warum war er nur so in sie vernarrt? Auf den letzten beiden Bilderserien war auch Rainer zu sehen. Gut, Rainer war recht athletisch, aber wenn man genauer hinsah, bemerkte man, daß seine Ohren leicht abstanden und er schon jetzt eine deutliche Neigung zu Geheimratsecken hatte. Das hatte Katja trotzdem nicht daran gehindert, sich hinter seinem Rücken mit ihm einzulassen. Wieso war ihm nie dieser Blick aufgefallen, mit dem Rainer Katja bedacht hatte? Auf den Fotos war das überhaupt nicht zu übersehen.

Ohne Katja und Rainer würde es dieses Jahr ziemlich einsam werden.

Verdammtes Selbstmitleid! Es war zum Kotzen.

Wenn er ehrlich zu sich selbst war, hatte Katja in all der Zeit doch bloß mit ihm gespielt. Meine Güte, welch ein Trottel war er gewesen, das nicht rechtzeitig zu begreifen!

Tobias nahm die CD wieder in die Hand und schleuderte sie irgendwo hinter sich auf einen Berg Schmutzwäsche. Er ertrug es nicht länger, an diese alten Wunden zu rühren. Außerdem hatte er längst beschlossen, die Anatomievorlesung ausfallen zu lassen. Bei seinen Kommilitonen hatte er ohnehin schon den Ruf des Strebers weg.

Vielleicht besuchte er über Weihnachten seinen alten Freund Andreas? Im Gegensatz zu ihm hatte der wenigstens Pflegeeltern. Hoffentlich verzieh ihm Andy, daß er sich in den letzten zwei Jahren nur so selten bei ihm gemeldet hatte.

Er konnte auch mal wieder ein gutes Buch lesen.

Ob er Katja wohl überfordert hatte?

In diesem Moment summte es an der Wohnungstür. Wer konnte das sein? Katja? Nein. Und wenn doch? Tobias sprang auf und ärgerte sich über den Berg ungespülten Geschirrs, der in der Kochnische vor sich hin muffelte. Hastig sammelte er die Kleidungsstücke auf, die über das ganze Zimmer verstreut lagen, und hob sogar die Foto-CD wieder auf. Sollte er ihr einfach eine Kopie davon machen? Keine schlechte Idee...

Aufgeregt fuhr er sich noch einmal durchs Haar. Dann, endlich, warf er einen Blick durch den Türspion, allerdings nur um enttäuscht die Schultern sinken zu lassen. Im Gang stand Frau Wachholz mit ihrem Köter. Ausgerechnet.

Tobias zwang sich zu einem unverbindlichen Lächeln und öffnete die Tür.

»Ah, da sind Sie ja.« Ein breites Lächeln huschte über das dicke Mopsgesicht seiner Nachbarin. Wie immer ging von ihrem blauen Arbeitskittel der Geruch von Bohnerwachs und Scheuerseife aus. In ihren Armen lag ihr Dackel, der Tobias gelangweilt anhechelte. Vielleicht raubte ihm aber auch die Oberweite seiner Besitzerin den Atem.

»Hab mir gedacht, daß Sie da sind. Schon wie unten die Haustür geklappt hat«, plapperte sie munter drauflos. »Punzel, hab ich da gesagt, Punzel, ich glaub, der künftige Herr Doktor ist wieder da. War bestimmt bei seinem Fechten.«

Verwirrt blickte der Köter auf, als er seinen Namen hörte. Frau Wachholz merkte davon nichts, sie war vielmehr damit beschäftigt, an Tobias vorbei einen neugierigen Blick in seine Wohnung zu werfen. »Ihre Freundin war wohl schon lange nicht mehr da, was? Sie leben ja in einer richtigen Junggesellenbude.«

»Hatte ziemlich viel mit Klausuren zu tun«, log Tobias und versuchte, die Tür etwas zuzuziehen.

»Ja ja, und da sagt man immer, Studenten würden den lieben langen Tag faulenzen.«

Tobias lachte gezwungen. »Was kann ich für Sie tun?«

»Ein Briefträger hat was für Sie abgegeben. Ein Paket. Sicher ein Weihnachtsgeschenk oder so. Warten Sie mal.«

Frau Wachholz ließ den Dackel zu Boden plumpsen, der sich sofort hinlegte und wie blöde ins Treppenhaus stierte. Dann eilte sie in die Nachbarwohnung. Kurz darauf kam sie mit einem gelben Postkarton wieder zurück. »Da ist es.«

Tobias nahm ihr das Paket aus der Hand und hob überrascht eine Augenbraue. Richtig, das hatte er völlig vergessen. Wie in jedem Jahr kurz vor Weihnachten. Schon seit seiner Zeit im Waisenhaus ließ ihm ein Unbekannter regelmäßig zum Fest Geschenkpakete zukommen. Als er jünger war, waren es Spielsachen gewesen, später Geld und Kleidungsstücke, im letzten Jahr stand ein PC samt Drukker vor seiner Tür. Schon oft hatte er sich gefragt, wer dahinterstecken mochte. Seine Eltern?

Er wußte nicht, wer sie waren und wo sie lebten. Sie hatten ihn als kleinen Jungen einfach vor den Stufen des Rauhen Hauses abgesetzt, des bekanntesten Waisenstifts Hamburgs. Erinnern konnte er sich nicht an sie; ebensowenig daran, woher er kam. Angeblich hatte er damals nicht einmal seinen Namen gewußt. Eine Amnesie, die die Ärzte einem Unfall mit der Folge eines Traumas zuschrieben. Auch sein Geburtstag war ihm unbekannt. Also feierte er ihn im Mai. Weil es da so schön warm war.

Im Waisenhaus hatte man ihn lange Zeit Kaspar Hauser genannt. Getauft hatten ihn seine Betreuer allerdings auf den Namen Tobias.

»Danke«, murmelte er.

»Aber nicht doch«, winkte Frau Wachholz ab und hob den Dackel auf. »Mach ich doch gern. Also, wenn Sie Weihnachten allein sind, dann können Sie gern nach nebenan kommen. Sie sind ja schließlich Waise und haben niemanden.«

Warum hatte er ihr das bloß erzählt?

»Meine Tochter Manuela wird übrigens auch kommen«, flötete sie unbekümmert. Tobias' Kopf ruckte alarmiert hoch. Um Gottes willen, nicht die!

»Gerade neulich hat sie wieder nach Ihnen gefragt. Und natürlich auch nach Ihrer Freundin. Aber die ist ja jetzt schon länger nicht mehr hier gewesen, oder?«

Die Bemerkung saß. Frau Wachholz gab es einfach nicht auf. Seit zwei Jahren schon versuchte sie ihn mit ihrer Vogelscheuche von Tochter zu verkuppeln. Wenn Tobias auch nur an sie dachte, war das jedesmal so, als liefe ihm kaltes Wasser über den Rücken. Erneut versuchte er es mit einem Lächeln. Es zerfaserte.

»Leider bin ich Heiligabend schon bei einem Freund«, log er wieder. Also doch Liederabend. Frau Wachholz würde sicher auffallen, wenn er zu Hause bliebe.

»Wie schade. Sie können es sich ja noch mal überlegen. Stimmt's, Punzel?« Sie strich ihrem Dackel über den Kopf, und zu Tobias' Überraschung ließ der Hund ein leises Kläffen hören. Erstaunlich. Zum ersten Mal erlebte er, daß der Köter einen Mucks von sich gab. Tobias verabschiedete seine Nachbarin freundlich, schloß die Tür und atmete befreit auf.

Gespannt hockte er sich auf sein Bett und beäugte das Paket. Zu gern hätte er gewußt, wer sein freundlicher Gönner war.

Der Karton hatte eine gewisse Schwere. Vorsichtig schüttelte er ihn und hörte ein leises Rascheln. Was sich wohl darin befand? Ganz sicher war der Absender auch dieses Jahr falsch. Tobias hatte schon in den Vorjahren versucht, dem Urheber der Geschenke auf die Spur zu kommen. Jedesmal erfolglos. Doch stets waren die Pakete auf einem Postamt in Hamburgs Innenstadt aufgegeben worden, was er bei der Post leicht hatte in Erfahrung bringen können.

Nur, wo war der Poststempel? Verwundert stellte er fest, daß das Paket gar nicht freigemacht war. Hatte seine Nachbarin nicht erzählt, daß es von einem Postboten abgegeben worden war? Was war das für ein Briefträger, der unfrankierte Pakete austrug? Mißtrauisch beäugte er den Karton genauer und bemerkte erst jetzt den krakeligen Schriftzug auf einer der Seiten: *Bitte heute noch öffnen!*

Tobias nahm eine Schere und schnitt die Verpackung auf. Das Innere des Pakets war mit Styroporflocken angefüllt, in deren Mitte eingebettet eine längliche Schachtel lag. Tobias öffnete sie und starrte verwundert auf den Gegenstand in ihrem Innern. Es handelte sich um einen seltsamen, antiquiert wirkenden Stab, der etwa zwanzig Zentimeter lang war und die Dicke einer Kerze aufwies. Sicher war er nicht ohne Wert. Der Schaft bestand zur Gänze aus Glas oder geschliffenem Kristall. Das Licht der Fenster spiegelte sich darin. An einem Ende mündete der

Kristallstab in einem Gewinde aus Silber, am anderen Ende lief er in einer hühnereigroßen, polierten Kugel aus Elfenbein aus.

Was sollte das sein? Prüfend wog er das merkwürdige Ding in der Hand. Ungefähr so schwer wie ein kleiner Kürbis. Erst jetzt bemerkte er die filigranen Silberdrähte und feinen Kanülen, die die Kristallstange im Innern durchzogen.

Tobias legte das Ding beiseite und fischte zwischen den Styroporflocken nach einem Hinweis, was er damit anfangen sollte. Auf dem Paketboden fand er einen braunen Briefumschlag. Aufgeregt riß er ihn auf, und sogleich rutschten ihm zwei Gegenstände in die Hände: die retuschierte Schwarzweißaufnahme eines hübschen Mädchens in einem altertümlichen Kleid, das vor einer künstlichen, antik wirkenden Landschaft porträtiert worden war – und eine CD, ähnlich jener, die ihm der Fotohändler mitgegeben hatte. Die Silberscheibe war mit derselben krakeligen Handschrift beschriftet wie das Paket.

Bitte anhören. Danke.

Verdammt, was sollte das alles? Einen Moment lang überlegte er ernsthaft, Foto, Tonträger und Kristallstab in den Mülleimer zu befördern. Doch schließlich siegte die Neugier. Noch einmal warf er einen Blick auf die Fotografie, dann wandte er sich dem Computer zu und bediente noch einmal das CD-Laufwerk. Auf dem Datenträger befanden sich keine Bilder, sondern eine Audiodatei. Wie seltsam. Zunächst war nur ein Rauschen zu hören, dann ein leises Klopfen, so als ob jemand gegen ein Mikrofon tippe. Dem Geräusch folgte ein schwerer Atemzug.

»Hallo, Tobias!«

Tobias richtete sich überrascht auf, als ihn der Unbekannte ansprach. Ohne Zweifel handelte es sich um die Stimme eines älteren Mannes.

»Ein halbes Leben habe ich mich gefragt, wann wohl der beste Zeitpunkt dafür gekommen wäre, mit dir in Kontakt zu treten. Manchmal wünschte ich, ich hätte dies schon früher getan, aber leider war es mir nicht möglich. Nein, ich muß mich korrigieren, irgendwann wäre es schon gut möglich gewesen, aber da verließ mich der Mut. Denn wie hätte ich dir eine Geschichte erklären sollen, die für den einen von uns die Vergangenheit, für den anderen aber die Zukunft darstellt?«

Wie bitte? Wovon sprach der Kerl? Tobias lauschte weiter der Stimme.

»Ich war es, der dich damals vor dem Waisenhaus abgesetzt hat. Der Himmel allein weiß, wie gern ich mich um dich gekümmert hätte. Aber ich hatte keine Wahl. Weiß Gott nicht. Ich mußte mich um mich selbst kümmern. Dich, mein Junge, hat das Schicksal mit gnädigem Vergessen bedacht. Mir hingegen hat es einen Alptraum beschert. Ich habe Jahre gebraucht, um zu lernen, zu begreifen und zu verstehen. Wie besessen suchte ich nach einer Lösung. Für mich. Für uns beide. Bei alledem bin ich zu einem alten Mann geworden.

Als ich bemerkte, zu wem du heranwuchst, begriff ich, daß sich das Schicksal nicht betrügen läßt. Ich konnte schließlich nicht übersehen, was bereits geschehen war. Mehr noch. Ich erkannte im Lauf der Jahre, daß dir vorbehalten wäre, was ich mir all die Zeit über sehnlich gewünscht hatte. Einerseits beneide ich dich darum, andererseits...«

Tobias hörte einen schweren Seufzer. Andererseits – was? Was sollte das irre Gefasel? Dennoch lief ihm eine Gänsehaut über den Rücken, als die Stimme fortfuhr.

»Die schreckliche Wahrheit lautet, daß ich mich schon seit langem frage, ob wir unser Leben überhaupt selbst bestimmen. Ist nicht sogar das Morgen nur gelebte Vergangenheit? Vielleicht wirst du eines Tages die Antwort auf diese Frage finden.

Der Inhalt des Päckchens, Tobias, ist der Schlüssel zu meinem Lebenswerk. Er wird dir eine Reise ermöglichen, die deine kühnsten Vorstellungen übertrifft. Ich händige ihn dir aus, weil ich schon jetzt weiß, daß du die Reise antreten wirst. Den Entschluß dazu mußt du allerdings selbst fassen. Sicher denkst du, ich rede wirr. Daher möchte ich dir ein Rätsel aufgeben, um deine Neugier zu wecken. Du wirst noch feststellen, daß die Fragen nach dem Woher oder dem Warum ebenso entscheidend sind wie die nach dem Wann. Ich bitte dich also, mein Geschenk anzunehmen und damit ans Fenster deiner Wohnung zu treten. Umfasse mit beiden Händen die Elfenbeinkugel und konzentrier dich auf die Straße. Erschrick nicht, Tobias. Komm anschließend in die ABC-Straße Nr. 15. Ich erwarte dich dort und werde so gut wie möglich deine Fragen beantworten.«

Mit diesen Worten endete die Aufnahme. Verwirrt starrte Tobias auf den Computer und überlegte, was er von alledem zu halten hatte. Erneut warf er einen Blick auf die altertümliche Fotografie. Das junge Mädchen war auffallend hübsch, mit schräg stehenden Wangenknochen, die von gedrehten Locken eingerahmt wurden. Sie lächelte. Seltsam, sie erinnerte ihn an jemanden. Eine Kommilitonin? Eine Spielkameradin aus Kindertagen? Müßig, sich darüber Gedanken zu machen. Das Bild schien aus dem letzten Jahrhundert zu stammen.

Tobias drehte es um und war überrascht, als er auf der Rückseite wieder die ihm schon vertraute, krakelige Schrift entdeckte. Zwei Worte standen dort geschrieben.

Nosce teipsum!

Als Medizinstudent hatte er lange genug Latein gelernt, um den Sinnspruch ohne Mühe entziffern zu können. »Erkenne dich selbst!«

Soweit er wußte, hatte der Spruch bereits als griechisches Epigraph über der berühmten Orakelstätte von Delphi gestanden. Das Ganze wurde immer kindischer. Er hatte keine Lust auf Rätselspiele.

Kopfschüttelnd schob er das Foto in die Hosentasche und kehrte zum Bett zurück, wo noch immer der merkwürdige Kristallstab lag. Er überlegte eine Weile, bevor er ihn erneut ergriff. Damit sollte er zum Fenster gehen und sich auf die Straße konzentrieren? Nun gut.

Tobias zog die Jalousien hoch und warf einen Blick nach draußen. Die Straße zwei Stockwerke unter ihm war nur mäßig belebt. Sie wurde von hohen Altbauten gesäumt, wie sie den Stadtteil Eimsbüttel nach wie vor prägten. Der Asphalt der Fahrbahn glänzte feucht von den Graupelschauern, die Hamburg in den letzten Tagen heimgesucht hatten. Ein gutes Dutzend Autos parkte auf den Gehwegen. Neben der Markise eines türkischen Gemüseladens stand eine junge Frau mit Kinderwagen. Nicht weit von ihr entfernt war ein Polizist damit beschäftigt, Parksünder aufzuschreiben. Und nun? Tobias umschloß die Elfenbeinkugel mit beiden Händen. Die Stimme hatte gesagt, er solle sich auf die Straße...

Die Welt zerplatzte in einer Kaskade grellen Lichts. Tobias stöhnte. Irgendwo in seinem Hinterkopf pochte es, und ein bohrender Schmerz ließ ihn taumeln. Mit dem Schmerz kamen auch die Bilder.

Er sah den Kinderwagen unbemerkt von der Mutter auf die Straße rollen.

Er sah, wie ein rotes Auto in die Straße einbog.

Er sah, wie der Polizist auf die Straße rannte.

Er sah, wie der Fahrer zu bremsen versuchte und ins Schlingern geriet.

Er sah, wie das rote Auto in eines der parkenden Fahrzeuge krachte.

Ein lautes Scheppern rief Tobias zurück in die Wirklichkeit. Ohne es zu bemerken, war er quer durch das Zimmer getaumelt und gegen den Stapel mit schmutzigem Geschirr gestoßen, der nun als Scherbenhaufen zu seinen Füßen lag. Entsetzt rang er nach Atem und faßte sich an den schmerzenden Schädel. Der Kristallstab war ihm längst entglitten. Er entdeckte ihn auf dem Teppich vor dem Schreibtisch. So plötzlich, wie die Kopfschmerzen gekommen waren, vergingen sie wieder.

In diesem Moment war unten vor dem Haus ein gedämpfter Schrei zu hören. Tobias rannte zurück zum Fenster und blickte erneut auf die Straße hinab. Zu seinem Entsetzen entdeckte er den Kinderwagen, der nun tatsächlich quer auf der Straße stand. Der Polizist, eben noch mit dem Aufschreiben von Parksündern beschäftigt gewesen, drängte sich zwischen den Autos hindurch und versuchte ein rotes Sportauto aufzuhalten, das viel zu schnell in die Straße eingebogen war. Der Fahrer riß im letzten Augenblick das Steuer herum, kam auf dem feuchten Untergrund ins Schlingern und krachte gegen eines der parkenden Fahrzeuge. Eine Alarmanlage schrillte los, und kurz darauf füllte sich die Straße mit Passanten.

Tobias stieß einen Laut des Staunens aus und sah der jungen Mutter mit offenem Mund dabei zu, wie sie ihr Kind erleichtert aus dem Wagen hob.

Ein Déjà-vu-Erlebnis? Ein Déjà-vu-Erlebnis.

Ein Schauer lief ihm über den Rücken.

Entgeistert wandte er sich zu dem Kristallstab auf dem Boden um. Für eine Weile war nur das leise Ticken seiner Küchenuhr zu hören. Dann faßte Tobias einen Entschluß. Er packte das unheimliche Ding, ging in die Küche und warf den Kristallstab in den Mülleimer.

Nickel & Blut

Hamburg 2006, 16. Dezember,
15.48 Uhr

Im kalten Wind fröstelte Tobias trotz der warmen Lederjacke. Er wußte von der ABC-Straße mit ihren hohen Altbauten nur, daß sie zu den ältesten Straßen Hamburgs zählte. Ungeachtet des vorweihnachtlichen Trubels in der Stadt lag sie fast andachtsvoll ruhig vor ihm. Lediglich ein Mopedfahrer auf seinem knatternden Gefährt störte die Ruhe. Früher hatte man die Gebäude links und rechts der Fahrbahn tatsächlich alphabetisch durchnumeriert. Heute war das natürlich Geschichte, dennoch würde er die Straße eine Weile absuchen müssen, um die Adresse zu finden.

Seufzend verzehrte Tobias die Reste eines Krapfens, den er auf dem weihnachtlich herausgeputzten Gänsemarkt gekauft hatte, und wischte sich die Krümel aus den Mundwinkeln. Eine dumme Angewohnheit von ihm. Immer brauchte er etwas Süßes, wenn er aufgeregt war.

Eigentlich war er fest dazu entschlossen gewesen, der merkwürdigen Offerte gar nicht zu folgen. Er ärgerte sich über sich selbst. Warum verlor sich sein rätselbegeisterter Gönner auch in mysteriösen Andeutungen und schickte ihn auf eine Schnitzeljagd, statt ihm reinen Wein einzuschenken? Und doch ließ er sich auf das Spiel ein.

Daheim hatte er lange mit sich gekämpft, den unheimlichen Kristallstab wieder aus dem Mülleimer zu fischen. Schließlich hatte er nachgegeben in der Furcht, sich ein Leben lang mit Fragen quälen zu müssen, ginge er besagten Rätseln heute nicht auf den Grund.

Noch einmal atmete er tief durch, dann machte er sich auf die Suche nach der angegebenen Adresse. Sein Weg führte ihn an Modeboutiquen, Kanzleien und antiquarischen Buchhandlungen vorbei. Wo war die Hausnummer 15? Er blieb stehen und suchte die Reihe der Gebäude ab. Plötzlich hatte er das Gefühl, beobachtet zu werden. Dann wandte er sich zur anderen Straßenseite um. Doch da war niemand. Seltsam.

In diesem Augenblick entdeckte er nicht weit entfernt eine Kellerstiege, die eingezwängt zwischen zwei Hauseingängen mit den Nummern 14 und 16 lag. Auf Höhe des Bürgersteigs befand sich ein Uhrladen, in dessen schmalem Schaufenster kleine und große Chronometer ausgestellt waren.

Das einzig Auffällige an diesem Kellergeschäft war eine große rote Signallampe über der Eingangstür, die davon zeugte, daß der Laden nachts mit einer Alarmanlage gesichert wurde.

Offenbar war er hier richtig. Tobias gab sich einen Ruck und stieg die Treppe nach unten. Das Bimmeln einer Türglocke war zu hören, als er den Laden betrat, und ihm war, als gelange er in eine andere Welt. Der schlecht beleuchtete Verkaufsraum erinnerte mehr an einen Trödelladen aus dem vorletzten Jahrhundert als an eines der modernen Geschäfte, wie man sie sonst in der Innenstadt fand.

Ein Geruch von Staub, Holz, Chrom und Werkzeugöl hing in der Luft und mischte sich unter das Ticken, Schnarren und Summen unzähliger Uhrwerke. Tobias' staunender Blick wanderte über Pendel-, Stand- und Kuckucksuhren, die dicht an dicht die Wände bedeckten. Darunter gab es Gerätschaften, die eher für die Schiffahrt bestimmt schienen. Unmittelbar vor ihm, auf Regalen und in gläsernen Vitrinen, ruhten Schweizer Präzisionsuhren, Nürnberger Eier sowie eine Vielzahl von Taschen- und Armbanduhren. Ein silberner Zeitmesser unter Glas fesselte seine Aufmerksamkeit besonders. Auf dem reich ziselierten Ziffernblatt prangte eine goldene Inschrift: *Tempus fugit!*

Die Zeit eilt dahin.

Er runzelte die Stirn. Ihm schien es eher so, als habe die Zeit an diesem Ort keine Gültigkeit; so als würden die ungezählten Zeiger und Pendel in diesem Raum einen Bann weben, der den hektischen Alltag jenseits der Ladentür ausschloß.

Tobias räusperte sich und näherte sich dem Tresen mit der Kasse. Er lag gleich neben einem Vorhang, der den Laden von den privaten Räumlichkeiten trennte.

»Hallo?«

Plötzlich brach im Laden ein lautes Getöse los. Die Penduhren schlugen an, dutzendfach hämmerten Glockenwerke ihre Melodien, das laute Schnarren von Ketten und Zahnrädern erfüllte den Raum, und an mehreren Wanduhren zugleich klappten Fensterchen auf, vor denen bunt bemalte Vögel und Figuren einen mechanischen Tanz aufführten. Von einem Augenblick zum anderen verging der Lärm, und das vertraute Ticken und Summen war wieder zu hören.

»Punkt vier Uhr. Ich gebe zu, ich hatte früher mit dir gerechnet.«

Tobias, der noch immer mit offenem Mund die Uhren anstarrte, fuhr bei der leisen Stimme erneut zusammen. Durch den Vorhang war unbemerkt ein alter Mann mit auffallender Hakennase getreten, der eine antike Taschenuhr in den Händen hielt, die er nun zuschnappen ließ. Wie alt mochte er sein? Siebzig? Achtzig? Er trug den Arbeitskittel eines Uhrmachers und stützte sich auf einen knorrigen Gehstock. Sein Haar war schütter, doch über spitzen Wangenknochen, die hell unter der pergamentenen Haut hervortraten, blitzten Augen, die dem Alter spotteten.

»Dann haben Sie mir dieses seltsame Weihnachtsgeschenk geschickt?« fragte Tobias mit belegter Stimme.

Der Uhrmacher nickte, und in seine Augen stahl sich ein Ausdruck des Bedauerns. »Es tut mir leid, daß ich mich weiter nicht um dich gekümmert habe.«

»Was wollen Sie eigentlich von mir?« In Tobias kochte die Wut hoch. »Vielleicht erzählen Sie mir erst mal, wer Sie sind. Und wer ich bin, wenn Sie schon dabei sind. Was ist mit meinen Eltern?«

»Ruhig, Junge! Verzeih einem törichten alten Mann. Eins nach dem anderen. Du wirst alles erfahren. Aber alles zu seiner Zeit. Komm mit mir nach hinten. Dort erkläre ich es dir.« Der Alte schob den Vorhang beiseite und winkte Tobias einladend zu. Widerwillig folgte ihm dieser.

Der Uhrmacher führte ihn an zwei Türen vorbei, einen dunklen, schmalen Gang entlang. Treppenstufen an seinem Ende führten zu einem großen Kellergewölbe, in dem es nach verschmorten Kabeln roch. Eine Neonröhre an der Decke summte und verbreitete unstetes Licht. Tobias sah sich verwirrt um. Rechts vom Eingang befand sich ein großer Sicherungskasten, an den übrigen Wänden standen Werkbänke, auf denen Bohrmaschinen, Lötkolben, Fräsen, Schraubenzieher und andere Werkzeuge neben Kabelrollen, Drähten und Platten aus verschiedenen Metallen lagen. Der einzige noch freie Raum zwischen all den Tischen wurde von einem Kleiderständer eingenommen, auf dem Theaterkostüme hingen. Tobias erblickte altertümliche Gehröcke und Hosen sowie eine Auswahl an Zylindern und Spazierstöcken.

Mitten im Raum aber stand ein unförmiges großes Gebilde, das bis zur Decke reichte und zur Gänze von einem weißen Laken verhüllt wurde.

»Du glaubst nicht, wie lange ich auf diesen Tag hingearbeitet habe«, murmelte der Alte aufgeregt und schlurfte zu dem verhüllten Objekt in der Raummitte. Feierlich griff er nach dem Laken, als er plötzlich innehielt. Besorgt wandte er sich um.

»Du hast den Hebel doch dabei, oder?«

Tobias starrte den Uhrmacher verwundert an. »Meinen Sie den seltsamen Kristallstab?«

Er klopfte gegen die Auswölbung seiner Lederjacke.

»Genau den meine ich, mein Junge. Ich wußte, daß der dich neugierig machen würde. Ohne ihn ist das Ganze nämlich nutzlos. Wie ich dir prophezeit habe – du kannst schon bald eine Reise antreten, die du dein Lebtag nicht vergessen wirst.«

Der Uhrmacher zog den Stoff beiseite, und Tobias riß ungläubig die Augen auf.

Vor ihm stand eine überaus seltsame Apparatur. Einzelne Teile waren aus Nickel, andere aus Elfenbein gefertigt; wieder andere hatte man offenbar aus Bergkristall herausgefeilt oder -gesägt. Die gesamte Maschine stand auf metallisch golden schimmernden Kufen. Tobias entdeckte einen mit Leder überzogenen Sattel, offenbar ein Sitz, hinter dem sich ein großer runder Parabolschirm spannte.

»Meine Güte, was ist das?«

»Eine Zeitmaschine!«

»Eine was?«

»Du hast richtig gehört, mein Junge«, antwortete der Uhrmacher aufgeregt. »Du setzt die Maschine in Gang, indem du den kristallenen Hebel hier vorn einsetzt.« Er deutete auf eine hölzerne Armatur vor dem Sitz, auf der sich diverse Anzeigen und Zählwerke befanden. »Bewegst du den Hebel nach vorn, reist du in die Zukunft, ziehst du ihn zu dir, bewegst du dich in die Vergangenheit. Ganz einfach. Man kann aber auch Jahr, Tag und genaue Stunde einstellen, indem man den gewünschten Zeitpunkt arretiert. Ich habe schon alles vorbereitet.«

Tobias schüttelte ungläubig den Kopf. »Sind Sie übergeschnappt?«

»Übergeschnappt?« fuhr ihn der Alte aufgebracht an. »Menschen sind für dieses Wunderwerk gestorben. *Viele* Menschen!«

Der Student hielt inne und musterte den Uhrmacher kühl.

»Wer sind Sie?«

»Ich glaube kaum, daß das noch von Belang ist«, ertönte eine verärgerte Stimme in seinem Rücken. »Wenn hier jemand eine Reise antritt, dann bin ich das.«

Tobias und der Uhrmacher fuhren erschrocken zur Treppe herum. Von ihnen unbemerkt hatte sich ein dunkelhaariger Mann Einlaß in den Kellerraum verschafft. Der Fremde mochte um die Vierzig sein, trug einen zerschlissenen Trenchcoat und war auffallend hager. Sein Blick irrlichterte unentwegt zwischen Tobias und dem Alten hin und her. Erst jetzt bemerkte der Student die Pistole, die der Unbekannte in der Hand hielt.

»Und jetzt her mit dem Hebel!«

»Robert!« entfuhr es dem Uhrmacher. »Was tust du hier? Das... das kannst du nicht machen. Erst der Junge!«

»Halt's Maul! Denkst du, ich opfere dir zehn Jahre meines Lebens, nur damit dieser Bengel die Früchte meiner Arbeit erntet?«

»Du kannst die Zeit nicht betrügen. Der Junge wird die Reise antreten.«

»Warum sollte ich das zulassen?« höhnte der Fremde.

»Weil die Vergangenheit bereits Vergangenheit ist.«

»Vergangenheit?« Der Unbekannte bleckte spöttisch die Zähne. »Wahrhaftig, du bist immer noch der kleine Beamte, der du einst warst. Glaubst du, ich hätte dir mein Wissen zur Verfügung gestellt, wenn ich an der Vergangenheit interessiert wäre? Wo wärst du ohne mein Labor?«

»Die Firma gehört zu fünfzig Prozent mir«, gab der Uhrmacher zornig zurück.

»Was du nicht sagst! Denkst du, ich wüßte nicht, wie du dir damals dein Kapital erschlichen hast? Also spiel hier nicht den Moralapostel. Ich verlange das gleiche Recht, das *du* dir genommen hast.«

»Recht? Zuerst muß die Vergangenheit zu ihrem Recht kommen!« rief der Uhrmacher.

»Ich... ich habe wirklich keine Ahnung, wovon Sie beide sprechen«, mischte sich Tobias in den Disput ein. Argwöhnisch behielt er die Waffe des Fremden im Auge. Himmel, worauf hatte er sich da eingelassen? »Wenn Sie diesen... Hebel haben wollen, dann bekommen Sie ihn.«

»Nein, tu das nicht!«

Tobias beobachtete den Alten nicht. Er machte eine beschwichtigende Geste und knöpfte seine Lederjacke auf. »Ich bin nur hier, weil ich mir einige Antworten erhofft hatte.«

»Vorsichtig. Ganz vorsichtig!« Der Fremde entsicherte die Waffe und richtete sie auf Tobias' Kopf. »Glaub ja nicht, ich wüßte nicht, daß ihr beide mich austricksen wollt.«

Wovon sprach der Kerl? Tobias fühlte, wie ihm der Schweiß ausbrach. Fahrig griff er nach dem Kristallstab und zog ihn unter der Jacke hervor.

»Her damit!« Der Unbekannte riß ihm den Hebel aus den Händen und hielt ihn triumphierend in die Höhe. »Das war's dann wohl. Wir sehen uns zur nächsten Lottozieh...«

Ein Schatten flog heran. Tobias sah, wie der Uhrmacher nach vorn stürzte und seinen Gehstock nach unten sausen ließ. Doch der Alte war nicht schnell genug. Der Fremde sah die Bewegung, riß die Waffe herum und drückte ab. Ein Schuß peitschte durch den Kellerraum. Als Tobias die Augen wieder öffnete, lag der Uhrmacher am Boden. Eine Blutlache breitete sich um seinen Oberkörper aus.

»O Gott, Sie... Sie haben ihn umgebracht!«

»Das... das war seine eigene Schuld!« Der Fremde stand kreidebleich neben dem Sicherungskasten. Auch er schien von den Ereignissen überrumpelt zu sein. Die Pistole zitterte in seiner Hand.

»Seine eigene Schuld!« wiederholte er und leckte sich nervös über die Lippen. Dann wandte er sich an Tobias.

»Ich wollte das nicht. Hörst du? Dieser alte Narr. Er hat selbst Schuld.«

Die letzten Worte schrie er.

Tobias schluckte und bemerkte, daß er zitterte.

Mord! Er war soeben Zeuge eines Mords geworden. Und der Kerl vor ihm machte nicht den Eindruck, als ob er die Situation noch im Griff hätte.

»Bitte. Lassen Sie mich versuchen, dem Mann zu helfen. Ich studiere Medizin. Vielleicht ist es noch nicht zu spät.«

Tobias behielt den Fremden im Blick und kniete neben dem Uhrmacher nieder.

»Ich bin Chemiker, kein Mörder«, lamentierte der Fremde hinter ihm weiter. »Er hat mich provoziert. Ich wollte mir bloß das gleiche Recht herausnehmen wie er. Verdammt, dieser Mistkerl wollte mich betrügen!«

Ohne viel Hoffnung tastete Tobias nach der Halsschlagader des alten Mannes, als er auf einmal eine Berührung am Knie bemerkte. Die Lider des Uhrmachers flatterten, während er Tobias heimlich seinen Gehstock zuschob. Seine Lippen formten unverständliche Worte.

»Wir müssen einen Krankenwagen rufen«, stammelte Tobias. »Wenn wir uns beeilen, dann...«

»Nein, keinen Krankenwagen!« brach es aus dem Fremden heraus. Schweratmend richtete er die Pistole auf Tobias. »Der alte Narr macht es sowieso nicht mehr lange. Und du auch nicht. Ich lasse nicht zu, daß du mich verpfeifst, verstehst du mich? Ich lasse mir von niemandem die Butter vom Brot nehmen. Ich...«

Tobias flog mit einem lauten Schrei herum und hämmerte den Gehstock gegen den Unterarm des Fremden. Die Pistole flog in hohem Bogen durch die Luft und rutschte unter eine Kufe der seltsamen Maschine. Wütend heulte der Mann auf. Tobias schlug ein zweites Mal zu, doch sein Gegner erwies sich als überraschend flink. Jäh tauchte er unter dem Hieb weg – der Gehstock bohrte sich statt dessen in den Sicherungskasten. Funken sprühten, und rote Lichter leuchteten auf. Irgendwo war das Schrillen einer Alarmanlage zu hören. Tobias hatte keine Zeit, darüber nachzudenken. Da traf ihn die Faust des Fremden, und er krachte gegen eine Werkbank. Einen Moment lang sah er nur Sterne. Sein Gegner stürzte unterdessen zu der seltsamen Apparatur und wollte nach seiner Waffe greifen. Tobias holte aus und warf mit aller Macht den Gehstock nach ihm. Ein häßlicher Laut ertönte, als der Kopf des Fremden zurückgerissen wurde und er zu Boden ging. Ein weiterer Schuß hallte durch den Keller, und nur einen Fingerbreit neben Tobias Kopf splitterte der Putz von der Wand. Fast befürchtete er schon, auf dem rechten Ohr taub zu sein. Sein Gegner erhob sich und tastete benommen nach dem Blut auf seiner Stirn. Wieder zielte er. Tobias warf sich mit einem lautem Schrei nach vorn und drosch zu. Seine Knöchel brannten wie Feuer, als er seinen Gegner im Gesicht traf. Beide stürzten zu Boden, rangen erbittert um die Pistole... als sich erneut ein Schuß löste.

Der Körper des Fremden erschlaffte.

Tobias löste sich keuchend von dem Toten, ließ die Waffe entgeistert fallen und taumelte zum Kellereingang. Es dauerte eine Weile, bis er in die Wirklichkeit zurückfand. Im Hintergrund schrillte noch immer die Alarmanlage.

Er hatte den Tod eines Menschen auf dem Gewissen. Mein Gott, der Mann war tot – von ihm umgebracht! Warum nur hatte er seine Neugier nicht zügeln können und war hierher gekommen? Warum nur, verdammt?

Ein leises Geräusch ließ ihn herumfahren. Der Uhrmacher stöhnte. Tobias eilte zu ihm und hob den Kopf des alten Mannes sachte an. Es war ein Wunder, daß er überhaupt noch bei Bewußtsein war.

»Halten Sie aus. Ich rufe einen Krankenwagen.«

»Sei... kein Narr«, wisperte der Alte. Jeder seiner Atemzüge wurde von einem schweren Rasseln begleitet. »Du mußt... fort von hier. Das Schicksal... läßt sich nicht betrügen.«

»Sie dürfen nicht sterben!« Tobias fingerte fahrig unter der Jacke nach seinem Handy. O nein, er hatte es zu Hause liegengelassen! Er fand nur das Blitzlicht seiner Kamera, die er nach dem Fechtunterricht zur Reparatur gebracht hatte. Verzweifelt ballte er die Fäuste. »Ein Telefon. Sie müssen mir sagen... wo ist Ihr Telefon?«

Trotz seiner Schmerzen verzog der Uhrmacher belustigt die Lippen. »Was... willst du tun, wenn dich die Polizei... zusammen mit zwei Toten entdeckt... Junge?«

Der Alte hustete, und die Blutlache neben seinem Körper wurde größer.

»Es tut mir leid, daß... es so gekommen ist. Gern... hätte ich dir alles erklärt. Du wirst es jetzt... selbst herausfinden müssen. Bring zu Ende... wozu ich... nicht imstande war.«

Der Augen des Uhrmachers schlossen sich vor Erschöpfung, sein Kopf fiel zur Seite. Tobias starrte den Alten fassungslos an. Hastig griff er nach seiner Halsschlagader. Der Puls war kaum noch zu spüren. Wenn der Mann nicht in den nächsten Minuten eine Bluttransfusion erhielt, würde er sterben. Er mußte sofort ins Krankenhaus.

Zugleich wußte Tobias, daß die Situation hoffnungslos war. Jetzt würde er nie erfahren, wer dieser Mann war und warum er ihn all die Jahre über beschenkt hatte.

Tobias kamen die Worte des Alten in den Sinn: Wer auch immer ihn hier fand, er hielte ihn für den Täter. Auf der Pistole befanden sich seine Fingerabdrücke. Vielleicht hatte ihn sogar jemand den Uhrladen betreten sehen? Jetzt bekam Tobias erst recht Angst. Er mußte den Laden verlassen. Schnell.

Er ließ den alten Mann zu Boden sinken, sprang auf und hetzte über die Kellertreppe zurück in den Verkaufsraum. Von außen drang flackerndes rotes Licht in den Laden, und noch immer gellte der Alarm. Da entdeckte er das unüberwindliche Hindernis: Ein schweres Gitter war vor der

Ladentür heruntergefahren und versperrte die Treppe zur Straße. Die Polizei mußte jeden Augenblick eintreffen.

Verzweifelt hetzte Tobias in den Gang zurück. Ungestüm riß er die beiden Türen auf, die links und rechts abzweigten: eine Toilette und eine schmale Küche. Er stürmte zum Küchenfenster und hätte schreien mögen. Gußeiserne Streben trennten ihn von einem trostlosen Innenhof. Was jetzt?

In diesem Augenblick verstummte die Alarmanlage. Jemand machte sich am Gitter vor dem Ausgang zu schaffen.

Tobias ließ vom Fenster ab, eilte zurück zum Zwischengang und erblickte vor der Ladentür zwei Uniformierte. Verflucht. Wie lange war es her, daß der Alarm losgegangen war? Also wieder zurück in den Werkraum mit der seltsamen Maschine, dem Toten und dem bewußtlosen Uhrmacher. Gehetzt blickte er sich um. Eine weitere Tür fand sich nicht. Also saß er in der Falle.

Oben im Laden rumpelte es. Jemand zog das Rollgitter hoch. Dann eine gedämpfte Stimme: »Achtung! Hier ist die Polizei. Kommen Sie mit erhobenen Händen aus dem Gebäude, oder es werden Zwangsmittel gegen Sie eingesetzt!«

Fieberhaft erwog Tobias die Möglichkeiten, die ihm noch blieben. Noch konnte er sich stellen. Vielleicht glaubten ihm die Beamten die Geschichte ja. Aber warum sollten sie? Alles sprach gegen ihn. Vielleicht… vielleicht war an der Sache mit der Zeitmaschine ja doch was dran? Das Ganze schien ihm zwar völlig verrückt, aber…

Er könnte es drauf ankommen lassen.

Er hatte nichts zu verlieren.

Sofort suchte er den Kellerboden ab und fand den Kristallstab neben der Treppe. Dann setzte er sich auf die seltsame Maschine. Das Leder des Sattels fühlte sich glatt an und knarrte unter seinem Gewicht. Er mußte verrückt sein, diese Fluchtmöglichkeit überhaupt in Erwägung zu ziehen. Noch einmal blickte er zu den beiden Körpern, die dort regungslos lagen – und atmete tief ein. Vor ihm auf dem Armaturenbrett befanden sich Zeiger, Ziffernblätter und ein mechanisches Zählwerk. Auch dieser Teil der Maschine wirkte eigentümlich antiquiert. Schließlich fand er, was er suchte: ein Gewinde. Tobias ließ den Kristallstab einrasten und drehte das Silbergewinde fest. Sogleich summte die Maschine, und der eigentümliche Parabolschirm in seinem Rücken begann zu rotieren. Erst langsam, dann immer schneller. Wind kam auf, der seine Haare anhob. Blonde Strähnen kitzelten ihn im Gesicht. Von irgendwoher war ein Glucksen zu hören, so als rausche Flüssigkeit durch die mechanischen Eingeweide der Maschine. Tobias verfolgte mit staunendem Blick, wie sich die feinen Kanülen im Innern des Kristallstabs mit einer schwarzen Flüssigkeit füllten, die schnell zum Elfenbeingriff aufstieg. Von einem Moment zum anderen tanzten Funken auf dem Gestänge der großen Apparatur, und der Wind um ihn herum wuchs sich zu einem Sturm aus, der die leichteren Gegenstände auf den Werkbänken gegen die Kellerwände drückte.

Plötzlich spürte Tobias einen schmerzhaften Stich im Oberschenkel. Was war das? Ihm schwindelte. Gegen seinen Willen mußte er kichern. Fast glaubte er, sich vogelgleich in die Lüfte erheben zu können.

Er schreckte erst wieder hoch, als er das laute Knattern ringsum vernahm. Elmsfeuer! An den spitzen Kanten der Maschine entluden sich elektrische Flammen. Himmel, sollte diese Höllenmaschine wirklich funktionieren?

Vorn im Verkaufsraum war Hundegebell zu hören. Tobias atmete tief ein und wollte Hand an den Hebel legen, als sich dieser plötzlich wie von selbst bewegte. Richtig, hatte der Uhrmacher nicht gesagt, alles sei vorbereitet? Verschwiegen hatte er ihm nur, wohin die Reise gehen würde. In welches... Jahr? Er wußte noch nicht einmal, wohin es ihn verschlagen würde. Nackte Angst breitete sich in ihm aus. Nein, er hatte es sich überlegt. Er wollte das nicht. Lieber würde er sich stellen. Er mußte verrückt gewesen sein, sich auf diese unheimliche Apparatur zu setzen. Verzweifelt stemmte er sich gegen den Hebel. Vergeblich. Ein lauter Knall war das letzte, was Tobias noch hörte, dann versank die Welt um ihn herum in grellen Farben.

Tempus fugit

*Hamburg 1842, 1. Mai,
um die zehnte Stunde des Abends*

Tobias hatte das Gefühl zu fallen. Endlos. Vorbei an erloschenen Sternen, die sich zu gewaltigen Glutbällen aufblähten, immer tiefer hinein in die lichtlose Schwärze des Alls. Die Welt drehte sich um ihn, langsam zunächst, dann immer schneller und schneller, bis die winzigen Streifen, die die Sterne um ihn zogen, erloschen, so daß er in einem schwarzen Tunnel zu stecken schien, an dessen weit entferntem Ende allerdings ein Licht zu erkennen war. Darauf raste er zu. Und wieder brachte ein lauter Knall seine Ohren zum Klingen. Dem Lärmen folgte beängstigende Stille.

Tobias keuchte und riß die Augen auf. Um ihn herum war es dunkel. Es dauerte eine Weile, bis er sich an die neuen Lichtverhältnisse gewöhnt hatte. Über sich sah er einen Nachthimmel, auf dem die Sterne wie Diamanten auf dunklem Samt glitzerten. Neben der hellen Scheibe des Mondes war das Sternbild des Großen Wagens deutlich zu erkennen.

Wo war er? Linkerhand, nur zwei Schritte von ihm entfernt, erkannte er die düstere Außenfassade eines schiefen Fachwerkhauses. Rechts... Die seltsame Maschine schwankte. Tobias schreckte zurück. Die Zeitmaschine ragte mit den Kufen halb über eine niedrige Kaimauer, die mit dunklen Holzbohlen befestigt war. Schräg unter ihm glitzerten die trägen Fluten eines Kanals, und von irgendwoher war das Läuten einer Kirchturmuhr zu hören. Noch immer summte die Maschine.

Unglaublich! Ganz langsam öffnete sich Tobias der Erkenntnis, daß die Zeitreise offenbar geglückt war. Irgendwie. Das Herz hämmerte ihm vor Aufregung. Wo auch immer er gelandet war, er befand sich jedenfalls nicht mehr im Kellergewölbe des Uhrmachers. Vielmehr war um ihn herum die düstere, vom Mondlicht beschienene Silhouette einer Stadt zu erkennen. Häuser, Giebel und Kirchtürme – wohin er auch blickte. Etwa zehn Meter von ihm entfernt, auf der anderen Seite des Fleets, war die Rückseite eines großen Fachwerkgebäudes zu sehen, vor dem sich schemenhaft zwei große Anker erahnen ließen. Tobias schüttelte den Kopf und folgte mit den Blicken dem Wasserlauf. In einiger Entfernung – das schienen die Umrisse einer Brücke zu sein, die sich über den Kanal spannte.

War das immer noch Hamburg?

Erst jetzt bemerkte er den erbärmlichen Gestank nach Schmutz und Fäkalien, der aus dem Fleet aufstieg. Angewidert rümpfte er die Nase. Für Dezember war es viel zu warm. Vorsichtig lehnte er sich zurück. Keinesfalls durfte die Maschine das Gleichgewicht verlieren. Also, wenn er tatsächlich durch die Zeit gereist war, wo war er dann gelandet? In der Dunkelheit konnte er die Armatur mit den Anzeigen nicht erkennen. Vorsichtig öffnete er die Lederjacke, um sich Kühlung zu verschaffen, und kramte nach dem Feuerzeug. Er fand es nicht. Das erste Mal seit langem verfluchte er, daß er mit dem Rauchen aufgehört hatte. Ihm fiel aber etwas anderes ein. Zunächst nahm er sich etwas Zeit, um sich an die Finsternis zu gewöhnen, und löste seine Armbanduhr. Dann drückte er auf den Beleuchtungsknopf und hielt den Chronometer vor das Zählwerk: 13-01-22-01-05-1842.

Wenn das wirklich ein Zählwerk war, dann würde die Anzeige von links nach rechts Sekunde, Minute, Stunde, Tag, Monat und Jahr anzeigen. Ihm schwindelte. In diesem Fall hatte ihn die Zeitmaschine in das Jahr 1842 versetzt, genauer gesagt zum 1. Mai 1842 um kurz nach 22 Uhr. Er befand sich also weit über einhundertfünfzig Jahre in der Vergangenheit. Wahnsinn. Das war absoluter Wahnsinn! Das würde ihm niemand glauben.

Wieder bekam er Angst. Einem ersten Impuls folgend wollte er den Hebel nach vorn drücken, der Zukunft entgegen. Doch dann zögerte er. Wollte er das alles selbst glauben, mußte er zumindest einen Beweis für diese Reise mitnehmen. Irgend etwas, das ihn daran erinnerte, daß er keinem Traum aufgesessen war.

Tobias atmete tief ein. Zögernd griff er zum Kristallhebel, drehte ihn gegen den Uhrzeigersinn und zog ihn aus dem Gewinde. Das beständige Summen der Maschine verstummte und ging in das gurgelnde Geräusch abfließenden Kanalwassers über. Irgendwo in der Ferne erklang Katzengejammer, er meinte sogar das rauhe Lachen eines Betrunkenen zu hören.

1842. Ungläubig schüttelte er den Kopf. Wichtig war nur, daß ihn niemand bemerkte. Und eine so günstige Gelegenheit wie hier bekäme er vielleicht nie wieder.

Tobias erhob sich, noch immer darauf bedacht, die Maschine nicht zum Kippen zu bringen, und stieg vom Sattel. Wie oft hatte er sich schon vorgestellt, wie es wäre, eine vergangene Epoche persönlich zu erleben. Er packte das Gestänge der Maschine und versuchte, die Apparatur vom Kanal wegzuziehen. Sie bewegte sich kaum. Erst jetzt wurde ihm bewußt, wie schwer das metallene Monstrum in Wirklichkeit war.

Nicht weit entfernt hörte er das Schnauben eines Pferds. Alarmiert hielt er inne und versuchte, die Finsternis hinter sich mit seinen Blicken zu durchdringen. Ganz in der Nähe entdeckte er den Zugang zu einer Gasse. Im Zwielicht hatte er sie nicht gleich bemerkt. Hatte doch jemand seine Ankunft beobachtet? Unsinn, dann hätte er längst Besuch bekommen. Trotzdem durfte er auf keinen Fall riskieren, daß jemand die Zeitmaschine fand, bevor er wieder zurück war.

Schweren Herzens ließ er von der Maschine ab und näherte sich vorsichtig der Gasse. Dann warf er einen verstohlenen Blick um die Ecke. Nichts als Finsternis. Nur schemenhaft war zwischen den gedrungenen Häuserzeilen ein Leiterwagen zu erkennen. Davor sah er ein Pferd angeschirrt. Doch außer dem Tier war in der Gasse keine Bewegung auszumachen. Tobias schürzte die Lippen. Er konnte sich schlecht mit einem einfachen Stein als Beweisstück für seine Zeitreise zufrieden geben. Vielleicht befand sich auf dem Wagen etwas Interessanteres? Das könnte er dann nach seiner Rückkehr Gerresheimer schenken. Der würde sich sicher darüber freuen. Trotz des Gestanks atmete er tief ein.

Ja, das war eine gute Idee. Einstecken und abhauen. Ganz so, wie er und seine Freunde es früher in der Küche des Waisenhauses gemacht hatten.

Mit einem leisen »Ksch« näherte er sich dem Pferd und tätschelte es am Hals. Der Kaltblüter reagierte mit einem leisen Schnauben. Tobias grinste. Das ging leichter, als er es sich gedacht hatte.

Mutiger geworden tastete er sich zu dem Karren vor. Auf dem Leiterwagen lag ein klobiger Gegenstand, der im Mondlicht fahl schimmerte. Er war in eine helle Stoffbahn eingewickelt. Tobias schlug nach einer Fliege, die sich ihm auf die Nase gesetzt hatte. Schnell jetzt.

Erneut fischte er nach seiner Armbanduhr, zog das Tuch beiseite und drückte auf den Beleuchtungsknopf, um im schwachen Licht der Uhr ein wenig besser sehen zu können. Entsetzt keuchte er auf.

Eine Leiche! Ein Toter lag mit heruntergerutschter Hose auf der Ladefläche und wies die Zeichen entsetzlicher Torturen auf. Doch am meisten bestürzte ihn der Zustand des Kopfs. Jemand hatte den Schädelknochen aufgebrochen. Tobias starrte auf eine blutiggraue Gehirnmasse.

Als Medizinstudent war ihm der Anblick von Leichen vertraut. Doch angesichts dieses unerwarteten Funds mußte er würgen. Entsetzt wich er einen Schritt zurück und spürte im gleichen Augenblick eine Bewegung hinter sich – im Dunkeln. Schon packten ihn kräftige Hände und schleuderten ihn grob gegen die Hauswand. Er krachte gegen einen harten Holzbalken und schmeckte Blut. Wieder wurde er herumgerissen und diesmal mit dem Kopf voran gegen den Karren geworfen. Nur mit Mühe gelang es ihm, sich mit den Händen zu schützen, dann erfolgte der Aufprall. Stöhnend stürzte er in den Staub der Straße. Sein Gegner stieß einen gutturalen Laut aus. Daß der Tote auf dem Wagen auf das Konto des Fremden ging, daran bestand für Tobias kein Zweifel. Wenn er nicht in wenigen Augenblicken ebenfalls tot neben der Leiche auf dem Wagen liegen wollte, brauchte er eine Waffe. Tobias fuhr herum und griff nach dem schweren Kristallstab in seinem Hosenbund. Plötzlich wurde er an der Jacke gepackt und erneut gegen den Karren gepreßt. Säuerlicher Atem streifte sein Gesicht, dann schloß sich eine Hand um seine Kehle und drückte zu. Tobias wollte schreien, doch der einzige Ton, den er hervorbrachte, war ein ersticktes Keuchen. Voller Todesangst schlug er mit dem Elfenbeinknauf des Kristallhebels zu. Sein Gegner gab lediglich ein Grunzen von sich, packte seine Rechte und entwand ihm die Waffe. Der Würgegriff lockerte sich nicht. Tobias röchelte und versuchte unter Einsatz von Händen und Füßen den Klammergriff abzuschütteln. Vergeblich. Heiser lachte sein Gegner.

Eine Hand hatte Tobias noch frei. Verzweifelt griff er in seine Jackentasche. Dort fand er, was er suchte, und betätigte den Knopf. Das leise elektronische Summen drang ihm nur gedämpft an die Ohren. Die Hände des Gegners schlossen sich dabei noch fester um seine Kehle.

Zählen. Er mußte zählen! 10... 9... 8... Rote Nebel tanzten ihm vor den Augen... 7... 6... Seine Lungen brannten... 5... 4... Alles in ihm schrie nach Luft. Luft! Tobias zog das Blitzlicht seiner Kamera hervor, das er noch immer bei sich trug, schloß die Augen und drückte auf den Auslöser. Die Gasse wurde von einem Moment zum anderen in gleißende Helligkeit getaucht. Überrascht schrie sein Gegner auf. Tobias riß ein Knie nach oben und schaffte es, den Angreifer endlich von sich zu stoßen. Geblendet taumelte der Fremde zurück, stolperte und stürzte irgendwo vor ihm in die Gosse.

Erschöpft sackte Tobias vor einem der Karrenräder zusammen und füllte die Lungen keuchend mit Luft. Voller Todesangst kroch er tiefer in die Gasse hinein, in der Hoffnung, daß ihn die Dunkelheit verbarg. Erst als er sich sicher wähnte, blickte er zurück. Im Mondlicht, vor dem Ausgang der Gasse zum Kanal, zeichnete sich eine massige Gestalt ab, die wütend aufsprang, zurück zum Wagen stürmte... und ins Leere griff.

Der Kristallhebel! Der Kerl war im Besitz des Kristallhebels. Ohne ihn würde Tobias in dieser Zeit stranden. Erneut aktivierte er das Blitzlicht, das sich summend auflud, und tastete fahrig im Unrat der Straße herum. Seine Finger fanden ein Stück Holz.

Mühsam kam er auf die Beine und schlich zurück zum Wagen. Inzwischen war sein Gegner in die Hocke gegangen, um den Raum unter der Ladefläche nach ihm abzutasten. Tobias schlug zu. Dumpf krachte das Holzstück auf den Schädel des Mannes. Der jaulte auf und kippte zur Seite. Bevor Tobias nachsetzen konnte, hatte sich der Fremde schon wieder erhoben und hielt ein langes Messer in den Händen. Gewandt wich Tobias der Klinge aus. Er versuchte an eines seiner Fechtduelle zu denken, nur daß der Kampf diesmal tödlicher Ernst war. Abermals zückte er das Blitzlicht, und erneut flammte grelles Licht auf. Erstmals erkannte er Einzelheiten. Er kämpfte mit einem vierschrötigen Kerl mit kahlem Schädel und Bartstoppeln, der sich knurrend die Arme vor die Augen hielt. Nur am Rande nahm Tobias wahr, daß ein ausgebeulter großer Lederbeutel am Gürtel seiner Hose hing. Doch sein entsetztes Augenmerk galt dem weit aufgerissenen Mund des Fremden. Konnte das sein? Der Kerl hatte keine Zunge.

Tobias konzentrierte sich wieder auf den Kampf und schlug mit dem Knüppel nach der Messerhand. Mit einem leisen Klirren prallte die Klinge gegen die Hauswand. Er wußte, daß er den Hünen niederschlagen mußte, wollte er den Kristallhebel zurückgewinnen. Scheiterte er, wäre er in dieser Zeit gefangen. Vielleicht für immer.

Er nutzte seinen Vorteil weiter aus und schlug zu. Links, rechts. Links, rechts. Einem Hagelschlag gleich ließ Tobias den Knüppel auf Kopf und Körper seines Gegners niederprasseln. Wimmernd wich der Kahlköpfige vor ihm zurück. Plötzlich aber drehte er sich um, taumelte auf den Kanal zu und war kurz darauf verschwunden.

Fluchend setzte ihm Tobias nach, da dröhnte ein lautes Scheppern durch die Nacht. Der massige Kerl war bei seiner überstürzten Flucht gegen die Zeitmaschine geprallt. Stöhnend und mit der Hand am Schädel wankte er einige Schritte zurück und setzte dann, unverständliche Worte lallend, die Flucht fort.

Ein leises Quietschen ertönte. Nein, nur das nicht! Wie versteinert beobachtete Tobias, wie die große Apparatur schwankte, sich langsam in Richtung des Fleets neigte, um dann mit einem lauten Platschen ins Wasser zu rutschen. Kurz darauf ragten nur noch die Kufen und ein Teil des Parabolschirms aus den dunklen Fluten. Fassungslos hetzte Tobias zum Rand des Kanals. Wie sollte er die Zeitmaschine da je wieder herausbekommen?

Der Kristallhebel! Um all das konnte er sich Gedanken machen, wenn er den Kristallhebel wieder in Händen hielt. Mit einem Schrei auf den Lippen stürzte er hinter dem Flüchtenden her. Der Kahlköpfige humpelte und konnte seinen Vorsprung nur mit Mühe halten. Keuchend schaute er sich zu Tobias um und verschwand von einem Augenblick zum anderen zwischen zwei schiefen Häusern. Wenig später hatte auch Tobias die Gasse erreicht. Sie war so schmal, daß ein Karren nur mit Mühe hindurchgepaßt hätte. Die Umrisse des Flüchtenden waren nur unklar zu erkennen. Wütend riß der Kerl eine Regentonne um und rannte weiter. Tobias hetzte ihm hinterher. Wann immer er es schaffte, ließ er sein Blitzlicht aufflammen. Hin und wieder sah er seinen Gegner, die meiste Zeit über aber waren es dessen Schritte, die ihm den Weg wiesen.

Das enge Gassengewirr, in das Tobias hineingeraten war, war an vielen Stellen überbaut; mancherorts zweigten verschmutzte Höfe ab, in denen Müll lag und Katzen sich balgten. Einstöckige Buden wechselten sich mit schmalen, nur drei- oder vierfenstrigen Häusern ab, deren hohe Giebel gegeneinanderdrängten. Dazwischen stank es nach Moder und Exkrementen. Überhaupt machte die ganze Gegend einen überaus trostlosen Eindruck.

Tobias stürmte an einer Spelunke vorbei, aus der rauhe Seemannslieder und das Spiel eines schauerlich verstimmten Klaviers drangen. Ein Stück weiter mußte er einem besoffenen Kerl in Lumpen ausweichen. Er lag zusammengerollt auf einer der Treppen, die steil hinauf zu einer der armseligen Wohnungen führten. Immer wieder galt es, Dreck und Unrat aus dem Weg zu gehen, und einmal stürzte er sogar in eine schmierige Lache, die nach Urin und billigem Fusel stank. Tobias versuchte, nicht auf den Geruch zu achten. Sein einziger Gedanke galt dem Kristallhebel.

Da verschwand sein Gegner in einem Hauseingang. Nein, kein Hauseingang, nur eine weitere jener steilen

Treppen, die hoch zu den windschiefen Häusern ringsum führten. Er wog den Knüppel in der Hand und stolperte keuchend hinterher. Schräg über ihm war das Krachen einer eingetretenen Tür zu hören. Er gelangte in einen engen, stickigen Hausflur, von dem drei schiefe Türen abzweigten. Eine hing nur noch in den Angeln. Ohne zu überlegen, stürmte er hindurch, hinein in eine düstere Kammer, deren wichtigster Einrichtungsgegenstand ein rostiger Holzofen war. Im Raum roch es nach Ruß, Fisch und Schweiß. Im fahlen Mondlicht, das durch zwei kleine Fenster ins Rauminnere sickerte, sah er eine Frau, die ihn furchtsam anstarrte. Sie kniete auf einer Schlafmatte neben einem wurmstichigen Tisch und hielt zwei Kinder an sich gedrückt, die leise wimmerten.

»Wo ist der Kerl?« fragte Tobias außer Atem. Die Frau deutete stumm auf ein offenstehendes Fensterchen. Er eilte an ihr vorbei und blickte auf die mondbeschienene Ruine eines eingestürzten Hauses. Nicht weit vom Fenster entfernt endete eine handspannenbreite Mauer, die parallel zu dem Quartier verlief, in dem er sich befand. Auf dieser Mauer balancierte der Fremde. Im Licht des Mondes war seine massige Gestalt gut zu erkennen. Ihre Blicke trafen sich. Kurzerhand zwängte sich Tobias ebenfalls durch die Öffnung und stellte zu seiner Verwunderung fest, daß die vermeintliche Mauer vor ihm nicht aus Stein, sondern aus aufeinander gestapelten Holzbalken bestand. Erst jetzt wurde ihm bewußt, daß alle Häuser rund um ihn herum aus Holz gebaut waren. Mühsam ließ er sich auf dem schmalen Balken nieder und kroch, sich mit allen vieren festhaltend, hinter seinem Gegner her. Der gab einen unverständlichen Laut von sich und tänzelte weiter vorwärts. Tobias versuchte sich ebenfalls zu erheben – und rutschte ab. Nur mit Mühe konnte er sich an einem Querbalken festhalten. Unter ihm klapperte es. Verdammt, er hatte das Blitzlicht fallen lassen! Es lag schräg unter ihm auf einen Haufen Schutt, aus dem spitze Balken in die Höhe ragten.

Einen Augenblick lang erwog er noch, dem kostbaren Gerät nachzuklettern, als ihm das Rattern einer Kutsche an die Ohren drang. Er schaute auf, doch sein Gegner war nicht mehr zu sehen. War er in die Tiefe gestürzt? Ein lautes Wiehern ertönte, dem der überraschte Aufschrei eines Mannes folgte. Tobias beschloß, das Blitzlicht zu einem späteren Zeitpunkt zu bergen, und rutschte Stück für Stück weiter nach vorn. Kampfgeräusche drangen ihm ans Ohr.

Endlich erreichte er das Ende der Hauswand und blickte auf eine kopfsteingepflasterte Gasse hinunter, in der eine einspännige Kutsche stand. Eine Laterne am Kutschbock tauchte die Umgebung in ein trübes Licht. Zwei Männer wälzten sich im Rinnstein der Straße und droschen aufeinander ein. Sein Gegner und ein Fremder mit ausladendem Schnurrbart. Offenbar der Kutscher!

Der Kahlköpfige mußte sich von oben auf ihn gestürzt und ihn zu Boden gerissen haben. Plötzlich sprang der Angreifer auf, löste den Beutel an seiner Seite und zog ihn dem Kutscher mit ganzer Kraft durchs Gesicht. Der blieb benommen liegen. Dann taumelte er zum Kutschbock. Aus dem Innern des Gefährts gellte ein spitzer Frauenschrei. Der vierschrötige Kerl grunzte, riß den Verschlag auf und zerrte eine mollige junge Frau heraus, die kreischend auf dem schmalen Trottoir landete. Zu Tobias' Überraschung hechtete plötzlich eine weitere junge Frau aus dem Innenraum. Mutig hob sie einen Schirm über den Kopf, den sie im nächsten Augenblick zwischen die Schulterblätter des Angreifers niedersausen ließ. Der Kahlköpfige stolperte nach vorn, drehte sich wütend zu der Frau um und schlug zu. Wimmernd stürzte die junge Frau zu Boden.

Das war zuviel! Wütend richtete sich Tobias auf der schmalen Mauer auf und sprang schreiend in die Tiefe. Mit den Füßen voran riß er den Kahlköpfigen zu Boden, der hart auf einem Kantstein aufschlug. Das Splittern von Zähnen war zu hören – sein Gegner heulte vor Schmerz, gab aber immer noch nicht auf. Ungestüm griff er hinter sich und schleuderte Tobias so heftig gegen den offenen Verschlag der Kutsche, daß diesem die Luft pfeifend aus den Lungen wich.

Himmel, wieviel konnte der Kerl denn noch wegstecken? Mit blutendem Mund starrte ihn der Kahlköpfige an, dann machte er auf dem Absatz kehrt und rannte die Straße entlang ins Dunkle.

Tobias stöhnte. Er konnte nicht mehr. Sein Körper fühlte sich an, als hätte ihn eine Dampfwalze überrollt. In diesem Augenblick bemerkte er im Lichtschein der Laterne ein leises Funkeln auf den dunklen Kopfsteinen der Gasse. Der Kristallstab! Der Kerl hatte ihn verloren. Erleichtert nahm ihn Tobias wieder an sich und steckte ihn weg. Erst jetzt wurde ihm bewußt, daß er nicht allein war. Nicht weit von ihm entfernt weinte die junge Frau, die der Kahlköpfige aus dem Wagen gezerrt hatte. Die andere hingegen, jene, die so tapfer mit dem Schirm auf den Angreifer eingedroschen hatte, kniete mit aufgelöstem Haar neben ihrer molligen Begleiterin und hielt sich ein Taschentuch vor den Mund. Es war blutgetränkt.

Erschöpft stolperte Tobias zu den beiden hinüber.

»Alles in Ordnung?«

Das Mädchen mit dem Taschentuch sah auf und starrte ihn furchterfüllt an. Verblüfft riß er die Augen auf. War das möglich? Vor ihm hockte das hübsche Mädchen von dem Foto.

»Nicht, Krischaan!« rief sie.

Im nächsten Augenblick traf Tobias ein Schlag auf den Hinterkopf, und er verlor das Bewußtsein.

Caroline

*Hamburg 1842, 3. Mai,
17 Minuten nach 8 Uhr am Morgen*

»De Weber is dohr, de Weber is dohr! Kümmt all ran vün fern un noh! De Bürsten sin all patente Ware un halten an de hunnert Johre!«

Tobias erwachte mit bohrendem Kopfschmerz. Die schnarrende Stimme des Hökers auf der Straße drang ihm nur gedämpft an die Ohren. Und doch war sie es, die ihn geweckt hatte. Wie seltsam. Sonst war es in seiner Gegend eher ruhig. Wie spät mochte es sein?

Er wälzte sich herum, um nach dem Wecker zu greifen… und krachte hart auf einen Dielenboden.

Entgeistert starrte er auf den Nachttopf aus Porzellan gleich neben seinem Kopf. Er war mit kitschigen Schiffen bemalt und ragte halb unter dem altertümlichen Bettkasten hervor, aus dem er gefallen war. Tobias setzte sich hastig auf und versuchte den Schwindel niederzukämpfen, der ihn von einem Augenblick zum anderen übermannt hatte. Erst jetzt setzten die Erinnerungen wieder ein.

Er befand sich… im Jahr 1842!

Gehetzt sah er sich um. Er saß auf dem Boden einer kleinen Schlafkammer, deren niedrige Decke von mächtigen Balken gestützt wurde. Von draußen sickerte Tageslicht durch ein Fensterchen. Linkerhand erhob sich ein klotziger grüner Eichenschrank neben einer geschlossenen Tür. Gegenüber entdeckte er ein kleines Schreibpult, vor dem ein schlichter Holzstuhl stand. Jemand hatte dort seine

Jeans, seinen Pullover und die Lederjacke abgelegt. Die Kleidung starrte vor Schmutz.

Tobias erhob sich vorsichtig und kam erst jetzt dazu, sich selbst zu begutachten. Über seinem T-Shirt trug er ein langes Leinenhemd, das ihm bis zu den Knien reichte. Sein Kopf hingegen war bandagiert. Fassungslos schüttelte er ihn – und stöhnte erneut auf. Er hatte das Gefühl, unsichtbare Schmiede schlügen mit Hämmern auf seinen Hinterkopf ein. Nur langsam ebbte der Schmerz ab.

Der Kristallstab! Tobias trat vorsichtig zu seiner Jacke und tastete sie ab. Erleichtert atmete er auf. Er war noch da. Ebenso wie seine Haustürschlüssel, die Kaugummis und...

Himmel, seine Brieftasche fehlte! Darin steckte sein Ausweis. Hatte er sie während der letzten Nacht verloren? Oder – schlimmer noch – lag sie vielleicht im Keller des Uhrladens? In diesem Fall würden ihn in der Zukunft üble Scherereien erwarten. Falls es ihm gelang, die Zeitmaschine aus dem Kanal zu bergen. Falls es ihm überhaupt je wieder gelänge, in seine Zeit zurückzukehren. Tobias seufzte und kämpfte einen neuerlichen Anflug von Panik nieder.

Vorsichtshalber hob er die Matratze des altertümlichen Bettes an und versteckte den Kristallstab darunter. Sicher war sicher.

Anschließend wandte er sich dem schmalen Fenster zu. Es stand halb offen und war mit einem eisernen Riegel am Rahmen befestigt. Ein warmer Lufthauch streifte ihn. Neugierig blickte er hinab auf eine Straße, die von gediegenen Fachwerkbauten gesäumt wurde. Ein Bierwagen rollte vorbei, und er sah Leute in altertümlicher Kleidung vorbeihasten. Nur einen Steinwurf entfernt, umringt von Mägden und Dienstmädchen, stand ein Bürstenverkäufer mit einer Schiebkarre, die mit zahlreichen Schubladen ausgestattet war. Der Mann trug Zylinder, Leinenhose und eine abgewetzte Jacke – und pries noch immer in Knittelreimen seine Ware an:

»Mamsell von'n Saal,
kommen Sie schnell mal hendal!
Was hat der Weber zu Kauf?
Bürsten hat der Mann zu Hauf!
Nehmen Sie eine mit rauf,
oder 'n Schwanz von die kleine arabische Pferd,
ist unter Brüdern vier Schillinge wert!«

»Oh. Guten Morgen, Musjö! Ich sehe, Sie sind bereits wieder auf den Beinen? Wir hatten schon befürchtet, daß Sie schlimmere Verletzungen davongetragen hätten.«

Tobias fuhr herum und entdeckte zu seiner Verblüffung jene junge Frau, die den Kahlköpfigen so mutig mit dem Schirm geschlagen hatte. Das Mädchen von der Fotografie... Sie stand in der Kammertür und musterte ihn aufmerksam aus großen, ernsten Augen. Sie mochte etwa zwanzig Jahre alt sein. Die linke Hälfte ihres schmalen Gesichts war noch immer gerötet, die Oberlippe leicht geschwollen. Ihr dunkles Haar trug sie zu gedrehten, seitlich herabhängenden Zöpfen geflochten, die in auffälligem Kontrast zu ihrem blassen Gesicht standen. Gekleidet war sie in eine braune Krinoline, ein Kleid mit enger Taille und glockenartig fallendem Rock, das nicht verbergen konnte, wie zierlich sie war. Erst jetzt bemerkte Tobias den Stapel Kleidung, den die junge Frau in Händen hielt: ein Hemd, eine Hose sowie Stiefel mit Spangen.

»Guten Morgen.« Plötzlich wurde sich Tobias bewußt, daß er nur mit wenig mehr als einem langen Hemd bekleidet war.

»Auf der Straße vor unserem Haus ist wieder bannig was los«, meinte die junge Frau. »Hat Aalweber Sie mit seinem Geschrei wach gemacht?«

»Aalweber? Vielleicht«, stammelte Tobias.

»Ist er das?« krakeelte eine helle Jungenstimme. Ein etwa fünfjähriger Bengel mit flachsblonden Haaren steckte den Kopf ins Zimmer und bohrte in der Nase.

»Du alter Schietbüdel«, schimpfte das Mädchen und gab dem Kleinen einen Klaps auf den Hintern. »Gehst du wohl wieder nach unten! Sag Vaddern, daß unser Gast wach ist. Wir kommen gleich.«

Der Kleine streckte Tobias keck die Zunge heraus und rannte davon. »Das war Jakob, mein kleiner Bruder. Er ist manchmal ein büschen überkandidelt. Aber wahrscheinlich sind alle Jungs so.« Für einen Augenblick hellte sich ihr Gesicht auf, dann wurde sie wieder ernst. »Ihre... seltsame Kleidung ist schmutzig, ich hab Ihnen daher was zum Anziehen mitgebracht.«

Sie gab sich einen Ruck und legte die Sachen auf das Schreibpult.

»Eigentlich wollte ich nur nach Ihnen sehen. Gestern nacht ist es uns ja nicht geglückt, Sie zu wecken. Leider stehen im Laufe des Tages noch mancherlei Erledigungen an, da wir am Nachmittag einige Gäste empfangen. Wenn Sie möchten – statt eines Frühstücks nehmen wir unten gleich eine kräftige warme Mahlzeit zu uns.«

»Äh, ja, danke. Haben Sie mich, na ja...«

Er deutete an sich hinab.

»Nein, natürlich nicht.« Die junge Frau errötete. »Krischaan, unser Kutscher, hat Sie ins Bett gebracht. Es tut mir wirklich leid, daß er sie auf den Kopf geschlagen hat. Er dachte, Sie wollten uns ein Leid antun.«

»Sagen Sie ihm, das geht schon okay«, wiegelte Tobias ab. »Hauptsache, ich lebe noch.«

Okay? Ach je, er mußte noch lernen, wie man sich in dieser Zeit richtig ausdrückte! Also versuchte er es mit einem gewinnenden Lächeln. »Darf ich fragen, wie Sie heißen?«

»Mein Name ist Caroline Lewald«, hauchte sie und musterte ihn prüfend. »Und der Ihre?«

Verflixt. Jetzt mußte er sich etwas einfallen lassen. Die Sache mit der Zeitreise konnte er ihr ja kaum erzählen. Sonst würde man ihn als verrückt abstempeln und in eine der Irrenanstalten dieser Zeit einweisen. Er hatte genug historische Filme gesehen, die die damaligen Zustände mehr als drastisch zeigten.

»Ich glaube... Tobias.« Zum Beweis für sein Zögern faßte er sich an den Hinterkopf und fühlte eine große Beule. »Ich... kann mich leider an fast nichts mehr erinnern. Ich weiß nur noch, daß ich mit einem glatzköpfigen Kerl gerungen habe. Alles, was davor geschah... ist wie weggewischt. Ich weiß nicht einmal, wo ich eigentlich wohne.« Er bemühte sich um einen verzweifelten Gesichtsausdruck. »Geschweige denn, daß ich wüßte, wo ich herstamme. Offenbar eine Amnesie, verstehen Sie?«

Tobias hoffte, daß Caroline ihm die Geschichte abnahm.

»Amnesie? Ah ja...« Zweifelnd sah sie ihn an, hustete plötzlich und atmete dann tief ein. »Dagegen wird es doch sicher ein Mittel geben, oder? So, wie Sie sprechen, werden Sie wohl ein Quittje sein.«

Diesen Ausdruck kannte er! Das war ein Zugereister. Er mußte an sich halten, um nicht zu protestieren. Vorsichtig wog er das Haupt und tat nachdenklich. »Ich weiß es nicht. Aber ich weiß, daß ich Student bin... Ich studiere Medizin.«

»Ein angehender Physikus?« Caroline hob überrascht eine Augenbraue und deutete auf seine Kleidung über dem Stuhl. »Sie tragen eine eigenartige Garderobe.«

»Nein, ja, ich meine, dafür gibt es sicher einen Grund. Hauptsache, meine Erinnerungen setzen irgendwann wieder ein. Bis dahin...«

»Wenn Sie möchten, werde ich Sie mit Doktor de Lagarde bekannt machen. Er ist ein Freund meines Vaters. Er möchte Sie übrigens gern kennenlernen. Er wartet schon unten.«

»Sehr gern.« Tobias nahm die ungewohnte neue Kleidung an sich. »Dann werde ich mich jetzt wohl besser umziehen.«

Caroline nickte, machte aber keine Anstalten, das Zimmer zu verlassen. Sie wirkte auf einmal sehr verlegen. »Ich möchte mich noch einmal bedanken. Für gestern nacht. Ich wüßte nicht, was Amanda und ich ohne Sie getan hätten.«

»Amanda?«

»Amanda Odermann, meine beste Freundin.« Caroline schien mit sich zu ringen. »Herr... Tobias, wäre es unhöflich, wenn ich Sie darum bitte, zu verschweigen, wo wir uns begegnet sind?«

Überrascht sah er auf, und Caroline fuhr schnell fort: »Amanda hat im Dezember letzten Jahres einen Verein zum Schutz von Tieren ins Leben gerufen. Ich half ihr dabei. Inzwischen sind wir über hundertundzwanzig Mitglieder. Wir möchten etwas dafür tun, daß die armen Geschöpfe in unserer Stadt nicht mehr so gequält werden. Mein Vater glaubt allerdings, wir wären gestern im Theater gewesen und dann auf dem Rückweg von diesem Mann überfallen worden. In Wahrheit...«

Sie hustete erneut. Diesmal krampfartig.

Tobias sah sie besorgt an. »Geht es Ihnen gut?«

»Entschuldigen Sie.« Caroline rang nach Atem und fächerte sich Luft zu. Dann eiferte sie sich weiter. »In Wahrheit wollten wir einen Hund aus dem Besitz eines Torfhändlers befreien. Das arme Tier tut uns so leid. Es ist halb verhungert, und doch muß es jeden Tag schwere Lasten durch die Straßen ziehen. Das ist... barbarisch. Ich war es, der Krischaan in die Sache mit hineingezogen hat. Unseren Kutscher. Ohne mich hätte sich die treue Seele niemals auf diese überaus delikate Unternehmung eingelassen. Mir ist natürlich sehr wohl bewußt, daß sich solch umtriebiges Tun für zwei junge Mamselln wie uns nicht schickt. Mein Vater wird sich außerordentlich echauffieren, wenn herauskommt, daß...«

Tobias winkte ab. »Sie können sich auf mich verlassen. Ich schweige wie ein Grab.«

»Danke! Auch im Namen Amandas.« Erleichtert sah sie ihn an, während die schnarrende Stimme des Straßenhändlers unten in der Gasse erneut zu hören war:

»Hier, mein klein Deern, scheuer die Stube rein, un denn laß man dein Bräut'gam ein!«

Die Leute auf der Straße lachten.

Aalweber? Wo hatte Tobias den Namen bloß schon einmal gehört? »Sagen Sie, warum wird der Mann da unten Aalweber genannt? Er verkauft doch Bürsten.«

»Ja. Aber am Nachmittag hökert er mit geräucherten Aalen. Und sollte er seine Schötschekarre eines Tages von Hunden ziehen lassen, werden wir ihm ebenfalls tüchtig auf die Finger klopfen!«

Caroline nickte trotzig, raffte ihre Röcke und verschwand im Gang.

Tobias schmunzelte. Greenpeace hätte sich über so engagierte Mitglieder wie sie gefreut. Für eine junge Frau des 19. Jahrhunderts war ihr Verhalten allerdings mehr als erstaunlich. So oder so, er war schon sehr gespannt, den Rest der Familie kennenzulernen.

Corpus delicti

Hamburg 1842, 2. Mai,
9 Minuten vor 9 Uhr am Morgen

Tobias löste sich von der geschwungenen Dielentreppe und durchmaß staunend den weiträumigen Eingangsraum, der sich im Erdgeschoß des Lewaldschen Wohnhauses auftat. Schwarze und weiße Marmorfliesen kleideten den Boden schachbrettartig aus. Von der Decke hoch über ihm hing ein ausgestopfter Haifisch, die glänzenden scharfen Reißzähne gefährlich gebleckt. Von irgendwoher roch es nach Essen.

Links von der Treppe, zur Straße hin, befanden sich zwei über beide Hausetagen reichende große Fenster, durch die helles Licht in die Diele fiel. Dazwischen lag der Windfang mit der Eingangstür; nicht weit von ihm entfernt stand ein Handkarren mit hochgestellter Deichsel. An den Wänden lehnten aufgerollte Bastmatten und eine lange Leiter; ein großes Eichenfaß und ein Geschirrschrank mit verhängten Butzenscheiben standen daneben. Tobias erinnerte das Interieur eher an ein Kontor als an eine Privatwohnung.

Das geschäftige Treiben auf der Straße drang nur gedämpft an seine Ohren. Die Geräusche wurden vom schwermütigen Ticktack einer prachtvollen englischen Standuhr überlagert, die unter der Treppe zum Obergeschoß stand. Der mysteriöse Uhrmacher hätte ebenso seine Freude daran gehabt wie sein Fechtlehrer. Das versilberte Zifferblatt war von goldbronzenen Genien umgeben, und in einer Vertiefung ließ sich sogar das Datum ablesen. Unterhalb der Zeiger prangte ein verschnörkelter Schriftzug, der davon Zeugnis ablegte, wer dieses Meisterwerk der Uhrmacherkunst geschaffen hatte: William Jourdain, London.

»Ah, da sind Sie ja«, erklang eine sonore Stimme. Tobias wandte sich um und entdeckte einen korpulenten Herrn Mitte Fünfzig. Sein ausladender Backenbart umrahmte ein Gesicht, das den Eindruck erweckte, gern und häufig zu lachen. Offenbar war es Carolines Vater. Er stützte sich auf einen Spazierstock mit bronzenem Griff, der die Form eines Engels mit auf den Rücken gefalteten Flügeln aufwies.

Unbemerkt von Tobias war der Herr durch eine große Doppeltür getreten, die der Treppe unmittelbar gegenüber lag. Tobias konnte an ihm vorbei einen Blick auf ein getäfeltes Speisezimmer mit zahlreichen Bildern an den Wänden werfen. An der gedeckten Tafel hatte Caroline bereits Platz genommen. Ihm entging nicht, daß ihm die junge Frau einen mahnenden Blick zuwarf.

»Mein Name ist Justus Lewald«, machte Carolines Vater erneut auf sich aufmerksam. Er reichte Tobias die Hand. »Ich bin schon überaus gespannt darauf, den jungen Mann kennenzulernen, der meiner Tochter und ihrer Freundin bei dem gestrigen Überfall zur Seite stand.«

»Oh, danke«, erwiderte Tobias überrumpelt und erwiderte Herrn Lewalds festen Händedruck. »Ich bewundere gerade Ihre Standuhr. Ich kenne jemanden, der sicher Gefallen daran fände.«

»Darf ich daraus schließen, daß Ihre Erinnerung zurückgekehrt ist?«

»Nein. Leider nicht.« Teufel! Tobias hatte Mühe, den Gleichmut zu bewahren. Er sollte sich besser überlegen, was er sagte. »Es sind nur Erinnerungsfetzen. Bilder. Aber wann immer ich mich darauf konzentriere, verschwimmt alles. Sie haben keinen Begriff, wie es ist, gänzlich ohne… Identität dazustehen. Zum Verzweifeln!«

»Sehr sonderbar«, murmelte Lewald und kratzte sich am Bart. »Sie werden nicht umhin kommen, sich in ärztliche Behandlung zu begeben. Ich hoffe, unser Kutscher hat sich schon bei Ihnen entschuldigt.«

Tobias winkte ab. »Ihn trifft keine Schuld. Immerhin… ich weiß jetzt, daß ich mit einem Uhrmacher bekannt bin. Immerhin ein Fortschritt. Nur wer der Mann ist, das vermag ich leider nicht zu sagen.«

Diese Lüge ging ihm leicht über die Lippen.

Carolines Vater musterte ihn aufmerksam, und Tobias hatte Gelegenheit, sein Gegenüber ebenfalls eingehender zu betrachten. Justus Lewald trug eine vornehme dunkle Weste, die sich straff über den ausladenden Bauch spannte. Aus der Brusttasche hing die goldene Kette einer Taschenuhr. Seine dunkle Hose hingegen wurde von Sprungriemen stramm gezogen, die an zwei eleganten Stiefeln befestigt waren. Tobias selbst sehnte sich schon jetzt nach der bequemen Kleidung seiner Zeit zurück. Oben im Zimmer hatte er eine Weile gebraucht, bis er herausgefunden hatte, was wie zueinander gehörte. Jetzt trug er ein Hemd, dessen Ärmel an den Schultern dick auswattiert waren. Die Stiefel, die ihm Caroline gebracht hatte, drückten allerdings unangenehm an den Zehen. Überdies juckten die Sprungriemen, die seine eigene Leinenhose straff zogen. Am schlimmsten aber waren die steife Halsbinde, die ihm unaufhörlich gegen das Kinn scheuerte, sowie der aufrecht stehende Hemdkragen, der ihm schier die Ohren vom Kopf schneiden wollte.

»Nun, dann kommen Sie doch herein und stärken sich etwas. Ich kann Ihnen jedenfalls nicht sagen, wie dankbar ich Ihnen bin.« Justus Lewald gab die Tür frei, und Tobias betrat mit einem steifen Nicken zu Caroline hinüber den Raum.

»Nehmen Sie Platz.« Caroline zog einen Stuhl heran. »Ich hoffe, die Kleidung paßt Ihnen. Sie gehört meinem Vater.«

»Allerdings ist sie mir inzwischen zu eng«, ergänzte Lewald lachend und klopfte sich auf den Bauch.

»Doch, alles ganz vorzüglich«, antwortete Tobias etwas gestelzt. Als er und Carolines Vater Platz genommen hatten, öffnete sich eine Tür an der Stirnseite des Raumes, und mit einem hellen Lachen stürmte Carolines kleiner Bruder Jakob herein.

»Hüa! Hüa!« Auf einem hölzernen Steckenpferd galoppierte der Junge ins Zimmer und hielt erst inne, als er Tobias bemerkte. Verlegen grinste er, stellte sein Spielzeug an der Wand ab und nahm ebenfalls am Tisch Platz. Dem Kleinen folgte eine stattliche Frau um die Vierzig mit großer Oberweite und leuchtendroten Wangen. Ihr krauses Haar wurde von einem Häubchen gebändigt, und ihre weiße Schürze hob sich hell vor einem einfachen Leinenkleid ab. In den Händen hielt sie ein

Tablett aus dunklem Kastanienholz, auf dem sich eine schwere Porzellanterrine befand. Tobias erhob sich und bemerkte zu spät das Lächeln, das über Carolines Gesicht huschte.

»Das ist Hannchen, unsere Köksch und Haushälterin«, klärte sie ihn leise auf.

»Oh.« Tobias setzte sich nach kurzem Nicken wieder und sah zu, wie Hannchen das Essen auftrug.

In diesem Augenblick waren in der Diele Geräusche zu hören. Kurz darauf kam an der Tür zum Eßzimmer ein rothaariger Mann mittleren Alters – mit Fuhrmannsmütze und ausladendem Schnauzer – vorbei. Die Enden des Barts bewegten sich im Takt der Schritte leicht auf und ab. Tobias erkannte den Kutscher, mit dem er in der gestrigen Nacht schon Bekanntschaft gemacht hatte.

Der Mann trug zwei Wassereimer. Als er die Gesellschaft im Speiseraum erblickte, blieb er stehen, stellte die Eimer ab und riß sich die Mütze vom Kopf. »Moin.«

Der alte Lewald schaute kurz auf und seufzte.

»Guten Morgen, Kristian. Ich dachte eigentlich, daß unser Haus einen Hintereingang besäße.«

»Tut mir leid, Herr Lewald. Kummt nich wedder vör. Denn wüll ik mol.« Der Bedienstete der Lewalds warf Tobias einen mißtrauischen Blick zu und war kurz darauf mit seiner Last verschwunden.

Die Haushälterin wandte sich vertraulich an Caroline, während sie Justus Lewald Suppe in den Teller füllte. »Krischaan hat sich heute morgen wieder Wasser aus dem Brunnen am Großneumarkt andrehen lassen. Und das, obwohl ich ihm schon so oft gesagt habe, daß ich damit nicht kochen kann. Es ist viel zu hart.«

»Damit hat es ohnehin bald ein Ende«, brummte Lewald und schlürfte seine Suppe. »Ich habe bereits mit Wasserbaudirektor Woltmann gesprochen. Noch in diesem Jahr wird unser Stadthaus an eine der Brunnenleitungen angeschlossen.«

»Sag bloß, Vater!« entfuhr es Caroline keck. »Sonst beschäftigst du dich doch bloß mit Erfindungen, bei denen es laut dampft und zischt.«

Hannchen und sie lachten, und Tobias wurde klar, warum all die Ölgemälde ringsum altertümliche Lokomotiven zeigten. Jede ähnelte einem liegenden Faß auf vier Rädern, an deren Front man ein langes Ofenrohr angebracht hatte.

»Sie sind ein Eisenbahnliebhaber?« wollte Tobias wissen.

Caroline verdrehte die hübschen Augen. »Dampflokomotiven, Dampfschiffe, Montgolfieren, neue Schießgewehre, Daguerreotypien… was Sie wollen. Wenn heute etwas neu erfunden wird, dann können Sie davon ausgehen, daß mein Vater morgen bereits in einer Kutsche sitzt und dem Erfinder einen Besuch abstattet.«

»Nun, jetzt übertreibst du aber, mein Liebes.«

»Ich finde das sup… äh, fabelhaft!« begeisterte sich Tobias.

Justus Lewald schmunzelte. »Dann sollten Sie erst einmal mein physikalisches Kabinett sehen, junger Mann. Es befindet sich draußen auf unserem Elbgrundstück. Bei alledem handelt es sich mitnichten um die Spinnerei eines alten Mannes. Meine Tochter verschweigt, daß wir heute in weitaus bescheideneren Verhältnissen leben würden, wenn ich nicht rechtzeitig die Zeichen der Zeit erkannt und vor ein paar Jahren in Eisenbahnaktien investiert hätte. Als vor sieben Jahren die erste deutsche Strecke von Nürnberg nach Fürth gebaut wurde, war ich mit dabei. Und das gegen den Widerstand der Kassandrarufer überall im Deutschen Bund. Allen voran die ach so gelehrte Ärzteschaft. Angeblich würde man bei den hohen Geschwindigkeiten geisteskrank werden.« Lewald tippte sich vielsagend gegen die Stirn. »Die gelehrten Herren hätten sich besser selbst untersuchen sollen. Auch '39, bei der Strecke Leipzig–Dresden, habe ich investiert. Da sehen Sie.« Er deutete zu einer der altertümlichen Lokomotiven an der Wand. »Das ist die Saxonia, die erste auf deutschem Boden gebaute Dampflok. Im gleichen Jahr haben wir die Taunusbahn zwischen Frankfurt und Wiesbaden eröffnet. Und schon in wenigen Tagen wird nun endlich auch in unserer geliebten Hansestadt der Fortschritt Einzug halten. Dann werden wir ganz offiziell die Strecke von Hamburg nach Bergedorf einweihen. Diese drei Meilen sind aber erst der Beginn. In zwei oder drei Jahren wird das Streckennetz vielleicht schon bis nach Berlin reichen. Sofern sich die Preußen nicht querstellen. Ich prophezeie, daß wir es alle noch erleben werden, wie man die Stadtwälle Hamburgs einreißt, um Platz für eine neue Zukunft zu schaffen, die ohne Postkutschen und ohne Pferdefuhrwerke auskommt.«

»Vater, du ereiferst dich.«

Lewald seufzte. »Sehen Sie, mein junger Freund, das hat man davon, wenn im eigenen Haus ein Weiberregiment herrscht. Lassen Sie es nie so weit kommen. Da bemüht man sich, dem Fortschritt zu dienen – und das ist der Dank.«

Die beiden Frauen rollten amüsiert mit den Augen.

»Was gibt es denn?« wollte Jakob wissen, als ihm Hannchen ebenfalls den Teller füllte.

»Sauerampferbrühe mit Korinthen und danach Hechtklöße mit Ochsenmarkpudding«, antwortete die Haushälterin freundlich.

»Uäh, ich mag keine Korinthen.«

»Nu sei ma nich so krüsch!« ermahnte ihn Caroline.

»Während der Franzosenzeit«, brummte Lewald, »waren wir schon froh, wenn es wenigstens Graupen gab. Ich weiß noch, wie Bonapartes Soldaten von Haustür zu Haustür zogen und die Speisekammern nach Proviant durchwühlten. Requirieren nannten die das. Und Heiligabend 1813 haben sie jeden aus der Stadt getrieben, der nicht genügend Lebensmittel und Brennholz für den Winter vorweisen konnte. Drüben in Altona sind sie dann jämmerlich erfroren. Fast tausendzweihundert Menschen.«

»Vater!« unterbrach ihn seine Tochter mahnend.

»Ja, ja, ich weiß. Aber ist doch wahr.« Ergeben winkte Lewald ab und schlürfte weiter seine Suppe.

Tobias starrte mißmutig auf seinen Teller. Korinthen? Ausgerechnet. Als Jakob unglücklich zu ihm aufschaute, zwinkerte er ihm verschwörerisch zu und verzog das Gesicht. Natürlich so, daß es der alte Lewald nicht bemerkte. Vergnügt grinste der Kleine zurück, und gemeinsam machten sie sich über die dunkelbraunen kleinen Feinde in ihrer Suppe her.

Schweigend aß die Familie, und eine Weile waren nur das Klappern des Geschirrs und ein gelegentliches Hüsteln von Caroline zu hören. Offenbar litt sie an einer Bronchitis. Hin und wieder bemerkte Tobias, daß sie ihn verstohlen musterte. Und jedesmal lief ihm ein Kribbeln über den Rücken. Er wußte nicht, ob es von der Angst herrührte, daß man ihm seine Ausrede mit dem Gedächtnisverlust nicht glaubte, oder weil sie so hübsch war.

Er schüttelte den Gedanken ab. Er mußte einen Weg finden, diese verdammte Zeitmaschine wiederzufinden. Er gehörte nicht hierher. Meine Güte, wenn er gestern hätte raten müssen, wo er sich heute aufhalten würde – niemals wäre er darauf gekommen. Dabei war dieses Gestern genaugenommen das Morgen in weit über hundertfünfzig Jahren.

»Heute nachmittag kannst du dir den Bauch mit etwas anderem vollschlagen«, wandte sich Justus Lewald an seinen Sohn. Als er Tobias' fragenden Blick bemerkte, fügte er hinzu: »Ich hatte letzte Woche Geburtstag. Meinen sechsundfünfzigsten. Aber da war ich leider nicht in der Stadt. Also habe ich für heute nachmittag zu einem kleinen Empfang auf unserem Landsitz an der Elbchaussee geladen.«

Landsitz? Tobias wurde erst jetzt klar, *wie* reich Lewald sein mußte.

»Neben den Herren der Hamburg-Bergedorf-Eisenbahn-Gesellschaft habe ich auch eine Handvoll Mitglieder der

Patriotischen Gesellschaft sowie einige gute Freunde eingeladen. Sie, mein Lieber, sind natürlich ebenfalls willkommen.«

»Oh, danke. Ich fühle mich geehrt. Ich vermute, Sie alle haben heute noch viele Vorbereitungen zu treffen.«

»Nein. Alles ist längst geplant.« Caroline betupfte sich die Lippen mit einer Serviette. »Immerhin habe ich schon die letzten fünf Tage in unserem Landhaus verbracht, um alles vorzubereiten. Der Rest liegt jetzt in den Händen unseres Verwalters, des Herrn Groth. Er ist sehr zuverlässig. Ich denke, du wirst begeistert sein, Vater.«

»Natürlich, wie immer«, erwiderte dieser. »Schließlich besitzt du das Geschick deiner Mutter, Gott habe sie selig.«

Tobias blickte von seiner Suppe auf und beschloß vorsichtshalber, auf die letzte Bemerkung nicht weiter einzugehen. Als Hannchen die Hechtklöße auftischte, wandte sich Justus Lewald erneut an den Studenten. »Vorher sollten wir aber noch einmal auf den Zwischenfall von letzter Nacht zu sprechen kommen. Leider bin ich erst heute morgen von einer Geschäftsreise zurückgekehrt. Sie können sich also vorstellen, wie aufgebracht ich war, als Caroline mir berichtete, was gestern geschehen ist. Waren Sie ebenfalls im Theater?«

Eine Fangfrage? »Wie ich schon sagte, ich kann mich nicht erinnern. Ich weiß nur, daß mit dem Kerl, der die Kutsche überfiel, nicht zu spaßen war.«

Betont gleichmütig aß er weiter. Herrlich! Diese Hechtklöße schmecken wider Erwarten vorzüglich.

»Nun, ich hoffe, die Polizei wird den Mann fassen, bevor er weitere Bürger überfällt.« Carolines Vater zückte seine Taschenuhr. »Eigentlich sollte Kettenburg schon längst hier sein. Ich hatte ihn zum Essen eingeladen.«

»Kettenburg?« Caroline schaute fragend auf.

»Einer der beiden Polizeiaktuare. Vor einer Stunde habe ich ihm eine Nachricht zukommen lassen.«

Ein Polizist? Tobias verschluckte sich fast. Auch Caroline neben ihm versteifte sich unmerklich.

Als habe der Beamte nur auf dieses Stichwort gewartet, klopfte es an der Haustür. Hannchen eilte in die Diele und kam wenig später mit einem dunkelhaarigen, hageren Mann zurück, dessen auffallendste Kennzeichen eine Hakennase, ein blauroter Uniformrock sowie ein Dienststock mit dem Wappen der Stadt Hamburg waren: weißes Tor auf rotem Grund. Der Mann wirkte übernächtigt.

Kettenburg lüpfte müde seinen Zweispitz, schlug die Hacken zusammen und verneigte sich steif. »Gnädiges Fräulein. Herr Lewald. Monsieur.« Hannchen nahm ihm den Hut ab.

Etwas an dem wachen Blick des Beamten verunsicherte Tobias. Er las berufliches Mißtrauen darin, aber auch noch etwas anderes, das ihn in tiefster Seele aufwühlte. Doch er hätte nicht zu sagen vermocht, was es war.

»Ich bedaure die Verspätung, aber leider wird meine Aufmerksamkeit derzeit von einem anderen Fall über Gebühr in Anspruch genommen.«

»Wir sind froh, daß Sie überhaupt Zeit gefunden haben. Setzen Sie sich, mein Bester!« Lewald erhob sich, zog einen Stuhl heran und gab Jakob ein Zeichen, er könne aufstehen und spielen gehen. Sogleich lief der Kleine zurück zu seinem Steckenpferd und verschwand damit im Nebenzimmer. Caroline füllte dem Polizisten einen Teller, den dieser dankbar entgegennahm.

»Also, kommen wir gleich zur Sache«, fuhr der Polizeiaktuar fort. »Die Nachricht, die Sie, Herr Lewald, mir haben zukommen lassen, besagte, daß Ihre Tochter gestern abend Opfer eines Überfalls geworden ist.«

»Das ist richtig!« entrüstete sich Caroline. »Nach dem Theater!«

»Und wo fand der Überfall statt?«

»Auf dem Heimweg. Dieser Rohling hat die Kutsche angehalten, in der meine Freundin Amanda und ich saßen.«

»Sie meinen Amanda Odermann, die junge Gründerin dieses Tierschutzvereins, richtig?«

Caroline nickte. »Erst schlug er Krischaan nieder, unseren Kutscher, dann griff er uns an. Wenn uns der junge Herr nicht zu Hilfe geeilt wäre...« Sie deutete auf die Blessuren in ihrem Gesicht und schüttelte sich in einem neuerlichen Hustenanfall.

Ihr Vater klopfte ihr besorgt auf den Rücken, und Tobias beschloß, bei nächster Gelegenheit herauszufinden, was es mit diesem Husten auf sich hatte.

»Nun«, antwortete Kettenburg, »vielleicht muß ich meine Frage spezifizieren. Wo genau hat der Überfall stattgefunden? Und warum haben Sie nicht sogleich bei einer Wache Meldung erstattet?«

Caroline blickte hilfesuchend zu Tobias herüber. »Wir waren ganz verwirrt – und außerdem verletzt. Deswegen.«

»Natürlich. Und wo sind Sie überfallen worden?«

»In, äh, in der Fuhlentwiete.«

»Ach! In der Fuhlentwiete?« Kettenburg sah überrascht von seinem Essen auf. »Das verstehe ich nicht. Von der Dammthorstraße, über den Gänsemarkt bis hier zu Ihnen in die ABC-Straße ist es doch nicht weit. Warum haben Sie einen solchen Umweg gewählt?«

Das Stadthaus der Ewalds lag in der ABC-Straße? Tobias riß erstaunt die Augen auf und antwortete für Caroline, als er ihren hilflosen Blick auffing. »Ich vermute doch sehr, die Mamseln wollten zunächst Amanda Odermann nach Hause bringen.«

»Richtig!« antwortete Caroline erleichtert.

»So so.« Mißtrauisch beäugte der Polizeiaktuar Tobias. »Und Sie sind jener junge Mann, der den beiden Damen zu Hilfe eilte?«

Er nickte.

»Darf ich fragen, wie Sie heißen und welche Geschäfte Sie bewogen haben, zu dieser späten Stunde noch unterwegs zu sein?«

»Leider erhielt ich von dem Kutscher der Lewalds einen Schlag auf den Kopf. Seitdem ist meine Erinnerung wie ausgelöscht. Darum kann ich Ihnen auf all das keine Antwort geben. Weder weiß ich, wo ich wohne, noch, wer ich bin. Amnesie, wenn Sie verstehen?«

»Natürlich. Sie glauben nicht, wie oft ich in meinem Beruf damit konfrontiert werde.« Der Polizeiaktuar sah ihn spöttisch an. »Sie sollten dringend einen Arzt zu Rate ziehen. Und mit Sicherheit wird es aufschlußreich sein, auch Mamsell Odermann zu der Angelegenheit zu vernehmen. Wer weiß, vielleicht hat ja ein Anwohner der Fuhlentwiete etwas von dem Kampf bemerkt. Darf ich fragen, zu welchem Zeitpunkt der Überfall genau stattgefunden hat?«

»Oh, ich habe leider nicht auf die Uhr gesehen. Ich war ja damit beschäftigt, meiner Freundin zu helfen«, erwiderte Caroline leicht gereizt.

»Entnehme ich dem Unterton Ihrer Frage«, mischte sich Lewald verwundert ein, »daß Sie an dem Bericht meiner Tochter Zweifel hegen?«

»Mitnichten!« wiegelte der Polizeiaktuar ab. »Verzeihen Sie, wenn ich diesen Eindruck erweckt habe. Aber mein Beruf erfordert es nun einmal, auch unbedeutende Mosaiksteine zu einem großen Ganzen zusammenzufügen. Derzeit ermittle ich in einer heiklen Mordserie. Da muß ich jeder sachdienlichen Einzelheit nachgehen.«

»Eine Mordserie? Hier in Hamburg?« Caroline schlug aufgeregt die Hand vor den Mund.

»Leider. Letzte Nacht hat man ein weiteres Opfer gefunden. Im Kirchspiel Michaelis. Der Mann lag auf einem Pferdekarren und wurde auf die gleiche grausame Weise umgebracht wie die Toten, die wir zuvor entdeckt hatten. Der Mörder wurde diesmal offenbar dabei gestört, als er die Leiche in eines der Fleete werfen wollte. Über Täter und Opfer wissen wir bislang wenig. Aber wir werden es herausfinden.«

Tobias schluckte.

»Und es gab keine Zeugen?« fragte Lewald mit lebhafter Neugierde.

»Bedauerlicherweise nein.«

»Und das Pferd?« entfuhr es Caroline.

»Wir haben kein Brandzeichen entdecken können.«

»Nein, das meine ich nicht. Kümmert sich jemand um das arme Tier?«

Kettenburg blickte sie überrascht an und lächelte gönnerhaft. »Ach so, ich vergaß. Seien Sie versichert, daß dem Klepper derzeit eine bessere Pflege zuteil wird, als er sie bei seinem ursprünglichen Besitzer erhalten haben mag. Wir haben das Tier in den Dragonerstall verbracht.«

»Zum Stadtmilitär? Mit anderen Worten: Es wird für den Abdecker vorbereitet«, empörte sich Caroline.

Julius Lewald tätschelte beruhigend die Hand seiner Tochter. »Immer erst die Menschen, dann die Tiere, mein Liebes.«

Kettenburg nestelte an seiner Westentasche. »Bei der Gelegenheit, Herr Lewald – man berichtete mir, daß Sie der geeignete Ansprechpartner für technische Spielereien aller Art seien. Einer der Uhlen hat am Tatort etwas Erstaunliches gefunden. Vielleicht können Sie mir weiterhelfen.«

Zu Tobias' Verblüffung zog Kettenburg dessen Quarzarmbanduhr hervor und legte sie vor Justus Lewald auf den Eßtisch. Unwillkürlich faßte sich der Student ans Handgelenk. Er hatte die Uhr gestern nacht verloren. Carolines Vater nahm sie stirnrunzelnd in die Hand und hielt sie sich dicht vor die Augen. Plötzlich wirkte er überaus aufgeregt.

»Potzblitz! Zahlen, die vor einem grauen Hintergrund schweben… Meine Güte, die Ziffern blinken sogar! Und nirgendwo eine Mechanik zu erkennen, die sie bewegt. Und dann noch dieses biegsame Material. Wie Kautschuk, nur… fester. In jeder Hinsicht ungewöhnlich!«

»Einer meiner Männer hält das Gerät für eine Art Uhr. Ich aber glaube, daß es noch mehr in sich birgt. Schauen

Sie.« Kettenburg nahm Lewald den Gegenstand wieder ab. »Wenn Sie diesen Knopf dort zur Seite drücken, dann wird die Fläche unter dem Glas beleuchtet.«

Carolines Vater gab einen Laut des Erstaunens von sich. »Sagenhaft. Hier ist eine voltaische Kraft am Werk!«

»Also Elektrizität. Hm.« Kettenburg hob nachdenklich eine Augenbraue und steckte das Beweisstück wieder ein. Tobias konnte Justus Lewald ansehen, wie gern er sich noch eine Weile mit der Uhr beschäftigt hätte.

»Wie dem auch sei, wir sind uns sicher. Es ist kein Zufall, daß dieses Ding in der Nähe der Leiche lag.«

»Sie müssen ein solches Kunstwerk von einem Fachmann untersuchen lassen. Unbedingt!« entfuhr es Justus Lewald. »Wenn Sie möchten, bringe ich Sie mit dem besten Ingenieur Hamburgs zusammen. William Lindley. Sie haben sicherlich schon von ihm gehört.«

»Selbstredend«, antwortete Kettenburg. »Sie meinen den Engländer, der den Bau der Eisenbahnstrecke nach Bergedorf leitet, richtig?«

»In der Tat. Was halten Sie davon, wenn Sie heute nachmittag zu uns ans Elbufer kommen? Ich gebe im Garten meines Landsitzes einen kleinen Empfang, zu dem ich Sie herzlich einlade. William Lindley hat sein Erscheinen ebenfalls zugesagt. Wenn Sie möchten, mache ich Sie miteinander bekannt.«

»Ich will versuchen, das einzurichten.« Der Polizeiaktuar schien von dem Vorschlag sichtlich angetan, während Tobias immer unbehaglicher zumute wurde. Die verdammte Armbanduhr mußte er jedenfalls wieder in seinen Besitz bringen.

»Gut, dann um drei Uhr am Nachmittag.«

Kettenburg und Lewald erhoben sich, und nach kurzer Verabschiedung begleitete Carolines Vater den Gast in die Diele. Tobias und Caroline schauten sich vielsagend an. Gerade wollte er das Wort an sie richten, als der Polizeiaktuar, inzwischen wieder mit Uniform und Zweispitz bekleidet, in den Raum zurückeilte. Er hatte seinen Dienststock vergessen, der noch immer neben dem Tisch lehnte.

»Das kommt davon, wenn man die Nacht über kaum geschlafen hat.« Kettenburg lächelte schmal und nickte Caroline zu. »Ich verspreche Ihnen, wir werden den Kerl fassen, der Sie und Ihre Freundin überfallen hat. Sagen Sie, was wurde gestern eigentlich im Stadttheater gegeben?«

»Die Räuber«, murmelte sie überrumpelt. »Schiller.«

»Oh, wie pikant. Ich empfehle mich.«

Kettenburg lüpfte den Zweispitz und war kurz darauf verschwunden.

Tobias blies die Backen auf und atmete aus. »Puh, das war aber geistesgegenwärtig.«

Seine hübsche Tischnachbarin blickte ihn bekümmert an. »Nein, das war dumm Tüch. In Wahrheit habe ich keine Ahnung, welches Stück gestern aufgeführt wurde. Ich muß unbedingt Amanda warnen, damit sie sich vor diesem Polizeiaktuar in acht nimmt.«

 # Nun danket alle Gott

*Hamburg 1842, 2. Mai,
28 Minuten nach 10 Uhr am Morgen*

»Ich kann nur hoffen, daß wir nicht irgendwo aufgehalten werden«, machte Caroline ihren Befürchtungen Luft und strich die Falten ihrer Krinoline glatt. »Mein Vater wird sehr aufgebracht sein, wenn wir uns ausgerechnet bei seinem Geburtstagsempfang verspäten. Vom Millerntor bis zu unserem Landsitz ist es gut und gern eine Stunde Fahrt. Und das auch nur, wenn wir drüben in Altona nicht von den Grenzposten aufgehalten werden. Wir müssen uns also sputen, Herr Tobias. Herr Tobias?« Das junge Fräulein Lewald hielt in ihrem sprudelnden Redefluß inne.

Er ließ die Gardine vor dem Fenster der Droschke fallen und schaute ertappt auf. »Doch doch, ich habe schon zugehört. Wir müssen uns sputen«, wiederholte er lahm.

Julius Lewald war bereits zum Landsitz vorausgeritten. Da es vor dem nachmittäglichen Fest noch einige dringliche Geschäftsbriefe zur Post zu bringen galt, hatte Caroline ihren Vater mit Engelszungen überreden können, sie dies für ihn tun zu lassen. Letztlich überzeugt hatte den alten Lewald, daß seine frühzeitige Anwesenheit auf dem Anwesen wichtiger als die seiner Tochter war. So war auch Tobias zu einem unerwarteten Ausflug in die Stadt gekommen. In Wahrheit suchte Caroline natürlich nach einem Grund, heimlich Amanda Odermann zu besuchen. Diese lebte eigentlich in Eppendorf, eine halbe Meile nördlich der Wallanlagen. Doch seine hübsche Begleiterin hoffte, ihre Freundin noch in deren Hamburger Stadtwohnung anzutreffen.

Tobias' Gedanken hingegen kreisten immer wieder um den Kanal, in den die Zeitmaschine gekippt war. Er mußte die Apparatur bergen. Dringend.

So kam es, daß er und Caroline in der Lewaldschen Kutsche saßen, die ratternd den Neuen Wall hinunterfuhr. Justus Lewald hatte darauf bestanden, daß Kristian sie fuhr, der Tobias' Kopf die dicke Beule verpaßt hatte. Ihm gegenüber war der Rothaarige bislang recht wortkarg geblieben. Er vermutete, daß dem schweigsamen Kutscher außerdem die Rolle eines Anstandswauwaus zukam.

Wo sich zu seiner Zeit eine Einkaufsstraße mit eleganten Boutiquen und exklusiven Ladengeschäften erstreckte, befand sich in dieser Epoche lediglich eine festgestampfte Lehmstraße. Linkerhand, entlang eines Kanals, lagen vornehme Bürgervillen mit blühenden Gärten; rechts entdeckte Tobias das eine oder andere Fabrikgelände. Darunter Kattundruckereien, Färbereien und andere Fertigungsstätten, hinter denen schlanke, geziegelte Schornsteine zum blauen Himmel aufragten. Tobias konnte sogar einen knappen Blick auf die frühlingsblaue Binnenalster erhaschen, auf der einige Schwäne ihre Bahn zogen. Im Norden wurde die Wasserfläche von einem eigentümlichen Wall eingefaßt, der nur wenig Ähnlichkeit mit der Lombardsbrücke aufwies. Statt dessen erhob sich dort eine mit Bäumen bepflanzte Wehrschanze, auf der eine hölzerne Windmühle thronte.

Caroline nestelte indes ruhelos an einem blauen Schultertuch. Den Brief ihres Vaters hatte sie bereits vor einer Viertelstunde auf einem der Postämter in der Poststraße aufgegeben. Und zwar auf dem Hannoverschen. Die Wahl des Postamts war nicht ganz unwichtig, wie Tobias inzwischen erfahren hatte. Denn je nachdem, wohin man einen Brief schicken wollte, mußte man sich an ein anderes Amt wenden. So lag am Gänsemarkt das Preußische Postamt, an den Großen Bleichen das Mecklenburgische und Dänische und nicht weit von dem Hannoverschen entfernt das Thurn und Taxische sowie das Schwedische Postamt. Carolines Vater führte offenbar eine umfangreiche Korrespondenz, denn für jeden dieser Postdienste stand ihm ein eigener Satz Briefmarken zur Verfügung. Tobias nahm sich vor, später einige davon an sich zu bringen. Zu seiner Zeit mußten sie sehr wertvoll sein.

»Sie haben mir nur mit halbem Ohr zugehört«, schmollte Caroline.

»Entschuldigen Sie. Ich war darum bemüht, da draußen einen Anhaltspunkt zu finden. Irgend etwas, woran ich mich erinnere.«

Tobias deutete mit dem Daumen auf die Straße, wohl war ihm bei dieser Flunkerei allerdings nicht. Tatsächlich konnte er sich an der Flut der Eindrücke ringsum nicht satt sehen. Er wußte selbst nicht, was er erwartet hatte, aber das Hamburg dieser Zeit unterschied sich in fast allem von jener Stadt, in der er aufgewachsen war. Ihm war, als sei er in ein belebtes Diorama geraten, in dem Schauspieler die Biedermeierzeit vor einer mittelalterlichen Stadtkulisse aufleben ließen. Die Fassaden der kleinen, hohen, schiefen und stolzen Fachwerkhäuser, an denen sie vorbeifuhren, fesselten seine Aufmerksamkeit ebensosehr wie die altertümlich gekleideten Bürger, die ihrem Tagewerk nachgingen. Darunter Fischhändler, Wasserträger, Dienstmädchen, Brauerknechte und manch vornehm gekleideter Bürger. All dies mit eigenen Augen erleben zu können, war wie ein Rausch, der ihn seine Nöte für eine Weile vergessen ließ.

Doch, um wieviel anders wäre sein Aufenthalt in dieser Zeit wohl verlaufen, wäre er Caroline nicht begegnet? Entschuldigend blickte Tobias seine Reisegefährtin an und kämpfte den Zwang nieder, sich wieder am Ohr zu kratzen, dort, wo ihm der steife Kragen zunehmend die Haut aufscheuerte.

»Ich denke«, meinte er, »daß es längst überfällig ist, mich bei Ihnen zu bedanken. Die Herzlichkeit, mit der Sie und Ihre Familie mich aufgenommen haben, ist alles andere als selbstverständlich. Ich verspreche Ihnen, daß ich versuchen werde, Ihnen nicht lange zur Last zu fallen.«

»Sie fallen uns nicht zur Last.« Caroline lächelte zaghaft und wandte scheu den Blick ab. »Die Aufregung, die Sie in unser Haus gebracht haben, tut uns allen recht gut.«

Tobias runzelte die Stirn und fragte sich, warum Caroline plötzlich so melancholisch wirkte.

»Darf ich fragen, wie ich das zu verstehen habe?«

»Ach, geben Sie einfach nichts auf mein Reden.« Sie winkte leichthin ab, und eine Weile waren nur das Rattern der Räder und das Getrappel der Pferdehufe zu hören.

»Leiden Sie wirklich unter Gedächtnisverlust, Herr Tobias?«

Das traf ihn unvorbereitet. Einem Reflex folgend wollte er schon bejahen, doch dann zögerte er. Irgendwie kam er sich Caroline gegenüber schäbig vor. Jede andere hätte einen verdächtigen Fremden wie ihn gestern nacht einfach in der Gosse liegen lassen. Völlig egal, ob er den beiden jungen Frauen zu Hilfe geeilt war. Nicht jedoch sie.

»Nein. Ich... habe geschwindelt«, kam es ihm stockend über die Lippen. »Ich muß mich bei Ihnen entschuldigen. Trotzdem kann ich Ihnen nicht sagen, wer ich bin und woher ich komme. Ich darf es nicht. Nicht zum jetzigen Zeitpunkt. Sie würden mir nicht glauben. Vielleicht würden Sie mich sogar für verrückt erklären. Ich kann im Augenblick nur eines tun: Sie bitten, mir weiterhin zu vertrauen. Ich schwöre Ihnen, daß ich nichts Ungesetzliches getan habe und daß meine Dankbarkeit Ihnen und Ihrer Familie gegenüber so aufrichtig ist, wie ich es nur auszudrücken vermag. Hätte uns der Zufall gestern nacht nicht zusammengeführt...« Tobias rang nach Worten. »Gestern habe nicht ich Sie, sondern Sie haben mich gerettet, Mamsell. *Das* ist die Wahrheit.«

Die junge Frau musterte ihn stumm. Tobias wartete darauf, daß sie Kristian entrüstet das Signal gab, anzuhalten und ihn abzusetzen. Doch sie schwieg und musterte ihn weiterhin prüfend.

Längst war die Droschke von der Hauptstraße abgebogen. Sie kamen an einer großen Kirche vorbei, deren schlanker, spitzgiebeliger Turm stolz in den blauen Frühlingshimmel aufragte. Tobias beschlich ein heimeliges Gefühl. Er erkannte das Gotteshaus mit seinem gotisch geformten Seitenschiff wieder. Das war die Petrikirche! Als wolle sie ihn begrüßen, hob oben am Turm gerade ein altersschwaches Glockenspiel an, das sicher weithin in der Stadt zu hören war.

»Nun danket alle Gott«, murmelte Caroline. Als sie Tobias' fragenden Blick bemerkte, schenkte sie ihm ein ernstes Lächeln und deutete nach oben. »Die Melodie des Glockenspiels. Nun danket alle Gott. Es gibt keine Zufälle im Leben, Herr Tobias. Alles folgt einem geheimen Plan.«

Er wußte nicht, was er darauf erwidern sollte.

»Ist denn Tobias Ihr richtiger Name?«

Er nickte, während die Kirche seinen Blicken entschwand. »Ebenso, daß ich Medizinstudent bin. Ich bin gestern abend in der Stadt angekommen.« Auch letzteres entsprach der Wahrheit. Irgendwie.

»Ich hatte also recht. Sie stammen nicht aus Hamburg?«

Er schüttelte sachte den Kopf. »Ich... komme in der Tat von weither. Der Kahlköpfige, der Sie und Ihre Freundin überfallen hat, das war meine Schuld. Ich bin ihm ins Gehege gekommen, und er ist vor mir geflohen. Ich muß leider annehmen, daß es sich bei ihm um den Mörder handelt, den dieser Polizeiaktuar sucht. Als ich auf ihn traf, wollte er gerade den Toten verschwinden lassen, von dem heute die Rede war. Aber ich weiß nicht mehr, wo das war. Und wenn ich den Ort nicht wiederfinde, dann wird mir die Heimreise vielleicht für immer verwehrt bleiben.«

Erschöpft hielt er inne. Er hatte bereits mehr verraten, als er wollte. Die Droschke überquerte gerade einen länglichen, unregelmäßig geformten Platz, auf dessen Westseite die Wagen und Gespanne zahlreicher Fuhrleute und Bauern standen. Die lehmgestampfte Fläche wurde von Schankstuben, schiefwinkligen Läden sowie zwei auffälligen Gebäuden gesäumt, die der Nachtwache und dem Bürgermilitär als Quartier dienten. Wenn ihn sein Orientierungssinn nicht trog, befand sich hier zu seiner Zeit der Gerhart-Hauptmann-Platz. Er war nicht wiederzuerkennen. Tobias' ungläubiger Blick streifte drei alte Schandpfähle, und er fragte sich, ob sie wohl noch benutzt wurden.

»Ich bin froh, daß Sie sich zu Ihrem Geständnis durchgerungen haben«, hub Caroline überraschend an. »Ich habe Ihnen keinen Moment lang geglaubt. Aber was Sie gestern getan haben, bleibt honorabel. Daher bin ich bereit, Ihnen weiterhin Vertrauen zu schenken. Ich hoffe, Sie sind kein Agent irgendeiner ausländischen Macht.«

Tobias lächelte. »Nein, ganz bestimmt nicht.«

»Und warum wollen Sie diesen garstigen Ort mit dem Toten noch einmal aufsuchen?«

»Weil sich dort etwas befindet, das ich unbedingt zurückbekommen will. Mein Leben hängt davon ab.«

Tobias beschrieb die Stelle an dem Kanal, so gut es ihm möglich war. Er erwähnte das große Gebäude auf der gegenüberliegenden Fleetseite, die vielen Fachwerkhäuser, die Brücke, die er stromab gesehen hatte; sogar den Gestank ließ er nicht aus. Doch seine Begleiterin schüttelte betrübt den Kopf.

»Ihre Beschreibung ist viel zu undeutlich, Herr Tobias. Manches davon klingt so, als seien Sie im Gängeviertel gewesen. Aber da gibt es meines Wissens keine Fleete. Außerdem sind wir uns gestern weiter südlich begegnet. In der Nähe des Schaarmarktes.«

»Und wo befindet sich der?«

»Im Kirchspiel St. Michaelis. Dieser Stadtteil liegt nicht weit vom Binnenhafen entfernt.«

»Leider sagt mir das nicht viel«, brütete Tobias finster. »Mir wird wohl nichts anderes übrigbleiben, als den Kahlköpfigen zu finden und ihn dazu zu bringen, mich an den Ort zurückzuführen.«

»Das ist doch nicht Ihr Ernst!« Carolines Stimme zitterte leicht. »Sie wollen auf eigene Faust versuchen, diesen Mörder zu stellen?«

»Was soll ich denn sonst tun? Immerhin weiß ich etwas über den Mann, das niemandem sonst bekannt zu sein scheint. Er besitzt keine Zunge.«

»O Gott! Vielleicht... vielleicht vertrauen Sie sich doch besser dem Polizeiaktuar an. Der weiß bestimmt, wo der Tote gefunden wurde, oder?«

»Kettenburg?« Tobias verzog mißbilligend das Gesicht. »Ich schätze, der wird mich verhaften lassen, wenn ich ihm mit meiner verworrenen Geschichte komme.«

»Sie sind mir ein Rätsel, Herr Tobias. Wenn Sie ihrem eigenen Bekunden nach gegen kein Gesetz verstoßen haben, warum erzählen Sie dann nicht die Wahrheit? Wenigstens mir könnten Sie doch sagen, wer Sie sind und woher Sie kommen.«

Tobias blickte Caroline betrübt an. »Das ist nicht möglich. Nicht zum jetzigen Zeitpunkt. Sie würden mir vielleicht auch gar nicht glauben.«

Seine Begleiterin seufzte. »Gut, dann sollten wir Krischaan fragen. Er kennt sich im Michaelis-Kirchspiel besser aus als ich.«

Tobias ergriff Carolines Hand und drückte sie sanft. »Danke.«

»Da nich für…« Seine Begleiterin errötete und entzog sich ihm hastig. Sofort hustete sie wieder. Er blickte sie besorgt an. »Sagen Sie, kann ich Ihnen…«

In diesem Augenblick hielt die Droschke vor einem schlanken Wohngebäude mit steinerner Treppe, die von zwei Säulen mit runden Marmorkugeln flankiert wurde. Das Gebäude war dem Lewaldschen Stadthaus an Pracht durchaus ebenbürtig.

»Wir sind da«, murmelte Caroline. »Hier leben Amanda und ihr Mann, wenn sie nicht gerade in Eppendorf weilen.«

Amandas Mann? Tobias fragte sich, ob auch Caroline in festen Händen war. Da sie noch zu Hause wohnte, offenbar nicht. Bevor er seiner Neugier Ausdruck verleihen konnte, zog seine Begleiterin die Tür auf und überraschte damit auch Kristian, der soeben vom Kutschbock gesprungen war. Geschwind zog er sich die Fuhrmannsmütze vom Kopf und reichte ihr hilfreich die Hand. Caroline wandte sich noch einmal zu Tobias um.

»Ich schlage vor, Sie warten hier. In wenigen Minuten bin ich zurück.«

Tobias nickte und sah ihr dabei zu, wie sie die Treppe hinaufeilte und den Türklopfer betätigte. Kurz darauf wurde sie von einem Dienstmädchen eingelassen.

Kaum war Caroline seinen Blicken entschwunden, holten ihn seine Sorgen wieder ein. Vielleicht sollte er allmählich die Möglichkeit in Erwägung zu ziehen, für immer in dieser Epoche gestrandet zu sein. Nein, so schnell gab er nicht auf. Irgendeine Lösung mußte er finden.

Mißmutig verließ auch er die Kutsche, um sich die Füße etwas zu vertreten. Draußen war es selbst für Anfang Mai überraschend mild. Ein warmer Wind trug den Geruch von Holz, Unrat und Pferdeschweiß heran. Nicht weit von ihm entfernt luden zwei Fuhrleute Mehlsäcke von einem Pferdekarren ab, und nahe bei einem der Schandpfähle krakeelte eine dicke Frau, die einen ausladenden Korb in den Armen hielt. Ihr »Frisch Fisch! Frisch Fisch!« war sicher von einem Ende des Platzes bis zum anderen zu hören.

»Woll'n Sej ook een Stück, Musjö?«

Überrascht schaute Tobias zu Kristian auf. Der kräftige Bedienstete der Lewalds stand neben dem Pferd und beäugte ihn mißtrauisch. Kauend reichte er ihm ein Stück Priem, das er mit dem Taschenmesser von einem gewundenen Strang abgeschnitten hatte.

Tobias lehnte dankend ab.

»Ik wull hopen«, begann er und wechselte in die Sprache, die er für Hochdeutsch hielt, »Sej sehen es mir nach, daß ik Ihnen gestern eene verpaßt habe.« Kristian deutete mit der Faust einen Schlag an und spie eine unansehnliche braune Pampe auf den Boden.

»Schon gut«, erwiderte Tobias geistesabwesend. »Es war schließlich dunkel.«

»Wo weet, vielleicht hattn Sej die Abreibung ja ook verdient.«

»Wie bitte?«

»Oda wie erklärt de fiene Musjö dat hier?« Ohne ihn aus den Augen zu lassen, stemmte der Rothaarige die Sitzfläche des Kutschbocks hoch. Kurz darauf hielt er ihm jene Fotografie unter die Nase, auf der Caroline abgebildet war. Himmel! Entweder hatte er das Foto gestern beim Kampf verloren, oder Kristian hatte ihm das Bild abgenommen, während er ihn umgezogen hatte. So oder so, Verwicklungen dieser Art waren das letzte, was er jetzt gebrauchen konnte.

»Woher haben Sie das?« fragte Tobias wütend und griff geschwind nach dem Bild.

»Sollten Musjö doch wohl beter weeten, oda?« Provozierend schnitt der Kutscher ein weiteres Stück Priem von seinem Kautabakstrang und steckte es sich in den Mund. »Is doch seker keen Zufall, dat Sej een Bild von de jungen Mamsell bei sich hatten, oda? Oonsrechnet bei dem Überfall güssern.«

»Ich kann mich leider nicht erinnern.«

»Kumm mi ni dwars!« fauchte ihn der Kutscher an und packte ihn am Kragen. Ohne den Blick von Tobias abzuwenden, spuckte der Kutscher seinen Priem erneut aufs Pflaster. Das ausgeklappte Messer zeigte nun mit der Spitze auf den Hals des Studenten. »Ik kunn di ook gern noch mol een op den Döötz geben. Vielleicht hülpt di dat op de Sprüng.«

Tobias brach der Schweiß aus. »Kristian, ich schwöre Ihnen, ich hatte mit dem Überfall nichts zu tun. Ich gebe zu, daß ich das Bild kenne. Ich habe es diesem Kahlköpfigen abgenommen«, flunkerte er aufgeregt. »Aber da wußte ich noch nicht, wer die Frau darauf ist.«

Der Blick des Kutschers verfinsterte sich, und Tobias sah, daß die Enden seines ausladenden Schnurrbartes erregt zitterten. Endlich ließ er ihn wieder los. »Soll dat heißen, dat uns de Karl överfallen hett, weil hej wat vun de Mamsell wulln hett?«

Tobias rieb sich den Hals und brachte sicherheitshalber etwas Abstand zwischen sich und sein Gegenüber. Hoffentlich richtete er mit dieser Notlüge kein Unheil an. »Ich weiß es nicht. Aber ich bin fest entschlossen, diesen Dreckskerl zu finden.«

Eine Weile starrten er und Kristian sich an, und nur langsam wich das Mißtrauen aus dem Blick des Kutschers. »Mamsell Lewald is een fien jung Dame, Musjö. Een wirklich fien jung Dame. Un jeder, wo ihr to nah kummt, kreegt dat mit mir to dohn. Verstoh mi recht, versteihst mi?«

»Botschaft angekommen«, versicherte Tobias. »Ich schwöre Ihnen, daß meine Absichten redlich sind.«

Kristian nickte. Endlich klappte er das Taschenmesser zusammen und verstaute es mit dem Kautabak unter der Sitzfläche des Kutschbocks.

»Weiß dat Mamsell, dat et mit Ihrem Gedächtnisverlust nich wiet her is?«

»Ja, ich habe es ihr auf der Herfahrt gestanden.«

»Gut«, erwiderte er. »Von nu an keene weiteren Fisimatenten. Kann sein, dat de Lewalds Ihnen op den Leim gohn, aber ik behalt Sej im Oog. Bekomm ik raus, dat Sej een Bedrööger sünn, wo dat op de Penunzen von de Lewalds affseen hett, denn weern Sej sick wünschen, dat ik Sej güssern in de Gosse hätt liegen lassen.«

In diesem Augenblick öffnete sich die Haustür. Hastig schob sich Tobias das belastende Foto unter das Hemd und strich das lange Haar zurück.

Caroline näherte sich ihnen in Begleitung einer etwa gleichaltrigen jungen Frau mit rundem Gesicht, deren Haar zu zwei seitlichen Kringeln hochgesteckt war. Wie ihre Freundin trug auch sie eine Krinoline mit ausladendem Rock, doch konnte das Korsett nicht verbergen, daß sie einige Pfunde Übergewicht hatte. Die Mollige schob das Kinn energisch nach vorn und musterte ihn prüfend, und zwar aus Augen, die ihn an dunkle Kastanien erinnerten. Tobias machte unbeholfen einen Diener.

»Darf ich vorstellen, Amanda Odermann«, erklärte Caroline. »Und dieser junge Mann hier, das ist Herr Tobias.«

»Angenehm«, antwortete dieser.

»Ganz meinerseits«, erwiderte Amanda in resolutem Tonfall. »Natürlich wollte ich es mir nicht nehmen lassen, unseren Retter von gestern nacht ebenfalls in Augenschein zu nehmen. Ich muß sagen, Ihre Geschichte klingt ganz schön vigeliensch★.«

Tobias Blick irrlichterte zwischen Caroline und Amanda hin und her. An einer Sache hatte sich in den letzten hundertfünfzig Jahren offenbar wenig verändert: Freundinnen konnten untereinander nichts für sich behalten.

»Ich verspreche, daß ich in wenigen Tagen alles aufklären werde.«

»Natürlich werden Sie das«, stellte Amanda in einem Tonfall fest, der keinen Widerspruch duldete. Übergangslos scheuchte sie eine getigerte Katze zurück ins Haus, die ihren Kopf soeben durch die Tür steckte.

Mit aufmunterndem Lächeln wandte sie sich wieder Caroline zu. »Bis dieser Herr Polizeiaktuar bei uns auftaucht, meine Liebe, habe ich herausgefunden, was derzeit im Stadttheater gespielt wird. Deine ›Räuber‹ können wir nötigenfalls als kleine Spitze auslegen.« Sie lächelte. »Immerhin hat sich dieser Beamte dir gegenüber wie ein Flegel benommen.«

»Nun, ganz so schlimm war es nicht«, lenkte Caroline zaghaft ein.

»Natürlich war es so!« erklärte ihre Freundin bestimmt. »Das wirst du jedenfalls behaupten, falls er dich fragt. So, und jetzt beeilt euch, wenn ihr rechtzeitig beim Empfang deines Vaters eintreffen wollt.«

Die beiden Freundinnen verabschiedeten sich herzlich, und Amanda führte Caroline zur Kutsche. Kaum war sie eingestiegen, wandte sich die Mollige mit gesenkter Stimme an Tobias. »Seien Sie nett zu ihr, haben Sie mich verstanden? Sie mag Sie.«

»Ich habe nichts anderes vor«, antwortete er verblüfft.

»Ich verlasse mich darauf«, fuhr Amanda beschwörend fort. »Die Aufregungen der letzten Nacht waren zuviel für sie. Sorgen Sie dafür, daß sich Caroline schont.«

★ Hamburgisch für ›verzwickt‹, ›knifflig‹, aber auch für ›durchtrieben‹.

»Darf ich fragen, was...?«

»Das muß Ihnen Caroline schon selbst erzählen.« Brüsk wandte sie sich Kristian zu, der schon wieder auf dem Kutschbock saß und die Zügel in der Hand hielt. »Krischaan, du mußt mal wieder zum Putzbüddel. Wenn du dein Haar weiter so wachsen lässt, dann hält man dich bald für 'ne Deern.«

Zugleich faßten sich Kristian und Tobias an den Kopf und schauten sich betreten an. Zufrieden, daß ihre Botschaft angekommen war, rauschte Amanda zurück ins Haus.

Der Lewaldsche Kutscher seufzte. »De Franzeuschen hebben ehrn Flintenweibers, wi Hamboorger hebb Amanda Odermann.«

»Krischaan, das hab ich gehört«, vernahmen beide die gedämpfte Stimme Carolines. Tobias mußte wider Willen lächeln und stieg ebenfalls ein. Gerade wollte er die Droschkentür zuziehen, als sein Blick erneut auf die beiden Fuhrknechte fiel. Sie hatten ihre Arbeit beendet und füllten zwei Tonkrüge mit Bier. Ein kleiner Anker prangte auf den Gefäßen. Himmel, wie hatte er das vergessen können?

»Mamsell Lewald, erinnern Sie sich noch, daß ich Ihnen von diesem großen Gebäude erzählt habe, das gegenüber dem Kanal lag? Dort, wo ich dem Kahlköpfigen zum ersten Mal begegnet bin?«

Caroline schaute ihn überrascht an.

»Ich erinnere mich jetzt, daß vor dem Gebäude zwei große Anker lagen.«

Seine Begleiterin legte für einen Augenblick die Stirn in Falten und musterte ihn prüfend. »Auf Ihre Geschichte bin ich wirklich gespannt, Herr Tobias.« Bevor er antworten konnte, klopfte sie gegen das kleine Fenster zum Fahrerstand. »Krischaan, fahr uns mal zum Herrengraben. Dort, wo das Admiralitätszeughaus liegt.«

Winkeljungen

*Hamburg 1842, 2. Mai,
29 Minuten nach 11 Uhr am Morgen*

»Sie ist weg. Das verstehe ich nicht.« Unglücklich stand Tobias am Rand des Kanals beim Herrengraben und schirmte die Augen vor der Sonne ab, während er seine Blicke unauffällig über die glitzernden Fluten schweifen ließ, die träge auf den Hafen zuflossen. Das Wasser stank erbärmlich. Kristian hatte sie zu einer schmalen Uferstraße gebracht, die der Länge nach von schiefstehenden Holzbauten gesäumt wurde, darunter auffallend viele Stallungen sowie eine Reihe von Kleiderkellern, vor denen Händler ihre Ware anboten.

Vielleicht suchte er an der falschen Stelle? Doch dem Fleet schräg gegenüber erhob sich ein stattliches Fachwerkgebäude mit kupfernen Dachpfannen, das zur Uferseite hin von einer Grünfläche mit englischem Rasen geziert wurde. Auf steinernen Sockeln thronten dort zwei schwere Eisenanker. Unzweifelhaft war also das Admiralitätszeughaus jenes Gebäude, das er gestern nacht von dieser Uferseite aus gesehen hatte. Sogar die Holzbrücke weiter unten am Kanal war zu erkennen. Den Aussagen Carolines zufolge handelte es sich dabei um die Schaarthorbrücke.

Tobias hatte das Ufer bereits auf einer Breite von fast sechzig Schritten abgesucht. Doch von der Zeitmaschine war nicht die geringste Spur zu entdecken gewesen.

»Wenn Sie mir verraten, was Sie eigentlich suchen, kann ich Ihnen vielleicht helfen«, schlug Caroline geduldig vor.

Die ganze Zeit über hatte sie ihn auf seiner Suche begleitet. So verspielt, wie sie ihren aufgespannten Sonnenschirm drehte, mußte es für einen zufälligen Beobachter so aussehen, als unternähmen sie lediglich einen Spaziergang. Er wartete ab, bis ein neugierig zu ihnen herüberblickender Ewerführer mit seiner flachbodigen Schute an ihnen vorbeigefahren war. Der Lastkahn war mit Fässern beladen und wurde von dem Schiffer mit einem langen Peekhaken angetrieben, den er bis auf den Grund des Kanals stakte, um das Boot voranzutreiben.

»Es... handelt sich um eine Maschine. Am besten, Sie stellen sich einen großen Schlitten vor, hinter dem sich ein runder Metallschirm aufspannt. Es ist unmöglich, diese Apparatur zu übersehen.«

»Vielleicht ist Ihre Maschine von der Strömung in Richtung des Hafens abgetrieben worden.«

Tobias schüttelte den Kopf. »Dazu ist sie zu schwer. Als ich sie gestern zurückließ, ragte sie halb aus dem Wasser. Sie muß hier irgendwo sein.«

»Wenn Sej mi een Bemerkung erlauben, womöglich is sej in Modder insunken«, war hinter ihnen plötzlich Kristians dunkle Stimme zu vernehmen. »Denn weern Se de Fleetenkiekers irgendwann finnen.«

Ohne daß Tobias es bemerkt hatte, war der Kutscher zu ihnen ans Ufer getreten. Er kaute wieder an einem Stück Kautabak und baute sich wie zufällig hinter Caroline auf. Er meinte es offenbar ernst, auf die Tochter seines Herrn achtgeben zu wollen. Diese hingegen quittierte seine Anwesenheit mit einem überraschten Augenaufschlag.

»Hast du etwa gelauscht, Krischaan?«

»Entschuldigung, Mamsell. Ik wollt nur helfen. De jung Musjö un ik hebben allns fürhin een open Woort mitnanner wesselt. Is doch so, oda?«

Tobias nickte ergeben. Er hatte keine Lust, sich ein weiteres Mal mit dem Kutscher zu streiten. Vielleicht war an dem Gedanken sogar etwas Wahres? Nach seiner Erinnerung wurden mit ›Fleetkieker‹ die Stadtbeamten bezeichnet, die die Kanäle von Unrat befreiten. In diesem Fall konnte er nur darauf hoffen, ihnen zuvorzukommen. Müde ließ er sich auf einem Holzpfahl der Uferbegrenzung nieder. »Sollte die Maschine tatsächlich versunken sein, stehe ich vor großen Schwierigkeiten.«

»Nun sagen Sie schon, Herr Tobias: Was hat es mit alledem auf sich?« Caroline drehte auf reizende Weise den Sonnenschirm über ihrem Kopf. »Es muß doch einen Grund dafür geben, warum Sie um all das ein solches Geheimnis machen. Was ist das für ein Apparat?«

»Es handelt sich um eine neuartige Erfindung«, murmelte Tobias ausweichend. »Ein neues Transportmittel, das mir anvertraut wurde. Finde ich die Maschine nicht wieder, dann habe ich Schwierigkeiten am Hals, die Sie sich nicht im entferntesten ausmalen können.«

»Hebb Sej dat Ding stoolen?« wollte Kristian wissen. Er sah, als er Carolines mahnenden Blick bemerkte, davon ab, seinen Priem in den Kanal zu spucken. Verlegen kaute er weiter.

Tobias schüttelte den Kopf. »Wie ich schon sagte: Die Apparatur wurde mir anvertraut. Sie ist unendlich kostbar. Man könnte sogar sagen, mein Leben hängt davon ab, ob ich sie wiederfinde.«

Caroline und Kristian warfen sich verstohlene Blicke zu.

»Das heißt, Sie arbeiten für einen unbekannten Auftraggeber?« wollte seine Begleiterin wissen. »Sie haben mit Ihrem Leben für diese Erfindung gebürgt?«

»So ähnlich.«

»Ich hoffe wirklich, Herr Tobias, Sie treiben nicht bloß einen Scherz mit mir.«

»Ganz sicher nicht, Mamsell«, versicherte er. »Vor allem heißt das, daß mir nun wirklich nichts anderes übrigbleibt, als diesen Kahlköpfigen aufzuspüren. Es würde mich nicht wundern, wenn er nach den Ereignissen der letzten Nacht an diesen Ort zurückgekehrt ist und die Maschine geborgen hat. Ihm ist es zuzuschreiben, daß sie in den Kanal stürzte.«

Kristian warf Tobias einen mißtrauischen Blick zu und kratzte sich an seinem ausladenden Schnurrbart. Endlich überwand er sich und spuckte den braunen Sud, auf dem er herumkaute, diskret auf einen Haufen Abfall. »Ich schlage vor, dat ik de Herrschaften nu zum Landsitz bringe. Beter, wi stehen hier nich länger rum.« Beschwörend sah er den Studenten an. »Is ja durchut mööchlich, dat de Karl hie noh jümmerwo rümlungern deiht.«

Tobias blickte sich verstohlen um. Verflucht, daran hatte er nicht gedacht. Er war nur froh, daß Kristian bislang nichts von der Leiche wußte. Sollte der Kutscher irgendwann erfahren, daß ihr Angreifer von letzter Nacht auch im Verdacht stand, ein Serienmörder zu sein, konnte er sich darauf verlassen, daß Kristian aus Sorge um Caroline Mittel und Wege finden würde, ihm die Hölle auf Erden zu bereiten.

Das Netz aus Lügen und Halbwahrheiten, mit dem er sich und sein Geheimnis zu schützen suchte, widerte ihn schon jetzt zutiefst an. Doch was sollte er tun?

Die einzige Möglichkeit, zumindest die Gasse mit dem Toten zu finden und damit den möglichen Fundort der Zeitmaschine einzugrenzen, bestand darin, sich diskret in diesem Stadtviertel umzuhören. Er hielt es für unmöglich, daß die Ereignisse der letzten Nacht unbemerkt geblieben waren. Solange aber Kristian bei ihnen weilte, war es besser, diesen Plan einstweilen für sich zu behalten.

»Was halten Sie von folgendem Plan, Herr Tobias?« schreckte ihn Caroline aus seinen Gedanken. »Etwas Zeit haben wir noch. Wir könnten auf dem Weg zum Millernthor dort vorbeischauen, wo uns dieser Unhold überfallen hat.«

»Im großen Beckergang?« murmelte Kristian unglücklich. Besorgt nahm er die Mütze ab und fuhr sich durch das zerstrubbelte rote Haar. »Ik weet nich, Mamsell. Mi dücht dat nich as een gooder Einfall.«

»Ach komm, Krischaan! Nun sei mal nicht so 'ne Bangbüx. Vielleicht finden wir eine Spur, die uns zu diesem Mann führt.«

»Hm, keine schlechte Idee!« fand Tobias und erntete einen bösen Blick des Kutschers.

»As Sej wünschen, Mamsel«, murrte der.

Die drei begaben sich wieder zur Droschke, und kurz darauf fuhren sie den Herrengraben entlang. Sie kamen an der Schaarthorbrücke vorbei, um dann ratternd in eine gepflasterte Straße einzubiegen, die links und rechts von Wohnhäusern gesäumt wurde, deren Scheiben im Sonnenlicht blitzten. Handwerker und einfache Bürger kreuzten ihren Weg. Wenige Minuten später gelangten sie auf den leicht abschüssigen Schaarmarkt, von dem ihm Caroline bereits erzählt hatte. Dort herrschte geschäftiges Treiben. Tobias streckte den Kopf aus dem Fenster der Droschke und ließ sich von den Eindrücken ringsum gefangennehmen. Sein Blick schweifte über die Markisen einiger Marktstände, in deren Schatten rotwangige Bauern Gemüse feilboten. Bunt gekleidete Vierländerinnen mit platten runden Strohhüten verkauften aus großen Weidenkörben Veilchen – und in der Nähe eines Wasserwagens, auf dem in geschnörkelter Schrift die Worte »Bestes Trinkwasser« prangten, waren Höker zu entdecken, die mit spitzbübischem Lächeln Manufakturwaren anboten. Schmunzelnd faßte er auch die hübschen Hamburger Dienstmädchen ins Auge, die mit hoch unter den Arm geklemmten Körben ihren Einkäufen nachgingen. Er hatte das Gefühl, sich auf dem Set eines historischen Films zu bewegen. Die Hausmädchen trugen lustige, herabhängende Hauben, waren mit bebänderten Schuhen geschmückt, und die Kleider umspielten luftig ihre Waden.

Und da wurde im Norden, jenseits der schiefwinkligen Hausgiebel, auch der stattliche Turm des Michels sichtbar.

Der große Turm der St.-Michaelis-Kirche mit dem gewaltigen Uhrwerk, dem grünen Kuppeldach und dem offenen Säulenumgang in gut achtzig Meter Höhe erinnerte ihn schmerzlich an seine eigene Zeit. Er wurde wehmütig. Schon vorhin, beim Anblick der Petrikirche, hatte ihn ein eigentümliches Gefühl des Verlusts beschlichen. Doch der vertraute Anblick des Michels vermehrte sein Heimweh um ein vielfaches.

Kristian bog überraschend ab. Diesmal in eine Gasse, die sie wieder zurück zum Kanal zu führen schien. Die Buden und Säle links und rechts der Straße sowie das schmale Trottoir linkerhand des Weges kamen ihm irgendwie bekannt vor. Wenig später hielt die Droschke.

»Wi sünn dor.«

Tobias öffnete die Tür und ließ Caroline beim Aussteigen den Vortritt. Ein gutes Dutzend Schritte von ihnen entfernt trieben drei barfüßige Jungen laut krakeelend einen eisernen Tonnenreifen mit Stöcken und selbstgefertigten Lederpeitschen über die Straße. Doch im Gegensatz zum Schaarmarkt war es hier eher ruhig. Die Gasse war so eng, daß eine weitere Droschke große Schwierigkeiten gehabt hätte, an der ihren vorbeizukommen. Von irgendwoher roch es nach Kohlsuppe. Natürlich, inzwischen war es bereits Mittag.

»Da vorn hat mi de Karl vom Kutschbock rissen«, knurrte der Kutscher und deutete zu einer Stelle, in deren Nähe sich die Wand einer Hausruine erhob. Tobias erkannte sie wieder. Von dort oben war auch er in die Gasse gesprungen. Hinter der Gebäudefront mußte somit das verwinkelte Viertel liegen, durch das er letzte Nacht geirrt war.

Sosehr sie sich auch bemühten, ihre Suche blieb erfolglos. Caroline entdeckte zwar auf dem Kantstein des Trottoirs etwas Blut, davon jedoch abgesehen waren nirgends weitere Spuren der nächtlichen Auseinandersetzung zu finden. Enttäuscht wollte er sich wieder der Kutsche zuwenden, als er bemerkte, daß die drei Jungen mit ihrem Spiel aufgehört hatten und sie neugierig beäugten.

Da kam ihm ein Einfall. Lächelnd ging er auf die Kinder zu, die ihn aus schmutzigen Gesichtern ernst anblickten. Die drei mochten zwischen sechs und sieben Jahren alt sein. Ihre Kleidung war abgerissen und wirkte ganz so, als seien sie nicht die ersten, die sie trugen.

»Sagt mal, spielt ihr hier schon länger?«

»Mööchlich«, antwortete ihm einer der Jungen. Seine Haare waren ebenso blond wie die von Tobias, und seine Augen funkelten in dem schmalen, verdreckten Gesicht wie blaue Aquamarine. Lässig hakte der Kleine einen Daumen in den Hosenbund, hielt seine kleine Peitsche aber abwehrend vor sich.

»Und wie heißt du?«

»Wo een will dat weeten?«

»Mein Name ist Tobias. Und deiner?«

»Friedrich.«

»Also Friedrich. Wir sind hier, weil wir hier gestern nacht was verloren haben.«

»Ja und?«

»Kann ja sein, daß euch irgend etwas aufgefallen ist.«

»Güssern Noht hett dat hie een Överfall geben!« krähte auf einmal der jüngste der drei los. »Ober wi heff dor mit nix to dohn.«

Friedrich gab dem Kleinen einen unsanften Stoß mit dem Ellbogen und schnaubte. »Da höörn Sej.«

Tobias fragte sich, was die drei Gören den lieben langen Tag wohl sonst so anstellten. Immerhin, den Anwohnern war der nächtliche Kampf also nicht verborgen geblieben.

»Und, habt ihr hier vielleicht was gefunden?«.

»Wat kreegt wi denn dafor?« wollte der Jüngste aufgeregt wissen.

»Hol din Muul!« fuhr ihn Friedrich an, grinste dann aber breit. »Kümmt op an, wat Sej söken.«

96

»Ich werde es erkennen, wenn ich es sehe«, gab Tobias zurück.

»Dücht Sej, wi weern bregenklöterig, Mujsö?« Friedrich verzog das Gesicht. »Överhaupt, wenn wi wat funnen hebben, höört dat üss.«

»Vielleicht könnt ihr damit ja gar nichts anfangen. Was spricht denn dagegen, wenn ihr uns mal zeigt, worum es sich dabei handelt. Ihr habt doch was gefunden, richtig?«

»Un wat kreegen wi dafor?« platzte es erneut aus dem Jüngsten heraus.

»Wartet mal.« Tobias eilte zu Kristian und Caroline zurück, die neben der Droschke standen und ihm bei seiner Unterhaltung zusahen.

»Scheint so, daß die Jungs was gefunden haben. Nur wollen sie dafür eine Belohnung.«

Caroline spähte empört die Gasse hinunter. »Das sind verwahrloste Buttjes. Denen kann man nicht trauen. Außerdem kenne ich den Blonden. Ich glaube, das ist der Strolch, der vor einem Monat die Straßenlaterne vor unserem Haus eingeworfen hat.«

»Es sind eben Jungs«, versuchte Tobias zu beschwichtigen. »Und es ist die einzige Spur, die wir haben.« Verlegen räusperte er sich. »Leider besitze ich nichts, was ich den dreien geben könnte.«

»Das ist auch besser so. Die würden Sie reinlegen, bevor Sie bis drei gezählt haben.« Caroline verdrehte die Augen, als sie Tobias' bittenden Blick sah, und wandte sich hüstelnd der Droschke zu. Kurz darauf kam sie mit einer gestrickten Geldbörse wieder zurück. In Ihrer Rechten klimperten einige Pfennige. »Lassen Sie mich das mal machen.«

Sie raffte ihre Röcke und schritt auf die Kinder zu.

Kristian tätschelte grinsend das Zugpferd. Tobias, der sich auf seine Reaktion keinen Reim machen konnte, zuckte die Achseln und folgte der jungen Frau.

»Ji wüllt wat funnen hebben?« sprach Caroline die drei Kinder auf Platt an. »Wenn dat för üss vun Bedeutung is, winkt ji dat hier.« Sie hielt ihre Geldbörse hoch und legte demonstrativ zwei Münzen hinein.

»Mann inne Tünn!« krakeelte der Jüngste begeistert los und hörte auf, sich sein Hinterteil zu reiben. Friedrich beäugte Caroline prüfend. »Los, Hannes, hol mol de Zampelbüdel!«

Der Kleine neben ihm flitzte aufgeregt zu einem Hinterhof. Kurz darauf kam er keuchend mit einem großen Lederbeutel wieder zurück.

»Hier.«

Friedrich nahm ihm das Behältnis ab und hielt es gerade so weit vor sich, daß den Erwachsenen der Zugriff darauf verwehrt blieb.

»Is dat, wo ji noh jiepert?«

Tobias stieß einen freudigen Pfiff aus. Wenn er sich nicht irrte, hatte der Kahlköpfige mit diesem Beutel gestern nacht um sich geschlagen. »Ja, mir scheint, ihr habt tatsächlich, was wir suchen.«

Grinsend zog Friedrich das Fundstück an die Brust. »Ja nu, as ji dat hier so vertwiefelt sööken deiht, langt ji sicher ook no'n poor Münzen meer dafor rut, oda?«

»Meinswegen.« Caroline ließ, ohne die Miene zu verziehen, zwei weitere Pfennige in die Börse fallen.

»Mehr!« forderte der Blonde rotzfrech. »Süns behoolen wi de Büdel.«

Ergeben präsentierte Caroline zwei weitere Pfennige und warf sie ebenfalls in die Börse. »Das ist jetzt fast ein Schilling. Ich würde sagen, dat is fass schon toveel.«

Die drei Jungen warfen sich knappe Blicke zu. Bevor Tobias eingreifen konnte, sprang Friedrich nach vorn und riß Caroline die Geldbörse aus der Hand. Im nächsten Augenblick stoben die drei die Gasse hinunter – ohne den Lederbeutel zurückzulassen.

Tobias hechtete nach vorn, ergriff den Tonnenreifen und schleuderte ihn der flüchtenden Bande kraftvoll hinterher. Treffer. Mit einem lauten Schrei wurde Friedrich in den Kniekehlen getroffen und stürzte in den Straßenstaub. Als er Tobias auf sich zuhasten sah, warf er ihm wütend den Lederbeutel zu und beeilte sich zu verschwinden.

»Saubande!« Fluchend nahm der junge Mann den Beutel an sich. Dann eilte er zurück zu Caroline. »Himmel, die sind ja richtig gefährlich.«

Seine Begleiterin zuckte mit den Schultern. »Ich wußte, daß die drei was ausklamüstern würden. Aber wer zuletzt lacht, lacht am besten.«

Schmunzelnd präsentierte sie ihm ihre Rechte, in der noch immer die Pfennige lagen. »Ein kleiner Taschenspielertrick, mit dem ich Jakob gern an der Nase herumführe. Den Verlust meiner Börse kann ich verkraften. Die drei Buttjes werden nur Knöpfe darin finden.«

Tobias nickte ihr anerkennend zu.

»Bannig gooder Wurf!« Grinsend gesellte sich Kristian zu ihnen, und gemeinsam besahen sie den Fund. Tobias knotete die Verschnürung auf und zog ein schlauchförmiges Gebilde aus Leder und Stoff hervor, das mit blaßrosa eingefärbten Gänsefedern beklebt war. An einem Ende verfügte es über eine mit Schnürbändern versehene runde Öffnung. Er hielt eine Maske in der Hand. Sie war so angefertigt, daß man sie sich bis zum Hals über den Kopf stülpen konnte.

Erst auf den zweiten Blick war zu erkennen, daß die Vermummung einen Vogelkopf darstellte, der ihnen aber ganz unbekannt war. Die Maske schien kunstvoll vernäht und verfügte über brillenartig eingefaßte Glasaugen. Der gebogene Schnabel hingegen schien mit Sand gefüllt zu sein, um nicht an Form zu verlieren. Tobias erinnerte der Fund unwillkürlich an die alten Pestmasken, die er von medizinisch-historischen Abbildungen her kannte.

Doch die Maske war nicht der einzige Gegenstand, der sich in dem Beutel befand. Tobias zog ein unterarmgroßes Brecheisen hervor.

»Sehr aufschlußreich«, murmelte Caroline. »Sind Sie sicher, daß der Beutel wirklich diesem Kahlköpfigen gehört?«

»In jedem Fall.«

»Ik erkenn den ook wedder!« erklärte Kristian mit zorniger Stimme. »Nu weet ik zuminnest, wat dat wohr, wat mi güssern an Kopp erwischt hett. För mi sieht dat nach Einbruchswerkzeug aus.«

Tobias beschlich das Gefühl, eine wichtige Entdeckung gemacht zu haben. Nur welche?

»Was auch immer es mit alledem auf sich hat«, meinte Caroline schulterzuckend, »darum können wir uns später noch kümmern. Jetzt sollten wir uns lieber auf den Weg machen. Mein Vater erwartet uns längst schon.«

Die Weisheit der Eule

*Hamburg 1842, 2. Mai,
14 Minuten nach 12 Uhr mittags*

Polizeiaktuar Kettenburg stand mit einem Brief am Fenster seines Bureaus in der Polizeibehörde am Neuen Wall und gähnte herzhaft. Auf der breiten Straße vor dem Gebäude herrschte reger Betrieb. Immerzu ratterten Droschken und Fuhrwerke vorbei, und wohlsituierte Bürger flanierten vor den Auslagen der Hutstaffierer, Konfektbäcker und Zigarrenhändler. Kettenburg wünschte, sich ebenfalls dem Müßiggang hingeben zu können. Statt dessen hatte ihn die Arbeit eingeholt, kaum daß er wieder in die Behörde zurückgekehrt war.

Darunter dieser Brief. Er war an die Deputierten der Bürgerschaft adressiert und von dieser heute morgen an ihn überstellt worden. Dienstmädchen aus einem vornehmen Haus an der Straße Große Bleichen hatten ihn aufgesetzt:

An die hochlöbliche Behörde zu Hamburg.
Da wir schon fünf Wochen im Keller eingeschlossen sind,
möchten wir die Behörde bitten, uns doch endlich zu befreien.
Uns ist es nicht um das Ausgehen zu thun, nur daß wir
mal an die frische Luft können. Wir haben unsere Herrschaft
verschiedene Male schon gebeten. Erhielten aber zur
Antwort, daß sie die Behörde in ihrem Haus wäre. Aber
doch nicht über uns?

Unterschrieben war der Brief mit:

Mehrere Mädchen von den Große Bleichen.

Betroffen überflog der Beamte die Zeilen ein zweites Mal. Die Angelegenheit entsprach der Lage in der Reichsstadt. Der Arm des Gesetzes schützte nur diejenigen, die über eine entsprechende Reputation verfügten. Er würde die peinliche Angelegenheit an einen der Polizeiofficianten weiterreichen. Ihm fehlte leider die Zeit, sich mit der benannten ›Herrschaft‹ zu streiten. Polizeisenator Binder übte mächtig Druck aus, damit er seine ganze Kraft für die Aufklärung der Mordserie aufsparte.

Es war schon eine Zumutung, daß er sich persönlich um die Angelegenheiten dieses Justus Lewald und seiner Familie kümmern mußte. Mit dem Fall hätte sich auch einer seiner Untergebenen beschäftigen können. Ganz davon zu schweigen, daß er nach dem Leichenfund letzte Nacht nur drei Stunden Schlaf gefunden hatte.

Dummerweise gehörte der spinnerte Knabe zu den reichsten Bürgern der Stadt – sein Einfluß auf Bürgerschaft und Senat war nicht unbeträchtlich. Immerhin sollte es der Tatkraft dieses Mannes zu verdanken sein, daß sich Hamburg und das nahe Bergedorf schon in wenigen Tagen einer eigenen Eisenbahnlinie würden rühmen können. Er persönlich betrachtete diese lauten, stählernen Dampfungetüme allerdings mit gemischten Gefühlen. Doch das neue Zeitalter ließ sich nicht aufhalten. Um zu dieser Erkenntnis zu gelangen, mußte man seine Schritte lediglich in den Hafen lenken, wo es inzwischen mehr nach Ruß und Kohle stank als nach Teer und Fisch.

Dennoch beschloß Kettenburg, den leidigen Kutschüberfall auf Lewalds reiche Tochter hintanzustellen. Statt dessen würde er die Sache mit den eingesperrten Dienstmädchen vorantreiben. Noch heute würde er jemanden in die Große Bleichen entsenden, um den benannten Herrschaften die Leviten lesen zu lassen. Kettenburg faltete das Schreiben wütend zusammen und legte es auf seinen Arbeitstisch. Das Möbelstück aus Nußbaumholz mit den feinen Bronzebeschlägen und den beiden vergoldeten weiblichen Maraskonen hatte er vom Senat als eine Gratifikation für herausragende Leistungen erhalten. Seinen Ermittlungen war es nämlich zu verdanken gewesen, daß man die sogenannte Claussen-Bande auszuheben vermocht hatte. Sie bestand aus fünf Brüdern, die vor vier Jahren im erwerbsmäßigen Stil Speicher aufgebrochen und Ware im Wert von fast zwanzigtausend Mark Courant nach Helgoland geschmuggelt hatten. Von dort aus war das Hehlergut weiter nach England und Dänemark verschifft worden. Kettenburg war sehr stolz auf diesen Ermittlungserfolg. Bis heute schätzte man ihn für sein schnelles und energisches Durchgreifen.

Derzeit jedoch stapelten sich auf der ledernen Schreibeinlage ungelesene Dokumente und unbeantwortete Briefe. Sie legten davon Zeugnis ab, daß er in den letzten Tagen kaum noch zur Bearbeitung weiterer Fälle gekommen war. Er haßte dieses Durcheinander. Es stand in schmerzlichem Kontrast zu der peniblen Ordnung, die er in seinem Bureau sonst walten ließ. Sehnsüchtig schweifte sein Blick über die Regale, in denen dicht an dicht akkurat beschriftete Ordner standen. Davon abgesehen zierten die Wände des Raums lediglich eine einfache, mit Nadeln gespickte Straßenkarte Hamburgs, die er neben der Tür angeheftet hatte, sowie ein in Glas gerahmtes Polizei-Publicandum »wider das schnelle Fahren von Droschken und Fuhrwerken«. Es machte darauf aufmerksam, daß Zuwiderhandlungen mit Geld- und Leibesstrafen geahndet würden. Kettenburg hatte den Erlaß persönlich durchgesetzt, nachdem er im September letzten Jahres bei einem Kutschunfall fast ums Leben gekommen war.

Doch all das beschäftigte ihn im Augenblick nur am Rande. Er mußte diesen mörderischen Unhold finden, der im Stadtgebiet sein Unwesen trieb. Der Polizeiaktuar stellte sich grübelnd vor die Karte der Stadt und fügte den sieben Nadeln, die sie zierten, eine achte hinzu. Jede stand für den Fundort einer der Leichen.

Was brachte einen Mann dazu, seinen Opfern bei lebendigem Leib den Kopf aufzusägen und sie derart zu Tode zu quälen? Kettenburg wußte es nicht. War es die Tat eines Wahnsinnigen?

Immerhin, die Erkenntnisse der letzten Nacht wiesen darauf hin, daß sich der Verbrecher vornehmlich im Kirchspiel St. Michaelis herumtrieb. Darauf deuteten auch die beiden Leichen hin, die man in der Hausruine am Brauerknechtgraben gefunden hatte. Kettenburg folgte mit dem Finger dem Verlauf des Fleets am Herrengraben, dort, wo letzte Nacht dieser Karren entdeckt worden war. Der Mörder war offensichtlich dabei gestört worden, den Toten im Kanal zu versenken. Warum hätte er ihn sonst samt Pferd und Karren zurückgelassen? Ob er sich auf diese Weise schon früher einmal einer Leiche entledigt hatte? War dieser Benneke, der einzige andere männliche Tote, den sie bislang gefunden hatten, nicht bei der Elbwasserkunst angespült worden?

Berücksichtigte man die Strömungsverhältnisse im Kanal, so schien es gut möglich, daß Bennekes Körper über den

Rummelhafen in die Elbe getrieben war. Auf diese Weise wäre er dann zur Elbwasserkunst gelangt. Und die anderen Toten? Der Schindanger nahe dem Hornwerk lag zwar vor den Stadtwällen, war aber nicht weit vom Millernthor entfernt – und das gehörte ebenfalls zum Kirchspiel Michaelis. Kettenburgs Verdacht, daß der Mörder genau dort lebte, wurde beinahe zur Gewißheit. Sollte er den Pastor des Michels in die Mordserie einweihen? Die Bevölkerung des Stadtteils mußte gewarnt werden. Doch für einen solchen Schritt bedurfte es der Genehmigung von Polizeisenator Binder. Und dem hochweisen Herrn war natürlich nicht daran gelegen, die Mordserie publik zu machen.

In diesem Augenblick klopfte es an die Tür.

»Herein.«

Borchert, der dicke Nachtwächter von letzter Nacht, stand im Zimmereingang und hielt verlegen eine Schiffermütze gegen den Bauch gepreßt. Er trug jetzt zivile Kleidung und war kaum wiederzuerkennen. Seinen auffälligen Bart hatte er auf die Länge einer Fingerkuppe zurechtgestutzt, und das Haar wies einen strengen Mittelscheitel auf, den er sicher vor wenigen Minuten noch einmal nachgezogen hatte. Kettenburg mochte den Uhlen. Gestern nacht hatte er gezeigt, daß er nicht auf den Kopf gefallen war. Außerdem kannte sich Borchert im Stadtteil St. Michaelis gut aus.

Noch in den frühen Morgenstunden hatte Kettenburg den Captain des Nachtwächtercorps darum gebeten, ihm den Mann für den Polizeidienst auszuborgen. Würde sich Borchert gut machen, konnte er sich sogar vorstellen, ihm eine volle Stelle anzubieten. Vielleicht als Polizeiofficiant dritter Klasse? Die ersten Aufträge hatte er dem Nachtwächter bereits mit auf den Weg gegeben. Wie dieser aber trotzdem noch Zeit für seinen Kopfputz gefunden hatte, blieb dem Polizeiaktuar schleierhaft. Ebenso wie die Tatsache, warum der Wacher so ausgeruht wirkte.

»Ik will hoffen, dat ik nicht störe, Herr Polizeiaktuar.«

»Nicht doch, komm rein, Borchert.«

Der Dicke schloß die Tür und musterte aufmerksam die Stadtkarte an der Wand. »Sind dat de Orte, wo de Toten legen haben?«

Kettenburg seufzte. »Ja. Hoffen wir, daß wir dem Kerl das Handwerk legen, bevor ich dazu gezwungen bin, die Karte weiter zu perforieren.«

»Ik bin hier, weil ik vermelden wollt, dat wi nu dieses Ding aus dem Fleet in een vun die Dokumentenkellers vun'n Rathaus bracht hebben. Ihr Einverständnis voraussetzt, heff ik drei Mackers im Hafen dormit betraut. Ik weet, dat die de Schnut halten kunn'n.«

»Ich hoffe, das geschah ohne größeres Aufsehen.«

»Natürlich, Herr Polizeiaktuar. De Arbeit wer dohn, bevor de Sünn aufgangen is.«

»Und?« Kettenburg hob gespannt eine Augenbraue. »Was ist das für ein Apparat?«

»Mi dücht, dat sollten Sie sik mol selber anseen. So een Maschin hat noch keener vun uns seen. Wi hebb sie vun all de Modder und Schlick freimacht. Hett een paar Stünnen dauert. Sieht ut wie een Schlitten mit Metallsegel. Is mindestens so merkwürdig wie dies anner Ding, dat ik gestern funnen heff.«

»Ja, das andere Ding...«, wiederholte der Polizeiaktuar nachdenklich und nestelte unwillkürlich an der Westentasche, in der dieses voltaische Wunderwerk steckte, für das sich Justus Lewald so begeistert hatte. Ihm war bei alledem nicht wohl zumute.

»Borchert, irgend etwas Befremdliches geht in unserer Stadt vor.«

Unruhig ging der Polizeiaktuar auf und ab. »Ich will, daß du dich bei den Anwohnern in der Gasse noch einmal umhörst. Einer von denen muß doch etwas mitbekommen haben.«

»Wie ik heut morgen schon seggt heff«, erwiderte der Nachtwächter, »twej vun de Anwohner het een Kampf höört.«

»Dann frag weiter. Vielleicht hat ja auch jemand aus dem Fenster geschaut.«

Zweifelnd sah ihn Borchert an. »Mit Verlaub, ober ik glaube kaum, dat sie üns wat vertellen wern. Die halten dicht, wenn dat gegen de Polizei oder de Uhlen geiht. Kann ik een annern Vorschlach mooken?«

»Einen anderen Vorschlag? Nur zu, mir ist alles recht, was uns in dieser Angelegenheit weiterbringt.«

»Mien Schwager is Portraitmaler. Wenn Sie mi de Erlaubnis geben, denn laß ik ihn een Bild vun dem Toten molen. Wi können dat rumzeigen. Vielleicht bekümm wi so rut, wer dat Opfer is?«

Überrascht blickte Kettenburg auf. Der Vorschlag war nicht schlecht – allerdings: Der Zustand des Toten ließ nicht viel Aussicht auf Erfolg zu. Andererseits war die Lage verzweifelt genug, um jeden Strohhalm zu ergreifen, der sich darbot. »Also gut, meinetwegen. Veranlasse das. Der Tote liegt im Einbeckschen Haus an der Johannisstraße. Er wurde im Anatomischen Theater aufgebahrt.«

Borchert nickte, und der Polizeiaktuar sah ihn plötzlich fragend an. »Aber sag mal, Borchert, ich dachte, dein Schwager sei Schlachter?«

»Stimmt. Dat is de Mann vun mien älteste Schwester«, schmunzelte der Dicke. »Ober de Mann vun Lottchen, mien jüngste Schwester, der is Maler.«

»Gut, sieh zu, was du damit erreichen kannst. Ich werde mich derweil aufmachen und einen Spezialisten konsultieren, um dem Geheimnis unserer beiden Funde auf die Spur zu kommen.«

»Een Spezialist?«

»Ingenieur William Lindley. Er leitet den Bau der Eisenbahn nach Bergedorf. Ich werde mich in einer Viertelstunde zu einem Empfang auf dem Lewaldschen Anwesen an der Elbe aufmachen. Lewald wird mir dort Lindley vorstellen.«

»Justus Lewald?« wollte der Wacher überrascht wissen. Borchert nickte.

»Dat is aber een meerkwördig Zufall.«

»Wie meinst du das?«

»Ja nu, ik hab mi dücht, dat es nich schaden kann, wenn wi een Mann in di Näh vun'n Tatort zurücklassen. Nur für den Fall, dat de Mörder to dem Fundort an Kanal zurückkeern deiht.«

Kettenburg fand den Eifer Borcherts allmählich unheimlich, lauschte ihm aber gespannt.

»Mien Fründ Jan hat dat för mi övernommen. Sie weeten schon, mien Kameroad von gestern abend.«

»Ja und?« Der Polizeiaktur hielt inne.

»Nur Fleetenkieker, Höker, Handweerker un anner unbescholten Bürgers. Jan hett mi aber vertellt, dat so halb zwölf auf de anner Seit vuns Admiralitätszeughaus een Droschk mit een jung Mann un een jungen Deern holten hat. De beiden sünn an Kanal spazeeren gungen. Ebenfalls nich weiter auffällig. Bis auf Krischaan Sillem.«

»Kristian Sillem? Und wer ist das?«

»De Kutscher vun diese Herrn Lewald. Jenfalls arbeit Sillem heute für ihn un seine Familje.«

»Ach, sieh an.« Dem Polizeiaktuar fielen die verworrene Aussage Caroline Lewalds und der Fremde mit dem angeblichen Gedächtnisverlust wieder ein. »Und wieso ist deinem Kameraden ausgerechnet dieser Kutscher aufgefallen?«

Verschwörerisch sah Borchert den Polizeiaktuar an. »Jo nu, Sillem hett mal im Zuchthaus sessen. Wegen Einbruch.«

Im Zuchthaus? Eigentlich hatte Kettenburg vorgehabt, die Sache mit dem nächtlichen Überfall an einen Untergebenen weiterzureichen. Soeben hatte er seine Meinung jedoch geändert.

»Borchert, finde doch mal heraus, was gestern abend im Stadttheater gespielt wurde. Und gib Claas Bescheid, daß er die Droschke vorfahren soll. Ich möchte zu gern wissen, ob Justus Lewald weiß, wen er unter seinem Dach alles beherbergt.«

Der Obelisk

Hamburg / Altona / Elbchaussee 1842, 3. Mai, 31 Minuten nach 12 Uhr mittags

Tobias' Gedanken kreisten noch immer um die seltsame Vogelmaske, als sie das große Millernthor mit seinen Bastionen und Wachtürmen passierten und die Stadtwälle Hamburgs hinter sich ließen.

Doch seine Sorgen rückten in den Hintergrund, als linkerhand, zum Ufer der blauglitzernden Elbe hin, der *Hamburger Berg* auftauchte. Es handelte sich bei dem vor den Mauern der Stadt liegenden Vergnügungsviertel um keinen Berg im eigentlichen Sinne, eher um einen Hügel, der das Ufer der Elbe säumte. Dennoch bezeichneten die Hamburger das in sich abgeschlossene Gebiet als Berg. Caroline wies Tobias sogleich auf den nahen Spielbudenplatz hin, der sich nicht weit vom Tor entfernt erstreckte. Zahlreiche Schausteller und Wirte hatten dort ihre Etablissements errichtet, die sich längst über den Platz hinaus – entlang der Straße, die sie befuhren – ausgedehnt hatten. Seeleute und gut betuchte Bürger gleichermaßen strömten zu den Wagen, Zelten, Buden und Pavillons, um sich den dargebotenen Lustbarkeiten hinzugeben. Caroline erzählte begeistert von Seiltänzern, Jahrmarktzauberern, Gauklern und Tierbändigern, deren Vorführungen sie schon gesehen hatte. Am Sonntagnachmittag war der Hamburger Berg stets ein beliebtes Ausflugsziel vieler Familien. Nachts allerdings, so versicherte ihm Caroline mit roten Wangen, sei es auf dem ganzen Hamburger Berg nicht ungefährlich. Denn hier, im neuen Stadtteil St. Pauli, trieben sich dann abenteuerliche Matrosen und anderes zwielichtiges Gesindel herum. Ganz zu schweigen von den gefährlichen Baugruben, in die man wegen der mangelnden Straßenbeleuchtung hineinstürzen konnte. Tobias war all dies natürlich nicht unbekannt. Hier also hatten das berühmte St. Pauli und der allseits berüchtigte Kiez seinen Anfang genommen. Er beschloß, dem Spielbudenplatz unbedingt noch einen Besuch abzustatten.

In der Ferne entdeckte er Glashütten und Färbereien, und Caroline berichtete, daß auf dem Hamburger Berg früher auch Tranbrenner gearbeitet hatten. Walfang in Hamburg? Tobias merkte, daß er weniger über seine Heimatstadt wußte, als er angenommen hatte.

Kristian lenkte die Kutsche gerade an der Flut der Passanten vorbei, die Reeperbahn entlang, wo es unverkennbar nach Pech und Teer roch. Dort, wo sich zu seiner Zeit die weltbekannte Amüsiermeile erstreckte, befand sich jetzt eine schnurgerade, aus acht Baumreihen bestehende Allee, zwischen denen Seilerburschen Hanffäden ausspannten und zu dicken Seilen und Schiffstauen drehten.

Noch während er neugierig den Kopf aus dem Droschkenfenster streckte, kam ihnen ein mit Paketen beladener Pferdeomnibus mit Bauern und anderen Reisenden entgegen. Auf dem Bock, der sich hinter dem Wagen befand, stand ein Conducteur, der beim Vorbeifahren mit seiner Trompete ein melodisches Signal gab. Tobias sog die aufregenden Eindrücke in sich auf, während er den Schilderungen seiner Begleiterin aufmerksam lauschte. Offenbar schien es Caroline zu genießen, ihm, dem vermeintlich Fremden, Hamburg vorzustellen; er hingegen war für jede Erklärung dankbar, die ihm diese Epoche besser zu verstehen half.

Als sie wenig später den Grenzbaum am Nobistor auf der Seite Altonas passierten und die barocke Nachbarstadt

Hamburgs durchquerten, erfuhr er, daß sie sich jetzt nicht mehr auf Hamburger Territorium, sondern im Herzogtum Holstein bewegten. Es gehörte zu Dänemark. Unvorstellbar, wenn man bedachte, daß Altona in seiner Gegenwart lediglich ein Stadtteil Hamburgs war. Er erinnerte sich wieder an seinen Geschichtsunterricht. Die Städte Altona und Hamburg waren in dieser Epoche Rivalinnen. Und das nicht erst seit der Kontinentalsperre Napoleons knapp dreißig Jahre zuvor. Damals hatte das aufklärerische Altona versucht, der Hansestadt den Rang als Stapelplatz für Kolonialprodukte und englische Waren an der Elbmündung abzulaufen. Doch nachdem sich Dänemark dem Frankreich Bonapartes angeschlossen hatte, brach die Wirtschaft auch hier ein. Derzeit befand sich Hamburg wieder im Aufwind.

Hannchen, die Haushälterin der Lewalds, stammte aus Altona, und Caroline berichtete, daß hier auch ihr einstiger Privatlehrer lebte. Tobias erfuhr zu seinem Erstaunen, daß dieser sie in Latein, Französisch, Literatur, Mathematik und Geschichte unterrichtet hatte. Im Hause der Lewalds schien offenbar so manches anders gehandhabt zu werden als in vergleichbaren Familien dieser Zeit. Daß Caroline nicht mit den Maßstäben zu bewerten war, die für andere Frauen ihrer Epoche galten, hatte er natürlich schon bemerkt. Diese reiche Bildung aber schien ihm für eine Frau der Biedermeierzeit dennoch ungewöhnlich. Tobias freute sich für Caroline.

Schweigend passierten sie die königlich dänische Münze und fuhren dann eine Geschäftsstraße nahe des Altonaer Hafens entlang, in der Ankerschmieden, Zimmereien und Manufakturen ansässig waren. Als sie die Stadt endlich hinter sich hatten, war Caroline eingeschlafen.

Tobias musterte seine Begleiterin nachdenklich. Ihr Kopf ruhte an einer der ledernen Kopfstützen, und eine vorwitzige Haarsträhne tanzte vor ihrer Stirn. Von den Blessuren der letzten Nacht waren in ihrem Gesicht nur noch wenige

Spuren zu entdecken. Caroline mußte sie mit Schminke überdeckt haben. Immer schien es ihm, als sprühe sie nur so vor Energie, doch in diesem Augenblick wirkte sie erschöpft und unendlich verletzlich.

Tobias wußte nicht, wie lange er so verharrt hatte, als sie bei einem weiteren Schlagbaum haltmachten. Erschrocken fuhr seine Begleiterin hoch und sah ihn an. Tobias wandte sich ertappt ab.

Offenbar hatten sie die Grenze zu einem Privatweg erreicht. Als er den Kopf aus dem Droschkenfenster streckte, sah er, wie Kristian dem Wärter einen Passierschein reichte.

»Ah, die Flottbeker Chaussee. Jetzt dauert es nicht mehr lange«, erklärte Caroline. Tobias nickte, und wenig später ging die Fahrt auf einer sandigen Straße weiter, die sich über Höhen und eingebettete Auen weit nach Norden zog. Von irgendwoher wurde der Duft von Orchideen herübergetragen. Zur Elbseite hin dehnte sich flache Marsch, zu ihrer Rechten erhob sich eine hügelige und waldige Landschaft. Er sah bereits die ersten Villen und Herrenhäuser, die mit Blick auf den Elbstrom und seine Schiffe errichtet worden waren. Die Landsitze waren von weiten, prächtigen Parkanlagen umgeben, in denen Tobias sogar bunte Pfauen entdeckte. Einer der Laufvögel spreizte soeben sein prachtvolles Gefieder. Die ganze Zeit über war von der Elbe her leises Möwengeschrei zu hören. Die Vögel wirkten vor dem strahlenden Himmelsblau wie weiße Papierfetzen, die der warme Frühlingswind in die Luft emporgewirbelt hatte.

»Ich liebe diesen Ausblick«, seufzte Caroline.

»Verstehe ich sehr gut«, meinte Tobias, vertieft in den Anblick einer stattlichen Villa, die sich links vom Weg erhob. »Sagen Sie, wer lebt da?«

»Oh, da wohnt Salomon Heine. Der Onkel von Heinrich Heine, dem berühmten Dichter.« Und sogleich deklamierte sie: »Frühling. Die Wellen blinken und fließen dahin, es liebt sich so lieblich im Lenze! Am Flusse sitzt die Schäferin und windet die zärtlichsten Kränze… Weiter weiß ich leider nicht.«

Entschuldigend lächelte sie und wurde rot, als sie Tobias' belustigten Blick sah.

»Salomon Heine ist ein jüdischer Bankier«, fuhr sie fort. »Sein Stadthaus in Hamburg steht am Jungfernstieg, und mein Vater meint, daß er ganz sicher einer der reichsten Männer im ganzen Deutschen Bund sei. Jedenfalls ist er ein Mann von rastlosem Fleiß. Dennoch sieht man ihn oft im Stadttheater. Und obwohl er schon über siebzig Jahre zählt, heißt es, er sei noch immer ein charmanter Bonvivant.«

»Eigentlich begreife ich nicht so ganz«, erwiderte Tobias, »warum so viele Hamburger so weit fort vor die Stadt ziehen. Immerhin ist das hier ja schon Dänemark.«

Seine Begleiterin schmunzelte. »Sie Dummerchen, natürlich der schönen Landschaft wegen. Außerdem dürfen Sie nicht vergessen, daß es in Hamburg nicht immer so friedlich zuging wie in diesen Jahren. Wenn bei uns die Zeiten unruhiger werden, kann man sich des erworbenen Besitzes hier um so ungestörter erfreuen. Außerdem wohnen hier mitnichten nur Hamburger. Die Familien kommen von überall her. Sogar aus Frankreich und England. Vielleicht schaffen wir es noch, den schönen Park der Jenischs zu besuchen. Die stammen ursprünglich aus Augsburg. Sehen Sie das vornehme Haus dort hinten?«

Tobias erblickte einen prachtvollen Garten, in dem zum Elbufer hin ein weißer Säulenbau stand.

»Das ist Rainvilles Garten. Benannt nach dem Adjutanten des französischen Generals Dumouriez, der das Grundstück um die Jahrhundertwende erworben hat. Und der Turm da hinten« – sie deutete begeistert auf eine königlich anmutende Schloßanlage, an der sie nun vorbeifuhren – »gehört zum Anwesen eines der reichsten Männer Altonas: Conrad Donner. Wissen Sie, womit seine Familie zu Wohlstand gelangt ist?«

Tobias schüttelte den Kopf.

»Schnupftabak.«

Caroline schien in ihrem Element. Sie kamen an weiteren Luxusbauten vorbei, und zu jedem der Bewohner wußte sie eine Anekdote zu erzählen. Es fielen Namen wie Lawaetz, Woermann, Struve und Thornton. Unmöglich konnte Tobias alle im Gedächtnis behalten. Gerresheimer, sein Fechtlehrer, hätte seine helle Freude an diesem Ausflug gehabt. Er selbst im übrigen auch, wenn ihn nicht hin und wieder die eigentümliche Vogelmaske im Korb Carolines daran erinnert hätte, unter welchen Umständen es ihn in diese Zeit verschlagen hatte.

»So, da sind wir«, beendete Caroline ihre Ausführungen.

Die Droschke bog auf einen weißen Kiesweg ab und fuhr an einer Reihe von Kastanien vorbei auf eine stattliche zweistöckige Villa in gelbem Ziegelbau zu, die sich aufgrund ihrer eher schlichten Eleganz wohltuend von den protzigen Prunkbauten abhob, die Tobias zuvor gesehen hatte.

Vor einem abseits gelegenen Stall stand ein halbes Dutzend weiterer Droschken, in deren Nähe sich vornehm ausstaffierte Kutscher die Beine vertraten. Einige der Gäste waren offenbar bereits eingetroffen und hatten ihre eigene Equipage mitgebracht.

»Nun, beeindruckt?«

»O ja.«

»Mein Vater hat das Grundstück auf dreißig Jahre gepachtet. Die Villa gehörte bis vor wenigen Jahren noch dem Konsul Venezuelas. Ich fürchte, wir kommen etwas zu spät.«

Die Droschke hielt vor einer breiten Freitreppe, und sie stiegen aus. Kristian warf Tobias einen undurchdringlichen Blick zu und fuhr mit einem Schnalzen zu dem Stellplatz mit den anderen Kutschen weiter. Wenig später wurden sie von einem livrierten Mann mit dunklen Haaren und strengem Gesichtsausdruck in Empfang genommen.

»Ah, Mamsell Lewald! Da sind Sie ja. Ihr Vater erwartet sie bereits.«

»Darf ich vorstellen«, wandte sich Caroline an Tobias. »Das ist Herr Groth, unser Hausverwalter.«

»Ihr Vater war so frei, mich bereits über den jungen Herrn zu unterrichten.« Der Livrierte musterte Tobias kühl und verneigte sich steif. »Ich werde Ihnen später Ihr Gästezimmer im Obergeschoß zeigen.«

»Oh, wir werden hier übernachten?« erkundigte sich Tobias.

»Natürlich«, erwiderte Caroline erstaunt. »Es ist völlig unnötig, sich nach Einbruch der Dunkelheit wieder auf den beschwerlichen Weg zurück nach Hamburg zu begeben. Außerdem sind die Stadttore dann schon geschlossen.«

Kurz darauf durchmaßen sie eine große, weiträumige Empfangshalle, die über eine prachtvolle Treppe in die oberen Stockwerke verfügte. Die Wände waren mit Dutzenden von Ölbildern bedeckt, die Dampfschiffe auf hoher See zeigten.

Nachdem Caroline bei Groth Schultertuch, Schirm und Korb abgegeben hatte, führte sie Tobias einen Gang entlang, von dem aus mehrere Salons sowie ein altertümlich anmutendes Kaminzimmer abzweigten. Letzteres verfügte über eine backsteinerne Feuerstelle, deren Rauchfang zwei gekreuzte Florette schmückten. Anschließend gelangten sie in einen Raum, in dem zwei Dienstmädchen Fischdelikatessen auf einer versilberten Platte drapierten. In den Raumecken standen griechische Marmorstatuen, die Wände zierten Kopien Raffaelscher Werke. Als die Hausmädchen Caroline erblickten, knicksten sie. Tobias' Begleiterin begrüßte die ältere der beiden freundlich. »Moin, Henriette. Hier ist ja schon bannig was los. Unsere Gäste haben es offenbar nicht erwarten können, uns zu besuchen.«

»In der Tat, Mamsell. Kommerzienrat Weber nebst Gemahlin ist bereits vor einer halben Stunde eingetroffen. Inzwischen sind auch Freiherr von Rückner, Rechtsanwalt Merck nebst Gattin, Vizekonsul Schiller, Justizrat Rode und seine Familie, Professor Lehmann, Doktor de Lagarde, Ingenieur Lindley und noch einige andere mehr eingetroffen. Herr Groth führt die Einladungsliste«, ergänzte Henriette entschuldigend.

»Wundervoll. Gebt mir Bescheid, wenn ihr Hilfe braucht. Ich vermute, mein Vater ist im Garten.«

Das Dienstmädchen nickte. Caroline und Tobias durchschritten ein mit Eichenpaneelen ausgekleidetes Zimmer, in dem ein großer Kristallüster von der Decke hing, und betraten über eine Gartentür eine prachtvolle Grünanlage, wo schon Klaviermusik und vielstimmiges Lachen zu hören waren.

Staunend schirmte Tobias seinen Blick gegen die blendende Sonne ab. Das weitläufige Gelände hinter der Villa erinnerte ihn eher an einen Park als an einen Garten. Es wurde an zwei Seiten von tiefen Schluchten begrenzt und fiel zur Elbe hin in einem breiten, wild mit Bäumen und Gesträuch bewachsenen Abhang steil ab. Sein Blick schweifte über Linden und Kastanien, bunte Blumenbeete, sorgsam beschnittene Büsche sowie einen kleinen Teich mit Seerosen, in dessen Mitte Wasser aus dem Füllhorn einer Meernixe plätscherte. Von hier aus hatte man einen herrlichen Ausblick auf die Elbe, auf der soeben ein stolzer Englandfahrer die Mündung hinauffuhr. Überrascht nahm er zur Kenntnis, daß sich am Elbufer, unterhalb des Grundstücks, ein privater Anleger befand, an dem ein Flußdampfer festgemacht hatte. Bärtige Männer turnten auf Deck herum und reinigten die Planken.

Im Garten flanierten unterdessen vornehm gekleidete Gäste, die gut gelaunt miteinander parlierten. Die Männer hielten Champagnerkelche in den Händen, die Frauen trugen leichte Sonnenschirme. Auf dem Rasen hatte Lewald ein Lustzelt aufbauen lassen, in dessen Schatten zahlreiche Leckereien bereitstanden. Nicht weit davon entfernt führten acht Kinder in Sonntagsgewändern unter Anleitung Hannchens einen lustigen Reigentanz auf. Unter ihnen war auch der kleine Jakob, der beim Anblick Carolines sofort aus der Reihe der Kinder ausbrach und zu seiner Schwester stürzte. Lachend nahm sie ihn in Empfang und strich ihm über das blonde Haar.

»Schau mal! Das hat Vater mir geschenkt.« Der Kleine warf Tobias einen verstohlenen Blick zu und kramte dann einen Bernstein hervor, in dem sich eine eingeschlossene Fliege befand.

»Oh, das ist aber ein wertvolles Geschenk. Darauf mußt du gut achtgeben«, ermahnte ihn Caroline.

»Das ist jetzt mein Piratenschatz.«

Sie gab ihm einen Klaps, und zufrieden stürmte der Junge zurück zu den anderen Kindern. Tobias schmunzelte und suchte den Garten nach der Quelle des meisterlichen Klavierspiels ab. Am jenseitigen Ende der Terrasse entdeckte er einen großen Konzertflügel mit Partitur, vor dem ein etwa zehnjähriger Junge in feinem Aufzug saß, der dem Instrument eine heitere Fantasie entlockte. Er wurde von zahlreichen Erwachsenen umringt, die begeistert klatschten, als er sein Spiel beendet hatte.

Höflich verneigte er sich nach links und rechts.

»Donnerwetter«, murmelte Tobias, »man merkt dem Jungen nicht an, wie alt er ist.«

Caroline trat an seine Seite und lächelte. »Sie meinen den kleinen Johannes? Ja, das dachte ich mir auch, als ich ihn das erste Mal spielen hörte. Beinahe ein zweiter Mozart, wenn Sie mich fragen. Sicher haben wir noch Großes von ihm zu erwarten. Johannes' Vater ist selbst Berufsmusiker.«

Sie deutete auf ein stolzes Pärchen, das einen erheblichen Altersunterschied aufwies. Die Frau war sicher fünfzehn Jahre älter als ihr Gatte. »Hoffentlich wird dem Jungen die rechte Förderung zuteil. Die Familie Brahms lebt in sehr bescheidenen Verhältnissen.«

»Wie bitte...?« platzte es aus Tobias heraus, bevor er sich wieder im Griff hatte. Das kleine Wunderkind da vorn war Johannes Brahms?

Verwundert musterte ihn Caroline. »Was meinen Sie?«

»Äh, wie bitte komme ich an etwas zu trinken?« versuchte Tobias seine Überraschung zu überspielen. »Die Herfahrt hat mich doch etwas durstig gemacht.«

»Kommen Sie.« Sie führte ihn an den spielenden Kindern vorbei zu dem Lustzelt mit den Köstlichkeiten und bot ihm ein Glas Sekt an. Trotz der Leckerbissen, die sich ihm hier darboten, konnte Tobias seinen Blick nicht von dem schmächtigen Jungen abwenden, der neben Richard Wagner einmal als größter deutscher Komponist seiner Zeit gefeiert werden würde.

»Ah, da bist du ja, Caroline.« Justus Lewald winkte seiner Tochter erfreut zu und näherte sich den beiden in Begleitung eines auffallend korpulenten Mannes. »Darf ich vorstellen, meine Tochter Caroline und ihr Retter von gestern abend.«

»Angenehm.« Der Mann gab der Tochter des Hausherrn einen steifen Handkuß und nickte Tobias freundlich zu.

»Booth. John Booth. Wir sind Nachbarn. Unserer Familie gehört der Eichenhof gegenüber dem Jenischpark.«

»Oh, ich habe bereits von Ihnen gehört. Ihre Gärtnerei ist ja in aller Munde«, erklärte Caroline.

»Vielen Dank«, erwiderte der Mann erfreut. »Ihr Vater berichtete mir, daß Sie sich ein Gewächshaus zulegen möchten und vielleicht den einen oder anderen Rat gebrauchen könnten.«

»Ach ja?«

Hinter Booths Rücken verdrehte der alte Lewald die Augen und blickte seine Tochter beschwörend an.

»Ja«, bemerkte Carolines Vater etwas hilflos, »wir sprachen gerade über diese, äh, Trauerweide dort hinten. Und da meinte ich...«

»Nein, nein, mein lieber Lewald«, unterbrach ihn Booth eifrig, »Sie irren sich. Das ist eine Cupressus sinensis pendula, keine Trauerweide. Eine durchaus seltene Baumart, wie ich anmerken möchte. Übrigens mit einem reizenden Habitus.«

»Meine Liebe gilt eher den Rosen«, lenkte Caroline ein, zwinkerte ihrem Vater zu und hakte sich freundlich bei dem Mann unter. »Vielleicht verraten Sie mir das Geheimnis Ihres grünen Daumens.«

»Oh, da gibt es nicht viel zu verraten. Vielleicht sollte ich Ihnen einmal meine erlesenen Georginen vorstellen. Dann werden Sie gewiß verstehen, wie...« Plaudernd entfernten sich die beiden, und dankbar sah Julius Lewald seiner Tochter nach. Schließlich wandte er sich an Tobias. »Ich dachte schon, Sie beide hätten sich verfahren.«

»Nein nein. Wir sind in der Stadt nur aufgehalten worden.« Tobias versuchte einen möglichst leidenden Gesichtsausdruck aufzusetzen. Offiziell galt er schließlich noch als krank.

Lewald nickte und musterte ihn eingehend. »Sie und Caroline scheinen sich gut zu verstehen.«

Tobias blickte überrascht von seinem Glas auf. »Äh... nun, ich denke ja. Soweit ich das sagen kann. Aber bitte schließen Sie daraus nicht, daß ich...«

»Schon gut«, winkte Lewald ab. »Ich wollte niemandem etwas unterstellen. Sie ist eben meine Tochter. Und – wie geht es Ihrem Erinnerungsvermögen?«

»Leider keine Besserung.«

»Tja« – Lewald kratzte sich an seinem Backenbart –, »dann sollte ich Sie wohl besser gleich mit Doktor de Lagarde bekannt machen. Er stammt aus Paris und ist seit einigen Jahren unser Hausarzt. Ich glaube, ich hatte Ihnen bereits von ihm erzählt. Ein überaus studierter Mann.«

Suchend sah sich Lewald um und deutete schließlich zu einer Chaiselongue mit geblümtem, rosenholzfarbenem Bezug, die mitten im Garten stand. Auf ihr saß ein aristokratisch wirkender Mann mittleren Alters, der gelangweilt in die Runde blickte. Neben ihm hatte eine ältere Dame mit wehleidigem Gesichtsausdruck Platz genommen und versuchte erfolglos, seine Aufmerksamkeit zu gewinnen.

»Ah, da ist er. Er unterhält sich gerade mit der Frau von Kommerzienrat Weber. Sicher ist er froh, wenn er Gelegenheit erhält, ihrer Gesellschaft zu entfliehen.« Lewald schmunzelte. »Die Gute neigt leider ein wenig zur Hypochondrie.«

Tobias starrte unsicher zu dem Franzosen hinüber und fragte sich, ob er dem Arzt etwas vormachen konnte. Notgedrungen folgte er Carolines Vater, der den Mediziner der Gesellschaft seiner Gesprächspartnerin charmant entzog und sie beide miteinander bekannt machte.

»Bonjour, Monsieur«, begrüßte ihn der Arzt auf französisch.

»Herr Lewald?« ertönte es plötzlich hinter ihnen. Überrascht schauten sich die drei zu einem kleinen Mann mit dichtem Schnauzer um, der mit ausladenden Schritten auf sie zueilte. Der Neuankömmling lüpfte seinen Zylinder und stellte ein großes Stativ mit einer kameraähnlichen Apparatur vor sich ab, auf deren Seitenwand eine Messingplakette mit der Aufschrift »P.W.F. Voigtländer« prangte. Der Mann war nicht allein gekommen. In seiner Begleitung mühte sich ein schlaksiger Gehilfe damit ab, eine zusammengerollte große Leinwand durch den Garten zu tragen.

»Ah, Herr Biow«, begrüßte ihn Lewald erfreut und machte die Männer kurz miteinander bekannt. »Herr Biow kommt aus Altona und stellt in seinem dortigen Atelier heliographische Porträts her. Die Qualität seiner Daguerreotypien wird sogar im Hamburger Correspondent gerühmt.«

»Ich danke Ihnen für Ihre freundlichen Worte«, erwiderte Biow und warf einen knappen Blick zum strahlendblauen Himmel hinauf. »Wir haben Glück, die Lichtverhältnisse sind günstig. So lang anhaltendes gutes Wetter hatten wir Anfang Mai selten. Wenn Sie mir freundlicherweise sagen könnten, wo ich meine Ausrüstung aufbauen darf, so will ich in Kürze gern mit meiner Arbeit beginnen.«

»Wenn Sie mich beide für einen Augenblick entschuldigen wollen«, wandte sich Lewald an Tobias und de Lagarde und führte den Daguerreotypisten und seinen Helfer zu einem freien Platz nahe einer großen Linde.

Der Franzose musterte Tobias unter einem dichten Busch schwarzer Brauen und lächelte, ohne daß dieses Lächeln seine dunklen Habichtsaugen erreichte. Der maßgeschneiderte schwarze Gehrock und der unpassende hohe Kragen mit der schwarzen Binde trugen angesichts des warmen Frühlingstags kaum dazu bei, den Charme des Mannes zu steigern.

»Sie also sind der Hausarzt der Lewalds?« eröffnete Tobias vorsichtig das Gespräch.

»Oui, Monsieur. Mein Name ist François de Lagarde, Docteur der médecine. Sie haben Mademoiselle Lewald gestern abend bei die schändlische Raubüberfall zur Seite gestanden?«

Tobias strich sich das Haar zurück. »Ja, so ist es. Herr Lewald hat Sie also bereits über die Geschehnisse unterrichtet?«

»C'est vrai, mon ami. Monsieur Lewald war so freundlich, misch über Ihr malheur in Kenntnis zu setzen. Amnesie? Ein Fall wie der Ihre weckt natürlisch mein berufliches Interesse. Sie können sich wirklich an nichts erinnern?«

»Nein«, gab sich Tobias zerknirscht.

»An gar nichts?«

»Nein, wie ich Ihnen schon sagte«, erwiderte er feindseliger, als er es vorgehabt hatte.

»Déplorable! Natürlich. Aber Monsieur Lewald besteht darauf, daß ich Sie untersuche, solange Sie seine Gastfreundschaft genießen.« Der Franzose fixierte ihn mit stechendem Blick. »Isch bin mir sicher, daß wir einen remède gegen Ihr Leiden finden. Ein Heilmittel. Suchen Sie misch doch morgen in meine Cabinet auf. Ich praktiziere an der Ecke Brandstwiete und Große Reichenstraße.«

De Lagarde zückte eine Visitenkarte und hielt sie Tobias unters Kinn. Es hätte auch eine scharfe Rasierklinge sein können, der Gestus war derselbe. Widerwillig nahm Tobias sie an sich. »Ich weiß allerdings nicht, ob ich schon morgen Zeit finde.«

»Ne parlez pas d'absurdité!« zischte ihn der Arzt unfreundlich an. »Natürlich werden Sie kommen. Wir wollen doch nicht, daß man Sie am Ende für einen menteur hält. Einen Lügner. Kommen Sie allein. Sicher wird es ein aufschlußreicher traitement. Au revoir, Monsieur.«

Mit überheblichem Lächeln ergriff der Arzt ein Champagnerglas und ließ Tobias stehen. Wütend schluckte der einen Fluch hinunter. Dieser Mistkerl legte es darauf an, ihn vorzuführen. Und er machte keinen Hehl daraus, daß er ihm nicht ein Wort seiner Geschichte abnahm.

Na warte. Tobias legte ein Stück Kuchen auf einen der bereitliegenden Porzellanteller und schlenderte hinüber zu Frau Kommerzienrat Weber.

»Entschuldigen Sie, gnädige Frau. Unser Gespräch ist beendet. Der Herr Doktor steht Ihnen wieder zur Verfügung.«

Erfreut bedankte sich die Dame und eilte hinüber zu de Lagarde, der dem Studenten nun seinerseits einen wütenden Blick zuwarf.

Touché! Ein böses Lächeln umspielte Tobias' Lippen.

Er wollte sich schon wieder auf die Suche nach Caroline begeben, als er Polizeiaktuar Kettenburg erblickte, der die große Terrasse soeben betreten hatte. Aufmerksam suchte der Beamte das Gartengelände ab. O nein, der nicht auch noch!

Möglichst unauffällig schlenderte Tobias auf eine Baumgruppe auf der elbwärts gelegenen Gartenseite zu. Er hatte keine Lust, auch diesem Polizisten noch einmal Rede und Antwort zu stehen.

Während er die Gartengesellschaft hinter sich ließ, holten ihn seine Sorgen wieder ein. Mit diesem Versteckspiel würde er nicht ewig Erfolg haben. Er mußte endlich die verdammte Zeitmaschine finden und in seine Zeit zurückkehren.

Trotz seiner Vorliebe für Süßes stellte er den Kuchenteller unangetastet auf einer weiß gestrichenen Holzbank ab. Inzwischen war ihm der Appetit vergangen.

Die Maske. Wie konnte er mit ihrer Hilfe den Kahlköpfigen finden? Ganz abgesehen davon war ihm inzwischen auch wieder dieser geheimnisvolle Satz in den Sinn gekommen, den der Uhrmacher zu seiner Zeit ausgesprochen hatte.

Wie hätte ich dir eine Geschichte plausibel machen sollen, die für den einen von uns die Vergangenheit, für den anderen aber die Zukunft darstellt?

Was hatte das zu bedeuten?

Tobias zermarterte sich weiter das Hirn und wandte sich einem Kiesweg zu, von dem aus man einen wundervollen Blick auf die Elbe hatte. Während er sich die Ereignisse der gestrigen Nacht noch einmal durch den Kopf gehen ließ, glitt sein Blick über den unter ihm liegenden Privatkai mit dem Dampfschiff und streifte dann einen mannshohen Obelisken, der etwas versteckt inmitten eines gepflegten Rosenbeetes stand. Er war vollständig aus Marmor gefertigt und zeigte das Bild einer zum Licht hinanschwebenden weiblichen Gestalt in engelhafter Pose. Darunter befand sich eine Inschrift:

Früh bist du am Ziele!
In der Mitten deines Lebens,
Pflückte dich des Todes Hand.
Reihte dich dem Kranz der Geister,
Den der Ewige sich band.

»Herr Tobias?« Carolines Stimme ließ ihn herumfahren. »Hermann Biow wird gleich seine Lichtbilder machen. Wollen Sie nicht... Oh!«

Betroffen schaute ihn Lewalds Tochter an. Sie war nicht weit von ihm entfernt stehengeblieben, und er bemerkte das feuchte Glitzern, das sich jetzt in die hübschen Augen seiner Bekannten stahl.

»Diese Inschrift gilt jemandem, der Ihnen nahe steht, richtig?« fragte er behutsam.

Caroline nickte. »Meiner Mutter. Sie ist vor acht Jahren gestorben. Mein Vater hat diesen Gedenkstein für sie aufstellen lassen.«

»Das tut mir sehr leid«, murmelte er. Caroline trat neben ihn und berührte den Marmor liebevoll mit den Fingerkuppen.

»Mein Vater hat sie damals bei Mattler kennengelernt. Auf dem Spielbudenplatz. Sie wissen nicht, wer Mattler ist, oder?«

Tobias schüttelte den Kopf.

»Oh, das sollten Sie aber. Jeder in Hamburg kennt Mattler. Damals war er der Direktor eines Marionettentheaters. Solcher Tingeltangel gehört zu Hamburg – wie der Hafen.« Sie lächelte melancholisch. »Meine Mutter hat die Kleidung für seine Puppen genäht. Und manchmal hat sie ihm auch bei den Aufführungen geholfen. Bei einer dieser Vorstellungen hat mein Vater sie gesehen – und sich in sie verliebt. Heute leitet Mattler zusammen mit seinem Kompagnon Dannenberg das Elysium-Theater. Es steht auf dem Spielbudenplatz gleich neben einer Menagerie und ist weit über Hamburg hinaus bekannt. Heute spielen sie mit echten Schauspielern. ›Schinderhannes‹ oder ›Die Räuber auf Maria-Kulm‹, ›Das Käthchen von Heilbronn‹, ›Wilhelm Tell‹ und auch ›Hamlet‹. Es gibt eigentlich nichts, was sie nicht aufführen. Als Kind hat meine Mutter mich oft mitgenommen, und Mattler hat mir zuliebe die lustigsten Possen aufgeführt.«

»Das klingt schön.«

»Ja, das war es auch«, flüsterte Caroline. »Und sie hat Rosen geliebt. Glauben Sie mir, obwohl sie so krank war, war sie die zärtlichste Mutter, die Sie sich vorstellen können. Zeit ihres Lebens hat sie von einem Landsitz wie diesem geträumt. Leider ist mein Vater erst nach ihrem Tod zu größerem Vermögen gelangt. Hier wäre sie gewiß sehr glücklich gewesen.«

Gerührt betrachtete Tobias Carolines blasses Gesicht. Ein bunter Schmetterling stieg von einer der Blüten auf und umtanzte ihre schwarzen Locken. Wehmütig sah sie ihm nach, als er flatternd am Himmel verschwand. Wie schon vorhin in der Droschke wirkte Caroline in diesem Augenblick überaus zerbrechlich. Es kostete Tobias einiges an Überwindung, nicht tröstend nach ihrer Hand zu greifen.

Sie blinzelte – und plötzlich umspielte wieder das ihm schon vertraute ernste Lächeln ihre Lippen. »Ich habe alle Erinnerungen an sie in meinem Herzen bewahrt. Dort lebt sie weiter.«

In einer anmutigen Geste legte sie die Hand auf die Brust. »Und wie steht es um Ihre Eltern? Sind Sie ihnen ebenfalls in Liebe zugetan?«

Tobias schluckte. »Ich... kenne meine Eltern nicht. Ich bin Waise. Man hat mich als kleiner Junge einfach vor einem Waisenhaus abgesetzt.«

»Oh, das ist nicht schön. Dann geht es Ihnen ein klein wenig so wie unserem Jakob.«

»Wie darf ich das verstehen? Jakob ist nicht Ihr leiblicher Bruder?«

»Nein. Mein Vater hat ihn vor zwei Jahren nach dem Waisengrün adoptiert. Ein Volksfest, das wir am 6. Juli feiern. Die armen Waisen in unserer Stadt müssen dann in feierlichem Aufzug zum Steinthor hinauspilgern und auf dem Weg um Spenden betteln. Ganze Kolonnen sind dann auf den Straßen unterwegs. Vor der Stadt werden die armen Würmer mit Kuchen und Bier gespeist und später von den Soldaten wieder zurück in die Stadt eskortiert. Die übrigen Hamburger feiern an diesem Tag. Da draußen finden Sie dann Buden mit allen möglichen Eßbarkeiten. Und vom Spielbudenplatz her kommen Gaukler und Jongleure, während die vornehme Welt das Getümmel aus der Ferne in ihren Equipagen beobachtet. Aber wenn Sie die kummervollen Gesichter der Kinder einmal gesehen hätten, verstünden gerade Sie sicherlich, daß Hamburg auf diese Einrichtung nicht sehr stolz sein sollte.«

Ungläubig schüttelte er den Kopf. Welch demütigender Brauch!

»Meine Mutter hat das Waisengrün nie gutgeheißen. Als wir zu Wohlstand kamen, hat mein Vater ihren letzten Wunsch erfüllt und eines der Kinder bei uns aufgenommen: Jakob.«

Tobias blickte seine Begleiterin ernst an. »Ihre Mutter muß eine sehr nette Frau gewesen sein, Mamsell Lewald. Ich denke, sie wäre heute stolz auf Sie.«

»Danke.« Sie warf ihm ein scheues Lächeln zu. »Wollen wir wieder zurück?«

»Vielleicht haben Sie es noch nicht bemerkt, aber Polizeiaktuar Kettenburg ist inzwischen eingetroffen.«

»Ach was!« wiegelte sie leichthin ab. »An einem so schönen Tag wie heute sollten wir uns von niemandem die Laune verderben lassen. Weder von diesem Polizeiaktuar noch von sonst jemandem. Und nun kommen Sie. Oder wollen Sie es ernsthaft verpassen, wenn mein Vater einmal eine neue Erfindung ins Haus holt, die etwas Amüsement verspricht?«

Das physikalische Kabinett

*Elbchaussee 1842, 2. Mai,
12 Minuten nach 4 Uhr am Nachmittag*

Widerwillig ließ sich Tobias von Caroline in den Garten zurückführen, wo Hermann Biow und sein heliographischer Apparat bereits von einem guten Dutzend Gästen umlagert wurden. Sein schlaksiger Gehilfe hatte die Leinwand inzwischen aufgebaut. Ein kitschiger antiker Säulentempel war darauf gemalt.

»Im Gegensatz zu den Apparaten, die Daguerre und Giroux selbst herstellen«, wandte sich Biow an die Umstehenden, »arbeite ich mit einer neuen Kamera aus der Werkstatt eines Wiener Optikers. Sie ist etwa sechzehnmal so lichtstark wie Daguerres eigene Kameraoptiken. Also, wer möchte als erstes?«

»Nun, kommen Sie, Mamsell Lewald!« forderte der Botaniker John Booth Caroline auf. »Ihnen gebührt die erste Aufnahme.«

Unter dem Applaus der Umstehenden nahm Lewalds Tochter auf dem Stuhl vor der Leinwand Platz. Biow drapierte ihre Locken, rückte ihr Gesicht etwas ins Sonnenlicht und eilte zurück zu seinem Apparat, um eine Fotoplatte in die Kamera zu schieben.

»Ich bitte Sie, einige Augenblicke lang still sitzenzubleiben.«

Schmunzelnd betrachtete Tobias seine hübsche Bekannte – und wurde blaß. Himmel, jetzt begriff er: ihr Gesicht, der Säulenbau im Hintergrund...

Soeben entstand jenes Foto, das ihm der mysteriöse Uhrmacher zugeschickt hatte!

Tobias entfernte sich hastig aus der Reihe der Umstehenden und nestelte am Rand einer Hecke nach dem Foto, das er Kristian gegen Mittag wieder abgenommen hatte. Da seine Hose über keine Taschen verfügte, trug er es in seinen Ärmelaufschlägen versteckt. Tatsächlich. Was er soeben miterlebte, war gespenstisch. Er drehte das Bild um und musterte erneut die krakelige Handschrift des Uhrmachers. *Nosce teipsum!*

Erkenne dich selbst!

Verdammt, das mußte etwas zu bedeuten haben. Aber nur was?

Er wollte sich gerade wieder zu dem Daguerreotypisten begeben, als er hinter der Hecke die Stimme von Polizeiaktuar Kettenburg vernahm.

»… Ihnen jetzt noch nicht erzählen. Sie müssen sich das selbst ansehen. Die Polizeibehörde wäre Ihnen aber überaus dankbar, wenn Sie uns bei der Angelegenheit helfen würden.«

Hastig duckte sich Tobias, um nicht entdeckt zu werden, und tat so, als wäre er mit seinen Schuhspangen beschäftigt. Vorsichtig schob er einige Zweige beiseite.

Der Polizeiaktuar näherte sich auf der anderen Seite in Begleitung eines hohlwangigen Mannes mit hoher Stirn und tiefliegenden Augen.

»Das klingt überaus interessant. Wirklich, furchtbar interessant!« hörte er den Fremden murmeln. Der Mann trug einen Maßanzug aus schottischem Tweed, und sein Akzent war unverkennbar der eines Engländers. Offenbar handelte es sich um diesen Ingenieur, von dem Lewald gesprochen hatte: William Lindley.

»Sehr gern werde ich Ihnen bei Ihrem Problem helfen. Sie müssen mir nur sagen, wo Sie sie hingebracht haben.«

»Ins Rathaus. Dort lagert sie in einem alten Dokumentenkeller.«

»Im Rathaus? Warum dort?« wollte der Engländer wissen.

»Ich gestehe, der Keller ist ein Notbehelf«, erwiderte Kettenburg. »Die Speicher sind Privateigentum, und das Stadthaus der Polizei ist für Fundstücke dieser Größe nicht eingerichtet.«

Tobias hätte zu gern gewußt, worüber sich die beiden unterhielten.

»Sagen Sie, Mister Kettenburg, wie verhält es sich mit dieser, äh, clock? Tragen Sie das Objekt noch bei sich?«

»Ja«, nickte Kettenburg eifrig. »Noch so eine mysteriöse Gerätschaft. Kommen Sie, treten wir etwas ins Licht, dann zeige ich sie Ihnen.«

Die beiden schritten zu einer Baumgruppe am Elbhang des Grundstücks hinüber. Tobias fluchte innerlich und warf einen Blick zurück zu Caroline. Die ließ sich zum Vergnügen der Umstehenden ein weiteres Mal ablichten.

Um nichts in der Welt wollte er es versäumen, das Gespräch zwischen Kettenburg und Lindley weiter mitanzuhören. Also schlug er einen größeren Bogen, um zur Rückseite einer hohen Eiche zu gelangen, die ganz in der Nähe der beiden Männer stand. Als er sein Ziel erreicht hatte, reichte der Ingenieur dem Polizeiaktuar die Quarzuhr gerade wieder zurück.

Er wirkte, ebenso wie Lewald am Vormittag, überaus aufgeregt.

»Incredible! Mister Polizeiaktuar, es war richtig, daß Sie mich in dieser Angelegenheit zu Rate zogen. Ich müßte dieses... da allerdings erst auseinanderbauen, bevor ich Ihnen etwas dazu sagen kann. Vielleicht mögen Sie mir Ihr Fundstück mitgeben.«

»Es tut mir leid«, seufzte der Beamte, »aber hierbei handelt es sich um ein wichtiges Indiz in einem sehr prekären Mordfall, das ich nicht ohne weiteres herausgeben darf. Zumindest muß ich mit Polizeisenator Binder Rücksprache halten.«

»Sure. Das verstehe ich. Vielleicht können Sie bis morgen abend eine Erlaubnis einholen?«

»Gern. Ich werde so schnell als möglich bei dem Hochweisen Herrn vorsprechen. Ich hatte schon befürchtet, Sie seien mit den Vorbereitungen für die Jungfernfahrt Ihrer Eisenbahn vollends ausgelastet.«

»Tagsüber, Mister Kettenburg. Abends aber werde ich mir für diese Angelegenheit gern Zeit nehmen.«

»Gut, dann lasse ich Ihnen gleich morgen nachmittag eine Nachricht zukommen, wann und wo wir uns treffen können.«

»Ich werde kommen!« antwortete Lindley wie aus der Pistole geschossen.

Kettenburg strich sich zufrieden über seine Hakennase und steckte Tobias' Quarzuhr wieder ein.

Die beiden spazierten zurück zum Haus, und Tobias lehnte sich seufzend gegen den Stamm der Eiche. Großer Gott, was hatte er bloß angerichtet? Wenn dieser Ingenieur die verfluchte Uhr öffnete, würde er auf eine Technologie stoßen, die nicht in diese Zeit gehörte. Im schlimmsten Fall würde der Engländer dadurch zu Ideen inspiriert werden, auf die andere Ingenieure erst im nächsten Jahrhundert kämen. Hoffentlich veränderte das nicht den Zeitablauf. Ob so etwas möglich war, wußte er allerdings nicht. Aber er hatte genug Zeitreisefilme und -bücher gelesen, in denen der Held genau das verhindern mußte. Sollte dergleichen passieren, würde er nach seiner Rückkehr womöglich eine völlig veränderte Welt vorfinden. Eine Welt, die nichts mehr mit der seinen gemein hatte. Tobias bekam schon Kopfschmerzen, wenn er nur darüber nachdachte. Falls es ihm überhaupt gelingen würde, wieder zurückzureisen.

In diesem Augenblick war von der Villa der Lewalds ein lautes Ah und Oh zu hören. Tobias, der zunächst wieder an das Spektakel um den Daguerreotypisten Hermann Biow dachte, bemerkte, daß oben auf der Terrasse eine Gruppe Gäste zusammengeströmt war. Sie schauten Julius Lewald dabei zu, wie dieser auf einer mit einer blauen

Schleife geschmückten Draisine Platz nahm und langsam auf den Garten zurollte. Offenbar ein Geburtstagsgeschenk. Der altertümliche Vorläufer des Fahrrads war mit Holzrädern ausgestattet und machte einen überaus unbequemen Eindruck. Dennoch hielt sich Lewald vergnügt an einem geschwungenen Handhebel fest und rollte gemächlich auf den leicht abschüssigen Rasen zu. Auf Höhe des Teichs gewann er zunehmend an Fahrt und versuchte zu bremsen. Erfolglos.

Der spitze Schrei Carolines gellte über das Gelände. Längst war das jungenhafte Lächeln aus dem Gesicht ihres Vaters verschwunden. Es hatte einem erschrockenen Ausdruck Platz gemacht, während er mit dem Gefährt unbeholfen quer durch ein Blumenbeet rumpelte und dann auf den Abhang Richtung Elbe zuraste.

Tobias hielt nichts mehr. So schnell er es vermochte, hetzte er auf die Draisine zu und schnitt Lewald den Weg ab, bevor dieser über den Abhang stürzen konnte. Als er den Gehrock des Alten endlich zu fassen bekam, wurden sie beide von dem Schwung der Draisine umgerissen und krachten in eine Dornenhecke.

»Holla, das war knapp!« murmelte Carolines Vater neben ihm und lachte laut auf. »Danke.«

Tobias schüttelte den Kopf, konnte sich ein Grinsen aber nicht verkneifen. »Ganz schön schnell.«

»Allerdings! Das muß ich unbedingt noch einmal wiederholen.«

Inzwischen hatten sie die ersten Gäste erreicht, die ihnen sogleich aus dem Gestrüpp halfen. Lewald sammelte seinen Spazierstock mit dem bronzenen Engelssgriff auf, und während er sich die Hose ausklopfte, versicherte er allen, daß es ihm gut gehe. Weniger Erfolg hatte er allerdings bei seiner Tochter, die mit gerafften Röcken herabstürzte. Zur Erheiterung aller Umstehenden schimpfte sie laut los und warf ihm vor, eine seiner Erfindungen werde ihn eines Tages noch umbringen.

Caroline verstummte erst, als Lewald ihr versprach, die Draisine fortzuschaffen – und erlitt unmittelbar darauf wieder einen Hustenanfall. Besorgt wollte ihr Tobias zur Seite springen, als Doktor de Lagarde bereits zur Stelle war. Er bedachte den jungen Mann mit einem vernichtenden Blick und flößte seiner Patientin einen Saft ein, den er aus einem ledernen Handkoffer hervorzauberte. Caroline beruhigte sich wieder, und gemeinsam mit einigen Damen der Gesellschaft führte der Arzt sie zurück zur Villa.

Lewald wollte sie begleiten, doch als ihn seine Tochter mit eisigem Blick auf die umgekippte Draisine aufmerksam machte, blieb er wie ein begossener Pudel zurück.

»Nun«, erklärte der Alte verlegen, »ich denke, dann werde ich dieses vermaledeite Ding mal in den Schuppen bringen. Möchten Sie mitkommen? Er befindet sich oben, neben dem Haus.«

Tobias, der Caroline noch immer besorgt mit seinen Blicken folgte, nickte zögernd und half Lewald dabei, das Laufrad aus dem Gestrüpp zu zerren. Sicher war es besser, erst einmal zu verschwinden, bevor das Partygeschwätz von seiner Heldentat Kettenburg erreichte.

Carolines Vater führte ihn durch den Garten zu einer alten Scheune, die abseits der Villa inmitten einer Gruppe hoher Bäume stand. Dieses Riesending bezeichnete Carolines Vater als Schuppen?

Lewald lehnte die Draisine gegen die Holzwand neben dem doppelflügeligen Scheunentor und zückte einen Schlüssel, um das wuchtige Schloß aufzusperren.

»Sagen Sie, Herr Lewald, was ist mit Caroline? Ich bemerke diese Hustenattacken nicht zum ersten Mal.«

Sein Begleiter hielt mitten in der Bewegung inne und schien die Maserung des Holzes zu studieren. Erst nach einer Weile wandte er sich ihm zu. »Sie leidet unter der gleichen Erkrankung wie ihre selige Mutter. Sie hat Schwindsucht.«

Wie vom Donner gerührt starrte Tobias den Alten an. Schwindsucht war ein altertümlicher Ausdruck für Tuberkulose. Auch zu seiner Zeit starben jedes Jahr weltweit über zwei Millionen Menschen an dieser heimtückischen Infektionskrankheit. Auslöser waren die sogenannten Tuberkelbakterien. Offenbar hatte sich Caroline bei ihrer Mutter infiziert. Als angehender Arzt wußte er, daß sich die Erreger über Jahre hinweg unbemerkt im Körper ausbreiten konnten und dann Lunge, Nieren, Knochen und andere Organe befielen. Caroline bedurfte dringend ärztlicher Behandlung. Zu seiner Zeit hatte man dazu eine spezielle Therapie entwickelt, die aus einer Kombination mehrerer Medikamente bestand, um das Wachstum der Bakterien zu hemmen. Sogenannte Tuberkulostatika. Doch diese Medikamente gab es jetzt – heute – noch nicht. Zu dieser Zeit wußte man noch nicht einmal, was die Krankheit überhaupt auslöste. Erst der deutsche Arzt Robert Koch war dem Erreger später auf die Spur gekommen. Diesem und vielen anderen: Malaria, Milzbrand, Cholera, Schlafkrankheit, Pest...

Doch Koch würde erst im folgenden Jahr geboren werden.

»Machen wir uns keine unnötigen Sorgen«, murmelte Lewald und schürzte die Lippen. »Caroline ist zäher als ihre Mutter. Viel zäher. Und sie wird vom besten Arzt behandelt, den ich kenne. Doktor de Lagarde ist ein Mann mit vielen Talenten. Außerdem hat sie mich. Ich werde nicht zulassen, daß ihr etwas passiert. Ihr nicht!«

Lewald funkelte ihn mit einer derartigen Entschlossenheit an, daß Tobias unwillkürlich einen Schritt zurücktrat. Von einem Augenblick zum anderen glätteten sich die Züge des älteren Mannes, und er öffnete die Scheunentür.

»Kommen Sie. Ich gestatte nur wenigen, mein privates Wunderreich zu betreten. Soweit ich weiß, hatte ich Ihnen gegenüber mein physikalisches Kabinett auch schon einmal erwähnt.«

Tobias betrat das Innere der Scheune und blickte sich staunend um. Lewalds physikalisches Kabinett hatte die Ausmaße einer Sporthalle und wurde von einer Reihe neu eingezogener Holzpfeiler gestützt, die hoch hinauf bis ins Dachgestühl reichten. In den Dachschrägen waren vereinzelt Butzenscheiben zu erkennen, durch die helle Lichtlanzen tief in die Raummitte stachen. Wirbelnde Staubpartikel tanzten in ihrem Schein, es roch nach Holz, Maschinenöl und Ruß.

Doch dies fesselte die Aufmerksamkeit des Studenten nur am Rande. Sein Blick schweifte vielmehr über das Panoptikum technischer Gerätschaften, die Lewald an diesem Ort zusammengetragen hatte. Auf einem Holzblock, in der Mitte der Scheune, erhob sich eine große Lokomotive mit Röhrenkessel; nicht weit davon entfernt schimmerten die Bauteile eines halb auseinandergenommenen dreirädrigen Dampfwagens. Zu seiner Linken war im Zwielicht ein Holzgerüst zu erkennen, von dem ein schwerer lederner Taucheranzug mit wuchtigem Eisenhelm hing. Ihm gegenüber stand ein mit Wasser gefülltes Becken, in dem das unterarmlange Modell eines U-Boots trieb. Tobias schüttelte fassungslos den Kopf. Was Lewald bescheiden als physikalisches Kabinett bezeichnete, war mit Sicherheit die bestausgestattete technische Ausstellungshalle in ganz Deutschland.

Die Lücken, die nicht mit Erfindungen und Apparaten zugestellt waren, wurden von Werkbänken eingenommen, auf denen Zündnadelgewehre, neuartige Pistolen, Thermometer, stroboskopische Scheiben, einfache Kondensatoren, Teleskope, Tachometer, versilberte Glasspiegel und manches mehr lagen.

»Meine Güte!« machte er seinem Erstaunen Luft. »Wie lange haben Sie gebraucht, um all das zu sammeln?«

»Jahre, mein junger Freund. Viele Jahre.« Lewald schmunzelte und stellte die Draisine neben dem mannshohen Modell eines optischen Telegrafen ab. Das Laufrad wirkte in dieser Umgebung wie eine Erfindung aus der Steinzeit.

»Mein physikalisches Kabinett ist kein Museum, es ist eine Werkstatt«, erklärte Lewald stolz. »Die wissenschaftliche Welt leidet unter dem Makel, daß sich die Genien unserer Zeit nicht austauschen. Mein Traum ist eine Akademie, in der die fähigsten Ingenieure und Konstrukteure des Kontinents unter einem Dach arbeiten. Welch bahnbrechende Erfindungen wären möglich, wenn sie ihr Wissen miteinander teilten, statt es eifersüchtig zu hüten?«

Tobias beäugte interessiert einige Skizzen, die auf einem der Werktische unter einem Buch mit dem Titel *On the Economy of Machinery and Manufactures* lagen. Sie zeigten eine Apparatur, die fast vollständig aus Zahnrädern bestand. Offenbar wurde die seltsame Maschine durch eine Lochkartensteuerung angetrieben.

»Was ist das? Der Antrieb für ein mechanisches Klavier?«

»Oh.« Justus Lewald wirkte außerordentlich verlegen und räumte die Skizzen hastig beiseite. »Das, nun ja, das habe ich kürzlich aus England erhalten. Da gibt es einen Mann namens Charles Babbage, der sich mit der Entwicklung einer vollautomatischen Rechenmaschine beschäftigt. Soweit ich weiß, arbeitet sie aber nicht. Noch nicht. Es wäre... also, es wäre freundlich von Ihnen, wenn Sie dies für sich behielten.«

Justus Lewald warb doch nicht etwa Agenten an, um Erfindungen und Baupläne zu stehlen? Lewald hatte wirklich einen Spleen. Dennoch mußte Tobias lächeln.

»Machen Sie sich keine Sorgen, ich schweige wie ein Grab. Haben Sie schon immer so für Technik geschwärmt?«

»Nun, ich würde behaupten, diese meine Leidenschaft wurde aus der Notwendigkeit heraus geboren«, erklärte Lewald versonnen. »Mein Vater war Zuckerbäcker. Vor der Jahrhundertwende gab es in Hamburg noch über 200 Zuckersieder. Er und die anderen verarbeiteten damals Rohrzucker aus Übersee. War zu jener Zeit eine sehr begehrte

Ware in den Ostseeländern. So lange, bis der Physiker und Chemiker Franz Achard 1801 ein neues Verfahren ersann und die erste deutsche Rübenzuckerfabrik baute. Danach stand die traditionelle Zuckersiederei am Abgrund. Napoleons Kontinentalsperre hat dem Ganzen dann endgültig den Todesstoß versetzt. Damals wurde mir auf ziemlich drastische Weise klar, daß die Zukunft demjenigen gehören würde, der auf die Erkenntnisse der Wissenschaft setzt. So fügte sich das eine zum anderen. War nicht leicht damals – für uns. Kommen Sie, ich führe Sie ein wenig herum.«

Lewald strahlte wie ein Kind, das davor stand, einem Freund seine Weihnachtsgeschenke zu zeigen. Er deutete auf die Lokomotive. »Das ist der Nachbau der ›Rocket‹. Das Original hat 1830 in Liverpool ein Lokomotiven-Wettrennen gewonnen. Ich habe die Maschine etwas modifiziert, aber leider ist sie noch nicht ganz fertig. Sonst hätten wir sie vielleicht bei der Eröffnung unserer neuen Bahnstrecke eingesetzt. Und das da hinten« – er zeigte auf ein weiteres großes Gefährt, das von der Lokomotive halb verdeckt wurde – »ist ein Automobil mit Explosionsmotor. Der Antrieb wurde von Konstrukteur Brackenburg erfunden und fährt mit einem Wasserstoff-Sauerstoff-Gemisch. Wenn Sie mich fragen, viel zu gefährlich. Von mir abgesehen haben sich dafür noch nicht viele Interessenten gefunden. Allemal aber eine reizvolle Erfindung.«

»Und was ist dies dort?« wollte Tobias beim Anblick einer hüfthohen Holzkonstruktion wissen, die über eine drehbare Achse und einen Holzaufbau mit zahlreichen Magneten verfügte. Das Ding erinnerte ihn irgendwie an einen Versuchsaufbau aus dem Physikunterricht.

»Das«, erklärte Lewald geheimnisvoll, »ist ein Elektromotor. Voltaisch, verstehen Sie? Ich habe Hermann Jacobi in Petersburg dazu bringen können, mir einen Nachbau seines Prototyps anzufertigen. Vor vier Jahren hat er mit einem solchen Motor sogar ein Boot angetrieben. Leider ist er ein arroganter Stutzer, man muß ihm jedes seiner Geheimnisse einzeln aus der Nase ziehen. Außerdem tut er so, als sei er der erste gewesen, der einen solchen Elektromotor konstruiert hat. Dabei gebührt dieses Verdienst Ingenieur Jedlicka. Der war bereits 1829 soweit. Hatte nur nicht so viel Glück.«

»Zu schade«, meinte Tobias lakonisch und betrachtete eine Reihe von Porträts, die eingerahmt an den Wänden über einer der Werkbänke hingen. Insbesondere eines der Gemälde stach wegen seiner Größe stark hervor. »Ihre Vorfahren?«

»Nein«, erwiderte Lewald feierlich, »nur einige der bedeutendsten Erfinder und Konstrukteure, deren Namen unauslöschlich mit Hamburg verbunden sind. Das da ist Arp Schnitger.« Er deutete auf eines der kleineren Bilder, das einen Mann mit weichen Gesichtszügen zeigte. »Er war der führende Orgelbaumeister Norddeutschlands. Sein Meisterwerk können Sie noch heute in der St.-Jacobi-Kirche bewundern. Und das hier« – er deutete auf das Bild daneben – »ist Johann Georg Repsold! Er war nicht nur Hamburgs Oberspritzenmeister, so wie sein Sohn Adolph Repsold heute, sondern auch Feinmechaniker. Ihm hat Hamburg die Sternwarte und die Navigationsschule zu verdanken. Die Meßinstrumente hat Repsold allesamt in seiner familieneigenen Glocken- und Geschützgießerei angefertigt.«

Andachtsvoll blieb Lewald vor dem größten der Gemälde stehen. Es zeigte einen schelmisch dreinblickenden Mann mit blauem Dreispitz, weißer Perücke und Knollennase. »Doch der größte Baumeister und Konstrukteur, den Hamburg je hervorgebracht hat, ist ohne Zweifel Ernst Georg Sonnin. Er hat Theologie, Philosophie und Mathematik studiert und dann in Hamburg als Privatlehrer für Latein und Mathematik angefangen. Später richtete er eine feinmechanische Werkstatt ein, in der er Wasser- und

Pendeluhren sowie Erd- und Himmelskugeln anfertigte. Berühmt wurde er durch den Wiederaufbau der Michaeliskirche.«

»Was meinen Sie mit Wiederaufbau?«

»Im März 1750 ist der Michel nach einem Blitzschlag abgebrannt«, erklärte ihm Carolines Vater. »Sonnin wurde damals zusammen mit Baumeister Prey mit den Instandsetzungsarbeiten beauftragt. Prey starb allerdings schon 1757, und so ist das heutige Kirchendach allein das Verdienst Sonnins. Ein großartiger Mann. Er hat den Turmbau gänzlich ohne Gerüst zustande gebracht und während der gesamten Bauphase eine Menge Erfindungsreichtum bewiesen. Ganz zu schweigen von dem Schelmenstück, das er 1759 abgeliefert hat. Damals hatte sich die Turmspitze der Nikolaikirche um fast zwei Meter geneigt. Jeder hielt eine künstliche Bewegung des gewaltigen Bauteils für unmöglich. Nicht aber Sonnin. Er brachte es fertig und geriet dann wegen einiger Mitglieder des Kirchenkollegiums in Schwierigkeiten. Die warfen ihm vor, die Geraderichtung wegen der großen Gefahren heimlich ausgeführt zu haben. Er hat sie daraufhin alle eingeladen, die Turmspitze erneut in Schieflage gebracht und die Geraderichtung abermals vorgeführt.«

»Erstaunlich.«

»In der Tat«, begeisterte sich Lewald. »Außerdem wurde Sonnin als Stadt- und Salinenbaumeister sowie durch zahlreiche Gutachten und Projekte im Wasser- und Mühlenbau bekannt. Ohne ihn gäbe es auch die Patriotische Gesellschaft nicht. Er hat sie gleichsam gegründet. Nach seinem Tod wurde er in dem von ihm geschaffenen Gruftgewölbe der St.-Michaelis-Kirche beigesetzt. Ich verehre diesen Mann sehr und versuche, mich seines Andenkens würdig zu erweisen.«

Eine Weile blieben die beiden vor dem großen Porträt stehen, und Tobias bedauerte, daß er sich bislang so wenig mit Hamburgs Geschichte beschäftigt hatte.

»Und jetzt zeige ich Ihnen etwas Besonderes.« Lewald führte ihn an einer dampfkraftgetriebenen Bandsäge vorbei in den hinteren Teil der Scheune. Er deutete auf eine Gondel von der Größe eines kleinen Schiffs, die eingeklemmt zwischen aufgetürmten Holzkisten und Kohlesäcken stand. Über ihr hing ein großes, rot-weiß gestreiftes und mit Gummi imprägniertes Gebilde aus Seide von der Decke.

»Eine neuartiger Flugballon! Selbstgebaut. Ich habe diesen Gasballon auf den Namen *Caroline* getauft, sehen Sie.« Lewald deutete stolz auf eine beschriftete Messingplakette am Bug des Luftschiffs. »Mit diesem Luftfahrzeug werde ich während der Einweihung unserer neuen Eisenbahnverbindung nach Bergedorf aufsteigen und mir das Spektakel von oben anschauen.«

»Das ist nicht Ihr Ernst!« Tobias starrte Carolines Vater mit offenem Mund an. Unwillkürlich mußte er daran denken, daß Caroline über die Pläne ihres Vaters sicher nicht begeistert wäre. »Meinen Sie nicht, daß Sie damit vielleicht ein bißchen viel Aufsehen erregen?«

»Unsinn, sicher nicht mehr als damals Jean-Pierre Blanchard. Das ist zwar schon fast siebzig Jahre her, aber dafür verzichte ich auch darauf, über der Sternschanze einen Hammel am Fallschirm abzuwerfen.«

Der Alte lachte herzhaft. »Außerdem will ich eine neue Erfindung ausprobieren. Sehen Sie.« Er wies Tobias auf eine kesselartige Konstruktion in der Mitte der Gondel hin. »Dies ist eine neue Dampfmaschine, die ich selbst konstruiert habe. Mit ihr werde ich eine Luftschraube antreiben.«

Lewald wandte sich zu einem zahnradbewehrten Gestänge an der Wand um, das an seinem Ende in einer schwenkbaren Luftschraube mit vier großen Paddeln auslief. Ungläubig starrte Tobias die Erfindung an.

»Es hat bereits viele Versuche gegeben, Luftschiffe zu steuern«, erklärte der Alte. »Man hat es mit Segeln versucht und sogar mit angeschirrten Vögeln. Alles Unsinn. Ich werde es mit modernster Technik probieren.«

»Formidabel«, murmelte Tobias in Ermangelung eines anderen zeitgemäßen Ausdrucks.

»Das Prinzip habe ich mir von den Wasserschrauben der Dampfschiffe abgeschaut«, erklärte Lewald bestimmt. »Meine Luftschraube läßt sich durch Drähte in jede beliebige Richtung schwenken. Damit wird es mir möglich sein, *Caroline* durch die Luft zu steuern. Wer weiß, vielleicht wird mir damit sogar ein Flug gegen den Wind gelingen? Das Problem ist die Ballongröße. Dieser hier hat ein Fassungsvermögen von über eintausendachthundert Kubikmetern und fliegt mit Wasserstoff, den ich durch ein neues Verfahren gewinne.«

Unfaßbar. Lewald war seiner Zeit um einiges voraus. Tobias spürte, wie die technischen Spielereien ringsum eine eigentümliche Aufregung in ihm weckten. Ob das wohl der Spieltrieb war, der angeblich in jedem Mann schlummerte? Eigentlich sollte er besser wissen, wohin so etwas führen konnte. Dennoch, ihn interessierte brennend, ob Carolines Vater mit der Luftschraube Erfolg haben würde.

»Übermorgen werde ich die *Caroline* zum Heiligengeistfeld vor den Stadtwällen verschiffen lassen«, erklärte der Hausherr zufrieden. »In drei Tagen will ich einen Testflug durchführen, damit ich mich bei der Jungfernfahrt unserer Eisenbahn nicht blamiere. Sie haben sicher das Schiff unten an meinem Privatkai bemerkt. Die Mannschaft wird zunächst noch eine besondere Fracht im Hafen abholen und den Ballon dann zum Hamburger Berg bringen. Von dort aus geht die ganze Fracht auf Pferdekarren nach Norden. Mein Gehilfe wird alles vorbereiten, damit ich noch am Nachmittag probehalber aufsteigen kann.«

»Ihr Gehilfe?«

»Michael Groth, unser Hausverwalter. Ein fähiger Mechaniker mit regem Verstand. Sie haben ihn bei Ihrer Ankunft doch gewiß kennengelernt.«

»Ja, sicher…«, antwortete Tobias erstaunt. Es fiel ihm schwer, sich den blasierten Hausverwalter ölverschmiert zwischen Werkbänken und Dampfmaschinen vorzustellen.

Lewald zwinkerte ihm verschwörerisch zu. »Ich kann mich doch darauf verlassen, daß Caroline einstweilen nichts davon erfährt. Sie würde sich nur unnötig Sorgen machen.«

Tobias versprach es. Nun begaben sie sich wieder zurück zum Ausgang und kamen an einer großen Regalwand mit dicken Folianten und Stapeln von Zeitschriften vorbei. Eher zufällig streifte Tobias' Blick die Einträge auf einigen der Einbände: *Traité de Diagnostic chirurgical, Infectio, Jahresbericht über die chirurgische Abtheilung des Spitals zu Basel…*

Überrascht blieb er stehen. Das war medizinische Fachliteratur. In einem Raum wie diesem wirkte sie irgendwie fehl am Platze.

Lewald, der Tobias' Verwirrung bemerkte, trat stumm neben ihn und schlug eine der Zeitschriften auf. Er deutete auf die Federzeichnung eines abgemagerten Mannes mit eingefallenem Brustkorb und tiefliegenden Augen. Der Kranke dämmerte ergeben vor sich hin.

Natürlich erkannte der Medizinstudent sofort, wen die Abbildung darstellte: einen Tuberkulosepatienten im Endstadium.

»Sie sehen, ich bin nicht so weltfremd, wie es vielleicht den Anschein hat«, murmelte Lewald finster. »Ich lasse nicht zu, daß mir auch meine Tochter genommen wird. Ganz im Gegenteil, ich habe dieser verfluchten Krankheit gewissermaßen den Krieg erklärt.«

Schatten in der Nacht

*Elbchaussee 1842, 2. Mai,
27 Minuten vor Mitternacht*

Tobias fuhr aus dem Schlaf hoch und wußte nicht, was ihn geweckt hatte. Mit klopfendem Herzen saß er aufrecht im Bett und blinzelte einige Male, um seine Benommenheit abzuschütteln. Er befand sich in einem Gästezimmer im Obergeschoß der Lewaldschen Villa. Michael Groth, der blasierte Hausverwalter, hatte es ihm eine gute Stunde, nachdem der letzte Gast gegangen war, persönlich zugeteilt.

Fahler Mondschein sickerte durch den Vorhang des einzigen Fensters und kleidete die vornehmen Möbel im Raum in ein Gewand aus Silber.

Er hörte nichts als das leise Ticken einer kleinen Pendeluhr an der Wand neben dem Bett. Gern hätte er gewußt, wie spät es war. Doch seine Blicke durchdrangen die schummrigen Lichtverhältnisse ringsum nur mühsam.

Alles in allem war die Festivität sehr angenehm ausgeklungen. Tobias hatte es sogar vermeiden können, Polizeiaktuar Kettenburg und diesem mißtrauischen französischen Arzt ein weiteres Mal über den Weg zu laufen. Warum dann seine Unruhe?

War es dieser seltsame Alptraum, der ihn aus dem Schlaf gerissen hatte? Undeutlich erinnerte er sich daran, von einem brennenden Gebäude mit hohen Räumen geträumt zu haben, an dessen Decke ein Meer von Feuer waberte. Er schüttelte beunruhigt den Kopf und wollte schon nach dem Schalter der Nachttischlampe greifen, als ihm wieder bewußt wurde, daß es zu dieser Zeit noch kein elektrisches Licht gab. Wollte er Licht machen, mußte er sich umständlich mit einer Öllampe behelfen, die auf der Ankleidekommode neben dem Fenster stand.

Seufzend legte er sich zurück und schloß die Augen. Er brauchte Ruhe. Hoffentlich schaffte er es, die Nacht über durchzuschlafen, ohne von dem Nachttopf unter seinem Bett Gebrauch machen zu müssen. Die Aussicht, morgen einem der Dienstmädchen in die Augen schauen zu müssen, die zuvor seine Ausscheidungen quer durch die Villa getragen hatte, war wenig verlockend. Elektrisches Licht und eine vernünftige Toilette. Das waren Errungenschaften, auf die die Menschen seiner Zeit viel stolzer sein sollten. Statt dessen...

Aus dem Untergeschoß ertönte das leise Splittern von Glas. Tobias schreckte erneut hoch. Also war er doch nicht ohne Grund erwacht.

Er zögerte. Vielleicht stolperte dort unten im Dunkeln einer der Hausbewohner herum? Andererseits... andererseits rechnete er seit den Geschehnissen in dem verdammten Uhrladen mit allem.

Zögernd schwang er sich aus dem Federbett und tastete sich zu dem Stuhl vor, über dem seine neue Kleidung hing. Das Möbelstück stand im Schatten eines der Fenstervorhänge, und so dauerte es eine Weile, bis er aus seinem unpraktischen Nachthemd geschlüpft war und sich Hose und Hemd übergestreift hatte. Mißtrauisch spähte er zum Fenster des Zimmers hinaus. Zu dieser späten Stunde waren draußen die hohen Bäume des Anwesens nur schemenhaft zu erkennen. Gespenstisch hoben sich die Zweige und Blätter vor dem Elbstrom ab, der im Sternenlicht glitzerte. War da nicht eine Bewegung? Gleich neben dem Teich?

Tobias schüttelte unwillig den Kopf. Sicher machte er aus einer Mücke einen Elefanten. Dennoch, zumindest nachschauen wollte er.

Er griff nach Laterne und Streichhölzern, verzichtete aber zunächst darauf, die Lampe zu entzünden. Statt dessen öffnete er vorsichtig die Zimmertür. Auf dem dahinter liegenden Gang umfing ihn Dunkelheit. In der Villa war es ruhig.

Soweit Tobias wußte, befand er sich in dem Hausflügel mit den Gästezimmern ganz allein. John Booth, der Botaniker, war zwar gegen Sonnenuntergang ziemlich betrunken gewesen, doch Herr und Frau Kommerzienrat Weber hatten sich schließlich erweichen lassen, ihn in ihrer Droschke mitzunehmen. Hannchen und Jakob waren bereits am späten Nachmittag wieder zurück in die Stadt gefahren, da der Kleine am morgigen Vormittag einen Termin beim Schneider hatte. Caroline und ihr Vater schliefen im gegenüberliegenden Trakt des Gebäudes, doch der war nur über einen separaten Zugang im Erdgeschoß zu erreichen. Die Hausangestellten wiederum waren in Räumen irgendwo nahe der Küche einquartiert.

Barfüßig tastete er sich an einer der Gangwände entlang zur großen Freitreppe vor, um hinunter in die stattliche Eingangshalle der Villa zu spähen. Durch zwei große runde Fenster auf der Höhe des ersten Stockwerks war der Mond zu sehen, der auch diesen Teil des Hauses in aschgraues Zwielicht hüllte. Nichts. Er mußte sich geirrt haben. Schon wollte er wieder zu seinem Bett zurückeilen, als irgendwo weiter unten ein gedämpfter Schrei zu hören war. Es folgte ein Rumpeln, dann wurde es wieder still.

Himmel! Der Schrei klang ganz nach Groth, dem Hausverwalter. Offenbar war tatsächlich jemand in die Villa eingebrochen. Tobias schaute sich aufgeregt nach einem Gegenstand um, den er als Waffe benutzen konnte. Doch bis auf einen großen Blumenkübel war der Gang hinter ihm leer. Dann eben so. Aufgeregt packte er die Laterne und schlich vorsichtig die Treppenstufen nach unten. Dabei tappte er verstohlen an den Bildern mit den Dampfschiffen vorbei, durchmaß die Halle und preßte das Ohr gegen das Holz jener Tür, die zu den vornehmen Räumlichkeiten des Anwesens führte. Ein leises Splittern drang nur gedämpft zu ihm durch und klang wie das Brechen von Holz.

Er mußte Lewald und Caroline Bescheid geben. Doch nur wie?

Tobias sah sich um und entdeckte neben der Treppe eine schmale Tür, die zum Dienstbotentrakt führte. Richtig, er würde die anderen Hausangestellten wecken. Er eilte auf die Tür zu und war überrascht, daß sie offenstand. Ein süßlicher Geruch empfing ihn.

Der Geruch erinnerte ihn an ein... Krankenhaus.

Verwirrt tastete er sich weiter, warf einen Blick in die leere Küche und gelangte schließlich zu einem Raum, der sich als Schlafkammer der Dienstmädchen erwies. Die beiden Frauen lagen in ihren Betten; der eigentümliche Geruch war in diesem Zimmer besonders intensiv. In der Dunkelheit versuchte er Henriette wachzurütteln, doch sosehr er sich auch bemühte, das Mädchen gab lediglich ein unverständliches Murmeln von sich. Plötzlich knirschte es unter seinen Füßen, und ein scharfer Schmerz trieb ihm die Tränen in die Augen. Er war in Glassplitter getreten. Der Boden der Kammer war damit übersät. Was war hier geschehen?

Tobias tastete nach der Wunde und taumelte dabei gegen eines der Betten. Ihm schwindelte. Himmel! Dieser penetrante Geruch – das war Chloroform!

Man hatte die Hausangestellten narkotisiert. Seines Wissens war es noch nicht lange her, daß man Chloroform entdeckt hatte. Dies zeugte von höchster krimineller Energie.

Rasch humpelte er aus der Kammer und zog sich das spitze Glasstück aus dem Fußballen. Der Schmerz ebbte schnell ab. Wütend eilte Tobias zurück in die Eingangshalle, wo er seine Lungen mit frischer Luft füllte. Wer auch immer in die Villa eingedrungen war – er würde ihm die Suppe versalzen.

Sorgsam bedacht, kein Geräusch zu verursachen, öffnete er die Tür zu den Gesellschaftszimmern einen Spalt breit und starrte in einen dunklen Gang, von dem aus die vornehmen Salons sowie das Eß- und Kaminzimmer des Hauses abzweigten. Er hörte eine gedämpfte Stimme, die Anweisungen erteilte, anschließend das leise Hämmern von Metall auf Stein.

Also hatte er es mit mehreren Eindringlingen zu tun. Tobias verfluchte, daß Caroline ihn nicht herumgeführt hatte. Hier irgendwo mußte doch der Treppenaufgang zu den Schlafkammern der Lewalds liegen. Aber wo? Hatte man vielleicht auch die Hauseigentümer narkotisiert? Die Sorge um Caroline trieb Tobias vorwärts.

Entschlossen schlüpfte er durch den Türspalt und näherte sich der Quelle des Geräuschs. Soweit er es erkennen konnte, handelte es sich um jenen Salon, in dem die Dienstmädchen am Nachmittag die Speisen angerichtet hatten. Der Raum war verschlossen, doch daß sich jemand darin aufhielt, war an dem schwachen Lichtschein leicht zu erkennen, der sich in der Finsternis unter der Tür abzeichnete.

Plötzlich stolperte er über einen weichen Gegenstand, der mitten im Gang lag, tastete nach dem Hindernis und biß erschrocken die Zähne aufeinander. Vor ihm lag ein Mensch. Wahrscheinlich Groth. Ein Griff zur Halsschlagader überzeugte ihn – als Medizinstudenten – sofort davon, daß der Hausverwalter nur bewußtlos war.

Zornig erhob er sich. Wenn er mit diesen Einbrechern fertig werden wollte, brauchte er eine Waffe.

In diesem Augenblick fielen ihm wieder die beiden Klingen ein, die er vormittags im Kaminzimmer entdeckt hatte. Grimmig schürzte er die Lippen und eilte lautlos weiter. Augenblicke später drückte er die Tür zu dem getäfelten Zimmer mit der Feuerstelle auf. Dort roch es leicht nach Pfeifentabak. Das Kaminzimmer lag genau neben dem Salon, in dem sich die Einbrecher aufhielten.

Leider half ihm hier nicht einmal das Mondlicht. Die Hausangestellten hatten die Vorhänge vor den Fenstern zugezogen. Wenn er auf der Suche nach den Klingen nicht gegen ein weiteres Hindernis stoßen wollte, brauchte er Licht. Leise schloß er die Tür, nahm eines der Streichhölzer zur Hand und tastete die Schachtel nach einer Reibefläche ab. Vergeblich.

Richtig, zu dieser Zeit erfreuten sich die Phosphorhölzchen noch immer großer Beliebtheit. Er entzündete das Streichholz kurzerhand an der Wand neben der Tür und bemerkte erst durch das Flackern der Flamme den leichten Luftzug im Raum. Eines der Fenster stand offen.

Zu spät erkannte Tobias seinen Fehler. Mit raschelndem Geräusch wurde rechterhand einer der Behänge beiseite gezogen, und im ersten Moment traute er seinen Augen nicht: Vor ihm stand sein Gegner von gestern nacht. Der Kahlköpfige war soeben mit einem schweren Vorschlaghammer durch eines der Fenster in den Raum eingestiegen. Auch er starrte ihn verblüfft an. Doch die Überraschung des Fremden währte nicht lange. Mit wütendem Grunzen wuchtete der Unheimliche den Hammer in die Höhe und stürmte auf ihn zu. Tobias tauchte sofort ab. Keinen Augenblick zu spät, denn bereits im nächsten Moment spürte er den Luftzug der mörderischen Waffe. Nur knapp neben seinem Kopf krachte sie gegen die Wand neben der Tür. Putz bröckelte zu Boden.

Ungestüm schlug Tobias mit der Laterne zu, und ein Regen aus Glassplittern prasselte zu Boden. Der Kahlköpfige stürzte wimmernd neben dem Streichholz zu Boden, das noch immer mit winziger Flamme brannte. Nebenan wurde eine Tür aufgerissen. So schnell er konnte, stürmte Tobias zum Kamin, griff nach einem der beiden überkreuzten Florette, die über dem Rauchabzug hingen, und fuhr herum.

Die Tür zum Kaminzimmer flog auf, und Laternenlicht durchflutete den Raum. Zwei Maskierte drängten herein.

Bei ihrem Anblick lief Tobias ein Schauer über den Rücken. Ungläubig starrte er auf die befiederten Vogelmasken mit den spiegelnden Glasaugen, die sich die beiden Eindringlinge über den Kopf gestreift hatten. Sie ähnelten der Maske, die sie am Ort des Überfalls gefunden hatten, bis in die kleinste Einzelheit.

Die Eindringlinge blieben stehen und starrten Tobias an. Der breitschultrigere der beiden führte neben der Laterne einen großen, klobigen Lederkoffer mit sich. Er ließ ihn zu Boden fallen und griff nach der Brechstange, die in seinem Gürtel steckte. Schon wollte er sich auf Tobias stürzen, als er von seinem Begleiter daran gehindert wurde. Bei diesem Kerl handelte es sich offenbar um den Anführer der Bande. Im Gegensatz zu seinem Untergebenen trug er einen auffälligen schwarzen Kapuzenmantel, der ihm bis zu den Waden reichte, und taxierte Tobias aufmerksam aus glitzernden Glasaugen.

Auf seinen Wink hin beugte sich der Breitschultrige über den Kahlköpfigen und rüttelte ihn so lange, bis er wieder zu sich kam. Aufgeregt leckte sich Tobias über die Lippen. Hier gab es mindestens zwei Gegner zuviel.

Mit katzenhafter Gewandtheit näherte sich ihm der Anführer des Trios und schlug mit theatralischer Geste den Umhang zurück. Darunter verbarg er eine Pistole und ein Rapier mit leicht gebogenem französischem Griff. Beide Waffen waren mit wertvollen elfenbeinernen Applikationen versehen.

Herausfordernd langsam näherte sich die Hand des Unheimlichen der Pistole, nur um dann doch zur Klinge zu greifen. Fast schien es Tobias so, als lächele ihm der Fremde unter der Maske zu. An der überlegenen Art und Weise, wie sein Gegner die Klinge zog, erkannte er, daß er es mit einem geübten Fechter zu tun hatte.

Mit einem Florett gegen eine derartige Waffe anzutreten, würde nicht leicht werden. Ein Rapier war viel schwerer und härter als seine Waffe. Also durfte er sich keinen

Fehler erlauben. Wie hatte es Gerresheimer, sein Fechtlehrer, erst vor kurzem formuliert?

In früheren Zeiten brauchtest du keine fünf Treffer, um den Sieg davonzutragen, du brauchtest nur einen einzigen. Und dieser eine Treffer mußte tödlich sein!

Tobias brachte etwas Abstand zwischen sich und den Kamin. Zweimal schlug er die Klinge prüfend durch die Luft, dann nahm er eine leicht gegrätschte Kampfposition ein. Sein Gegner tat es ihm gleich, und einige Herzschläge lang belauerten sie sich.

Da schnellte der Fremde nach vorn, und die gegnerische Klinge schoß wie ein Pfeil auf Tobias' Herz zu. Prime. Er wehrte die ungestüm vorgetragene Attacke ab und ging seinerseits in die Offensive. Riposte. Er probierte es mit einem kombinierten Gegenangriff aus Finten, Stichen und Hieben, und es gelang ihm, den Unheimlichen einige Schritte in Richtung Tür zu treiben. Sein Gegner konterte mit eleganten Paraden und Ausweichmanövern und überrumpelte Tobias mit einer Serie wuchtiger Hiebe. Die gegnerische Klinge zuckte im Laternenlicht wie Blitze am Gewitterhimmel.

Stich auf Stich wurde Tobias wieder zum Kamin zurückgedrängt. Eisern hielt er dagegen und fiel beinahe einer Finte des Fremden zum Opfer. Der scharfe Luftzug neben seinem Kopf machte ihm deutlich, daß dieser ihn fast erwischt hätte. Mit einer schnellen Drehbewegung verschaffte sich Tobias wieder Raum, während der andere unter der Maske ein gönnerhaftes Lachen ausstieß. Jetzt oder nie. Ohne jede Ankündigung setzte Tobias zu einem brachialen Laufangriff an, unterlief die Klingenwand seines überraschten Gegners und rammte diesem das Florett in die Schulter.

Tobias fühlte, wie die Klinge durch Stoff und Fleisch schnitt, und taumelte bestürzt zurück. Das erste Mal in seinem Leben hatte er einen Kombattanten ernsthaft verletzt. Ungläubig starrte er das Blut auf der Klingenspitze an. Der

Kapuzenträger wankte zurück und stieß unter der Vogelmaske einen wütenden Laut aus.

Seine beiden Kumpane, die die ganze Zeit über neben der Tür gelauert hatten, zückten lange Messer und traten an seine Seite. Erneut hielt ihr Anführer sie zurück. Entweder war der Kapuzenträger außerordentlich dumm oder krankhaft stolz. Tobias vermutete letzteres.

Oder verfolgte dieser Unheimliche noch einen ganz anderen Plan?

Mit einer herrischen Geste gab er seinen beiden Kumpanen einen Wink. Der Kahlköpfige, den Tobias vorhin mit der Laterne niedergeschlagen hatte, stürzte zum Fenster und schloß es. Der andere wandte sich zu dem klobigen Koffer um. Was auch immer die drei planten, es durfte ihnen nicht gelingen.

Tobias versuchte sich an einem neuerlichen Ausfall, doch diesmal war sein Gegner gewarnt. Der Kapuzenträger konterte mit einem energisch vorgetragenen Gegenangriff. Eine Weile waren nur das helle Klirren von Metall auf Metall und Tobias' keuchender Atem zu hören.

Plötzlich zischte es im Zimmer laut auf. Tobias sprang zur Seite und entdeckte, daß sich der Kahlköpfige in den Gang zurückgezogen hatte und ihn von dort aus diabolisch angrinste. Der Breitschultrige hatte inzwischen den großen Lederkoffer aufgeklappt und näherte sich Tobias mit lauernden Schritten. Aus drei eisernen Ventilen fauchte ein feiner, süßlicher Nebel in den Raum, der sich schnell im Zimmer ausbreitete. Chloroform. Endlich begriff er. Bei den verfluchten Vermummungen, hinter denen sich die Eindringlinge verbargen, handelte es sich um primitive Gasmasken. Er mußte das Zimmer so schnell wie möglich verlassen.

Dazu verdoppelte er seine Anstrengungen, doch jetzt drang der Kapuzenträger gemeinsam mit dem Breitschultrigen auf ihn ein. In der Rechten des Grobschlächtigen lag ein großes Fleischermesser. Mit einem überraschenden

Ausfallschritt gelang es Tobias, dem Hünen die Waffe aus der Hand zu prellen, doch bevor er nachsetzen konnte, deckte ihn der Anführer des Trios mit einem neuerlichen Hagel aus Stößen, Finten und Hieben ein. Verzweifelt wehrte sich Tobias, doch mit jedem Atemzug füllten sich seine Lungen mehr mit dem lähmenden Gas. Ihm schwindelte. Erschöpft versuchte er, seine Gegner mit einem Rundumschlag auf Distanz zu bringen, doch seine Bewegungen erschlafften zunehmend und wurden unkoordinierter. Selbst das Zischen der Ventile schien nur noch aus weiter Ferne zu ihm zu dringen. Tobias stolperte zurück zum Kamin. Erneut wehrte er einen Schlag des Kapuzenträgers ab. Wo war der Kahlköpfige? Die Tür zum Gang stand leer.

Jäh traf ihn ein wuchtiger Hieb in den Rücken, und er ging stöhnend in die Knie. Bevor er es verhindern konnte, war der Kapuzenträger da und fegte ihm mit einem gezielten Tritt die Waffe aus der Hand. Tobias wurde von einem weiteren Hieb getroffen und endgültig zu Boden gerissen. Der Breitschultrige schob den seltsamen Koffer nun genau neben ihn. Sein Widerstand erlahmte. Nur mit Mühe gelang es ihm, bei Bewußtsein zu bleiben. Jemand drehte Tobias auf den Rücken – benommen öffnete er die Augen: und starrte in eine Pistolenmündung.

»Wer sind Sie?« lallte er.

Der Kapuzenträger antwortete ihm nicht. Er packte ihn vielmehr an den Aufschlägen seines Hemdes und spannte den Hahn. Das letzte, was Tobias hörte, war ein Schuß.

Spuren

*Hamburg 1842, 2. Mai,
3 Minuten vor Mitternacht*

Polizeiaktuar Kettenburg stand in der guten Stube seiner Wohnung am Dammthorwall und zog mit ernster Miene an seiner Meerschaumpfeife. Nachdenklich blickte er dem kunstvollen Rauchkringel hinterher, der auf den Lüster an der Zimmerdecke zuschwebte. Obwohl die Kerzen über ihm den Raum hell erleuchteten, vermochte ihr Schein seine düsteren Gedanken nicht zu verscheuchen.

Die geräumige Wohnung des Beamten lag unmittelbar unter dem Dach, im dritten Obergeschoß eines Hauses mit Blick auf einige Ladengeschäfte sowie das weiß gekalkte Stadttheater auf der Straße gegenüber. Tagsüber herrschte geschäftiges Treiben vor dem Gebäude. Durch das nahe Stadttor drängten dann Bauern und Geschäftsleute aus dem nahen Holstein. Außerdem hatte man von hier oben aus einen guten Blick auf die Leichenzüge, deren Ziel die Friedhöfe vor dem Stadtwall waren. Manchmal marschierte auch ein Trupp Stadtgardisten hinaus zum Exerzierplatz nahe der Rothenbaumchaussee. Zu dieser nächtlichen Stunde jedoch herrschte Ruhe auf den Straßen. Längst hatte auch das Theater seine Pforten geschlossen. Einzig das ferne Läuten der Kirchturmglocken erinnerte Kettenburg daran, wie spät es inzwischen war.

Kaum war er von dem Gartenfest der Lewalds nach Hamburg zurückgekehrt, hatte sich der Beamte wieder in die Arbeit gestürzt. Der Wohnzimmertisch und die Sitzfläche seines gemütlichen schafsledernen Ohrensessels waren mit Büchern, Akten und Papieren übersät. Allmählich ähnelte der Raum seinem Bureau im Stadthaus.

Hätten seine Kollegen gewußt, daß er von den Dokumenten jedes wichtigen Falls, mit dem er betraut war, Kopien anlegte und mit nach Hause nahm, hätte er zumindest Befremden damit ausgelöst. Doch die Ansichten seiner Kollegen waren Kettenburg herzlich gleichgültig. Die Polizeiarbeit war ihm ein Lebenselixier. Hin und wieder ertappte er sich bei dem Gedanken, daß es dort draußen in der Stadt möglicherweise mehr Schatten als Licht gab. Das Verbrechen hatte unzählige Gesichter. Es ähnelte den Häuptern einer Hydra. Schlug man dem Untier *einen* Kopf ab, wuchsen kurz darauf zwei weitere nach. Kein Wunder, daß im Stadthaus resigniert von Don Quichottes Kampf gegen die Windmühlenflügel gesprochen wurde. Doch irgend jemand mußte die Sache des Gesetzes vertreten. Außerdem war die Arbeit das einzige Mittel, Vergessen zu finden…

Kettenburg schüttelte die unangenehmen Gedanken ab und klopfte die Pfeife in einer kleinen Tonschale aus. Er sollte sich besser wieder auf den vorliegenden Fall konzentrieren. Auch wenn ihm die Suche nach dem Täter, der seine Opfer auf bestialische Weise zu Tode folterte, allmählich Kopfschmerzen bereitete.

Wer sägte seinen Opfern bei lebendigem Leib den Kopf auf? Ein Wahnsinniger? Oder steckte etwas anderes dahinter? Schon vor einigen Tagen war Kettenburg ein entsetzlicher Verdacht gekommen. Was, wenn es sich bei alledem um eine Serie von Ritualmorden handelte?

Der Polizeiaktuar griff erneut nach einem in rotes Maroquinleder gebundenen Folianten, der aufgeklappt zwischen den Papieren auf dem Wohnzimmertisch lag. Das Buch war Eigentum der Stadtbibliothek am Speersort und 1758 von einem Volkskundler in Frankfurt verfaßt worden. Kettenburg hatte das Werk bereits vor vielen Jahren als Schüler des Johanneums in Händen gehalten, und schon damals hatte ihn sein Inhalt sprachlos gemacht. Der Band beschäftigte sich mit Menschenopfern und rituellen Tötungen aus allen Epochen der Menschheitsgeschichte. Nahm man den Inhalt des Buchs ernst, waren Ritualmorde nach festgelegtem Muster nichts Ungewöhnliches. Man hatte im Altertum Menschen zur Weihe von Tempeln und Bauwerken geopfert. In heidnischen Zeiten hatten Priester versucht, die Zukunft aus Körperteilen erschlagener Gefangener oder Sklaven zu deuten. Die Griechen, Phönizier und Karthager bildeten da ebensowenig eine Ausnahme wie die Kelten, die Strabo zufolge Menschen geopfert hatten, um aus ihren Todeszuckungen die Zukunft zu weissagen. Der Inhalt des Buchs las sich wie eine scheußliche Auflistung menschlicher Verirrungen.

Wie erwartet sparte der Autor am Ende seiner Schrift nicht mit wilden Mutmaßungen über grausame Ritualmorde, für die dieser Tage angeblich die Juden und Freimaurer verantwortlich waren. Hetztiraden wie diese waren natürlich blanker Unsinn. Doch in Zeiten großer Unzufriedenheit und enttäuschter Erwartungen schienen viele Zeitgenossen nur allzugern bereit, solchen Verschwörungstheorien Glauben zu schenken. Die letzten Hepp-Hepp-Krawalle*, bei denen eine aufgebrachte Menschenmenge jüdische Gäste aus den vornehmen Lokalen am Jungfernstieg geworfen hatte, waren erst gute zehn Jahre her. Für Tumulte dieser Art bedurfte es oft nur eines geringfügigen Anlasses. Das konnte zum Beispiel eine ungeklärte Mordserie sein.

Der Autor der Schrift war ohne Zweifel nicht frei von Vorurteilen gewesen und der Inhalt daher mit Vorsicht

---

* Beginnend mit 1819 setzte im Deutschen Bund eine Serie von Krawallen ein, in der unzufriedene Arbeiter, Bauern und Studenten die Schuld an den Problemen der frühen Industrialisierung der jüdischen Bevölkerung zuschoben. Ihr Schlachtruf ›Hepp-Hepp‹ leitet sich vom lateinischen ›*Hierosolyma est perdita*‹ (Jerusalem ist hinüber) ab.

zu genießen. Dennoch fragte sich Kettenburg, ob das Buch der Schlüssel zum Verständnis dessen war, warum all die Leichen auf die stets gleiche, grausame Weise zu Tode gemartert worden waren. Dafür *mußte* es einen Grund geben.

Kettenburg beschlich das ungute Gefühl, daß er bei alledem etwas Wichtiges übersah. Nur was?

Morgen abend würde Ingenieur Lindley die schlittenförmige Gerätschaft inspizieren, die seine Untergebenen aus dem Kanal geborgen hatten. Dringend benötigte er weitere Hinweise. Und wenn sich dabei nur herausstellte, daß der Tote und die obskure Apparatur in keiner Verbindung zueinander standen. Nur glauben mochte er es nicht.

Ein klickendes Geräusch riß Kettenburg aus seinen Gedanken. Er fuhr zu dem schmalen Erker inmitten der Dachschräge herum, von wo aus er einen Blick auf die Straße vor dem Haus werfen konnte. Das Geräusch wiederholte sich. Jemand warf Kiesel gegen die Fensterscheibe. Der Polizeiaktuar ergriff sicherheitshalber seinen Dienststock, öffnete die Riegel und spähte mißtrauisch nach draußen. Ein warmer Nachtwind strich ihm über das Gesicht und trug den ewigen Gestank der Dachtraufen heran, die seine Nachbarn aus Bequemlichkeit als Aborte mißbrauchten.

»Wer ist da?« fauchte der Beamte. Sein Blick glitt die dunkle Straße entlang, hinüber zu dem lächerlichen, hell erleuchteten Nachtwächterhaus nahe dem Stadttor. Irgendein Narr in der Hamburger Bürgerschaft hatte es zugelassen, das vergleichsweise winzige, mit Trommeln und Fahnen geschmückte Häuschen im Stil eines antiken Tempels errichten zu lassen. Es wurde von vier grotesk dicken Säulen geziert, in deren hohlen Innenräumen im Notfall sicher die ganze Mannschaft Platz gefunden hätte. Doch dieses architektonische Ungetüm beschäftigte Kettenburg im Augenblick weniger.

»Wer ist da?« wiederholte er barsch.

»Ik bün dat, Herr Polizeiaktuar«, ertönte im Dunkeln unter ihm eine leise Stimme. »Jochen Borchert!«

Herrgott. Auch Nachtwächter mußten doch irgendwann schlafen! Der Beamte bemühte sich vergeblich, die Finsternis dort unten mit seinen Blicken zu durchdringen.

»Hat das nicht bis morgen Zeit?« raunzte er zurück.

»Ik heff een Spuur!«

Eine Spur? Schlagartig erwachte Kettenburgs Aufmerksamkeit. »Warte einen Augenblick.«

Aufgeregt schloß der Polizeiaktuar die Fensterläden, verließ die Wohnung und eilte das Treppenhaus hinunter, um Borchert die Haustür zu öffnen. Wenige Minuten später waren die beiden zurück, und Borchert folgte dem Polizeibeamten schnaufend in die Wohnung. Eilig sammelte Kettenburg einige Akten und Papiere auf und trug sie zu einem Stapel zusammen.

Der Wacher stand währenddessen verlegen im Zimmereingang und schien mit sich zu ringen, ob es höflich wäre, seinem Vorgesetzten Hilfe anzubieten.

»Setz dich, Borchert.« Der Polizeiaktuar zog einladend einen Hocker heran und machte es sich selbst im freigeräumten Ohrensessel bequem.

»Danke.« Schüchtern kratzte sich der Dicke am Hinterkopf. »Dücht mi, dat ik Sie wecken muß. Aber denn heff ik noch Licht seen.«

»Wie du siehst, habe ich mir etwas Arbeit mit nach Hause genommen.«

Der Nachtwächter schaute sich im Zimmer um und nickte ehrfurchtsvoll. Schließlich ließ er sich umständlich auf dem Hocker nieder. Kettenburg sah dem Uhlen an, wie sehr dieser darauf bedacht war, nicht etwa versehentlich etwas umzustoßen.

»Sag mal Borchert, mußt du eigentlich nie schlafen?«

»Och«, winkte der Uhle ab. »Ik bin immer lange wach. Is sozusagen een Berufskrankheit, mütt Sie weeten. Dor müssen Sie ersmol mien Schwager seihn, wo Bäcker is. Der kümmt mit vier Stunden Schlaf aus.«

»Bäcker? Borchert, wie viele Schwestern hast du eigentlich?«

»Oh«, der Nachtwächter begann überrascht an den Fingern abzuzählen. »Dat sünn Friederike, Louise, Sophie, Erna un Lottchen. All zusamm, fünf.« Er grinste verlegen. »Aber keen Sorg, Sophie un Erna sünn nich verheiratet. Un bei Erna glaub ik auch nicht, dat sick dor je eener finnen deiht. Der müsst schon bregenklöderig sein. Erna is eher vun de streitlustig Sort.«

Kettenburg verdrehte innerlich die Augen. Immerhin, jetzt hatte er wenigstens Borcherts Familienverhältnisse geklärt.

»Sag schon, was für eine Spur hast du?«

»Also«, holte der Uhle umständlich aus, »i hebb doch versprochen, mien Schwager, also den Mann vun's Lottchen, zu bitten, uns en Bild vun den Toten to malen. Sie wissen schon, der Portraitmaler.«

»Ah ja, richtig.« Kettenburg mußte sich eingestehen, daß er Borcherts gutgemeinten Vorschlag gedanklich bereits ad acta gelegt hatte. Das Gesicht des Toten war bis zur Unkenntlichkeit entstellt gewesen. Es war also kaum vorstellbar, daß dieser Maler bei dem Unterfangen großen Erfolg gehabt hatte.

»Und?«

»Ja nu, ik geb zu, dat ik ni bedücht hab, dat de Tote so gut wi keen Gesicht meer hat.« Unruhig rückte der Uhle auf dem Hocker hin und her. »Georg, wat mien Schwager is, is speiübel worn un denn, ja nu… Er hett sozusagen de Fisch füttert, jusst eben an Land.«

»Schon gut«, seufzte Kettenburg. »Das passiert den stärksten Männern. Aber das wird ja wohl kaum die Spur sein, von der du mir berichten wolltest, oder?«

»Nee, dat is richtig. Georg hett mi aber auf 'ne Idee brocht. Zusammen mit der ›Garwinsch‹, also de Frau, die sich im Einbecksche Haus um de Toten kümmert, hebb wi uns den noch mol anseen. Un dor is uns auffallen, dat er een Tätowierung hett. An rechten Unnerarm. Een Seeschlang, wo sich um een Roos schlängelt.«

Erstaunt sah ihn Borchert an.

»Ja, und?«

»De hett Georg dann abmalt. Un dormit bün ik nachmiddags durchs Michaelisviertel lauft. Hatte aber keen grooten Erfolg. Bis ik de Bild Jan zeigt hebb.«

»Jan?«

»Mien Kamerod vun gestern. Sie weeten schon, wo Kristian Sillem erkannt hett.«

»Ja, ja. Weiter.« Der Polizeiaktuar rang die Hände und dachte an das kurze Gespräch zurück, das er kurz vor seiner Abfahrt mit Justus Lewald geführt hatte. Zu seinem Erstaunen war der alte Knabe nicht überrascht gewesen, als er ihn auf die unrühmliche Vergangenheit seines Kutschers aufmerksam gemacht hatte.

»'tschuldigung!« lamentierte der dicke Wacher. »Jan jedenfalls meent, dat er de Tätowierung kennen deiht. Er meent, die hat er mal bei eenen von den Luden seen. So'n Zuhälter unten im Hafen.«

Kettenburg runzelte die Stirn. »Woher kennt Jan den?«

»Ja nu, Jan treibt sick dor mannigmool rum. Außerhalb vun de Dienstzeit natürlich.« Entschuldigend fügte Borchert hinzu: »Er kann sick dat ja schlecht dorch de Rippn schwitzen, wenn Sie mi verstohn.«

»Wie heißt der Tote?« hakte Kettenburg kurz angebunden nach.

»Dat wissen wi leider nich. Aber Jan meent, er kennt een, wo uns den Namen von de Zuhälter sagen kunn. De keusche Susanne. Ne Quiddje. De is nich von hier, sonners vun Frankfurt. Hett bis vor kurzem beim Doven Fleet anschafft. Jan meent, sie wer een vun dem sien Pferdchen.«

»Und, habt ihr diese... keusche Susanne gefragt?«

»Geiht nich«, erwiderte Borchert. »De sitzt seit eenem Johr in'n Zuchthaus. Ohne Sie, Herr Polizeiaktuar, hebb wi dor keen Zutritt.«

Das Zuchthaus also. Der Polizeiaktuar hob eine Augenbraue. Das Gebäude lag in unmittelbarer Nähe der Binnenalster. Kettenburg hatte es bislang vermieden, den düsteren Bau zu betreten.

»Sehr gut, Borchert. Sehr gut. Wir werden dieser... keuschen Susanne morgen einen Besuch abstatten. Ich muß mir dazu lediglich eine Genehmigung vom Polizeisenator holen.«

Er erhob sich, und Borchert tat es ihm sogleich nach. Dabei stieß der dicke Uhle einige Papiere an, und auf dem Boden klapperte es. Kettenburg entdeckte neben dem Tisch seine silberne Taschenuhr. Der Deckel war aufgesprungen und enthüllte ein kunstvolles Zifferblatt. Bevor es der Polizeiaktuar verhindern konnte, hatte sich Borchert bereits gebückt.

»Tut mi leid, bün manchmal 'n büschen paddelig...« Der Uhle betrachtete die Taschenuhr und hob überrascht die Brauen. Lächelnd deutete er auf das kleine Porträt, das die Innenseite des Uhrdeckels zierte. Es zeigte eine junge Frau mit braunen Locken, die einen Jungen im Arm hielt.

»Kiek an, Sie haben also ok Familje? Is dat Ihre Schwester?«

»Nein.« Kettenburg nahm dem Nachtwächter die Uhr mit versteinerter Miene aus der Hand. »Das ist, äh, meine Frau. Und mein Sohn.«

»Ach, Sie sünn verheirat, Herr Polizeiaktuar?« Borchert spähte zu den hinteren Räumlichkeiten der Wohnung und flüsterte. »Deiht mi leid, wenn ik zu laut war. Ik hab ja nich wußt...«

»Nein, nein. Schon gut.« Kettenburg räusperte sich. »Sie sind tot. Beide. Schon seit acht Jahren.«

»Oh.« Die Gesichtszüge des Uhlen nahmen einen kummervollen Ausdruck an. »Dat tut mi wirklich leid.«

Kettenburg haßte es, auf die dunkelste Stunde seines Lebens angesprochen zu werden. Aber in Borcherts Zügen lag keine Spur von aufgesetzter Theatralik, sondern ehrliches Mitgefühl.

»Sie sind beide ertrunken.« Kettenburg rang nach Worten. »Das geschah bei einem Spaziergang kurz vor Heiligabend. Die Außenalster war zugefroren, und mein Sohn rannte in einem unbedachten Augenblick hinaus aufs Eis. Er ist eingebrochen. Meine Frau und ich haben versucht, ihn zu retten. Aber das Eis vermochte uns ebenfalls nicht zu tragen. Meine Frau ist dabei... tja. Und mich, mich haben sie als einzigen lebend rausgezogen. Hab anschließend noch nicht einmal eine Erkältung gehabt.« Kettenburg lachte freudlos. »Hm, ja. So war das. Aber das ist Vergangenheit. Lange her.«

Der Polizeiaktuar ließ den Deckel der Uhr zuschnappen und steckte den Chronometer weg. Eine Weile herrschte Schweigen.

»Wirklich, deiht mi bannig leid«, hub der Wacher nochmals an. »Mien Frau liegt leider ook ünner de Erd. Margarethe un ik hatten üns kennt, seit wi lütte Kinners waren. Sie wohr de ältere Tochter vun unsre Nochborin un ganz siecher die schönste Deern in de ganzen Straße. Sie hat mi nommen, obwohl de Sohn von'n Heringsmakler ihr'n Hof macht hat. Mi, den dicken Jochen.« Borchert lächelte versonnen. »Ik weet bis heut nicht warum. Sie hät ein jeden annern haben kunn. Sie is storben bei de Cholera-Epidemie in't Johr 1831.«

Kettenburg nickte. Was hätte er auf die plötzliche Eröffnung des Uhlen auch erwidern sollen? Wenigstens erging sich der Mann nicht in Selbstmitleid.

»Also, ik seh dat so«, fuhr der Nachtwächter nachdenklich fort. »Dat de Herrgott üns noch nich abberufen hat, wat er wohl kunnen hett, dat mut wohl een Grund hebben. Vielleicht is et üns ja bestimmt, dat wi diesen Mörder finnen.«

»Keine Ahnung, was uns bestimmt ist oder nicht«, schnaubte Kettenburg. »Ich denke, jetzt ist es mir jedenfalls bestimmt, eine Mütze Schlaf zu finden. Morgen wartet noch einiges an Arbeit auf uns.«

»Dor haben Sie wohl recht.« Borchert sog geräuschvoll die Luft ein. »Also dann, een gooden Abend. Ik mach draußen noch ne lütte Rund. Bün zwar nu für *Sie* tätig, aber Gewohnheit is eben Gewohnheit.«

Kettenburg mußte wider Willen lächeln. Als ihm Borchert zum Abschied die Hand reichte, schlug er ein. Der Mann war zwar sein Untergebener, aber im Gegensatz zu vielen anderen, mit denen er Umgang pflegte, verdiente der Dicke durchaus seinen Respekt.

Als er den Wacher vor die Haustür begleitete und dieser seine Laterne entzündete, fiel sein Blick wieder auf das Stadttheater, das sich schemenhaft schräg gegenüber der Straße abzeichnete. Er hatte ganz vergessen nachzuprüfen, was dort gespielt wurde.

»Sag mal, Borchert, du weißt nicht zufällig, was da drüben auf dem Spielplan steht?«

»Doch, natürlich. Sie ham mi ja beeten, es rauszufinnen. Ik hab mi bloß dücht, Sie wüssen dat schon, wo Sie doch hier wohnen.«

Der Polizeiaktuar rollte mit den Augen. »Und?«

»Wie es euch gefällt. Von Shakespeare.«

Dann hatte ihn Lewalds Tochter also angelogen?

Kettenburg starrte dem Uhlen nachdenklich hinterher, bis dessen schwankende Laterne hinter einer Hausecke verschwunden war.

Folgenschwere Entdeckungen

*Elbchaussee 1842, 3. Mai,
6 Minuten nach Mitternacht*

Ein stechender Geruch ließ Tobias hochfahren. Jetzt schon zum zweiten Mal in dieser Nacht. Er lag noch immer auf dem Boden des Kaminzimmers, nur daß ein zusammengerolltes Tischtuch seinen Kopf stützte. Neben ihm hockte Caroline und musterte ihn besorgt. Sie trug einen lindgrünen Morgenmantel und hielt einen kristallenen Flakon mit Riechsalz in den Händen. Neben ihr stand ein bronzener Kandelaber mit drei flackernden Kerzen auf dem Boden. Im Gang vor der Zimmertür waren inzwischen die Stimme von Justus Lewald sowie die von Kristian zu vernehmen. Beide klangen sehr aufgeregt.

»Was ist geschehen?«

»Das müßten Sie selbst eigentlich besser wissen als ich«, seufzte Caroline. War da so etwas wie Erleichterung in ihrer Stimme zu hören?

Benommen setzte sich Tobias auf und unterdrückte ein leichtes Würgegefühl. Die Nachwirkung des Chloroforms. Inzwischen roch es im Raum nur noch schwach nach dem Narkotikum. Schräg gegenüber dem Kamin hob eine nächtliche Brise einen der Fenstervorhänge an und brachte die Kerzen zum Flackern. Offenbar hatten sich die Lewalds dazu entschlossen, den Raum zu lüften. Erst auf den zweiten Blick bemerkte er, daß dieser Eindruck trog. Tobias entdeckte Glassplitter auf dem Boden, die dort vorhin noch nicht gelegen hatten. Zwei der Fenster lagen in

Scherben. Offenbar war der Kampf nach seiner Bewußtlosigkeit noch weitergegangen.

»Habt ihr die Mistkerle zu fassen bekommen?« wollte er wissen.

Caroline schüttelte betrübt den Kopf. »Nein. Unsere Hausmädchen lagen allesamt in einem seltsam tiefen Schlaf. Und Herr Groth, unser Hausverwalter, wurde niedergeschlagen. Mein Vater und ich haben von alledem leider nichts gemerkt. Einzig Krischaan, der im Stall bei den Pferden schlief, ist aufgewacht. So wie Sie.«

»Wie geht es ihm?«

»Inzwischen ist er wieder zu sich gekommen. Am Kopf hat er eine häßliche Platzwunde zurückbehalten. Krischaan und mein Vater kümmern sich gerade um ihn. Gott sei dank, wenigstens Sie sind unverletzt geblieben«, fügte sie leise hinzu.

Tobias räusperte sich. »Wollen wir nicht... also, wenn Sie möchten, dann können wir das mit dem ›Sie‹ auch lassen. Nennen Sie mich doch einfach Tobias.«

Ein Lächeln huschte über Carolines Züge. »Gut, dann also... Tobias. Dann müssen Sie mich natürlich, äh, also von jetzt an... Caroline. Nur vielleicht nicht gerade in Anwesenheit meines Vaters.«

Tobias schmunzelte, und Caroline war auf einmal umständlich damit beschäftigt, das Flakon mit dem Riechsalz zu schließen und wegzustecken.

»Wissen Sie, äh, hast du diese Einbrecher erkannt?«

»Nein. Aber diese Dreckskerle waren zu dritt«, brauste er auf. »Der Kahlköpfige von gestern nacht war auch unter ihnen.«

»Wirklich?« Caroline schlug die Hand erschrocken vor den Mund.

»Ich begreife nicht, was der hier wollte«, meinte Tobias. Tatsächlich konnte er sich auf die unerwartete Begegnung mit dem Mann noch immer keinen Reim machen. Hatte er ihn vielleicht verfolgt?

»Sie haben versucht, einen Tresor aufzubrechen«, berichtete Caroline. »Er war im Zimmer nebenan hinter einem der Gemälde verborgen.«

»Und, ist es ihnen gelungen?«

»Ja«, antwortete Justus Lewald für seine Tochter. »Was sie jedoch mitgenommen haben, kann ich verschmerzen.«

Carolines Vater hatte unbemerkt von den beiden das Kaminzimmer betreten. Der wütende Ausdruck in seinem Gesicht stand in scharfem Kontrast zu seinem lächerlich wirkenden Aufzug. Wie seine Tochter war auch er in einen Morgenmantel gehüllt, nur daß er noch immer eine wollene Schlafmütze trug, die ihm seitlich vom Kopf herabbaumelte. Dafür hielt er seinen Spazierstock mit dem bronzenen Engel wie einen Schlagstock erhoben.

Hinter ihm betrat nun auch Kristian den Raum. Der Rothaarige führte Groth, dessen Kopf nun ein weißer Verband zierte, zu einem Korbstuhl. Einen kurzen Augenblick lang bedachte der Kutscher Tobias mit einem undurchdringlichen Blick.

»Sie hatten Glück, junger Mann«, fuhr Lewald fort. »Kristian berichtete mir, daß er Sie aus einer delikaten Situation errettet hat.«

Erst jetzt entdeckte Tobias die beiden Pistolen in Kristians Gürtel.

»Also haben Sie geschossen?« wandte er sich an den Rothaarigen.

Kristian kniff die Augen gefährlich zusammen und strich sich mit dem Daumen über den Schnurrbart.

»Ik hab Sej vun draußen kämpfen seihn«, stieß er mit dem Blick auf eines der beschädigten Fenster hervor. »Een vun de Vorhääng stund een Spalt open. Ik weiß nicht, op ik troffen hab. Ich heff mi fast sülbens een Kugel infangt. Denn hebbt de Halunken ihre Laternen utmokt un sin wech.«

Lewald hob inzwischen das Florett auf, mit dem Tobias gekämpft hatte. Die Spitze der Klinge schimmerte noch immer feucht von Blut. »Wie ich sehe, ist zumindest einer dieser Männer nicht gänzlich ungeschoren davongekommen.« Lewald blickte Tobias in die Augen. »Sie verstehen sich auf die Fechtkunst?«

»Ja, ich habe mit dem Anführer dieser Bande die Klingen gekreuzt.« Tobias berichtete knapp von dem Zusammentreffen mit den drei Eindringlingen. Er beschrieb seinen Gegner so gut wie möglich und erwähnte auch die elfenbeinernen Applikationen auf dessen Waffen.

»Das zeugt von einem gewissen Wohlstand«, grübelte Lewald laut vor sich hin. »Also waren es keine gewöhnlichen Einbrecher. Was mag das für ein eigentümlicher Geruch hier im Raum gewesen sein?«

»Ein Gas«, antwortete Tobias. »Ein Narkotikum. Wenn man es in einer bestimmten Konzentration einatmet, verliert man das Bewußtsein. Die Bande hat sich mit Masken dagegen geschützt, die die Substanz aus der Atemluft filtern.«

Lewald hob eine Augenbraue. »Ein Gas, das betäubt? Das wäre in der Tat beeindruckend.«

»Gottverdorrsej!« platzte es aus dem Kutscher heraus. »Wie weer es, wann de jung Musjö endlich utpackt un de Woorheit vertellt?«

Beunruhigt wechselten Tobias und Caroline einen Blick.

Lewald starrte Kristian verdutzt an. »Wie bitte darf ich das verstehen?«

»Krischaan, vielleicht solltest du...«, versuchte Caroline dem Redefluß des Rothaarigen Einhalt zu gebieten. Doch der winkte brüsk ab.

»Deiht mi leed, Mamsell. Ober ik arbeet als erstes for Ihrn Vaddern.«

Der Kutscher deutete unverblümt auf Tobias. »Ik glööv, de jung Musjö hett mit alledem wat to dohn. Ik hab een vun de drej Einbrechers wedderkannt. Dat weer de Karl, de güssern nacht de Kutsch överfallen hett. Et weerd Sej intresseern, Herr Lewald, dat wi den Ort vun de Överfall an Meddag noch mol afsucht hebben. Dort hebben wi een vun düsse Masken funnen, vun deen düsse saubere Musjö sproken hett. Beter weer, Sej froog ihn oder Ihrn Frau Tochter, wo se nu is.«

»Hätte ich mit dieser Sache etwas zu tun«, entgegnete Tobias aufgebracht, »ich läge wohl kaum hier, oder?«

»Un wie kummt dat, dat Sej plösslig da över Bescheid weeten, wofor düsse Masken good sünn?« giftete der Kutscher zurück. »Gessern meddag hebben Sej noch seggt, dat Sej nich weten, wat mit düsse Ding is.«

»Ich habe gesehen, wie die drei die Maske eingesetzt haben!«

»Un wat is mit düsse Daguerreotypie, wo ik bi Ihnen funnen hebb?«

Lewalds Blick traf Tobias wie glühende Pfeile. »Welche Maske und welche Daguerreotypie?«

»Vater«, versuchte Caroline zu beschwichtigen, doch Lewald fuhr seiner Tochter heftig über den Mund. »Schweig still. Bring mir diese Maske. Danach will ich von dir wissen, was hier eigentlich gespielt wird.«

Mit gesenktem Kopf flüchtete Caroline aus dem Raum. Tobias wartete, bis sie fort war, und nestelte verzweifelt nach der Fotografie des Uhrmachers. Hatte er doch gewußt, daß ihm seine Ausrede von gestern noch Schwierigkeiten einhandeln würde! Noch immer trug er das Bild im Aufschlag seines Hemdärmels versteckt. Lewald nahm ihm das Foto ungehalten aus der Hand.

»Mein Gott, das ist Caroline!« stellte er erschrocken fest. »Woher stammt das Bild?«

Beiläufig drehte er das Foto um und stieß einen überraschten Laut aus, als er den krakeligen Schriftzug des Uhrmachers auf der Rückseite entdeckte. Tobias entschloß sich zur Flucht nach vorn.

»Ich habe es gestern bei diesem Mann gefunden, der die Kutsche mit Ihrer Tochter überfallen hat.«

»Dat behauptet de Musjö!« fauchte der Kutscher.

»Es kann also sein«, fuhr Tobias mit belegter Stimme fort, »daß dieser Mann es auf Ihre Tochter abgesehen hatte.«

Er schämte sich dafür, sich dieser Lüge noch einmal bedienen zu müssen.

»Warum erfahre ich das erst jetzt?« schrie der Alte. Er ähnelte nun gar nicht mehr dem leicht sonderlichen Erfinder, den Tobias bislang in ihm gesehen hatte.

»Ik wollt ja wat sagen. Aber ik stand Mamsell Caroline geenüber in Wort«, erklärte der Kutscher zerknirscht. »Sej mütt weeten, die beiden jungen Deerns waren güssern nicht im Theater. Sej wullten 'nen Köter befreien. Für ihrn Tierschutzverein. Sej ham mi drum beten, ihnen zu hülpen. Ihre Tochter meent, sie würd es sonst ohne mi versööken.«

Lewald schüttelte ungehalten den Kopf und betrachtete erneut das Bild. »Das ist typisch für Caroline. Wenn sie sich etwas in ihren törichten Kopf gesetzt hat, kennt sie keine Grenzen. Wie konntest du nur, Kristian?«

»Ik hab ni wußt, wat ik anners hätt mooken solln«, antwortete der Rothaarige kleinlaut. »Ik kunnt Ihrn Tochter ja slecht insperren.«

»Doch, das hättest du tun sollen. Immerhin erklärt es, warum Polizeiaktuar Kettenburg heute nachmittag so erpicht darauf war, mich über deine Vergangenheit aufzuklären. Ihr seid bei eurer Suche beobachtet worden.«

Tobias hätte zu gern gewußt, was Lewald mit Kristians ›Vergangenheit‹ meinte. Aber diese Frage wagte er im Augenblick nicht zu stellen.

»Und Sie, junger Mann«, wandte sich Lewald wieder an ihn, »Sie und Caroline kennen sich nicht zufällig schon etwas länger?«

Tobias schüttelte energisch den Kopf. Bereits am Nachmittag hatte Lewald diesen Verdacht durchschimmern lassen.

»Ich frage das«, fuhr der Alte bestimmt fort, »weil mir in der Tat Zweifel kommen, ob Sie meine Gastfreundschaft nicht vielleicht etwas über Gebühr strapazieren.«

Tobias schluckte. »Herr Lewald, ich versichere Ihnen, daß ich diese Einbrecher nicht kenne.« Zumindest das entsprach der Wahrheit. »Wenn Sie wünschen, daß ich Ihr Haus verlasse, werde ich dem umgehend nachkommen.«

Bei dem Gedanken, in dieser Zeit völlig auf sich allein gestellt zu sein, beschlich Tobias sofort ein mehr als mulmiges Gefühl.

Prüfend starrte ihn der Alte an, schließlich schnaubte er. »Nein. In dubio pro reo, wie die Advokaten sagen. Im Zweifel für den Angeklagten. Für Sie spricht, daß Sie sich diesen Einbrechern heute unter Einsatz Ihres Lebens entgegengestellt haben. Und auch gestern nacht habe ich Ihrem Eingreifen offenbar manches zu verdanken. Aber ich warne Sie in aller Höflichkeit, junger Mann. Sollte sich Kristians Verdacht bewahrheiten, kennt mein Zorn keine Grenzen!«

»Ik bliff dorbei«, grunzte der Kutscher unverhohlen feindselig, »düsse saubere Musjö seggt uns nich de Woorheit.«

Tobias warf ihm einen finsteren Blick zu.

»Vielleicht. Vielleicht auch nicht«, murmelte Lewald nachdenklich. »Zumindest glaube ich nicht, daß unser junger Gast etwas mit dem Einbruch zu schaffen hatte. Es wurde nichts von Wichtigkeit entwendet. Die haben etwas gesucht. Etwas Besonderes, wie mir scheint. Etwas ganz Besonderes...«

Wie meinte Lewald diese Äußerung? Der wandte sich schon wieder an Tobias. »Ist Ihnen sonst noch etwas an den Männern aufgefallen? Irgend etwas, das uns helfen könnte, sie zu finden?«

Tobias schüttelte den Kopf.

»Mit Verlaub.« Groth, der Hausverwalter, räusperte sich, und alle im Raum fuhren überrascht zu ihm herum. »Bevor ich überwältigt wurde, also als ich nebenan an der Tür gelauscht hatte, schien es mir, als ob einer der Einbrecher der menschlichen Sprache nicht mächtig sei. Er gab seltsame Laute von sich. Es klang wie ein heiseres Bellen. Oder so, ob er volltrunken wäre.«

»Richtig«, entfuhr es Tobias aufgeregt. »Wie habe ich das nur vergessen können? Der Kahlköpfige, also der Kerl, mit dem wir es bereits gestern nacht zu tun hatten, ich glaube, er hat keine Zunge.«

»Wie bitte?« Ungläubig starrte ihn Lewald an und fuhr anschließend zu seinem Kutscher herum. »Kristian, Hamburg ist groß, aber sicher nicht groß genug, als daß ein solcher Krüppel nicht auffiele. Ich wünsche, daß du dich morgen in der Stadt umhörst. Finde diesen Lumpen. Ich will nicht, daß er oder einer seiner Spießgesellen meiner Tochter noch einmal zu nahe kommt. Und was Sie betrifft« – Lewald warf dem überraschten Tobias das Florett zu –, »Sie können sich ebenfalls nützlich machen. Bleiben Sie in der Nähe meiner Tochter und sorgen Sie für ihren Schutz. Aber ich warne Sie. Erwische ich Sie dabei, daß Sie ihr auf ungehörige Weise zu nahe treten, dann beauftrage ich Kristian damit, Sie mit einem Stein an den Füßen in der Elbe zu versenken. Haben wir uns verstanden?«

Tobias nickte beklommen. Insgeheim hatte er das unbestimmte Gefühl, daß Caroline gerade bei ihm alles andere als sicher war.

Als hätte sie seinen Gedanken gelauscht, kehrte die junge Frau in diesem Augenblick ins Zimmer zurück. Die eigentümliche Vogelmaske brachte sie mit.

Lewald verbarg die Fotografie hastig vor seiner Tochter und nahm ihr das Fundstück schweigend aus der Hand. Eingehend studierte er es. Auf seinen Wink hin zauberte Kristian ein scharfes Messer hervor und reichte es dem Alten. Der schlitzte den gebogenen Schnabel damit auf. Heraus rieselte eine kohleartige Substanz.

»Interessant«, murmelte Lewald. »Sehr interessant. Leider hilft uns das nicht weiter.«

Unwirsch reichte er Caroline die Maske zurück. »Gut, dann schlage ich vor, daß die Herren das Kaminzimmer aufräumen und sich anschließend wieder in die Betten begeben. Und wir beide« – er wandte sich an seine betreten dreinschauende Tochter –, »wir werden jetzt ein ernstes Gespräch miteinander führen.«

Mitleidig sah Tobias Caroline hinterher. Er wollte Groth und Kristian schon seine Hilfe anbieten, als sich Justus Lewald noch einmal zu ihm umwandte. »Nosce teipsum. Sagt Ihnen das etwas?«

Tobias hielt verwirrt inne. Lewald sprach von dem Gekritzel auf der Rückseite des Fotos.

»Soweit ich weiß, lautet es übersetzt ›Erkenne dich selbst!‹«

»Richtig« erwiderte Lewald gedankenvoll. »Womöglich weist uns dieser Sinnspruch auch auf eine Spur. Es handelt sich hier um eine Losung der Freimaurer.«

Des Faustens Teufelszwang

*Hamburg 1842, 3. Mai,
16 Minuten nach 4 Uhr am Nachmittag*

Ich habe kein gutes Gefühl dabei, Caroline. Dein Vater wies uns an, zurück zu eurer Stadtwohnung zu fahren. Dem Spielbudenplatz kann ich doch auch allein einen Besuch abstatten.«

»Ohne mich wirst du aber keinen Erfolg haben«, erwiderte Caroline patzig. »Es ist doch bloß ein kurzer Abstecher. Wenn wir mehr über diese Maske erfahren wollen, dann brauchst du mich.«

Tobias seufzte und lenkte die Pferde des offenen, achtsitzigen Stühlwagens, den Lewald und Kristian ihnen überlassen hatten, schnalzend an einem großen Holzpavillon nicht weit vom Millernthor vorbei. Lewalds Standpauke letzte Nacht hatte wohl eher den Trotz seiner Tochter herausgefordert. Andererseits war er froh über Carolines Begleitung.

Das Lokal vor dem Stadtwall, das sie soeben passierten, markierte quasi den Beginn des Amüsierviertels auf dem Hamburger Berg. Es warb mit nächtlichen Illuminationen aus selbst hergestelltem Leuchtgas. Umgeben war die Gaststätte von einem hübschen Garten, in dem sich angesichts des warmen Frühlingstags Kontoristen, Geschäftsleute und auffallend viele Männer in Kapitänsuniformen Erfrischungen reichen ließen, die ihnen von drallen Dienstmädchen angeboten wurden.

Einen bangen Augenblick lang glaubte Tobias, Kristian zwischen den Gästen des Lokals zu entdecken. Doch als er erneut hinüberschaute, war die Gestalt verschwunden. Sicher hatte er sich geirrt. Der Rothaarige war schon am frühen Vormittag zusammen mit Carolines Vater zur Stadt hin aufgebrochen. Tobias war sehr gespannt darauf, ob Kristian eine Spur des Kahlköpfigen finden würde. Allerdings bezweifelte er, daß ihn der Kutscher unterrichtete, falls er Erfolg gehabt hatte. Lewald selbst mußte trotz der Vorkommnisse in der letzten Nacht geschäftlich hinaus nach Bergedorf im Osten von Hamburg. In drei Tagen stand die Einweihungsfeier der Eisenbahnlinie zwischen den beiden Städten bevor, und es gab nach Lewalds Aussage bis dahin noch viel zu tun. Tobias und Caroline waren also wieder auf sich allein gestellt. Da sie beide Groth bei den Aufräumarbeiten hatten helfen müssen, hatten sie die Villa erst spät verlassen können.

»Und starr nicht so zum *Trichter* hinüber«, schreckte ihn seine Begleiterin aus den Gedanken. »Nach Torschluß geht es da alles andere als gesittet zu. Man sagt, Peter Gas gewährt dann gewissen Frauen Eintritt in sein Tanzlokal.«

»Peter Gas? Was ist denn das für ein Name?« Tobias warf Caroline einen amüsierten Seitenblick zu, doch seine Begleiterin gab sich schnippisch. »Auswärtige nennen ihn angeblich auch ›Hein Gas‹. Für die heißt offenbar jeder Hein, der aus Hamburg stammt. Aber das stimmt nicht. In Wahrheit heißt der Besitzer des Trichters Peter Ahrens. Doch man weiß ja, was man von Seeleuten wie ihm zu halten hat.«

Hein Gas? Tobias riß überrascht die Augen auf und mußte an sich halten, um dem *Trichter* nicht noch einen weiteren Blick zuzuwerfen. Zu seiner Zeit warben die Hamburger Gaswerke mit genau diesem Namen. Ahrens und sein gasbeleuchtetes Lokal mußten in dieser Zeit also so etwas wie eine kleine Berühmtheit – gewesen – sein.

Kurz darauf erreichten sie den Spielbudenplatz, wo es verwirrend nach gebratenen Äpfeln, Pferdeschweiß, Backwerk, Alkohol und Urin roch. Hier hatte die später so berühmte Straße also ihren Anfang genommen. Es war faszinierend. Die ganz früher hölzernen Spielbuden waren schon jetzt soliden Steinbauten gewichen; seinen vergnüglichen Charme hatte der Platz dennoch nicht eingebüßt. Bürger und Matrosen gleichermaßen bevölkerten die langgezogene Amüsiermeile, und beständig war von irgendwoher Lachen, Rufen und Krakeelen zu hören.

Nicht weit von ihnen entfernt stand ein Mann mit Frack und Zylinder hinter einem Tisch, auf dem sich Miniaturschaukeln und kleine Blechwagen befanden. Darüber pries ein Schild den ›Erstaunlichsten Flohzirkus Europas‹ an. Tobias' Blick streifte ein geheimnisvolles, mit Minaretten, Dschinnen und fliegenden Teppichen bemaltes Etablissement, in dem angeblich der berühmteste Zauberer aus dem Morgenland auftrat. Gleich daneben lockten eine Menagerie, aus der das schrille Brüllen von Affen drang, sowie ein Raritätenkabinett, vor dem ein Plakat lautschreierisch mit der kleinsten Frau der Welt warb. Am Rande einer Koppel beklatschte eine Gruppe von Seeleuten und Bürgern den Auftritt dreier Kunstreiterinnen mit freizügig geschnittenen Kostümen. Die ›Töchter Dschingis Khans‹ ritten auf einem schwarzen Rappen und bildeten während des Ritts auf halsbrecherische Weise einen Turm, indem jeweils eine der Artistinnen auf die Schultern der anderen stieg.

»Herrje!« rief Caroline begeistert. »Das wäre nichts für mich.«

»Ach, wirklich?« meinte Tobias belustigt. Ihr Weg führte sie vorbei an Trinkhallen und Wurstbratereien sowie an Buden, in denen Salzgurken und Fischbrötchen verkauft wurden. Dazwischen standen Panoramen und Camerae obscurae, deren Fassaden mit ausgestopften Papageien und exotischen Bildern ferner Länder geschmückt waren.

»Sag mal, Caroline«, Tobias räusperte sich, »dein Vater machte gestern gewisse Andeutungen Kristian betreffend. Irgend etwas über seine Vergangenheit. Worum handelt es sich dabei?«

Seine Begleiterin schnaubte. »Du behältst deine Geheimnisse für dich, aber die Geheimnisse anderer Leute willst du erfahren?«

»Entschuldige. Ich wollte nicht…«

»Krischaan war früher mal ein Dieb und Einbrecher. Dafür hat er fast sechs Jahre lang im Zuchthaus gesessen. Danach hat er als Schauermann im Hafen gearbeitet, wo er und mein Vater sich kennengelernt haben. Mein Vater ist damals durch eine Unachtsamkeit ins Hafenbecken gestürzt, und Krischaan hat ihn vor dem Ertrinken gerettet. Seitdem arbeitet Krischaan für uns.«

»Aha.« Tobias nickte und beäugte in einiger Entfernung einen Seiltänzer, der hoch über den Köpfen des Publikums, zwischen einem Wachsfigurenkabinett und einem Karussell aus Holzpferden, mit bunten Ringen jonglierte.

»Bist du breegenklöterig? Pass doch op, du Dööskopp!« Unmittelbar vor dem Stühlwagen sprang ein Betrunkener mit glasigem Blick zur Seite und drohte ihm wütend mit einer halbleeren Kornflasche. Tobias riß erschrocken an den Zügeln, was die beiden Gäule vor ihm zu einem leisen

Wiehern veranlaßte. Himmel, fast hätte er jemanden überfahren!

»Äh, wie weit ist es denn noch bis zu diesem Elysium-Theater?« versuchte er von seinem Malheur abzulenken. Doch Carolines mahnender Blick verriet ihm, was sie von seinen Fahrkünsten hielt.

»Wir sind gleich da. Sieh doch, da hinten!«

Tobias folgte Carolines Fingerzeig und entdeckte einen schlichten Steinbau, aus dem gedämpft die altersschwachen Klänge eines Spinetts drangen. Über dem Eingang hing ein großes Schild, darauf prangten in schwarzen Lettern die Worte ›Elysium-Theater‹. Unter diesem Schild hatten die Betreiber des Etablissements ein einfaches Banner angebracht, auf dem das aktuelle Stück angepriesen wurde: ›Des Faustens Teufelszwang, Leben und Höllenfahrt‹.

Vor den Stufen des Gebäudes, gleich neben einem skurrilen, als Hahn gestalteten Automaten, lauschte eine unentschlossene Menschenmenge den Ankündigungen eines kostümierten Ausrufers.

»Goethes Klassiker, hochverehrte Herrschaften. Gekürzt un von mir persönlich verbessert. Erster Platz vier Schilling, zweiter Platz zwei Schilling un dritter Platz – fast geht es meiner Künstlerehre zu nahe, es auszusprechen – nur einen einzigen Schilling die lumpige Person!«

»Wie bitte? Goethes Faust, gekürzt und… verbessert?« wandte Tobias sich feixend an Caroline. Die lächelte amüsiert.

»Wer ist der Ausrufer?« wollte er wissen. Inzwischen waren sie dem Theater so nahe gekommen, daß er den Mann eingehender mustern konnte. Er war in einen abenteuerlichen Aufzug gehüllt. Über einem aus Samt gefertigten und mit goldenen Tressen benähten Waffenrock trug er einen blechernen Harnisch. Seine Beine steckten in hohen Reitstiefeln aus gelbem Leder, und in den mit Stulpenhandschuhen bewehrten Händen hielt er ein blitzendes Schwert. Dennoch konnte das bunte Ritterkostüm nur schwer von der häßlichen Sattelnase des Mannes ablenken.

»Das ist Dannenberg«, erklärte Caroline. »Er ist Dichter, Regisseur, Dekorationsmaler, Heldendarsteller und Rekommandeur. Und die Leute lieben ihn. Mattler hätte niemand Besseren als Partner gewinnen können. Leider kennt Dannenberg meine Mutter nur noch flüchtig. Er und Mattler haben sich zusammengetan, als Mattler sein Marionettentheater schon aufgegeben hatte.«

Sie nahm Tobias kurzerhand die Zügel aus den Händen und brachte den Wagen neben dem Theater zum Stehen. Anschließend winkte sie zwei Halbwüchsige heran, denen sie einige Münzen in die Hand drückte, damit diese während ihrer Abwesenheit auf Stühlwagen und Pferde achtgaben.

»Vergiß die Maske nicht!« ermahnte Tobias sie.

»Keine Bange.« Caroline griff nach ihrem Korb, und gemeinsam mischten sie sich unter die Neugierigen vor der Treppe.

»Aufführung mit doppelt besetztem Manschester!« versuchte Dannenberg auf der Treppe weiteres Publikum zu ködern. »Nur noch twee Minuten, un dann geit die Höllenfahrt los.«

»Das hast du vorhin schon versprochen!« spottete einer der Umstehenden.

»Ich pett dir gleich in'n Mors!« drohte ihm der Kostümierte ungehalten. Die Leute ringsum lachten. Tobias und Caroline drängten nach vorn, bis sie endlich die Stufen zum Eingang erreicht hatten.

»Zweimal zweiter Platz«, erklärte Caroline laut und zwinkerte Dannenberg mit hoch erhobener Börse zu. Als sie neben ihm stand, flüsterte sie: »Ich muß Mattler sprechen.«

»Dann mal hereinspaziert, mien Deern!« Dannenberg strahlte, als er Caroline erkannte, und verfiel dann ebenfalls in einen Flüsterton. »Tut mir leid, dat geht erst nach der Vorstellung. Mattler macht heute den Souffleur.«

Der Kostümierte warf Tobias einen knappen Blick zu und öffnete die Tür. Sie betraten einen ebenso schummrigen wie verrauchten Vorstellungsraum, der vorn auf der Bühne spärlich von zwei Kandelabern mit brennenden Kerzen erleuchtet wurde. Nicht weit von dem Podest entfernt entlockte ein klappriger Kapellmeister einem ebenso klapprigen Spinett schiefe Klänge und hielt das wartende Publikum damit bei Laune. Auf Bänken, die in zwei Zehnerreihen bis vorn zur Bühne reichten, saßen strickende Frauen, die ihren Kaffee und Zucker gleich mitgebracht hatten, gelangweilte Matrosen beim Würfelspiel sowie einige Männer, die sich mit Köm zuprosteten. Auffallend war aber vor allem die große Zahl Jugendlicher, die das Theater besuchten. Auch auf der Galerie über ihnen waren tuschelnde Jungenstimmen zu hören.

»Wird das lange dauern?« wollte Tobias von Caroline wissen.

»Nein, Mattler und Dannenberg spielen nie länger als eine Dreiviertelstunde.«

Er wollte schon auf einer Bank unter der Galerie Platz nehmen, doch Caroline führte ihn mit mahnendem Blick nach oben weiter zur Raummitte. »Nicht hier, es sei denn, du hast Lust, daß dir einer der Lümmel während der Vorstellung auf den Kopf spuckt.«

»Und wann geht es los?«

»Wenn Dannenberg beschließt, daß er genügend Publikum hat.«

Tobias verdrehte die Augen. Das hatte er sich doch anders vorgestellt.

Einer der älteren Seebären zwei Reihen vor ihnen schlurfte plötzlich nach vorn zu dem Kapellmeister und unterbrach dessen Spiel, indem er ihm einen Schnaps auf das Instrument stellte. »Da, mien Lütten, drink man mol

175

een un denn speel mal ›O Hannes, wat'n Hoot!‹ Oder ›Hest Lebberwust nich sehn?‹.«

Über ihnen, auf der Galerie, gellten begeisterte Pfiffe. Der Kapellmeister stürzte den Schnaps hinunter und bearbeitete sein gebrechliches Instrument mit neuem Elan. Auf einmal brach überall im Theater begeisterter Gesang aus, und Jung und Alt klatschten im Rhythmus von ›O Hannes, wat'n Hoot‹ mit.

Ein Lächeln kräuselte Tobias' Lippen. Wie würde dann erst die Aufführung werden? Kaum war der Gesang im Raum verhallt, da trat eine magere junge Frau mit jammernder Violine auf die Bühne und spielte eine dramatische Melodie. Ohne Umschweife disponierte der Kapellmeister um und stimmte darin ein. Als die beiden endlich verstummten und Ruhe eingetreten war, erklang von hinter der Bühne Dannenbergs Stimme.

»Erster Akt. Faust in der Hexenküche!«

»Ah, es geht los!« erklärte Caroline aufgeregt. Tobias starrte wegen des brüsken Übergangs verwirrt nach vorn.

Ruckelnd hob sich der Aufzug und enthüllte eine Bühne, deren Hintergrund einen aufgemalten Wald zierte, während die Kulissen im Vordergrund ein Zimmer darstellten. Dazwischen stand Dannenberg als Faust. Noch immer trug er sein lächerliches Ritterkostüm, nur daß er jetzt – wie Hamlet – einen Totenschädel in Händen hielt.

»Habe nun, ach! Philosophie, Juristerei und Medizin, und leider auch Theologie durchaus studiert, mit heißem Bemühn. Da steh ich nun, ich armer Tor, und bin so klug als wie zuvor!«

Über ihnen in der Galerie brach Gelächter aus, und das Spinett wurde im Dunkeln von einem Gegenstand getroffen. Mit einem schiefen Ton unterbrach es Fausts Monolog.

»Wenn ji nich ruhig sein wüllt«, brach Dannenberg wütend sein Spiel ab und deutete mit dem Schädel in Richtung der Galerie über ihnen, »dann holl ik eenfach op to speeln!«

»Nee, speel man to«, ertönte über ihnen eine helle Jungenstimme, »wir sünd ja al ganz still.«

Überrascht drehte sich Tobias zu der Galerie um. Die Stimme erkannte er wieder. Im Zwielicht über ihnen entdeckte er Friedrich, den frechen Gassenjungen, dem sie gestern mittag die Maske abgeluchst hatten. Der Blondschopf lehnte feixend über dem Geländer und kaute an irgend etwas. Dannenberg fuhr fort, und so kam Tobias in den Genuß einer Variante des Faust, bei der der Gelehrte zunächst einen Reimwettbewerb mit zwei drallen Hexen austragen mußte, bevor ihm in rotem Kostüm Mephistopheles erschien, der Teufel. Dieser trat mit einem lauten Knall und viel Rauch auf und wurde sogleich mit Pfiffen und Buhrufen aus dem Zuschauerraum begrüßt. Es folgte ein langweiliger Dialog zwischen den beiden, der erst zu einem Ende kam, als das Publikum lautstark nach Gretchen verlangte. Endlich betrat ein hübsches blondes Mädchen die Bühne, das einem der Matrosen im Publikum aufgeregt zuwinkte – ihrem Verlobten, wie einer der Zuschauer links von Tobias wußte. Allen, die es hören wollten oder nicht, versicherte er, daß Gretchen in Wahrheit Martha hieß und abends in einer Kneipe am Hafen ausschenkte. Mattler und Dannenberg hätten sie erst vor einer Woche eingestellt. Dementsprechend stand es leider auch um Marthas schauspielerisches Talent. Zu allem Unglück vergaß sie plötzlich ihren Text und brach in Tränen aus. Besorgt sprach ihr das Publikum so lange zu, bis sie sich wieder beruhigt hatte. Dann ging es weiter.

Wacker überstand Tobias auch den zweiten Akt, ›Faust im Himmel‹, der vornehmlich aus einigen derben Späßen bestand, die Dannenberg mit Jupiter trieb. Endlich kam es mit dem dritten Akt zum Finale: Faust in der Hölle! Die Bühne erstrahlte rot in bengalischer Beleuchtung, und drei schwarz angemalte Kinder mit Dreizack in den Händen sprangen darauf herum. Faust befreite das inzwischen von ihm geschwängerte Gretchen aus dem Kochtopf des Mephistopheles und versprach ihr unter lautstarker Begeisterung des Publikums die Ehe.

»Na endlich, dieser lose Schuft!« keifte eine ältere Frau in der ersten Reihe. Tobias mußte an sich halten, um nicht loszuprusten. Dannenberg schien seine Stücke so lange zu verbiegen, bis sie auch dem letzten im Publikum gefielen. In diesem Augenblick trat Mephistopheles ein weiteres Mal mit Rauch und Schwefel auf. Er und Faust lieferten sich auf der Bühne einen wilden Zweikampf, bei dem dieser den Teufel wütend mit seinem Schwert traktierte. Plötzlich riß sich der Teufel die gehörnte Maske vom Kopf und schrie Dannenberg an: »Du verdrehte Schinner! Meenst du, dat ik mi for veer Schilling den ganzen Dag up'n Kopp haun lass?«

Der Kerl stolzierte beleidigt und unter lautem Gelächter des Publikums von der Bühne. Dannenberg überwand seine Verblüffung und verneigte sich kurzerhand. Dann küßte er ›Gretchen‹ mitten auf den Mund. Das Haus tobte vor Begeisterung, nur Marthas wütender Verlobter vorn in der ersten Reihe mußte von seinen Kameraden zurückgehalten werden, um nicht handgreiflich zu werden. Von überall her flogen zur Belohnung Hosenträger, Strümpfe, Tücher und sogar zwei Mettwürste auf die Bühne.

»Ach, war das schön! Komm, laß uns nach hinten gehen«, forderte ihn Caroline auf, nachdem auch sie begeistert Beifall geklatscht hatte. Tobias verbiß sich einen Kommentar und folgte ihr schmunzelnd.

Da Caroline im Haus bekannt war, fanden sie sich schon wenig später in der Requisite wieder. Es roch nach Schminke, und überall standen Ständer mit prächtigen Kostümen. Dannenberg würdigte sie keines Blickes. Er war in ein hitziges Wortgefecht mit dem Darsteller des Mephistopheles verwickelt, der noch immer wütend auf eine Beule am Kopf deutete. Magda und die beiden Hexen stritten sich um einen Blumenstrauß, den ein unbekannter Verehrer beim Personal abgegeben hatte, während die Kinder, die die kleinen Teufel dargestellt hatten, hinter einem Ständer mit Offiziersuniformen Verstecken spielten. Ein Chaos ohnegleichen.

»Wo ist Mattler?« wollte Caroline von dem Jupiter-Darsteller wissen. Der deutete zu einem Fenster, wo ein grauhaariger, etwa sechzig Jahre alter Mann leicht gebückt stand und empört eine Zeitung studierte. Erst als er Caroline und Tobias sah, hellten sich seine Züge auf.

»Caroline? Wat für eine Überraschung. Ich hab schon gedacht, du hast mich vergessen. Hast du die Zeitung gelesen?« wollte er wissen. »Da schreiben diese Schmierfinken mal was über das Elysium-Theater, und dann loben sie uns gleich über den grünen Klee. Sogar von ›Kunstinstitut‹ ist hier die Rede. Kunstinstitut!«

»Aber Mattler, das ist doch großartig.«

»Großartig?« fuhr der Theaterdirektor aufgebracht fort und dämpfte sogleich seine Stimme. »Wenn unsere Leute das lesen, werden sie kommen und höhere Gagen fordern. Das wird passieren. Himmel, Arsch un Zwirn.«

»Na, nun sei mal nicht so'n Penschieter. Sonst hast du dich immer drüber aufgeregt, daß sie euch totschweigen.«

»Pah.« Unwirsch pfefferte Mattler die Zeitung auf einen Schminktisch, besann sich dann mit Blick auf seine Schauspieler eines Besseren und steckte sie sich vorsichtshalber in den Hosenbund.

»So, mien Deern, wat kann ich für dich tun? Bist doch bestimmt nich ohne Grund hier, oder? Wer iss'n das?« Er nickte in Richtung Tobias.

Der beeilte sich, sich vorzustellen, und rang sich sogar einige lobende Worte über die Vorstellung ab. Mattler war hocherfreut. »Een Kunstkenner? Immerhin.«

Caroline sah sich vorsichtig um und entnahm ihrem Korb die eigentümliche Vogelmaske. »Schau mal, Mattler. Hast du so was schon mal gesehen?«

Der Theaterdirektor nahm den Gegenstand vorsichtig an sich und strich über die blaßrosa eingefärbten Gänsefedern. »Exzellente Arbeit. Woher hast'n die?«

»Kann ich dir im Augenblick nicht sagen«, erklärte Caroline.

»Wir dachten uns«, mischte sich Tobias in das Gespräch ein, »daß Masken wie diese vielleicht von speziellen Requisiteuren angefertigt werden.«

»Du meine Güte, sind wir heute geheimnisvoll«, spottete Mattler. »Ihr solltet besser einen Maskenverleiher aufsuchen. Ich hab keine Ahnung, wer das Ding gebaut haben kann. Da gibt es einige, die in Frage kommen.«

Enttäuscht wandte sich Tobias dem Fenster zu und starrte nach draußen. Warum nur mußte jede Spur, der er nachging, im Sande verlaufen? Vor dem Theater entdeckte er einen Betrunkenen, der hinter seinem Pferd hertorkelte. Wann immer der Kerl glaubte, es eingeholt zu haben, lief es weiter. Er war wie dieser Besoffene dort draußen.

»Immerhin. Der, der hierfür verantwortlich ist« fuhr Mattler fort, »muß gewußt haben, wie ein Ibis aussieht.«

»Ein Ibis?« entfuhr es Caroline.

»Ein Ibis«, bestätigte Mattler mit Nachdruck. »Is'n Laufvogel, wie es ihn in Ägypten gibt. Hier schau mal.« Er entrollte die exotische Skizze zu einem Bühnenbild, auf der Pyramiden, Kamele, Wüstensand und alte ägyptische Götterstatuen zu sehen waren. Nicht weit von den Statuen entfernt war ein Tümpel zu sehen, in dem drei prachtvolle Vögel mit gebogenen Hälsen und langen Schnäbeln standen.

»Hübsch, was? Hab ich nach Bildern anfertigen lassen, die auf Napoleons Ägyptenfeldzug gemalt wurden. Also, wenn diese Maske aus 'nem Theater stammt, dann wollte da wohl jemand den Gott Thot darstellen.«

»Wieso einen Gott?« fragte Caroline verwundert.

»Weil Thot von den alten Ägyptern stets als Mensch mit Ibiskopf gezeigt wurde«, erklärte der Theatermann. »Die

Griechen haben ihn unter dem Namen Chronos verehrt. Er war der Gott der Zeit!«

»Der Gott der Zeit?« Tobias fuhr überrascht herum und starrte erst Mattler und dann die Maske an. Das konnte kein Zufall sein. Waren die Einbrecher also doch hinter ihm und der Zeitmaschine hergewesen? Aber wie konnte das möglich sein? Die Masken, die seine Gegner getragen hatten, waren ohne Zweifel vor seiner Ankunft in dieser Epoche angefertigt worden. Andererseits – vielleicht hatte ihn der Kahlköpfige vorgestern nacht erwartet? Hatte er gar gewußt, daß er kommen würde? Wer sagte ihm, daß er der erste war, der die Zeitmaschine benutzt hatte? Sein Kopf dröhnte angesichts der Möglichkeiten, die diese Vermutung mit sich brachte.

»Und Sie hegen keinerlei Zweifel daran?« wollte er wissen.

»Nö«, erwiderte Mattler grinsend, »'n Spatz ist es mit Sicherheit nicht.«

Tobias atmete tief ein und wandte sich wieder dem Platz vor dem Theater zu. Er mußte den Kahlköpfigen finden. Dringender denn je!

Sein Blick streifte erneut den Betrunkenen, der nun schnarchend neben einer Holzwand mit bunten Plakaten lag. Von seinem Pferd war keine Spur mehr zu entdecken. Es hatte den Weg nach Hause offenbar ohne seinen Besitzer angetreten.

In diesem Augenblick hatte Tobias einen Einfall. Er war aus purer Verzweiflung geboren, doch inzwischen war er bereit, selbst der aussichtslosesten Fährte zu folgen.

»Mattler, sagen Sie, sind die Kostüme da hinten echt?« Er deutete auf die Offiziersuniformen, zwischen denen noch immer die beiden Kinder tobten.

»Naja, so gut wie. Wieso?«

»Weil ich mich als Schauspieler versuchen möchte.«

Überrascht sahen ihn Caroline und der Theaterdirektor an.

»Wat soll dat denn für ein Stück werden?« wollte Mattler wissen.

»Sie werden es nicht kennen. Es heißt ›Der Hauptmann von Köpenick‹!«

Geknechtete Seelen

Hamburg 1842, 3. Mai,
23 Minuten nach 7 Uhr am Abend

Labore nutrior, labore plector – Durch Arbeit werde ich ernährt, durch Arbeit werde ich gezüchtigt.

Polizeiaktuar Kettenburg stand vor dem Werk- und Zuchthaus und betrachtete mit geschürzten Lippen den Schriftzug über dem Eingang. Im roten Licht der Abendsonne hob er sich von dem dunklen Gestein wie geronnenes Blut ab. Der klotzige Bau stand nur einen Steinwurf von der Binnenalster entfernt, auf der einige Schwäne ruhig ihre Bahn zogen. Wie so viele andere Hanseaten fragte er sich, womit die Insassen einen derart privilegierten Ort verdient hatten, um ihre Strafe zum Wohl der Gesellschaft abarbeiten zu dürfen. Seinen Kenntnissen nach beherbergten der Bau und das angrenzende Spinnhaus derzeit über tausend Gefangene: strafrechtlich Verurteilte, arbeitsscheue und sittenlose Vagabunden, diebische Dienstboten, Dirnen, politische Unruhestifter, Bettler und Trunkenbolde. Kurz, der ganze Abschaum, den Hamburg zu bieten hatte. Darunter befanden sich auch ein gutes Dutzend Männer, die es ihm zu verdanken hatten, an diesem Ort arretiert worden zu sein. Es war gut, diese Gauner sicher verwahrt zu wissen. Dennoch beschlich den

Polizeiaktuar angesichts des Gebäudes ein mulmiges Gefühl. Wo Borchert nur blieb?

Er verschränkte die Arme hinter dem Rücken und wartete. Seine Gedanken glitten wieder zu seinem Treffen mit William Lindley zurück, dem englischen Ingenieur. Vor einer knappen Stunde erst hatten sie dem Keller des Rathauses einen Besuch abgestattet, wo die schlittenartige Maschine verwahrt wurde, die sie in der Nähe des letzten Tatorts gefunden hatten. Lindley hatte sein Erstaunen über den Fund kaum verbergen können. Mehr noch, bei der anschließenden Untersuchung hatte er sich fast wie ein Vater gebärdet, der nach Jahren der Trennung seinen verlorenen Sohn gefunden hatte. Schon seltsam. Einfach alles wollte er über die Apparatur wissen: wie die Polizei in ihren Besitz gelangt war, wo genau man sie gefunden hatte und noch vieles mehr. Doch leider wußte auch Lindley nicht, welchem Zweck die seltsame Maschine diente. Es war zum Verrücktwerden. Denn wer, wenn nicht William Lindley, hätte ihm in diesem Fall weiterhelfen können?

Ungehalten kramte Kettenburg seine silberne Taschenuhr hervor und warf einen Blick auf den Chronometer. Fast halb acht. Sein Blick blieb kurz auf dem Bild seiner Frau und seines Sohns hängen, dann steckte er die Uhr wieder weg und musterte die gepflasterte Straße vor dem Zuchthaus bis hinunter zum Stallhaus der Dreckfeger.

Zu dieser Tageszeit war hier nicht mehr viel los. Knapp grüßte er einen vorbeieilenden Leinwandhändler und starrte anschließend einem rumpelnden Karren nach, der Brennholz geladen hatte. Wofür brauchte man bei den derzeitigen Temperaturen Brennholz? Kettenburg schüttelte den Kopf. Er würde Borchert eine Standpauke halten. Soviel war sicher. Natürlich, er konnte dieser keuschen Susanne auch allein einen Besuch abstatten. Aber es schien ihm passender, dies in Gegenwart des Wachers zu tun.

Just in diesem Augenblick bog der dicke Uhle um eine Hausecke und näherte sich schnaufend.

»Tut mi leid, Herr Polizeiaktuar.« Er rang nach Atem. »Heff mi 'n büschen verspätet, wat? Ik hatt mi noch mit Jan troffen, Sie weeten schon, mien Kamerod, der...«

»...Kristian Sillem erkannt hat. Ja ja, ich weiß«, unterbrach ihn Kettenburg. »Wir waren hier um kurz nach sieben Uhr verabredet.«

»Jo. Heff mi ook beeilt. Mi is dor bloß noch wat einfallen. Der Tote, der lag doch auf'n Karren, oder?«

»Ja, lag er.«

»Seihn Sie, mien Bruder, der is Wagner. Ik dücht mi, ik schick ihn und Jan mal zum Dragonerstall, damit er sich dat goode Stück näher ankiekt. Vielleicht finnet er ja wat.«

»Borchert, das ist längst geschehen. Denkst du, ich habe meine Arbeit nicht gemacht? Da war nichts Besonderes.«

»Oh. Jo, äh, dat wußt ik natürlich nich.«

Der Polizeiaktuar seufzte innerlich. Einen Bruder hatte der Mann also auch. Immerhin, der Einsatz des Uhlen imponierte ihm. Kameradschaftlich klopfte er ihm auf die Schulter. »War aber eine gute Idee, Borchert. Also, dann wollen wir mal.«

»Bitte, een Moment noch.« Der Uhle blickte unglücklich zu dem finsteren Bau auf und atmete mehrmals tief ein. »So, nu geiht dat.«

Kettenburg musterte den Dicken verdutzt, während er gegen die Pforte des Zuchthauses klopfte. »Alles in Ordnung?«

»Jo. Ik genieße nur noch mol de Freiheit, bevor wi dor ringehen. Mook ik immer so. Mußt da drinnen schon tweemal een poor schwere Jungs idem... idenf... äh...«

»Identifizieren?«

»Jo, genau dat meent ik. Für Sie is es dat erste Mol?«

»Ja. Warum?«

»Ach, nur so.«

Quietschend öffnete sich die Tür des Zuchthauses, und ein Amtspförtner mit wulstigen Augenbrauen und nachlässig zugeknöpfter Uniform begrüßte sie. Kettenburg zückte ein Schreiben, das er sich von Polizeisenator Binder hatte ausstellen lassen.

»Wir sind angemeldet und wollen mit einer der Gefangenen sprechen. Man nennt sie die ›keusche Susanne‹. Sie wurde wegen Hurerei aufgegriffen.«

»Alle Weiber hier sind Huren«, grinste der Aufseher anzüglich. »Jenfalls früher oda später...«

Kettenburg hob pikiert eine Augenbraue, dann folgten er und Borchert dem Mann an einer Wachstube vorbei durch einen beklemmend niedrigen Gang. Von irgendwoher waren gedämpfte Schreie zu hören, die vom rhythmischen Klatschen einer Peitsche begleitet wurden. Nachdem sie einen langen Gang mit schmalen, vergitterten Türen durchmessen hatten, erreichten sie einen großen Eßsaal, dessen hochliegende Decke durch eingezogene Pfeiler gestützt wurde. Der trostlose Raum war vom einen Ende bis zum anderen mit langen Tischreihen ausgestattet, auf denen hölzerne Schüsseln, Teller und Krüge standen. Allesamt waren sie erst vor kurzer Zeit benutzt worden. Nur auf einem der langen Tische, ganz in der Mitte des Saals, stand Zinngeschirr. Kettenburg war sich sicher, daß dieser Tisch für Insassen ›mit Distinction‹ bestimmt war: Ganoven aus den feineren Gesellschaftsschichten. Unter die Essensdünste, die den Saal schwängerten, mischte sich ein unangenehmer Geruch, den der Polizeiaktuar nicht so recht zuzuordnen wußte.

»Was ist das für ein Gestank?« wandte sich Kettenburg ratsuchend an den Aufseher. »Nach Essen riecht das nicht.«

»Dat is 'ne Mischung ut Essig un Wacholderbeerqualm«, beantwortete Borchert die Frage. »Dormit räuchern se de Räume aus, um üble Gerüche to överdecken.«

»Ganz richtig«, erklärte der Aufseher. »Warten Sie hier. Ik mutt dem Schlüsselmeister Bescheid geben. Un nehm Sie keene Notiz von dem dor oben. Der Bengel ist vor dree Johr op dem Gänsemarkt aufgriffen worden. Hat mit Steinen un Unrat nach Hauptpaster Alt von der St.-Michaelis-Kirche worfen.«

Erst jetzt erblickten Kettenburg und Borchert den wagenradgroßen Hungerkorb, der einige Meter über ihnen von der Decke hing. Eingezwängt in dem hölzernen Gestell hockte ein hohlwangiger, kaum zwölfjähriger Junge, der erschöpft zu ihnen herunterstarrte.

»Wie bitte?« begehrte Kettenburg empört auf. »Wegen dieser Lappalie sitzt der Junge seit drei Jahren da oben in diesem Käfig?«

»Aba nicht doch, Herr Polizeiaktuar«, antwortete der Aufseher ruhig. »Wir sünn doch keen Unmenschen. Dor oben hockt er erst seit twee Tagen. Zur Stroof mutt er den anderen beim Essen tokieken, weil er nich mehr in dat Laufrad wullt hett.«

»Ins Laufrad...?« wiederholte Kettenburg tonlos. Der Wärter zuckte mit den Schultern, kurz darauf verschwand er durch eine kleine Seitenpforte.

Kettenburg starrte noch immer entgeistert zur Saaldecke hinauf.

»Ham Sie dat nich wußt?« wollte der dicke Uhle wissen. »Mit de Lööprad treiben se drüben in'n Werktrakt die Walzen an, um Hanf zu zerstampfen. Soll een lohnendes Geschäft für dat Zuchthaus sien. De Tretmühl ward zu de Zeit vun Polizeisenator Dammert einföört. De Insassen hier hebb ihr een Namen geben: Dammert sien Danzbön. Andere mütt Färbeholz raspeln oder stelln Matten aus Kauhfellen her. Macht zwar engbrüstig, is ober eenfalls ganz einträglich, wie man hört.«

»Sklavenarbeit. Der Knabe da oben ist doch kaum zwölf Jahre alt. Der gehört ins Waisenhaus. Nicht hierher.«

»Glauben Sie man nich, dat der hier de einzige is.«

Kettenburg griff empört nach einem halb gegessenen Apfel auf einem der Tische und warf ihn hoch zu dem Hungerkorb. Es bedurfte dreier Anläufe, bis ihn der geschwächte Knabe endlich zu fassen bekam.

»Erinnern Sie mich daran, daß ich mich nach dem Namen des Jungen erkundige. Ich werde den Fall persönlich neu aufrollen.«

Borchert nickte.

In diesem Augenblick öffnete sich die Seitenpforte abermals, und der Wärter kam in Begleitung eines fettleibigen Mannes zurück, dessen Uniformjacke sich bedenklich über den Bauch spannte. In seinen fleischigen Händen hielt er einen großen Schlüsselbund, der mit jedem seiner Schritte klimperte.

»Ah, der Herr Polizeiaktuar«, schnaufte er. »Sie wollen eine unserer Gefangenen verhören? Dann folgen Sie meinem Kollegen mal nach oben in den Verhörraum. Ich bring Ihnen die Hure. Ich muß sie erst drüben aus dem Spinnhaus holen.«

Der Polizeiaktuar und der Uhle folgten dem Aufseher ein weiteres Mal durch die Gänge des finsteren Baus, während der Schlüsselmeister den Weg zu einem anderen Trakt einschlug. Sie querten einen engen, spärlich mit Öllampen beleuchteten Gang, von dem links und rechts Dutzende Holztüren mit vergitterten Öffnungen abzweigten. Irres Gelächter war hier ebenso zu hören wie verzweifeltes Wimmern. Kaum hatten sie am anderen Ende die runde Wendeltreppe zum Obergeschoß erreicht, als Kettenburg auf einen hageren Mann aufmerksam wurde, der sich schräg hinter ihm mit dem Gesicht gegen die eisernen Streben seiner Zelle preßte. Seine Stimme klang verzweifelt.

»Sie sind keiner der Aufseher, stimmt's? Sie kommen von draußen? In Gottes Namen, bitte hören Sie mich an. Mein Name ist Kurt Schellenberg. Kurt Schellenberg. Man hat mich zu Unrecht eingesperrt. Ich bin nicht verrückt. Meine Familie hat einen Arzt bestochen und mich für unmündig erklären lassen. Sie wollten an mein Vermögen. Ich sitze hier schon seit fünf Jahren, und niemand…«

Bevor ihn Kettenburg daran hindern konnte, stieß der Wärter seinen Knüppel durch die Gitterstäbe. Ein Schmerzensschrei war zu hören, und der Wortschwall des Gefangenen brach unvermittelt ab. Alles, was der Beamte jetzt noch hören konnte, war hilfloses Schluchzen.

»Hör'n Sie nich auf den Spinner!« fluchte der Wärter und wischte das Ende des Knüppels sorgfältig mit einem Taschentuch ab, bevor er ihn wieder wegsteckte. »De Karl hat se nich alle. Vertellt uns düsse Geschiche schon siet Johren. Wird es eenfach nich leid. Verfluchter Hurenbock. Ik kann et nich meer hören.«

»Die Angelegenheit ist doch hoffentlich überprüft worden, oder?« wollte Kettenburg wissen.

»Geiht mi nix an. Bün ik nich för verantwortlich.« Der Wärter deutete gelangweilt zur Wendeltreppe

»Merk dir den Namen dieses Insassen«, zischte Kettenburg Borchert empört zu und begab sich nach oben. Etwas später wurden sie in eine Kammer mit kahlen Steinwänden geführt, in der als einzige Einrichtungsgegenstände ein wackliger Tisch und zwei Hocker standen.

»Der Schlüsselmeister kommt gleich. Wollen Sie was trinken?«

Kettenburg schüttelte den Kopf, doch der Uhle nickte heftig. »Ja, bring uns einen Krug mit Wasser.«

Der Aufseher grunzte und schloß die Tür. Kettenburg und Borchert waren nun wieder allein. Trotz der stickigen Hitze im Raum konnte sich der Polizeiaktuar eines Fröstelns nicht erwehren. Räuspernd trat er an das einzige Fenster des Raums. Zu seiner Verwunderung war es nicht vergittert. Als er nach draußen blickte, wußte er warum: Vor ihm erstreckte sich der düstere Innenhof des Zuchthauses, der von den vier Flügeln des Baus eingefaßt wurde. Flucht war hier unmöglich.

»Borchert, was ist das?« Kettenburg deutete auf ein seltsames, roßähnliches Gebilde, das unter ihm auf dem Hof stand. Angesichts des Zwielichts war es nur schwer zu erkennen.

»Dat ›hölzerne Pferd‹«, erklärte der Wacher einsilbig und trat neben ihn. »Dat is'n Folterinstrument. De Sitz is scharfkantig. Man sett de Gefangenen mit schwere Gewichten an de Füßen drauf, zieht sie über den Hof un peitscht se währenddessen aus. Manchmal wegen de Disziplinierung, manchmal, wie man hört, abers ook nur so. Zum Spooß.«

»Ah, ja. So, so. Nun, das Zuchthaus soll ja auch strafen. Ähem.« Kettenburg räusperte sich ein weiteres Mal und wandte sich unangenehm berührt ab. Endlich kehrte der Aufseher zurück, brachte das Wasser und verschwand wieder. Kettenburg hatte einen trockenen Hals, verkniff es sich aber, nach einem der Becher zu greifen. Stumm warteten er und der Uhle darauf, daß der Schlüsselmeister endlich eintraf.

Zehn Minuten später waren im Gang hinter der Tür Geräusche zu hören, und der Mann erschien in Begleitung einer dürren Frau, deren Oberlippe aufgeschlagen und blutverkrustet war. Grob setzte sie der Fettleibige auf einen der beiden Hocker.

Kettenburg schätzte die ›keusche Susanne‹ auf knapp zwanzig Jahre, auch wenn sie gut zehn Jahre älter aussah. Mit Huren wie ihr hatte er bislang nur selten Umgang gehabt. Auch beruflich pflegte er sich mit Gesindel ihresgleichen nicht oft abzugeben. Ihm oblagen Fälle von höherem Gewicht. Kapitalverbrechen. Nicht solche Sachen. Das Mädchen mochte früher recht hübsch gewesen sein, jetzt trug sie gestreifte Anstaltskleidung, und ihr geschorenes Haupt wurde von einem schlichten Kopftuch eingefaßt. Aus leeren Augen starrte sie ihn und Borchert an.

»Brauchen Sie mich noch?« wollte der Schlüsselmeister wissen.

»Nein, wir rufen Sie, wenn wir Sie benötigen.«

Der Mann nickte und verließ den Raum.

»Du also bist die, die man die ›keusche Susanne‹ nennt?« wollte Kettenburg wissen und setzte sich ihr gegenüber.

Das Mädchen blickte durch ihn hindurch.

»Wi tun di nix, hebb man keen Bang«, sagte Borchert beruhigend. Der Uhle schenkte etwas Wasser in einen der Becher und schob ihn dem Mädchen hin. Die Gefangene erwachte aus ihrer Lethargie und stürzte den Becher in einem Zug hinunter. Der Polizeiaktuar begriff plötzlich, zu welchem Zweck der Wacher das Wasser bestellt hatte. Er kam sich schäbig vor. Wegen seiner Unwissenheit und auch deshalb, weil er sich nie für die Zustände an diesem Ort interessiert hatte.

Vorsichtig begann er zu berichten. Von den Leichen, die sie gefunden hatten, von dem Mörder, den es zu stellen galt. Jetzt erst kam er auf die Tätowierung des Toten und auf den Hinweis zu sprechen, den sie sich von diesem Fund erhofften. Seine letzten Worte klangen beschwörend: »Susanne, wenn wir diesen Mörder nicht finden, dann wird er vermutlich noch mehr von deinesgleichen umbringen. Niemand kann ihn daran hindern. Versuch dich zu erinnern, mit wem dein Lude Umgang hatte.«

»Dann is er endlisch verreckt, die alt Mistsau?« Das Mädchen lachte freudlos über den ersten Satz, den es an diesem Abend hervorgebracht hatte. »Des geschieht ihm rescht. Den soll der Deiwel hole.«

»Ich hoffe, das ist nicht alles, was du uns zu erzählen hast.«

»Was hätt'en isch defu?« Das Mädchen nahm einen weiteren Schluck Wasser. »*Was hätt'en isch defu?*«

Die letzten Worte schrie sie, und Kettenburg wischte sich den Speichel ab, der ihm ins Gesicht sprühte.

»Du büss dat dir un de Herrgott schuldig«, erklärte Bochert ruhig.

Die keusche Susanne kicherte schrill. »Soll isch dem Herrgott etwa uf de Knie dafeer danke, daß er misch an so en beschissene Ort geplanzt hat? Des hier is die Hell. Die *Hell*! Soll isch ihm desteweje Zucker ums Maul schmeern? Soll isch misch fer die laafend Tracht Prijel bedanke? Oder dodefer, daß misch die Uffseher bummse? Eisch is es doch scheißegal, wenn man fer sechs Geschwister ganz alla sorje muss, weil die Alt saufe dut. Der liewe Gott? Der war nie do, wenn man ihn gebrauche gekennt hätt. Sogar dem Pfaffe in de Armeschul hab isch's mache misse. Nur für'n Knerzel Brot. Also her mer uff mim… liewe Gott!«

Erschöpft sank das Mädchen über dem Tisch zusammen und zitterte. Erschüttert blickte Kettenburg auf sie hinab und konnte nur schwer den Impuls bändigen, ihr beruhigend über den Kopf zu streichen. Tief atmete er ein und stand auf. Als Borchert etwas sagen wollte, gebot er ihm energisch Einhalt. Anschließend ging er einige Schritte im Zimmer auf und ab und versuchte, seine Gedanken zu ordnen. So, wie er es immer tat, wenn er aufgewühlt war.

»Gut, ich mache dir jetzt einen Vorschlag. Ich hole dich hier heraus. Noch heute. Dafür sagst du uns alles, was du weißt.«

Langsam hob das Mädchen den Kopf. »Sie lieje. Imma ham misch all beloge. Imma!«

Kettenburg zückte seine silberne Taschenuhr, klappte den Deckel auf und hielt der Unglücklichen das kleine Bild vors Gesicht. »Das sind meine Frau und mein Sohn. Sie sind seit acht Jahren tot. Ich schwöre dir jetzt beim Gedenken an meine Familie, bei meiner Ehre und allem, was mir heilig ist, daß ich dich hier heraushole. Nur, hilf uns! Hilf uns, diesen Dreckskerl zu stellen, der da draußen junge Mädchen auf bestialische Weise abschlachtet.«

Susanne starrte den Polizisten ungläubig an. »Tun Se's schwörn?«

»Ich schwöre es.«

Sie senkte den Blick, und Kettenburg spürte, wie sehr die junge Frau mit sich haderte.

»Es gäb do en Mann, der dut dir's Ferschte lehre«, stammelte sie. »Der lebt do im Värtel, Kärschspiel Mischaelis. De Hans, der wu mein Loddl war, der hat ihm oft so'n junges Gemüs gebracht. Dumme Mädscha, die wu net von do warn. Dienstmädscha. Blumenmädscha. Un annere. Allweil werra un werra, bloas net misch. Weil isch em Hans sei beste Gaul im Stall war.«

»Was ist das für ein Kerl?«

»Der is en Abdecka, glaab isch. Groaß un braat. Oig gruselisch. Un der hat ka Zung. Der kann net babble.«

»Herr Polizeiaktuar, erinnern Sie sik an de Wund im Rücken vun de Toten?« unterbrach Borchert aufgeregt die Aussage der Prostituierten. »De war vun een Slachterhooken. Sowat benutzen ook Abdeckers.«

»Gut, das reicht mir«, erklärte Kettenburg entschlossen. Das alles paßte zusammen. Vielleicht war es zum Streit zwischen den beiden Männern gekommen, vielleicht hatte sich dieser Abdecker auch nur eines lästigen Zeugen entledigen wollen. Es war ihm gleich, er würde ihn stellen. Allein das zählte. »Weißt du, wo dieser Kerl wohnt?«

Die ›keusche Susanne‹ nickte zaghaft.

»Gut, in einer Stunde werde ich dich hier herausholen, und dann wirst du mich und meine Männer dorthin führen, wo dieser Kerl lebt. Anschließend werde ich dir Gelegenheit geben, die Stadt zu verlassen. Hast du mich verstanden? Danach will ich dich hier nie wieder sehen.«

Das Mädchen nickte aufgeregt. »Isch mach alls, was Se wolle. Un Se tun misch ach werklisch net anlieje?«

»De Herr Polizeiaktuar is een Mann vun Ehre«, erklärte Borchert bestimmt. »Der lücht nich.«

Kettenburg rollte mit den Augen und ließ nach dem Schlüsselmeister schicken. Zehn Minuten später standen er und der Uhle wieder vor dem Tor zum Zuchthaus. Tief atmete der Polizeiaktuar die warme Nachtluft ein und unterdrückte das Bedürfnis, sich den Schmutz, der ihm in dem steinernen Zwinger begegnet war, durch ein schnelles Bad in der nahen Alster abzuwaschen. Der Uhle entzündete eine Laterne.

»Borchert, du läufst jetzt zum Stadthaus und trommelst ein paar Officianten zusammen. Wir treffen uns in einer Stunde auf dem Schaarmarkt. Bewaffnet!«

»Wie Sie wünschen, Herr Polizeiaktuar.«

»Mach den Männern klar, daß es Folgen haben wird, wenn sie nicht pünktlich antreten. Meinethalben kannst du auch gleich ein paar Kameraden vom Nachtwächter-Corps mitbringen.«

»Wird mookt, Herr Polizeiaktuar. Un wat mooken Sie in de Zwischentied?«

»Ich?« Der Beamte schnaubte. »Ich werde eine Genehmigung des Polizeisenators fälschen, um dieses Mädchen aus dem Zuchthaus zu holen. Der weilt nämlich zur Zeit bei einem Empfang des Bürgermeisters. Würde viel zu lange dauern, ihn da herauszulotsen. Außerdem muß ich noch ein Empfehlungsschreiben an einen alten Freund in Bremen aufsetzen. Die Kleine muß doch ein Ziel haben, wenn sie die Stadt verläßt.«

Borchert starrte ihn mit offenem Mund an. »Dunnerwetter, Herr Polizeiaktuar. Also, dat hätt ik nu nich vun Sie...«

»Ach, hör auf, Borchert! Man ist doch Mensch.«

»Jochen?«

Kettenburg und Borchert wandten sich überrascht zu der hageren Gestalt in der klobigen Nachtwächteruniform um, die unversehens aus dem Dunkel trat. Die spitze Nase und das eingefallene Gesicht – Kettenburg erkannte den Mann sofort wieder. Es handelte sich um Borcherts Kameraden aus der Tatnacht.

»Mensch, Jan, wat mookst du denn hier?« wollte Borchert wissen.

»Na, wat wohl?« antwortete der hagere Uhle mit schnarrender Stimme. Erst jetzt erkannte der Neuankömmling den Polizeiaktuar. Höflich begrüßte er ihn.

»Offiziell mook ik mien Runde. Inoffiziell hebb ik mit dien Bruder dem Dragonerstall een Besuch afstattet. All vergeten?«

»Ach so, jo, richtig. Tut mi leid, de Herr Polizeiaktuar hat sich um de Karren all kümmert.«

»Weet ik all ook. Bün dort nämlich de jung Leutnant begegnet, de just den Gaul abholt hett. Ik heff gornich wußt, dat de Militär nu ook mit de Fall betraut is. Mann, hett der üss stramm stehn loten. De Stallmeester hett er sogar een poor Kniebeugen moken loten, as de nich richtig spurte.«

»Ein junger... was? Wer?« wollte Kettenburg aufgebracht wissen.

»Äh, een gewisser Leutnant vun Eifersdorf. Er meent, dat er mit Sej in düsse Fall tosammenorbeit, Herr Polizeiaktuar.«

»Mit mir zusammen? Er hat mich namentlich genannt?«

»Äh. Jo.«

»Verflucht noch einmal. Ein solcher Leutnant ist mir nicht bekannt. Was will der Kerl mit dem Pferd? Borchert, wir gehen vor wie besprochen. Nimm deinen Kameraden gleich mit. Heute nacht werden wir diese Sache ein für allemal beenden.«

Aussprache

Hamburg 1842, 3. Mai,
10 Minuten nach 9 Uhr am Abend

»Du bist ein Wagehals, Tobias. Ja, ein leichtfertiger Wagehals!« Caroline schimpfte und hatte sichtlich Mühe, nicht loszuschreien. »Dieser... dieser Auftritt hätte dich für viele Jahre ins Zuchthaus bringen können. Ich bin tausend Tode gestorben.«

Tobias schmunzelte selbstzufrieden und freute sich noch immer über seinen geglückten Auftritt im Dragonerstall, mit dem er den Soldaten des Hamburger Bürgermilitärs das Pferd des Kahlköpfigen abgeluchst hatte. Im nachhinein wunderte er sich darüber, welchen Eindruck die Uniform auf die Soldaten gemacht hatte. Inzwischen bedauerte er es sogar ein klein wenig, Carolines Drängen nachgegeben und die Uniform wieder ausgezogen zu haben.

Nicht nur der Erfolg von vorhin beflügelte ihn, es sah auch so aus, als ginge sein Plan auf. Schon seit geraumer Zeit folgten er und Caroline dem müden Klepper, den sie aus dem Dragonerstall befreit hatten, in einigem Abstand durch die Nacht. Wenn der Gaul die Lichtinsel einer der wenigen Öllaternen am Straßenrand passierte, blieb er zwar immer wieder stehen. Doch wenn er sich anschließend wieder in Gang setzte, wirkte dies sehr zielgerichtet. Kritisch waren allein jene Augenblicke, wenn ihnen jemand entgegenkam. In solchen Fällen waren er und Caroline gezwungen, sich als vermeintliche Besitzer des Pferdes zu erkennen zu geben, wollten sie verhindern, daß die Tat auffiel. Glücklicherweise hatte es bislang nur wenige Zwischenfälle dieser Art gegeben. Im Hamburg dieser Zeit wurde es nach Einbruch der Dunkelheit sehr ruhig auf den Straßen.

»Was hast du nur?« bremste er den Redefluß seiner temperamentvollen Begleiterin. »Der Plan ist doch geglückt. Ich bin mir sicher, der Klepper führt uns geradewegs zu seinem Besitzer.«

Mittlerweile waren sie irgendwo im Kirchspiel Michaelis in einer engen, schmutzigen Gasse angelangt, die allein durch den schmalen Lichtschein aus einem Fenster schräg über ihnen beleuchtet wurde. Die Luft stank wie in einem Schlachthaus. Unglücklicherweise war das Pferd schon wieder stehengeblieben.

»Nein, dein Plan war verrückt«, grollte Caroline. »Völlig verrückt. Hätte ich gewußt, was du vorhast, hätte ich nie eingewilligt, dich zum Dragonerstall zu bringen. Ich hätte dir auch nicht dabei geholfen, Mattler dazu zu überreden, dir die Uniform auszuleihen. Ich muß den Verstand verloren haben. Wenn Hannchen herausbekommt, daß ich nicht mehr im Haus bin, sondern mitten in der Nacht mit dir durch die übelsten Straßen Hamburgs spaziere, dann... dann...« Caroline stampfte wütend mit den Füßen auf. »Dammi noch mol. Hast du dir überhaupt schon überlegt, was du tust, wenn dich das Pferd tatsächlich zu diesem Unhold führt?«

Er schluckte. Ehrlich gesagt hatte er über die Folgen seines Tuns noch gar nicht nachgedacht. Sein Plan endete bislang damit, dem Pferd zu folgen. Der Kahlköpfige war nach Aussage dieses Polizeiaktuars ein skrupelloser Serienmörder. Die letzte Nacht hatte keinen Zweifel daran gelassen, daß der Mann bei einem neuerlichen Zusammentreffen mit ihm nicht zögern würde, ihn ebenfalls umzubringen.

Müde hob er das Florett, das ihm Lewald überlassen hatte. »Nun, ich denke, ich werde ihn mit dem hier irgendwie zwingen müssen, mich zu der, äh... zu der Maschine zu führen.«

Tobias atmete tief ein und wollte schon weitergehen, als er bemerkte, daß Caroline ihm nicht mehr folgte.

»Was ist denn?« flüsterte er.

»Ich denke, ich habe ein paar Antworten verdient. Seitdem wir uns kennen, habe ich niemandem etwas von deinem Geheimnis verraten. Ich habe dir bei deiner Suche nach diesem Was-auch-immer geholfen und bin sogar bereit gewesen, meinen guten Ruf aufs Spiel zu setzen. Du kennst inzwischen mich, meine Familie und mein Zuhause. Von dir aber weiß ich nichts. Gar nichts. Ich habe mich die ganze Zeit über darauf verlassen, daß du ein Ehrenmann bist. Allein durch dein Wort. Aber jetzt...«

Krampfartig hustete sie, und Tobias eilte besorgt zu ihr.

»Laß mich«, wies sie ihn um Atem ringend ab. »Ich habe dir geholfen, weil du der einzige warst, der mich nicht ständig wie ein dummes Mädchen behandelt. Bis hierher. Jetzt aber verlange ich eine Antwort.«

Tobias starrte betreten zu Boden. »Du wirst mir nicht glauben, Caroline.«

»Ich wußte es«, erwiderte sie heftig. »Ich bin ja nur eine Frau. Ich kenne das schon. Was ich glaube oder nicht glaube, das entscheide ich selbst!«

»So meinte ich das nicht.«

»Wer bist du?«

Tobias seufzte und versuchte im Halbdunkeln den Gesichtsausdruck Carolines zu studieren. Es gelang ihm nicht. Da sich das Pferd immer noch nicht vom Fleck rührte, setzte er sich auf die hölzerne Treppe eines Hauseingangs, legte sein Bündel und das Futteral mit dem Florett ab und rieb sich die Schläfen.

»Ich stamme nicht von hier.«

»Das weiß ich bereits.«

»Nein, das meinte ich nicht. Ich stamme nicht einmal aus deiner Zeit, Caroline. Ich komme aus der Zukunft, aus dem 21. Jahrhundert.«

Seine Begleiterin gab einen erstickten Laut von sich – und so fuhr er hastig fort. Er berichtete ihr von dem Zusammentreffen mit dem Uhrmacher, der Zeitreise und der unglücklichen Verkettung von Ereignissen, bis er mit ihr zusammengetroffen war. Ob sie ihm nun glaubte oder nicht, die Worte sprudelten nur so aus ihm heraus. Ihm war, als wäre ein Damm gebrochen. Tobias merkte, daß ihm plötzlich zum Heulen zumute war.

»Schon die ganze Zeit über denke ich darüber nach«, endete er stockend, »was ist, wenn ich den Weg zurück nicht mehr finde. Wenn diese verfluchte Zeitmaschine verschwunden bleibt und ich für immer hierbleiben muß. Das ist es, wovor ich am meisten Angst habe. Eine Scheißangst.«

Zögernd blickte er zu Caroline auf. Er erwartete einen empörten Gefühlsausbruch. Irgend etwas. Statt dessen stand sie stocksteif neben ihm und starrte schweigend auf ihn herab. Plötzlich kicherte sie. Aber gleich hatte sie sich wieder im Griff. Dann setzte auch sie sich. Es wirkte, als würde sie hinfallen.

»Meine Güte«, flüsterte sie. Und dann noch einmal. »Meine Güte.«

Eine Weile sprachen sie kein Wort, bis ihm Caroline etwas in die Hand drückte. Tobias fühlte zu seiner Überraschung das glatte Leder seiner Geldbörse. Er hatte sein Portemonnaie also doch nicht im Keller des Uhrmachers verloren.

»Das trag ich bei mir, seit wir dich vorletzte Nacht umgezogen haben«, erklärte sie mit belegter Stimme. »Ich kann mir auf seinen Inhalt keinen Reim machen. All diese seltsamen Karten, Münzen und Scheine... Bundesrepublik Deutschland? Ist damit der Deutsche Bund gemeint?«

»Sagen wir es so«, erklärte er, »ein demokratischer Staat, der aus ihm hervorgehen wird. Aber das wird noch dauern. Wird ein langer, schmerzhafter Weg werden.«

»Und was ist eine *Videothek*?«

Tobias fühlte sich durch die Frage derart überrumpelt, daß er einige Sekunden brauchte, um zu antworten.

»Äh, dort kannst du dir Filme ausleihen.«

»Filme?«

»Ja, das ist...« Tobias rang nach Worten. »Das ist so was ähnliches wie eine Camera obscura. Nur mit beweglichen Bildern. Stell dir vor, daß du dir ein Theaterstück ansiehst, nur daß die Schauspieler, die Bühne und alles andere als bewegliche heliographische Bilder an die Wand geworfen werden. Es wirkt wie echt.«

Caroline stand ruckartig wieder auf und fuhr ihn an. »Deine Geschichte macht mir angst. Das ist Tühnkram, das Albernste, was ich je gehört habe! Warum schwindelst du mich so an? Was habe ich dir getan?«

»Ich schwindle dich nicht an«, begehrte Tobias auf. »Ich wußte, daß du mir nicht glauben würdest. Wenn du dem hier nicht glaubst« – er schwenkte seine Börse –, »dann erinnere dich doch an meine Kleidung. Hast du so etwas zuvor schon einmal gesehen? Oder die Uhr, die der Polizeiaktuar deinem Vater gezeigt hat? Ich hab sie bei dem Kampf gegen diesen Schurken verloren.«

Trotz der schwülen Nachtluft und trotz der Strickjacke, die Caroline trug, umklammerte sie ihre Arme, als fröre sie. Zögernd setzte sie sich wieder und fuhr sich aufgewühlt durch das Haar. »Ich müßte schon ganz schön dumm sein, dir das zu glauben.«

»Du bist alles andere als dumm.«

»Dürfen die Frauen in deiner Welt studieren?«

Tobias lachte. »Ja, das dürfen sie. Ihr dürft in meiner Zeit viel mehr als heute.«

»Hm. Das klingt gut. Dennoch, ich glaube dir immer noch nicht.«

Tobias spürte jedoch, daß sich Caroline entspannte.

»Und was geschieht in den nächsten hundertfünfzig Jahren? Eher Gutes oder eher Schlechtes?«

Er seufzte. »Willst du das wirklich wissen?«

Sie zuckte mit den Schultern.

»Beides. Es wird viel Gutes, aber auch sehr viel Böses geschehen.«

»Ich hatte gehofft, die Menschen würden sich in der Zukunft bessern. Daß sie keine Kriege mehr führen und daß sie einander mehr respektieren und auf Gottes Wort achten.«

»Das hoffen die Menschen in meiner Zeit immer noch. Ehrlich gesagt haben sich die Leute nicht sehr verändert. Brauchst nur mich anzusehen.«

Caroline lachte leise und schüttelte ungläubig den Kopf. »Vielleicht *glaubst* du nur, daß du aus der Zukunft stammst. Vielleicht bist du ja doch verrückt. Auf jeden Fall bist du der seltsamste Mensch, der mir je begegnet ist. Gleichgültig, ob du mich nun antüdelst oder nicht.«

»Noch einmal: Ich schwindle dich nicht an.«

Zweifelnd legte Caroline den Kopf zur Seite. »Das war nicht unbedingt die Antwort, die ich mir erhofft hatte.«

»Komm«, schlug Tobias vor und erhob sich, »laß uns dem blöden Gaul einen Klaps geben, damit wir weiterkommen. Dann beweise ich es dir.«

»Ich glaube nicht, daß das nötig ist. Sieh doch!«

Im fahlen Lampenschein, das durch das Fenster über ihnen in die Gasse fiel, war deutlich zu sehen, daß das Pferd mit den Hufen scharrte. Es war nicht einfach stehengeblieben, es hatte vor dem Tor zu einem großen Innenhof haltgemacht, der eingeklemmt zwischen schiefwinkligen Häusern lag. Von dort schien auch der ekelerregende Geruch zu stammen.

»Mensch, du hast recht!« flüsterte Tobias aufgeregt. »Was mag sich hinter dem Tor befinden?«

»Ich weiß es nicht. Riecht nach einem Schlachthof, aber die liegen woanders. Das könnte der Hof eines Abdeckers sein.«

»Das paßt zu dem Mistkerl.« Tobias umklammerte den Griff des Floretts und zögerte.

»Was ist?« wollte Caroline wissen.

»Naja, ehrlich gesagt fühle ich mich nicht ganz wohl bei dem Gedanken, einer solchen Abdeckerei ausgerechnet zu dieser Tageszeit einen Besuch abzustatten. Vielleicht sollte ich bis zum Sonnenaufgang warten.«

»Jetzt sind wir so weit gekommen, und da willst du kneifen?« hielt ihm Caroline entgegen. »Schau dir den Hof doch an! Das Gebäude daneben ist ganz dunkel. Wäre jemand da, sähen wir gewiß ein Licht. Außerdem ist die Straße morgen wieder voller Leute. Tagsüber kommen wir da nie ungesehen hinein.«

»Nun gut. Aber du bleibst hier und versteckst dich. Du wartest einfach, bis ich zurückkomme. Ich werde…«

»Nichts wirst du ohne mich tun«, widersprch Caroline energisch. »Weißt du denn nicht, was geschieht, wenn mich hier eine Nachtwache mutterseelenallein aufgreift? Man wirft mich wegen Hurerei ins Zuchthaus.«

»Wie bitte?« Tobias blickte Caroline ungläubig an. »Trotzdem... Dein Vater wird mir den Kopf abreißen, wenn dir was zustößt.«

»Das wird er auch tun, wenn er erfährt, wo wir uns hier gerade befinden. Du wirst noch froh sein, daß du mich dabei hast. Im Gegensatz zu dir mache ich so etwas nämlich nicht zum ersten Mal. Ich hab dir doch von dem Hund des Torfhändlers erzählt, den wir befreien wollten. Und der war nicht der erste. Außerdem will ich deine Zeitmaschine endlich mit eigenen Augen sehen. Wenn du mich nicht doch angeflunkert hast. Und jetzt komm!«

Bevor er es verhindern konnte, huschte Caroline geduckt auf das Pferd zu. Tobias schüttelte unglücklich den Kopf. Etwas sagte ihm, daß das kein guter Plan sei. Gar kein guter Plan. Schließlich folgte er ihr.

Vorhof zur Hölle

Hamburg 1842, 3. Mai,
37 Minuten nach 9 Uhr am Abend

»Vorsicht!« zischte Tobias. Behutsam legte er die Hände um Carolines Hüfte, um ihr dabei zu helfen, durch die Kohlenrutsche vom Hof der Abdeckerei hinunter in den Keller des Schlachthauses zu gelangen. Der Zugang des Gebäudes über ihnen war leider verschlossen gewesen. Und so war ihnen nichts anderes übriggeblieben, als sich auf diese Weise Einlaß zu verschaffen. Seine Gefährtin fluchte leise. Ihr Rock hatte sich an einem Holzsplitter verfangen, und so gewährte sie ihm, ohne es zu ahnen, einen Blick auf ihre wohlgeformten Beine. Tobias schmunzelte. Daß er in dieser Situation einen Blick für so etwas hatte, wunderte ihn selbst.

Endlich gelang es Caroline, einen Fuß auf den Kohlenberg zu setzen, der die Wand zum Innenhof wie eine rutschige Geröllhalde bedeckte. Mit sich brachte sie einen Schwall unerträglich stinkender Luft, die von den faulenden Abfallhaufen auf dem Hof herrührte. Beide waren sie jetzt über und über mit Kohlenstaub bedeckt. Caroline klopfte sich den Rock ab und sah sich um. Tobias hatte bereits eine kleine Kerze entzündet, deren flackernder Schein ein leeres, wurmstichiges Regal an der Wand enthüllte. Daneben lehnte eine rostige Kohlenschaufel. Von größerem Interesse war die schiefe Kellertür unmittelbar hinter ihnen.

»Willst du nicht doch lieber oben im Hof warten?« flüsterte Tobias.

»Auf gar keinen Fall«, antwortete Caroline. »Bei dem Gestank? Hast du die Knochen gesehen? Mir ist ganz blümerant geworden. Ich werd nie wieder Fleisch essen. Nie wieder!«

Obwohl seine Gefährtin verdächtig blaß wirkte, gab Tobias seine Überredungsversuche auf. Lewald hatte recht. Seine Tochter war trotzig. Wenn sie sich etwas in den Kopf gesetzt hatte, mußte schon ein Weltuntergang drohen, bevor sie sich von ihrem Vorhaben abbringen ließ.

Andererseits, war sie ihm darin nicht ähnlich?

Tobias stieg von dem Kohlehaufen und hob die Kerze auf. Mit der Spitze des Floretts deutete er auf die Schaufel. »Nimm die mit. Ich will nicht, daß du unbewaffnet bist!«

Caroline nickte und tat, wie er ihr geheißen hatte. Vorsichtig näherte er sich der Kellertür und lauschte. Nichts war zu hören. Als er sie öffnete, schleifte die Tür mit einem häßlichen Geräusch über den Boden. Einen bangen Augenblick lang verharrten sie, erst dann fand Tobias den Mut, einen Blick in den dahinterliegenden Gang zu werfen. Die Decke war mit Verkrustungen aus Salz und Schimmel überzogen, und der flackernde Kerzenschein sorgte für unheimliche Schatten, die über die Wände huschten. Der Gestank aus dem Innenhof ging hier in einen feuchten Modergeruch über. Wie gern hätte er jetzt eine Taschenlampe zur Hand gehabt. Ihm war alles andere als wohl zumute. Da spürte er Carolines Körper neben dem seinen. Auch sie ließ es sich nicht nehmen, in den Gang zu spähen.

»Sieh doch, da hinten führt eine Stiege nach oben!« Caroline deutete nach links zu einer hölzernen Treppe. Sie huschte an ihm vorbei und spähte mit erhobener Schaufel nach oben.

»Eine verschlossene Falltür«, flüsterte sie. »Sicher führt sie in die Schlachthalle.«

Tobias schien es am vernünftigsten, erst den Keller zu untersuchen. Drei Türen zweigten von hier aus ab. Er wies kurzerhand auf einen dunklen Durchgang ganz am Ende des Gangs. »Laß uns erst da nachsehen.«

Vorsichtig tasteten sie sich vorwärts und betraten einen großen Raum mit Tonnengewölbe, dessen Anblick ihnen einen Augenblick lang die Sprache verschlug.

Auf Tischen und Regalen standen Reagenzgläser, Glaskolben, Kupferschalen und andere Laborgeräte neben beschrifteten Gefäßen mit unbekannten Chemikalien. In einem großen Stativ schräg gegenüber war eine riesige Retorte eingeklemmt, neben der ein chemischer Brenner stand.

Zu ihrer Linken enthüllte der Schein ihrer Kerze ein seltsames, mannshohes Gestell mit hölzernem Schwungrad, von dem aus Seile zu der Achse einer großen Gaskugel führten. Die Kugel war drehbar gelagert und setzte auf einer Kupferschale auf, von der Drähte ausgingen.

Am unheimlichsten aber war ein massiver, am Boden verschraubter Holzstuhl inmitten des Gewölbes, der mit Lederriemen an Armlehnen und Fußstützen ausgestattet war. Nicht weit davon entfernt stand eine mit Flüssigkeit gefüllte Wanne, aus der zwei Metallstäbe herausragten. Als Tobias näher an den Stuhl herantrat, erkannte er, daß die Rücklehne gänzlich aus gewalztem Kupfer bestand und daß auf Kopfhöhe eine Fixierungsklammer aus Metall angebracht war. Von dort führte ein mit Nägeln versehener Messingdraht neben eine kniehohe, ebenfalls mit Kupfer ummantelte Flasche.

»Herrgott, wo sind wir hier gelandet?« keuchte Caroline.

Tobias mußte bei dem fürchterlichen Anblick nicht lange überlegen. »Auf mich wirkt das wie ein Stromstuhl. Das ist eine verdammte Folterkammer.«

Er deutete mit dem Kinn zu dem Holzgestell mit dem Schwungrad und der Glaskugel und versuchte sich an seinen Physikunterricht zu erinnern. »Ich glaube, das da ist eine Elektrisiermaschine. Damit kann man statische Elektrizität erzeugen, die dann in einen Konduktor geleitet wird, um sie zu speichern.«

»Kloogschieter!« flüsterte Caroline. »Das weiß ich selbst. Vor ein paar Jahren hat ein Schausteller auf dem Hamburger Berg mit einem ähnlichen Gerät den Elektrischen Kuß vorgeführt.«

»Den was?«

»Nun, er hat junge Frauen mit elektrischem Fluidum aufgeladen. Wenn sie dann ihren Verlobten geküßt haben, gab es jedesmal einen Funken. Aber das war nicht gefährlich.«

»Nicht gefährlich?« fluchte Tobias. »Elektrizität ist saugefährlich! Du kannst durch einen Stromstoß sterben. Der, der das hier aufgebaut hat, weiß das offenbar sehr gut. Warum ist der Stuhl wohl mit Fesseln ausgestattet?«

Caroline zeigte besorgt auf das ummantelte Glasgefäß neben dem Stuhl. »Eine Leidener Flasche, richtig?«

»Ich schätze, ja. Eine Art Batterie. Wahrscheinlich um die gewonnene Spannung mit einem Schlag an den Stuhl abgeben zu können. Du kennst dich gut aus.«

»Hast du vergessen, wo ich aufgewachsen bin? Mein Vater besitzt sogar eine Dampfelektrisiermaschine.«

Natürlich, darauf hätte er auch selbst kommen können. Allerdings fragte er sich, wozu das Ganze diente. Dem Kahlköpfigen traute er die Bedienung dieser Apparaturen nicht zu. Ihm nicht, aber vielleicht seinem Boß? Diesem Kerl, mit dem er letzte Nacht die Klingen gekreuzt hatte.

»Caroline, wir sind einer ganz großen Schweinerei auf die Spur gekommen. Laß uns versuchen herauszufinden, wozu das Ganze dient.«

Entschlossen näherte er sich einem der Arbeitstische und entzündete den Brenner neben der Retorte. Kurz darauf wurde es etwas heller im Raum. Caroline nahm ihm die Kerze ab und wandte sich wieder dem Stuhl zu, während er den Labortisch abschritt. Vor ihm lagen Pipetten, Eisennadeln, Glasstäbe sowie Sezierbesteck, wie es ein Chirurg verwendete. Kopfschüttelnd betrachtete er eine große Uhrschale, auf deren Grund Reste getrockneten Blutes klebten. Er wandte sich der Retorte zu und klopfte mit dem Finger gegen den bauchigen Körper. Die dunkle Flüssigkeit darin zitterte. Über der Oberfläche kräuselte sich Rauch.

Was war das? Hoffentlich nichts Explosives.

Er wandte sich wieder Caroline zu, die mit der Schaufel die Wanne vor dem Stuhl untersuchte. »Wasser. Wenn ich mich nicht irre, liegen Eisenspäne auf dem Grund.«

»Sei bloß vorsichtig«, murmelte er. Er selbst suchte den Labortisch weiter ab und las erstaunt die Titel einiger dikker Bücher, die griffbereit auf einem Regal in Kopfhöhe standen: *Novum Organum scientiarum sive indicia vera de interpretatione naturae*; *Nova Atlantis; Il saggiatore* und *De generatione rerum naturalium*. Das waren Schriften von Männern wie Francis Bacon, Galileo Galilei und Paracelsus.

Erst jetzt entdeckte er den auffälligen Holzkasten, der neben einem Gestell mit Reagenzgläsern stand. Das kunstvolle Schloß war mit roher Gewalt aufgebrochen worden, doch änderte dies nichts an der schlichten Eleganz der Kiste. Sie bestand aus Nußbaumholz und ähnelte dank des gewölbten Deckels einer kleinen Truhe. In den Deckel war eine silberne Münze eingelassen. Sie zeigte ein flammendes Rad, das eine ägyptische Pyramide mit dem allsehenden Auge einschloß. Darunter waren zwei weitere Symbole zu erkennen: Zirkel und Winkelmaß. Tobias stieß einen leisen Pfiff aus. Wenn er sich nicht irrte, waren das die Embleme der Freimaurer.

Nosce teipsum! Hatte Lewald nicht erklärt, daß dies die Losungsworte des Geheimbunds waren? Eine seltsame Aufregung breitete sich in ihm aus. Neugierig öffnete er den Kasten und fand neben zwei zusammengefalteten Zetteln ein zerfleddertes Notizbuch. Hastig sah er sich einen der beiden Zettel an. Dieser war über und über mit Gekritzel in einer unleserlichen Geheimschrift vollgeschrieben, die sich um Abfolgen bildhafter Symbole rankte. Die Aneinanderreihung von Buchstaben ergab keinen Sinn. Doch die bildhaften Symbole dazwischen erkannte er sehr wohl: Das waren ägyptische Hieroglyphen.

Der zweite Zettel war zu seinem Erstaunen ebenfalls mit Hieroglyphen übersät. Handelte es sich hierbei um die geheimen Notizen eines Übersetzungsversuchs der dargestellten Hieroglyphen? War das in dieser Zeit überhaupt schon möglich?

Tobias versuchte sich zu konzentrieren. Wie viele seiner Mitschüler hatte er sich früher sehr für die Ägyptologie interessiert und alles, was mit Ausgrabungen zu tun hatte. Er mußte sich nur erinnern. Richtig, geglückt war die Übersetzung der Hieroglyphen einem Franzosen. Sein Name war Jean-François Champollion. Das mußte irgendwann zwischen 1820 und 1830 gewesen sein. Was nichts anderes hieß, als daß Entzifferungen altägyptischer Texte bereits seit gut und gern zwanzig Jahren möglich waren. Aber *was* hatte der Unbekannte hier zu übersetzen versucht? Einen alten Papyrus konnte er nirgends entdecken.

Tobias faltete die Zettel wieder zusammen und steckte sie kurzerhand in den Hosenbund. Nachdenklich griff er nach dem Büchlein und blätterte es durch. Wenigstens dieses war in deutscher Sprache verfaßt. Doch sein Inhalt blieb rätselhaft. In schnörkelloser Handschrift waren geschichtliche Ereignisse und Anekdoten aus Hamburg protokolliert. Auf jeder Seite eine Begebenheit:

Sitzung 17: Dänische Truppen. Etwa Zehntausend. Sie rücken durch das Millernthor ein. Die Schlaffheit des kaufmännischen Regiments ist dem kriegerischen Zeitalter nicht gewachsen. Die Stadtschlüssel werden übergeben. Wehe den Schandtaten, die die Soldaten begehen. Der Lenz erwacht, als die Dänen abziehen.

Er blätterte weiter.

Sitzung 29: Ein Trauerzug. Welch ein bedrückendes Schauspiel. Zehntausende versammeln sich in der Königsstraße, dem toten Klopstock zur Ehre. Still ziehen sie vor das Tor. Ottensen ist ihr Ziel. Welch ergreifende Szene.

Wieder überschlug er einige Seiten.

Sitzung 33: Vom Hamburger Bauhof steigt ein Heißluftballon auf. Er gehört einer unerschrockenen Dame deutschen Blutes. Wir verstehen ihren Namen nicht. Der Regen zwingt sie unsanft auf eine Wiese.

So ging es in einem fort. Kopfschüttelnd klemmte Tobias das Notizbuch ebenfalls in den Hosenbund. Mit seinem Inhalt würde er sich später befassen. Von diesen Funden abgesehen war der Kasten leer. Er wollte gerade eines der Bücher zur Hand nehmen, als Caroline hinter ihm aufschrie. Mit der Hand am Florett fuhr er herum. Erst jetzt entdeckte er den schwarzgrauen Vorhang neben der Elektrisiermaschine, den seine Begleiterin zur Seite gezogen hatte. Im Zwielicht war er vor der dunklen Wand kaum auszumachen gewesen. Dahinter lag ein weiterer düsterer Kellerraum. Caroline hielt zitternd die Kerze in die Höhe, ließ die Kohleschaufel fallen und schlug entsetzt eine Hand vor den Mund.

»Tobias, komm schnell!«

Er eilte zu ihr und atmete scharf ein. Im Nachbarkeller stank es nach Blut und Schweiß. Der Raum war sogar noch etwas größer als das geheime Kellerlabor nebenan. Die Kerze in Carolines Hand riß an der Wand gegenüber zwei Eisenkäfige aus dem Dunkel. Sie waren leer, doch ihre Türen hatte man mit soliden Schlössern versehen. In einem von ihnen lag ein Frauenschuh, in dem anderen ein zerrissenes Taschentuch mit braunen Flecken. Blut?

Tobias hatte keinen Zweifel, daß man dort noch vor kurzem Menschen eingesperrt hatte.

Jetzt erst erkannte er, was der eigentliche Grund für Carolines entsetzten Aufschrei war. Auch ihm stockte das Blut in den Adern. An der im Halbdunkel liegenden Stirnseite des Kellerraums befand sich ein großer Seziertisch mit Arm- und Beinfesseln. Auf ihn geschnallt lag bäuchlings ein regungsloser Mann mit nacktem Oberkörper. Er lag mit dem Gesicht in einer ausgesägten Mulde des Tischs und war auch am Hals mit einer eisernen Fessel arretiert. Sein Hinterkopf war mit Blut überströmt. Gleich daneben lag eine fleckige Knochensäge.

Caroline stöhnte und brach ohnmächtig zusammen. Tobias schaffte es gerade noch, sie aufzufangen. Besorgt trug er sie neben die Elektrisiermaschine und legte sie sanft auf dem Boden ab. Schnell schlüpfte er aus seiner Jacke. Er breitete sie unter ihrem Körper aus und faltete einen der Ärmel zu einem Kissen, auf das er ihren Kopf bettete. Anschließend fühlte er nach ihrem Puls und tätschelte aufgeregt ihre Wangen. »Caroline? Caroline?«

Sie reagierte nicht. Tobias machte sich große Vorwürfe. Warum nur hatte er sie in diese Sache mit hineingezogen?

Er war ein verdammter Egoist! Er brauchte Wasser oder so etwas wie Riechsalz. Gerade wollte sich erheben, als er bemerkte, wie der Brenner auf dem Labortisch flackerte. Ein Luftzug.

Er schaute auf und wurde im selben Augenblick von einem schweren Tritt getroffen. Gurgelnd krachte er gegen die Elektrisiermaschine. Die Glaskugel zersplitterte, und ein Scherbenregen ging auf ihn nieder. Bunte Nebel tanzten ihm vor den Augen. Der Kahlköpfige!

Mit einem gutturalen Laut packte ihn der Hüne am Kragen und zog ihn zu sich hoch. Tobias starrte in ein unrasiertes Gesicht, das ihn angrinste. Der Unheimliche besaß tatsächlich keine Zunge. Verzweifelt versuchte sich Tobias loszureißen, doch ein brutaler Faustschlag traf ihn im Gesicht und raubte ihm fast die Besinnung. Blut troff ihm von der Unterlippe. Benommen bemerkte er noch, wie ihn der Hüne auf den Sitz des primitiven Stromstuhls wuchtete. Einen Augenblick später spürte er, wie sich an beiden Armen die Lederschlaufen zuzogen.

Ein leises Stöhnen war zu hören. Caroline erwachte. Der Kahlköpfige grunzte und ließ von ihm ab. Seine Blicke glitten über den Körper der jungen Frau.

»Laß sie in Ruhe, du Schwein!« Tobias zerrte und ruckelte verzweifelt an den Fesseln. Der Kahlköpfige feixte ihn an und lallte etwas Unverständliches. Dann packte er das Mädchen grob an den Haaren und griff nach ihren Brüsten. Doch sein Blick galt allein ihm.

»Ich mache dich fertig!« schrie Tobias. »Wenn ich hier frei komme, mache ich dich fertig, du Dreckskerl!«

Caroline erwachte nun endgültig und schrie entsetzt auf. Der Kahlköpfige hielt ihr kurzerhand den Mund zu und entkorkte mit der Linken ein Glasgefäß auf dem Labortisch, in dem sich die Reste einer klaren Flüssigkeit befanden. Im Raum roch es sofort nach Chloroform. Caroline kratzte und versuchte ihren Peiniger zu beißen. Der Hüne ließ sich jedoch nicht beirren. Er tränkte einen schmutzigen Lappen und hielt ihn seiner Gefangenen vor die Nase. Caroline erschlaffte.

Grunzend ließ der Kahlköpfige sein Opfer fallen und lallte etwas Bedrohliches. Grob stieß er Tobias' Kopf nach hinten und versuchte auch diesen mit der metallenen Klammer zu arretieren. Tobias zerrte erneut an den Lederriemen, richtete den Unterkörper auf und trat seinem Gegner mit Wucht gegen die Brust. Mit einem Schrei krachte der Hüne gegen einen Labortisch und starrte Tobias haßerfüllt an. Mit einer raschen Bewegung zog er ein Messer – als ihn eine fremde Stimme innehalten ließ.

»Lassen Sie die Waffe fallen, oder ich schieße Ihnen ein Loch in den Kopf!«

Tobias, der bereits jede Hoffnung aufgegeben hatte, wandte sich erleichtert dem Eingang des Kellerlabors zu. Dort stand ein bärtiger Mann Mitte Vierzig. Doch Tobias hatte ehrlich gesagt in diesem Augenblick nur Augen für die Pistole in der Hand des Fremden, deren Lauf geradewegs auf den Kopf seines Gegners gerichtet war. Der Kahlköpfige knurrte und ließ das Messer fallen. Mit leisem Klirren fiel es auf den Boden.

»Treten Sie zurück!« befahl der Unbekannte.

Der Kahlköpfige gehorchte und zog sich zurück, bis er gegen den Labortisch stieß. Lauernd blickte er seinen Gegner an. Der Bärtige löste sich mit ernster Miene vom Kellereingang und kam langsam auf den Stuhl zu. »Bleiben Sie stehen! Eine Bewegung, und ich schieße. Sie wären nicht der erste.«

Mit einer Hand befreite er Tobias von einem der Lederriemen, während er die Waffe weiter auf den Zungenlosen gerichtet hielt.

»Geht es Ihnen gut?«

»Jetzt schon. Der Kerl wollte uns umbringen.«

»Und die junge Frau dort?« Der Fremde blickte zu Caroline.

»Sie...« Weiter kam Tobias nicht.

Der Kahlköpfige nutzte die Ablenkung, schleuderte dem Unbekannten mit einem lauten Schrei einen Glaskolben entgegen und warf sich nach vorn. Tobias hörte, wie die Pistole seines Retters gegen eine der Wände flog. Im nächsten Augenblick lagen die beiden Männer hinter dem Stuhl am Boden und rangen miteinander. Tobias hielt es nicht mehr auf dem Stuhl. Hastig befreite er sich von dem anderen Lederriemen und sprang auf. Die Waffe. Er brauchte die Waffe. Doch das Florett lag im Kellerraum nebenan. Es blieb keine Zeit, es zu holen.

Der kampferprobte Kahlköpfige hatte den Fremden bereits niedergerungen und schlug ihm zweimal kräftig ins Gesicht. Plötzlich hatte er ein weiteres Messer in der Hand. Tobias hielt sich an der Stuhllehne fest und trat ihm mit Wucht gegen den Kopf. Gurgelnd krachte der Hüne gegen einen Labortisch. Der Fremde rollte sich stöhnend zur Seite und suchte den Raum nach seiner Pistole ab.

Tobias griff nach dem erstbesten Gegenstand, dessen er habhaft wurde: die Leidener Flasche. Sie war fast oberschenkelgroß und überaus schwer. Er wuchtete sie hoch, doch bevor er seinem Gegner den Konduktor an den Kopf werfen konnte, war dieser wieder aufgesprungen und stürzte sich auf ihn.

Kaum stieß der Kahlköpfige gegen die Flasche, blitzte am Hals des Gefäßes ein greller Funke auf. Tobias spürte, wie die Flasche stark erzitterte. Sein Gegner erstarrte mitten in der Bewegung und kippte ohne einen weiteren Laut zu Boden. Verblüfft schaute Tobias den Konduktor an. Genau im richtigen Augenblick hatte sich ein Stromschlag entladen.

Der Fremde, der soeben seine Pistole unter einem Tisch hervorgefischt hatte, eilte an die Seite des jungen Mannes und untersuchte den Niedergestreckten. »Bewußtlos. Ich gratuliere Ihnen. Das war ein grandioser Einfall!«

»Nein, reiner Zufall«, wiegelte Tobias ab. »Eigentlich wollte ich ihm die Flasche auf den Kopf schlagen. Danke übrigens. Nicht auszudenken, was geschehen wäre, wenn Sie nicht eingegriffen hätten.«

Zum ersten Mal kam er dazu, sich den Mann genauer anzusehen. Der Bärtige hatte eine hohe, jetzt blutige Stirn, die von lockigem schwarzem Haar umrahmt wurde. Sein Mantel mit den hohen Aufschlägen machte einen vornehmen Eindruck.

Wer war das? Und was suchte er hier?

Der Mann nickte und tupfte sich das Blut mit einem Taschentuch ab, während er sein Gegenüber mit durchdringendem Blick musterte. Vorsichtig stellte Tobias das ummantelte Gefäß ab und trat zu Caroline. Fürsorglich fühlte er nach ihrem Puls. Der Herzschlag war zwar kaum zu spüren, ging jedoch ruhig und gleichmäßig. Erleichtert atmete er auf. Es würde eine Weile dauern, bis sie wieder zu sich kam. Besorgt streichelte er ihre Wange.

Der Fremde in dem eleganten Mantel schaute ihm aufmerksam zu, dann wuchtete er den Kahlköpfigen gegen einen der Labortische. Anschließend hob er dessen Messer auf, säbelte einen der Lederriemen vom Stuhl ab und fesselte damit die Handgelenke des Mannes. Mit einem zufriedenen Schnauben erhob er sich wieder. Sein Blick glitt von Tobias zum Eingang des Kellers. »Gehört die Ihnen?«

Erst jetzt entdeckte Tobias die lederne Schultertasche, die an einer Wand stand. Offenbar hatte der Kahlköpfige sie dort abgelegt, bevor er ihn angegriffen hatte.

»Nein.«

Der Fremde schritt darauf zu und durchsuchte die Tasche. Er förderte ein Brecheisen, ein Lederetui mit diversen Dietrichen und Bohrern sowie einen dunklen Strumpf zutage, der Löcher aufwies. Offenbar war er dazu gedacht, über den Kopf gezogen zu werden. Als letztes zog er eine Mappe aus rotem Leder hervor, aus der ein halbes Dutzend Zettel hervorlugten. Tobias' unbekannter Retter blätterte sie durch und schüttelte den Kopf.

»Können Sie damit was anfangen?«

Tobias nahm die Mappe entgegen und warf selbst einen Blick darauf. Die Zettel waren über und über mit mathematischen Berechnungen und seltsamen Konstruktionsskizzen übersät. Quer über dem letzten Zettel befand sich eine kurze Notiz: *Buten Kayen,* Hammonia, 5. Mai, L. *333–341.*

»Nein.« Tobias zuckte bedauernd die Achseln. »Aber Sie sollten jetzt besser Ihre Wunde desinfizieren.« Er deutete auf die Stirn seines Gegenübers. Der Fremde steckte die Mappe zusammen mit dem Einbruchswerkzeug wieder in die Tasche zurück und sah ihn fragend an. »Desinfizieren? Was soll das sein? Sind Sie Physikus?«

»Ja«, antwortete Tobias erschöpft. Er suchte den Labortisch nach Alkohol ab. Als er das Gesuchte gefunden hatte, riß er ein Stück Saum vom Rock Carolines und tränkte es damit.

»Das wird jetzt kurz weh tun. Mit etwas Pech muß die Wunde genäht werden.«

Mißtrauisch gebot der Bärtige Tobias innezuhalten und studierte ernst dessen Gesichtszüge.

»Vertrauen Sie mir!« bat Tobias.

Endlich ließ ihn der Fremde gewähren.

»Ahh! Verflucht. Das ist ja schlimmer als Schröpfen oder Aderlaß.«

»Dafür brauchen Sie sich jetzt keine Gedanken mehr über Tetanus zu machen. Wundstarrkrampf. Darf ich fragen, wer Sie eigentlich sind?«

Der Mann blickte ihn mit undurchdringlichem Blick an. »Pardon. Aber ich kann Ihnen meinen Namen leider nicht nennen. Ich bin wegen einer Familienangelegenheit hier, die eine gewisse Diskretion erfordert. Mit *dieser* Sürprise habe ich allerdings nicht gerechnet.«

»Na, da sind wir schon zwei«, antwortete Tobias lakonisch.

»Und was tun *Sie* hier?« wollte der Bärtige nun seinerseits wissen und hängte die Tasche über den Stuhl.

»Das ist eine lange Geschichte. Sicher ebenso verrückt wie die Ihre«, antwortete Tobias. »Aber solange *Sie* mir nicht sagen, wer Sie sind und was Sie hergeführt hat, werde *ich* mein Geheimnis ebenfalls für mich behalten.«

Ein Lächeln umspielte die Lippen des Fremden. Er steckte seine Pistole in den Gürtel der Hose. »Das ist so schön an uns Deutschen. Keiner ist so verrückt, daß er nicht einen noch Verrückteren fände, der ihn verstehe. Belassen wir es also dabei. Verraten Sie mir wenigstens, ob die junge Mademoiselle zu Ihnen gehört.«

Tobias nickte und warf den Stofflappen auf den Labortisch. Doch mit dieser Antwort allein gab sich sein Gegenüber nicht zufrieden. »Aufrichtig gesprochen, ich hatte Sie einen Augenblick lang in dem Verdacht, selbst etwas mit diesem Schreckenskabinett zu schaffen zu haben.«

Tobias sah ihn irritiert an. »Ich?«

»Sie sind nach eigener Bekundung Arzt«, erwiderte der Fremde. »Und das hier ist eine Art Labor.«

»Nein.« Tobias schüttelte den Kopf. »Dieses ›Schreckenskabinett‹, wie Sie es bezeichnen, haben meine Begleiterin und ich selbst erst vor einer halben Stunde entdeckt. Wissen Sie, wozu alle diese Geräte dienen?«

Der Fremde sah sich um und nickte bedeutungsvoll. Mit dem Fuß tippte er an die Wanne vor dem Stuhl. »Dies erinnert an ein Baquet.«

»Ein was?«

»Sagt Ihnen der Name Mesmer etwas?«

»Sie meinen den Arzt Franz Anton Mesmer?« wollte Tobias verblüfft wissen. »Den Begründer des Mesmerismus? Ja und nein. Wenn ich mich nicht irre, hat er versucht, seine Patienten damit zu therapieren, daß er sie in hypnotische Trance versetzte. Er arbeitet in Wien, richtig?«

»Er ist schon seit über fünfundzwanzig Jahren tot«, antwortete der Mann. »Und so simpel, wie Sie es beschreiben, war seine Methode nicht. Er ist der Begründer des Heilmagnetismus. Mesmer postulierte, daß ein universelles organisches Fluidum existiert, das unsere Physis, den ganzen Körper, durchströmt. Eine magnetische Kraft, die alle Lebewesen durchdringt. Sei es Mensch, Tier oder Pflanze.«

»Ja und?«

»Mesmer war davon überzeugt«, fuhr der Fremde fort, »daß Krankheiten durch einen Mangel an diesem Fluidum entstehen. Daher hat er ein Gerät entwickelt, das er Baquet nannte. Ein Becken mit Wasser und Eisenspänen, dem über metallene Stäbe das magnetische Fluidum entströmt. So etwas wie das hier.« Er deutete auf die Wanne. »Später hat er es mit Elektrisiermaschinen aufgeladen, um die therapeutische Wirkung zu verstärken.«

»Mit anderen Worten: Dieses Baquet speichert Elektrizität«, folgerte Tobias.

»Mesmer hat das Fluidum stets als Animalischen Magnetismus bezeichnet«, berichtete der Fremde. »Seiner Theorie lag ein interessantes Äthermodell zugrunde, demzufolge...«

»Hören Sie«, unterbrach Tobias den Fremden, »unabhängig davon, daß ich mir die Frage stelle, warum *Sie* über das alles so gut Bescheid wissen...«

»Mein Bruder ist Arzt in St. Petersburg.«

»Wie dem auch sei. Hier wurde ganz bestimmt niemand therapiert. In diesem Raum wurden Menschen auf bestialische Weise gequält.« Tobias griff zu Skalpell und Schaber. »Und ich werde herausfinden, aus welchem Grund.«

Brüsk wandte er sich dem Nachbarraum zu. »Ach so. Falls Sie einen empfindlichen Magen haben, sollten Sie mir besser nicht folgen. Dort drüben liegt ein Toter.«

Der Fremde starrte ihn entgeistert an. Mit einem besorgten Blick zu Caroline hinüber ergriff Tobias die brennende Kerze und betrat den Raum mit dem Seziertisch. Natürlich war der Fremde durch seine Warnung erst recht in bange Erwartung versetzt worden. Als er die Käfige und den Toten entdeckte, ächzte er. »Mein Gott!«

Tobias achtete nicht weiter auf ihn, sondern begab sich zum Kopfende des Tisches. Erst jetzt gewahrte er, daß die Wand neben ihm mit anatomischen Studien behängt war. Die Zeichnungen zeigten Teile des menschlichen Gehirns. Allesamt waren sie mit rätselhaften alchimistischen und astrologischen Symbolen beschriftet.

»Der Kerl, der für dies alles verantwortlich ist, muß ein perverser, kranker Unhold sein!« fluchte Tobias. Er atmete tief ein und wandte sich dem Toten zu. Sein Hinterkopf war aufgesägt worden, so daß Teile des Großhirns offen sichtbar waren. Die graue Masse schimmerte blutig-feucht im Kerzenlicht.

»Der ist noch nicht lange tot«, murmelte er. »Höchstens ein paar Stunden. Und wie es aussieht, hat man ihm all das bei lebendigem Leib zugefügt.«

»Was haben Sie vor?« flüsterte sein Begleiter. Dessen Gesicht hatte inzwischen eine aschgraue Färbung angenommen – er faßte sich mit zusammengepreßten Lippen an die Schläfen, so als schwindle ihm. Dennoch trat er näher an den Gefesselten heran. Jetzt erst bemerkte Tobias, daß der Fremde das linke Bein unmerklich nachzog.

»Sie wissen es vielleicht nicht«, klärte er seinen Begleiter auf, »aber in Hamburg treibt derzeit ein Mörder sein Unwesen. Eines seiner Opfer habe ich vor einigen Tagen entdeckt. Ich habe den Mann nebenan dabei erwischt, wie er die Leiche in einem Fleet verschwinden lassen wollte. Der Tote wies die gleiche Verletzung am Hinterkopf auf wie der hier. Inzwischen frage ich mich, warum.«

»Furchtbar. Das heißt, wir befinden uns an dem Ort, an dem die Morde verübt wurden?«

»Davon gehe ich aus«, fuhr Tobias fort. »Und jetzt will ich herausfinden, was den Opfern angetan wurde. Kommen Sie, halten Sie die Kerze, damit ich besser sehen kann.«

»Ich weiß etwas Besseres.« Sein Begleiter verließ den Raum und kam kurz darauf mit einer Laterne zurück. Er drehte die Blende auf, und helles Licht flutete über den halbnackten Körper.

Erst jetzt erkannte Tobias, daß die verklebten Haare des Opfers nicht allein durch Blut rot gefärbt waren. Es war ihr natürlicher Grundton. Ihm kam ein fürchterlicher Verdacht.

»Bitte, helfen Sie mir, die Halsfessel zu lösen, damit ich das Gesicht des Toten sehen kann.«

Gemeinsam lösten sie den Metallverschluß, und vorsichtig hob Tobias den Kopf aus der Mulde im Tisch an. Ihm war, als ströme ihm plötzlich Eiswasser durch die Adern.

»Oh, nein. Kristian!«

Halb gelähmt vor Entsetzen ließ er den Toten wieder zurücksinken. Dann hatte der Kutscher bei seiner Suche also todbringenden Erfolg gehabt. Tobias schluckte. Er selbst trug die Schuld an diesem Opfer. Er allein. Ohne ihn würde der Kutscher noch leben.

»Sie kennen den Mann?«

Tobias nickte bestürzt. »Es handelt sich um einen Angestellten der bewußtlosen Dame nebenan. Sie darf ihn auf keinen Fall zu Gesicht bekommen.«

»Selbstverständlich. Das tut mir leid.«

»Nein, es wird demjenigen noch leid tun, der Kristian das angetan hat!« knurrte Tobias. Von einem Augenblick zum anderen packte ihn die helle Wut. »Los, leuchten Sie mir! Dieser Mann soll nicht umsonst gestorben sein.«

Unter dem neugierigen Blick des Fremden nahm er das chirurgische Besteck zur Hand und machte sich fieberhaft an die Arbeit. Kristians Peiniger hatte das Gehirn zwischen Cerebrum und Cerebellum aufgeschnitten. Der Eingriff reichte sehr tief, bis zum Hypothalamus, wo die vegetativen Funktionen und das Reaktionsverhalten gesteuert wurden. Doch halt, etwas fehlte: ein grau-rötlicher Gewebeknoten über dem Kleinhirn. Die Epiphysis. Man hatte sie herausgeschnitten. Zweifelnd blickt Tobias auf.

»Man hat ihm die Zirbeldrüse entfernt.«

»Die Zirbeldrüse?« wiederholte der Mann neben ihm, der sich inzwischen offenbar wieder gefaßt hatte. »Das ist höchst bemerkenswert. Die Rosenkreuzer betrachten dieses Organ als das spirituelle dritte Auge des Menschen. Angeblich erlaubt es Hellsichtigkeit.«

»Das ist Humbug«, widersprach Tobias.

»Erklären Sie das dem, der diese Studien dort aufgehängt hat.« Der Fremde wies mit finsterem Blick auf die Blätter an der Wand. »Auf mich wirkt das so, als sei hier jemand tätig gewesen, der über vorzügliches Wissen in den okkulten Wissenschaften verfügt. Denken Sie darüber nach. Ich muß Sie jetzt allein lassen.« Mit diesen Worten zog sich der Mann in den Nachbarraum zurück.

Tobias starrte den Ermordeten eine Weile an und ließ Skalpell und Schaber traurig sinken. Es war ein Unterschied, ob man in der Pathologie einen Unbekannten untersuchte oder ob es jemand war, den man persönlich gekannt hatte. Er schwor sich, Kristians Tod zu rächen.

Aus dem Nachbarraum war ein leises Rumpeln zu hören.

»Was tun Sie da drüben?« Tobias riß eine der Zeichnungen von der Wand und wischte sich die blutigen Hände damit ab. Dann ergriff er die Kerze und eilte ebenfalls in den Nachbarraum. Caroline und der Kahlköpfige lagen noch immer regungslos auf dem Kellerboden. Sein namenloser Bekannter hingegen stand am Labortisch und untersuchte aufgeregt die kleine Kiste, die Tobias schon eine halbe Stunde zuvor entdeckt hatte. Der Fremde wirkte außerordentlich verärgert. »Umsonst!«

Tobias tastete nach dem Notizbuch und den beiden Zetteln in seinem Hosenbund und versuchte möglichst arglos zu wirken. »Was suchen Sie denn?«

»Ich sagte es bereits. Ich bin in einer Angelegenheit hier, die äußerste Diskretion erfordert. Meiner Familie wurde etwas gestohlen. Offenbar von diesem Halunken dort.« Er deutete auf den Kahlköpfigen. »Es handelt sich um den Kasten. Leider ist sein Inhalt verschwunden.«

»Nun, wenn Sie mir sagen, was Sie genau...?« In diesem Augenblick entdeckte er zwei Schatten im Gang zum Gewölbe. »Passen Sie auf!«

Tobias drehte sich um und versuchte zu seinem Florett zu gelangen, das noch immer auf dem Boden lag. Zu spät.

»Hände hoch!« Zwei hagere Bewaffnete mit Tschako und dunkelblauem Uniformrock, über denen ein Kreuzbandelier samt Pulvertasche und Säbelkoppel hing, stürmten den Kellerraum und sahen sich entschlossen um. Beide hatten sie Vorderladergewehre im Anschlag. Polizisten?

»O nein, nicht das auch noch!« seufzte der Fremde. »Ich bin erledigt.«

»Legen Sie die Pistole auf den Boden. Los, machen Sie! Weg damit!«

Energisch richteten die beiden Männer die Gewehre auf Tobias' Retter. Der schloß ergeben die Augen, zog die Waffe mit spitzen Fingern aus dem Hosenbund und legte sie auf den Boden. Anschließend stieß er sie mit der Fußspitze von sich.

»Und Sie da hinten. Umdrehen und an die Wand! Los!«

Tobias fügte sich seinem Schicksal und merkte zugleich, wie die beiden Uniformierten näher kamen. Einer der beiden beugte sich zu Caroline hinüber und rüttelte sie. »Mamsell? Mamsell? Peter, hol die anderen und gib dem Herrn Polizeiaktuar Bescheid. Ich...«

In diesem Augenblick erscholl lautes Gebrüll. Tobias sah aus den Augenwinkeln den Kahlköpfigen, der sich plötzlich aufrichtete und den Bewaffneten neben Caroline zu Boden riß. Der Kerl hatte nur so getan, als sei er noch bewußtlos. In Wahrheit hatte er seine Fesseln gelöst und nur darauf gewartet, wieder zuschlagen zu können.

Der andere Uniformierte warf sich überrascht herum, brachte seine Waffe in Anschlag und feuerte. Doch statt den Hünen traf der Mann seinen Kameraden. Ungläubig starrte der Getroffene auf den immer größer werdenden Blutfleck an seiner Schulter, dann brach er zusammen. Der Kahlköpfige wuchtete den Bewußtlosen kurzerhand in die Höhe und warf ihn dem Schützen entgegen. Mit einem Schrei ging dieser zu Boden. Bevor Tobias oder der Fremde handeln konnten, hatte sich der Hüne die Flinte seines Opfers geschnappt und legte auf Tobias an. In seinem Blick loderte blanker Haß.

»Alarm! Unten im Keller wurde geschossen!« Das Gebrüll war nur gedämpft zu vernehmen. Offenbar fand oben in der Abdeckerei so etwas wie eine Razzia statt. Der Kahlköpfige lallte einen Fluch und spuckte wütend auf den Boden. Ohne seine Gegner aus den Augen zu lassen, griff er nach der Pistole und stürmte mit den erbeuteten Waffen hinaus in den Kellergang.

Tobias eilte zu dem Verletzten. Sein Kamerad starrte ihn entsetzt an und versuchte seinen Säbel zu ziehen, doch der Fremde bückte sich rasch und kam ihm zuvor. »Halt!«

Entschlossen hielt er den Uniformierten mit der Klinge in Schach. Tobias kümmerte sich nicht weiter um die beiden, sondern knöpfte die Uniformjacke des Angeschossenen auf. Die Kugel steckte unterhalb des Schlüsselbeins und hatte glücklicherweise keine lebensbedrohliche Stelle getroffen.

»Geben Sie auf«, stammelte sein verwirrter Kamerad. »Sie kommen hier nicht lebend heraus.«

Im Kellergang erklangen Schüsse. Offenbar sah der Kahlköpfige dies etwas anders.

»Pressen Sie die Jacke auf die Wunde«, erklärte Tobias, ohne auf die Warnung einzugehen. »Und versuchen Sie die Blutung aufzuhalten. Dann kommt Ihr Kollege durch.«

Verwirrt tat der Mann wie ihm geheißen.

»Kommen Sie! Wir müssen weg von hier!« schrie ihm der Fremde zu. Er riß die Ledertasche an sich, die über dem Stuhl hing und schob die leere Schatulle hinein.

»Und wie?« schrie Tobias zurück. »Da oben wimmelt es bestimmt von Bewaffneten.«

»Wir verschwinden so, wie ich hergekommen bin. In diesem Viertel lebten in der Franzosenzeit viele Kaffeeschmuggler, die haben aus Furcht vor Razzien unterirdische Fluchtwege angelegt. Wir müssen nur flink sein.«

»Auf keinen Fall gehe ich ohne sie.« Tobias deutete auf Caroline.

»Begreifen Sie denn nicht?« herrschte ihn der Fremde an. »Der jungen Frau wird nichts geschehen. Schauen Sie sie doch an. Sie ist ein Opfer! Aber uns beide wird man verhaften und ins Zuchthaus stecken. Sie, mein junger Freund, wird man so lange foltern, bis Sie gestehen, Ihre eigene Mutter erdrosselt zu haben. Und wenn erst aufgedeckt wird, wer ich wirklich bin, gibt das einen Skandal, dessen Konsequenzen Sie nicht im entferntesten ermessen können. Nicht im entferntesten!«

Tobias ballte die Fäuste. Hin- und hergerissen zwischen Pflicht und Selbsterhaltungstrieb betrachtete er die Ohnmächtige. Er war ein Schuft, wenn er sie hier allein zurückließ. Doch wenn man ihn jetzt verhaftete, war alles verloren. Alles!

»Gut, Sie sind Herr Ihres eigenen Schicksals.« Der Fremde zuckte mit den Schultern, warf sich die Tasche über und hastete zur Kellertür, wo in diesem Augenblick eine weitere Salve von Schüssen zu hören war.

»Warten Sie!« Unter den verwirrten Blicken des Uniformierten rannte Tobias in den Nachbarkeller und hob sein Florett auf. Anschließend beugte er sich noch einmal zu Caroline hinunter und streichelte ihr verzweifelt über das Haar. Er kam sich vor wie ein Verräter.

Doch was sollte er tun?

Schweren Herzens stolperte er zur Tür. Sein neuer Bekannter stand dort mit dem Rücken an der Wand und starrte mit zusammengepreßten Lippen zur Kellerstiege hinüber, die am jenseitigen Ende des Ganges nach oben führte. Vor der untersten Stufe lag der Kahlköpfige. Noch immer hielt er beide Waffen umklammert, doch sein Blick war leer. Aus einem Loch in seiner Stirn rann ein dünner Blutfaden. Tobias empfand kein Mitleid.

Der Fremde deutete stumm zu einer der anderen Kellertüren, keine zwei Schritte entfernt.

Von oben dröhnte eine Stimme, die Tobias irgendwie vertraut war. »Etwas mehr Mumm, Männer! Ladet nach und dann hinunter mit euch! Borchert, schnapp dir eine Waffe und gib den Männern Feuerschutz!«

»Los jetzt!« gab Tobias' Kampfgefährte das Kommando. Verwirrt folgte ihm der junge Mann.

Das *Baumhaus*

*Hamburg 1842, 4. Mai,
eine Viertelstunde nach 8 Uhr am Morgen*

Müde und zerschlagen starrte Tobias aus dem Fenster der Dachkammer, in der er zusammen mit dem Fremden die Nacht verbracht hatte. Von hier oben hatte man einen malerischen Blick auf den Hamburger Hafen und das Häusermeer der Stadt. Sein Blick schweifte über vertäute Schiffe aus aller Welt, deren Masten zum frühlingsblauen Himmel aufragten. Soeben legte ein englischer Dampfsegler schnaufend an einem der Kais an. Seine Rauchfahne wurde vom warmen Wind bis hinüber zu den Speichern des Kehrwieders auf der anderen Seite des Hafenbeckens getragen. Auf einem der Speicher war ein Kaminfeger damit beschäftigt, einen Schornstein zu reinigen, Matrosen trugen Ballen und Kisten an Land, und überall waren fleißige Lotsen, Schauerleute und Kontoristen zu sehen, die an den Kais und in den Speichern ihrem Tagwerk nachgingen.

Der Bärtige hatte ihn, nachdem sie gestern über den Keller des Nachbargrundstücks entkommen waren, über Umwege zu einem stattlichen Gebäude geführt, das er als das *Baumhaus* bezeichnete. Es hatte drei Stockwerke, besaß auf Höhe des höchsten Stockwerks eine umlaufende Dachterrasse und lag unmittelbar am Wasser. Es handelte sich bei diesem Gebäude um eine einstige Zollstation beim schwimmenden Schlagbaum, der den Binnen- vom Niederhafen trennte. Heute, so hatte ihm der Fremde erklärt, war in diesem Haus eine weithin bekannte Gastwirtschaft untergebracht, die bei den Hamburgern für ihre erlesenen Stockfischgerichte und das große Bierangebot bekannt war. Angeblich gab es in dem Gebäude sogar einen großen Saal, in dem der berühmte Komponist Georg Philipp Telemann einst Konzerte veranstaltet hatte.

Doch all das hatte Tobias nur am Rande zur Kenntnis genommen. Seine Gedanken waren noch immer bei den Ereignissen der letzten Nacht. Vor einer Viertelstunde war sein neuer Bekannter aufgestanden und hatte nach ihm geschaut. Doch Tobias war nicht nach Reden zumute gewesen. Daher hatte er so getan, als schliefe er. In Wahrheit hatte er die ganze Nacht kein Auge zugetan. Vor allem die Tatsache, daß er Caroline einfach zurückgelassen hatte, hatte ihn wach gehalten. Immer wieder mußte er an sie denken. Hoffentlich ging es ihr gut. Sie hatte sich auf ihn verlassen. Ganz sicher stand ihr gerade jetzt großer Ärger ins Haus. Und ebenso sicher hielt sie ihn für einen elenden Feigling.

Plötzlich fiel ihm auf, daß er schon lange nicht mehr an Katja gedacht hatte. Statt dessen spukte ihm immer nur Caroline im Kopf herum. Er mußte verrückt sein. Er gehörte doch nicht in diese Zeit.

Tobias seufzte.

Sein altes Leben schien ihm inzwischen unwirklich und seltsam bedeutungslos. Erstmals wurde ihm bewußt, daß ihn in der Zukunft – vielleicht abgesehen von Gerresheimer, seiner Nachbarin und ein oder zwei Kommilitonen – niemand besonders vermissen würde. Er lächelte bitter. Eigentlich konnte er sich selbst auf die Schultern klopfen. Eine tolle Lebensleistung.

Besser, er konzentrierte sich wieder auf diese verflixte Zeitmaschine. Er gestand es sich nur ungern ein, doch mit dem Kahlköpfigen war im wahrsten Sinn des Wortes seine letzte Hoffnung gestorben, sie irgendwann wieder aufzuspüren. Es sei denn, er würde diesen gewissenlosen Kapuzenträger finden, für den der Zungenlose gearbeitet hatte. Ganz sicher war dieser Mann für die Folterkammer unter der Abdeckerei verantwortlich. Ob er auch die Zeitmaschine besaß?

Tobias wandte sich vom Fenster ab und massierte sich die Schläfen. Die Hinweise, die er bekommen hatte, erschienen ihm wie die Steine eines zerbrochenen Mosaiks. Es gelang ihm einfach nicht, sie zu einem Bild zusammenzufügen. Von dem Kapuzenträger abgesehen war da zum Beispiel diese eigentümlich ausstaffierte Gasmaske. Was sollte das? Und was hatte es mit dem rätselhaften Einbruch in die Villa von Justus Lewald auf sich? Apropos, hatte sein namenloser Bekannter nicht ebenfalls behauptet, daß seine Familie von dem Kahlköpfigen bestohlen worden war? Also handelte es sich jetzt bereits um zwei Einbrüche. Tobias tastete nach dem Notizbuch und den beiden Zetteln. Bislang hatte er sie seinem Retter nicht gezeigt. Was war der Grund dafür, daß ein so vornehmer Mann wie dieser Fremde wegen solch wertlosen Zeugs ein derartiges Wagnis einging?

Erst jetzt bemerkte er den sauberen Anzug, den ihm der Fremde über den Stuhl gehängt hatte. Auf der Sitzfläche stand eine Keramikschüssel mit Wasser, daneben lagen ein Stück Seife und ein Handtuch. In der Kammer gegenüber befand sich ein weiteres Kastenbett, dazwischen stand ein Tisch, auf dem ein Koffer lag.

Tobias zog das schmutzige Hemd aus, wusch sich und schlüpfte dankbar in die frische Kleidung.

Grübelnd steckte er seine wenigen Besitztümer in die Innentasche der Jacke: die Geldbörse, das Notizbuch, die beiden Zettel, richtig, und diese leidige Visitenkarte des Franzosen de Lagarde. Der konnte lange auf seinen Besuch warten. Leider besaß er das Foto von Caroline nicht mehr. Dieser Verlust schmerzte mehr, als er gedacht hatte.

Wo sein Gönner nur sein mochte? Tobias starrte auf die niedrige Tür der Dachkammer. Nun, dieser Umstand ließ sich immerhin dazu nutzen, mehr über den Mann herauszufinden. Was hatte er damit gemeint, daß ein Skandal losbrechen werde, wenn sein Name bekannt würde? Tobias war auch aufgefallen, daß die Köchin, die ihnen des Nachts die Hintertür zum *Baumhaus* geöffnet hatte, den Fremden mit großer Ehrfurcht behandelt hatte.

Kurzerhand öffnete Tobias den Koffer. Er machte einen ebenso vornehmen Eindruck wie die Kleidung in seinem Innern. Dazwischen befanden sich Bücher, eine französische Zeitung, ein Block mit Papier sowie Schreibmaterial und ein unbeschriftetes Fläschchen mit Tabletten. Eines der Bücher trug den Titel *Scènes de la vie privée et publique des animaux* und war zwischen den Seiten mit einem Streifen Papier markiert. Sein Französisch war leider nicht allzugut, doch in dem Band befanden sich illustrierte Kurzgeschichten. Der Zettel markierte eine Farbtafel, auf der im Moritatenstil ein aufgerichteter Bär zu sehen war. Er legte das Buch kopfschüttelnd beiseite und griff nach dem Schreibblock. Seitenlang befanden sich dort zum Teil verworfene Reime und Verse. Der Fremde war offenbar ein Poet. Gleich die erste Seite war mit ›Atta Troll. Ein Sommernachtstraum‹ übertitelt. Tobias runzelte die Stirn. Das kam ihm aus seiner Schulzeit irgendwie bekannt vor. Nicht zum ersten Mal wünschte er sich, damals etwas besser zugehört zu haben. Er überflog einige der Verse.

Atta Troll, Tendenzbär; sittlich
Religiös, als Gatte brünstig;
Durch Verführtsein von dem Zeitgeist,
Waldursprünglich Sanskülotte:

Sehr schlecht tanzend, doch Gesinnung
Tragend in der zottgen Hochbrust;
Manchmal auch gestunken habend;
Kein Talent, doch ein Charakter!

Offenbar handelte es sich um eine bislang unfertige Fabel. Zugleich wurde klar, daß der Fremde nicht von Tieren, sondern von seinen menschlichen Zeitgenossen sprach. Er legte den Block zur Seite und entdeckte in einer Seitenlasche des Koffers einen aufgerissenen Briefumschlag. Er war von einem gewissen H. Laube in Leipzig aufgegeben worden. Als Tobias ihn umdrehte und die Pariser Anschrift studierte, weiteten sich seine Augen vor Überraschung. Das konnte doch nicht wahr sein! Der Brief war an keinen Geringeren gerichtet als an den Dichter Heinrich Heine!

Hastig versuchte sich Tobias in Erinnerung zu rufen, was er über den berühmten Poeten wußte. Heine gehörte zu den Schriftstellern des sogenannten Jungen Deutschlands, die mit ihren provokanten Schriften die Aristokratie im Deutschen Bund herausgefordert hatten. Sie verlangten unter anderem mehr Demokratie und ein vereinigtes Deutschland. Ihre Werke waren in diesen Jahren zu großen Teilen verboten. Heine war daher nach Paris ausgewandert, wo er irgendwann in den Fünfzigern dieses Jahrhunderts elendig an einem Nervenleiden zugrunde gehen würde. Es handelte sich um eine rätselhafte Krankheit, die ihn in den letzen Jahren seines Lebens ans Bett seiner Pariser Wohnung fesseln würde. In seinen Briefen hatte der

Dichter den Ort stets als ›Matratzengruft‹ bezeichnet. Noch war es natürlich nicht soweit. Jetzt schrieb man das Jahr 1842. Aber alles paßte zu den Funden, die Tobias soeben gemacht hatte.

Plötzlich waren auf der Stiege vor der Kammer Stiefelschritte zu hören. Hastig klappte Tobias den Koffer wieder zu und eilte zu seiner Seite des Zimmers zurück. Keinen Augenblick zu spät, denn schon öffnete sich die Tür. Im Rahmen stand der Fremde und betrachtete ihn ernst.

»Ah, ich sehe, Sie sind erwacht und angezogen. Ich hoffe, die Kleidung paßt Ihnen.«

»Ja, danke«, stammelte er.

Der Mann musterte ihn von oben bis unten und stutzte, als er Tobias' verdreckte Stiefel entdeckte. Kopfschüttelnd trat er zu seiner eigenen Schlafstatt und zog darunter eine Schuhbürste und eine Büchse mit Schuhcreme hervor. »Hier, bevor wir unten frühstücken, sollten Sie das benutzen. Und vielleicht binden Sie Ihr Haar zusammen. Sie sollten niemandem Gelegenheit geben, Sie für einen weibischen Schnapphans zu halten.«

Tobias nickte überrumpelt.

»Anschließend werden sich unsere Wege wohl trennen«, fuhr der Fremde fort. »Vielleicht stillen Sie ja doch noch meine Neugier, warum *Sie* diesem Keller gestern einen Besuch abgestattet haben. Also, ich warte unten.«

Kurz darauf war er wieder verschwunden, und Tobias starrte mit offenem Mund zur Tür. Ein weibischer Schnapphans also? War der Mann wirklich Heinrich Heine? Himmel, die Überraschungen nahmen kein Ende.

Tobias putzte so schnell wie möglich seine Schuhe, band seine blonden Haare zusammen und beschloß, sein Florett im Zimmer zu lassen. Dann eilte auch er die Treppe nach unten. Das Interieur des *Baumhauses* war beeindruckend. Die lichtdurchfluteten Geschosse waren mit hübschen Öllampen aus Messing versehen, zwischen denen Bilder Hamburger Künstler hingen. Von den Türen zweigten große

Räume ab, die offenbar für Tagungen oder Familienfeste genutzt werden konnten. Weitere Gästezimmer fand er nicht. Offenbar handelte es sich bei dem Dachzimmer, in dem sie genächtigt hatten, um eine Gesindekammer. Ein weiterer Hinweis darauf, daß der Dichter inkognito unterwegs war. Wenn es sich bei ihm wirklich um Heinrich Heine handelte...

Endlich erreichte er den Speiseraum im Erdgeschoß des Gebäudes, wo er freundliches Lachen hörte. Der große Saal war mit maritim beschnitzten Pfeilern und hohen Fenstern ausgestattet, durch die das Morgenlicht weich und warm auf einladend gedeckte Tische fiel. Im Raum roch es nach Kaffee und Brötchen. Ein gutes Dutzend elegant gekleideter Bürger hatte sich hier zum Frühstück eingefunden. Tobias vernahm Sprachfetzen in hartem Deutsch, dahinplätscherndem Englisch und eigentümlich melodischem Dänisch. An der nahen Garderobe hingen Zeitungen, und ein Kellner und ein Serviermädchen waren ohne Unterlaß damit beschäftigt, zwischen Küche und Speiseraum hin und her zu eilen. Tobias nickte freundlich in die Runde und sah jetzt auch, daß Wände und Decke mit Sehenswürdigkeiten aus aller Herren Länder geschmückt waren. Sein Blick fiel auf große und kleine Buddelschiffe mit kunstvollen Schiffsminiaturen, den skelettierten Kopf eines Wals, ein Krokodil, Netze mit getrockneten Krebsen und Seesternen, afrikanische Totems, exotische Masken aus der Südsee und manches andere mehr. Plötzlich hielt er inne. Konnte das wahr sein? Über ihm an der Decke hing ein ausgestopfter Grönländer samt seinem Kanu. Sprachlos schaute er sich um, doch er war offenbar der einzige, der sich über diese Geschmacklosigkeit wunderte. Oder war der Tote nicht echt?

Erst jetzt entdeckte er seinen Schicksalsgefährten. Er saß etwas abseits von den anderen Gästen an einem Tisch mit Blick zum Hafen und studierte ein Exemplar der ›Wöchentlichen Gemeinnützigen Nachrichten‹. Er hatte schon für sie beide bestellt. Beim Anblick von Brot, Butter, Käse, Marmelade und Schinken lief Tobias das Wasser im Mund zusammen. Er trat zu seinem neuen Bekannten und nahm Platz.

Der ließ die Zeitung sinken und nickte ihm zu.

»Greifen Sie zu. Möchten Sie Kaffee oder Tee?«

»Kaffee, wenn es recht ist.«

»Markör!« Der Bärtige winkte den Kellner heran und gab die Bestellung auf.

»Der ausgestopfte Eskimo da hinten ist doch nicht echt, oder?« wollte Tobias wissen.

»Doch, der ist echt«, erwiderte der Fremde ungerührt. »Er hängt hier schon so lange, wie ich das *Baumhaus* kenne. Stammt sicher aus dem Besitz eines Walfängers. In der kaiserlichen Schausammlung in Wien haben sie sogar einen ausgestopften Neger. Er war der Leibmohr des Fürsten Lobkowitz.«

Tobias riß ungläubig die Augen auf.

»Hier in Hamburg hat man sonst nur wenig Sinn für Skurrilitäten«, fuhr sein Gegenüber leichthin fort. »Lauter solide Häuser. Hier herrscht nicht der schändliche Macbeth, sondern hier herrscht Banco.«

Spöttisch blickte er hinaus auf einen Kai, auf dem soeben zwei Börsenmakler einen Stapel Baumwolle inspizierten. »Ja, der Geist Bancos herrscht überall in diesem kleinen Freistaate. Nur im *Baumhaus* nicht. Hier treffen sich die Künstler und Freigeister. Zumindest im Sommer. Aber aus diesem Grund sind wir nicht hier. Ohne Umschweife gesagt, mein junger Freund, Sie sind mir ein Rätsel. Daß ich Sie gestern mitgenommen habe, haben Sie allein meiner grenzenlosen Neugier zu verdanken.«

»Nennen Sie mich einfach Tobias!« Herzhaft biß er in ein Schinkenbrötchen. Trotz seiner Müdigkeit und trotz des ausgestopften Toten an der Decke über ihm schmeckte es ihm hervorragend. »Und Sie sind, nehme ich an, Heinrich Heine. Richtig?«

Seinem Gegenüber fiel fast die Zeitung aus der Hand. Verunsichert schaute sich der feine Mann um. »Wie... wie sind Sie darauf gekommen?«

»Ich habe Sie wiedererkannt. Vor einiger Zeit habe ich ein Porträt von Ihnen in einer Zeitung gesehen«, log er.

»Ich hoffe, Sie behalten Ihr Wissen für sich«, flüsterte Heine. »Niemand soll wissen, daß ich in der Stadt bin. Nicht einmal Campe, mein Verleger, ist davon in Kenntnis gesetzt. Er wird es mir höchst übelnehmen, wenn ich ihn nicht besuche.«

»Machen Sie sich darüber keine Gedanken. Ich habe derzeit selbst mehr Probleme, als mir lieb sind.« Tobias wunderte sich über seine Kühnheit. In Wahrheit konnte er es immer noch nicht fassen, mit diesem großen deutschen Dichter an einem Tisch zu sitzen.

»Danke noch einmal für gestern«, fügte er hinzu. »Und auch für diese Essenseinladung. Leider bin ich gänzlich ohne Mittel.«

»Eine solche Situation kenne ich nur zur Genüge«, erklärte Heine ohne jeden Spott. »Darf ich jetzt erfahren, was Sie gestern an diesem« – vorsichtig schaute er sich um und senkte die Stimme – »fürchterlichen Ort zu suchen hatten?«

In diesem Augenblick kam der Kellner und brachte den Kaffee. Beide warteten, bis der Mann fort war. Tobias schenkte sich eine große Tasse ein und spürte bereits nach wenigen Schlucken, daß seine Lebensgeister wieder erwachten.

»Herr Heine«, begann er, »darf ich ehrlich sein? Vor sich sehen Sie einen ziemlich verzweifelten Menschen. Ich habe nichts. Keine Barschaft, nicht einmal einen Zufluchtsort, an den ich mich zurückziehen könnte. Selbst meine derzeitige Kleidung gehört nicht mir. Aber das wissen Sie ja.« Tobias lachte freudlos.

»Sie Lump, Sie wollen mich erpressen?« fauchte Heine plötzlich mißtrauisch. »Geht es Ihnen um Geld? Sie vergessen wohl, daß Sie nichts in der Hand haben, was...«

»Nein. Nein. Nein.« Tobias schüttete heftig den Kopf und sah sein Gegenüber eindringlich an. »Mir geht es um Erkundigungen. Ich kann Ihnen nicht sagen, wer ich bin oder woher ich stamme. Sie würden mir schlichtweg nicht glauben. Aber ich muß unbedingt erfahren, was *Sie* gestern in diesem Keller wollten. Mein… Leben hängt von diesem Wissen ab.«

Heine sah ihn kopfschüttelnd an. »Hören Sie sich selbst hin und wieder beim Reden zu? Ihre Erklärung wirkt überaus stupende.«

Tobias seufzte. »Beantworten Sie mir meine Fragen, wenn ich Ihnen helfe, an den Inhalt des Kastens zu gelangen?«

»Sie wissen, wo er geblieben ist?«

»Ja, ich trage ihn bei mir.« Tobias klopfte gegen die Ausbeulung seiner Jacke und lüpfte kurz Notizbuch und Zettel.

»*Sie* haben…« Heine senkte hastig die Stimme. »Sie haben das Gesuchte? Warum haben Sie mir das nicht bereits gestern anvertraut?«

»Vielleicht weil ich ein ebensolcher Geheimniskrämer bin wie Sie.«

Eine Weile lang starrten beide sich an, schließlich atmete Heine tief ein.

»Was Sie da bei sich tragen, suche ich nicht um meiner willen, sondern im Auftrag meines Onkels. Sie wissen, von wem ich spreche?«

Tobias dachte an die Fahrt auf der Elbchaussee zurück. »Sie sprechen von Salomon Heine, richtig? Dem Bankier.«

»Er ist vor allem einer der reichsten Männer im ganzen Deutschen Bund. Mit größerem Einfluß, als Sie ermessen können. Man sollte ihn sich nicht zum Feind machen.«

Tobias überging die Warnung und wartete ab, bis sich der Dichter wieder beruhigt hatte.

»Was Sie bei sich tragen«, herrschte ihn Heine leise an, »gehört gewissermaßen zum Familienbesitz. Es wurde vor einem Monat aus seiner Villa gestohlen. Zusammen mit einigen anderen Wertgegenständen. Es besitzt eher ideellen Wert.«

Tobias dachte an die Medaille mit dem Emblem der Freimaurer zurück.

»Das glaube ich Ihnen nicht, Herr Heine.«

»Es ist aber so.«

»Wollen Sie mir allen Ernstes weismachen, daß Ihr Onkel ausgerechnet Sie aus Paris nach Hamburg beordert hat, damit Sie einem Diebstahl nachgehen, bei dem es nur um ideelle Werte geht? Warum hat er damit nicht einen x-beliebigen Gewährsmann beauftragt? Oder jemanden aus seiner Hamburger Verwandtschaft? Er hat doch sicher eigene Söhne, oder?«

»Das geht Sie zwar nichts an, aber mein Vetter Carl und seine Frau weilen zur Zeit in Süditalien«, antwortete der Dichter brüsk. »Mein Oheim hat daher darauf bestanden, daß ich mich der Angelegenheit annehme. Wir beide sind durch eine Reihe persönlicher und auch, nun ja, finanzieller Verflechtungen miteinander verbunden.«

Tobias spitzte die Ohren. Richtig. Endlich fielen ihm wieder einige Anekdoten aus dem Deutschunterricht ein. Heine war den größten Teil seines Lebens finanziell von seinem Onkel abhängig gewesen. Außerdem gab es da ein Gerücht um Heines vergebliche Liebe zu dessen Tochter Amalie. Heinrich Heine und sein Onkel Salomon waren einander ihr Leben lang in Haßliebe verbunden gewesen.

»Es geht bei alledem um eine Angelegenheit, die eher spiritueller Natur ist«, fuhr Heine fort. »Ich verlange nicht, daß Sie das verstehen.«

»Dann erklären Sie es mir.«

»Nein. Diese Geschichte ist zu phantastisch. Sie würden *mir* nicht glauben.«

Tobias schnaubte. »Vertrauen Sie mir. Ich bin inzwischen ein Spezialist für phantastische Geschichten. Verraten Sie mir, wie Sie auf die Abdeckerei gekommen sind!«

»Sie zuerst.«

»Nun gut«, räumte Tobias ein. »Ich habe Ihnen doch erzählt, daß ich dem Kahlköpfigen bereits einige Tage zuvor über den Weg gelaufen bin. War ein äußerst unschönes Zusammentreffen. Und er hat mir ebenfalls etwas Wichtiges gestohlen. Anschließend bin ich ihm auf der Spur geblieben. Und jetzt Sie.«

»Also... einige der wertvollen Stücke, die aus dem Hause meines Onkels entwendet wurden, sind vor kurzem bei einem Hehler aufgetaucht. Ich kenne diese Stadt recht gut. Wie Sie vielleicht wissen, habe ich in meiner Jugend im Bankhaus meines Onkels eine Lehre gemacht und später meinem Vater zuliebe ein Geschäft in Hamburg eröffnet. Manufakturwaren. Es befand sich in der Kleinen Bäckerstraße. Ich gestehe freimütig, mir damals keine große Mühe gegeben zu haben. Ich habe schon immer lieber geschrieben. Und auch jenen Vergnügungen nachgegeben, nach denen man als junger Mann dürstet.« Heine blickte versonnen aus dem Fenster. Tobias folgte seinem Blick und stellte überrascht fest, daß zweihundert Meter entfernt jenes Schiff festgemacht hatte, das vorgestern noch am Privatkai von Justus Lewald gelegen hatte.

»Wie dem auch sei«, fuhr Heine fort, »mein Onkel weiß, daß niemand in unserer Familie die Winkel dieser Stadt besser kennt als ich. Es hat zwar eine Weile gedauert, doch ich konnte peu à peu herausfinden, von wem dieser Hehler die Gegenstände erhalten hatte. Ich dachte, das Gebäude stehe leer. Leider befand ich mich im Irrtum.«

Heine sah Tobias fragend an. »Und wer war die junge Dame?«

»Ihr Name ist Caroline Lewald.«

»Nein, der Name sagt mir nichts.«

Tobias beugte sich vor. »Wollen Sie nicht wissen, wer für den Diebstahl in Wahrheit verantwortlich ist? Dieser Schurke gestern war doch nur ein Handlanger. Wir müssen den Mann finden, der hinter ihm steht. Er ist nicht nur ein Dieb, er ist ein sadistischer Mörder. Schon moralisch sind wir dazu verpflichtet.« Das war zwar nur die halbe Wahrheit, aber dies mußte sein Gegenüber ja nicht wissen.

Heinrich Heine kratzte sich am Bart. »Besitzen Sie Hinweise auf diesen Unbekannten?«

»Nun ja. Einmal bin ich ihm bereits begegnet. Ein unheimlicher Mensch. Wir haben die Klingen miteinander gekreuzt.«

»Sieh an.« Heine hob eine Augenbraue. »Dennoch, das kann ich nicht allein entscheiden.«

»Dann mache ich Ihnen einen Vorschlag.« Tobias gab sich versöhnlich. »Sie bringen mich zu Ihrem Onkel – und ich rede selbst mit ihm. Ich bin nur an Nachrichten interessiert. Ganz besonders dann, wenn diese unglaubwürdig oder phantastisch erscheinen. Anschließend übergebe ich Ihnen alles, was ich besitze. Mein Ehrenwort darauf.«

Heine faltete die Zeitung nachdenklich zusammen und musterte ihn. »Ihnen sollte bewußt sein, daß er Sie nicht gehen lassen wird, ohne seine Besitztümer zurückerhalten zu haben. So oder so.«

»Ja, dessen bin ich mir bewußt.«

»Nun gut, einverstanden«, erklärte Heine zögernd. »Dann schlage ich vor, Sie beeilen sich. Wir brechen in einer halben Stunde zur Elbchaussee auf.«

Salomon Heine

*Elbchaussee 1842, 4. Mai,
27 Minuten nach 11 Uhr am Morgen*

Die Mietdroschke, mit der Tobias und Heinrich Heine Hamburg verlassen hatten, hielt vor einem zweistöckigen weißen Landhaus, das sich inmitten eines weitläufigen Parks erhob. Tobias, der nicht damit gerechnet hatte, der vornehmen Elbchaussee mit ihren eleganten Prachtbauten so schnell einen weiteren Besuch abzustatten, stieg aus und sah sich aufmerksam um. Hier war alles ganz anders als bei den Lewalds. Die Villa des reichen Bankiers stand auf einem leicht abfallenden Hügel, von dem aus man über blumengeschmückte Hänge hinweg und durch mächtige Baumgruppen hindurch auf den Elbstrom blicken konnte. Bunt schillernde Fasane suchten das Ufer eines gepflegten Weihers nach Nahrung ab. In einiger Entfernung waren kunstvolle Volieren zu erkennen, und in deren Nähe harkte ein junger Gärtner ein Blumenbeet.

Im Gegensatz zu diesem Park wirkte Salomon Heines Villa geradezu klein und bescheiden. Die Rahmen der großen Fenster im Erdgeschoß waren mit verspielten Holzschnitzereien versehen, und an der Hauswand rankte vereinzelt Efeu empor.

»Ich hoffe, Sie wissen sich zu benehmen«, ermahnte ihn sein Begleiter. Der Dichter hatte soeben den Kutscher bezahlt, der die Droschke jetzt zu einem nahen Stellplatz lenkte. »Sicher wird es meinen Oheim nicht sonderlich erfreuen, daß ich Besuch mitbringe.«

»Ich werde mir Mühe geben«, erwiderte Tobias. »So schwierig wird Ihr Onkel doch wohl nicht sein, oder?«

»Schwierig?« Heine schnaubte, hob den leeren Kasten aus dem Keller der Abdeckerei und deutete auf das Haus. »Mein Onkel ist wie der grimmige Löwe der Menagerie, der ab und an brüllt. Doch bei allen Gebrechen hat er auch die größten Vorzüge. Wir leben zwar in beständigen Differenzen, aber ich liebe ihn außerordentlich. Fast mehr als mich selbst. Dieselbe störrische Keckheit, bodenlose Gefühlsweichheit und unberechenbare Verrücktheit. Nur daß Fortuna ihn zum Millionär und mich leider zum Gegenteil, das heißt, zum Dichter gemacht hat. Er hat durchaus ein gutes Herz. Aber von seinem Herzen zu seiner Tasche führt keine Eisenbahn. Dies nur zur Warnung, falls Sie es doch auf Geld abgesehen haben sollten.«

»Nein, das sagte ich doch bereits.«

»Nun, dann kommen Sie.« Heine schritt an ihm vorbei und betätigte den Türklopfer. Wieder fiel Tobias auf, daß sein Begleiter das Bein leicht nachzog.

Heine bemerkte diesen Blick. »Die Folgen eines Streifschusses im September letzten Jahres. Bei größeren Anstrengungen schmerzt die Narbe leider noch immer. Ich hab mir die Verletzung bei dem Pistolenduell mit Salomon Strauß zugezogen, diesem Heuchler.«

»Wie bitte?« fragte Tobias entgeistert. »Sie haben sich duelliert?«

»Ich dachte, Sie lesen Zeitung!« spottete der Dichter. »Die leidige Angelegenheit war doch in ganz Deutschland Tagesgespräch. Hätten Sie denn nicht nach Satisfaktion verlangt, wenn jemand das Gerücht in die Welt setzt, Sie auf offener Straße geohrfeigt zu haben?«

Tobias kam um eine Antwort herum, weil sich die Eingangstür soeben öffnete. Vor ihnen stand ein gebrechlicher livrierter Mann, der Heine erfreut anlächelte. »Ah, Herr Doktor. Ihr Onkel wartet bereits auf Sie.«

Herr Doktor? Allmählich schämte sich Tobias für seine Unwissenheit.

»Welches Wetter haben wir denn?« fragte Heine spitzbübisch.

Der Livrierte verzog das Gesicht. »Stürmisches Wetter, Herr Doktor. Stürmisches Wetter.«

Tobias blickte zweifelnd zum blauen Frühlingshimmel hinauf. Der konnte jedenfalls nicht damit gemeint sein.

»Ich habe einen Gast mitgebracht«, fuhr Heine fort. »Zu niemandem ein Wort über diesen Besuch.«

»Selbstverständlich, Herr Doktor«, erwiderte der alte Hausdiener fast ein wenig beleidigt. »Möchten die Herrschaften ablegen?«

Sie lehnten freundlich ab. Und so führte sie der Alte durch eine geräumige Eingangshalle hinauf in den ersten Stock zu einem Speisezimmer, das auf der elbwärts gewandten Seite des Hauses lag. Auf dem Weg durch die hohen Räume der Villa sah sich Tobias neugierig um. Die Einrichtung war von solch zurückhaltender Eleganz, daß sie eigentlich nicht weiter auffiel. Dabei erkannte er sehr wohl, daß die Stühle und Kommoden größtenteils aus Mahagoni bestanden, daß das Dürer-Gemälde an der Wand neben der Treppe keine Kopie sein konnte und auch der neunarmige Chanukka-Leuchter in der Galerie im ersten Stock aus massivem Silber gefertigt war. Alles wirkte bequem und wohnlich.

»Hier geht es oft sehr geziert und geschwänzelt zu«, erklärte Heine mißbilligend. »Der reine, unbefangene Geist sündigt oft gegen die Etikette. Diplomatisches Federvieh, Millionäre, hochweise Senatoren, kurz, nichts für mich.«

Tobias sah seinen Begleiter zweifelnd von der Seite an. Er glaubte dem Dichter kein Wort.

Endlich erreichten sie ihr Ziel, und der alte Diener ließ sie allein. Der Speiseraum bot außer einem reich mit Silbergeschirr besetzten Büffet, auf dem eine Flasche Portwein und vier Gläser standen, nichts Bemerkenswertes.

Eine zugezogene Schiebetür trennte die Besucher von einem Nachbarraum, aus dem gedämpfte Stimmen zu vernehmen waren.

»Fünfzehntausend Mark? Diese Bürgschaft war a Dummheit, hab ich gesagt. Wieder und wieder gesagt. Hab ich? Ja, hab ich!«

»Ich bitte Sie, Herr Heine. Ich... ohne diesen Kredit bin ich ruiniert. Das können Sie mir nicht antun. Ich werde die Summe zurückzahlen, sobald die Geschäfte wieder etwas besser laufen.«

»Sie unglücklicher Schlemihl. Hatten nur gehabt Spott für meine Warnungen. Mußten diesem Italiener ja unbedingt auf den Leim gehen. Und, wer hat jetzt den Reibach gemacht? Gehen's doch zu Donner. Vielleicht leiht der Ihnen das Geld.«

»Bei ihm war ich schon.«

»Ah, und jetzt dachten'S, mit etwas Chuzpe leiht's Ihnen der dumme Jud!«

»Nein, natürlich nicht. Aber Sie hatten mich doch zuvor gewarnt, deswegen nun...«

»Nein. Mein letztes Wort. Und nun verschwinden'S. Hinaus!«

Nebenan öffnete sich eine Tür. Tobias sah durch den Türspalt einen dunkelhaarigen Mann mit gesenktem Haupt die Treppe hinuntereilen.

Gleich darauf öffnete sich die Schiebetür, und ein dicker kleiner Mann mit schlohweißem Haar und hochrotem Kopf betrat schimpfend und über einen Gehstock gebeugt den Speiseraum. Sicher war er weit über siebzig Jahre alt. Über seinem Bauch spannte sich eine helle Weste, in deren Knopfloch eine Blume steckte. Gerade wollte er nach der Flasche mit dem Portwein greifen, als er bemerkte, daß er nicht allein im Raum war. Überrascht blickte er zu seinem Neffen auf, der nicht weit von ihm entfernt gegen eines der Fenster lehnte. Tobias, der noch immer im Eingang des Zimmers wartete, bemerkte der Alte nicht.

»Ach, sieh an, Harry, die alte Kanaille. Bist du also wieder zurück. Ich hoff, du hast bessere Nachrichten. Ohne daß man das will, wird man nur verdruslich gemacht.«

»War das Gottfried Hansen?« fragte der Dichter, ohne auf die Beleidigung seines Onkels einzugehen.

»Ja. Törichter Mann. Hast du ja sicher gehört, was geschehen ist. Die Sache wird ihn lehren Bescheidenheit.«

»Ganz Hamburg spricht bereits über ihn«, erklärte sein Neffe.

»Ei. Ist nicht meine Schuld«, echauffierte sich der alte Bankier erneut und goß sich nun ein Gläschen Port ein. »Wird sich schon berappeln. Hab mich in meinem Leben noch viel ärger gequält. Soll er sich auch ein wenig quälen.«

»Ich glaube kaum, daß ihm das gelingen wird«, erwiderte der Dichter. »In Hamburg war zu erfahren, daß er schon den Schmuck und die Wäsche seiner Frau versetzt hat.«

»Was? Schmonzes!« Der Alte starrte seinen Neffen ungläubig an. »Er steckt im Schlamassel, ja. Aber das gleib ich nit.«

»Es ist aber so. Der Mann ist wirklich pleite. Kein Bankhaus in der ganzen Stadt gewährt ihm noch Kredit.«

Der Bankier starrte das Glas in seinen Händen an. »Niemand soll mir nachsagen, daß ich die ganze Mischpoke mit ins Unglück stürzen lasse, nur weil's dieser Schmock verdient. Aber zu lernen hat er doch, daß man die Suppe auslöffeln muß, die man sich einbrockt.« Salomon Heine rieb sich das Kinn.

»Ah. Ich weiß, wie.« Er lachte leise. »Ich werde seiner Gattin ein Konto einrichten, zur persönlichen Verfügung. Ja, der Gedanke gefällt mir. Ihr und nur ihr allein. Über genau fünfzehntausend Mark. Gustav!« Er wandte sich zur Tür, um nach dem Hausdiener zu schicken. »Hol mir... Wer zum Teufel sind *Sie* denn?«

Tobias verneigte sich höflich und nannte seinen Namen. Heinrich Heine nahm seinem verblüfften Onkel keck das Glas aus der Hand und drückte ihm statt dessen die leere

Schatulle in die Hand. Der Bankier öffnete sie aufgeregt und blickte enttäuscht auf. »Leer.«

»Die Angelegenheit ist leider etwas außer Kontrolle geraten, lieber Onkel«, erklärte der Dichter und deutete mit dem Glas auf Tobias. »Fortuna hat den jungen Monsieur und mich gestern nacht zusammengeführt. Nachdem wir uns gegenseitig das Leben gerettet haben, amüsieren wir einander jetzt mit unerquicklichen Ratespielchen. Er besitzt, was du suchst, will es aber nicht ohne Gegenleistung herausgeben.«

Tobias beschlich das Gefühl, von dem schneidenden Blick des Bankiers förmlich seziert zu werden.

»Nu also, was ist passiert?« brach es aus Salomon Heine heraus.

Der Dichter berichtete ihm ausführlich, was sich im Keller der Abdeckerei zugetragen hatte. Sein Onkel hörte gespannt zu und ließ den Blick immer wieder zwischen seinem Neffen und Tobias hin und her schweifen.

»Farflucht!« schimpfte der Alte. »Das hätt bös ins Auge gehen können, Harry. Nicht auszudenken, wenn ihr erwischt worden wärt. Ich hoff, du bist nicht erkannt worden.«

»Nein. Ich denke nicht.« Der junge Heine schüttelte den Kopf.

»In dem Keller ham's also Menschen umgebracht, ja? Fürchterlich.«

Der Dichter nickte sorgenvoll und forderte Tobias auf, von seiner Untersuchung an der Leiche zu berichten. Als dieser geendet hatte, musterte ihn Salomon Heine ernst.

»Und wer sind Sie? Was wollen Sie von mir? Wenn's haben, was in dem Kasten war, dann fordere ich Sie hiermit höflichst auf, es mir zurückzugeben.«

»Ich bin Student der Medizin«, erklärte Tobias wahrheitsgemäß. »Ich stamme nicht von hier. Man könnte sagen, daß ich in einer ähnlichen Angelegenheit wie Ihr Neffe unterwegs war. Ich habe ihn gebeten, mich zu Ihnen zu bringen, weil ich gewisse Nachrichten von Ihnen benötige, Herr

Heine. Dringend. Ich muß unbedingt wissen, warum man bei Ihnen eingebrochen hat. Und warum Sie und Ihr Neffe eine solche Geheimniskrämerei um das Diebesgut machen. Ich muß den Hintermann in dieser Angelegenheit finden.« Tobias zückte Notizbuch und Zettel und bemerkte, wie sich der Bankier gespannt aufrichtete. »Derjenige, der Ihnen dies hier geraubt hat, verfolgt ein geheimnisvolles Ziel. Er hat nicht nur Sie bestohlen. Auch mich. Und vor zwei Tagen ist er in die Villa eines Ihrer Nachbarn eingedrungen. Vielleicht kennen Sie ihn: Justus Lewald.«

»Lewald?« murmelte der Alte überrascht. »Natürlich. Ich verfolg den Bau der Eisenbahn mit großer Aufmerksamkeit. Was hat man Ihnen gestohlen?«

»Eine Erfindung.«

»Welche Art von Erfindung?«

»Äh…« Tobias geriet ins Stottern. »Dabei handelt es sich um… ein Reisemittel. Sehr modern. Die Apparatur ist recht groß. Derjenige, der sie gebaut hat, ist allerdings tot. Ich habe ihm jedoch geschworen, auf die Apparatur achtzugeben. Genaugenommen ist sie alles, was ich in diesem Leben besitze.«

»Soso.« Der Bankier runzelte die Stirn. »Und was wurde Lewald entwendet?«

»Soweit ich weiß, nichts von Bedeutung.«

»Hm.« Salomon Heine schenkte sich ein neues Glas Portwein ein und trat neben seinen Neffen ans Fenster. Nachdenklich nippte er an dem Getränk. »Harry, was hältst du von der Sache?«

Heinrich Heine musterte Tobias mit zugekniffenen Augen und blickte dann geringschätzig weg. »Wahrscheinlich will er nur Geld.«

»Begreifen Sie denn nicht?« begehrte Tobias auf. »Dieser Kerl, der Sie bestohlen hat, ist ein Mörder! In dem verfluchten Keller wurden Menschenexperimente durchgeführt. Denken Sie, er wird aufhören, wenn wir ihn nicht aufhalten? Ich verlange überhaupt nicht, daß Sie sich an der Suche nach ihm beteiligen. Nur, bitte, geben Sie mir einen Hinweis, der mich weiterbringt.«

Tobias schwenkte Notizbuch und Zettel. »Was in Gottes Namen ist hieran so phantastisch, Herr Heine, daß Sie und Ihr Neffe es mir nicht sagen wollen?«

Salomon Heine warf seinem berühmten Verwandten einen unglücklichen Seitenblick zu. Nachdenklich trat er näher zu Tobias. Den Kopf leicht geneigt, studierte er ihn und die Funde. »Ihnen ist's damit offenbar ernst, junger Mann. Ich mein, diesen Mann zu finden, jo?«

»Ja, das ist es.«

»Hm. Sie sind nicht ganz zufällig Mitglied einer geheimen Loge? Freimaurer? Rosenkreuzer? Dekabristen? Kabbalisten? Illuminaten? Oder was es da sonst noch gibt?«

»Nein«, erklärte Tobias entschieden.

»Und Sie gehen auch keinen sonstigen okkulten Beschäftigungen nach?«

»Um alles in der Welt, wovon sprechen Sie?«

Der Bankier seufzte und nahm dem Studenten kurzerhand Notizbuch und Zettel ab. Die Zettel faltete er auseinander und warf einen Blick darauf.

»Ei, sieh an! Die kenne ich nit. Die sind neu.«

»Helfen Sie mir?« fragte Tobias.

Der Bankier schwieg und schien ihn einschätzen zu wollen.

»Ach, was soll's.« Er trat zum Buffettisch und bot nun auch Tobias ein Glas Port an. »Sehen's, junger Mann, ich bin tätig in einer Branche, in der allein der Ruch, etwas zu schaffen zu haben mit diese Dinge, kann haben katastrophale Folgen. Haben's in das Bichel reingeschaut?«

Salomon Heine schlug das Notizbuch auf und sah ihn an. Tobias zuckte die Achseln. »Ja, ich habe reingeschaut. Lauter Anekdoten.«

»Ja, lauter Hamburger Anekdoten«, wiederholte der Bankier seufzend. »Ein Büchlein, geschrieben voll mit Geschichten. Mein Neffe, der dumme Junge, könnt's kaum besser.«

Heinrich Heine verzog das Gesicht und leerte sein Glas mit einem Zug.

»Hier«, fuhr der Bankier fort und tippte auf einen der vorderen Einträge. »Der Einmarsch der Dänen in Hamburg. Das war 1801. Und da« – er blätterte ein paar Seiten vor –, »der Abriß des Hamburger Doms sechs Jahre später. Ein Bichel voller Histörchen. Einträge über Sturmfluten, Epidemien, Brände... Aber auch Erbauliches, Erfreuliches. Wär ja sonst auch kaum zum Aushalten. Sehen's, sogar unser Musikfest letztes Jahr mit dem illuminierten Pavillon auf der Alster ist vermerkt.« Der Bankier hatte das Buch etwa in der Mitte aufgeklappt und drehte es so, daß Tobias einen Blick auf die Seiten werfen konnte. »Fällt Ihnen etwas auf, junger Mann?«

Tobias schüttelte verständnislos den Kopf. Was sollte ihm auffallen?

»Schauen's genauer hin.« Salomon Heine blätterte einige Seiten vor und zeigte ihm weitere Einträge.

Er begriff noch immer nicht. Weitere Einträge. Na und?

»Wann wird all das geschehen?« Der Alte sah ihn lauernd an. »Was, wenn ich Ihnen sage, daß dies Bichel wurde geschrieben im Jahr 1793?«

Tobias keuchte auf. »Das ist nicht Ihr Ernst!«

»Das ist mein voller Ernst«, erklärte Salomon Heine ruhig. »Sehen's, als ich damals als armer Judenjunge nach Hamburg kam, hab ich angefangen als Botenjunge und Bleistiftverkäufer. Dann hab ich gefunden eine Anstellung im Bankhaus Popert, und 1797 hab ich mich zusammen mit Heckscher selbständig gemacht. Hab ich in meinem zweiten Jahr einem verarmten jüdischen Baumwollfabrikanten aus Altona unter die Arme gegriffen. Mocht ich, den Mann. Sehr bescheiden. Sehr religiös. Sein Name war Isaac Steinwasser. Als es mit ihm 1803 ans Sterben ging, hat er mich zu sich gebeten, wo er erzählte mir eine wunderliche Geschichte und gab mir dieses Bichel.«

Plötzlich gähnte der Bankier und setzte sich mit knakkenden Gliedern an den Tisch. »Komm, Harry, erzähl du dem jungen Mann die Geschichte. Ich bin müd – und du tust den lieben langen Tag ja eh nichts.«

»Pardon, lieber Onkel. Ich schreibe Bücher.«

»Na also, ich sagte es ja«, stichelte der Alte. »Du tust nichts.«

»Wie du meinst.« Heinrich Heine verzog spöttisch die Lippen. »Ist vielleicht auch besser so. Bekanntlich hat mein Onkel drei Diener. Einen zum Servieren, einen für den Dativ und einen für den Akkusativ.«

»Red kein Stuß«, maulte der Bankier. »Erzähl!«

»Nun, die Geschichte, die Steinwasser meinem Onkel erzählte, geht wie folgt«, holte Heine aus. »Im Jahre 1783 gründete ein gewisser Karl von Ecker und Eckhofen hier in Hamburg eine Freimaurerloge mit dem Namen ›Zum flammenden Stern‹. Sie war die erste in ganz Deutschland, die Juden aufnahm. Es handelte sich bei dem ›Flammenden Stern‹ um keine der üblichen Logen, sondern vielmehr um eine Vereinigung, die sich der ›ägyptischen Freimaurerei‹ widmete. Eine Spielart der Freimaurerei, die ein Jahr zuvor von dem berühmten Cagliostro ins Leben gerufen worden war. Sicher ist Ihnen der Name Cagliostro ein Begriff.«

Tobias überlegte kurz, schüttelte dann aber den Kopf. »Tut mir leid. Keine Ahnung.«

Also erklärte ihm Heine, um wen es sich handelte. »Er war Sizilianer. Man warf ihm vor, ein Scharlatan zu sein. Er soll sich als Arzt, Wunderheiler, Goldmacher und noch manches andere mehr ausgegeben haben. Aber ganz so einfach ist das auch wieder nicht. Cagliostro mag für manchen Betrug verantwortlich gewesen sein, doch es gab Menschen, die unter Eid schworen, daß er seltsame Dinge vollbrachte. Er selbst behauptete, in jungen Jahren Adept einer hermetischen Lehre geworden zu sein, die sich aus magischen Theorien des alten Ägypten und Griechenland zusammensetzte. Besagter Karl von Ecker und Eckhofen, der die Hamburger Loge gegründet hatte, gehörte zu den glühendsten Bewunderern des Sizilianers. Im Jahr 1789, als Cagliostro von der katholischen Inquisition aufgegriffen und in die Festung San Leone verbannt wurde, machte sich von Eckhofen auf, um Cagliostros größten Schatz vor dem Zugriff des Vatikans zu retten. Einen Smaragd.«

»Einen Edelstein?«

»Keinen gewöhnlichen Edelstein, mein junger Freund«, betonte der Dichter. »Einen Stein mit unheimlichen Kräften. Gewisse antike Quellen behaupten, daß dieser Stein vor vielen tausend Jahren auf alchimistischem Wege geschaffen wurde. Andere sind der Ansicht, er sei in einer sternklaren Nacht als heller Meteor vom Himmel gefallen. Doch jede der Quellen ist sich darin einig, daß dieses Ereignis in Ägypten stattfand. Dort soll sich der Smaragd im Besitz des sagenhaften Ahnherrn aller Alchimie befunden haben: des Hermes Trismegistos.«

»Auch dieser Name sagt mir nichts«, gab Tobias zu.

»Das wundert mich nicht«, meinte Heine. »Es ist nicht einmal sicher, ob es einen Mann dieses Namens überhaupt gab. Eher darf man vermuten, daß in dieser Gestalt Züge des griechischen Gottes Hermes und des ägyptischen Gottes Thot verschmolzen.«

Tobias runzelte die Stirn. Thot? Dieser ägyptische Götternamen war auch im Zusammenhang mit der seltsamen Maske gefallen. Gespannt hörte er weiter zu.

»Doch zurück zu dem Smaragd«, fuhr Heine fort. »In die Legenden ging er ein als die *ultima materia* – oder bekannter als *lapis philosophorum*.«

»Wie bitte?« Tobias sah sein Gegenüber verblüfft an. »Sie sprechen vom ›Stein der Weisen‹? Aber das ist doch nur ein Sinnbild. Ein philosophisches Konstrukt.«

»Seien Sie sich da nicht zu sicher«, mischte sich Salomon Heine vom Tisch aus ein und klopfte leichthin auf das Notizbuch. Er hielt inzwischen eine Meerschaumpfeife in der Hand und stopfte sie mit gespielter Gelassenheit.

»Dieser Smaragd hat im Laufe der Geschichte eine lange Odyssee hinter sich gebracht«, nahm der Dichter den Faden wieder auf. »Große Alchimisten und Mystiker wie Pythagoras von Samos, Nikolas Flamel, Albertus Magnus, Agrippa von Nettesheim oder Paracelsus sollen ihn besessen oder zumindest ernsthaft nach ihm gesucht haben.«

»Ganz sicher besaß ihn dieser Nostradamus«, brummte der Bankier und suchte seine Taschen nach Streichhölzern ab.

»Was soll das heißen?« wollte Tobias wissen. Seine Verwirrung stieg allmählich ins Unermeßliche.

»Nun«, fuhr Heinrich Heine fort, »fragen Sie mich nicht, wie. Aber besagter Karl von Ecker und Eckhofen, also der Gründer dieser Hamburger Loge, fand Cagliostros Schatz und kam angeblich im Jahr 1792 mit dem legendären Smaragd nach Hamburg zurück. Er berief einen Inneren Zirkel ein, um die wundersamen Kräfte des Steins zu ergründen. Angeblich verlieh er seinen Besitzern die Möglichkeit, in die Zukunft zu blicken. Damals entstand das Notizbuch mit den Aufzeichnungen.«

»Was geschah mit dem Stein?« hakte Tobias aufgeregt nach.

»Ei, die Geschichte wird hier verworren«, mischte sich Salomon Heine wieder ein. »Eines Tages – dieser Karl von Ecker und Eckhofen wurde tot gefunden. In seiner Wohnung. Das soll gewesen sein Weihnachten 1793. Man hatte ihn erdrosselt. Die Männer des Inneren Zirkels seiner Loge bekamen schreckliche Angst. Sie fürchteten, die päpstliche Inquisition hätte von Eckhofen aufgespürt. Denn angeblich – der Vatikan sucht schon lange nach dem Stein.«

»Warum?« wollte Tobias wissen. »Hatten sie Angst, als bloße Mitwisser gefährdet zu sein?«

»Nein.« Heinrich Heine schüttelte den Kopf. »Dem Mörder – oder den Mördern – war es nicht gelungen, den Smaragd an sich zu reißen. Die eine Version besagt, daß von Eckhofen den Stein zuvor gut versteckt hatte; eine andere, daß einer seiner Hamburger Vertrauten den Mördern zuvorkam und den Smaragd in Sicherheit brachte.«

»Wer gehörte denn zu dem Inneren Zirkel dieser ägyptischen Freimaurerloge?« fragte Tobias.

»Es waren insgesamt fünf Männer«, erklärte Heinrich Heine. »Ihre Namen sind uns nicht alle bekannt. Sie haben das Weite gesucht oder sind in der Stadt untergetaucht. Einer von ihnen war Isaac Steinwasser, der Baumwollfabrikant, der meinem Onkel die Geschichte erzählte. Ein anderer soll der bekannte Hamburger Baumeister und Ingenieur Ernst Georg Sonnin gewesen sein. Steinwasser erzählte, daß er der engste Vertraute von Eckhofens war.«

Tobias erinnerte sich an das Porträt des Baumeisters, das er im physikalischen Kabinett von Justus Lewald gesehen hatte. »Ja, ich habe von diesem Mann gehört. Sonnin hat damals die Michaeliskirche wieder aufgebaut, nicht wahr?«

»Richtig«, bestätigte der Bankier. Er zog an seiner Pfeife und fächelte den Rauch davon. »Wenn einer hat gewußt von dem Verbleib des Steins, dann sicher Sonnin. Doch er starb nur wenige Monate nach von Eckhofens Ableben. Gift? Ein natürlicher Tod? Wer weiß? Hat er wohl sein Geheimnis mit ins Grab genommen.«

»Und da kommt die Schatulle wieder ins Spiel.« Heinrich Heine deutete auf die kleine Truhe. »Auf dem Totenbett behauptete Isaac Steinwasser, er habe sie von Sonnin geerbt. Und er war sich sicher, daß ihr Inhalt einen Hinweis auf das geheime Versteck des Steins enthielt. Nur daß er ihn nicht gefunden hat.«

»Glauben's mir, junger Mann« – Salomon Heine hielt das alte Notizbuch mit den prophetischen Aufzeichnungen hoch –, »ich hab das Bichel ebenfalls studiert. Seite für Seite. Aber da war nit ein Wort über den Stein.«

Tobias setzte sich ebenfalls. Was er gehört hatte, mußte er erst einmal verarbeiten. Ebenso wie der Dichter wenige Minuten zuvor leerte er sein Portweinglas in einem Zug.

»Sie sind ein gerissener Mann, Herr Heine«, hub er mit schmalem Lächeln an und musterte den Bankier. »Ich nehme an, ein Teil Ihres heutigen Reichtums hängt mit diesem Notizbuch zusammen.«

»Ach was«, winkte dieser unwirsch ab. »Ein guter Kaufmann sorgt immer vor. Natürlich, es war von Vorteil zu wissen, was einem bevorsteht, aber die Einträge sind nit datiert. Wenn eine der Prophezeiungen eintritt, es ist stets schon passiert. Aber es macht bescheiden, wenn man's liest.« Der Bankier seufzte. »Hamburg steht noch viel Schlamassel ins Haus, junger Mann. Viel Unglück. Deswegen auch das Krankenhaus.«

Tobias runzelte die Stirn, und so klärte ihn sein Gastgeber auf. »Hab ich im letzten Jahr in St. Pauli den Grundstein legen lassen für ein Hospiz. Hab ich es nach Betty benannt, meiner Frau. Sie weilt leider nicht mehr unter uns, die Gute.« Salomon Heine starrte betrübt zum Fenster. »Hab ich mir gedacht, ich bin's ihr und Hamburg schuldig. Für die Zukunft.«

Heinrich Heine schürzte die Lippen und stellte sein Glas auf dem Buffettisch ab. »Jetzt kennen Sie die Geschichte. Meine Hoffnung, diesen sagenhaften Smaragd einmal selbst zu Gesicht zu bekommen, hat sich leider in Rauch aufgelöst. Inzwischen vermute ich, die Kiste wurde nur zufällig zusammen mit den anderen Dingen geraubt.«

»Nein, du irrst dich, Harry«, wandte sich der Bankier energisch an seinen Neffen. »Kastel und Inhalt sind doch für einen einfachen Einbrecher wertlos. Warum sich belasten mit etwas, wenn man dafür etwas Wertvolles kann mitnehmen? Die anderen Sachen sind eher zufällig mitgenommen worden.«

Der Alte legte die beiden Zettel mit dem rätselhaften Gekritzel vor sich auf den Tisch und strich sie glatt. »Und da ist noch etwas. Diese Papiere waren zuvor nicht in dem Kastel. Die sind mir neu. Scheint mir, daß jemand versucht hat, zu übersetzen eine Hieroglyphenschrift. Und wo findet man Hieroglyphen?«

Gespannt blickte Salomon Heine in die Runde.

»Auf alten Papyrusrollen, denke ich«, antwortete Tobias.

»Richtig!« Der Bankier nickte. »Was, wenn ich sage, daß vor vier Jahren wurden in Paris entwendet einige bemerkenswerte Papyri? Ist ja nit so, daß ich in all die Jahren nit versucht hätte, mehr über den Stein herauszufinden. Gibt es da eine uralte Sammlung von wenigen, überaus kryptischen und auslegungsbedürftigen Sätzen, in denen die gesamte Weltweisheit der Alchimisten enthalten sein soll. Bezeichnet wird sie als *Tabula Smaragdina*. Und zugeschrieben wird sie ebenfalls dem Urahn der Alchemie: Hermes Trismegistos.«

Tobias und Heine sahen den Bankier überrascht an.

»Ursprünglich auf griechisch«, erläuterte dieser, »wurde die *Tabula Smaragdina* später auf lateinisch überliefert. Doch geblieben ist sie stets Fragment. Es heißt, sie stammt von einem Original, das im alten Ägypten verfaßt wurde. Doch dieses, bislang, galt als verschollen. Bis vor fünf Jahren. Da fand man im Nachlaß eines alten Soldaten in Paris einige aufsehenerregende Papyrusrollen. Er hatte teilgenommen an Napoleons Ägyptenfeldzug, und nun ratet, worum es sich dabei gehandelt haben soll! Eben, um das Original dieser *Tabula Smaragdina*! Die Rollen sollten in Paris versteigert werden. Hab ich beschlossen, deswegen hinzufahren. Doch dazu kam's nit. Sie wurden zwei Tage vor der Auktion gestohlen. Und nun, ich sehe das hier!« Der Bankier deutete auf die Hieroglyphen. »Eins und eins. Ich mein, das ergibt noch immer zwei.«

»Himmel!« entfuhr es Tobias. »Angenommen, Sie haben recht. Hat der Unbekannte vielleicht versucht, im Keller der Abdeckerei den Stein der Weisen neu zu erschaffen?«

»Wer weiß?« Der alte Bankier kratzte sich nachdenklich am Kinn. »Die *Tabula Smaragdina* könnte noch enthalten ganz andere Geheimnisse.«

»Nein, ich halte diesen Stein für ein Unikat«, grübelte sein Neffe laut. »Aber welche Experimente unser Mann in diesem Keller auch immer durchführt – vielleicht benötigt er dafür den Smaragd? Es ist sogar möglich, daß er ihn bereits gefunden hat.«

»Aber wozu all das?« gab Tobias zu bedenken und erhob sich wieder. Allmählich wuchs ihm der ganze Hokuspokus über den Kopf. »Das sah mir da unten nicht nach dem Kabinett eines Hellsehers aus.«

»Denk ich, nichts Gutes.« Der Bankier faltete besorgt die Hände und legte die Stirn in Falten.

»Dann müssen wir ihm den Stein wegnehmen«, rief Tobias, »oder ihm zuvorkommen, falls er ihn doch noch nicht besitzt!«

Und nebenbei die Zeitmaschine finden, fügte er in Gedanken hinzu.

»Und wie, junger Mann?« Salomon Heine sah ihn skeptisch an. »Hab das Bichel in dem Kastel Seite für Seite nach einem Hinweis abgesucht. Nichts.«

Tobias betrachtete den Kasten. »Vielleicht ist *er* der Schlüssel?«

»Wie meinen Sie das?« wollte Salomon Heine wissen.

»Nun, haben Sie die Kiste selbst schon untersucht? Dieser Baumwollfabrikant deutete doch an, daß sie einen Hinweis auf das Versteck des Steins birgt. Damit muß nicht das Buch gemeint sein.«

Die beiden Heines blickten sich überrascht an. Tobias hob die leere Kassette an, schüttelte sie leicht und klopfte das Holz ab.

»Wär da ein zweiter Boden, hätt ich ihn längst gefunden«, seufzte der Bankier.

»Und was ist mit diesem Emblem? Der silberne Taler hier oben im Deckel?« fragte Tobias.

»Pyramide, Allsehendes Auge, Zirkel und Winkelmaß«, zählte Heinrich Heine die Symbole auf, die sich darauf befanden. »Diese Zeichen sind bei den Freimaurern nicht ungewöhnlich.«

»Mag sein«, meinte Tobias. »Aber eine Münze hat zwei Seiten. Was befindet sich auf der Rückseite?«

Der Bankier starrte die Kiste an, als hätte er sie nie zuvor gesehen. »Aber ja, natürlich!«

Auch sein Neffe hob anerkennend eine Augenbraue. Tobias nahm ein kleines Obstmesser vom Buffet, stellte den Kasten auf den Eßtisch und versuchte, die silberne Münze aus der Fassung des Deckels zu hebeln. Beim vierten Versuch hatte er endlich Erfolg. Die Münze polterte auf den Tisch und rollte gegen das Glas des Bankiers.

Salomon Heine drehte sie um. »Hervorragend, junger Mann. Hervorragend. Seht doch!«

Das Silber war leicht angelaufen, dennoch war deutlich zu erkennen, daß auf der Münze die Abbildung eines Kometen mit langem Schweif prangte. Darüber und darunter waren zwei lateinische Inschriften eingeprägt: *Templum illustrium plenum aenigmatum* und *Nosce teipsum.*

»Der Tempel der Erleuchteten steckt voller Rätsel«, übersetzte der Dichter. »Und darunter steht…«

»Erkenne dich selbst!«, kam ihm Tobias zuvor.

Wieso nur stieß er immer wieder auf diese Inschrift?

Der Bankier räusperte sich und legte die Münze gut sichtbar auf den Tisch. »Nu. Was soll uns das sagen?«

»In der Inschrift ist von einem Tempel die Rede«, bemerkte Heinrich Heine. »Ist dies tatsächlich ein Hinweis auf den Smaragd, so wird damit vielleicht der Sitz der Loge ›Zum Flammenden Stern‹ gemeint sein. Die Frage ist: Wo trafen sich die Männer? Immerhin ist das bereits über fünfzig Jahre her.«

»Oh, wenn's das nur ist, Harry«, brummte der Bankier. »Frag mich einfach. Das Haus befindet sich nahe dem neuen Bahnhof. Hat bis vor ein paar Jahren einem Kaufmann aus dem Kirchspiel St. Jacobi gehört. Soweit ich weiß, steht's leer.«

Heinrich Heine musterte Tobias eine Weile. »Mein junger Freund, was halten Sie davon, wenn wir diesem Gebäude einen Besuch abstatten?«

Das Rätsel des Baumeisters

*Hamburg 1842, 4. Mai,
6 Minuten nach 4 Uhr am Nachmittag*

Die Mietdroschke, in der Tobias und der Dichter saßen, ratterte das Doven Fleet entlang. Die langgezogene, mit Kopfsteinen gepflasterte Straße im Südosten der Stadt wurde linkerhand von Scheunen und schiefwinkligen Häusern gesäumt und gestattete rechts den Blick auf einen träge fließenden Kanal. Am Ufer hatten mehrere Schuten festgemacht, die Gemüsekisten geladen hatten. Rotwangige Bauern in derber Kleidung halfen den Schiffern dabei, die Fracht in eine der Scheunen zu tragen. Ein leichter Geruch nach Zwiebeln und Hundekot drang durch das geöffnete Fenster in die Kutsche. Wenig später rumpelten sie über eine Holzbrücke, vor der Höker und Hausierer Schauerromane, Tabak und Kemmsche Kuchen anpriesen, und erreichten dann den kleinen Marktplatz auf dem etwas erhöht liegenden Meßberg. Das Areal lag im Schatten eines düsteren vierstöckigen Turms mit angeschlossenem Nachtwächterhaus, vor dem zwei Soldaten Aufstellung bezogen hatten.

Heine, der dem Blick des Studenten gefolgt war, schnaubte unwillig. »Die alte Rokenkiste. Da drinnen halten sie geringere Verbrecher der unteren Klasse in Gewahrsam. Man sagt, die Zellen seien so klein, daß sie einem aufrecht stehenden, nicht allzu beleibten Menschen gerade so eben Platz böten. Jetzt können Sie sich vielleicht vorstellen, welche Zustände im Zuchthaus herrschen. Seien Sie mir dankbar, daß ich Sie gestern zur Flucht überredet habe.«

Tobias nickte kleinlaut. Trotz der seltsamen Wendung, die der Aufenthalt in dieser Zeit genommen hatte, kreisten seine Gedanken immer wieder um Caroline. Er hoffte sehr, daß es ihr gutging.

Davon abgesehen ließ die Federung der Droschke zu wünschen übrig. Sein Hintern schmerzte. Nicht eingerechnet die Fahrt von der Elbchaussee zurück nach Hamburg hatten sie allein vom Millernthor bis hierher fast eine Stunde gebraucht. Und das, obwohl die Stadtfläche Hamburgs in dieser Epoche viel kleiner war als zu seiner Zeit. Denn wo sie auch hinkamen, überall herrschte ein nicht enden wollendes Gedränge an Passanten, entgegenkommenden Kutschen und Reitern.

Viel miteinander gesprochen hatten er und der Dichter bislang nicht. Tobias fragte sich insgeheim, ob Heinrich Heine in seiner Gesellschaft vielleicht ebenfalls etwas unbehaglich zumute war. Zugleich war ihm bewußt, daß ihn manche seiner eigenen Zeitgenossen glühend darum beneidet hätten, dem berühmten Dichter einmal so nahe zu sein, wie er es jetzt war. Er selbst hielt Heine, nun ja, für etwas arrogant. Aber vielleicht war seine Schroffheit nur aufgesetzt? Als jüdischer Dichter des Jungen Deutschlands hatte er sicher mit vielen Anfeindungen zu kämpfen.

»Warum nennt Ihr Onkel Sie eigentlich Harry?« wollte Tobias wissen.

Heinrich Heine sah ihn überrascht an. »Sie wissen das wirklich nicht? Weil mich meine Eltern so genannt haben. Deswegen. Ich trage den Name Heinrich erst, seit ich nach meinem Jurastudium zum evangelischen Glauben konvertiert bin. Ich gestehe freimütig, daß dies mein Billet d'entrée in die europäische Kultur sein sollte.« Spöttisch verzog er den Mund. »Viel geholfen hat es mir nicht. Meine Schriften sind seit sieben Jahren in Deutschland verboten, und ich bin jetzt bei Christ *und* Jude verhaßt. Mein Onkel hat mir diesen Schritt nie verziehen. Jetzt wollen Sie sicher wissen, warum ich dem evangelischen Glauben angehörig bleibe. Ganz einfach: weil er mich nicht geniert, ebenso, wie er mich schon damals nie allzusehr genierte. Ich bin derselbe geblieben.«

»Deswegen also dieses außergewöhnliche Verhältnis, das Sie und Ihr Onkel haben?« meinte Tobias neugierig. »Entschuldigen Sie meine Offenheit, aber ich war ehrlich gesagt etwas überrascht.«

Heine lachte zum ersten Mal, seit sie sich begegnet waren. »Nein, das liegt an etwas anderem. Sehen Sie, meine Mutter hat schönwissenschaftliche Werke gelesen – und ich bin ein Dichter geworden; meines Onkels Mutter dagegen hat den Räuberhauptmann Cartouche gelesen. Und so ist Onkel Salomon Bankier geworden. Er hat daher, was ich nicht habe – nämlich Geld. Und ich habe, was er nicht hat – nämlich Geist und Wissen. Doch in Wahrheit sind wir uns ähnlicher, als wir einander eingestehen wollen. Und Sie?«

»Ich bin Waise«, erklärte Tobias und unterdrückte ein Gähnen. Er spürte, daß ihm der Schlaf der letzten Nacht fehlte. »Kein Vater, keine Mutter und auch kein Onkel. Leider.«

»Das tut mir leid. Gründen Sie dereinst einfach eine eigene Familie«, riet ihm der Dichter. »Man braucht einen Platz, an den man gehört.«

»Sind Sie denn verheiratet?« wollte Tobias wissen.

»Ja. Mathilde, mein geliebtes Kätzchen, ist Französin. Sie weiß nicht, daß ich zur Zeit in Deutschland weile.« Er seufzte und maß den jungen Mann mit festem Blick. »Sie sind mir immer noch ein Rätsel, mein junger Freund. Ich muß zugeben, daß Sie die Eröffnung vorhin mit bemerkenswerter Gelassenheit hingenommen haben.«

Tobias lachte, doch dies fiel ziemlich freudlos aus. »Vielleicht erzähle ich Ihnen irgendwann einmal die ganze Geschichte, durch die ich in dieses Schlamassel geraten bin. Glauben Sie mir, ich wundere mich inzwischen über gar nichts mehr.«

»Ah, wir sind gleich da.« Heinrich Heine deutete durch das Droschkenfenster nach draußen. Tobias sah den mächtigen Wall am Stadtrand, der groß wie ein Berg in sein Blickfeld trat. Längst war er zu einem mit Bäumen bepflanzten Boulevard umgewandelt worden. Auf dem eingeebneten Gelände einer der alten Schanzen, nur unweit vom Deichtor entfernt, erhob sich ein ansehnlicher zweigeschossiger Bau mit Flachdach und angrenzendem Wasserturm: der Bahnhof.

Für das Gebäude hatte man praktisch eine Bresche in den Stadtwall geschlagen. Eine Trasse mit Eisenbahnschienen führte von einem überdachten Nebengebäude über den wassergefüllten Stadtgraben, wo sie sich Tobias' Blicken schließlich entzog. Schienenleger und andere Handwerker legten auf dem Gelände letzte Hand an. Die Arbeiter wurden dabei von einem vornehm gekleideten Publikum beobachtet, das sich nicht weit vom Bahnhof entfernt unter einem schmucken eisernen Pavillon bei Kaffee und Kuchen versammelt hatte. Tobias war gezwungen, die Augen abzuschirmen, weil sich das Licht der Nachmittagssonne gleißend hell auf dem metallenen Dach des Cafés brach.

»Man könnte heute gut eine Sonnenbrille gebrauchen«, seufzte er.

»Eine Sonnenbrille?« fragte Heine erstaunt. »Sie meinen eine Brille mit getönten Gläsern? Sie kommen auf extravagante Ideen, mein junger Freund. Wußten Sie, daß Nero die Gladiatorenkämpfe in Rom einst durch einen grünen Smaragd beobachtet hat? Einen Smaragd, verstehen Sie?«

Jetzt zwinkerte ihm der Dichter zu und hieß den Droschker anzuhalten, damit sie aussteigen konnten. Auf der Straße streckte Tobias erst einmal die Glieder und genoß die warmen Strahlen der Maisonne. In der Luft lag Vogelgezwitscher, und vom Bahnhof drangen beständig das Schwatzen und Lachen der Pavillongäste herüber. Der

Dichter allerdings hatte für den Bahnhof kaum einen Blick übrig.

»Die Adresse lautet ›Bei den Pumpen 17‹«, erklärte er und beäugte die Straße vor dem Wall bis hinüber zu einem großen Bauhof. »Das Haus soll aber auf der rückwärts gelegenen Seite liegen. Kommen Sie.«

Tobias folgte Heine, der sich jetzt einen hellen Sonnenhut tief in die Stirn gezogen hatte. Plötzlich entdeckte er zwei Männer, die ihm sehr bekannt vorkamen: Justus Lewald und William Lindley, den englischen Ingenieur.

Die beiden saßen etwas abseits auf einer Bank im Schatten eines einzeln stehenden Baums und sprachen aufgeregt miteinander. Gestenreich erklärte der Engländer Carolines Vater etwas. Der sprang auf, sah sich vorsichtig um und redete nun seinerseits erregt auf den Ingenieur ein. Von Caroline war leider nichts zu sehen.

Tobias brachte schnell eine herrenlose Karre mit Bauholz zwischen sich und die Männer und sah zu, daß er weiterkam. Von dem alten Lewald wollte er im Augenblick lieber nicht entdeckt werden.

Wenige Minuten später hatten Heine und er eine Gasse erreicht, die links von kleinen und großen Buden und rechts von drei- bis viergeschossigen Fachwerkhäusern gesäumt wurde. Der Dichter schritt die Häuserzeile ab und blieb vor dem verwilderten Grundstück eines etwas zurückgesetzten liegenden Hauses stehen, das zwischen zwei anderen Wohnhäusern lag. Es wurde zur Straße hin durch einen hohen Metallzaun mit eisernen Spitzen abgeschirmt. Hinter den Streben standen verkrautete Büsche und Bäume.

Beim Anblick des Hauses fröstelte ihn. Trotz der heiteren Frühlingssonne, die den oberen Teil des Gebäudes beschien, machte es einen überaus gespenstischen Eindruck. Die Scheiben der Fenster waren zum Teil eingeworfen worden, und so gähnten ihnen in der Fassade dunkle Löcher entgegen. Zweifelnd faßte er ein hochgotisch geschwungenes, beinahe schon orientalisch wirkendes Fenster kurz unterhalb des Dachgiebels ins Auge, das sich sehr von den anderen unterschied. Auch dort waren die Scheiben größtenteils eingeworfen.

»Das ist es«, erklärte Heine knapp. »Aber wenn wir hier weiter herumstehen, fallen wir auf. Kommen Sie.«

Ohne zu zögern, drückte der Dichter das quietschende Tor auf, und gemeinsam schritten sie auf die Haustür zu. Wie erwartet war sie verschlossen. Tobias ging um das Gebäude herum und fand auf der linken Seite ein eingeschlagenes Fenster, vor dem eine moosbewachsene Holzkiste stand. Der Raum drinnen war kahl und düster. Auf dem Boden lagen Abfälle, die darauf hindeuteten, daß das Haus von Landstreichern des Nachts als Unterkunft benutzt wurde. Nachdem sie einen mißtrauischen Blick zur Straße zurückgeworfen hatten, stiegen sie ein. Heine klopfte sich den Staub von der Hose, und sie sahen sich in dem leeren Zimmer um.

»War früher sicher mal ein schönes Gebäude«, meinte der Dichter. »Schade, daß es heute so heruntergekommen ist.«

»Wo fangen wir an?« wollte Tobias wissen.

»Ich schlage vor, wir beginnen hier unten und arbeiten uns nach oben.«

Gemeinsam inspizierten sie nun das alte Gebäude Raum für Raum. Sie durchmaßen leerstehende Zimmer, in denen noch vor wenigen Jahrzehnten das Lachen fröhlicher Gesellschaften erklungen sein mochte, die heute aber still und düster vor ihnen lagen. Die handgemalten Tapeten waren abgeblättert und wiesen zum Boden hin Nagespuren auf. In der ehemaligen Küche stießen sie auf eine unterarmgroße Ratte, die schnell unter den alten Kachelofen huschte.

Die Zimmer des ersten Stockwerks wirkten genauso verlassen wie jene im Erdgeschoß. Der Boden knarrte unter ihren Schritten, und in manchen Räumen mußten sie lange Spinnweben beiseite ziehen, um einen Blick in die Zimmer werfen zu können. Auch hier hatten Wind und Regen, die durch die eingeschlagenen Scheiben ungehindert eindringen konnten, ihre Spuren hinterlassen.

»Bleibt nur noch der Dachboden«, stellte Heinrich Heine schließlich resigniert fest.

Sie kletterten eine ausgetretene Holzstiege hinauf und erreichten einen Zwischengang unmittelbar unter dem Dach, der am Ende zu einer offenen Tür führte. Zu ihrer Überraschung betraten sie eine gut ausgebaute Dachkammer, deren Dielen über und über mit Vogelkot bedeckt waren. Es war warm und stickig. Tauben stoben auf und flüchteten durch das orientalisch geschwungene Fenster, das Tobias schon von der Straße aus gesehen hatte. Es reichte fast bis zum Boden, war noch zur Hälfte mit Butzenscheiben versehen und gewährte einen guten Blick auf das Gelände des Bauhofs gegenüber.

»Nun, ich schätze, das war's«, murmelte Heine verdrossen. »Wenn sich der Smaragd jemals in diesem Haus befand, wurde er mitsamt dem Inventar schon vor langer Zeit fortgeschafft.«

Tobias durchmaß den Raum und betrachtete das eigentümliche Fenster. Erst jetzt fiel ihm auf, daß einige Scheiben in der Fassung getönt waren. Auf der Scheibe hatte ursprünglich ein großer Buchstabe geprangt.

»Sehen Sie das?« rief er.

Heine trat zu ihm und neigte den Kopf. »Nun ja, die Rundung und der Querbalken dort unten rechts – das könnte ein großes Q gewesen sein.«

»Ja, tatsächlich«, bestätigte Tobias. »Aber was sollte das?«

Heine überlegte. »Der Buchstabe Q steht im Lateinischen für ›Quintus‹. Das heißt übersetzt ›Fünf‹. Vielleicht ein Hinweis auf die fünf Männer des inneren Zirkels?«

Tobias schüttelte den Kopf. »›Quintus‹ bedeutet genaugenommen ›der fünfte‹. Die richtige Übersetzung für ›Fünf‹ ist ›Quinque‹.«

Angesichts des Taubendrecks schürzte der Dichter die Lippen und blickte sich angeekelt um. »Wie dem auch sei, dieser Raum sieht mir ehrlich gesagt nicht gerade wie ein Tempel aus.«

»Trotzdem hat das hier bestimmt nicht ohne Grund gestanden.« Tobias sah sich nun noch genauer um. Sein Blick blieb an der Zwischenwand gegenüber dem geschwungenen Fenster hängen. Knapp unterhalb der Balkendecke war in ihren Ziegelverband ein Sturz aus Hausteinen eingesetzt worden. Er trat näher und entdeckte darauf eingemeißelt einen Schriftzug: *Nosce teipsum!*

Schon wieder. Aufgeregt winkte er Heine. »Sehen Sie sich das an!«

Erst jetzt entdeckte er den rostigen Nagel, der eine Handspann unter der Schrift aus dem Mauerwerk ragte.

»Was mag an diesem Nagel gehangen haben?«

Der Dichter musterte spöttisch die Wand. »Erkenne dich selbst! Wer weiß, vielleicht ein Spiegel«, flachste er.

Ein Spiegel. Tobias schüttelte den Kopf. Im Gegensatz zu dem Dichter war ihm nicht zum Lachen zumute.

Ein Spiegel? Überrascht schaute er noch einmal hin und trat dann einen Schritt zurück.

»Womöglich haben Sie recht…«, murmelte er. Was mochte ein Betrachter in dem Spiegel erkennen? Sich selbst und…

»Warten Sie!«

Heine, der sich schon wieder der Tür zuwandte, drehte sich jetzt ungeduldig um. »Was ist? Das Haus ist völlig leer.«

»Ich möchte etwas überprüfen. Bitte stellen Sie sich dorthin«, bat ihn Tobias und schob ihn sanft zwischen Wand und Fenster. Heine starrte den Taubendreck auf dem Boden angewidert an, während sich Tobias dort an die Wand stellte, wo vielleicht einmal ein Spiegel gehangen hatte. Und es war so, wie er vermutete! Er sah den Dichter und dahinter das Fenster, dessen geschwungene Konturen die Gestalt wie einen Rahmen umgaben.

Tobias eilte an Heine vorbei und untersuchte die Fensteröffnung ein weiteres Mal. Der Rahmen starrte vor Schmutz, doch nachdem er ihn abgewischt hatte, entdeckte er im Holz sechs umlaufende Einkerbungen in Gestalt von Pfeilen. Sie wiesen nach innen, auf das Q der ehemaligen Scheibe. Über den Pfeilen waren kleine römische Ziffern angebracht, gleich darunter Nummern in deutscher Schrift.

»Sehen Sie doch, hier!« Aufgeregt wies Tobias Heine auf seine Entdeckung hin. Dieser gab einen Laut des Erstaunens von sich. »Nicht schlecht, mein junger Freund. Nicht schlecht. Aber was sollen uns diese Pfeile und Zahlen sagen?«

»Lassen Sie mich nachdenken.« Tobias trat zurück, faltete die Hände vor der Nase und musterte prüfend den Fensterrahmen. »Erkenne dich selbst!« flüsterte er. Und dann noch einmal: »Erkenne dich selbst! In einem Spiegel sieht man sich selbst. Hier aber sieht man um sich herum den Fensterrahmen. Fast wie ein Gemälde. Die Pfeile hingegen weisen auf das Q in der Fenstermitte. Nein, einen Augenblick! ›Erkenne dich selbst.‹ Streng genommen weisen sie auf einen selbst. Auf bestimmte Körperteile!«

Überrascht hob Heine eine Augenbraue. »Ich gestehe, mein junger Freund, die Angelegenheit erweckt zunehmend mein Interesse. Sollten Sie mit Ihrer Hypothese richtig liegen – was halten Sie davon, wenn ich sie erweitere? Wenn die Pfeile tatsächlich auf Körperteile weisen, dann muß man das vielleicht wörtlich nehmen. Deswegen auch die Ziffern über den Pfeilen.«

»Wie meinen Sie das?«

»Ein Silbenrätsel«, erklärte Heine, zufrieden mit sich selbst. »Das Ganze erinnert mich an eine Geheimschrift, mit der meine Freunde und ich uns als Kinder Botschaften schickten. Zur Verschlüsselung verwendeten wir die gleiche Ausgabe eines Stücks von Schiller. Jeder Buchstabe eines Worts wurde durch drei Zahlen verschlüsselt. Die erste Zahl benannte die Seite des Buchs, die zweite die entsprechend Zeile und die dritte den Buchstaben im Satz, den wir meinten. Vielleicht ist das Prinzip hier das gleiche? Sehen Sie, wir müssen uns nur fragen, auf welchen Körperteil der Pfeil weist. Die Zahlen unter den Pfeilen beziehen sich vielleicht auf bestimmte Buchstaben in dem entsprechenden Wort.« Heine deutete auf die Einkerbungen. »Wir haben hier sechs Pfeile, die umlaufend angebracht sind. *Über* den Pfeilen stehen, folgt man den angebrachten Pfeilen im Uhrzeigersinn, die römischen Ziffern I, II, III, VI, IV und V. Damit könnte die Reihenfolge gemeint sein, in der man die ermittelten Buchstaben zusammenfügen muß. Vielleicht ergibt das ein Wort oder einen Begriff?«

»Gut. Probieren wir es aus«, sagte Tobias. Er trat dicht vor den Rahmen und inspizierte den Pfeil links unten mit der römischen Ziffer I. »Der hier könnte auf das ›Bein‹ verweisen. Darüber stehen die Zahlen 3, 5 und 6.«

Der Blick des Dichters verfinsterte sich. »›Bein‹ hat nur vier Buchstaben. Vielleicht ›Unterschenkel‹? Oder ›Oberschenkel‹?«

»Ich weiß nicht«, zweifelte Tobias. »Vielleicht irren wir uns ja auch.«

»Tut mir leid, das Ganze war ja nur ein Vorschlag«, räumte Heine ein.

»Einen Augenblick!« Tobias faßte sich nachdenklich an die Stirn. Er erinnerte sich an seine Unterhaltung mit Justus Lewald in dessen physikalischem Kabinett zurück. »Ernst Georg Sonnin war in jungen Jahren Lateinlehrer. Wenn dieser Baumeister tatsächlich für das Rätsel verantwortlich ist, sind vielleicht lateinische Wörter gemeint!«

»Erstaunlich, was Sie über diesen Baumeister wissen«, spöttelte Heine.

»Also gut, probieren wir es noch einmal«, erklärte Tobias, ohne auf den Unterton in Heines Äußerung einzugehen. »Der Pfeil mit der römischen Ziffer I deutet auf das

Bein, und das lautet übersetzt ›cruris‹. Jetzt der dritte, fünfte und sechste Buchstabe, also U, I und S.«

»Einverstanden.«

»Jetzt der Pfeil mit der römischen Ziffer II«, fuhr Tobias fort. »Er weist ziemlich deutlich auf die Hand. Übersetzt lautet das ›manus‹. Darunter ist eine 4 angegeben. Vierter Buchstabe, also U. Der dritte Pfeil hingegen zeigt auf den Kopf.«

»Das lautet übersetzt ›caput‹«, schmunzelte Heine.

»Die Zahlenangabe unter dem Pfeil lautet 5«, sagte Tobias. »Also T.«

Er übersprang den Pfeil mit der Ziffer VI und deutete auf jenen mit der Ziffer IV auf der rechten Seite des Rahmens. »Das könnte schon wieder die Hand sein.«

»Sind Sie sicher?« fragte Heine. »Sehen Sie doch, der Pfeil wurde tiefer angebracht als jener auf der gegenüberliegenden Seite. Aber gut, machen Sie weiter.«

»Also wieder ›manus‹«, erklärte Tobias. »Darunter steht eine 1, also erster Buchstabe: M. Jetzt der Pfeil ganz rechts unten, kurz oberhalb des Bodens. Der mit der römischen Ziffer V. Er zielt deutlich auf den Fuß. Unter dem Pfeil steht die 2.«

»›Pes‹«, übersetzte Heine ins Lateinische. »Der zweite Buchstabe, also ein E.«

»Und jetzt der letzte Pfeil!« rief Tobias und wanderte mit dem Finger wieder nach oben. »Der liegt auf Höhe der Schulter. Meine Güte, wie heißt ›Schulter‹ auf lateinisch?«

»›Umerus‹.«

»Hier sind die Zahlen 5 und 6 angegeben. Also ›U‹ und ›S‹.«

»Gut, dann fügen wir die Buchstaben zusammen.«

»Das Wort lautet UISUTMEUS.«

Die beiden starrten sich zweifelnd an.

»Das ergibt keinen Sinn«, seufzte Tobias, und blickte wieder auf die Scheibe. »Einen Augenblick. Was ist mit dem Q auf dem Fensterglas? Es befindet sich unmittelbar vor uns. Stellt man den Buchstaben ganz an den Anfang, kommt eine Frage heraus: QUIS UT MEUS? Wer ist wie… äh… mein? Oder: Wer ist wie der meinige? Klingt etwas seltsam, oder?«

»Ja, höchst seltsam«, bestätigte Heine. Plötzlich hellten sich seine Züge auf. »Ich wußte es: Mit dem Pfeil IV ist nicht ›Hand‹, sondern ›Finger‹ gemeint. ›Digitus‹. Der erste Buchstabe wäre demzufolge ein D – und die Frage lautet somit QUIS UT DEUS?«

»Das bedeutet übersetzt: ›Wer ist wie Gott?‹«, flüsterte Tobias.

»Ein neues Rätsel also.« Heine fuhr sich durch den Bart. »Ich bewundere den Sinn für Dramatik, der darin mitschwingt, aber davon abgesehen… was sollen wir damit anfangen? Ich befürchte, das ist alles verlorene Liebesmüh.«

»Aber dieses Rätsel muß doch eine Bedeutung haben«, ereiferte sich Tobias.

»Dann sagen Sie sie mir!« Heine sah Tobias zweifelnd an. »Wer ist wie Gott?« wiederholte er. »Vielleicht hat dieser elitäre Kreis damit den Smaragd gemeint? Vielleicht ist ihnen auch die eigene Macht zu Kopf gestiegen, und sie verwiesen auf sich selbst? Wir wissen nicht, was Sonnin und die anderen hier früher getrieben haben. Finden Sie sich damit ab: Der Stein ist verloren.«

»Heißt das, Sie wollen aufgeben?« Tobias starrte Heine entsetzt an. Soeben wurde ihm bewußt, daß er am Ende seines Wegs angelangt war. Die Folgen wagte er sich nicht auszumalen.

»Nein, davon kann keine Rede sein«, erklärte der Dichter mit Nachdruck. »Sie haben recht. Es ist unsere moralische Pflicht, diesen Mörder aufzuspüren. Nur bin ich der Ansicht, daß wir besser handfesten Spuren folgen, als diesem Humbug zuviel Bedeutung beizumessen. Schon vergessen?« Er nestelte an seiner Westentasche und zog ein gefaltetes Papier hervor. Es handelte sich um die Seite mit der Notiz aus der Ledermappe, die sie in der Tasche des Kahlköpfigen gefunden hatten.

Tobias starrte auf die krakelige Schrift: *Buten Kayen, Hammonia, 5. Mai, L. 333–341.* Er hatte den Fund tatsächlich ganz vergessen.

»Ich glaube kaum, daß die Notiz von dem Kahlköpfigen selbst stammt«, murmelte er.

»Da pflichte ich Ihnen bei«, antwortete Heine. »In der Tasche befanden sich allerdings auch noch ein Brecheisen und ein Dietrichbesteck. Ich wette daher mit Ihnen um zehn Schilling, daß dieser Kretin gerade von einem Einbruch zurückkam, als er Sie und Ihre Begleiterin im Keller der Abdeckerei überrumpelte.«

Tobias sah überrascht auf. »Also hatte er die Mappe kurz zuvor gestohlen? Warum?«

Heine hob die Augenbrauen. »Das kann ich Ihnen auch nicht sagen. Aber ich setze noch einmal zehn Schilling, daß mit *Hammonia* ein Schiff gemeint ist. Daher sollten wir uns fragen, welche Ladung es an Bord hat und wofür diese bestimmt ist. Lassen Sie uns also zur Hafenmeisterei aufbrechen, um der Sache auf den Grund zu gehen.«

Tobias nickte – und schüttelte dann den Kopf. »Zuvor muß ich nach der jungen Dame sehen, die wir im Keller zurückgelassen haben. Ich komme schon fast um vor Sorge um sie.«

»Gut, ich kann Sie verstehen.« Heine nickte. »Die nötigen Erkundigungen kann ich auch allein einholen. Ich schlage vor, wir treffen uns um zehn Uhr heute abend vor dem *Baumhaus*. Einverstanden?«

Tobias zuckte resigniert die Achseln. »Ich wüßte auch nicht, wohin ich sonst gehen sollte.«

Der Schlachtruf

*Hamburg 1842, 4. Mai,
19 Minuten vor 6 Uhr am Abend*

»Stadt Hamburg, an der Elbe Auen,
Wie bist du stattlich anzuschauen!
Mit deinen Türmen hoch und hehr
Hebst du dich schön und herrlich sehr.
Heil über dir, Hammonia!
Hammonia,
Oh, wie so herrlich stehst du da…!«

Tobias wartete mißmutig vor einer großen gotischen Kirche und lauschte dem Gesang eines Chors, der gedämpft aus dem Innern zu ihm nach außen drang. Er stand vor dem wuchtigen Eingangsportal des Gotteshauses und starrte müde zu dem imposanten Glockenturm hinauf. Weit ragte er über ihm zum Himmel empor, wo sich in diesem Augenblick ein flatternder Schwarm Tauben auf dem Kirchendach niederließ.

Seufzend wandte er sich wieder um und ließ den Blick über den Marktplatz vor der Glaubensstätte schweifen. Eine Unmenge Menschen bevölkerte ihn. Er sah Fleischerhallen, in die Schlachtergesellen große Schinken schleppten, Marktstände, hinter denen dralle Bäuerinnen Käfige mit lebendigem Geflügel und Kisten mit Gemüse zusammenpackten, und große Körbe, neben denen Fischweiber laut keifend die letzten ihrer Maischollen loszuwerden versuchten. Dazwischen drängten mancherlei Fuhrwerke, Karrenschieber und Lastträger. Jeder schien angesichts der späten

Nachmittagsstunde im Aufbruch begriffen zu sein. Es war ein Wunder, daß es in all dem Durcheinander zu keinem Unfall kam.

Angeblich handelte es sich bei diesem Platz um den Hopfenmarkt. So jedenfalls hatte es ihm vorhin ein freundliches Dienstmädchen gesagt. Folglich mußte das Gebäude hinter ihm die Nikolaikirche sein. Seltsamerweise ähnelte der Turm des Gotteshauses in keiner Weise jener Ruine, die sich als Mahnmal des Zweiten Weltkrieges in der Hamburger Innenstadt seiner Zeit befand.

War dies also wirklich der Hopfenmarkt? Er wußte es nicht. Die Hamburger, die er unterwegs nach dem Weg gefragt hatte, waren nicht unfreundlich. Aber in diesem Gassengewirr fand er sich einfach nicht zurecht.

Welch ein Narr war er gewesen, Heinrich Heine einfach ziehen zu lassen! Tobias war davon ausgegangen, daß es ihm ein leichtes wäre, allein zum Haus der Lewalds zu finden. Er hatte sich schwer geirrt. Schnell verlief er sich in dem Gewirr der Gassen, Gänge, Twieten und Brückenstraßen. Und wenn dies hier wirklich der Hopfenmarkt war, so war er nicht weit gekommen, seit er und Heine sich getrennt hatten.

Tobias schlenderte zu dem Pfahl einer Öllaterne, deren Beleuchtungskörper die Form einer dreiseitigen, auf den Kopf stehenden Pyramide aufwies, und lehnte sich erschöpft dagegen. Die durchwachte letzte Nacht forderte ihren Tribut, und außerdem war ihm bewußt geworden, daß er nichts besaß als den einen Schilling, den er in Heines Jacke gefunden hatte, um sich etwas zu essen zu kaufen. Vielleicht sollte er in die Kirche gehen und anfangen zu beten?

Er malte sich schon aus, wie es wäre, in dieser Zeit als Tagelöhner und Stadtstreicher zu enden, als ihn ein spöttischer, doch vertrauter Ruf aus den düsteren Gedanken schreckte: »Hummel, Hummel!«

Tobias richtete sich auf und glaubte seinen Augen nicht zu trauen. Nicht weit von der Kirche stromerten drei kichernde Jungen hinter einem langen, dürren Wasserträger her, der mit seiner eng anliegenden Kleidung und dem übergroßen, an einen Zylinder gemahnenden Hut eine kuriose Erscheinung abgab. Auf den Schultern trug der Mann ein hölzernes Gestell, von dessen Enden zwei gefüllte Wassereimer herabhingen. Wütend wandte sich der Angerufene zu den Strolchen um: »Mors, Mors!«

Wider Willen stahl sich ein Lächeln auf Tobias' Lippen. Die beiden Worte bedeuteten bis heute soviel wie ›Leckt mich am Arsch!‹

Ungläubig blickte er dem Wasserträger nach. Jetzt war er doch tatsächlich Hummel begegnet. Der Mann wußte es natürlich nicht, aber nach seinem Tod würde er zum berühmtesten Stadtoriginal des alten Hamburg werden. Der Schlachtruf »Hummel, Hummel! Mors, Mors!« wurde von Tobias' Zeitgenossen gern benutzt, um sich als waschechter Hamburger zu erkennen zu geben.

Erst jetzt bemerkte Tobias, daß er die drei Jungen kannte, die den bedauernswerten Wasserträger verfolgten. Der Blondschopf unter ihnen, das war dieser Friedrich, dem Caroline und er bereits vor einigen Tagen am Ort des Überfalls und später im Elysium-Theater begegnet waren.

»He, ihr! Wartet!« Tobias eilte den Jungen hinterher, und die drei wandten sich überrascht um. Als sie ihn erkannten, waren sie sofort auf dem Sprung.

»Kiek an, der Kerl, wo üss de Büdel för'n Poor Knöppe afschnackt hett!« schnaubte Friedrich.

»Das war nicht ich, das war meine Begleiterin«, erwiderte Tobias möglichst freundlich. »Und wenn ich mich nicht irre, wolltet ihr uns bestehlen, oder?«

Die Jungen schauten sich mißtrauisch um.

»Un, wat wull'n Sej vun üss?«

Tobias seufzte innerlich und zückte das einzige Geldstück, das er besaß. »Ich könnte euch als Stadtführer gebrauchen. Als Lohn winkt euch die hier!« Er drehte die Münze zwischen den Fingern.

»Dormit Sej üss wedder rinlegen, oda wat?« schnaubte Friedrichs jüngerer Begleiter. »Vergeeten Sej dat.«

Die drei wollten sich schon abwenden, doch Tobias hielt sie auf.

»Wartet. Ich habe nicht vor, euch zu betrügen. Ich...« Fieberhaft suchte er nach einer Möglichkeit, die drei zur Zusammenarbeit zu bewegen. Gespannt blickten sie ihn an.

Unmöglich konnte er ihnen die Münze im voraus geben. Die Lümmel wären mit ihr abgehauen, bevor er bis drei gezählt hätte. Das Ganze würde also auf ein Pfand hinauslaufen. Unglücklich blickte Tobias an sich hinab. Bei der einzigen Lösung, die ihm einfiel, würde er allerdings eine ziemlich lächerliche Figur abgeben.

»Nun gut, was haltet ihr davon: Ich gebe euch einen Stiefel. Damit könnt ihr nicht viel anfangen, aber ich möchte ihn gern zurückhaben. Wenn ihr mich zu dem Haus führt, das ich suche, tauschen wir Stiefel gegen Schilling. Einverstanden?«

Die drei sahen sich feixend an.

»Verstoh ik dat richtig?« wollte Friedrich wissen und strich sich eine Strähne seines flachblonden Haars aus der Stirn. »Wi sollen Sej fööron, un Sej lööp üss just mit een Schuh bekleidet noh?«

»Ja«, seufzte Tobias gedehnt. Was blieb ihm anderes übrig?

Mit allen anderen Kleidungsstücken, die er besaß, hätten die Bengel genauso das Weite gesucht. Ein einzelner Stiefel fand bestimmt nicht so leicht einen Abnehmer.

»Dat wull ik seihn«, lachte der Kleine.

Tobias schloß ergeben die Augen, zog seinen rechten Stiefel aus und reichte ihn dem Jungen.

»Also, wo soll dat hingohn?« fragte Friedrich belustigt.

Tobias nannte ihm die Straße. Die drei lachten und führten ihn zunächst zu einer nahen Holzbrücke, vor der Krämerinnen kleine Käfige mit Finken, Stieglitzen und Tauben zum Abtransport aufeinanderstapelten. Himmel, aß man diese Vögel etwa?

Verwundert hielten die Vogelverkäuferinnen inne und starrten ihm hinterher.

Lachend führten ihn die drei Jungen quer durch die Stadt, und wo immer sie vorbeikamen, blickten ihnen die Bürger spottend hinterher.

»Eine Wette!« versicherte er jedem, der ihnen entgegenkam. Allerdings wußte Tobias nicht, ob er die Angelegenheit dadurch besser machte.

Wie er es sich gedacht hatte, machten sich seine drei Wegeführer einen Spaß daraus, ihn durch die schmutzigsten Viertel der Stadt zu lotsen. Und leider ließ es sich dadurch nicht vermeiden, daß er immer wieder in Pferdeäpfel und Hundekot trat. Ganz zu schweigen von dem andren Unrat, der die Straßen bedeckte. Irgendwann war es Tobias gleichgültig. Hauptsache, er trat nicht versehentlich in eine Scherbe.

Nach einer Zeit, die ihm unendlich lang vorkam, erreichten sie endlich die Straße, in der das Haus der Lewalds lag. Inzwischen war die Sonne hinter den Hausgiebeln untergegangen und tauchte die Straße in lange Schatten.

»Dank euch«, erklärte Tobias frohgemut. Tatsächlich hatte er hier fast das Gefühl, zu Hause zu sein.

»Un nu de Schilling.« Friedrich hielt den Schuh hoch und streckte die freie Hand aus.

»Glaubst du, ich lasse mich von euch noch einmal hereinlegen?« Zwinkernd legte Tobias den Schilling auf den Rand einer Regentonne. »Stell den Stiefel da hinten ab«, wies er den Blondschopf an und deutete zu einer Haustreppe auf der gegenüberliegenden Straßenseite. »Und sag deinen Freunden, daß sie die Straße ein paar Meter hintergehen sollen. Anschließend holst du dir die Münze und ich mir meinen Stiefel. Einverstanden?«

Der Bengel grinste und nickte. »Inverstanden.«

Friedrich schickte seine Freunde weg, und Tobias und der Junge liefen aneinander vorbei und holten sich ihren Teil der Abmachung.

Tobias setzte sich naserümpfend auf die Treppe und kratzte sich die schmutzigen Füße mit einem herumliegenden Holzstück ab. Dann schlüpfte er wieder in Lewalds engen Stiefel.

Friedrich warf die Münze in die Luft und musterte ihn dann neugierig. »Sej sünn ganz scheun komisch, weeten Sej dat?«

Tobias lächelte und nickte. »Du bist nicht der erste, der das sagt. Aber aus deinem Mund klingt es eher wie ein Kompliment.«

»Geben Sej üss man Bescheid, wenn wi Sej mol wedder wohin führen schullen.« Friedrich grinste ihn breit an, und kurz darauf stob er zusammen mit seinen Freunden die Straße hinunter.

Tobias richtete sich wieder auf und faßte das Haus der Lewalds ins Auge. Es befand sich im hinteren Teil der Straße, und erst jetzt bemerkte er, daß vor der Eingangstür, nicht weit von einer Straßenlaterne entfernt, ein schwarzer Zweispänner stand, auf dessen Kutschbock ein wenig vertrauenerweckender Kutscher Priem kaute. Tobias dachte wehmütig an Kristian. Der Kutscher der Lewalds hatte ihn nicht sonderlich gemocht, trotzdem vermißte er ihn.

In diesem Augenblick öffnete sich die Haustür, und heraus trat Doktor de Lagarde. Der Franzose trug einen schwarzen Anzug und hielt Arzttasche und Zylinder in den Händen. Steif verabschiedete er sich von Hannchen, setzte den Zylinder auf und nahm im Zweispänner Platz. Kurz darauf fuhr die Droschke an und kam auf Tobias zu.

Hastig schlüpfte Tobias in einen Hauseingang und wartete ab, bis der Arzt an ihm vorbeigefahren war. Immerhin – das konnte nur bedeuten, daß Caroline inzwischen zu Hause war. Er eilte nun seinerseits die Straße entlang und musterte die vornehmen Fachwerkhäuser, die sie säumten. Zwischen die Gebäude paßte nicht einmal ein Handtuch, so eng standen sie nebeneinander.

Irgendwo im ersten Stock hatte Caroline ihr Zimmer. Zweifelnd betrachtete er die Fassade. Solide Zimmermannsarbeit. Keine Chance, dort hinaufzugelangen. Leider konnte er nicht klopfen und offen nach ihr fragen. Ganz sicher würde sein Erscheinen großen Ärger verursachen. Doch mit Caroline sprechen mußte er.

Da fiel sein Blick auf die Straßenlaterne. Am Haus kam er nicht hoch, aber vielleicht dort. Allerdings nicht, solange es noch dämmerte.

Mißmutig schlenderte er die Straße wieder hinunter und setzte sich auf die Haustreppe gegenüber der Regentonne. Als die Sonne endlich ganz untergegangen war, ging er zurück und sah sich verstohlen um. Zwar lag das Haus der Lewalds inzwischen im Dunkeln, doch aus einigen der Fenster drang warmes Lampenlicht. Im Speisezimmer mit den Lokomotivbildern entdeckte er Jakob. Carolines Bruder spielte allein mit einem Holzkreisel. Von Hannchen, der Haushälterin, war nichts zu sehen. Hastig sammelte Tobias einige Steine auf, steckte sie in die Jackentasche und spuckte in die Hände. Kurz darauf kraxelte er an dem Laternenpfahl in die Höhe. Der Pfahl neigte sich leicht zur Seite, doch davon abgesehen war der Aufstieg kein Problem.

Er hatte Glück. Im Zimmer des ersten Stockwerks, gleich gegenüber der Laterne, sah er Caroline. Sie saß in einem weißen Nachtgewand vor einem Spiegel und kämmte sich das lange Haar. Auf dem Schminktisch stand ein Leuchter mit drei brennenden Kerzen.

Tobias wollte schon einen Stein gegen die Scheibe werfen, hielt dann aber inne. Im Spiegel war ihr Gesicht zu erkennen. Es wirkte verweint. Ihr Anblick rührte ihn und machte ihn zugleich betroffen. *Nosce teipsum!*

Bevor ihn sein Mut verließ, warf er den Kiesel doch gegen das Fenster.

Caroline fuhr herum und starrte ängstlich nach draußen.

»Caroline!« flüsterte er heiser. Und dann noch einmal: »Caroline!«

Sie warf sich einen Morgenmantel über, trat an die Scheibe und spähte nach draußen. Ihre Augen weiteten sich vor Überraschung. Hastig öffnete sie die Fensterläden und starrte ihn an.

»Tobias, bist du das?«

»Ja«, stieß er zwischen zusammengepreßten Zähnen hervor. Es war gar nicht so einfach, sich an dem Pfahl festzuklammern.

»Was tust du da?« wollte sie wissen.

»Ich wollte dich sehen«, flüsterte er. »Und dir sagen, wie leid es mir tut, daß ich ohne dich abgehauen bin. Aber es ging nicht anders. Man hätte mich verhaftet. Und dann wäre alles aus gewesen.«

Sie nickte zitternd.

»Der Tote, das war Kristian«, schluchzte sie.

»Ja, ich weiß«. Tobias rutschte den Pfahl etwas nach unten. Lange konnte er sich hier oben nicht mehr halten. »Können wir uns nicht unten unterhalten?«

»Wo lebst du jetzt?« fragte sie seltsam tonlos.

»Äh, man kann nicht gerade sagen, daß ich einen festen Wohnsitz hätte«, antwortete er. »Kann ich dir das nicht unten erklären?«

Allmählich schmerzten seine Arme.

Caroline sah ihn an, als wäre sie soeben aus einem Traum erwacht. »Was meinst du?«

»Unten«, wiederholte er. »Können wir uns nicht unten unterhalten?«

»Ja, warte, ich komme hinunter.«

Erleichtert rutschte er am Pfahl nach unten und knetete die schmerzenden Oberarme.

Es dauerte eine Weile, dann öffnete sich die Haustür einen Spaltbreit. Caroline sah sich vorsichtig um und winkte ihn ins Haus. Tobias, der bereits am Ende der Straße einen Laternenanzünder nahen sah, folgte ihr rasch.

Mit den Fingern auf den Lippen bedeutete ihm Caroline, ihr über die Treppe der Diele nach oben zu folgen.

Als sie ihr Zimmer erreicht hatten, schloß sie vorsichtig die Tür.

Ein leises Gurren war zu hören, und Tobias entdeckte einen Käfig mit einer Taube, der in der Zimmerecke neben Carolines Bett stand. »Für deinen Tierschutzverein?«

»Nein, die Taube hat mir Doktor de Lagarde mitgebracht. Er war vorhin hier und hat mich untersucht. Er meinte, ein Tier wie dieses würde mich ablenken.« Unglücklich sah sie ihn an. »Tobias, mein ganzes Leben gerät in Unordnung, seit ich dich kenne. Du kannst dir nicht vorstellen, was seit gestern geschehen ist.«

Tränen rannen ihr über die Wangen. Stockend berichtete sie. Es hatte einen Skandal gegeben, als Polizeiaktuar Kettenburg sie in den Morgenstunden nach Hause gebracht hatte. Caroline hatte zwar so getan, als könne sie sich nicht erinnern, wie sie in den Keller unter der Abdeckerei gelangt war, doch der Beamte hatte ihr nicht geglaubt. Er hatte sie einem scharfen Verhör unterzogen und alles über Tobias und einen Fremden in seiner Begleitung wissen wollen. Schließlich hatte sie ihm gestanden, was sie an dem Abend getan hatten. Danach hatte der Beamte das Zimmer durchsucht, in dem Tobias seine erste Nacht im alten Hamburg verbracht hatte.

Als er dies hörte, fuhr ihm ein eisiger Schreck in die Glieder. Ihm kam ein fürchterlicher Verdacht. »Was hat er getan?«

Sie hustete und fächerte sich Luft zu. »Er hat dein Zimmer durchsucht und alles mitgenommen, was er finden konnte.«

»O Gott, und was war das?«

»Nun, deine seltsame Kleidung«, antwortete sie, »und einen kristallenen Stab mit einer Elfenbeinkugel am Ende. Er lag unter deiner Matratze.«

Tobias stöhnte auf und schlug die Hände über dem Kopf zusammen. Erst die Zeitmaschine und jetzt auch noch der Aktivierungshebel. Nun konnte er sich einsargen lassen.

»Aber das war nichts im Vergleich zu dem«, fuhr sie stockend fort, »was passierte, als mein Vater gegen Mittag aus Bergedorf zurückkam. Er hat mich mit einem Rohrstock verprügelt. Das erste Mal in meinem Leben.« Sie schluchzte.

Tobias beugte sich vor und ergriff mitfühlend ihre Hände. »Es tut mir leid, Caroline. Fürchterlich leid. Ich hätte dich in diese Sache nicht hineinziehen dürfen.«

»Wo lebst du jetzt?« fragte sie ihn wieder mit einem verzweifelten Blick, der ihm durch und durch ging. Verlegen blickte er zu Boden. »Sagte ich doch schon. Auf der Straße.«

Caroline schüttelte sich.

»Und was ist dir seit gestern alles widerfahren?«

Tobias zögerte, doch dann berichtete er ihr mit knappen Worten von der Flucht aus dem Keller und von all den Seltsamkeiten, die er inzwischen herausgefunden hatte. Erst ganz zum Schluß verriet er ihr, wer der Fremde an seiner Seite war.

»Wie bitte? Heinrich Heine?« Caroline ließ seine Hände los und starrte ihn ungläubig an. »Tobias, du schwindelst mich doch nicht an, oder? Erst die Sache mit dieser... Zeitmaschine und jetzt das?«

»Ich weiß, daß das alles nicht sehr glaubwürdig klingt. Ich kann es ja selbst kaum fassen.« Er atmete tief ein. »Aber das braucht dich nicht mehr zu kümmern. Den Rest des Weges werde ich allein gehen. Gleichgültig, wie es endet«, fügte er bitter hinzu. »Heine ist davon überzeugt, daß der Zettel auf ein Schiff im Hafen verweist. Vermutlich heißt es *Hammonia*. Ich kann nur hoffen, daß wir dadurch etwas Licht ins Dunkel bringen.«

Caroline sah ihn durchdringend an und blinzelte.

»Alles in Ordnung?« wollte Tobias wissen.

»Ja«, hauchte sie eigentümlich fern.

»Ich muß jetzt gehen. Ich werde erwartet.« Tobias stand auf und seufzte. »Erklärst du mir, wie ich von hier aus zum *Baumhaus* finde?«

Er war sich nicht sicher, ob Caroline ihm zuhörte. Sie zog versonnen eine Schublade ihrer Kommode auf und griff nach Tagebuch und Schreibzeug. Fragend blickte sie ihn an.

»Wie? Ja, natürlich.« Sie erklärte ihm den Weg. Dann sagte sie kurz: »Und jetzt muß ich ein wenig schreiben.«

»Ja, tu das. Ich finde allein nach draußen«, erklärte er. Caroline antwortete nicht, sondern öffnete ein Tintenfäßchen.

»Tja.« Tobias ging zur Zimmertür und verharrte. »Danke nochmals für alles. Ich hoffe, ich sehe dich wieder. Ich, also... nämlich... ich mag dich ziemlich gern, mußt du wissen.«

Caroline blickte kurz auf. »Ja? Das freut mich. Wir sehen uns später.« Ohne ihn weiter zu beachten, wandte sie sich wieder ihrem Tagebuch zu.

Plankengang

Hamburg 1842, 4. Mai,
17 Minuten nach 10 Uhr am Abend

Tobias war naßgeschwitzt und ziemlich außer Atem, als er endlich den Hafen erreichte und das *Baumhaus* vor sich auftauchen sah. Es stank nach Fisch, brackigem Wasser und dem Rauch der Dampfschiffe. Durch die halbe Stadt war er gerannt, um den Termin mit Heine einzuhalten. Doch es schien ihm schon jetzt eine halbe Ewigkeit her, seit die Kirchen der Stadt zur zehnten Abendstunde geläutet hatten.

Nachtwächtern und nächtlichen Passanten hatte er ebenso aus dem Weg gehen müssen wie betrunkenen Zechern, die auf Krawall aus gewesen waren. Zwar hatte er eigentlich nur eine lange Straße an einem Fleet hinunterlaufen müssen, doch blieb ständig die Furcht, sich erneut zu verirren.

Noch immer ging ihm Carolines abweisendes Verhalten nicht aus dem Kopf. Vorhin mußte ihn der Teufel geritten haben. Er war ein solcher Narr. Was hatte er erwartet? Außerdem gehörte er, verdammt noch mal, nicht in diese Zeit.

Während er alle diese unerquicklichen Gedanken abzuschütteln versuchte, eilte er möglichst unauffällig an vier Droschken auf dem Vorplatz des *Baumhauses* vorbei. Die Kutscher standen am Rande des Hafenbeckens, schwatzten miteinander und ließen in der Dunkelheit eine Flasche kreisen. Aus den oberen Stockwerken des Hauses erscholl leise Violinmusik.

Tobias fächerte sich Luft zu und brachte seine Kleidung in Ordnung. Anschließend spähte er durch eines der hellerleuchteten Fenster im Erdgeschoß. An den Tischen des großen Speisesaals saßen vornehm gekleidete Gäste und parlierten bei Wein und Braten. Von Heine war nichts zu sehen.

»Ähem«, erklang es leise hinter ihm. Tobias fuhr herum und erkannte den Dichter im fahlen Lichtschein. Dieser hielt eine Taschenuhr in der Hand und maß ihn mit einem bärbeißigen Blick. »Ich dachte schon, Sie kämen gar nicht mehr.«

»Bin etwas aufgehalten worden«, antwortete Tobias lahm.

»Und? Wie geht es Ihrer Bekannten?« wollte der Dichter wissen.

»Gut, den Umständen entsprechend. Allerdings wurde sie von der Polizei verhört. Man sucht mich jetzt. Und Sie auch, wie ich leider hinzufügen muß.«

Mürrisch verzog Heine das Gesicht. »Nun, dann kommen Sie und lassen Sie uns die unschöne Angelegenheit zu einem Ende bringen. Ich hatte übrigens recht. Diese *Ham-*

monia ist tatsächlich ein Schiff. Es gehört dem Hamburger Reeder Sloman und kommt gerade aus London. Es ist heute mittag eingelaufen.«

Heine führte ihn zurück zu der Straße, aus der Tobias gekommen war. Als sie bei einem großen Kalkmagazin angelangt waren, folgten sie der Uferstraße in Richtung Osten. Eine warme Brise blies ihnen ins Gesicht und trug den Geruch von Tauwerk und Teer heran.

»Da, nehmen Sie!« Heine drückte ihm einen langen, schmalen Gegenstand in die Hand, der in Fahnenstoff eingerollt war. Als Tobias das Tuch aufschlug, hielt er sein Florett in den Händen.

»Sind Sie nicht bewaffnet?«

»Doch«, erwiderte sein Begleiter und zeigte unter seiner Jacke den perlmutten Griff einer Pistole. »Kennen Sie die Galanterie- und Waffenhandlung von Herrn Hagenest? Sie liegt am Großen Burstah. Sicherheitshalber habe ich ihr vorhin einen Besuch abgestattet.«

»Ich hoffe nicht, daß es zu irgendwelchen Kämpfen kommt«, antwortete Tobias. »Ich finde, es hat bereits genügend Tote gegeben. Und wenn Sie schießen, wird der Lärm das halbe Nachtwächter-Corps auf den Plan rufen.«

Heine winkte ab. »Ich habe nicht vor, jemanden zu erschießen. Dafür bin ich ein zu guter Schütze. Und was den Lärm angeht, machen Sie sich keine Gedanken.« Im Zwielicht war zu erkennen, daß er schmunzelte. »Im Zweifel gibt es nichts Stilleres als eine geladene Kanone.«

Tobias klemmte den Stoff zwischen einige lose Holzbretter, die gegen eine Schuppenwand lehnten, und folgte seinem Begleiter. Kurz darauf kamen sie an zwei holländischen Frachtschiffen vorbei, die nahe der Hafenmole im Wasser lagen. Von Bord eines der Segler ertönte das wehmütige Spiel einer Ziehharmonika.

Heine blieb stehen und deutete auf eine Zweimastbark, die in nächster Nähe an einer hölzernen Pier festgemacht hatte. Auf den Masten mit den hochgezogenen Segeln saßen schläfrige Möwen, die sich vor dem Sternenhimmel grau abhoben, und unter dem Bugspriet zeichnete sich eine weibliche Holzfigur ab. An der Bordwand schräg darunter prangte stolz ein Messingschild, auf dem Tobias mit einiger Mühe die Aufschrift *Hammonia* entziffern konnte. Nachdenklich musterte er das Schiff.

»So hoch, wie es auf dem Wasser liegt, ist es bereits entladen worden.«

»Gut beobachtet«, murmelte Heine leise. »Angeblich hatte es Torf, Linsen und Metallwaren geladen. Die Empfänger der Waren konnte ich leider nicht in Erfahrung bringen. In der Notiz stand aber etwas von ›L. 333–341‹. Ich schätze, damit ist eine bestimmte Fracht gemeint. Daher schlage ich vor, in die Kapitänskajüte einzusteigen und einen Blick in das Frachtbuch zu werfen.«

»Und wie kommen wir auf das Schiff?« Tobias deutete zum Deck der Bark. Im Schatten neben der Reling war eine Schiffswache zu erkennen. Der Matrose saß auf einer Taurolle und zog an einer Pfeife, die in der Dunkelheit glühte.

»Verflucht, daran habe ich nicht gedacht«, murmelte Heine verärgert.

Tobias sah sich um und entdeckte nicht weit entfernt steinerne Stufen, die weiter hinunter ins Hafenbecken reichten. Es war Ebbe – und der Wasserstand demzufolge recht niedrig. Dennoch tänzelte die kleine Jolle, die dort unten vertäut lag, unruhig auf der Wasseroberfläche. »Wir könnten versuchen, von der Wasserseite an Bord zu klettern«, schlug er vor.

Heine gab einen besorgten Laut von sich. »Und wie wollen wir das anstellen?«

»Über die Ankerkette? Über ein Tau? Ich weiß es noch nicht. Aber nachsehen kostet nichts.«

Heine zögerte und folgte dem Studenten schließlich die Stufen zum Wasser hinunter. Tobias hatte die Jolle längst geentert und spähte vorsichtig zu den Schiffen hinüber.

»Und womit sollen wir rudern?« spottete der Dichter. Tobias schaute sich um. Tatsächlich, der Eigner schien die Ruder vorsichtshalber mitgenommen zu haben.

Da kam ihm ein Gedanke. »Augenblick!«

Rasch stieg er wieder nach oben und eilte den Weg zurück zum Schuppen, wo er den Fahnenstoff abgelegt hatte. Wenig später kam er mit zwei armlangen Brettern zurück. »Damit sollte es doch wohl gehen.«

Kommentarlos machte Heine die Jolle los und ergriff eines der behelfsmäßigen Ruder. Sie stießen das Boot ab und glitten lautlos auf die offene Wasserfläche hinaus. Eine Weile war nur das Plätschern eintauchender Bretter zu hören. Sie schlugen einen großen Bogen und paddelten dann vorsichtig auf die *Hammonia* zu. Tobias hätte jubeln mögen. Auf der dem Hafenbecken zugewandten Seite entdeckte er ein halb heruntergelassenes Fallreep, das knapp anderthalb Meter über der Wasseroberfläche hing. Es dauerte nicht lange, und sie hatten es erreicht.

Vorsichtig richtete sich Tobias auf dem schwankenden Boden auf und band die Jolle an der untersten Sprosse des Fallreeps fest. Dann zog er sich hoch und kletterte vorsichtig zur Reling. Der wachhabende Matrose saß gute zehn Meter von ihnen entfernt und wandte ihnen den Rücken zu. Er summte eine lustige Melodie und stopfte sich erneut ein Pfeifchen.

Tobias glitt an Deck und spürte, wie ihm Heine lautlos folgte. Überaus vorsichtig schlichen sie hinter dem Mann zum Heck des Schiffs, wo die Deckshütte des Niedergangs, also der Schiffstreppe, lag. Als sie den Holzbau erreicht hatten und vor den Blicken des Matrosen sicher waren, atmete Tobias erleichtert aus. Heine zögerte nicht lange und öffnete leise das Schott. Dahinter führten Treppenstufen in die dunkle Tiefe. Heine ging voran. Tobias folgte ihm und schloß die Tür. Die Stufen knarrten unter ihren Schritten, es roch nach Tabakrauch und kaltem Essen.

Trotz des Sternenlichts, das durch die Oberlichter in den Raum sickerte, war es schwer, irgend etwas zu erkennen. Heine entzündete ein Streichholz, und sie entdeckten, daß sie in der Schiffsmesse standen. Die Wände waren getäfelt und mit Schiffsgemälden versehen. Die kleine Flamme enthüllte einen langen Klapptisch, neben dem Aufgang hing eine Öljacke samt Südwester – und von der Decke baumelte eine Öllampe, an der ein Tablett mit Vertiefungen für Flaschen und Gläser angebracht war. Beständig gluckste unter ihnen das Wasser der Schiffsbilge. Durch eine offenstehende Tür erhaschte Tobias einen Blick auf die Pantry, einen kleinen Raum, in dem sich eine Wasserpumpe, eine Wanne sowie ein Regal mit Blechgeschirr befanden.

»Touché!« flüsterte Heine und wandte sich einer Tür seitlich des Niedergangs zu. »Ich wette noch einmal zehn Schilling, daß sich dort die Kapitänskajüte befindet. Und noch einmal zehn, daß darin das Frachtbuch liegt.«

Er entzündete ein weiteres Streichholz und drehte am Türknauf. Verschlossen. Unwirsch reichte er Tobias die Schachtel mit den Phosphorhölzchen und wies ihn an, ihm zu leuchten. Als dieser das dritte Zündholz entflammte, hatte Heine bereits zu einem Brecheisen gegriffen. Es handelte sich um jenes, das sie gestern in der Ledertasche des Kahlköpfigen gefunden hatten. Der Dichter setzte das Eisen neben dem Schloß an und stemmte sich mit Wucht dagegen. Mit einem knirschenden Laut brach das Schloß weg, und die Tür schwang auf. Gespannt hielten sie inne. Doch von oben war nichts zu hören.

Die Kajüte hinter der Tür machte einen gediegenen Eindruck. Zu ihrer Rechten befand sich ein offenes Kastenbett, neben dem ein hölzerner Spind verschraubt war. Unter den beiden Heckfenstern war ein Sekretär zu erkennen, auf dem Seekarten und Navigationsgeräte lagen. An den Wänden hingen Ölbilder und maritime Erinnerungsstücke. Heine hielt sich nicht lange auf und schloß die Sturmklappen vor den Bullaugen. Anschließend bat er Tobias, eine verglaste Öllampe an der Wand neben dem Sekretär zu entzünden. Der tat es und stellte den Docht niedrig. Der Dichter durchwühlte inzwischen die Schubladen.

»Ich habe es!« flüsterte er nach einer Weile. Zufrieden präsentierte er ein in Leder eingeschlagenes Buch und blätterte bis zur Seite der aktuellsten Eintragungen vor. »Hier, die Frachtliste. Schauen wir doch einmal, was mit L. 333 – L. 341 gemeint ist... Aha, es handelt sich offenbar um Kisten, die von der englischen Firma Godwin Knight & Sons aufgegeben wurden.« Er grübelte. »Seltsam. Von der habe ich schon einmal gehört. Mein Bruder Max in Petersburg, erinnern Sie sich? Die Sache mit dem Mesmerismus.«

Tobias nickte.

»Er erzählte mir vor zwei oder drei Jahren«, erläuterte Heine, »daß diese Firma die einzige sei, die magnetisierte Metallkomponenten verkauft. Unter anderem für diese Baquets.« Er tippte aufgeregt auf eine bestimmte Stelle der Seite. »Aha. Die Ladung wurde in einen Speicher an der Deichstraße verbracht. Hier steht die Adresse. Und das L bezeichnet offenbar den Empfänger, einen gewisser W. Lindley.«

»Augenblick!« raunte Tobias ungläubig. »Damit könnte dieser William Lindley gemeint sein. Das ist der Ingenieur, der die Eisenbahn baut.«

Heine wollte etwas erwidern, hielt aber erschrocken inne. Auf dem Niedergang war ein leises Knarren zu hören. Alarmiert zog er seine Pistole und hastete neben den Spind. Tobias schlüpfte mit seinem Florett hinter die Tür und erstarrte.

Verflucht, er hatte vergessen, die Lampe zu löschen. Heine, der den Fauxpas ebenfalls erst jetzt bemerkte, blitzte ihn böse an. Doch für Vorhaltungen war es jetzt zu spät. Vorsichtig versuchte Tobias, die Tür zuzuziehen, doch die gab ausgerechnet jetzt ein schleifendes Geräusch von sich. Er verzog das Gesicht.

Inzwischen waren Geräusche in der Schiffsmesse zu hören. Ohne Zweifel befand sich dort jemand. Im Nachbarraum ertönte jetzt ein lautes Zischen, das ihm nur allzu bekannt vorkam. Ein süßlicher Geruch nach Chloroform drang in die Kajüte.

»Raus hier!« brüllte Tobias und riß die Tür auf. Keinesfalls durften sie den Dämpfen zu lange ausgesetzt sein. Lieber ging er die Gefahr eines neuerlichen Kampfs ein. Er wollte schon in die benachbarte Messe stürzen, als er im Zwielicht einen stämmigen Mann erkannte, dessen Kopf von einer der bizarren Vogelmasken verhüllt wurde. Der stand neben dem fauchenden, Chloroform versprühenden Koffer und hielt eine Pistole auf den Zugang zur Kapitänskajüte gerichtet. Tobias konnte gerade noch zurückspringen, als ein lauter Knall ertönte. Der Türrahmen neben seinem Kopf splitterte, und in den süßlichen Dunst mischte sich der Geruch von Schießpulver.

Tobias spürte, wie er von Heine zurückgerissen wurde. Der kniete inzwischen ebenfalls neben dem Eingang und erwiderte das Feuer. Im Nachbarraum erklang ein gedämpfter Schrei, dem ein Rumpeln folgte.

»Nicht das Gas einatmen!« fuhr Tobias den Dichter an und hustete. »Es betäubt. Diese Schurken schützen sich mit ihren Masken dagegen.«

Heine war nicht anzumerken, ob er die Warnung gehört hatte, aber er riß kurzerhand ein schweres Fernrohr von der Wand. Im Nachbarraum, wo die eisernen Ventile des Koffers noch immer zischten, war ein gedämpftes Stöhnen zu hören. Der Unbekannte richtete sich soeben wieder auf und zückte ein langes Messer. Im schwachen Lichtschein war zu erkennen, daß er am Oberarm blutete. Doch statt sich ihnen entgegenzustellen, flüchtete er zur Treppe. Heine kam ihm zuvor und drosch mit dem

Fernrohr auf ihn ein. Kurz darauf lagen die beiden ringend am Boden.

Tobias stürmte hinzu, und zu zweit rissen sie dem Unbekannten die Maske herunter. Darunter kam der Kopf eines grobschlächtigen Kerls mit wulstigen Augenbrauen zum Vorschein. Haßerfüllt starrte er sie an und versuchte sie wegzudrücken. Der Dichter schlug ein weiteres Mal mit dem Fernrohr zu, und der Mann erschlaffte. Der Raum war inzwischen in dichten Nebel gehüllt. Keuchend stieß Heine die Luft aus – und erst jetzt bemerkte Tobias, daß der Dichter die ganze Zeit über die Luft angehalten hatte.

»Weg hier!« knurrte er und spürte bereits, daß ihm schwindlig wurde. Gemeinsam stolperten sie zur Treppe, doch oben im Schott zeichnete sich drohend eine weitere Gestalt ab. Der Fremde trug ebenfalls eine vogelartige Maske und musterte sie durch die stumpfen Glasaugen hindurch wie ein böser ägyptischer Geist. Es war der Kapuzenträger, mit dem sich Tobias auf Lewalds Landsitz duelliert hatte!

Der Fremde hielt Rapier und Pistole in den Händen, zielte auf sie und drückte ab. Diesmal war es Tobias, der Heine zur Seite riß. Dennoch stieß der Dichter einen Schmerzensschrei aus.

Hastig schleppte Tobias seinen Begleiter zurück in die Kapitänskajüte und drückte mit dem Stiefel die Tür zu. Dort hatte sich das tückische Narkotikum noch nicht ganz so stark ausgebreitet wie im Nachbarraum.

»Mein Arm!« keuchte der Dichter und preßte die Rechte auf die Wunde. Tobias besah sich die Verletzung. Glücklicherweise handelte es sich nur um einen Streifschuß. Schmerzhaft, aber nicht gefährlich. Benommen lehnte sich Heine gegen den Spind. Tobias rannte zu den Bullaugen, stieß die Sturmklappen auf und öffnete die runden Fenster. Befreit atmete er die warme Nachtluft ein. Heine war inzwischen wieder dabei, seine Waffe nachzuladen.

»Hören Sie!« stieß er gepreßt hervor. »Sehen Sie zu, daß Sie mit dem Kerl da oben fertig werden. Ich verspüre keine große Lust, daß uns hier irgend jemand findet – sei es nun diese Mörderbande oder die Obrigkeit.«

»Und wie?« flüsterte Tobias.

Heine gab seiner Waffe einen Stoß, und sie rutschte nun quer über den Boden auf seinen Gefährten zu. Anschließend warf er ihm die Maske zu, die er mitgenommen hatte. »Lassen Sie sich etwas einfallen, junger Freund. Aber beeilen Sie sich!«

Tobias ergriff Pistole und Maske und nickte. Dann streifte er sich den seltsamen Kopfputz über. Er stank nach Schweiß – und es war nicht leicht, durch den Filter zu atmen. Heine taumelte benommen zu dem offenstehenden Bullauge. »Los jetzt! Ich helfe Ihnen, sobald ich wieder zu Atem gekommen bin.«

Mit Pistole und Florett bewaffnet, spähte Tobias durch den Türspalt in die Schiffsmesse. Das Zischen war inzwischen leiser geworden, und der Raum mußte nun ganz eingenebelt sein. Er öffnete die Tür und robbte im Zwielicht so leise wie möglich zu dem bewußtlosen Fremden neben dem Tisch. Dort wartete er. Der Kapuzenträger hatte gewiß etwas auf dem Schiff gesucht. Sicher lauerte er oben am Schott darauf, bis das Gas seine Wirkung endlich getan hatte. Tobias war ganz sicher, daß auch er es sich nicht leisten konnte, dort oben allzulange abzuwarten, ob die Schüsse von jemandem gehört worden waren.

Er atmete ruhig durch den Filter der Maske, und tatsächlich dauerte es nicht lange, bis ein Schatten auf die Treppe des Niedergangs fiel. Er preßte sich auf den Boden. Wenig später betrat der Kapuzenträger den Raum. Er war wie vorhin mit Rapier und Pistole bewaffnet und sah sich vorsichtig um. Tobias hob im Dunkeln die Schußwaffe, zögerte jedoch. Er konnte doch nicht einfach einen Menschen erschießen. Einerlei, was dieser getan haben mochte.

Entschlossen visierte er die Pistolenhand seines Gegners an und drückte ab. Ein lautes Krachen erfüllte den Raum. Die gegnerische Waffe flog mit zerborstenem Griff gegen die Wand, und der Unbekannte schrie unter der Vogelmaske auf. Der Maskierte warf sich herum und flüchtete wieder nach oben.

Tobias ließ die leergeschossene Pistole fallen, sprang auf und setzte ihm nach. Kurz nacheinander erreichten sie das Deck, wo der Fremde nun in Richtung Pier rannte. Nur am Rande bemerkte Tobias, daß der Wache haltende Matrose mit verrenktem Hals neben der Reling lag.

Der Gegner hatte gerade den Hauptmast erreicht, als Tobias seinen wehenden Umhang zu fassen bekam. Er zerrte an dem Stoff, und der Unbekannte stürzte auf die Planken. Doch bevor Tobias zupacken konnte, hatte der Fremde die Schlaufen gelöst, eine Rolle geschlagen und war mit dem Rapier in der Hand wieder aufgesprungen. Obwohl die Linsen der Maske inzwischen leicht beschlagen waren, entdeckte er, daß die Linke des Fremden stark blutete. Nicht nur das: Dort, wo sich der Ringfinger befand, war nur noch ein blutiger Stumpf zu sehen.

Tobias ließ den Kapuzenmantel fallen und riß sich keuchend die Vogelmaske vom Kopf. Kaum polterte sie auf die Planken, als der Fremde auch schon zuschlug. Tobias riß im letzten Augenblick seine Waffe hoch, und die elastische Klinge des Floretts vibrierte unter dem Aufprall des Rapiers. Kurz darauf hielt er sich mit seinem Gegner umklammert und spürte, wie ihm der eigentümliche Schnabel der gegnerischen Maske gegen die Wange drückte.

Radoppio. Tobias stieß den Fremden von sich und konterte mit einem Ausfall, den dieser mit einer eleganten Enveloppe ablenkte. Eine Weile war das Klirren von Stahl auf Stahl zu hören, und der Maskierte trieb Tobias Stück für Stück auf eine Brasswinde zu. Verflucht, mit dem Rapier war ihm der Kerl überlegen!

Battuta. Mit einem kräftigen Schlag seines Floretts versuchte er, dem anderen die Waffe aus der Hand zu prellen, doch der wich aus und drängte ihn erneut zurück. Augenblicke später spürte Tobias die Lenzpumpe des Schiffs im Rücken und duckte sich unter einem tückischen Hieb, stolperte jedoch unversehens über einen aus dem Deck ragenden Pallpfosten. Schwer krachte er auf die Planken und spürte im nächsten Augenblick die Klinge seines Gegners am Hals.

»Der Stein, Zeitreisender!« nuschelte der Fremde unter der Maske. »Gib ihn mir!«

Tobias keuchte überrascht auf. Hinter ihm war ein Poltern zu hören. Heinrich Heine kam mit zwei schweren Belegnägeln angerannt, von denen er einen noch im Laufen schleuderte.

Der Maskierte wurde an der Schulter getroffen und stieß einen leisen Fluch aus. Tobias nutzte die Ablenkung, rollte sich zur Reling und rappelte sich rasch wieder auf. Hastig schnitt er seinem Gegner den Weg zum Pier ab.

Der Maskierte beachtete ihn nicht weiter. Er warf sich herum und hetzte zur gegenüberliegenden Seite des Schiffs. Der Kerl wollte doch nicht etwa ins Wasser springen? Tobias stürmte ihm hinterher und erkannte im Zwielicht, wie sich sein Gegner die Maske vom Kopf riß. Im nächsten Augenblick hechtete der Fremde über die Reling und tauchte klatschend in das Wasser des Hafenbeckens ein.

Tobias eilte zur Bordwand und starrte ins Wasser. Doch außer der auf den Fluten tänzelnden Jolle war in der Dunkelheit nichts zu erkennen.

»Verflucht!« knirschte er und ließ das Florett sinken. Auch Heine trat nun neben ihn und starrte auf das Wasser. Von dem Flüchtigen war immer noch keine Spur zu sehen.

Wütend stampfte Tobias auf dem Deck auf. »Ich hätte hinterherspringen sollen! Ich muß endlich herausfinden, was in dieser Stadt vor sich geht.«

Heine, der einen mißtrauischen Blick zu den benachbarten Schiffen warf, flüsterte: »Wie wäre es, wenn wir erst einmal von hier verschwinden und Sie mich verbinden? Und später finden wir es dann heraus.«

Deichstraße

Hamburg 1842, 5. Mai,
5 Minuten nach Mitternacht

Heine saß mit verbundenem Arm im Heck der Jolle, während Tobias schwitzend und im Gleichtakt sein schmales Brett ins Wasser des Deichstraßenfleets eintauchte. Die Fluten glitzerten silbern im Mondlicht. Der Kanal war nur knappe sieben Meter breit und wurde an beiden Seiten von hohen Speichern und Wohnhäusern gesäumt.

Erst vor zehn Minuten hatten sie einer großen, mit sechs Mann besetzte Ruderjolle aus dem Weg gehen müssen. Die sogenannte Hafenrunde, wie ihm Heine erklärt hatte; das war eine Abteilung der Polizei, die für die Sicherheit im Hamburger Hafen verantwortlich war. Am Bug hatte gebieterisch ein Mann gestanden, mit einem dunklem Uniformrock bekleidet und auf dem Kopf einen Dreimaster, während die ihm untergebenen Officianten rudern mußten. Das Boot war nur eine Mastlänge entfernt an ihnen vorbeigeglitten. Glücklicherweise hatten sie sich hinter einigen aus dem Wasser ragenden Pfählen verstecken können, so daß die Männer sie nicht entdeckt hatten.

»Der Mann ist nicht nur ein Verbrecher, sondern auch ein technisches Genie«, murmelte Heine staunend. Tobias warf einen knappen Blick über die Schulter und sah, daß er gerade bewundernd ihre Beute musterte: den seltsamen Koffer mit den Ventilen und die zwei Masken. Sie lagen neben dem Kapuzenmantel des Fremden, den sie ebenfalls mitgenommen hatten. Den Helfer ihres Gegners, der noch immer bewußtlos in der Messe lag, hatten sie zurückgelassen. Tobias hoffte, daß er gefunden wurde, bevor er wieder zu sich kam.

»Ja, mag sein«, schnaufte er und tauchte das Brett ein weiteres Mal in das stinkende Kanalwasser. »Aber wie heißt es so schön: Genie und Wahnsinn liegen dicht beieinander. Wenigstens weiß ich, daß der Kerl den Smaragd noch nicht hat. Er fragte mich danach.«

Und er hatte von seinem Geheimnis gewußt, wie Tobias im stillen hinzufügte. Dies beunruhigte ihn am meisten.

»Ist es eigentlich noch weit?«

Heine zählte die Gebäude ab und deutete auf einen gut fünfzehn Meter hohen Fachwerkspeicher mit Spitzgiebel und Sprossenfenstern an der Außenfassade, der eingeklemmt zwischen zwei anderen Lagerhäusern lag. Unter dem Dachgiebel zeichnete sich dunkel ein Kranbalken vor dem Nachthimmel ab, und zum Fleet hin war ein mittig angebrachtes Tor zu erkennen. »Der da ist es!«

Vorsichtig glitten sie mit dem Boot auf die steinerne Treppe vor dem Tor zu, die von der Flut noch feucht schimmerte. Ein schmieriger Algenbewuchs bedeckte die Stufen, und Tobias glaubte, einen kleinen Krebs forthuschen zu sehen, als sie mit der Jolle daran entlangschrammten. Sie machten das Boot fest, und Heine reichte ihm nicht etwa das Brecheisen, sondern das Bündel mit den Dietrichen.

»Alles andere wäre zu laut«, flüsterte er.

Tobias starrte die gebogenen Drähte und Nägel ratlos an. »Allmählich komme ich mir wie ein Einbrecher vor«, brummte er.

Der Dichter lachte trotz seiner Schmerzen. »Sie sind einer, mein junger Freund. Sie sind einer.«

Es bedurfte eines guten Dutzends Anläufe, bis er endlich einen gebogenen Haken fand, mit dem er bei dem Torschloß Erfolg hatte. Schnappend sprang es auf, und die Tür öffnete sich knarrend. Warme, trockene Luft schlug ihm entgegen; es roch nach Gummi und Schellack. Dem Speicher war anzumerken, wie er sich in den letzten warmen Frühlingstagen erhitzt hatte.

Tobias half Heine aus dem Boot, und gemeinsam betraten sie einen bis hinüber zur Straße führenden Gang, neben dem eine steile Treppe zu den Zwischenböden hinaufführte. Es war dunkel; durch die verdreckten Fenster sickerte nur wenig Mondlicht. Heine deutete auf eine Laterne an der Wand, ging darauf zu und entzündete sie mit schmerzverzerrtem Gesicht.

»Der Speicher ist riesig«, raunte Tobias. »Wie wollen wir da diese Fracht finden?«

»Hier sollte irgendwo eine Tafel hängen, auf der verzeichnet ist, welchem Kaufmann welcher Boden gehört«, flüsterte der Dichter. »Die Hausküper legen sie an, damit die Packer die Säcke, Kisten und Fässer an die richtige Stelle schaffen. Ah, sehen Sie, da hinten!«

Heine trottete auf eine große Kreidetafel neben der Treppe zu, auf der sich verschiedene Eintragungen befanden.

»Hier! Dies müßte der richtige Boden sein.« Tobias deutete auf eine Notiz in der Mitte der Tafel, die mit ›Boden 8: Hamburg/Bergedorf – Eisenbahn Aktiengesellschaft‹ beschriftet war.

»Der Boden liegt also oben«, ächzte Heine. »Dann lassen Sie uns hinaufsteigen.«

Sie eilten die Treppe nach oben, bis sie eine Tür erreichten, die in abgeblätterten Farben die Nummer 8 trug. Tobias bemerkte, daß der Verband des Dichters durchfeuchtet war.

»Wollen Sie sich nicht etwas ausruhen?«

»Jetzt, da wir beide so weit gekommen sind?« Heine schüttelte den Kopf. »Außerdem, so schlimm ist es nicht.«

Die Tür war mit einem Vorhängeschloß gesichert. Tobias probierte erneut sein Glück mit dem Besteck an Dietrichen, und einige Minuten später hatte er zu seiner eigenen Überraschung noch einmal Erfolg.

Die Tür gab ein schabendes Geräusch von sich, als er sie aufzog. Heine leuchtete, und sie überblickten einen hohen, länglichen Raum mit Holzbalkendecke, in dem es nach Staub und Sägespänen roch. Links von ihnen, nicht weit von der Tür, war er mit leeren Bretterverschlägen abgeteilt; rechts, zur Deichstraße hin, stapelte sich ein gutes Dutzend Holzkisten.

»Sieht so aus, als hätten wir Glück. Kommen Sie!« rief Heine aufgeregt und eilte hinüber zu den Kisten. Neun von ihnen trugen ein Brandzeichen mit dem Stempel ›Godwin Knight & Sons – London‹.

Tobias stellte die Laterne ab, nahm das Brecheisen zur Hand und hebelte eine besonders lange Kisten auf. Sie stemmten den Deckel hoch und blickten auf einen Haufen Holzwolle. Tobias schob das Füllmaterial beiseite und entdeckte darunter einen Gegenstand, der im Schein ihrer Laterne gold-metallisch schimmerte.

»Was ist das?« fragte der Dichter.

Tobias räumte weitere Holzwolle beiseite, und ihm war, als träfe ihn der Schlag. Vor ihm lag der vordere Teil einer Kufe. Soweit er es beurteilen konnte, ähnelte sie den Kufen jener Zeitmaschine, mit der er gerade erst in diese Epoche gereist war, bis in jede Einzelheit. Keuchend trat er zurück.

»Ich Dummkopf!« stammelte er. »Wieso bin ich nicht selbst darauf gekommen? Sie wird erst gebaut. Jetzt.«

»Wovon reden Sie?« wollte der Dichter wissen.

Tobias schüttelte den Kopf. Plötzlich fügten sich die Mosaiksteine zu einem Bild. Das Notizbuch Salomon Heines. Der kristallene Aktivierungshebel. Er erinnerte sich plötzlich wieder an das seltsame Déjà-vu-Erlebnis, bevor er die Zeitreise angetreten hatte. Als er mit dem Kristallstab in der Hand den Unfall auf der Straße vor seinem Wohnhaus vorhergesehen hatte. Das war nichts anderes gewesen als ein kurzer Blick in die Zukunft. In der verfluchten Elfenbeinkugel also mußte der mysteriöse Smaragd stecken. Diese *ultima materia*, als die Heine den Stein erst am Mittag bezeichnet hatte. Es gab keine andere Erklärung dafür. Der Stein schien demnach außer Hellsicht noch ganze andere Zeitmanipulationen zu ermöglichen.

»Nun reden Sie schon!« raunzte ihn Heine erneut an.

»Dies sind die Einzelteile einer Zeitmaschine. William Lindley baut eine Maschine, mit der man durch die Zeit reisen kann«, murmelte er. »Ich habe sie bereits gesehen. Da war sie allerdings schon fertig. Ich…«

»Ja, sind Sie jetzt völlig verrückt geworden?« fauchte der Dichter.

Tobias achtete nicht auf ihn. Was hatte der Uhrmacher gesagt? Ohne den Hebel sei die Zeitmaschine nutzlos!

»Aber… ohne diesen Smaragd funktioniert die Apparatur nicht.«

»Sie sind verrückt!« rief Heine entgeistert. »Komplett verrückt. Wenn Sie diese Maschine bereits gesehen haben wollen, dann würde das ja bedeuten, daß… daß…«

Tobias starrte ihn tonlos an, und Heinrich Heine wich einen Schritt vor ihm zurück. »Nein, das glaube ich Ihnen nicht.«

Der Student kam um eine Antwort herum, denn unten im Treppenhaus des Speichers waren Stimmen zu hören. Männer näherten sich ihrem Stockwerk. Keine Sekunde lang glaubte Tobias, daß diese Leute zufällig im Gebäude waren – oder gar einen anderen Dachboden zum Ziel hatten.

Seite an Seite hasteten er und Heine zu der Kiste und schlossen den Deckel. In aller Eile schob Tobias die am Boden verstreute Holzwolle beiseite. Um ein Stockwerk weiter hinauf zu flüchten, war es zu spät.

»Licht aus!« flüsterte Heine.

Tobias griff wieder zu der Laterne und löschte das Licht. Der Dichter war bereits zu dem Verschlag nahe der Tür gelaufen und bedeutete Tobias, sich dort ebenfalls zu verstecken. Keinen Augenblick zu früh. Kaum hatten die beiden die Köpfe eingezogen, als sich die Bodentür öffnete.

»Hey, look at this. The door is unlocked!« grunzte eine Baßstimme auf englisch.

»Wat seggt hej?« wollte ein anderer mit hoher Fistelstimme wissen.

»Kiek doch hin«, fluchte ein dritter. »Dat Schloß is op.«

Die Tür öffnete sich, und vier Männer betraten den Raum und leuchteten die Kisten mit Laternen ab. Tobias und Heine preßten sich gegen die Wand des Verschlags, und jeder hörte sein Herz hämmern.

»Seiht ut, as weer noh allens dor«, murmelte der Mann mit der Fistelstimme.

»Schätze, de Tüdelköpp hebben bloots vergeeten aftoschließen«, brummte der vierte und grunzte unwillig. »Mallige Lamp. Wat is bloots mit die los. Schietige Docht.«

Tobias hörte, wie der Mann seine Laterne schüttelte. Plötzlich stand er ganz in der Nähe des Verschlags und hängte die Lampe an einen rostigen Nagel, der neben der Bodentür in der Wand steckte. Sie glomm nur noch schwach. »Na, hältst du wohl?« murmelte er.

Tobias bemerkte, wie Heine zu seiner Pistole griff.

»Los! Man tau, Männer!« war wieder die Stimme des dritten zu hören. »De Ladung mutt hüüt noh ut de Stadt.«

Tobias und Heinrich Heine hörten mit an, wie die Männer eine der Kisten anhoben und in den Vorraum trugen. Dort wurde eine Klappe geöffnet, und dann quietschte leise eine Winde. Eine gute halbe Stunde lang schleppten die Arbeiter Kiste um Kiste aus dem Speicherraum und schafften die Fracht mit einem Flaschenzug auf die Straße. Dann, endlich, verließen die vier den Boden und schlossen mit einem lauten Knall die Tür. Von draußen wurde abgeschlossen. Tobias und der Dichter wagten erst, wieder aufzustehen, als die Schritte auf den Treppen verklungen waren. Und sie hörten, wie sich auf der Straße vor dem Speicher ein Karren in Bewegung setzte.

»Das war knapp«, erklärte Tobias und richtete sich auf.

Heine erhob sich stöhnend und wankte gegen die Stapelwand auf der Rückseite des Verschlags. Dort hielt er sich den verletzten Arm. »Ich hätte die ganze Zeit über schreien können vor Schmerzen.«

Tobias konnte in der Finsternis nicht erkennen, wie es um den Verband seines Begleiters stand. »Kommen Sie, Herr Heine. Sehen wir zu, daß wir zurück zum Boot kommen. Dann verbinde ich Sie neu.«

Er wollte gerade die Tür des Verschlags aufziehen, als gleich neben dem Zugang zum Boden ein lautes Scheppern ertönte. Sofort flammte es hell im Raum auf.

Entgeistert starrte Tobias auf die brennende Öllache, die sich auf dem Boden vor der Tür zum Speicherraum ausbreitete. Inmitten der rußenden Flammen lag die zerbrochene Laterne, die der Arbeiter an die Wand gehängt hatte. Der Mann hatte vergessen, sie mitzunehmen, und der Nagel mußte sich aus der Wand gelöst haben.

»Um Gottes willen, wir müssen das Feuer löschen!« rief Heine. Beide stürmten aus dem Verschlag, und Heine versuchte, die Flammen mit seiner Jacke auszuschlagen. Als Ergebnis stand der Überwurf nach kurzer Zeit ebenfalls in Flammen. Auch Tobias bemühte sich, die Flammen zu ersticken. Doch dann gab es ein puffendes Geräusch, Holzwolle und Sägespäne am Boden entflammten, und das Feuer breitete sich in einer blauen Welle in Richtung auf die Kisten aus. Inzwischen leckten die Flammen auch an der Wand des Bretterverschlags und neben der Tür empor. Der Raum war von beißendem Qualm erfüllt.

Heine trat fluchend die Flammen auf seiner Jacke aus. Tobias erstarrte. Ihm fiel das Gemälde in Gerresheimers Besitz ein. Plötzlich schrie er: »Heine, welches Datum haben wir?«

Der sah verständnislos zu ihm auf und hustete. »Was soll das jetzt?«

»Welches Datum?« schrie Tobias.

»Heute? Der fünfte Mai, verflucht!« Der Dichter lief zur Tür und rüttelte daran. Sie war verschlossen. »Wir müssen hier raus.«

»Nein!« schrie Tobias voller Entsetzen und hustete. Wüst trampelte er zwischen den Flammen auf dem Boden herum. »Wir müssen das Feuer löschen. Dies ist die Deichstraße. Der Große Brand von 1842! Das darf ich nicht zulassen. Wenn wir es nicht schaffen, fackelt halb Hamburg ab. Wir müssen das Feuer aufhalten!«

»Lassen Sie das!« brüllte der Dichter. »Ich brauche Sie hier an der Tür!«

Tobias reagierte nicht. Er trampelte noch immer wie besessen auf den Flammen herum. »Nein. Das darf ich nicht zulassen. Viele Menschen werden sterben. Wir...«

Heine versetzte ihm eine schallende Ohrfeige. »Mann, kommen Sie zu sich! Und hören Sie mit diesem Unsinn auf. Die Wittkittel werden damit schon fertig. Und jetzt helfen Sie mir, die Tür aufzubrechen.« Er hustete. »Sonst sind wir es, die hier umkommen! Los jetzt!«

Heine stieß ihn von sich und rannte durch den Rauch und die Flammen wieder auf die Tür zu. Tobias bemerkte, daß der Saum seiner Hose zu schwelen begann. Er hetzte nun ebenfalls zur Tür, und gemeinsam warfen sie sich dagegen. Beim dritten Anlauf brach das Holz, und sie stürzten spuckend und keuchend ins Treppenhaus. Hinter ihnen schlugen die Flammen inzwischen bis zur Decke hinauf.

Gemeinsam hasteten sie die Treppenstufen hinunter, die vom prasselnden Schein der Flammen rot erleuchtet wurden. Eine Minute später hatten sie das Erdgeschoß erreicht und rannten auf den Zugang zum Fleet zu. Heine keuchte, als sie ins Freie taumelten. Tobias blickte verzweifelt zum Giebel des Speichers hoch, wo jetzt dunkler Rauch zu sehen war. Er drang aus den Ritzen und Fugen der Dachpfannen und stieg wie ein Trauerflor zum Nachthimmel auf. Tobias war elend zumute. Die Lampe eines unaufmerksamen Arbeiters also. Er hatte miterlebt, wie der Große Brand ausbrach, und es war ihm nicht gelungen, etwas dagegen zu tun. Er fühlte sich wie ein Versager.

Willenlos ließ er sich von Heine in die Jolle bugsieren. Der löste hastig die Leinen. Gemeinsam stießen sie das Boot vom Gebäude ab.

»Ich hätte etwas tun müssen«, stammelte Tobias verzweifelt. »Irgend etwas.«

Jenseits des Gebäudes schallte plötzlich leise eine Stimme durch die Nacht. »Füer! Füer in de Diekstraat!«

Der Große Brand

*Hamburg 1842, 5. Mai,
8 Minuten nach 10 Uhr am Morgen*

Als Tobias erwachte, hatte er Kopfschmerzen und wußte im ersten Augenblick nicht, wo er sich befand. Erst als er sich in seinem Bett aufsetzte und die kleine Gesindekammer mit der Dachschräge und dem gegenüberliegenden Bettkasten sah, fiel ihm wieder ein, wohin ihn Heine letzte Nacht gebracht hatte: zurück ins *Baumhaus*.

Seine Kleidung roch noch immer nach Rauch, und durch das halb geöffnete Dachfenster waren leise, aufgeregte Stimmen zu hören. Mit dem Geruch setzten auch die Erinnerungen an die Ereignisse der letzten Nacht wieder ein. Das Feuer! Es hatte im Speicher einen Brand gegeben.

Er sprang auf und war mit einem Satz am Fenster. Der Anblick, der sich ihm aus dieser Höhe bot, war schrecklich: Die ganze Innenstadt schien in Flammen zu stehen. Über das nordöstlich gelegene Dächermeer hinweg erkannte er eine mächtige Feuersbrunst, die mehrere Straßenzüge erfaßt hatte. Der Himmel war schwarz von Rauch, und in den Straßen liefen aufgeregt Scharen von Menschen umher. Selbst im Hafen war die Aufregung zu spüren. Zwei Schiffe am nördlichen Hafenbecken legten vorsichtshalber von den Kaianlagen ab, und weiter östlich war eine große Schutenspritze zu erkennen, in der zwanzig Feuerwehrleute mit weißer Schutzkleidung saßen und auf einen der Kanäle in Richtung Brandherd zuruderten.

Tobias wandte sich erschüttert ab. Himmel, wie lange hatte er geschlafen, daß sich das Feuer inzwischen so hatte ausbreiten können? Offenbar hatte die durchwachte vorletzte Nacht ihren Tribut gefordert.

Er war gerade dabei, in seine Stiefel zu schlüpfen, als sich die Tür zur Kammer öffnete. Herein trat Heinrich Heine und maß ihn mit knappem Blick. »Guten Morgen, wenn man das an einem Tag wie diesem sagen darf. Sie haben wie ein Toter geschlafen.«

Der Arm des Dichters schien neu verbunden zu sein.

»Wie spät ist es?« wollte Tobias wissen.

Heine zückte seine Taschenuhr. »Etwa zehn Minuten nach elf Uhr.«

»Bis wohin hat sich der Brand bis jetzt ausgebreitet?«

»Wie man hört«, murmelte der Dichter gequält, »ist das Feuer bereits heute morgen über das Deichstraßenfleet gesprungen und hat die Häuser gegenüber entzündet. Inzwischen brennt auch der Rödingsmarkt. Die Trockenheit der letzten Tage sorgt dafür, daß die Flammen reichlich Nahrung finden. Unglücklicherweise hat der Wind aus Westen aufgefrischt und treibt die Flammen auf den Hopfenmarkt zu. Da draußen finden unbeschreibliche Szenen statt.«

Tobias schlüpfte in seine Jacke, die nach Rauch stank, und überlegte verzweifelt, was er von dem Brand wußte. »Sie müssen Ihren Onkel warnen. Das verdammte Feuer wird sich über den Jungfernstieg hinaus bis zur Petrikirche ausbreiten. Es wird die ganze Innenstadt vernichten.« Plötzlich fiel ihm ein, warum er die alte Kirche am Hopfenmarkt nicht erkannt hatte. »Die Nikolaikirche! Sie wird einstürzen. Wir müssen...«

»Hören Sie auf!« schrie ihn Heine an. »Ich glaube Ihnen nicht. Ich weigere mich schlechterdings, Ihnen diesen Unsinn abzunehmen.«

»Was wollen Sie denn noch für einen Beweis?« schrie Tobias zurück. »Da draußen werden Menschen sterben. Elendig im Feuer krepieren. Über zwanzigtausend Menschen werden obdachlos! An diese Katastrophe wird man noch in hundertfünfzig Jahren denken. Glauben Sie, ich stehe hier und sehe tatenlos zu? Ich muß...«

»Gar nichts müssen Sie!« schrie ihn der Dichter an. »Das gestern war ein Unfall! Ein elender, dreimal verfluchter Unfall! Wenn Sie schon jemanden dafür verantwortlich machen wollen, dann diesen... diesen Lindley oder wer auch immer uns gestern angegriffen hat.«

Heine ließ von ihm ab, setzte sich auf einen Hocker und strich sich fahrig durch das lockige Haar. Auch er wirkte müde. »Nein. Ich kann nicht glauben, was Sie da gestern angedeutet haben. Aber wenn diese... diese Sache stimmt« – er blickte Tobias mit einer Mischung aus Furcht und Niedergeschlagenheit an –, »dann können wir nichts daran ändern können. Nichts.«

Tobias sank auf sein Bett zurück und schwieg. In Wahrheit war diese Gegenwart seine Vergangenheit. Blieb er wirklich zur Untätigkeit verdammt?

Heine erhob sich, trat ans Fenster und starrte eine Weile hinaus.

»Sie wußten wirklich von alledem? Sie stammen tatsächlich aus der... der...?«

»Ja. Und nein.« Tobias seufzte. Stockend berichtete er, was ihm seit der Begegnung mit dem Uhrmacher widerfahren war. »Ich verlange nicht, daß Sie mir glauben«, endete er. »Ich habe das selbst alles noch vor wenigen Tagen für unmöglich gehalten. Aber denken Sie bitte an diesen Smaragd und das Notizbuch Ihres Onkels. Klingt das nicht mindestens ebenso verrückt?«

Heine rührte sich nicht. Schließlich atmete er tief ein und wandte sich mit zusammengekniffenen Augen um. »Erwarten Sie jetzt nicht, daß ich irgend etwas über die Zukunft wissen will. Wenn diese absurde Geschichte überhaupt stimmt.« Er atmete tief ein. »Ich will mich mit diesem Wissen nicht belasten. Geben Sie mir Ihr Wort drauf.«

Tobias nickte. »Nur eines: Man wird Sie in meiner Zeit als einen der größten deutschen Dichter feiern. Ich denke, Sie haben ein Recht darauf, dies zu erfahren. Nach allem, was wir beide bisher erlebt haben.«

Heine blickte zum Fenster. Plötzlich zitierte er:

»Ich hatte einst ein schönes Vaterland
Der Eichenbaum
Wuchs dort so hoch,
die Veilchen nickten sanft.
Es war ein Traum.

Das küßte mich auf deutsch und sprach auf deutsch.
Man glaubt es kaum, wie gut es klang.
Das Wort: ›Ich liebe dich!‹
Es war ein Traum…«

Dann stand er kopfschüttelnd auf. »Ein schöner Gedanke, aber ich werde nicht so töricht sein, Ihnen das zu glauben.«

»Ich meine, das folgende Zitat stammt ebenfalls von Ihnen«, erwiderte Tobias. »Wer nie im Leben töricht war – ein Weiser wird er nimmer!«

»Verschonen Sie mich damit!« brummte Heine. »Lassen Sie uns lieber den Lumpen finden, der für dieses ganze Debakel die Verantwortung trägt. Inzwischen habe ich die Sachen unseres Gegners durchsucht. Dabei habe ich etwas

Interessantes herausgefunden. Ich sage es Ihnen nur ungern, aber es sieht so aus, als wären wir gestern nacht verraten worden.«

Der Dichter übergab Tobias einen schmalen, zuvor zusammengerollten Zettel, auf dem in feinsäuberlicher Handschrift einige Zeilen standen. *Tobias wird heute nacht auf einem Schiff im Hafen zu finden sein. Der Name des Schiffes lautet* Hammonia. C.

Ungläubig starrte Tobias die Zeilen an. »Caroline!«

Wütend sprang er auf. »Jetzt weiß ich, wer der Kerl gestern nacht war. Doktor de Lagarde! Dieser Schuft hat Caroline am Abend einen Besuch abgestattet. Ich bin ein Narr!« Er schlug sich vor den Kopf. »Er hat ihr – angeblich aus therapeutischen Gründen – eine Taube dagelassen. Wie blind muß ich gewesen sein! Ich verwette mein rechtes Auge, daß es sich dabei um eine Brieftaube handelte.«

Heine sah ihn mit hochgezogenen Augenbrauen an. »Davon abgesehen, daß ich keinen Mann dieses Namens kenne – warum sollte uns die junge Frau verraten haben? Zürnt sie Ihnen?«

Tobias dachte nach. »Nein, viel schlimmer. Erinnern Sie sich – vorgestern nacht im Keller der Abdeckerei? Der Seziertisch. Die anatomischen Studien an der Wand, das Labor und die schrecklichen Prozeduren, denen die Opfer unterworfen wurden. Da war jemand tätig, der sich in den Wissenschaften auskennt. In der Anatomie. Ein Arzt. Doktor de Lagarde *ist* Arzt. Und dann diese mesmeristischen Gerätschaften. Caroline schien mir gestern seltsam verändert. Dieser Kerl hat sie hypnotisiert oder unter Drogen gesetzt. Das ist die einzige Erklärung, die es meiner Meinung nach gibt. Erst hat er sie auf diese Weise über mich ausgefragt, und dann... Den Rest kennen Sie.«

»Aber warum ist er hinter Ihnen her?« wollte der Dichter erstaunt wissen.

»Er ist auf der Suche nach dem Smaragd«, erklärte Tobias. »Er hat mich während des Kampfs unverblümt darauf angesprochen. Und er wußte von meinem Geheimnis. Auch das kann er nur von Caroline erfahren haben.«

»Was also bedeutet, daß dieser Franzose den Smaragd noch nicht besitzt«, schlußfolgerte Heine.

Tobias schüttelte den Kopf. »Da sollten wir uns nicht zu sicher sein. Den Stein gibt es in dieser Zeit zweimal. ›Meinen‹ Stein, wenn Sie so wollen, besitzt derzeit die Polizei. Er wurde bei einer Zimmerdurchsuchung im Haus der Lewalds gefunden.«

»*Sie* haben den Stein die ganze Zeit über besessen?«

»Nein. Ja. Ach.« Tobias winkte ab. »Ich wußte nicht, daß ich ihn besaß. Er war in einen Teil der Apparatur eingearbeitet.«

»Sie haben ein Talent darin, Angelegenheiten zu verwickeln«, spottete Heine.

Tobias durchwühlte hastig seine Jacke und förderte die Visitenkarte des Franzosen zutage, die er seit dem Gartenfest bei sich trug.

»De Lagarde praktiziert in der Innenstadt. Was halten Sie davon, dem Kerl auf den Zahn zu fühlen? Bei uns Ärzten nennt man das einen Hausbesuch. Und glauben Sie mir: Bei dieser Gelegenheit werde ich diesem Schuft eine Behandlung verpassen, die er nie wieder vergessen wird.«

Krisensitzung

*Hamburg 1842, 5. Mai,
3 Minuten nach 11 Uhr am Vormittag*

Polizeiaktuar Kettenburg stand zwischen Menschenmassen eingezwängt auf der Trostbrücke, die über das Nikolaifleet führte, und schob sich an den Kolonnen der Flüchtenden vorbei auf den Rathausplatz zu. Die Luft stank nach Rauch, und hin und wieder wirbelten weiße Ascheflocken vom Himmel herab. Um ihn herum waren das Geschrei von Kindern, das Wiehern von Pferden und das knarrende Geräusch von hoffnungslos mit Möbeln und anderen Habseligkeiten überladenen Karren zu hören.

Polizeisenator Binder hatte vor einer halben Stunde einen Schreiber ins Stadthaus geschickt und nach ihm verlangt. Kettenburg sollte sich unverzüglich im Rathaus einfinden. Und das, obwohl er gerade einen Termin mit einem Uhrmacher am Speersort ausgemacht hatte. Nachdem ihm dieser englische Ingenieur schon nicht hatte weiterhelfen können, hoffte er, daß der Mann mit der voltaischen Uhr und dem merkwürdigen Kristallstab etwas anzufangen wußte, den er gestern bei den Lewalds gefunden hatte. Grimmig zog er die Aktentasche mit den beiden Gegenständen an sich. Er hoffte noch immer darauf, für einen Besuch bei dem Uhrmacher Zeit zu finden. Polizeisenator Binder schien zwar davon überzeugt, daß dieser Kahlköpfige hinter den seltsamen Ereignissen gesteckt hatte; für ihn selbst war der Fall aber noch lange nicht abgeschlossen. Was sie im Keller unter der Abdeckerei gefunden hatten, bescherte ihm jetzt noch Alpträume.

Wenn er doch nur diesen blonden Herumtreiber fände, der die Freundlichkeit der Lewalds so schamlos ausgenutzt hatte! Die Aussage Caroline Lewalds jedenfalls war mehr als wirr gewesen. Zumindest schien das, was er über die Herkunft des Mannes aus ihr herausgepreßt hatte, höchst unglaubwürdig. Eine strenge Gouvernante oder eine baldige Ehe wäre seiner Meinung nach angeraten, um das Mädchen vor weiteren Torheiten dieser und anderer Art zu bewahren. Sicher dachte ihr Vater inzwischen ebenso.

Irgendwo hinter ihm war plötzlich ein dumpfes Grollen zu hören. War irgendwo ein Haus eingestürzt? Besorgt sah sich Kettenburg über die Köpfe der Menschen hinweg in die Richtung des Geräuschs um. Jenseits der privaten Börsenhalle mit seiner schmucken, mit den Bildnissen Minervas, Merkurs und anderer Genien verzierten Fassade ragte schlank der hohe Turm der Nikolaikirche auf. Nur knapp hinter dem Gotteshaus stoben in großer Breite dunkle Wolken empor und verfinsterten den Himmel. Und noch immer ertönten alle zehn Minuten überall in der Stadt die Kirchturmglocken. Dies ging schon seit der Nacht so, nachdem die ersten Signalschüsse abgegeben worden waren. Bald darauf hatte man die Kuhhörner der Brandwachen gehört, und der Türmer auf dem Michel hatte seine Fanfare geblasen. Glockenfeuer nannte man das. Und dies bedeutete Großalarm.

Angeblich hielt Kandidat Wandt, einer der Prediger der Nikolaikirche, jetzt noch einen Gottesdienst in dem Gebäude ab. Kettenburg hielt dies für keinen guten Einfall.

»Beiseite, Leute! Beiseite!« Drei berittene Dragoner drängten vom Rathausplatz kommend über die Brücke. Ihnen unmittelbar folgend zwängte sich ein Dutzend Wittkittel an den Passanten vorbei. Die Männer in ihrer weißen Schutzkleidung hatten Sturmleitern, Äxte, Sandsäcke und Wassereimer geschultert und blickten unter ihren Stulpenhelmen grimmig in Marschrichtung. Kettenburg hatte bereits auf dem Herweg, auf einem der Fleete, einen Löschzug bei der Arbeit beobachtet – auf einer der kleinen Schiffsspritzen. Doch dem brennenden Zucker, der wie ein Lavastrom aus einem der Speicher gequollen war, hatten sie mit ihrer Spritze nichts entgegensetzen können. Den Männern war es gerade noch gelungen, sich rechtzeitig zurückzuziehen. Bedachte man, daß sie schon seit den frühen Morgenstunden im Einsatz waren, schien es ein Wunder, daß sie noch die Kraft aufbrachten, gegen das Feuer anzukämpfen.

Endlich schaffte es der Polizeiaktuar, die Brücke hinter sich zu lassen und den Rathausplatz mit der Alten Börse, dem Kran, dem Commercium und der alten Waage mit der Statue Justitias auf dem Dach zu erreichen. Auch hier herrschte heilloses Durcheinander. Rechts von ihm, gleich vor der mit drei Türmchen verzierten Alten Börse und ihrem gepflasterten und mit Eisengittern umgebenen Platz, stapelte ein Dutzend Männer des Bürgermilitärs Pulverfässer auf einen Wagen. Offenbar wurden erste Sprengungen vorbereitet. Die Lage war also ernster, als er gedacht hatte. Sicher waren die Pfeffersäcke der Stadt jetzt froh, daß Hamburg seit dem letzten Jahr über eine neue Börse verfügte. Sie stand auf dem Adolphsplatz, der ein gutes Stück von der Feuersbrunst entfernt lag. Aber was machte er sich Gedanken? Bis hierher würde das Feuer nie kommen.

Kettenburg schob sich an dem großen, runden Krangebäude vorbei und betrachtete besorgt das Meer der Flüchtenden, das über den Platz flutete. Darunter ein Maskenverleiher mit Napoleonskostüm und Stulpenstiefeln, eine alte Frau mit ihrem Federbett und eine Familie, die auf einem Karren ein altes Spinett in Sicherheit zu bringen versuchte. Jedesmal wenn der Karren über eine Vertiefung des Kopfsteinpflasters rollte, gab das Instrument einen klirrenden Laut von sich. Jeder versuchte zu retten, was ihm lieb und teuer war.

Ohne weiter auf das Durcheinander zu achten, stapfte der Polizeiaktuar auf das Rathaus zu, als er unvermittelt mit einem kleinen Mann mit dichtem Schnauzer und Zylinder zusammenstieß und auf das Pflaster stürzte.

»Herrgott, passen Sie doch auf, Sie Kretin!« schrie Kettenburg. Er richtete sich auf seinem Dienststock auf und fühlte beim Auftreten einen leisen Schmerz. Wütend betastete er seinen Knöchel.

»'tschuldigung.« Der Fremde erhob sich ebenfalls und reichte Kettenburg beiläufig Zweispitz und Aktentasche, die dieser bei dem Sturz verloren hatte. Doch der Blick des Mannes galt weiterhin der Feuersbrunst hinter der Nikolaikirche.

Den kannte er doch! »Sind Sie nicht Hermann Biow, der beim Gartenfest der Lewalds heliographische Aufnahmen gemacht hat?«

»Wie? Ja«, stieß der Photograph hervor und sammelte hastig den Inhalt eines kleinen Tornisters auf, der um sie herum verstreut lag.

»Wegen Ihnen habe ich mir den Knöchel verstaucht«, raunzte der Polizeiaktuar.

»Der Brand...«, raunte der Daguerreotypist und starrte weiter zur Trostbrücke hinüber. »Das muß ich für die Nachwelt festhalten. Eigentlich bin ich nur in der Stadt, um meiner Kundschaft die Aufnahmen vorbeizubringen. Sie waren nicht darunter? Nein. Gut. Ich muß unbedingt zurück nach Altona. Meine Kamera holen, verstehen Sie? Entschuldigen Sie.« Mit diesen Worten ließ Biow den konsternierten Polizeiaktuar stehen und stürmte in Richtung Trostbrücke. Kettenburg erkannte erst jetzt, daß der Mann einen Umschlag auf dem Pflaster liegen gelassen hatte. Er war mit ›Justus Lewald‹ beschriftet.

Der Beamte hob den Umschlag auf. »He, Sie haben... Ach, scher dich doch zum Teufel!«

Kettenburg steckte den Fund kurzerhand zu den beiden obskuren Gerätschaften in seine Aktentasche, wich einem großen Karren mit Fässern aus und humpelte weiter auf das Rathaus schräg gegenüber der Alten Börse zu. Die

Front des altehrwürdigen Gebäudes wurde von insgesamt einundzwanzig Kaiserstatuen geziert, die in Nischen an der Fassade standen. Darunter Karl der Große, Friedrich Barbarossa, Sigismund, Maximilian II. und viele andere. Geringschätzig schürzte Kettenburg die Lippen. Das einzige, was in dem Gebäude wahrhaft kaiserlich war, befand sich im Keller: Gold, Silber und Geld im Wert von über zwölf Millionen Mark. Beständig eilten Soldaten und Uniformierte seiner eigenen Behörde zwischen Rathauseingang und einigen Blockwagen hin und her. Bestimmt brachten sie Kisten mit Akten und Hypothekenbüchern in Sicherheit: den geheimen Schatz der Stadt.

Unter den Uniformierten erkannte er plötzlich Borchert. Er hatte den tatkräftigen Uhlen und seinen Freund Jan gestern mit Einwilligung des Polizeisenators offiziell als Officianten dritter Klasse in den Polizeidienst eingestellt. Kettenburg glaubte, dies den beiden Männern schuldig gewesen zu sein. Insbesondere Borcherts Dienste waren doch unschätzbar für ihn. Der dicke Officiant erkannte ihn ebenfalls und winkte ihm aufgeregt zu.

»Na, Borchert«, begrüßte ihn der Polizeiaktuar, »deinen Dienstantritt hast du dir sicher anders vorgestellt, was?«

»Kann man wohl seggen, Herr Polizeiaktuar«, schnaufte der ehemalige Uhle. »Gestern nacht hebb ik noch mit Jan und mien Bruder dorauf anstoßen. Er hat een Schankstub unten am Hafen.«

»Jan?« wollte Kettenburg wissen.

»Nein, mien Bruder.«

»Ich dachte, der ist Wagner.«

»Jo, mien ältester Bruder. Aber Uwe is Wirt.«

»Borchert, deine Familienverhältnisse durchschaue ich nie«, seufzte der Polizeiaktuar und warf einen Blick auf seine Taschenuhr. Er wurde erwartet.

»Herr Polizeiaktuar, ik mutt dringend mit Sie wegen wat snacken.« Borchert sah sich mißtrauisch zum Rathaus um.

»Was denn? Mach's kurz. Der Polizeisenator wartet auf mich.«

»Wi räumen doch grad de Dokumentenkeller leer«, erklärte Borchert ungerührt. »Un dor war ik auch in dem eenen. Sie weeten schon. De Maschin. Sie is weg.«

»Was?!« Kettenburg sah den frischgebackenen Konstabler ungläubig an. »Wie kann das sein? Ich habe niemandem die Erlaubnis gegeben, die Apparatur fortzuschaffen. Wo ist sie hin?«

Borchert zuckte mit den Schultern. »Dat Schloß vun de Kellertür war unversehrt. Eenso dat vun de Tür zu de Treppe runter.«

»Ja, und?«

»Ja nu, dat kann nur bedeuten, dat das eener war, der een Schlüssel hett, versteihn Sie mi?«

»Natürlich«, schnaubte der Polizeiaktuar. »Aber es muß doch jemandem aufgefallen sein, als die Apparatur aus dem Gebäude getragen wurde!«

»Nich unbedingt«, erklärte der Dicke. »Dat Rathaus grenzt hinnen an dat lütte Alsterbecken an. Dor gifft dat een eigenen Zugang. Außerdem hebb ik dat hier funden.« Er zückte einen abgerissenen Messingknopf, auf dem das Wappen der Stadt Hamburg eingeprägt war. »De lag im Keller, wo wi de Maschin abstellt hatten.«

»Der stammt von der Uniform eines Rathausbeamten«, stellte Kettenburg überrascht fest.

»So is dat!« Borchert nickte eifrig. »Jan un ik hebben uns de ganzen Vormiddag über vorsichtig umsehn. Wi sünd ja schon siet heut morgen hier. Un nu raten Sie mal, wem een Knopp fehlt?«

»Na, nun rede schon, Borchert!«

»Gustav Wilkens. Er is de Rathausschließer. Jan kennt ihn vun fröher. Wilkens hett noch vor sieben Johr als Tanzlehrer arbeitet. Sie weeten schon, een vun die, wo ünner den Deckmantel von de Danzstunde in Wirtschaften lütte Bälle geben un, ja nu, Sie weeten schon, gewissen Damen Zutritt gewähren.«

»Das ist strafbar«, grollte der Polizeiaktuar. »Wie kommt so ein Lump an einen derartigen Posten?«

»Mi ducht, der hat goode Beziehungen. Jan meent, dat Wilkens schon immer in krumme Geschäfte verwickelt wor.«

Hinter ihnen ertönte ein lautes Rumpeln; es bildete sich ein Menschenauflauf. Bei einem der überladenen Karren war die Achse gebrochen, und das Gefährt versperrte nun den Weg. Kettenburg ließ sich nicht weiter davon beirren und starrte auf seine Uhr.

»Ist der Kerl hier irgendwo?«

»Er hülpt den anderen im Erdgeschoß biem Kistenschleppen«, antwortete der dicke Officiant.

»Gut, dann schnappt euch diesen Wilkens und bringt ihn in irgendeinen der leergeräumten Nebenräume. Ist mir gleich, wo. Hauptsache, ihr seid dort mit ihm allein.«

»Dat wird nich eenfach werden, Herr Polizeiaktuar.«

»Ist mir völlig egal, wie ihr das anstellt«, brauste Kettenburg auf. »Laßt euch was einfallen. Wenn ich mein Tête-à-tête mit dem Senator hinter mir habe, treffen wir uns unten in der Empfangshalle. Verstanden?«

Borchert nickte.

»Gut. Beeile dich!« Kettenburg zog seine Aktentasche an die Brust und humpelte auf seinen Dienststock gestützt auf den Eingang des Rathauses zu. Biow würde ebenfalls noch von ihm hören.

Nachdem er sich an den Uniformierten vorbeigedrängt hatte, hielt er in der weiträumigen, mit steinernen Büsten ausgekleideten Empfangshalle des Rathauses einen jungen Schreiber an. Dieser brachte ihn in den im ersten Stock gelegenen Neptunsaal, benannt nach einer Marmorstatue dieses Gottes, die Hamburg vor hundertsiebzig Jahren von einer venezianischen Gesandtschaft geschenkt bekommen hatte. Als er den Saal betrat, entdeckte er Polizeisenator Binder, der zusammen mit einem Dutzend Senatoren, Militärs und Adjutanten um einen großen Tisch stand und Kriegsrat hielt. Der Tisch war mit Stadtteilplänen und architektonischen Skizzen bedeckt. Die Herren wirkten bedrückt und unentschlossen.

Kettenburgs Verbeugung und seine gemurmelte Begrüßung wurden kaum zur Kenntnis genommen. Erst jetzt erkannte der Polizeiaktuar, daß auch Adolph Repsold anwesend war. Die vormals weiße, leinene Schutzjacke des Oberspritzenmeisters war rußverdreckt, und der Mann wirkte erschöpft. Erregt nestelte er an einem breiten, ledernen Hut mit der vorn hochgeschlagenen Krempe, die für die Wittkittel charakteristisch war.

»...unmöglich, datt all zu löschen!« hörte Kettenburg den Feuerwehrmann resigniert sagen. »Alle vierunddreißig Landspritzen und alle elf Schiffsspritzen sind im Einsatz. Wir haben das knapp überschlagen. In den Speichern jenseits des Hopfenmarkts befinden sich gut fünfhundert Hektoliter Arrak, fünfzig Tonnen Zucker und noch mal fünfzig Tonnen Lacke. Ganz zu schweigen von den Unmengen an Wurzelholz, Gummi und Kampfer. Unglücklicherweise haben viele der verängstigen Arbeiter die in den Gebäuden lagernden Spritfässer aufgeschlagen und in die Fleete gekippt. Und mit dieser Brühe versuchen meine Männer nun zu löschen.«

»Herrje, Repsold«, fuhr ihn der Polizeisenator an und klemmte sich ein Monokel in Auge, »Hamburg verfügt, alle Freiwilligen mit eingerechnet, über fast eintausendzweihundert Feuerwehrleute. Denen wird es doch wohl möglich sein, diesen Brand zu bekämpfen.«

»Der Wind hat auf West gedreht«, gab Repsold zu bedenken. »Das Feuer erreichte inzwischen sogar die Häuser des Hopfenmarkts. Wir erleben hier den Beginn einer Katastrophe, wie sie Hamburg bis heute nicht erlebt hat.«

»Nun wollen wir aber nicht dramatisieren! Hauptmann!« Binder wandte sich an einen der Offiziere. »Wie sieht es mit den Soldaten aus? Können die nicht helfen?«

»Selbstverständlich!« erklärte der Mann zackig. »Aber sie sind nicht für einen solchen Einsatz ausgebildet. Uns fehlen vor allem Pioniere.«

In diesem Augenblick stürmte der junge Schreiber in den Saal, der Kettenburg nach oben geführt hatte.

»Hochweise Herren«, sprach er die anwesenden Senatoren aufgeregt an. »Soeben erreicht uns die Meldung der Torschreiber, daß Altona und Wandsbek Verstärkung geschickt haben. Und aus Lübeck ist die telegraphische Meldung eingetroffen, daß die Stadt ihre gesamte Feuerwehr in Richtung Hamburg in Marsch gesetzt hat. Sie wird gegen Abend eintreffen.«

»Na also!« triumphierte der Polizeisenator und wandte sich wieder Repsold zu. »Damit werden Sie doch etwas anfangen können, oder?«

Der Oberspritzenmeister schüttelte verzweifelt den Kopf. »Herr Senator, die Hilfe kommt zu spät. Die Häuser sind trocken wie Zunder, und der Wind treibt die Funkenflut immer weiter nach Osten. Darf ich einen kühnen Vorschlag unterbreiten? Lassen Sie einige Häuserzeilen sprengen. Diese Methode war schon damals, Anno 1684, bei dem Großbrand auf dem Schiffbauerbrook erfolgreich. Damit schlagen wir eine Schneise in das Häusermeer, die den Flammen die Nahrung entzieht. Ich habe mir bereits erlaubt, zwei der Corporale darum zu bitten, den benötigten Sprengstoff aus den Pulvermagazinen schaffen zu lassen.«

»Wie bitte?« begehrte der Polizeisenator auf. »Sie schlagen allen Ernstes vor, halb Hamburg in die Luft zu sprengen? Wissen Sie, was das die Stadt allein an Regreßansprüchen kosten wird?«

Einer der anderen Senatoren, ein Mann mit schmalen Lippen und fliehender Stirn, trat an die Seite Binders und musterte den Oberspritzenmeister herablassend. »Ich schlage vor, Sie verbessern lieber die Disziplin Ihrer Leute, bevor Sie uns mit solchen Vorschlägen kommen. Wie man mir vorhin zugetragen hat, tun sich einige der Wittkittel lieber an den Weinvorräten der Speicher gütlich, anstatt den Brand zu bekämpfen.«

Repsold starrte den Mann brüskiert an.

»Auf diese Gerüchte sollte man nicht zuviel geben«, mischte sich Kettenburg ungefragt in die Auseinandersetzung ein, und die Männer wandten sich ihm überrascht zu. »Schwarze Schafe gibt es überall. Außerdem handelt es sich bei den Männern da draußen größtenteils um Freiwillige. Ich habe sie gegen die Feuerbrunst kämpfen sehen. Für das Wohl der Stadt geben sie ihr Letztes.«

»Das will ich auch hoffen«, erwiderte der schmallippige Senator kühl.

»Nun, ich habe die anwesenden Herren gewarnt«, erklärte Repsold bitter und warf Kettenburg einen dankbaren Blick zu. Dann setzte er sich den Helm wieder auf. »Meine Herren. Meine Anwesenheit wird da draußen benötigt.«

Grußlos verließ der oberste Spritzenmeister den Saal.

»Gut, daß Sie endlich gekommen sind, Kettenburg«, erklärte der Polizeisenator und rückte sein Monokel zurecht. »Mir ist zu Ohren gekommen, daß in den betroffenen Straßen die Anarchie um sich greift. Schon jetzt brechen Plünderer in Speicher und Wohnhäuser ein und tun sich am Vermögen braver Bürger gütlich. Ich wünsche, daß Sie jeden verfügbaren Mann im Stadthaus aufscheuchen und hinaus auf die Straße schicken.«

Kettenburg lächelte schmal. »Natürlich, Herr Polizeisenator.«

Als ob das nicht längst schon geschehen wäre. Und dafür hatte ihn der Senator ins Rathaus bestellt? Das umständliche Gehabe dieses Mannes ärgerte ihn zunehmend.

Binder wandte sich wieder dem Tisch mit den Plänen zu. »Und nun, meine Herrschaften, lassen Sie uns überprüfen, wie viele der Liegenschaften in dem betroffenen Gebiet den Herren Senatoren gehören. In wenigen Stunden tritt der Senat zusammen – und natürlich erwartet man von mir, daß diese Objekte besonders...« Der Polizeisenator wandte sich ungeduldig zu dem Polizeiaktuar um. »Ist noch irgend etwas, Kettenburg?«

»Nein«, antwortete dieser und setzte seinen Zweispitz auf. Ebenso grußlos wie Repsold wenige Minuten zuvor verließ er den Neptunsaal und hinkte hinunter in die Empfanghalle. Dort herrschte ein Kommen und Gehen. Noch immer waren die Uniformierten damit beschäftigt, Kisten mit Akten auf den Vorplatz zu schaffen.

Kettenburg warf einen Blick auf seine Taschenuhr. Diese sogenannte Besprechung hatte keine zwanzig Minuten gedauert. Wo waren Borchert und sein Kollege?

Endlich entdeckte er den ehemaligen Uhlen. Borchert stand in einem schmalen, dunklen Gang, nicht weit von der geschwungenen Treppe zum Obergeschoß, und winkte ihm verstohlen zu. Der Gang führte zu den Schreibstuben der Registratur.

Kettenburg sah sich kurz um, doch keiner der Uniformierten beachtete ihn. Er ging auf den dicken Konstabler zu. »Und?«

»Wi hebben ihn«, erklärte Borchert und kratzte sich aufgeregt am Bauch. »Wi hebben ihm vertellt, wi brauchen ihn beim Tragen. Dann hebben wi ihn överwältigt un wie een Paket verschnürt. Er liegt dor hinnen.«

Er deutete auf eine Tür ganz am Ende des Gangs.

»Gut.« Kettenburg zwängte sich an Borchert vorbei, und gemeinsam betraten sie ein Zimmer, dessen Wände mit leerstehenden Regalen gesäumt waren. Am Boden vor einem Schreibtisch lag gefesselt und geknebelt ein mittelgroßer Mann mit pomadigem Haar und einem Schnauzbart, der bis weit über die Wangen reichte. Aus aufgerissenen Augen starrte er sie an. Neben ihm stand Borcherts Freund Jan. Seine neue Uniform wirkte etwas zu groß an ihm, doch das schien den hageren Kerl nicht zu stören. Er grinste breit und rieb sich die kurze kleine Nase.

»Wi hebben ihn för Sej as een Present inpackt, Herr Polizeiaktuar.«

Kettenburg nickte finster. »Tür zu, Borchert.«

Der ehemalige Uhle kam dem Wunsch bereitwillig nach.

»Habt ihr ihn schon befragt?« wollte Kettenburg mit einem Blick auf den Gefangenen wissen.

»Jo, ober er tut, als wüsst er vu nix«, meinte Borchert.

Der Polizeiaktuar stellte Aktentasche und Dienststock ab und hockte sich neben den Gefesselten. »Öffnet den Knebel.«

Jan tat es, und sofort begehrte der Ratsdiener auf. »Was soll das? Ich werde mich beschweren. Ich habe Beziehungen. Sie alle werden...«

Kettenburg versetzte dem Mann eine schallende Ohrfeige.

»Ich wüßte nicht, daß ich dir elender Fleetratte erlaubt hätte zu sprechen«, hub er gefährlich leise an. »Dein Leugnen, deine Ausreden, deine Beziehungen, das alles beeindruckt mich nicht. Du bist hier allein. Allein mit uns. Und wir wissen, was du getan hast. Ich werde dir dir jetzt die Spielregeln erklären. Und du solltest gut zuhören.«

Kettenburg lächelte den Mann an, ohne daß dieses Lächeln seine Augen erreichte.

»Wenn ich will, kann ich dich des Diebstahls bezichtigen. Jederzeit. Und weil ich als Polizeiaktuar dazu in der Lage bin, steckt man dich auch sofort ins Zuchthaus. Selbstverständlich wird es zu einer Untersuchung kommen, schließlich herrschen in dieser Stadt Recht und Ordnung. Aber weil ich ein sehr penibler Mensch bin, darfst du dich darauf verlassen, daß diese Untersuchung lange dauern wird. Sehr lange. Viele, viele Jahre, um es genau zu sagen. Und im Zuchthaus wirst du dann Bekanntschaft mit dem hölzernen Pferd machen. Hast du von diesem Spielzeug schon gehört?«

Wilkens schüttelte stumm den Kopf.

»Nein?« Kettenburg seufzte bedauernd. »Dabei handelt es sich um eine sinnreiche Erfindung. Der Sitz ist scharfkantig. Man wird dich mit schweren Bleigewichten an den Beinen daraufsetzen, und die scharfe hölzerne Kante wird tief in deine jämmerlichen Testikel schneiden. Aber tröste dich, mit etwas Glück wirst du keine Zeit haben, dich auf *diesen* Schmerz zu konzentrieren. Denn in der Zwischenzeit werden die Peitschen der Aufseher deinen Rücken zerfetzen. Niemand wird dich beachten, wenn du brüllst, bis du halb besinnungslos vor Schmerz bist. Denn das alles dient selbstverständlich Justitia. Die ist bekanntlich blind. Und wie du bald merken wirst, auch taub. Und damit du dich nicht langweilst, werde ich diese Behandlung jeden Tag anordnen. Woche für Woche. Jahr um Jahr. Bis du gestehst, daß es dein eigentlicher Plan war, das ganze Rathaus in die Luft zu sprengen. Haben wir beide uns verstanden?«

Der Gefesselte schluckte.

»Aber da du Hamburger bist wie ich, können wir das auch auf gute hanseatische Weise regeln. Du verstehst? Indem wir beide einen Handel abschließen. Du sagst mir, für wen du gestern gearbeitet hast, und ich bin vielleicht bereit, die Sache mit der Anklage fallen zu lassen. Ist doch gut möglich, daß jemand anderes den Knopf da unten verloren hat, oder?«

Der Gefesselte schluckte. »Ich… ich bin gestern nachmittag von einem Mann angesprochen worden, der wirkte so aristokratisch«, stammelte er aufgeregt. »Er war Engländer, hat mir fünfzig Schilling und zwanzig englische Pfund angeboten. Dafür, daß ich nachts ein paar Männern die Pforten öffne und sie hinunter zu den Dokumentenkellern bringe. Seinen Namen hat er nicht genannt, aber er wußte genau, wo die Maschine stand.«

»Besitzt dieser Mann eine hohe Stirn und eingefallene Wangen?« wollte Kettenburg ernst wissen.

Der Gefesselte nickte. Der Polizeiaktuar stand auf und wies Borchert an, die Fesseln zu lösen. Widerwillig kam der dicke Officiant dem Befehl nach. Ängstlich erhob sich der Rathausdiener.

»Hast du das Geld dabei?« fragte Kettenburg den Mann.

Hastig kramte Wilkens in seiner Jacke. »Nur... nur etwa zwanzig Schilling. Der Rest liegt zu Hause. Wenn Sie wollen, dann...«

»Nein, laß gut sein«, erklärte Kettenburg. Er nahm dem Mann die Münzen ab und reichte sie Borchert und seinem Kollegen. Die beiden sahen ihn überrascht an. »Unsere Konstabler leben schließlich vom Sporteln*. Man muß ihren Eifer belohnen.«

Die beiden Officianten grinsten breit und steckten die Münzen ein.

»Den Rest deines Judaslohns wirst du noch benötigen«, fuhr der Polizeiaktuar an Wilkens gewandt fort. »Denn noch heute wirst du die Stadt verlassen. Weilst du morgen noch zwischen den Wällen, werde ich unsere Abmachung vergessen, die beiden Jungs hier werden dich arretieren und doch noch ins Zuchthaus stecken. Haben wir beide uns verstanden?«

»Ja«, stammelte der Mann.

»Gut, verschwinde!« Kettenburg drehte sich um und nahm seine Tasche und seinen Dienststock wieder auf. Wilkens stürzte bleich aus dem Raum und war kurz darauf verschwunden.

»Donnerwetter, Herr Polizeiaktuar«, brummte Borchert anerkennend, »den Vogel hebben Sie zum Singen bracht.«

»Dank för de lütte Belohnung«, meinte sein Freund und grinste. »Wenn Sej mol wedder een Sonderauftrag för üss hebben, alltied wedder.«

»Ja, habe ich«, wandte sich Kettenburg an den hageren Konstabler. »Lauf zum Stadthaus und gib den Kollegen Be-

---

* Alter Hamburger Ausdruck für ein weit verbreitetes Verhalten der Nachtwächter und Polizeibeamten. Diese besserten ihr karges Gehalt gern durch voreilige Inhaftierung verdächtiger Subjekte im Stadtgebiet auf, da dies mit einer Kopfpauschale honoriert wurde.

scheid: Der ach so hochweise Herr Senator wünscht, daß die Straßen gesichert werden. Man hat sich natürlich schon längst darum gekümmert, aber niemand soll mir vorwerfen, ich hätte den Befehl nicht weitergegeben.«

»Zu Befehl, Herr Polizeiaktuar.« Jan salutierte linkisch und stürmte aus dem Raum.

»Und du« – Kettenburg tippte mit seinem Dienststock auf Borcherts Schulter – »wirst mich begleiten.«

Kettenburg humpelte ohne eine weitere Erklärung zurück in die Empfangshalle und von dort auf den Rathausplatz hinaus. Borchert folgte ihm schnaufend. Noch immer war kaum ein Durchkommen bei dem Durcheinander an Flüchtenden, Soldaten und Schaulustigen. Der Himmel westlich der Trostbrücke war rauchgeschwängert, jemand schrie: »Seht, die Nikolaikirche hat Feuer gefangen!«

Kettenburg warf einen Blick zum Gotteshaus hinüber und preßte die Lippen zusammen. Dort oben am Kirchturm züngelten tatsächlich Flammen. Das Unvorstellbare war geschehen.

»Komm schon, Borchert!« Brüsk wandte er sich von dem Anblick ab und reihte sich in den endlosen Strom der Karren und Fußgänger ein.

Als sie das Ende der Straße Große Bleichen erreicht hatten, räusperte sich der dicke Polizeiofficiant. »Mit Verlaub, Herr Polizeiaktuar. Aber darf ik erfahren, wo wi eigentlich hinwulln?«

»Zum Domplatz, Borchert. Da wohnt dieser feine Ingenieur Lindley. Dieser Engländer, dem ich die Maschine kürzlich erst gezeigt habe. Wir werden ihn uns vorknöpfen, und dann darf er mir…«

Kettenburg brach unvermittelt ab und blieb stehen. Borchert stieß unsanft gegen ihn.

»Wat is denn?« fragte der Dicke und folgte dem Blick des Polizeiaktuars.

Dieser starrte verdutzt über die mit Karren und Passanten verstopfte Straße hinweg zur Einmündung der Brandstwiete. Dort stand ein vornehmes Eckhaus. Aus dessen Eingangstür stürzte gerade ein junger Mann mit längeren blonden Haaren heraus. Auf dem Fuß folgte ihm ein wohlsituiert wirkender Mann Mitte Vierzig mit lockigem Haar und Bart. Beide eilten sie die Straße hinunter, aus der die beiden Polizisten soeben gekommen waren, um sogleich in eine Nebengasse einzubiegen.

»Himmelherrgott!« wütete Kettenburg. »Das war dieser elende Herumtreiber. Los, Borchert! Kleine Planänderung. Hinterher!«

Tabula Smaragdina

Hamburg 1842, 5. Mai,
8 Minuten nach 11 Uhr am Vormittag

Am Ende der Straße erhob sich ein mächtiges Grollen, und der lichterloh brennende Dachstuhl eines Fachwerkhauses brach in sich zusammen. Die Dachschindeln prasselten wie Steinschlag in die Tiefe, und ein mit Möbeln beladenes Fuhrwerk, das gerade in eine Nachbargasse flüchten wollte, wurde mitsamt dem Fahrer unter brennenden Balken begraben.

Heinrich Heine und Tobias hielten entsetzt inne und preßten sich die Ärmelaufschläge ihrer Jacken vor den Mund. Schon im nächsten Augenblick legte sich beißender Qualm über die Straße und erstickte jeden Gedanken daran, ob dem Kutscher noch zu helfen wäre. Panisches Geschrei erfüllte die Straße, und die Kolonne der Menschen, der sie gefolgt waren, drängte eilig zurück.

»Kommen Sie, da entlang!« schrie der Dichter und zerrte Tobias in eine schmale Nebengasse, die geradewegs auf eines der Fleete zuführte. Das Feuermeer war längst außer Kontrolle geraten. Vom Wind entfacht, sprangen die Flammen von Haus zu Haus, von Dach zu Dach. Vor einem Hauseingang stand eine verwirrte alte Frau, der die Tränen in Sturzbächen über die Wangen liefen.

»Die Welt geht unter! Ich brauche das nicht mehr!« schrie sie immerzu und schüttete den Inhalt ihres Sparstrumpfs auf die Straße. Sofort begannen sich einige Männer um die Münzen zu balgen. Tobias und Heine wurden von der Menschenmasse vorwärts getrieben. Dabei kamen sie an vier Plünderern mit Äxten vorbei, die die Türen und Fenster eines Juweliergeschäfts eingeschlagen hatten und schubladenweise wertvollen Schmuck auf die Straße schafften. Endlich gelangten die beiden auf die Holzbrücke, die über das Fleet führte. Auf dem Wasser des Kanals spiegelte sich der Feuerschein der brennenden Gebäude. An schwelenden Trümmern vorbei versuchten Ewerführer ihre Boote in Sicherheit zu bringen, Anwohner kippten Möbel aus den Fenstern und nicht weit einer Schutenspritze, auf der eine Löschmannschaft verzweifelt Wasser in die Flammen pumpte, trieb eine verbrannte Leiche.

Tobias hatte Mühe, sich von all den dramatischen Szenen ringsum abzuwenden. Doch Heine kannte kein Erbarmen. Immer wieder stieß er ihn vorwärts, bis sie endlich einen Straßenzug erreichten, wo Soldaten des Stadtmilitärs standen und für ein Mindestmaß an Ordnung sorgten. Die Militärs hatten mitten auf der Straße eine Kanone in Stellung gebracht, offenbar zu dem Zweck, die hinter ihnen liegende Brücke nötigenfalls in Trümmer zu schießen, sollte das Feuer auch auf sie überspringen.

Die beiden Schicksalsgefährten hasteten weiter, und so wurde Tobias Zeuge weiterer bewegender Schicksale. Inmitten der Menge trugen vier Männer einen Sarg auf den Schultern. Offenbar wollten sie einen kürzlich verstorbenen Familienangehörigen vor den Flammen in Sicherheit bringen. Nicht weit von den Männern entfernt stand ein kleines Mädchen am Straßenrand, das überglücklich einen Hund mit versengtem Fell in Empfang nahm. Jaulend leckte er ihr über das Gesicht. Nur eine Gasse weiter trug eine Familie ein ganzes Bett in Sicherheit, auf dem ein gebrechlicher alter Mann lag. Auch skurrile Szenen spielten sich ab. Ein dunkelhaariger Mann um die Vierzig schob einen Karren an ihnen vorbei, der randvoll mit Möbeln und anderen Wertgegenständen beladen war. Obenauf stand ein Käfig mit einem krächzenden Papagei, der ständig »Spitzbube!« rief. Kurz darauf wurde der Mann von zwei anderen zu Boden gerissen, die den Rufen des Papageis gefolgt waren. Wie sich herausstellte, handelte es sich bei ihnen um die eigentlichen Besitzer der Ladung. Und als wäre all dies noch nicht genug des Irrsinns, hatten sich auf einem Balkon über ihnen drei pausbackige Frauen aufgestellt, die voller Inbrunst ein frommes Lied angestimmt hatten:

»Wachet auf, erhebt die Blicke,
Seht, gekommen ist die Stunde,
die mahnen uns, die Weltgeschicke,
es uns vereint zu schönem Bunde,
zu dränget hart der Brüder Not!
Laßt tun, was uns der Herr gebot...«

Nach einer Zeit, die Tobias unendlich lang vorkam, erreichten sie eine Straße mit vornehmen Gebäuden. Überall drängten sich Schaulustige, die den Brand mit eigenen Augen sehen wollten.

»Wir sind da!« erklärte Heine und riß Tobias aus seinen Gedanken. Tatsächlich, neben dem Eingang zu einem Gebäude, das unmittelbar an einer Straßenecke gelegen war, prangte ein Messingschild, das auf die Praxis eines gewissen Doktor Jean François de Lagarde aufmerksam machte. Neben dem Namen war der Äskulapstab mit der gewundenen Schlange zu erkennen. Welch ein Hohn! schoß es

Tobias durch den Kopf, wenn er an die bestialischen Experimente dachte, die dieser Arzt insgeheim durchführte.

Zornig griff er nach dem Griff des Floretts, das er eingewickelt in einem Laken bei sich trug, und folgte Heine durch die Menschenmasse hindurch zum Hauseingang. Der Dichter sah sich um und zögerte, die Türschelle zu betätigen. Doch in diesem Augenblick öffnete sich die Tür, und eine Frau trat heraus, die einen kleinen Jungen hinter sich herzog. Heine und Tobias grüßten knapp und eilten an ihr vorbei in ein großes Treppenhaus.

»Die Praxis muß sich oben befinden«, murmelte der Dichter mit Blick auf die beiden Wohnungstüren im Erdgeschoß. Auch dort waren elegante Messingsschilder angebracht, die allerdings andere Namen trugen. Mit zusammengebissenen Zähnen eilte Heine die Treppe hinauf in den ersten Stock. Ihm war anzusehen, daß ihm der Streifschuß am Arm noch immer zu schaffen machte. Mit einem Kopfnicken machte er Tobias auf den Eingang zu de Lagardes Praxis aufmerksam.

Der lauschte an der Tür, doch bis auf das Treiben auf der Straße vor dem Haus war nichts zu hören. Nachdem er noch einmal einen mißtrauischen Blick ins Treppenhaus geworfen hatte, bedeutete Tobias Heine, ihm das Brecheisen zu reichen. Wenige Augenblicke später hatte er die Tür aufgebrochen.

Heine zückte seine Pistole – und gemeinsam drangen sie in die Räume ein. Alles war ruhig. Der Warteraum für die Patienten gleich gegenüber der Eingangstür war bis auf ein paar leere Stühle unmöbliert, und so wandten sie sich dem langen Flur zu, der tiefer in die Wohnung hineinführte.

»Scheint so, als sei der Vogel ausgeflogen«, murmelte Tobias. Vorsichtshalber versperrte er den Zugang zum Treppenhaus und folgte Heine mit erhobener Klinge. Der schritt bereits den Flur ab und spähte vorsichtig in die anderen Räume.

Zuerst durchsuchten sie das gediegen eingerichtete Behandlungszimmer, dessen auffälligster Einrichtungsgegenstand ein bis knapp unter die Decke reichender Medizinschrank mit zahlreichen Apothekerflaschen war. In diesem Raum roch es nach Alkohol und Nelkenöl. In einer Blechschüssel neben dem Behandlungsstuhl lagen zwei klobige Glaskolbenspritzen, auf einem Regal an der Wand gaben sich ein emaillierter Klistierbehälter, ein Messingmörser und ein Mikroskop ein Stelldichein, und auf dem Arbeitstisch darunter hatte de Lagarde eine Feinwaage und einen medizinischen Kopfspiegel abgestellt. Auch in den anderen Räumlichkeiten fanden sie nichts, was nicht in eine Arztpraxis gehört hätte.

Am Ende des Flurs gelangten sie in die private Wohnung de Lagardes. Dort durchwühlten sie das zu einem Hinterhof führende Schlafzimmer des Arztes, schauten sich, nachdem sie nichts Auffälliges gefunden hatten, flüchtig in Küche und Wohnzimmer um und erreichten dann eine gut ausgestattete Bibliothek mit angegliedertem Arbeitszimmer. Hier roch es nach altem Leder und staubigem Papier. Zu Tobias' Enttäuschung waren die meisten Schriften auf französisch verfaßt, was ihn vor einige Problemen stellte. Nicht so Heinrich Heine. Der schritt die Regalreihen ab und blieb vor einen schmalen Bücherschrank mit besonders alten Folianten stehen. Er stieß einen leisen Pfiff aus.

»Wenn Sie hier medizinische Literatur erwartet haben, muß ich Sie enttäuschen«, erklärte der Dichter und nahm einige Bücher zur Hand. »Hier steht das Einmaleins der alchimistischen Weltliteratur. Roger Bacon, Arnald von Villanova, Raimundus Lullius, Giovanni Pico von Mirandola, Trithemus, kurz – wen Sie wollen.«

Tobias hörte nur mit halben Ohr zu. Er stand bereits im Arbeitszimmer des Franzosen, dessen Einrichtung ihn eher an ein privates Observatorium als an eine gewöhnliche Gelehrtenstube erinnerte. Gleich neben der Tür befand sich ein großer Globus auf drei Rädern, unter dem Fenster zum Innenhof war ein schlankes Teleskop aufgebaut, und die Wände wurden von Heliometern, Sextanten und Sternenkarten gesäumt.

Tobias faßte den im Raum stehenden Sekretär ins Auge. Rücksichtslos setzte er das Brecheisen an und brach die Klappe auf. In der obersten Schublade stieß er auf ein ledergebundenes dickes Notizbuch. Es war auf deutsch geschrieben, und die Seiten waren mit astrologischen und alchimistischen Symbolen bedeckt. Er wurde stutzig, als er im Einband die Signatur des Verfassers der Schrift fand: Karl von Ecker und Eckhofen.

War das nicht der Gründer der Loge ›Zum Flammenden Stern‹?

Tobias setzte sich in de Lagardes Lehnstuhl und studierte aufmerksam einige Seiten.

Von Eckhofen bezog sich in seiner Niederschrift auf die Lehren seines Mentors Cagliostro, der aus den Werken von Männern wie Paracelsus, Agrippa von Nettesheim, Tycho Brahe, Descartes und Newton ein Weltmodell postuliert hatte, das die Geschichte der Menschheit angeblich revolutionieren würde. Der Logengründer äußerte in dem Buch die Überzeugung, das Universum bilde eine dynamische Einheit. Seine verschiedenen Stufen würden durch aktive Kräfte und Affinitäten – Magnetismus und Gravitation – zusammengehalten, die als Medium den geheimnisvollen Äther benutzten: eine äußerst feine Materie, die den Kosmos zur Gänze durchdringt. Gelänge es, diesen Äther mittels magnetischer Kräfte zu manipulieren, so war von Ecker und Eckhofen überzeugt, könne man zu jedem beliebigen Punkt in Raum und Zeit vorstoßen. Der Logengründer schloß mit der Überzeugung, daß der nötige Katalysator dazu bereits vor langer Zeit gefunden worden sei: die *ultima materia*.

Tobias dämmerte langsam, welche Bedeutung der Schrift dieses Karl von Ecker und Eckhofen zukam. Die Äthertheorie war seinem Wissen nach jedoch bereits seit Einstein verworfen worden. Andererseits gab es durchaus gewisse Parallelen zur geheimnisvollen ›Dunklen Materie‹, auf die die Physiker seiner Zeit gestoßen sein wollten. War an der Äthertheorie also doch etwas Wahres? Tobias wußte es nicht. Er wußte nur, daß seine Zeitreise funktioniert hatte.

Als Tobias die letzte Seite umblätterte, rutschte ihm ein Brief in die Hand. Vorsichtig faltete er das Schreiben auseinander, und für einen Augenblick verschlug es ihm den Atem.

Hamburg, den 20. September 37

Herrn Doctor Jean François de Lagarde zu Paris,
ich danke Ihnen für Ihre Antwort vom 3. August. Es ist mir unmöglich zu verhehlen, daß ein Mann mit Ihren vorzüglichen Talenten die passende Ergänzung für eine wissenschaftliche Unternehmung darstellt, die ich anzugehen noch vor Jahresende anstrebe. Sie wären Mitglied einer internationalen Gruppe von Wissenschaftlern, die die klügsten Köpfe dieses Jahrzehnts vereint.
Sicher werden Sie verstehen, daß ich auf diesem Wege keine Einzelheiten verraten kann. Gleichwohl hoffe ich, Ihr akademisches Interesse zu wecken, wenn ich Ihnen hiermit versichere, daß die verschollene T. S. an sicherem Orte ruht und einer sachkundigen Transkription harrt.
Ich bitte Sie, anbei liegendes Notizbuch wohl zu studieren, und hoffe, daß Sie meiner Einladung alsbald folgen werden, mich in Hamburg zu besuchen.

Mit vorzüglicher Hochachtung, Justus Lewald

Tobias klappte das Buch zu und atmete tief ein. Er war sich sicher, daß mit dem Buchstabenkürzel T. S. die geheimnisvolle *Tabula Smaragdina* gemeint war, von der Salomon

Heine berichtet hatte. Offenbar war es Lewald gewesen, der den Raub der ägyptischen Papyri in Paris in Auftrag gegeben hatte. Und Tobias ahnte auch, wen Lewald für diesen Diebstahl angeheuert hatte: Kristian.

Wenn er dieses Schreiben und die Funde im Keller unter der Abdeckerei richtig interpretierte, war de Lagarde derjenige, der von Justus Lewald damit beauftragt worden war, die Papyri zu übersetzen. Tobias verstand jedoch noch nicht das genaue Wie und Warum. Lewald, Lindley und de Lagarde schienen somit aber Komplizen der gleichen Unternehmung zu sein.

Inzwischen ahnte er, um was es bei alledem ging. Aber das bedeutete auch, daß de Lagarde nicht allein für die grausamen Morde verantwortlich war. Ihm wurde speiübel.

Warum ausgerechnet Lewald? Im Grunde war ihm Carolines Vater bislang recht sympathisch gewesen.

»Herr Heine, ich habe hier etwas, das müssen Sie sich ansehen!« rief er und wunderte sich erst jetzt, warum er die ganze Zeit über nichts von dem Dichter gehört hatte. Mißtrauisch hob er sein Florett und betrat die Bibliothek. Heine stand schweigend am Fenster des Bücherzimmers und studierte einige Zettel, die er aus einer Mappe hervorgezogen hatte.

»De Lagarde arbeitet nicht allein«, erklärte Tobias und präsentierte Heine seine Funde.

»Ich habe es geahnt«, antwortete dieser knapp und sah Tobias mit seltsamem Blick an. Er wies auf die Mappe in seinen Händen. »Was ich hier lese, ist nichts Geringeres als die Übersetzung der *Tabula Smaragdina*. Das ist die Anleitung zum Bau einer, nun ja, Apparatur, mit der man die Zeit überwinden kann. Oder wie Sie es ausgedrückt haben: einer Zeitmaschine.«

Heine räusperte sich. »Sicher überrascht es Sie nicht, wenn Sie erfahren, daß der Smaragd dabei ein zwingend notwendiger Bestandteil ist. Das hatten wir ja bereits vermutet. Allerdings weiß ich jetzt auch, was es mit diesen menschenverachtenden Morden auf sich hat.«

Tobias sah ihn fragend an.

»Der alte Hieroglyphentext warnt davor«, erklärte Heine, »eine solche Reise anzutreten, wenn nicht zuvor noch Vorbereitungen anderer Art getroffen werden.«

»Welche?«

»Ich versuche, es mit meinen eigenen Worten zusammenzufassen«, antwortete Heine. »Gemäß dieser Schrift ist jedes Lebewesen auf diesem Planeten einer universellen Weltkraft unterworfen, und zwar sowohl auf körperliche als auch auf spirituelle Weise. Nennen Sie es Gravitation, Schwerkraft, Anziehung oder wie auch immer.«

»Ja, weiter!«

»Um sich dieser, äh, Zeitmaschine als Transportmedium überhaupt bedienen zu können«, fuhr Heine fort, »muß der Körper des, nun ja, des Zeitreisenden erst einmal den gravitätischen Kräften seines Raum-Zeit-Gefüges entrissen werden.«

»Und wie?« Tobias war verwirrt.

»Durch ein spezielles Serum«, seufzte Heine. »Angeblich muß es aus dem ›Inneren Auge‹ des Menschen gewonnen werden: der Zirbeldrüse. Jenem Organ, von dem der Philosoph Descartes einst behauptete, es stelle die Verbindung zwischen Seele und Körper dar. Dazu muß es auf eine Weise stimuliert werden, die ich nicht ganz durchschaut habe, die aber verdächtig nach einem mesmeristischen Verfahren klingt.«

»Das ist okkultistisch verbrämter Unsinn«, widersprach Tobias. »Man benötigt kein Serum. Ich muß es doch wissen. Ich sage Ihnen, wozu die Zirbeldrüse dient. In meiner Zeit weiß das jeder Medizinstudent im ersten Semester. Dieses Organ schüttet ein Hormon namens Melatonin aus. Es handelt sich dabei um einen Botenstoff, der die Schlaf- und Wachphasen des Menschen steuert. Sonst nichts.«

»Mit anderen Worten. Es steuert unser Zeitempfinden?« fragte Heine. Das machte Tobias einen Augenblick lang sprachlos.

»Was... was passiert, wenn man dieses Serum nicht zu sich nimmt?« Er schien verunsichert. Heine zuckte mit den Schultern. »Darüber gibt es hier nur Andeutungen. Angeblich ist mit ernsthaften Schädigungen an Leib und Seele zu rechnen. Im schlimmsten Fall sogar mit dem Tod.«

Plötzlich erinnerte sich Tobias wieder an den Stich im Oberschenkel, kurz nachdem er sich im Uhrladen auf die Zeitmaschine gesetzt hatte. Und er erinnerte sich jetzt auch wieder an das kurze Schwindelgefühl, das er danach empfunden hatte. Ihm war also doch etwas injiziert worden. Die Vorrichtung dafür war offenbar im Sitz angebracht gewesen. Himmel, der Uhrmacher hatte doch angedeutet, daß für die Zeitmaschine Menschen gestorben seien! Das alles ergab plötzlich einen schrecklichen Sinn.

Tobias reichte Heine den Brief, den er im Arbeitszimmer gefunden hatte. »De Lagarde ist nicht allein für diese unglaublichen Verbrechen verantwortlich. Es gibt außer de Lagarde und William Lindley auch noch einen dritten, der uns Rede und Antwort stehen kann.«

Heine studierte den Brief und blickte auf. »Das erklärt aber nicht den Einbruch de Lagardes in das Landhaus Lewalds.«

»Nein, Sie haben recht«, murmelte Tobias.

»Und Ihre Bekannte weiß von alledem überhaupt nichts?« wollte Heine wissen.

Tobias schüttelte den Kopf. »Nein, bestimmt nicht, aber sie muß es erfahren. Nur habe ich keine Ahnung, wie ich ihr das begreiflich machen soll.«

Heine packte die gefundenen Unterlagen eilends zusammen und lief in den Flur. Dort wandte er sich zu Tobias um, als er bemerkte, daß dieser ihm nicht folgte. »Los, kommen Sie! Die Stadt brennt. Schlimmer kann es kaum noch kommen!«

Quis ut deus?

*Hamburg 1842, 5. Mai,
29 Minuten nach 12 Uhr mittags*

Tobias und Heine kehrten auf die Straße zurück und tauchten sogleich im Strom der Flüchtenden und Schaulustigen unter. Im Südwesten war der Himmel noch immer schwarz vor Rauch. Sie entdeckten, daß rote Flammenzungen bereits am Turm der Nikolaikirche emporleckten. Heine führte Tobias durch schmale Gassen und über eine weitere Kanalbrücke zum Neuen Wall, wo sie nun zum Jungfernstieg in Richtung Binnenalster liefen. Zum ersten Mal seit seiner Ankunft in dieser Zeit kam Tobias dazu, dem Hamburger Prachtboulevard einen Besuch abzustatten. Zugleich wußte er, daß ihm als einem der letzten dieser Anblick vergönnt war. Denn wenn er sich richtig erinnerte, würde schon in wenigen Stunden auch der Jungfernstieg in Flammen stehen.

Rechts der Flaniermeile, unmittelbar am Alsterbecken gelegen, das den Nordwestteil der Stadt wie ein See schmückte, erhoben sich in drei Baumreihen grüne Linden. Zwischen den Bäumen lag der strahlendweiße Alsterpavillon, vor dem weiterhin ungerührt einige vornehme Gäste saßen und bei Tee und Kaffee parlierten. Noch immer unterschätzten die Bürger Hamburgs die Gefahr, in der sie alle schwebten.

Links wurde die Prachtstraße von vornehmen hohen Gebäuden gesäumt. Darunter gab es eine ganze Reihe altehrwürdiger Hotels mit klangvollen Namen wie *St. Petersburg*, *Zum Kronprinzen*, *Hotel de Russie*, *Alte Stadt London* und *Streits Hotel.* Immerhin, wenigstens hier stellten sich viele Gäste darauf ein, vorzeitig abzureisen.

Heine, der Tobias' Blick bemerkte, deutete auf ein stattliches Haus zwischen den edlen Gästehäusern. »Das da ist das Bankhaus meines Onkels. Ich hoffe, er hat meine Nachricht erhalten.«

»Sind wir hier, weil wir ihm einen Besuch abstatten wollen?« keuchte Tobias.

»Nein«, erklärte Heine und faßte nach seinem verletzten Arm. »Mein Onkel hat im Augenblick sicherlich alle Hände voll zu tun. Ich habe den kleinen Umweg gewählt, weil wir das Haus von diesem Justus Lewald und Ihrer Bekannten bei den derzeitigen Zuständen der Straßen am besten über den Gänsemarkt erreichen. Kommen Sie.«

Tobias lief weiter hinter Heine her. Sie erreichten einen langgezogenen Platz, der unter anderem von einem vornehmen Comödienhaus, einem Reitstall und einem Gebäude mit parkähnlichem Garten gesäumt wurde. Mitten auf dem lehmgestampften Areal erhob sich ein schmuckes Brunnenhaus, das eher einem griechischen Tempel als einer praktischen Einrichtung ähnelte. Es war von einem Dutzend Wittkittel in Beschlag genommen worden, die unter den Augen zahlreicher Schaulustiger große Wasserwagen auffüllten.

Tobias und sein Begleiter bogen sogleich ab und erreichten die ABC-Straße mit ihren vornehmen Wohnhäusern. Zu seinem Entsetzen erkannte er die schwarze Droschke de Lagardes, die soeben am entgegengesetzten Ende der Straße in eine Nachbargasse abbog.

»Verdammt, das da hinten war der Franzose!« rief Tobias und rannte die Straße hinunter zum Haus der Lewalds. Der Eingang stand offen. Ein leises Schluchzen drang von drinnen auf die Straße. Tobias stürmte in die Diele und entdeckte Hannchen und Jakob, Carolines kleinen Bruder. Jakob lag weinend und mit einer blutigen Wunde am Kopf am Boden und wurde von Hannchen getröstet, die verzweifelt aufschaute, als Tobias eintrat.

»Was ist hier passiert?« wollte er sofort wissen.

»Doktor de Lagarde...«, stammelte die Haushälterin und vermochte ihre Tränen nun selbst nicht mehr zurückzuhalten. »Er... er und ein anderer Mann sind hier mit Waffengewalt eingedrungen.«

Hannchen schluchzte. Endlich kam auch Heine ins Haus gestolpert. Tobias beugte sich zu Jakob hinunter und untersuchte die Platzwunde auf der Stirn. Die Verletzung mußte unbedingt genäht werden.

»Beruhigen Sie sich«, wandte er sich wieder an die Haushälterin. »Erklären Sie uns genau, was vorgefallen ist.«

»Der Doktor hat Herrn Lewald mit einer Waffe bedroht«, stammelte die Frau. »Es ging um irgendeinen Smaragd. Ich weiß aber nicht genau, wovon dann noch die Rede war.«

»Weiter«, forderte Heine sie auf.

»Herr Lewald hat sich geweigert. Trotz der Waffe. Der Dokter und sein Untergebener haben dann Caroline aus dem Zimmer geholt und ihr die Waffe an den Kopf gesetzt. Herr Lewald meinte darauf, daß sich dieser Edelstein nicht im Hause befinde. Er sagte etwas von einem alten Versteck.«

»De Lagarde hat Caroline in seiner Gewalt?« Tobias schreckte aufgebracht hoch.

»Ja.« Die Haushälterin schluchzte. »Der Doktor meinte, Carolines Leben sei keinen Schilling mehr wert, wenn ihn Herr Lewald nicht zu dem Versteck führe.«

Heine ballte wütend die Fäuste. »Mir scheint, daß der Franzose die Nerven verloren hat. Der will die Zeitmaschine für sich allein. Daß wir jetzt wissen, wer den Stein der Weisen die ganze Zeit über besaß, hilft uns aber auch nicht weiter.«

Tobias tupfte das Blut aus Jakobs Gesicht. »Inzwischen bin ich davon überzeugt«, murmelte er, »daß der Franzose

Lewald und Lindley einige wichtige Details seiner Übersetzung verschwiegen hat. Etwa, aus welchen Komponenten dieses Serum besteht und was man tun muß, um es zu gewinnen. Aber das alles interessiert mich jetzt nicht mehr. Wir müssen Caroline...«

»Gar nichts müssen Sie, meine Herren!« ertönte hinter ihnen eine befehlsgewohnte Stimme. »Sie beide sind verhaftet. Hände hoch!«

Tobias und Heine fuhren herum und entdeckten am Eingang Polizeiaktuar Kettenburg. Er hielt eine Pistole in der Hand und befand sich in Begleitung eines dicken Konstablers, der eine Aktentasche unter den Arm geklemmt hielt und sie grimmig anstarrte.

»Los, an die Wand!« herrschte sie der Beamte an. Widerwillig kamen Heine und Tobias seiner Aufforderung nach. Tobias bemerkte aus den Augenwinkeln, daß der Polizist mit schmerzerfülltem Gesicht gerade seinen Knöchel betastete. Offenbar hatte er sich verletzt.

»Borchert, durchsuch die beiden!«

Ohne den Blick von ihnen zu wenden, sprach der Polizeiaktuar Hannchen an. »So, und jetzt noch einmal. Und ohne dieses ganze wirre Zeug um Zeitmaschinen, Stein der Weisen und was es da sonst noch gibt.«

»Was wollen Sie denn hören?« fuhr Tobias den Polizisten an. Offenbar hatte dieser schon eine Weile im Hauseingang gestanden und gelauscht.

»Rede erst, wenn du gefragt wirst!« Kettenburg bedeutete Tobias mit der Waffe, sich still zu verhalten, und ließ sich von der Haushälterin noch einmal ihre Version der Geschichte erzählen.

In der Zwischenzeit tastete der dicke Konstabler die beiden Männer ab.

»Hier, Herr Polizeiaktuar. Ik hebb wat funden!« erklärte der Dicke. Nachdem er Tobias das Florett abgenommen hatte, aber sonst nicht weiter fündig geworden war, fischte er unter Heines Kleidung die Sachen aus de Lagardes

Wohnung, die Pistole des Dichters und eine lederne Brieftasche hervor. Heine schüttelte resigniert den Kopf.

»Ein Skandal«, murmelte er immer wieder. »Das gibt einen Skandal.«

Kettenburg kommentierte Hannchens Aussage mit einem unwilligen Grunzen und nahm seinem Untergebenen die Fundstücke ab. Die Haushälterin trug den weinenden Jungen in den Nachbarraum. Noch immer hielt der Polizist die Pistole auf seine beiden Gefangenen gerichtet. »Sehen wir doch mal, was wir da gefunden haben.«

Der Polizeiaktuar reichte seinem dicken Begleiter die Pistole und öffnete die Brieftasche des Dichters. Mit spitzen Fingern zog er einen sauber gefalteten Ausweis hervor.

»Aha, du Spitzbube bist also... Wie bitte?« Ungläubig starrte er Heine an. »Den haben Sie doch wohl gestohlen!«

Heine wandte sich forsch um und musterte sein Gegenüber mit kühlem Blick. Der dicke Konstabler hob warnend die Pistole.

»Nein, ich *bin* Heinrich Heine.«

»Etwa de beröömte Dichter?« wollte der Konstabler mit zweifelndem Gesichtsausdruck wissen.

»Ja, verdammt noch mal.«

»Also, wenn Sie wirklich Heinrich Heine sünn...«, murmelte der Dicke und blickte den Polizeiaktuar an, »kunn ik mi eigentlich nich vörstellen, dat er wat mit alledem to dohn hat. Ik meen, er hett doch dat *Buch der Lieder* schreeben. Dat sünn Liebesgedichte.«

»Seit wann liest du Liebesgedichte?« fuhr Kettenburg seinen Untergebenen an.

»Nein, nich ik, aber mien Margarethe. Früher«, erwiderte der Konstabler leise.

»Halt dich einfach da heraus«, wies der Beamte seinen Untergebenen an.

»Herr Polizeiaktuar«, begehrte Tobias auf. »Egal, was Sie von uns denken, wir haben mit der Sache im Keller der Abdeckerei nichts zu schaffen. Erinnern Sie sich bitte an die Aussage von Caroline Lewald. Wir sind ebenso hinter dem Mörder her wie Sie. Der Mann, den Sie suchen, ist Doktor de Lagarde.«

»An Ihrer Stelle hielte ich den Mund, Sie… Sie Hilfsschauspieler«, fuhr ihn Kettenburg an. »Das vorgestern beim Dragonerstall, das waren doch Sie, oder? Das war Amtsanmaßung! Wenigstens dafür landen Sie für einige Jahre im Zuchthaus.«

»Also glauben Sie uns?« hakte Tobias nach.

Kettenburg starrte ihn wütend an. »Ja. Nein. Ach, Himmelherrgott! Ich kann ja nicht übersehen, was hier geschehen ist. Herunter mit der Pistole, Borchert!«

Verwirrt kam der Konstabler der Aufforderung nach. Heine entspannte sich sichtlich.

»Und jetzt die Wahrheit, junger Mann. Wer sind Sie?« fragte Kettenburg.

»Wollen Sie das wirklich wissen?« fragte Tobias zweifelnd.

»Ja, verdammt.«

Tobias schilderte in wenigen Worten das Wesentliche seines Abenteuers. Den Brandausbruch überging er. Die Polizeibeamten starrten ihn ungläubig an.

»Wollen Sie mich zum Narren halten, Sie… Sie Filou?« schrie Kettenburg.

»Dann erklären Sie mir doch mal die Beschaffenheit und Funktion der Uhr, die Sie in der Tatnacht gefunden haben!« hielt Tobias dagegen. »Diese Technik gibt es in Ihrer Zeit doch noch gar nicht.«

Kettenburg preßte die Lippen zusammen.

»Mann«, stammelte der Dicke und wischte sich einige Schweißtropfen von der Stirn, »denn weer dat Ihre Maschin, de wi ut dem Herrenfleet rausholt hebben.«

»Was? *Sie* haben die Zeitmaschine?« rief Tobias entgeistert.

»Wi hatten sej«, antwortete der Dicke tonlos. Noch immer sah er Tobias staunend an. »Sej ward uns vun een Ingenöör namens William Lindley stoolen.«

»Zeitmaschine, Zeitmaschine...«, grollte der Polizeiaktuar. »Diesen horrenden Unsinn nehme ich Ihnen nicht ab. Die Geschichte können Sie Ihrer Großmutter erzählen. Und für dieses... Ding findet sich garantiert noch eine andere Erklärung.«

»Himmel, dann werfen Sie doch endlich einen Blick in die Unterlagen, die wir bei dem Franzosen gefunden haben!« rief Tobias und deutete auf die Funde in dessen Hand. »Es ist doch völlig gleichgültig, ob Sie mir meine Geschichte glauben oder nicht. De Lagarde hat es sehr wohl getan. Oder nehmen Sie den Aktivierungshebel, der sich, wie ich gehört habe, inzwischen auch in Ihrem Besitz befindet. Sollten wir die Maschine wiederfinden, lade ich Sie gern ein, sie auszuprobieren. Vielleicht glauben Sie mir ja dann.«

»Meine Herren, wir verlieren das eigentliche Problem aus den Augen«, unterbrach Heinrich Heine das Streitgespräch.

In diesem Augenblick kehrte Hannchen zurück und wirkte ein wenig gefaßter. »Jakob muß dringend zu einem Arzt«, verlangte sie leise und fügte hinzu: »Außerdem bitte ich die Herren, etwas wegen Herrn Lewald und seiner Tochter zu unternehmen. Doktor de Lagarde wirkte wie ausgewechselt.«

Die vier Männer schwiegen betreten.

»Also, wie verfahren wir jetzt?« wollte Heine wissen.

»Da wir nicht wissen, wohin Herr Lewald den Arzt und seine Tochter führt«, brummte Kettenburg, »können wir leider nicht viel tun.«

»Doch – einen Hinweis haben wir«, erklärte Tobias. »Ein Rätsel. Einen Sinnspruch. Quis ut deus. Wer ist wie Gott?«

Kettenburg und der dicke Konstabler sahen ihn verwundert an.

»Was hat es denn damit nun wieder auf sich?« schimpfte der Polizeiaktuar.

»Wir haben den Spruch in der alten Freimaurerloge gefunden«, erklärte Tobias, »er ist der entscheidende Hinweis auf das Versteck des gesuchten Objekts. Nur wissen wir nichts damit anzufangen.«

»Womit wir wieder am Anfang stehen.« Heine seufzte.

»Michael«, hörten sie Hannchen plötzlich sagen.

Verdutzt drehten sich die Männer zu ihr um.

»Wer ist wie Gott?« wiederholte sie Tobias' Frage. »So lautet der Name des Erzengels Michael. Das jedenfalls hat uns der Pastor erzählt.«

»Ja, Sie haben recht«, murmelte Heine mit gerunzelter Stirn. »Der Name Michael stammt aus dem Hebräischen und bedeutet übersetzt genau das. Aber ich wüßte nicht…«

»Aber ich weiß es!« rief Tobias aufgeregt. »Hamburgs Wahrzeichen ist dem Erzengel geweiht. Die St.-Michaelis-Kirche. Ernst Georg Sonnin hat als Baumeister mit diesem Gebäude zu tun gehabt. Und Lewald berichtete mir auch, daß Sonnin das Grabgewölbe unter der Kirche geschaffen hat. Er wurde dort unten sogar bestattet. Der Smaragd ist im Michel versteckt! Ihr Onkel hatte recht.«

Tobias drehte sich zu Heine um. »Sonnin hat sein Geheimnis buchstäblich mit ins Grab genommen.«

»Einen Augenblick!« rief Kettenburg zornig. »Hier geschieht nichts ohne meine Einwilligung. Borchert und ich werden die Kirche inspizieren. Sie bleiben derweil eingesperrt hier.«

»Ich bitte Sie, Herr Polizeiaktuar!« flehte Tobias den Beamten an. »Wenn wir uns nicht beeilen, wird de Lagarde seine beiden Geiseln umbringen. Der Kerl wird sich mit dem Smaragd nicht zufriedengeben. Er wird die beiden ebenso grausam töten, wie er es mit seinen anderen Opfern getan hat.«

»Gut, dann werden Sie beide uns zum Michel begleiten. Als, äh, unsere Gefangene«, erklärte Kettenburg trotzig.

»Mit Ihrem schlimmen Fuß is dat ober een goodet Stück, Herr Polizeiaktuar«, brummte der dicke Konstabler. »Wenn wi den Franzeuschen inholen wulln, denn mutt wi uns beeilen.«

»Darf ich einen Vorschlag machen?« wandte sich Tobias vorsichtig an den Beamten. »Wir beide und Ihr Konstabler laufen voraus, und Sie kommen uns später nach.«

Kettenburg wollte protestieren, doch Tobias fuhr aufgeregt fort: »Ich schwöre Ihnen, daß ich nicht fliehen werde. Aber wenn Caroline irgend etwas passiert, kann ich mir das nie und nimmer verzeihen. Wenn Sie jemals einen Menschen geliebt haben, dann müssen Sie mich einfach verstehen.«

Der dicke Konstabler warf seinem Vorgesetzten einen verstohlenen Blick zu, der nun unwirsch an seiner Taschenuhr herumfingerte.

»Bei der Gelegenheit können Sie die Haushälterin und den Jungen auch gleich zu einem Arzt bringen«, fügte Heine hinzu.

»Ik werde schon daför sorgen, datt de beiden üss ni utkommt«, brummte der Konstabler.

»Das ist doch...« Kettenburg hob die Hände und ließ sie wieder sinken. Tobias sah ihm an, wie er mit sich haderte.

»Gut, meinethalben. Um der jungen Dame willen. Aber die Sachen bleiben hier!« Er deutete auf die Gegenstände, die er bei Tobias und Heine sichergestellt hatte. »Das sind Beweisstücke.«

»Es wäre allerdings freundlich von Ihnen, wenn wir wenigstens unsere Waffen mitnehmen dürften«, wandte der Dichter ein. »Ohne sie wären wir ein wenig hilflos, sollten wir de Lagarde finden.«

»Himmelherrgott noch einmal!« fluchte der Polizeiaktuar. »Dann nehmen Sie die gottverdammten Waffen mit.«

Tobias und der Dichter sammelten Florett und Pistole auf und stürmten zusammen mit dem dicken Konstabler zur Tür.

»Borchert!« rief Kettenburg. »Denken Sie daran, daß Sie jetzt Polizeibeamter sind. Machen Sie mir keine Schande.«

Der Dicke hielt in der Tür inne und wandte sich feierlich zu seinem Vorgesetzten um. »Hebben Sie man kein Sorg, Herr Polizeiaktuar. Ik verspreche Ihnen, ik werd mien Bestes dohn. Hebben Sie mi doch gelernt.«

 Aus der Tiefe rufe ich, Herr!

*Hamburg 1842, 5. Mai,
eine halbe Stunde nach 1 Uhr am Mittag*

Tobias und Heine eilten die schiefe und steile Fuhlentwiete hinunter in den Südwestteil der Stadt. Am jenseitigen Ende der Straße wirbelten auf großer Breite Flammen empor – und schwarzer Rauch verfinsterte den Himmel. Der Anblick war furchterregend. Tobias blieb kurz stehen, da sich hinter dem Giebel eines großen Ballhauses der Turm der Nikolaikirche abzeichnete, der nun lichterloh in Flammen stand. Funken sprühten aus den fernen Turmfenstern, und das Lärmen der Glocken überall in der Stadt erweckte den Eindruck, als hätten die anderen Kirchen ein Totengeläut angestimmt, um einen alten Kameraden zu Grabe zu tragen. Er lief weiter und mußte immerzu Brandopfern, Schaulustigen, Löschtrupps und Soldaten aus dem Weg gehen, die die Straße von einem Ende bis zum anderen verstopften. Doch die Nikolaikirche war jetzt nicht ihr Ziel.

Tobias folgte Heine, der nun rechts in eine breite Gasse einbog, die geradewegs auf den Michel zuführte. Auch hier kamen ihnen zahllose verzweifelte Bürger entgegen.

Als sie die stolze Barockkirche mit ihrem mächtigen Uhrturm erreicht hatten, hielten sie kurz inne, um wieder zu Atem zu kommen. Das Glockengeläut über ihnen schallte hier besonders laut über den Platz. Weit hinter ihnen war der Konstabler zu sehen, der ihnen die ganze Zeit über laut schnaufend gefolgt war. Trotz seines Leibesumfangs schien der Dicke damit weniger Mühe zu haben, als Tobias vermutet hatte.

»Sehen Sie doch, da!« rief er und deutete auf die schwarze Droschke des Arztes, die nicht weit vom Michel entfernt auf dem Kirchenvorplatz stand.

»De Ingang to'm Gruftgewölb«, keuchte der Polizeiofficiant, »is, glaub ik, unterm Turm.«

»Wie ist eigentlich Ihr Name?« fragte Heine.

»Borchert. Jochen Borchert«, schnaufte der Konstabler. »Is mi übrigens trotz de Umstände een Ehr, Sie kennlernt to hebben.«

Heine lächelte leicht verlegen, während Tobias vergeblich nach dem beeindruckenden, von toskanischen Säulen getragenen Portalvorbau Ausschau hielt, das zu seiner Zeit den Fuß des Turms schmückte. Statt dessen war dort nur ein schlichter, in den Backsteinbau eingelassener Diensteingang zu erkennen.

»Wir sollten keine Zeit verlieren«, mahnte Tobias und stürmte mit erhobenem Florett auf die Kirche zu. An deren Nordseite entdeckte er eine Gruppe von Rathausdienern und einfachen Arbeitern. Sie luden Kisten mit Akten, auf denen das Wappen Hamburgs zu sehen war, von einem Karren. Offenbar war die Ladung dazu bestimmt, im Michel in Sicherheit gebracht zu werden.

Die drei Männer beachteten die Arbeiter nicht weiter, sondern hielten erst inne, als sie den Diensteingang an der Turmseite der Kirche erreicht hatten. Mit aller Kraft hämmerten sie gegen das Holz der Turmtür, und Tobias war erstaunt, als das Portal sogleich aufsprang. Es war unverschlossen. Sie schlüpften in eine düstere Halle, die eher einer geräumigen Rumpelkammer ähnelte als einem geweihten Ort. An den Wänden stapelten sich Werkzeuge, Balken und Kisten, und es roch nach Staub und Stein.

Am anderen Ende der Kammer befand sich eine weitere Tür, die einen Spaltbreit offenstand. Tobias lief darauf zu und warf einen Blick durch den Türspalt. Der Zugang führte zu dem großen Kirchenraum, in dem sich zahlreiche Gläubige zum Gebet eingefunden hatten. Doch wegen des Glockengeläuts über ihnen war die predigende Stimme des Pastors nur leise zu hören: »Schlagen wir nun angesichts dieser schweren Stunde Psalm 130, eins und vier auf: Aus der Tiefe rufe ich, Herr, zu dir; denn bei dir ist die Vergebung...«

Tobias sah sich suchend um. »Und wo geht es nun zur Gruft?« flüsterte er.

»Een Moment«, antwortete Borchert und nahm eine große Brandaxt von der Wand. Damit deutete er auf eine Gittertür neben einem großen Regal mit Altartüchern. Heine stürmte voran. Auch diese Tür stand einen Spaltbreit offen und quietschte, als der Dichter sie aufzog.

»Wir müssen vorsichtig sein«, flüsterte er und deutete zu den ausgetretenen Treppenstufen, die in die Tiefe führten. Inzwischen hielt er seine Pistole wieder in Händen.

Tobias nickte seinen beiden Schicksalsgefährten zu und tastete sich an ihnen vorbei in die Tiefe. Er wußte nicht, wie lange er durch die Dunkelheit getappt war, als er das barocke Grabgewölbe der Michaeliskirche endlich erreichte. Nicht weit vom Treppenzugang wurde die Krypta vom Schein zweier Laternen spärlich beleuchtet. Der gesamte Untergrund der Kirche ruhte auf Alleen gedrungener Granitpfeiler, die die Gruft in große Segmente einteilte. Sarkophage waren nicht zu entdecken, man hatte die Toten vielmehr unter beschrifteten Sandsteinplatten im Boden bestattet. Doch für die tiefe Würde des Ortes hatte Tobias keinen Blick. Seine Aufmerksamkeit galt vielmehr den drei Menschen inmitten der Lichtinsel, die vor ihm lag. Sie scharten sich rund um eine halb aufgehebelte Grabplatte: Justus Lewald, Caroline und Doktor de Lagarde.

Caroline lag gefesselt am Boden, während sich Lewald unter den Augen des Franzosen mit einer Brechstange an der Sandsteinplatte abmühte.

»Lagarde, Ihr Spiel ist aus!« brüllte Tobias und eilte dem Franzosen mit gezückter Klinge entgegen.

»Tobias!« rief Caroline verzweifelt. Hinter ihm drängten nun auch Heine und Borchert in das Gewölbe, und Tobias beobachtete aus den Augenwinkeln, daß Heine mit seiner Pistole geradewegs auf den Franzosen zielte. Der Arzt fuhr überrascht zu ihnen herum und zog ebenfalls seine Schußwaffe. Tobias erkannte erst jetzt, daß die andere Hand des Franzosen bandagiert war.

»Lassen Sie das!« brüllte der Dichter, und seine Stimme hallte in der Krypta seltsam verzerrt nach.

De Lagarde hielt mitten in der Bewegung inne und lächelte maliziös. »Bonjour, meine Herren. Welch unangenehme Überraschung. Isch sehe, isch habe Sie unterschätzt. Das passiert mir nur selten!«

»Lassen Sie Ihre Waffe fallen. Tout de suite!« hallte Heines Stimme erneut durch das Gewölbe.

»Isch denke, *Sie* sollten besser Ihre Waffen fallen lassen«, erklärte der Arzt kühl, »sonst könnte es passieren, daß es an diesem geweihten Ort zu einem – jetzt noch – vermeidbaren Unglück kommt. Hector.«

Aus dem Schatten zwischen zwei Säulen schräg hinter ihnen trat in diesem Moment der Mann mit den wulstigen Augenbrauen, dem Tobias und Heine schon auf dem Schiff begegnet waren. Seine Schulter war verbunden, doch er machte nicht den Eindruck, als behindere ihn die Verletzung sonderlich. Er hielt eine doppelläufige Pistole in den Händen und trieb einen Gefesselten mit großem Schnauzer vor sich her. Anhand seiner Kleidung war der

Gefangene unschwer als Küster der Kirche zu erkennen. Er stöhnte, als ihm der Kerl von letzter Nacht die Waffe an den Kopf hielt.

»Nun, wie steht es jetzt, Monsieur?« Der Franzose lächelte Heine triumphierend an.

»Wir sind zu dritt!« rief Heine und zielte weiter auf den Arzt, während sich Borchert dem Diener de Lagardes mit der Axt näherte.

»Das ist richtig«, nickte der Franzose. »Aber zwischen mir und Ihnen exischtiert eine große Unterschied. Sie besitzen so etwas wie Moral, isch hingegen lasse misch in meine Streben durch solch unnötige gesellschaftliche Schranken nischt behindern. Allzumal die Waffe meines Getreuen hinter Ihnen zwei Läufe besitzt. Wünschen Sie eine kleine Demonstration? Hector.«

Hinter ihnen hallte ein lauter Schuß durch das Gewölbe, und ungläubig sah Tobias mit an, wie der Küster tot zu Boden sank. Der dicke Konstabler und Caroline stießen einen erstickten Laut aus. Doch da zielte der Untergebene des Franzosen bereits auf Heine.

»Konnte ich Sie überzeugen, Monsieur?« kommentierte der Franzose den kaltblütigen Mord. »Wenn Sie ein Mann sind, drücken Sie jetzt ab. Allerdings werden Sie dann in wenigen Augenblicken ebenfalls sterben. Also, Monsieur, zeigen Sie Ihren Begleitern, daß Sie Courage besitzen.«

Der Dichter schwieg. Sein Gesicht war kalkweiß, die Pistole in seiner Hand zitterte.

»Regrettable. Nun ist es zu spät«, höhnte de Lagarde und richtete seine eigene Waffe plötzlich auf Caroline. »O là. Die Situation wird immer verzwickter. Schießen Sie jetzt, sind es nun schon zwei, die sterben werden. Arme Mademoiselle.«

Heine atmete tief ein, entspannte den Hahn seiner Pistole und ließ die Waffe niedergeschlagen sinken.

»Weg damit!« forderte ihn de Lagarde auf.

Der Dichter legte die Waffe auf den Boden, der Arzt trat näher und stieß sie mit dem Fuß in die Dunkelheit, wo sie irgendwo gegen einen Pfeiler prallte.

»Die anderen bitte ebenfalls!« stieß der Arzt hervor.

»Sie sind ein elender Schuft!« Tobias starrte den Franzosen haßerfüllt an und kam der Aufforderung widerwillig nach. Mit leisem Klirren fiel das Florett zu Boden. Und auch der dicke Konstabler ließ seine Axt fallen.

»Und nun auf die Boden bitte«, kommandierte der Franzose.

Die drei legten sich auf das kalte Gestein, und Tobias blickte auf eine Grabplatte mit der Aufschrift *Carl Philipp Emanuel Bach 1714–1788*.

»Ah, der Zeitreisende«, höhnte der Arzt und trat an Tobias heran. »Endlich komme isch dazu, Sie mir näher anzusehen. Immerhin habe isch Ihnen zu verdanken, daß isch jetzt mit eine Finger weniger praktizieren muß.«

Tobias spuckte ihm vor die Füße.

De Lagarde trat ihm ohne Vorwarnung so heftig ins Gesicht, daß er vor Schmerz laut aufschrie. Im nächsten Augenblick hielt ihm der Arzt die Pistole an die Schläfe.

»Im Gegensatz zu Ihre Begleiter läßt Ihre Kooperationsbereitschaft leider zu wünschen übrig.« Er lachte. »Isch dachte stets, die Menschen der Zukunft seien größer, intelligenter. Aber wenn isch Sie mir so betrachte, sehe isch nur eine bessere Clochard, der mir wie ein dumme Junge in die Falle gelaufen ist. Isch würde Sie jetzt gern erschießen, aber mir steht danach, Sie noch etwas zu befragen. Über die Zeit, aus der Sie stammen. Über Ihr leider ach so kurzes Leben. Vor allem aber möschte isch misch gern revanchieren.«

Der Arzt hob böse lächelnd seine bandagierte Linke und erhob sich wieder. »Hector. Lie les hommes!«

Sein Begleiter knüpfte das Seil auf, mit dem der tote Küster gefesselt war, und bedeutete Tobias, Heine und dem Konstabler, sich mit dem Rücken zueinander zu setzen. Unter den Augen des Arztes fesselte er die drei aneinander und überprüfte den Strick.

Der Franzose nickte zufrieden. »Und nun wieder zu Ihnen, Monsieur Lewald.«

Er wandte sich an Carolines Vater, der den mißglückten Befreiungsversuch mit zusammengepreßten Lippen beobachtet hatte.

»Damit werden Sie nicht durchkommen, de Lagarde!« stieß er hervor.

»Aber natürlich werde isch das«, lachte der Franzose. »Und Sie werden mir dabei helfen. Also, machen Sie weiter. Über uns brennt die Stadt ab, und wir beide haben noch eine kleine Reise vor uns.«

Lewald stemmte die Grabplatte nun gänzlich auf. Caroline, die einen ängstlichen Blick auf die Öffnung warf, stieß einen Laut der Überraschung aus. Ihr Vater griff nun nach seinem Spazierstock, der die ganze Zeit über unbeachtet neben Caroline gelegen hatte, und klappte das Griffstück mit dem Engel auf. Darunter kam eine mechanische Vorrichtung zum Vorschein.

»Wußten Sie«, fragte der Franzose, an Tobias gewandt, »daß der Spazierstock, den Monsieur Lewald besitzt, einst Ernst Georg Sonnin gehörte?«

»Ist das noch von irgendwelcher Bedeutung?« ächzte Tobias und spuckte Blut.

»Und ob!« rief der Arzt. »Er birgt einen kunstvollen Schlüssel.«

Tobias blickte auf. »Ist das etwa das Grab von Sonnin?«

»Ah, isch sehe, wenigstens die Neugier der Menschen ist in Ihrer Zeit die gleiche geblieben. Sehr beruhigend. Sehr beruhigend.« Der Franzose stieß einen theatralischen Seufzer aus. »Der Mensch sehnt sich doch nach gewisser Beständigkeit. Aber um Ihre Frage zu beantworten: nein. Sonnin liegt dort hinten.« Er deutete auf eine Grabplatte etwas weiter entfernt.

»Gemäß dieser Platte« – er deutete auf den hochgestemmten Stein – »liegt an diese Stelle ein gewisser Karl von Ecker und Eckhofen.«

Heine fluchte leise.

»Aber wenn isch mir das recht betrachte, hat uns Monsieur Sonnin an die Nase herumgeführt.« De Lagarde beugte sich über die Öffnung. »Sie können das von Ihre Warte aus natürlich nicht erkennen, aber dies ist kein Sarg. Das Ding hier drinnen ist zwar genauso groß, aber es besteht aus Eisen und verfügt über ein sehr kompliziertes Schloß.«

Der Arzt wandte sich wieder seinen drei Gefangenen zu. »Erraten Sie, worum es sich handelt?«

»Een Tresor?« fragte der dicke Konstabler.

»Rischtig«, antwortete de Lagarde mit gespielter Freude. »Mon dieu, hätte ich vorher gewußt, daß mir solch scharfsinnige Männer auf der Fährte sind, niemals hätte isch mich in diese Stadt gewagt.«

Tobias versuchte heimlich die Fesseln zu lockern. Vergeblich.

»Monsieur Lewald«, wandte sich der Franzose nun wieder an Carolines Vater. »Wenn Sie diese Versiegelung nun bitte öffnen würden.«

Lewald schloß bedrückt die Augen, drehte den Spazierstock um hundertachtzig Grad und trat erneut an die Graböffnung. Ein mechanisches Schnappen war zu hören, und Tobias beobachtete, wie Lewald nun ein Drehrad betätigte und wie langsam eine schwere Metalltür zum Vorschein kam.

»Treten Sie beiseite!« herrschte der Arzt den alten Lewald an. Der trat zurück – und ihm war anzusehen, daß er überlegte, dem Arzt den Stock einfach über den Kopf zu ziehen.

»Denken Sie nicht einmal daran«, höhnte der Franzose. Dann ergriff er aufgeregt eine Laterne und bückte sich, um nach etwas in der Öffnung zu greifen. »Isch verstehe nischt, warum man so etwas Großes für einen solch kleinen Gegenstand baut.«

Gleich darauf erhob er sich wieder und betrachtete mit glänzenden Augen einen Samtbeutel, den er hastig aufknüpfte. Zum Vorschein kam ein daumengroßer Stein, der das wenige Licht im Gruftgewölbe in schillernden Farben brach. Staunend blickte sich Tobias zu dem faszinierenden Lichtspiel um, das über die Decke, die Säulen und die Wände huschte.

»Wie lange habe isch danach gesucht?« flüsterte der Franzose ergriffen und schob das Kleinod in den Samtbeutel zurück.

»Nehmen Sie den verfluchten Smaragd«, zürnte Lewald, »die Zeitmaschine aber werden Sie nicht bekommen.«

»Ach, meinen Sie«, erwiderte der Franzose lakonisch und steckte den Stein ein.

»Mit Ihrem Einbruch in mein Landhaus haben Sie einen Fehler begangen«, erklärte Lewald zornig. »Ich wollte es die ganze Zeit über nicht glauben, aber Lindley ahnte bereits, daß Sie dahinterstecken. Im Gegensatz zu mir hat er Ihnen nie über den Weg getraut. Er war es, der mich dazu überredete, den Stein wieder in sein altes Versteck zu schaffen.«

»Ach, diese Engländer«, erwiderte de Lagarde hämisch. »Können die alten Rivalitäten einfach nischt vergessen. Aber er wird misch ebensowenig von meine Ziel abbringen wie Sie. Ich bekomme immer, was isch will.«

»Sollten Sie nur einen Fuß in das Schloß setzen«, erklärte Lewald bestimmt, »werden seine Leute Sie festsetzen. Er wird die Maschine eher zerstören, als sie Ihnen überlassen.«

»Ach, ist dem so?« De Lagarde musterte Lewald mit eiskaltem Blick. »In diesem Fall werden Sie mir wohl noch einmal helfen müssen. Natürlisch nur Ihrer Tochter zuliebe. Hector!« Mit einer herrischen Geste wies er auf Lewalds Tochter. »Leg Mademoiselle in den Tresor und verriegle die Tür.«

Caroline schrie entsetzt auf, und Tobias bäumte sich in seinen Fesseln auf.

»Sie... das können Sie nicht tun!« schrie er.

Auch Lewald wankte keuchend einen Schritt zurück. »Da drinnen hat sie höchstens für zwanzig Minuten Luft. Ich... ich werde Ihnen nicht helfen. Niemals!«

»Das sollten Sie aber«, erklärte der Franzose und lachte gefährlich leise. »Das sollten Sie sogar unbedingt. Immerhin geht es hier um Ihr eigen Fleisch und Blut. Sehen Sie, wir spreschen doch von einer Zeitmaschine. Dort hinten« – der Arzt deutete auf Tobias – »sitzt der Beweis, daß sie funktioniert. Wenn wir erfolgreich sind, rette isch Ihre Tochter. Dann reise isch durch die Zeit zurück und« – er gab einen schnalzenden Laut von sich – »befreie Ihre Tochter, bevor sie jammervoll erstickt. Helfen Sie mir jetzt?«

Ungläubig starrte ihn Lewald an.

»Das ist nicht Ihr Ernst!« stammelte er.

»Aber ja«, erwiderte der Franzose. »Isch meine es todernst! Haben Sie einfach ein bißchen mehr Vertrauen in Ihre eigene Erfindung. Hector.«

Der Kumpan des Franzosen hob Caroline mühelos hoch, obwohl sie sich verzweifelt in seinem Griff wand und nach ihm zu beißen versuchte. Doch der Kerl schlug ihr kurzerhand ins Genick, und das Mädchen erschlaffte.

»Ich werde Sie...«, preßte Lewald mit tränenerstickter Stimme hervor und brach dann ab.

»Sie werden mir jetzt helfen, Monsieur Lewald«, erwiderte de Lagarde ungerührt. »Sehen Sie, Ihre Tochter ist bewußtlos. Sie atmet nun sehr flach. Als Vater sollten Sie sisch darüber freuen, denn die Luft im Tresor wird jetzt sogar etwas länger reichen. Nur für die Fall, daß isch misch verspäte. Verspäte, verstehen Sie?« Der Franzose lachte schallend.

Tobias sah starr vor Entsetzen mit an, wie Caroline in den metallenen Sarg gezwängt wurde, wie sich die Klappe schloß und die Riegel zuschnappten.

»Kommen Sie jetzt.« De Lagarde deutete mit der Waffe zum Eingang des Gruftgewölbes. »Mit etwas Glück erwischen wir Ihre neue Eisenbahn. Wie ich gehört habe, wurde sie wegen des Feuers bereits heute in Betrieb genommen.«

Der Helfer des Franzosen packte Lewald am Ärmelaufschlag und führte ihn an den drei Gefangenen vorbei zur Treppe. Lewald blickte starr auf die Graböffnung. Er wirkte gebrochen.

Der Arzt wartete ab, bis Lewald und sein Helfer im Treppenaufgang verschwunden waren. Dann hob er Laternen, Spazierstock, Florett und Axt vom Boden auf und ging neben seinen Gefangenen in die Hocke.

Boshaft grinste er sie an. »Die Herren werden sicher verstehen, daß ich natürlich etwas Besseres zu tun habe, als die junge Mademoiselle zu retten. Vielleicht tröstet es Sie, wenn isch Ihnen versichere, daß Mademoiselle über kurz oder lang an ihre Schwindsucht gestorben wäre. Ihre Leiden werden auf diese Weise nur etwas verkürzt.«

»Fahren Sie zur Hölle!« zischten Tobias und Heine wie aus einem Mund.

»Ts ts ts«, meinte der Arzt bedauernd und besah sich seine verbundene Hand. »Eigentlich sollte isch Sie beide für diese Bemerkung töten. Ihr jämmerliches Leben haben Sie nur die Umstand zu verdanken, daß diese Maschine eine besondere Betriebsstoff benötigt. Ein Serum. Hermes Trismegistos hat es als Chronos' Blut bezeichnet. Erinnern Sie sisch an den Keller unter die Abdeckerei? Nun, dann wissen Sie ja, wie man es gewinnt.« De Lagarde erhob sich und verbeugte sich spöttisch. »Sie alle waren ehrenvolle Gegner. Isch werde diese Umstand damit würdigen, daß isch die kostbare Serum aus Ihre Köpfe gewinnen werde. Damit ist Ihr Tod nischt umsonst. Au revoir. Wir sehen uns bald wieder.«

Lächelnd verließ der Franzose die Krypta, und Finsternis erfüllte das Gewölbe. Sogleich zerrten Tobias, Heine und der dicke Konstabler mit aller Kraft an dem Seil, das sie fesselte – mit dem einzigen Erfolg, daß sie alsbald erschöpft zurücksanken.

»So kann es nicht gelingen!« stöhnte der Dichter. »Ich habe Streichhölzer bei mir – damit können wir die Fasern durchsengen. Aber ich komme nicht an sie heran...«

»Wenn ik een anderen Vorschlag moken darf«, war hinter ihnen die Stimme des Konstablers zu vernehmen. »An de Säule gleich neben uns befinnet sick een rostiger Lamphalter. Wenn wi uns all tosom hochdrücken, können wi to ihm gehn un dat Seil dort aufscheuern.«

»Borchert, die Idee ist ausgezeichnet!« rief Heine. »Also, meine Herren. Auf drei. Eins, zwei, drei...«

Gemeinsam drückten sie den Rücken gegeneinander und stemmten sich hoch. Kurz darauf standen sie wieder auf den Füßen.

»Wo ist die Säule?« fragte Tobias.

»Hier.« Borchert gab das Kommando und zog sie im Dunkeln in eine bestimmte Richtung, bis plötzlich ein Schmerzenslaut ertönte.

Der Konstabler war offenbar mit dem Kopf gegen den Pfeiler gestoßen.

»Ik spüre den Lampenhalter«, erklärte er kurz darauf. »Nu rauf un runter!«

Die drei Männer preßten sich gegen die Säule und fanden schnell einen Rhythmus. Ein schabendes Geräusch war zu hören, das immer heller klang. Plötzlich löste sich das Seil. Hastig befreite sich Tobias von den Fesseln und griff nach dem Arm des Dichters. »Ihre Streichhölzer, schnell!«

Der Dichter gab sie ihm, und kurz darauf erhellte eine kleine Flamme das Gewölbe. Mit dem brennendem Hölzchen eilte Tobias zu dem geöffneten Grab. Wie es der Arzt beschrieben hatte, war unter der Platte eine Tresortür verborgen, deren Scharniere im Gestein verankert waren.

»Caroline!« schrie Tobias. »Caroline!«

Aufgeregt hantierte er an den Schlössern herum und hämmerte gegen die Panzertür. So lange, bis das Streichholz abgebrannt war.

»Lassen Sie das, Sie Dummkopf!« rief Heine und stolperte im Dunkeln auf ihn zu, riß ihm die Schachtel aus der Hand und entzündete ein neues Phosphorhölzchen. »Seien Sie froh, daß die junge Dame bewußtlos ist. Wollen Sie, daß sie in diesem Sarkophag erwacht? Helfen Sie mir lieber, meine Pistole zu finden. Wir müssen de Lagarde hinterher!«

Tobias ballte die Fäuste. Heine hatte recht. Er sprang auf, und gemeinsam suchten sie nach der Waffe. Es war Borchert, der sie schließlich fand.

»Und jetzt hinauf!« kommandierte Heine und entzündete ein weiteres Streichholz. Gemeinsam stolperten sie den Treppenaufgang hinauf und stürmten durch die Turmkammer auf den Kirchenvorplatz hinaus. Über ihnen dröhnten noch immer die Glocken des Michels. Die Droschke des Franzosen war verschwunden.

»Verflucht, verflucht, verflucht!« schrie Tobias. »Wir wissen noch nicht einmal, wohin sie gefahren sind!«

Er legte den Kopf in den Nacken und starrte zu der großen Kirchturmuhr des Michels empor. Die Zeiger standen auf zwei Uhr zweiunddreißig nachmittags.

»Caroline hat bestenfalls noch für fünfzehn Minuten Luft«, stammelte er. »Unmöglich, sie noch zu retten.«

»Düsse Franzos hett wat vun een Schloß seggt«, murmelte der dicke Konstabler.

»Und er sprach davon, daß er die Eisenbahn nehmen will«, ergänzte Heine. »Borchert, denken Sie das gleiche wie ich?«

»Ja nu«, murmelte der Dicke niedergeschlagen. »Mi dücht, er will nach Bergedorf. Dor steiht dat einzige Schloß in de näheren Umgebung vun Hamborg. Ober de jung Mann hat recht, wi holen düsse Schuft nie ein.«

»Augenblick!« Tobias fuhr zu den beiden herum. »Wir könnten Carolines Leben retten, wenn wir selbst im Besitz der Zeitmaschine wären. Wenn ich das richtig sehe, dauert es eine Weile, bis sich de Lagarde bei dem Chaos auf den Straßen bis zum Bahnhof durchgeschlagen hat. Gleichgültig, ob er den Zug erwischt oder nicht – vielleicht gibt es eine Möglichkeit, wie wir ebenso schnell wie er nach Bergedorf kommen. Vielleicht können wir ihm sogar zuvorkommen.«

»Wie wollen Sie denn das anstellen?« Heine sah ihn zweifelnd an.

Tobias ging auf die Frage gar nicht erst ein, sondern wandte sich dem Konstabler zu. »Können Sie einen Pferdewagen oder eine Droschke konfiszieren?«

»Ja nu«, erklärte der. »Ik bün nur Polizeiofficiant dritter Klasse. Ik weet gor nich, ob ik dat darf. Aber mien Bruder is Wagner. Un de hett 'nen Freund, de Mietdroschken verleiht. Gliecks um de Ecke. Zwischen Millernthor un de Michel. De hett bestimmt 'nen Wogen.«

»Millernthor?« fragte Heine entsetzt. »Das liegt verdammt noch mal im Westen. Wir müssen aber nach Osten.«

»Sie verstehen nicht«, unterbrach ihn Tobias aufgeregt. »Ich will nicht zum Bahnhof. Wir müssen raus aus der Stadt: zum Heiligengeistfeld!«

Himmelwärts

*Hamburg 1842, 5. Mai,
26 Minuten nach 3 Uhr am Nachmittag*

»Schneller! Schneller!« spornte Tobias den Konstabler an, der vorn auf dem Bock des Leiterwagens saß. Der ließ die Zügel wieder auf den Rücken des Zuggauls klatschen, woraufhin das bedrängte Tier ein unwilliges Wiehern ausstieß. Der Karren, auf dem Heine, Borchert und Tobias saßen, rumpelte gefährlich schnell den mit Schlaglöchern übersäten Feldweg entlang, der – vom Millernthor beginnend – außerhalb des mächtigen Stadtwalls bis nach Norden führte. Heine warf einen skeptischen Blick zurück. Offenbar befürchtete er, daß jeden Augenblick eines der Achsenräder springen könnte.

Linkerhand des Gefährts erstreckte sich das langgezogene Heiligengeistfeld. Wo sich zu Tobias' Zeit ein großer schwarzer Bunker aus dem Zweiten Weltkrieg erhob, in dessen Schatten mehrmals im Jahr der ›Hamburger Dom‹ stattfand, der weithin bekannte Jahrmarkt der Hansestadt, lag zu dieser Zeit eine große grüne Wiese, auf der Kühe weideten. Ganz im Norden wurde das Areal von einer Windmühle begrenzt. Doch dieses Gebäude fesselte die Aufmerksamkeit der drei Männer nicht im geringsten.

Ihr Blick galt dem riesigen Ballon aus rotweiß gestreiften Seidenbahnen, der nur zwanzig oder dreißig Meter von der Windmühle entfernt majestätisch zum blauen Himmel aufragte. Unter ihm hing die große Gondel, die Lewald Tobias vor wenigen Tagen in seinem physikalischen Kabinett gezeigt hatte. Ein Dutzend Männer hielt sich in der Nähe von vier schweren Pferdekarren auf und beobachtete das Luftschiff, das sich im Wind leicht zur Stadt hin neigte.

Auf der Weide, nicht weit von den Fuhrwerken entfernt, lag eine gewaltige metallene Konstruktion, von der ein dicker Schlauch hinüber zur Gondel und von dort aus zu der seidenen Ballonhülle der Luftfähre hinaufführte. Ganz offensichtlich diente dieses Gerät zur Erzeugung des Wasserstoffs, mit dem der Ballon angetrieben wurde. Es ähnelte einem gigantischen Tausendfüßler, nur daß die Beine von baumstammdicken Blechpatronen gebildet wurden. Darin mußte sich das chemische Gemisch befinden, welches das Gas erzeugte.

Alles wirkte so, wie Tobias es sich erhofft hatte: Der Flugballon war startbereit.

Borchert fuhr kurzerhand vom Weg ab und lenkte den Karren auf dem kürzesten Weg über die holprige Weide und auf die Luftschiffermannschaft zu. Der Wagen rumpelte noch heftiger, und Heine hielt sich mühsam fest.

»Ich kann es immer noch nicht glauben!« rief er gegen das Lärmen der Räder an. »Sie wollen die Verfolgung tatsächlich mit diesem Ding aufnehmen?«

»Ja!« rief Tobias zurück und sah einer Kuh nach, die vor ihnen Reißaus nahm. »Ich sehe keinen anderen Weg, der mehr Erfolg verspricht.«

Die Männer auf der Weide hatten die Neuankömmlinge inzwischen bemerkt, und Tobias erkannte Michael Groth, den Gehilfen Lewalds, der ihnen neugierig entgegentrat. Er trug einen Arm in einer Schlaufe. Offenbar hatte sich der Mann vor kurzem irgendwo verletzt.

»Wahren Sie bitte Abstand!« verlangte er mit näselnder Stimme. »Wir bereiten gerade den Start eines Ballons vor.«

Borchert hielt den Karren an und betätigte die Bremse. »Wi sünn jo nich blind«, rief er.

Dann sprangen die drei Männer ab.

»Wir brauchen den Ballon! Jetzt!« rief Tobias. »Herr Lewald wurde entführt. Wenn wir seinem Entführer nicht sofort nachsetzen, werden er und seine Tochter sterben.«

Einen Augenblick lang zuckte Tobias die Vorstellung durch den Kopf, daß Caroline genaugenommen bereits vor einer Dreiviertelstunde elendig erstickt sein mußte. Er schüttelte diesen Gedanken jedoch rasch ab. Dachte er weiter über all das nach, würde er wahnsinnig werden.

»Sie wollen was?« Groth riß ungläubig die Augen auf. »Glauben Sie, ich nehme ausgerechnet Ihnen diese hanebüchene Geschichte ab? Was soll das? Wissen Sie überhaupt, wieviel dieser Ballon wert ist?«

»Hier geht es um Leben und Tod!« raunzte Heine den Livrierten an.

»Und wer sind Sie, daß Sie glauben, so mit mir sprechen zu können?« antwortete Groth blasiert.

»Das ist doch jetzt völlig egal!« schrie Tobias. »Lewald und seine Tochter sterben, wenn Sie nicht…«

Borchert schob sich rüde an seinen beiden Begleitern vorbei und ergriff das Wort. »De Ballon is hiermit konfiszeert.«

»Wie bitte?« Ungläubig riß Groth die Augen auf. »Ich lasse mir doch nicht von irgendsoeinem drittklassigen Konstabler sagen…«

»Un wenn Sie noh een wieteres Wort verleern«, unterbrach ihn der dicke Polizeiofficiant wütend, »dann sett ik Sie vun wegen Beamtenbeleidigung fest. Verstunnen?«

Groths Mund klappte wie ein Fischmaul auf und zu. Borchert drehte sich augenzwinkernd zu Heine und Tobias um und flüsterte: »Sie glauben nich, wie lüng ik dat schon mol seggen wullt.«

»Kommen Sie, zeigen Sie uns, wie dieses verdammte Luftgefährt bedient wird!« fauchte Heine und fügte hinzu: »Bitte!«

Zornig wandte sich Lewalds Gehilfe um und drängte sich an seinen Helfern vorbei. Diese drängten sich neugierig um die Streitenden und verfolgten die Wortgefechte mit verwunderten Blicken.

Tobias, Heine und der Konstabler folgten Groth mit großen Schritten zum Ballon, während der Hausverwalter wild mit seinem unverletzten Arm gestikulierte. »Gut, wie Sie wollen. Es handelt sich hierbei um das modernste Luftschiff auf dem ganzen Kontinent. Es wird mit flüchtigem Wasserstoff betrieben, den wir da hinten mit einem neuen Verfahren entwickeln.« Er deutete zu der seltsamen Apparatur auf der Weide hinüber. »Statt Schwefelsäure und Eisenspänen verwenden wir Zinkstaub und Kalkhydrat. Ich hoffe, Sie wissen, wie *teuer* das alles ist.«

»Ist mir gleich!« rief Tobias. »Wenn wir uns nicht beeilen, wird sich Herr Lewald seines Besitzes ohnehin nicht mehr lange erfreuen.«

Sie standen nun unmittelbar vor dem großen Korb, an dem nicht etwa Sandsäcke, sondern prall gefüllte Schläuche hingen. Aus einigen von ihnen tropfte Wasser. In der Mitte der Gondel aber befand sich eine kleine Dampfmaschine, über der die bizarre Konstruktion mit der großen Luftschraube angebracht war. Sie ragte an etwas Kranartigem gute anderthalb Meter über den Korbrand hinaus und konnte mit Drähten innerhalb der Gondel in verschiedene Richtungen ausgerichtet werden.

»Sie steigen auf«, erklärte Groth, »indem wir hier unten die Leinen kappen.« Hochmütig starrte er auf Borcherts dicken Bauch. »Mag aber sein, daß Sie zusätzlich noch einige Wasserbehälter abwerfen müssen. Sind Sie zu hoch, ziehen Sie dort an der Leine.«

Lewalds Verwalter deutete auf einen Strick, der von oben herabbaumelte. »An der Spitze des Ballons öffnet sich dann eine Klappe, und Sie lassen Wasserstoff ab. Sind Sie zu niedrig, müssen Sie hingegen weiteren Ballast abwerfen: die Wasserschläuche rund um den Korb. Wir werden natürlich auch die Trosse zur Dampfwinde kappen. Und dann wollen wir sehen, wie weit Sie kommen. Wir haben nämlich Westwind«, erklärte er mit zorniger Genugtuung und blickte hinüber zur Stadt, über der sich schwarze Rauchwolken ballten. »Wahrscheinlich geraten Sie mitten in den Sog des Feuers. Keine Ahnung, was dann passiert. Vielleicht entzündet sich der Wasserstoff, vielleicht stürzen Sie auch nur so ab. Aber eines versichere ich Ihnen: Sollten Sie überleben, wird Herr Lewald ein ganzes Bataillon Advocaten auf Ihre Fährte hetzen.«

»Sie haben es offenbar immer noch nicht begriffen, wie?« schnaubte Heine.

»Wir werden nicht ins Feuer fliegen«, erklärte Tobias mit fester Stimme. »Sie haben uns noch nicht die Bedienung des Herzstücks dieser Wundermaschine erklärt. Die Dampfmaschine mit der Windschraube.«

»Dafür braucht man einen Spezialisten«, knurrte Groth. »Die rühren Sie besser nicht an. Die einzigen, die hier im Gebrauch mit einer Dampfmaschine unterwiesen sind, sind Herr Lewald und ich. Leider habe ich mich vor einer Stunde am Ofen unserer Wasserstoffanlage so schwer verbrüht, daß Sie bei diesem wahnwitzigen Unternehmen auf mich verzichten müssen.«

»Dat mookt nix«, erklärte Borchert gleichmütig. »Mien Bruder is Heizer op dem Dampfschoner *Helgoland*. Er hett mi möl mitnommen. Ik weeß also, wie dat geiht. Deswegen wohl ook die Wasserbüdel. De sünn nich nur as Ballast, sondern ook för de Dampfkessel bestimmt, hebb ik recht?«

Groth starrte den dicken Konstabler verblüfft an.

»Ich dachte, Ihr Bruder sei Wagner?« fragte Tobias verdutzt.

»Jo, mien ältesten Bruder. Aber Hinnerk is Heizer.«

»Lassen Sie uns keine weitere Zeit verlieren«, meinte Heine und schwang sich unter Groths mißbilligendem Blick in den Korb. Tobias und Borchert, für den eine Strickleiter besorgt werden mußte, folgten ihm, und der Konstabler warf sogleich einen Blick auf den Dampfkessel.

»Ah, es ist bereits angeheizt«, erklärte er zufrieden.

»Ja, natürlich«, stammelte der Hausverwalter. »Herr Lewald wollte doch gleich kommen...«

Ihm war anzusehen, daß er immer noch nicht recht glauben konnte, was unter seinen Augen geschah.

»Sie... Sie wollen wirklich aufsteigen?«

»Ja, verdammt!« schrie Tobias.

»Dann... dann seien Sie um Himmels willen vorsichtig«, flehte Groth. »Auf keinen Fall darf ein Funke nach oben gelangen, verstanden? Über Ihnen befinden sich über eintausendachthundert Kubikmeter Wasserstoff. Nur ein Funke, und der Ballon explodiert, und Sie alle werden sich wünschen, lieber einen Abstecher durch die Hölle gemacht zu haben. Das gleiche kann passieren, wenn Sie dem Feuer in der Stadt zu nahe kommen.«

Heine und Tobias betrachteten zweifelnd den mächtigen Ballon über ihnen. Darunter war eine breite Lederhaut gespannt, um den Seidenstoff von der Dampfmaschine abzuschirmen.

»Mooken Sie sick man keene Sorgen«, schnaufte Borchert. »Ik werde vörsichtig sein. Oh, wat is dat denn?« Er präsentierte eine Sektflasche, die sich in einer Tasche neben ihm an der Korbwand befunden hatte.

»Ein 39iger Dom Ruinart«, näselte der Hausverwalter. »Der Lieblingschampagner von Herrn Lewald.«

»Jo nu, nötigenfalls lösch ik dormit«, brummte der Konstabler.

Heine und Tobias warfen sich skeptische Blicke zu.

Groth wandte sich ohne ein weiteres Wort von der Gondel ab und veranlaßte, daß die Zufuhr zum Wasserstoffgenerator, die Stahltrosse der Dampfwinde und die Leinen gekappt wurden. Die Kolben der Dampfmaschine stampften inzwischen in gleichmäßigem Takt, was Borchert mit einem leisen Freudenschrei kommentierte. »Menschenskinner, wenn mi Jan nu sehen könnt.«

Kurz darauf stieg der Fesselballon auf.

»Sie müssen Ballast abwerfen!« rief ihnen der Hausverwalter zu. Heine und Tobias griffen nach bereitliegenden Messern, säbelten an den Verschnürungen der Wassersäcke und sahen mit an, wie diese in die Tiefe sausten.

Borchert legte, nachdem er die Konstruktion mit der Windschraube eine Weile beäugt hatte, einen Hebel um, und schwirrend sprang der große Propeller an. Er grunzte zufrieden und richtete ihn nach Norden aus. Langsam drehte sich der Korb.

Inzwischen hatten sie eine Höhe von etwa sechs Metern erreicht, nicht hoch genug für den Stadtwall, auf den sie unerbittlich zutrieben. Dennoch konnte Tobias das rauchgeschwängerte Dächermeer der Stadt bereits erkennen.

»Ist aus der Maschine nicht mehr herauszuholen?« rief er Borchert zu und starrte gemeinsam mit Heine über den Korbrand. »Wir müssen weiter nach Norden.«

Sie befanden sich jetzt fast auf Höhe des Wegs, den sie vorhin entlanggefahren waren. Unter ihnen starrte eine Gruppe Menschen zu ihnen herauf und gestikulierte aufgeregt.

»Ne, dat is schon all'ns!« schimpfte der Konstabler. »Sie mütten mehr Ballast abwerfen. Schnell!«

Heine und Tobias schnitten ein weiteres Dutzend Wassersäcke ab, die am Boden wie übergroße Kürbisse zerplatzten.

»Genug!« rief Borchert. Tatsächlich gewann der Flugballon jetzt beständig an Höhe, und der Wind trieb sie über den breiten Stadtwall, der sich unter ihnen – wie ein gezackter Deich – von Nordost nach Südwest erstreckte.

Der Anblick, der sich nun bot, war erschreckend. Südöstlich von ihnen, nur wenige tausend Schritte entfernt, brannte das Herz der Stadt. Die Flammen züngelten wild an Speichern, Hausfassaden und Dachstühlen in die Höhe, und der auffrischende Wind trieb die schwarzen Rauchwolken wie einen breiten Trauerflor gen Osten.

»Sehen Sie!« rief Heine und deutete hinüber zum Hopfenmarkt. Nun hatten sie einen guten Blick auf das brennende Häusermeer, das in einem Halbrund vom Nikolaifleet eingeschlossen wurde. Auch die große Nikolaikirche brannte lichterloh.

Plötzlich war ein lautes Bersten und Krachen zu hören – sie wurden Zeugen eines beängstigenden Schauspiels. Lange hatte die altehrwürdige Kirche dem Feuer widerstanden; jetzt aber stürzte sie mit dumpfem Getöse zusammen. Eine gewaltige Glutwolke stob zum Himmel auf, und dichter schwarzer Rauch wirbelte empor, der vom Wind nach Osten geweht wurde. Unzählige Schreie verängstigter Menschen schallten zu ihnen herauf.

»Sie haben die Wahrheit erzählt«, murmelte Heine erschüttert. »Sie ist wirklich eingestürzt. In einem stillen Winkel meines Herzens hatte ich noch immer gehofft, daß Sie doch nur ein Wichtigtuer sind. Gleichgültig, welchen Irrsinn wir beide inzwischen erlebt haben.«

Tobias blickte den Dichter betrübt an und nickte. »Es wird noch schlimmer kommen«, seufzte er. »Richten Sie Ihren Blick weiter nach Osten. Das Feuer ist längst über den Nikolaifleet gesprungen. Wenn ich mich recht entsinne, wird es die ganze Innenstadt verwüsten. Das Rathaus wird vernichtet, der Jungfernstieg... Auch die Petrikirche wird einstürzen. Aber Hamburg wird wieder aufgebaut werden.«

»Das tröstet mich nicht«, erwiderte Heine melancholisch. »Es wird nicht mehr das Hamburg sein, das ich kannte. Mein altes, schiefwinkliges, schlabberiges Hamburg...« Er atmete tief ein. »Ich werde einen Weg finden, darüber schreiben. Ich muß all das zu Papier bringen.«

Tief ergriffen versuchte er sich an einem Reim:

»Es brennt an allen Ecken zugleich,
man sieht nur Rauch und Flammen!
Der Kirchturm lodert auf
Und stürzt krachend zusammen.

*Gar manche Gasse wird mir fehlen,
die ich nur ungern vermisse,
wo ist das Haus, wo ich geküßt
der Liebe erster Küsse?«*

Tobias dachte bei diesen Worten wieder an Caroline, und plötzlich wurde ihm die Kehle eng. Da bemerkte er einen leichten Windzug. Eigentlich war das in einem Ballon gar nicht möglich. Der war stets genauso schnell wie die Luftströmung, die ihn trug. Das konnte nur bedeuten...

»Merken Sie es?« rief Borchert hinter ihnen gegen das Schnaufen der Dampfmaschine an und deutete hinüber zur Luftschraube. »Düsse Teufelserfindung funktioneert. Nich gut, ober se funktioneert.«

Inzwischen flogen sie in fast vierzig Metern Höhe über die Binnenalster, auf der kleine weiße Flecken zu erkennen waren. Die berühmten Schwäne der Stadt.

Tobias wurde sich plötzlich des Umstands bewußt, daß er soeben Zeuge eines einmaligen Anblicks geworden war. Er flog über das alte Hamburg, wie es nie wieder sein würde. Nur – freuen konnte er sich nicht darüber.

»Ah. Werfen Sie einen Blick nach Osten!« rief Heine aufgeregt. Er beugte sich ein wenig über den Korbrand der Gondel und deutete in die Richtung jenseits des östlichen Stadtwalls. »Erkennen Sie den Schienenstrang dort hinten, nördlich des Elbufers?«

Tobias folgte dem Fingerzeig und entdeckte durch den vielen Rauch hindurch die schmale Trasse der Eisenbahn, die in sanften Biegungen von Hamburg fort nach Bergedorf führte.

»Leider habe ich kein Fernrohr dabei.« Heine ärgerte sich. »Doch ich bin mir sicher, am Horizont etwas Metallisches im Sonnenlicht aufblitzen zu sehen. Wenn ich mich nicht irre, war das die Eisenbahn. Sie fährt also tatsächlich heute schon. Allerdings hat sie einige Kilometer Vorsprung.«

Tobias folgte der Trasse mit seinen Blicken, so gut es eben ging.

»Wir werden sehen«, meinte er nachdenklich. »Dafür fliegen wir querfeldein. Und der Wind steht günstig. Um Bergedorf zu erreichen, müssen wir uns lediglich etwas weiter südlich halten, immer am Schienenstrang entlang.«

»Keen Problem«, war hinter ihnen wieder die Stimme Borcherts zu hören. Soeben hatte dieser einige Kohlen nachgelegt und richtete die brummende Windschraube kampflustig nach Süden aus. »Düsse stählerne Ungetüm holen wi in. Un dann werd ik düsse franzeuschen Baguettefresser zeigen, dat man sick mit de Hamburger Polizei nich unstrooft anlegt.«

Stahl & Champagner

Bergedorf 1842, 5. Mai,
19 Minuten vor 6 Uhr gegen Abend

Mit unsanftem Stoß setzte die Gondel des Flugballons auf einer großen Wiese auf, die von hohen Kastanien begrenzt wurde. Der Bewuchs gehörte zu einem Boulevard, der die Reste eines Verteidigungswalls und einen breiten Burggraben mit Teichrosen umschloß. Hinter den Bäumen ragte ein baufälliges, vier- bis fünfstöckiges Schloß mit roter Backsteinfassade und runden Erkern auf, dessen Dach von gotischen Staffelgiebeln bekrönt wurde. Einige Schindeln fehlten, und an der Fassade des wuchtigen Turms neben der Eingangspforte erhob sich ein hohes Baugerüst, aus dem – nur ein Stockwerk unter dem obersten Turmgeschoß – ein Kranbalken hervorlugte.

Das barocke Anwesen befand sich nur knappe hundert Meter Luftlinie von ihnen entfernt, und es kam einem Wunder gleich, daß Borchert den Ballon bis hierher gebracht hatte.

»Grandios, Borchert! Das war eine reife Leistung!« lobte Heine den Konstabler, der stolz Haltung annahm. Der Polizeiofficiant betätigte ein Ventil – und Dampf entströmte dem Kessel der Dampfmaschine. Kurz darauf kam die Windschraube zum Stillstand.

»Wi kunnen vun Glück seggen, dat wi hier runner kommen sünn«, meinte der Dicke bescheiden und grinste. »De Wind hett uns fast gegen de Fassade vun de Schloß weeht.«

In meiner Zeit nennt man das eine Punktlandung, dachte Tobias beeindruckt. In der Luft waren sie so gut wie möglich der Schienentrasse gefolgt, bis sie am östlichen Horizont das malerische Häusermeer Bergedorfs entdeckt hatten. Die an der Bille, einem Seitenfluß der Elbe, gelegene Stadt mit ihren hohen Fachwerkhäusern war von Feldern und grünen Wiesen umgeben und natürlich bei weitem kleiner als das stolze Hamburg.

Eingeholt hatten sie den Zug leider nicht. Als sie den pittoresken Bahnhof Bergedorfs endlich gefunden hatten, standen Dampflok und Waggons bereits am Bahnsteig. Der antiquiert wirkende Zug war mit Flüchtlingen besetzt gewesen, die von Stadtbediensteten auf den Vorplatz getrieben wurden. Sie mußten Platz für Löschspritzen und andere Hilfsgüter schaffen, die in Hamburg gebraucht wurden. De Lagarde und Justus Lewald waren von oben aus nicht zu erkennen gewesen. Doch Tobias war sicher, daß sein Gegner mit diesem Zug gefahren war.

Heine und er sprangen aus der Gondel, während Borchert vorsichtshalber noch etwas Wasserstoff abließ und dann ebenfalls aus dem Korb kletterte. Schnaufend band er eine Leine mit einem kleinen Anker an einer Parkbank fest.

»Was befindet sich im Schloß?« fragte Tobias und suchte vergeblich nach einem Stock, den er als Waffe benutzen konnte.

»De Stadtverwaltung«, brummte der Polizeiofficiant. »Bergedorf wird vun Hamborg un Lübeck tosommen verwaltet. Schon siet über veerhunnert Johr.«

»Nun, dann können wir davon ausgehen«, sagte Heine, »daß diese Eisenbahngesellschaft ebenfalls im Schloß untergebracht ist. Ein gutes Versteck für Erfindungen der besonderen Art.«

»Dann wollen wir uns beeilen!« rief Tobias. Er deutete auf die Brücke über den Wassergraben, über die in diesem Augenblick eine Mietdroschke zurück in die Stadt ratterte. »Wir müssen de Lagarde zuvorkommen.«

»Un was is mit dem Ballon?« wollte Borchert wissen. »Den künn wi doch nich dor stehenlassen.«

»Vergessen Sie den Ballon!« wehrte Heine geringschätzig ab.

»Warten Sie!« rief der Konstabler und stapfte auf zwei Spaziergänger in vornehmen Gehröcken zu. Sie standen mit offenen Mündern und gesenkten Zylindern im Schatten der Bäume und starrten sie ungläubig an. Borchert redete eindringlich auf die beiden ein und kam bald darauf zurück.

»De beiden Herren passen op dat Luftschiff op«, erklärte er zufrieden. »Nich, dat es düsse Franzeuschen noch infällt, mit dem Ballon to fliehen, wenn wi ihm erst einmol op de Pelle rückt sünn.«

Tobias, Heine und der Konstabler stürmten nun am Rande des Burggrabens entlang auf die Brücke zu und hetzten von dort über einen breiten Kiesweg zum Eingangsportal des Schlosses. Ungestüm hämmerten sie mit den Fäusten gegen die Tür.

Kurz darauf wurde eine Klappe geöffnet – ein Mann der Schloßwache starrte hindurch. »Die Stadtverwaltung hat geschlossen«, murrte er.

»Wi mütten ins Schloß. Sofort!« wetterte der Konstabler. »De Angelegenheit is dringlich.«

Der Mann musterte ihn kühl durch die Klappe hindurch. »Ohne Genehmigung läuft hier gar nichts, Konstabler. Da könnte ja jeder kommen. Wenn Sie jemand Verantwortliches sprechen wollen, dann gehen Sie zum Bahnhof. Die Herren Amtsmänner sind wegen des Großbrands in Hamburg alle dort.«

»Verflucht noch mal«, zürnte Heine und steckte den Lauf seiner Pistole durch die Klappe. »Wenn Sie nicht sofort öffnen, dann werden Sie erleben, wie es ist, wenn ich verärgert bin. Haben Sie mich verstanden?«

»Ein… einen Augenblick«, stammelte der Mann. Unter den wütenden Blicken des Dichters öffnete er einen Riegel, und kurz darauf drangen die drei in die hohe Eingangshalle. Mehrere Türen zweigten davon ab, und etwas weiter hinten, neben einer Ritterrüstung an der Wand, war eine Turmtreppe zu erkennen, vor der eine rote Schnur gespannt war. Tobias kam nun erst dazu, den untersetzten Wachhabenden näher ins Auge zu fassen. Er trug eine nachlässig zugeknöpfte Uniformjacke, über der ein Schultergehänge samt Säbel hing. Ängstlich starrte er auf Heines Pistole und leistete keinen Widerstand, als ihm Tobias die Klinge abnahm.

»Sind hier drei Männer vorbeigekommen?« fragte er.

Der Wachhabende nickte furchtsam. »Vor einer Viertelstunde. Der Präsident der Eisenbahn-Aktiengesellschaft und zwei weitere Herren.«

»Und wo sind sie hin?« wollte Heine wissen.

»Äh, nach oben, in den Turm. Zu den Räumlichkeiten der Gesellschaft«, stotterte der Entwaffnete.

Borchert hatte inzwischen das rote Absperrseil abgehängt und fesselte die Arme des Mannes auf den Rücken. »Tut mi leed«, murmelte er. »Nehm Sie es mi nich persönlich, ober to erklären, warum wi hier sünn, dato fehlt uns de Zeit. Wi kunnen es uns leeder nich leisten, dat Sie uns Ärger mooken.«

Gemeinsam mit Heine sperrte er den Bediensteten in einen Raum, der als Pförtnerloge diente. Anschließend verriegelten sie Tür und Schloßportal.

»Ich hoffe, Sie bremsen Ihr Ungestüm gleich etwas, mein junger Freund«, sagte Heine zu Tobias. »Damit wir nicht wieder in solch eine Lage geraten wie vorhin unter dem Michel.«

Tobias nickte betreten. Borchert trat vor die Ritterrüstung und schnappte sich die Hellebarde, die der Blechmann in den gepanzerten Händen hielt. Dann eilten sie die steile, gewundene Turmtreppe hinauf. Als sie das dritte Obergeschoß erreicht hatten, hörten sie hinter einer Tür gedämpfte Stimmen.

Heine nickte seinen Begleitern zu und zog die Tür vorsichtig auf. Sie blickten in ein rundes, nach Tinte und Papier riechendes Turmzimmer. Darin standen Tische, mit Konstruktionsskizzen aller Art überladen, sowie hohe Regale, die unter der Last von Akten schier ächzten. Tobias entdeckte zu seinem Erstaunen eine im Abendlicht blinkende Apparatur neben einem umgekippten Stuhl, die sich bei näherem Hinsehen als mechanische Rechenmaschine entpuppte.

»Sie verfluchter Schurke!« war eine gepreßt klingende Stimme mit englischen Akzent zu hören. Der Ruf drang aus einer kleinen, halb offenstehenden Tür zur Linken. Dort waren Treppenstufen zu erkennen, die weiter nach oben führten. Heine legte einen Finger auf die Lippen und hastete darauf zu. Tobias und Borchert folgten ihm. Die schmale Stiege endete weiter oben an einer offenstehenden Falluke, über der sich in etwa sechs Metern Höhe die hölzernen Dachstreben der Turmdecke spannten. Tobias zwängte sich neben den Dichter, und gemeinsam spähten sie über die Kante der Luke.

Vor ihnen lag eine runde, gut zehn Meter durchmessende Turmkammer mit angrenzendem Dachboden, dessen Tiefe aufgrund des dort herrschenden Zwielichts nicht genau zu bestimmen war. Es roch nach Ozon. Die Ursache dafür waren lange Reihen Leidener Flaschen, die auf dem angrenzenden Dachboden nebeneinanderstanden und von denen Messingdrähte zu einer trapezförmigen Metallkonstruktion führten, die unter den Dachsparren angebracht war. Der Konstrukteur dieser Einrichtung hatte die Kondensatoren offenbar zu einer gewaltigen elektrostatischen Batterie verknüpft. Im Turmraum selbst waren weitere Arbeitstische zu sehen, auf denen Werkzeuge, Kolben, Uhren und Meßinstrumente standen.

Doch das allein war es nicht, was Tobias' Herz einige Takte schneller schlagen ließ. Nur drei Schritte von ihnen entfernt, mitten im Raum, standen zwei Holzblöcke, auf denen jeweils eine Zeitmaschine stand. Mit ihren Kufen, dem rautenförmigen Sattel und dem großen Parabolschirm hinter dem Sitz sahen sie einander zum Verwechseln ähnlich. Eine von ihnen mußte die erst jüngst zusammengesetzte Maschine sein. Die andere hingegen war jene, mit der Tobias gereist war! Der Anblick war paradox. Nach allem, was er wußte, handelte es sich um dieselbe Maschine. Nur daß die eine in der Zeit vorwärts- und dann wieder zurückgereist war. Oder waren es doch zwei baugleiche Apparate?

Tobias war von dem Anblick so gebannt, daß er die vier Männer erst gar nicht wahrnahm. Ganz in der Nähe einer großen Ladeluke, die außen an der Turmwand angebracht war, hockten Lewald und Lindley. Beide waren an Armen und Beinen gefesselt. Lewald starrte apathisch zu Boden, während sich Lindley in seinen Fesseln wand und vergeblich versuchte, die Stricke zu lockern. Der Diener de Lagardes, soeben dabei, ein Tuch zu einem Knebel zu drehen, beugte sich über ihn.

Der französische Arzt hingegen stand etwas von seinen Gefangenen entfernt vor einem der Arbeitstische. Er hielt den Kristallstab in Händen, an dessen Ende sich ein Gewinde befand, auf dem der schillernde Smaragd thronte.

Soeben war er damit beschäftigt, eine ausgehöhlte Elfenbeinkugel über Edelstein und Stabende zu schrauben.

Der Aktivierungshebel!

»Étonnant, Monsieur Ingenieur«, erklärte er. »Sie haben ganze Arbeit geleistet. Das einzige, was fehlte, war die *ultima materia*. Isch bin sehr stolz auf Sie.«

Lindley wollte etwas erwidern, doch in diesem Augenblick bemerkte der Engländer Tobias und Heinrich Heine. Hastig preßte dieser einen Finger auf die Lippen. Der Ingenieur nickte unmerklich und brüllte wieder los.

»Sie verfluchter Schuft, glauben Sie nur nicht, daß ich Ihnen helfe, die Maschine in Betrieb zu nehmen! Verrecken sollen Sie!«

Die Ablenkung glückte. De Lagarde wandte sich höhnisch lachend zu ihm um. »Aber Monsieur Lindley, isch bin auf Ihre Hilfe nicht angewiesen. Haben Sie schon vergessen, wer die Papyrusrollen übersetzt hat?«

Heine und Tobias schlüpften lautlos aus der Luke und schlichen sich von hinten an ihre beiden Gegner an.

»Hände hoch!« schrie Heine mit erhobener Waffe.

De Lagarde und sein Kumpan fuhren überrascht herum.

»So sieht man sich wieder«, antwortete Tobias mit eisiger Stimme.

Er hörte, wie hinter ihm auch der dicke Konstabler die Turmkammer betrat.

»Merde!« fluchte der Untergebene des Franzosen, und sein Blick irrlichterte zu dem Arbeitstisch ganz in seiner Nähe. Dort lag die doppelläufige Pistole, mit der er den Küster erschossen hatte.

»Rühren Sie sich nicht von der Stelle!« schrie Heine und spannte den Hahn seiner Pistole. Ein häßliches Knirschen ertönte, und der Schlaghammer brach ab. Ungläubig starrte der Dichter seine Waffe an. Sie hatte die rauhe Behandlung unter dem Michel nicht schadlos überstanden.

Im nächsten Augenblick überschlugen sich die Ereignisse.

»Hector!« Mit einem Schrei riß de Lagard die eigene Pistole aus dem Gürtel und schoß, während sich Tobias mit aller Heftigkeit gegen den Dichter warf, um ihn aus der Schußbahn zu stoßen. Nur einen Augenblick später fühlte er einen beißenden Schmerz am rechten Ohr, der ihm die Tränen in die Augen trieb. Er und Heine stürzten zu Boden, und schreiend faßte er sich an den Kopf. Tobias spürte Blut und zerfetzten Knorpel. Die Kugel hatte ihm die Hälfte des Ohrs abgerissen.

De Lagardes Untergebener griff unterdessen nach der Pistole auf dem Arbeitstisch. Doch jetzt wirbelte ein langer Schatten durch den Raum, und bevor der Mann die Waffe ergreifen konnte, bohrte sich die Hellebarde knapp vor ihm in den Verputz der Turmwand. Überrascht sprang der Mann zurück und wurde plötzlich von einem Tritt zu Boden geworfen, den ihm der gefesselte Lindley verpaßte. Knirschend brach die antike Waffe aus dem Mauerwerk.

Tobias und Heine versuchten wieder auf die Beine zu kommen, als neben ihnen ein lauter Schrei ertönte. Wie ein wütender Ochse stürmte der dicke Konstabler mit gesenktem Haupt an ihnen vorbei.

Der verblüffte Arzt sprang neben eine der beiden Zeitmaschinen und zog sein Rapier. Doch ihn hatte Borchert nicht zum Ziel. Brüllend warf er sich auf den Untergebenen des Franzosen, der soeben im Begriff war, sich wieder aufzurichten. Doch statt sich dem Konstabler entgegenzuwerfen, wich der Mann seitlich aus, packte den Polizisten, als dieser ihn erreicht hatte, und nutzte den Schwung des Dicken, um ihn gegen die große Ladeluke zu schleudern.

Krachend flog Borchert gegen die Türflügel. Das Holz splitterte unter seinem Gewicht, und er stieß einen entsetzten Laut aus. Hilflos mit den Armen rudernd stand er in der Turmöffnung und versuchte sich am Mauerwerk festzuhalten, um nicht hinauszufallen. Vergeblich. Mit einem langen Schrei stürzte er in die Tiefe.

»Borchert, nein!« Seite an Seite mit dem Dichter stürmte Tobias vorwärts und achtete nicht auf das Brennen und Pochen der Verletzung. Mit dem Säbel drang er blindwütig auf den Franzosen ein. Funken sprühten, als die Klingen aneinander entlangschrammten. Diesmal war er es, der mit der besseren Waffe ausgestattet war.

Ausfall. Battuta. Primstoß. Secondstoß. Radoppio.

Mit wuchtigen Schlägen trieb er den Franzosen an die Wand. Doch der Arzt wich mühelos aus, konterte mit einer Finte und setzte zu zwei wuchtigen Befreiungsschlägen an, um dann geduckt an Tobias vorbeizuhechten.

Der drehte sich um und sah aus den Augenwinkeln, daß Heine und dieser Hector am Boden lagen und verbissen miteinander rangen. Der Dichter wurde von einem schweren Faustschlag im Gesicht getroffen, im nächsten Augenblick war der Komplize des Franzosen über ihm und nagelte ihn mit den Beinen am Boden fest.

Tobias konnte sich nicht weiter auf die beiden konzentrieren. Er jagte erneut dem Franzosen nach, der nun seinerseits zu dem Tisch hetzte, auf dem die doppelläufige Pistole lag. Wieder war es der gefesselte Lindley, der den Versuch vereitelte, indem er sich dem Franzosen in den Weg rollte.

Der Arzt geriet ins Stolpern, stieß einen Fluch aus und mußte sich im nächsten Augenblick wieder gegen Tobias zur Wehr setzen. Erneut klirrte Stahl auf Stahl. Tobias fluchte.

»Ihr Partner!« brüllte der Ingenieur.

Tobias warf einen verzweifelten Blick nach hinten. De Lagardes Diener hatte inzwischen ein Messer gezückt, um es dem wehrlosen Dichter in den Hals zu rammen. Und Tobias konnte nichts tun. Ließe er von de Lagarde ab, so würde dieser die Atempause sofort dazu nutzen, um nach der Schußwaffe zu greifen.

In diesem Augenblick stürzte ein Schatten auf Heines Gegner zu und riß ihn zu Boden. Es war Justus Lewald.

Der Kampf hatte ihn endlich aus seiner Lethargie gerissen. Obwohl gefesselt, hatte er es irgendwie geschafft, auf die Beine zu kommen.

De Lagardes Diener, der neben Heine der Länge nach hingefallen war, schrie zornig auf und hob das Messer, um es Lewald in den Leib zu rammen. Mitten in der Bewegung erstarrte er. Aus seinem Hals ragte plötzlich der Schaft eines Federkiels. Röchelnd riß er ihn wieder heraus und starrte Heine, der von der ungewöhnlichen Waffe Gebrauch gemacht hatte, ungläubig an. Dann kippte er zu Boden. Erschöpft rappelte sich der Dichter auf.

De Lagarde kommentierte das Geschehen mit einem wütenden Aufschrei, trieb Tobias mit zwei kühnen Schlägen zurück und stürzte auf einmal nach hinten durch die Maueröffnung, wo er nach rechts ausbrach.

Tobias hechtete ebenfalls zur Außenluke und entdeckte, daß sich gleich hinter den zersplitterten Türflügeln das Baugerüst befand. Auf dem Holz waren Schritte zu hören, denen ein Fluch folgte: »Merde!« Tobias spähte um die Ecke und sah, daß der Arzt Pech gehabt hatte. Auf der rechten Seite führte lediglich eine Leiter nach oben statt nach unten.

Tobias stürzte zurück zum Tisch, griff nach der Schußwaffe und hetzte wieder zurück zum Durchlaß. Kaum war er hindurchgeschlüpft, hörte er einige Meter unter sich eine gepreßte Stimme.

»Hülpen Sie mi!«

Himmel, das war der Konstabler!

Tobias starrte an dem Laufsteg vorbei nach unten und sah den Dicken. Er baumelte gut zehn Meter über dem Erdboden an einem Seil, das hinauf zu dem Lastkran über der Außenluke führte.

»Tun Sie wat! Ik kunn mi nich mehr lüng halten!« keuchte er erneut.

»Heine!« brüllte Tobias dem Dichter zu, der Lewald gerade von seinen Fesseln befreien wollte. »Borchert lebt. Er hängt hier am Kran! Lassen Sie ihn hinunter, sonst stürzt er ab!«

Heine nickte und eilte auf eine Seilwinde an der Wand zu. Tobias rannte nun endlich de Lagarde nach, der längst eine Etage über ihm erreicht hatte. Doch sehr viel weiter konnte er nicht kommen.

Auch Tobias stürmte jetzt die Leiter hinauf. Doch kaum war er auf der obersten Etage des Gerüsts angelangt, flog ihm bereits eine Maurerkelle entgegen. Tobias zog den Kopf ein, riß die Pistole hoch und schoß. Ein lauter Knall ertönte, und ein Ziegel neben dem Kopf des Franzosen zerplatzte zu rotem Staub.

Der Arzt fluchte und sprang zu einer anderen Leiter hinüber, die auf das überhängende, spitzgiebelige Turmdach führte.

Schräg unter ihm, beim Lastkran, ertönte in diesem Augenblick ein beängstigendes Quietschen. Tobias blickte hinunter und entdeckte, daß das Seil viel zu schnell nach unten sauste.

Borchert, der mittlerweile bis zum Lasthaken gerutscht war, heulte laut auf, als es auf diese Weise abwärts ging. Erst knapp zwei Meter über dem Erdboden gelang es Heine, die Talfahrt aufzuhalten. Borchert plumpste unsanft auf den Schloßvorplatz, stand wieder auf und winkte gleich darauf tapfer nach oben.

»Halten Sej ut!« erschallte seine Baßstimme. »Ik kümm gleich wedder hoch.«

Tobias tastete fluchend nach seinem angeschossenen Ohr und wandte sich wieder dem Arzt zu. Von diesem waren jetzt nur noch die Füße zu erkennen, die über den Rand des Turmdachs baumelten. Er stieß ein häßliches Lachen aus und versetzte der Leiter einen Stoß. Sie kippte über das Baugerüst hinweg und segelte in die Tiefe. Kurz darauf war er verschwunden.

Tobias schrie erbost. Er sah sich um, und sein Blick fiel auf die Leiter unter ihm. Warum nicht? Schnaufend zog er sie zu sich hoch und hievte sie mühsam gegen die Dachkante, dorthin, wo der Arzt gerade entschwunden war. Er hatte kostbare Zeit verloren. Als er endlich selbst die Höhe des steilen Turmdachs erreicht hatte, war von dem Franzosen keine Spur mehr zu sehen. Dafür entdeckte er schräg über ihm eine lange, auf das Dach montierte Planke mit Sprossen, die bis zur höchsten Spitze mit dem Wetterhahn führte. Tobias zog sich nach oben und erreichte tatsächlich wenig später die Turmspitze. Schwer atmend schaute er sich um. Plötzlich merkte er, in welch schwindelerregender Höhe er sich befand. Angstvoll klammerte er sich an der metallenen Wetterfahne fest und versuchte, die Panik abzuschütteln. Eine starke Windbö schlug ihm ins Gesicht und fuhr ihm durch die blutverschmierten Haare.

Längst hatte er de Lagarde wieder ausfindig gemacht. Sein Gegner war auf den Dachschindeln rechts von ihm hinunter zum Dach des Hauptflügels gerutscht und balancierte nun barfuß auf dem Giebel des Hauses auf einen Kamin zu. Die Schuhe hielt er in der Hand. Sein Ziel war offenbar ein Dachfenster, das nur fünf Meter von dem Kamin entfernt lag. Wutentbrannt zog Tobias die Pistole aus dem Hosenbund und feuerte erneut. Wieder ertönte ein lauter Knall, und der Arzt verharrte mitten in der Bewegung.

»Je regrette beaucoup.« De Lagard wandte sich kalt lächelnd zu Tobias um. »Daneben! Wenn isch rischtig gezählt habe«, rief er aus einiger Entfernung, »war das Ihre letzte Kugel!«

Tobias holte aus und warf die Pistole mit großem Schwung nach seinem Gegner. Der zog überrascht den Kopf ein und blickte ihn verächtlich an. Klappernd prallte die Waffe gegen den Schornstein, schlitterte die Schindeln hinunter und fiel über die Dachkante.

»Sie entkommen mir nicht!« brüllte Tobias.

Er nahm die Klinge seines Säbels quer zwischen die Zähne. Dann rutschte er, indem er sich mit Händen und

Füßen an den Dachpfannen festklammerte, langsam die Turmschräge hinunter zu dem Dach, auf dem der Franzose stand. Vorsichtig drehte sich Tobias zu ihm um und setzte sich rittlings auf den First. Er nahm die Klinge wieder zur Hand und schob sich vorsichtig auf seinen Gegner zu. Der hatte inzwischen den Schornstein erreicht und erwartete ihn nur einige Meter entfernt.

»Sie geben ein entwürdigendes Schauspiel ab, Monsieur«, höhnte der Arzt. »Doch wenigstens herrscht jetzt pari.« Er hob seine bandagierte Hand und deutete damit auf das verletzte Ohr.

Tobias unterdrückte den dumpfen Schmerz an seinem Kopf und funkelte seinen Gegner zornig an. »Es interessiert mich nicht, was Sie denken. Diesmal bringen wir es zu einem Ende. So oder so.«

Wieder fuhr ihm der Wind ins Gesicht. Doch statt ihm Kühlung zu verschaffen, verschlimmerte der Luftzug die Schmerzen.

»Große Worte.« De Lagarde schürzte die Lippen, stellte seine Schuhe auf dem Kamin ab und zog mit spielerischer Geste sein Rapier. Ohne Eile balancierte er Tobias auf dem Dachsims entgegen.

»Sehen wir, ob den Worten auch die Taten folgen!« Er lächelte böse. »Ihnen muß doch sehr unwohl sein, hier oben, dem Himmel so nahe.«

Tobias spähte ängstlich in die Tiefe. Ihm schwindelte. Hastig schloß er die Augen. Er durfte sich nicht wieder dazu verleiten lassen, einen Blick in den Abgrund zu werfen.

»Wußten Sie, daß isch einer Zirkusfamilie entstamme?« erklärte de Lagarde übergangslos. »Mein Vater hat misch als Kind mit seine artistische Übungen lange gequält.« Er spreizte die Arme wie ein Pfau sein Gefieder und hob auf groteske Weise ein Bein, bis er nur noch mit einem Fuß auf dem Dachfirst balancierte. In dieser Pose verharrte er eine Weile. »Isch habe es gehaßt. So wie isch das ganze

Leben unter die Gauklervolk gehaßt habe. Aber wenn isch nicht gehorchte, hat er misch mit eine Feuereisen geschlagen, bis isch halb tot war. Geholfen hat mir niemand. Und wenn sie betrunken waren, haben misch die anderen ebenfalls geschlagen. Bis isch dreizehn war. Isch habe gewartet, bis sie getrunken hatten, dann habe isch die Wagen von außen verriegelt und ein große Feuer gelegt. Sie alle sind bei lebendige Leib verbrannt. Wenn isch eine kleine Aufmunterung brauche, dann denke isch einfach zurück. Isch habe ihre Schreie heute noch in mein Ohr. Es hat lange gedauert, bis sie krepiert sind.«

»Sie sind ein armer Irrer!« stieß Tobias hervor. »Sie tun mir leid.«

»Ach, tue ich das?« Der Arzt verzog gehässig sein Gesicht und setzte seinen Fuß wieder auf dem Dachfirst auf. Von oben herab betrachtete er ihn. »Vielleicht habe ich auch als einziger verstanden, worauf es im Leben ankommt? Es gibt kein justice. Empfinden Sie es nicht als Ironie, daß Sie jetzt hilflos auf die Dach sitzen müssen, während ich auf meine alten Künste zurückgreifen kann? Das Leben ist eben nicht gerecht.«

»Fahren Sie zur Hölle!«

»Hölle?« Der Franzose schüttelte mitleidig den Kopf. »Aber isch bitte Sie. Es gibt den Teufel ebensowenig wie einen Gott. Beide sind nur eine fixe Idee. Gemacht von Menschen, um andere Menschen zu beherrschen. Und als Ausrede dafür, ihre Verstand nischt zu gebrauchen. Haben Sie es immer noch nischt begriffen? Isch habe diese Fesseln schon lange abgeworfen. Isch bin mein eigener Gott!«

Verzweifelt sah sich Tobias um. In dieser Situation hatte er gegen den verrückten Arzt keine Chance. Der tänzelte jetzt mit zwei weiteren Schritten näher und stieß blitzschnell zu. Tobias riß den Säbel hoch und parierte. Doch als er seinerseits nach ihm stieß, wich der Arzt virtuos aus.

Verflucht, so würde er die Initiative nie gewinnen. Tobias schlug ein weiteres Mal nach de Lagarde und drosch währenddessen mit den Fersen auf die Dachziegel ein. Endlich lösten sich einige von ihnen und rutschten in die Tiefe. Sofort setzte er einen Fuß in das entstandene Loch und stemmte sich hoch. Erneut klirrte Stahl gegen Stahl, doch jetzt hatte er einen besseren Stand. Auf der anderen Dachseite versuchte er es gleichermaßen. Auch dort rutschten die Ziegel unter seinen Tritten in die Tiefe.

Nun richtete er sich gänzlich auf und versuchte es mit einem halbherzigen Ausfall. Doch der Arzt parierte auch diese Attacke, fintierte und zwang Tobias mit einem gewaltigen Ausfallschritt, sich nach hinten zu werfen.

Links unterhalb knirschte es, und weitere Dachziegel brachen weg. Tobias verlor den Halt, kippte schreiend zur Seite und schaffte es gerade noch, sich an den Tonplatten des Giebels festzuhalten. Unter ihm prasselten weitere Ziegel in die Tiefe.

De Lagarde wirbelte über ihm heran und prellte ihm mit einem wuchtigen Hieb den Säbel aus der Hand. Tobias konnte die Waffe ohnehin nicht mehr halten. Er brauchte beide Hände, um sich an den Dachsparren festzuklammern.

Er hatte verloren.

»Sehr schade«, erklärte de Lagarde bedauernd. »Isch hätte Sie vor Ihrem Todd gern noch über die Zeit befragt, aus der Sie stammen.«

In diesem Augenblick sah Tobias den riesigen rot-weißen Schatten, der lautlos von jenseits des spitzen Turmdachs auf sie zuschwebte. Lewalds Ballon!

Im Korb stand der dicke Konstabler und hielt das Seil mit dem kleinen Anker in der Hand, den er nun mit einer weit ausholenden Bewegung in Richtung des Dachs wirbelte.

Der Franzose bemerkte Tobias' Blick und fuhr geduckt herum. Nur drei Meter von ihnen entfernt zertrümmerte das schwere Metallgerät weitere Dachpfannen und schlug ein Loch in das Gebäude. Das Seil wickelte sich ab, und der Korb des Ballons glitt dicht über ihre Köpfe hinweg.

»Zu kurz, du Narr!« höhnte der Franzose zum Himmel hinauf.

Borchert beugte sich aus dem Korb und lächelte breit. »De Anker war nich för Sie!« schrie er. »Sonnern dat hier!«

In seiner Rechten hielt er die große Champagnerflasche.

»Veele Grüße ut Ihre Heimoot!« Mit großer Wucht schleuderte er den 39iger Dom Ruinart in die Tiefe, und die Flasche zerplatzte knapp neben dem Arzt. Schaum und Glassplitter sprühten über das Dach. Der Franzose fuhr erschrocken zurück, doch seine Füße fanden auf dem glitschigen Dachgiebel keinen Halt mehr. Verzweifelt ruderte er mit den Armen, schrie und stürzte, sich mehrfach überschlagend, an Tobias vorbei über das Dach hinunter. Kurz darauf war er aus dem Blickfeld verschwunden. Irgendwo weit unten am Fuß des Schloßgebäudes war ein dumpfer Aufprall zu hören.

De Lagarde war nicht mehr. Erschöpft schloß Tobias die Augen und preßte sein Gesicht gegen das Dach.

Doch es war noch nicht vorbei.

 Ruhe vor dem Sturm

Bergedorf 1842, 5. Mai,
2 Minuten nach halb 8 Uhr am Abend

»Nein, treten *Sie* die Reise an! Bitte!« Energisch forderte Justus Lewald Tobias auf, auf der Zeitmaschine Platz zu nehmen. Zitternd drückte er ihm seinen Spazierstock mit dem bronzenen Engel am Griffende in die Hand. »Sie sind jünger als ich. Falls Probleme auftreten, werden

Sie gegebenenfalls besser damit fertig. Wir müssen das ganz logisch betrachten. Ganz logisch. In der Stadt herrschen chaotische Zustände.«

Carolines Vater ließ den Aktivierungshebel, den sie dem toten Franzosen abgenommen hatten, im Armaturenbrett der Zeitmaschine einrasten und faltete die Hände wie zum Gebet. »Alles ist sorgfältigst eingestellt. Wenn Sie den Hebel nach vorn ziehen, dann...«

»Justus«, seufzte William Lindley, stellte die Laterne auf dem Arbeitstisch ab und legte Lewald beruhigend die Hand auf die Schulter, »der junge Mann ist doch schon einmal mit dieser Maschine gereist.«

Tobias kratzte sich an seinem Kopfverband und blickte zur Zeitmaschine auf dem Holzblock gegenüber. Genaugenommen stimmte das nicht. Er war mit der anderen Maschine gekommen, aber die hatte nach Aussage des Engländers im Kanal Schaden erlitten. Davon abgesehen hatte der Uhrmacher offenbar einige Veränderungen an dem Apparat vorgenommen, die Lindley und Lewald noch nicht ganz durchschauten.

»Ja, ich weiß«, stammelte Carolines Vater und trat mit tränenfeuchtem Blick zurück. »Ich hoffe nur, er schafft es wirklich, meine Tochter zu retten. Ich meine, wenn wir ehrlich sind, ist das alles doch absurd. Ich meine, vielleicht ist die Maschine noch gar nicht so weit? Vielleicht sollten wir die ganze Apparatur noch einmal Stück für Stück durchgehen. Wenn die Fluktuationspotenzen nicht haargenau mit der Lokationsstruktur übereinstimmt, dann...«

»Ich rette Caroline, Herr Lewald«, erklärte Tobias mit großem Ernst. »Ich schwöre Ihnen bei meinem eigenen Leben, daß ich sie retten werde. Komme, was da wolle. Ich schlage vor, Sie treten jetzt zurück.«

Heine und Borchert erhoben sich von ihren Plätzen neben der Außenluke, hinter der die warme Nachtluft in das Turmzimmer strömte. Gespannt sahen sie Tobias an.

»Eine Frage noch«, murmelte dieser. »Wenn ich die Zeitmaschine jetzt aktiviere, dann müßte ich doch strenggenommen in Bergedorf und nicht in Hamburg landen.«

»Machen Sie sich darüber keine Gedanken«, erklärte der Engländer und fuhr sich mit einem Tuch über die hohe Stirn. Die Aufregung der letzten Stunden hatte auch bei ihm Spuren hinterlassen. »Die Anzeigen rechts vor Ihnen haben durchaus ihren Sinn. Wir können dort die Raum- und Zielkoordinaten innerhalb eines Radius von etwa zehn Kilometern um den Startort einstellen.«

»Der gravimetrische Transfluktions-Kompaß orientiert sich grob am Magnetfeld der Erde«, fügte Lewald hinzu. »Jedenfalls unserer Theorie gemäß. Wir können also Längen- und Breitengrad des Zielorts bestimmen. Wo Sie dann aber genau herauskommen, können wir Ihnen leider auch nicht sagen.«

»Irgendwo im Hamburger Stadtgebiet«, versicherte Lindley. »Nach unseren Berechnungen würden sich ähnliche Materialisations-Toleranzen einstellen, auch wenn wir die Zeitmaschine mitten in der Stadt starteten. Mit dieser Unschärfe müssen wir leider leben.«

Tobias runzelte die Stirn. Diese absurde Technologie wirklich verstehen – das mußte er ja gar nicht. Hauptsache, die Zeitreise glückte.

»Warten Sie.« Borchert räusperte sich. »Worum schickt Sie den jung Mann nich eenfach een poor Stünnen fröher t'röch? Denn könnt er Sie un Mamsell Lewald vör den Dokter warn.«

»Genaugenommen wären noch ganz andere Dinge möglich«, seufzte Heine. »Man könnte auch versuchen, den Brand zu vereiteln. Oder: Metternich – als Kind – mit den Ideen der Revolution vertraut machen. Man könnte viele Dinge versuchen. Aber ich glaube nicht, daß das gelingt.«

»Warum nicht?« wollte Borchert wissen.

»Weil wir dann nicht hier wären«, erklärte Heine. »Sicher, dies ist ein philosophisches Problem. Aber je länger ich darüber nachdenke, desto mehr bin ich davon überzeugt, daß sich die Vergangenheit nicht ändern läßt. Was geschähe denn mit uns Zurückbleibenden, wären solche Eingriffe möglich? Hier und jetzt?«

Borchert klappte den Mund auf und zu und schwieg.

»Lieber nehme ich hin«, fuhr der Dichter grübelnd fort. »daß unser junger Freund in Geschehnisse eingreift, von deren Ausgang ich noch keine Kenntnis besitze. Dann bleibt uns wenigstens die Hoffnung, etwas erreichen zu können.«

Lewald nickte niedergeschlagen.

»Sollte etwas mißglücken«, unterbrach Lindley das philosophische Gespräch, »habe ich dafür gesorgt, daß die Kondensatoren der Maschine über genügend Spannung für eine zweite, vielleicht sogar eine dritte Reise verfügen. Letzteres kann ich aber nicht versprechen. Der Serumsbehälter unter dem Sitz enthält genug von der teuflischen Flüssigkeit für drei Injektionen. Vielleicht finden wir später noch etwas in der Wohnung des Arztes. Aber das ist alles, was wir bei de Lagarde und in der anderen Maschine gefunden haben.«

»Und nun starten Sie die Zeitmaschine endlich!« rief Lewald. »Retten Sie meine Tochter!«

Tobias nickte, und die beiden Erfinder traten zurück.

»Warten Sie noch«, bat Heine und warf Tobias seine Schachtel mit den Phosphorhölzern zu. »Die werden Sie noch brauchen, um im Grabgewölbe überhaupt etwas sehen zu können.«

Tobias steckte die Streichhölzer dankbar ein. Dann zog er an dem Hebel, und im Dachstuhl nebenan stoben elektrische Funken auf. Mit lautem Summen sprang der Parabolschirm in seinem Rücken an und begann auf irrwitzige Weise zu rotieren. Wind kam auf, und wieder war das Glucksen des Serums zu hören, das durch die mechanischen Eingeweide der Maschine lief. Die feinen Kanülen im Innern des Kristallstabs füllten sich mit der schwarzen

Flüssigkeit, und wie schon beim ersten Mal tanzten Funken auf dem Gestänge der Apparatur.

Tobias hatte es erwartet, und doch wurde er von dem Stich der Injektionsnadel im Oberschenkel überrascht. Wieder wurde ihm schwindlig, als das Teufelszeug im Blutkreislauf seine Wirkung entfaltete. Elektrische Flammen sprühten von den spitzen Kanten der Maschine, dann gab es einen lauten Knall – und die Welt um ihn herum versank in einem Sternenregen.

Entscheidungen

*Hamburg 1842, 5. Mai,
7 Minuten nach 2 Uhr am frühen Nachmittag*

Als Tobias wieder zu sich kam, hörte er lautes Prasseln und schmeckte Rauch. Hitze schlug ihm entgegen. Himmel, wo war er gelandet? Hustend schlug er die Augen auf und erkannte, daß die Zeitmaschine in einem brennenden Ladengeschäft materialisiert hatte. Eine Bäckerei! Hinter ihm leckten hohe Flammen an Regalen mit halb verkohlten Broten und Kuchenstücken empor, und an der Decke über ihm waberte ein blau knisterndes Flammenmeer. Die Fensterfront zur Straße war eingeworfen worden, und undeutlich sah er vor dem Gebäude schemenhafte Gestalten vorbeihasten. Erneut zwang ihn der Rauch zum Husten.

Hastig warf er einen Blick auf die Zeitanzeige. Sie hatten sie vor der Abreise auf halb eins eingestellt. Gut eine Stunde, bevor er, Heine und Borchert den Michel verlassen hatten. Doch irgend etwas stimmte nicht. Die Zeiger der Apparaturen zitterten, und die Stunden-, Minuten-

und Sekundenangaben des Zählwerks rotierten noch immer, als könnten sie sich nicht entscheiden, auf welche Zeit sie sich einpendeln sollten.

Ein lautes Bersten war zu hören, und hinter ihm brach das lichterloh brennende Brotregal zusammen. Funken stoben auf, die Hitze wurde unerträglich. In diesem Augenblick hörte er ganz in der Nähe einen Schrei, dem ein lautes Schluchzen folgte. Tobias fuhr herum und entdeckte neben dem Verkaufstresen das rußbedeckte Gesicht eines Jungen. Das war Friedrich! Der Anführer jener Kinder, die ihm soviel Ärger bereitet hatten.

Offenbar hatte der Kleine versucht, die Gunst der Stunde zu nutzen, um aus dem brennenden Geschäft ein paar Kuchen zu stehlen. Doch jetzt lag er neben dem zusammengebrochenen Brotregal und zerrte an etwas, das Tobias hinter dem Tresen nicht erkennen konnte.

Auch Friedrich erkannte ihn jetzt wieder.

»Bitte! Bitte hülpen Sej mi!« wimmerte er tränenerstickt.

»Junge, du mußt hier raus!« brüllte Tobias und zog sich angesichts des Rauchs den Stoff seiner Kleidung vor den Mund. Verflucht, in welche Lage war er nur wieder geraten? Konnte diese verdammte Zeitmaschine nicht einmal an einem ungefährlichen Ort landen? Doch ehrlich gesagt interessierte ihn die Apparatur im Augenblick nur wenig.

Mit fliegenden Fingern schraubte er den kristallenen Aktivierungshebel aus dem Armaturenbrett, sprang vom Sattel der Zeitmaschine und hetzte auf den Jungen zu. Erst jetzt entdeckte er, daß Friedrichs linkes Bein unglücklich unter den brennenden Überresten des Regals eingeklemmt lag, die sich zwischen Wand und Verkaufstresen verkeilt hatten.

Die Junge schrie inzwischen wieder, da die Flammen unerbittlich nach seinem Fleisch leckten. Tobias sah sich um und ergriff eilends einen herrenlos auf dem Tresen stehenden Milchkrug. Schnell goß er seinen Inhalt in die

Flammen. Es zischte laut und stank nach verbranntem Eiweiß. Doch noch immer leckten gefräßige Flammenzungen an dem Holz des verkeilten Gestells empor.

Tobias ergriff den Kleinen am Oberkörper und versuchte ihn aus dem Gefahrenbereich zu ziehen. Vergeblich. Der Junge schrie vor Schmerzen. Auf diese Weise ließ er sich jedenfalls nicht befreien.

Erneut wurde Tobias von einer Hustenattacke geschüttelt. Über ihm, im brennenden Gebälk der Raumdecke, knackte es inzwischen bedenklich. Verzweifelt setzte er den Gehstock Lewalds wie einen Hebel an, klemmte ihn zwischen Boden und brennende Trümmer und stemmte ihn mit aller Kraft hoch. Funken stoben auf – und erneut knackte es. Der Stock war unter der Belastung entzweigebrochen.

Friedrich schrie, und Tobias sah sich hastig um. Er brauchte eine Axt oder etwas ähnliches.

»Ich bin gleich wieder da!« brüllte er gegen das Knakken, Knistern und Prasseln an und streichelte dem entsetzten Jungen beruhigend über das flachsblonde Haar.

»Nein, nein! Lassen Sej mi nich alleen!« schrie der Kleine und rang keuchend nach Atem.

»Ich komme wieder!« rief Tobias und rannte an der Zeitmaschine vorbei auf den Eingang des Geschäfts zu. Einmal, zweimal warf er sich gegen die Tür. Endlich ließ sie sich öffnen, und er stürzte ins Freie. Vor ihm stoben Menschen auseinander, die Säcke, Möbel und Verletzte geschultert hatten. Ängstlich warf die Menge einen Blick auf die Fassade des Hauses, aus dem Tobias gestolpert war. In allen Stockwerken schlugen Flammen aus den Fenstern, und vereinzelt wirbelten brennende Teile in die Tiefe.

»Hauen Sie ab, Mann!« brüllte ihm einer der Passanten zu. Er zog einen Karren hinter sich her, in dem große Topfpflanzen und Gartenwerkzeuge lagen.

Tobias rannte zu ihm, schnappte sich, ohne zu fragen, einen Spaten und eilte zu dem brennenden Bäckerladen zurück. Er kam nur wenige Schritte weit. Frontal prallte er mit einem Uniformierten zusammen, und beide stürzten zu Boden. Der Fremde war ihm nur allzugut bekannt: Es war Kettenburg!

Der Polizeiaktuar lag neben ihm und starrte ihn verdattert an.

»Herrgott, was tun Sie denn hier?« rief er. »Ich dachte, Sie sind längst beim Michel.«

Wütend klaubte der Polizeiaktuar seine Aktentasche auf, aus der ein Teil des Inhalts auf die Straße gerutscht war.

»Das kann ich jetzt nicht erklären!« schrie Tobias und rappelte sich wieder auf. Erst jetzt bemerkte er, daß ihm der Kristallstab aus der Hosentasche geglitten war. Er lag vor seinen Füßen. Nein, das war nicht richtig. Dort lagen zwei Kristallstäbe.

Erstaunt sahen er und Kettenburg sich an, dann wanderte sein Blick die Straße entlang. Jenseits der Hausgiebel war der Turm des Michels zu sehen. Die Zeiger des großen Uhrwerks sprangen soeben auf Viertel nach zwei. Die verfluchte Zeitmaschine hatte fast eine dreiviertel Stunde zu spät materialisiert! Caroline würde in spätestens fünfundzwanzig Minuten ersticken. Und zwischen ihm und der Kirche lag noch ein halber Stadtteil.

»Da drinnen ist noch ein Junge!« schrie Tobias dem Polizeiaktuar zu und deutete auf die brennende Bäckerei. »Sie müssen ihn retten.«

»Ja, aber... Verflucht, was tun Sie hier?« fuhr ihn der Polizist erneut an.

»Ist doch jetzt völlig egal! Ich komme aus der Zukunft!« rief er aufgebracht. »Falls Sie mir nicht glauben – da drinnen steht die verdammte Zeitmaschine. Und jetzt beeilen Sie sich, sonst verbrennt der Kleine. Ich muß Caroline Lewald retten.«

Bevor der Polizeiaktuar es verhindern konnte, ergriff Tobias einen der beiden Kristallstäbe und drückte ihm die Schaufel in die Hand. Ohne den verwirrten Beamten eines weiteren Blicks zu würdigen, rannte er an ihm vorbei die Straße entlang. Sein Ziel war der Michel, dessen Turm ihm wie ein mahnend erhobener Finger die Richtung wies.

Er fühlte sich wie in einem bösen Traum. Rücksichtslos stürmte er durch die schmalen Twieten und Gassen, stieß im Weg stehende Karren um und boxte Flüchtende und Neugierige beiseite, die ihm nicht schnell genug den Weg frei machten.

Als er den Vorplatz der Michaeliskirche endlich erreicht hatte, schmerzten seine Lungen. Keuchend krachte er gegen eine Hauswand und starrte auf die Kirchturmuhr. Inzwischen stand sie auf fünf nach halb drei. Caroline hatte höchstens noch zehn Minuten zu leben.

Himmel, was war das? Erstaunt riß Tobias die Augen auf. Denn in diesem Moment entdeckte er sich selbst. Sein Alter ego stand nicht weit vom Eingang zum Kirchturm entfernt und diskutierte erregt mit Heinrich Heine und Borchert. Der dicke Konstabler sagte etwas, und die drei Männer eilten in westliche Richtung davon. Tobias wußte, daß das Ziel der Gruppe der Bekannte von Borcherts Bruder war. Dort würden sie den Karren erhalten, mit dem sie weiter zum Heiligengeistfeld – und damit zum Ballon – fuhren.

Tobias stieß ein irres Kichern aus. Verrückt. Er verlor bei alledem noch den Verstand. Dann wurde er wieder ernst. Er mußte Caroline retten. Jetzt!

Er stieß sich von der Hauswand ab und taumelte weiter auf den Michel zu. Schließlich erreichte er die Turmpforte, stürmte hindurch, rannte durch die Turmkammer auf den vergitterten Treppenabgang zu und hetzte die Stufen hinunter.

Als er ins Grabgewölbe des Michels taumelte, umgab ihn Finsternis. Zitternd griff er nach der Schachtel, die ihm Heine mitgegeben hatte. Es waren nur noch drei Phosphorhölzchen übrig.

Mit schweißnassen Fingern entzündete er eines und schreckte zusammen, als die Flamme den Körper des erschossenen Küsters aus der Dunkelheit riß.

Vorsichtig tastete sich Tobias an den dicken Pfeilern des Gewölbes vorbei auf das offene Grab zu. Kurz bevor er es erreicht hatte, erlosch die Flamme, und er war gezwungen, das zweite Streichholz zu entzünden. Dessen Licht reichte gerade aus, daß er einen Blick auf den Tresor mit den drei Schlössern jenseits der hochgewuchteten Grabplatte werfen konnte. Nur noch *ein* Streichholz.

O nein! Er brauchte Licht, wenn er Caroline befreien wollte.

Hastig legte Tobias Knauf und Kristallstab ab, zog sich im Dunkeln Jacke und Hemd aus und rollte das Hemd zusammen. Dann entnahm er der Schachtel das letzte Hölzchen, schob diese in das Stoffbündel und entzündete das Hölzchen am Boden.

Es flammte auf, und Tobias schickte ein Stoßgebet zum Himmel. Dann steckte er die Schachtel in Brand. Die Flammen umzüngelten das Kästchen, und mit einem leisen *Plopp* fing der Stoff Feuer. Tobias stieß einen erleichterten Seufzer aus und schraubte den Griff des zerbrochenen Spazierstocks auf. Darunter war ein Schlüssel mit kompliziertem Bart verborgen. Er klappte ihn hoch und drehte ihn im Schloß. Ein metallisches Schnappen hallte durch das Gewölbe.

Fieberhaft ergriff er die neben der Tresortür angebrachte Kurbel und aktivierte den Hebemechanismus der schweren Eisenplatte.

Endlich hatte er die eiserne Tür so weit geöffnet, daß er einen Blick darunter werfen konnte. Ein Schwall verbrauchter Luft schlug ihm entgegen. Eingezwängt, noch immer gefesselt und mit verrenkter Körperhaltung entdeckte er Caroline. Ihre Augen waren geschlossen und ihr Gesicht besorgniserregend starr. Tobias drehte weiter an der Kurbel, bis die Eisenplatte so weit aufstand, daß er die junge Frau an den Schultern herausziehen und neben dem schwelenden Hemd auf den Boden legen konnte. Die Glut warf einen roten Schimmer auf ihre blassen Wangen.

»Caroline!« flüsterte er und schlug ihr sacht gegen die Wange. Sie rührte sich nicht.

»Caroline!« schrie Tobias wie von Sinnen und schüttelte den leblosen Körper. In diesem Moment riß sie die Augen auf und füllte die Lungen keuchend mit Luft. Sie hustete, und Tobias half ihr, sich aufzurichten. Als der Anfall vorbei war, blickte sie ihn ängstlich und verwirrt an.

»Tobias?« stammelte sie. »Was ist geschehen? Wo ist de Lagarde?«

»Er ist tot«, flüsterte Tobias erleichtert und zog sie ergriffen an sich.

Er war froh, daß Caroline seine Tränen nicht sehen konnte.

Der Kreis schließt sich

Hamburg 1842, 5. Mai,
14 Minuten nach 2 Uhr am frühen Nachmittag

Kettenburg biß die Zähne zusammen und humpelte auf seinen Dienststock gestützt eine rauchgeschwängerte Gasse entlang. Erst die Verfolgungsjagd quer durch die Stadt hinter diesem selbsterklärten Zeitreisenden und dem angeblichen Heinrich Heine her und dann noch die leidige Suche nach einem Arzt für den Sohn von Justus Lewald. Sein Knöchel war inzwischen dick angeschwollen, und die Schmerzen im Fuß wurden immer schlimmer.

Das war sein Fall. Diesen verfluchten Daguerreotypisten, der ihn derart außer Gefecht gesetzt hatte, würde er sich noch vorknöpfen. Es war unerträglich, daß er sich selbst um Lappalien kümmern mußte, während Borchert und diese beiden halbseidenen Zivilisten dabei waren, den französischen Arzt zu stellen. Hoffentlich kam er nicht zu spät.

Der Polizeiaktuar bog in eine Straße ab, in der sich Flüchtende und Schaulustige drängten. Auf Höhe einer einzeln stehenden Straßenlaterne brannten drei Häuser, doch nirgendwo war ein Löschtrupp zu sehen. Grell schlugen die Flammen aus den Fenstern, und die Leute versuchten, der Gefahr zu entkommen. Wie dem auch sein mochte, er mußte zum Michel, dessen Turm jenseits der Häuserzeilen zu erkennen war. Kettenburg humpelte weiter und bemerkte nur aus den Augenwinkeln, daß vor ihm ein Mann aus einer brennenden Bäckerei auf die Straße stürmte.

Ein anderer rief: »Hauen Sie ab, Mann!«

Kettenburg drängte sich an einer Frau mit einem Bündel auf dem Rücken vorbei, als ihn ein Stoß in die Seite traf und er zusammen mit einem Passanten auf die Straße stürzte.

Vor Schmerz verzog Kettenburg das Gesicht. Der Knöchel brannte jetzt wie Feuer. Außerdem war ihm seine Aktentasche entglitten und lag nun halb geöffnet auf der Straße. Zornig blickte er den Verursacher des Zusammenstoßes an und riß verblüfft die Augen auf. Das war doch dieser blonde Herumtreiber!

»Herrgott, was tun Sie denn hier?« rief Kettenburg. »Ich dachte, Sie sind längst beim Michel.«

Wütend sammelte er die Beweisstücke auf, die ihm aus der Tasche gerutscht waren.

»Das kann ich jetzt nicht erklären!« schrie sein Gegenüber mit heller Stimme und starrte verdutzt auf den Boden zu ihren Füßen. Dort lag der Kristallstab aus seiner Aktentasche. Doch daneben lag ein zweiter, der genauso aussah. Mit dem silbernen Gewinde auf der einen und der Elfenbeinkugel auf der anderen Seite wirkten sie wie kristalline, seltsam verkürzte Gehstöcke. Woher stammte dieser andere Stab?

Auch der junge Mann sah ihn erstaunt an, dann glitt sein Blick an ihm vorbei in Richtung Michel. Seine Züge nahmen einen erschrockenen Ausdruck an. Hastig wandte er sich ihm wieder zu.

»Da drinnen ist noch ein Junge!« brüllte er und deutete auf die brennende Bäckerei. »Sie müssen ihn retten.«

»Ja, aber... Verflucht, was tun Sie hier?« wiederholte Kettenburg zornig.

»Ist doch jetzt völlig egal!« schrie der Blonde. »Ich komme aus der Zukunft! Falls Sie mir nicht glauben – da drinnen steht die verdammte Zeitmaschine. Und jetzt beeilen Sie sich, sonst verbrennt der Kleine. Ich muß Caroline Lewald retten.«

Der angebliche Zeitreisende bückte sich, ergriff einen der Stäbe und drückte dem Polizeiaktuar kurzerhand einen Spaten in die Hand. Im nächsten Augenblick war er bereits an ihm vorbeigestürmt und rannte die Straße hinunter.

»Warten Sie!« schrie Kettenburg, doch der junge Mann beachtete ihn nicht mehr.

»Himmelherrgott, ich verlange eine Erklärung!«

In diesem Augenblick gellte aus der Bäckerei ein Kinderschrei. Erst jetzt bemerkte der Beamte, daß er inzwischen nahezu allein vor dem Haus stand. Über ihm war ein dumpfes Grollen zu hören. Funken regneten auf die Straße herab. Offenbar stürzten dort oben bereits Teile des Dachgeschosses ein. Jeden Augenblick konnte das Haus in sich zusammenbrechen. Er mußte weg.

Wieder ertönte der verzweifelte, spitze Schrei eines Jungen aus der brennenden Bäckerei.

Kettenburg schloß verzagt die Augen. Nein, das konnte er nicht. Nicht er. So schnell es seine Schmerzen zuließen, humpelte er durch die geöffnete Tür in den rauchgeschwängerten Verkaufsraum. An der Decke waberte ein blaues Feuermeer, die Rückseite stand inzwischen ebenfalls in Flammen, und selbst der Verkaufstresen schwelte bereits.

Sein Blick streifte die große Maschine mit dem seltsamen Parabolschirm, die mitten im Raum stand. Der verfluchte Apparat aus dem Fleet!

Himmelherrgott, wie kam die hierher? Sollte an der verrückten Geschichte doch etwas Wahres sein?

Erst jetzt entdeckte er den leblosen kleinen Körper neben dem Tresen. Der Knabe war bewußtlos. Seine Haare waren versengt und die Lippen rissig. Er lag unter einem halbverkohlten schweren Regal, an dem rote Flammenzungen emporleckten. Kettenburg stolperte hustend darauf zu und versuchte, die beißende Hitze nicht zu beachten. Hastig warf er Tasche und Dienststock neben die Maschine, dann hob er den Spaten und hieb ihn wie eine Axt in das Holz der zusammengebrochenen Regalwand. Ein halbes Dutzend Schläge später lag das schwere Brett, unter dem der Junge eingeklemmt war, zertrümmert vor ihm.

Auch Kettenburg schwanden zunehmend die Sinne. Keuchend zog er den Jungen zur Raummitte und schlug ihm auf die Wangen. Nichts.

In diesem Augenblick brach vor dem Haus die Hölle los. Eine brennende Lawine aus Schindeln und Dachsparren stürzte auf die Straße und versperrte den Rückweg. Immer mehr Rauch wirbelte in den Raum, der Kettenburg inzwischen so heiß wie ein Ofen vorkam. Verloren. Er war verloren. Vielleicht noch eine halbe Minute, dann würde auch ihm das Bewußtsein schwinden.

Sein tränender Blick fiel auf die Zeitmaschine, deren Metallgestänge aufgrund des Feuers ringsum zu glühen schien. Nein, eine einzige, völlig irrwitzige Fluchtmöglichkeit blieb ihm noch. Mit letzter Kraft zog er den Jungen hoch und warf ihn quer über den Sattel der seltsamen Apparatur. Dann zwängte er sich auf den Sitz davor, griff halb besinnungslos nach seiner Aktentasche am Boden und zog sie keuchend auf den Schoß. Fahrig suchte er nach dem Kristallstab. Hatte der Blonde nicht behauptet, die verfluchte Maschine arbeite nicht ohne diesen Stab? Sein Blick fiel auf ein silbernes Gewinde gleich neben einem Hebel, das wie geschaffen schien für den Stab. Keuchend fixierte er ihn.

Die Decke über ihm gab nach. Brennende Balken stürzten auf den Tresen, und irgendwo war ein seltsames Glucksen zu hören. Vor Kettenburgs Augen tanzten rotschwarze Schlieren. Noch versuchte er sich am Hebel festzuhalten, doch dann kippte er vornüber.

Asche & Ruinen

*Elbchaussee 1842, 20. Mai,
21 Minuten nach 2 Uhr am frühen Nachmittag*

Tobias saß im Garten der Lewalds auf der feinen Chaiselongue mit dem geblümten, rosenholzfarbenem Bezug und sah Caroline nachdenklich dabei zu, wie sie am Teich mit Jakob spielte. Die Strahlen der Frühlingssonne umschmeichelten ihren zierlichen Körper, und er lächelte bei ihrem Anblick.

Von der Elbe her war ein langgezogenes Tuten zu hören. Auf dem Fluß fuhr ein Dampfsegler gemächlich die Strömung hinauf. Gut möglich, daß das Schiff Hilfsgüter in die Hansestadt schaffte.

Hamburg hatte vier Tage lange gebrannt. Am Nachmittag des 8. Mai war endlich ein Gewitter über der Stadt niedergegangen und hatte die Kraft der Flammen gebrochen. Fast ein Drittel der gesamten Stadtfläche war zerstört. Drei Kirchen, über siebzig Straßen und mit ihnen Tausende von Häusern, Wohnungen und Buden waren Opfer des Infernos geworden. Irgendwann hatte sich der Senat dazu durchgerungen, Gebäude und ganze Hauszeilen zu sprengen, darunter auch das Stadthaus von Salomon Heine. Doch für solche Maßnahmen war es viel zu spät gewesen. Am Ende waren sogar die Pulvervorräte zur Neige gegangen. Rathaus, Alte Börse, Jungfernstieg, Zuchthaus, zwei Brauhäuser und über einhundert Speicher mitsamt den Handelswaren, die darin lagerten, waren den Flammen zum Opfer gefallen. Das alte Hamburg gab es nicht mehr.

Aus der Trümmerwüste in der Innenstadt ragte allein das Gebäude der Neuen Börse empor, die der Brand wie durch ein Wunder verschont hatte. Die darin eingeschlossenen Verteidiger waren den Flammen schließlich teelöffelweise mit Wasser entgegengetreten, da sie am Ende kaum noch etwas von dem kostbaren Naß besaßen.

Und wie Tobias' Fechtlehrer erzählt hatte, waren jetzt fast zwanzigtausend Menschen obdachlos. Sie kampierten in Zelten und Bretterbuden in den Ruinen und vor den Stadtwällen. Etwa hundertzwanzig von ihnen waren mit schweren Verletzungen davongekommen, und einundfünfzig Menschen hatten den Brand nicht überlebt. Doch wie man inzwischen wußte, waren zweiundzwanzig von ihnen nicht unverschuldet zu Tode gekommen. Es hatte sich um Plünderer und einige Wittkittel gehandelt, die die Gunst der Stunde zu einem Saufgelage in einem Weinkeller genutzt hatten. So lange, bis über ihnen das brennende Haus zusammengebrochen war.

Leider hatte der Brand auch die schlechten Seiten der Menschen zum Vorschein gebracht. Einige Fuhrleute hatten von der Not ihrer Mitmenschen profitiert, indem sie Wucherpreise für ihre Dienste verlangt hatten. Und durch die Straßen war ein Mob getobt, der Jagd auf englisch aussehende Mitbürger gemacht hatte. Kurz zuvor war nämlich ruchbar geworden, daß einige Engländer vor Ausbruch des Brandes eine große Ladung Kerzen zur Inspektion einiger Speicher gekauft hatten. Erwischt hatte es schließlich einen unschuldigen Oberländer Schiffer.

Doch trotz des großen Leids, das über die Hafenstadt hereingebrochen war, zeichnete sich am Horizont ein Hoffnungsstreif ab. Denn die Hilfsbereitschaft, die Hamburg in diesen Tagen aus aller Welt zuteil wurde, war schier überwältigend. Während des Brandes waren sogar aus dem fernen Kiel Löschtrupps eingetroffen, und der preußische König hatte Pioniere und Wagenladungen mit Broten und Decken geschickt. Derzeit ließ die Stadt Altona täglich über tausend Portionen Suppe in der Stadt verteilen, und aus allen Teilen Deutschlands trafen Sach- und Geldspenden ein. Selbst das Ausland zeigte sich berührt. Aus London, Rotterdam, Antwerpen, St. Petersburg und Riga waren inzwischen Geld und Hilfsgüter eingetroffen. Selbst in Übersee, in Brasilien, Mexiko und Kuba, so hieß es, wurde für die alte Hansestadt gesammelt.

Und doch sprach in diesen Tagen jeder Hamburger nur von einem: von Salomon Heine.

Denn während des Brands war es fast zu einer weiteren Katastrophe gekommen. Bankiers aus Hamburg und Altona hatten sich in ihrer Panik darauf verständigt, den Zahlungsbetrieb für einige Stunden außer Kraft zu setzen. Einige wollten den Geschäftsbetrieb sogar gänzlich einstellen. Und kurz nach dem Brand weigerten sich einige Bankiers und Profiteure, Wechsel einzulösen, andere verlangten sofort bares Geld von ihren Schuldnern und setzten den Zinssatz für Wechsel rabiat auf zwölf Prozent herauf. Das war drei- bis viermal so hoch wie vor der Brandkatastrophe. Den Kaufleuten drohte der Verlust ihrer Liquidität. Eine Serie massenhafter Konkurse schwebte wie ein Damoklesschwert über der Hansestadt, und von der Hamburger Kaufmannschaft wurde ein Moratorium erwogen: eine Bitte um Zahlungsaufschub. Die Folgen wären für

Hamburg verheerend gewesen. Doch Salomon Heine hatte als bedeutendster Bankier der Stadt diese Katastrophe durch seinen Einfluß und sein Kapital fast im Alleingang verhindert.

Mehr denn je war Tobias stolz darauf, diesen Mann persönlich kennengelernt zu haben. Ihm fiel ein Zitat von Tennesse Williams ein: ›Die wahren Helden sehen selten aus wie Helden.‹

Tobias seufzte und griff versonnen nach dem ›Buch der Lieder‹, das ihm Heine zum Abschied signiert hatte:

Und scheint die Sonne noch so schön,
Am Ende muß sie untergehen!
Heinrich Heine

Der berühmte Dichter war bereits einen Tag nach Ende des Brands wieder nach Paris aufgebrochen, wo seine Frau auf ihn wartete. Der Abschied war recht unprätentiös ausgefallen. Heine hatte keinen Zweifel daran gelassen, daß er nach den verrückten Geschehnissen, die sie zusammen erlebt hatten, froh war, wieder in sein altes Leben zurückzukehren. Von der Zukunft hatte er immer noch nichts wissen wollen.

Tobias hatte seinen Wunsch natürlich respektiert. Doch er vermißte seine Gesellschaft. Zugleich freute er sich schon darauf, mehr von Heines Büchern zu lesen.

»Zwei Herren von der Polizei sind soeben eingetroffen«, riß ihn die Stimme Hannchens aus diesen Gedanken. Die Haushälterin der Lewalds trat neben ihn und räumte die leeren Limonadengläser ab, die neben der Chaiselongue auf einem Beistelltisch standen.

Tobias nickte und erhob sich. Mit einem letzten Blick auf Caroline ging er auf die Terrasse des Landhauses zu, wo ihn Groth, der Hausverwalter, bereits erwartete. Lewalds Verwalter hatte über den Vorfall auf dem Heiligengeistfeld bis heute kein einziges Wort verloren.

Er führte Tobias in das Kaminzimmer, wo er in jener Nacht seinen ersten Kampf mit de Lagarde ausgetragen hatte. Dort war bereits die vertraute Stimme Borcherts zu hören. »De Opräumarbeiten sünn in vollem Gange. Über Mangel an Arbeit künn wi üss wahrhaftig nich beklagen.«

Tobias erblickte Lewald, den dicken Konstabler sowie einen hageren Kameraden des Polizeiofficianten, in dessen Gesicht eine auffallend kurze, spitze Nase saß. Die drei hatten auf eleganten Stühlen Platz genommen und erhoben sich, als Tobias eintrat.

»Ah, dor sünn Sie ja«, begrüßte ihn Borchert. »Hebb mi dücht, dat Sie un Herr Lewald weeten wollen, wie de Suche nach dem Polizeiaktuar utgangen is.«

»Und?« fragte Tobias gespannt.

»Jo nu, außer dem hier hebben wi nix vun ihm funden«, antwortete der dicke Konstabler und präsentierte ihm einen völlig verkohlten Dienststock, an dessen Ende das angelaufene, metallene Emblem der Stadt Hamburg zu erkennen war.

»De Besten erwischt dat eben immer toerst«, murmelte Borcherts hagerer Kamerad niedergeschlagen.

Tobias nahm den Stock und betrachtete ihn gedankenvoll.

»Und sonst nichts?«

»Nix!« wiederholte der Konstabler seltsam eindringlich. »Keen Kleidungsfetzen, keen Knochen un« – er warf einen knappen Blick auf seinen hageren Kameraden und ergänzte etwas leiser – »ook keen Maschin. Verstehen Sie?«

Tobias und Lewald tauschten vielsagende Blicke.

»Polizeiaktuar Kettenburg war een plietschen Kopp«, seufzte Borchert. »Wo ook immer ihn sien Reise hinführt hatt«, meinte er zweideutig, »ik werd för ihn beten.«

Tobias atmete überrascht ein. Jetzt war es zur Gewißheit geworden. Nachdem sie von Kettenburg nichts mehr gehört hatten, hatte er sich schon selbst seine Gedanken um den Beamten gemacht. Er wußte jetzt, wohin es

Kettenburg verschlagen hatte. Und er ahnte auch, wer er selbst war.

»Ich danke Ihnen, Herr Borchert.« Ergriffen nahm er die Hand des Dicken und drückte sie. »Sie wissen nicht, wieviel mir diese Auskunft bedeutet.«

»Ach, nich dorfür«, murmelte der Konstabler bescheiden. »Ich hoffe nur, Sie, äh, reisen jetzt nicht auch ab.«

»Man wird sehen«, murmelte Tobias.

Borchert nickte und wandte sich zu seinem Kollegen um. »Kumm, Jan. Wi hebben noch ne Menge to tun. Wi mütten een Fall neu oprollen.«

»Wat för een Fall?« fragte der Angesprochene verdutzt.

»Een Mann namens Kurt Schellenberg. Saß im Zuchthuus.«

»Vun denen is keener utbüxt«, erklärte sein Kamerad mit schnarrender Stimme. »De wurden all sicher evakueert. Sitzen jetzt op Schiffen ein.«

»Eben«, meinte Borchert. »Gut möglich, dat Schellenberg unschuldig is. Kettenburg hätt es wollt, dat wi uns um de Sache kümmern.«

Die beiden verabschiedeten sich, und Groth führte sie aus dem Zimmer.

»Polizeiaktuar Kettenburg ist also tatsächlich dieser Uhrmacher, von dem Sie mir erzählt haben?« grübelte Lewald und kratzte sich am Bart.

»Ich muß davon ausgehen«, seufzte Tobias. »Ich bin ihm noch etwas schuldig.«

»Jetzt?« wollte Lewald wissen.

»Ja«, meinte Tobias. »Ich sollte es hinter mich bringen. So oder so.«

»Wir haben aber nur noch eine Dosis des Serums«, antwortete Carolines Vater zweifelnd. »Mehr davon konnten wir in de Lagardes Praxis nicht finden.«

»Ich weiß«, flüsterte Tobias niedergeschlagen. »Aber ich muß zurück.«

»Weiß Caroline von Ihrer Entscheidung?«

»Nein.« Tobias schüttelte den Kopf und sah Lewald betrübt an. »Ich habe mich nicht getraut, es ihr zu sagen. Vielleicht ist es besser so. Ich gehöre einfach nicht in diese Zeit. Sie wird es verstehen.«

Er dachte an die letzten zwei Wochen zurück. Trotz der Katastrophe im nahen Hamburg waren dies die glücklichsten Tage in seinem Leben gewesen. Daß er Caroline mehr liebte als irgendeinen anderen Menschen in seinem Leben zuvor, hatte seine Entscheidung nicht leichter gemacht. Aus diesem Grund hatte er es auch nicht gewagt, ihr seine Gefühle zu gestehen. Er wußte ja noch nicht einmal, ob sie mehr für ihn empfand als nur Freundschaft.

»Es ist Ihre Entscheidung«, meinte Lewald. »Daß Sie hier willkommen wären, wissen Sie.«

Tobias nickte und lächelte.

»Na gut.« Der Alte räusperte sich und winkte ihn zur Tür. »Bringen wir es hinter uns.«

Lewald begleitete ihn aus dem Haus und führte ihn hinüber zu der großen Scheune mit dem physikalischen Kabinett. Die Zeitmaschine stand nun auf einem Sockel neben der großen Lokomotive. Lewald und Lindley hatten in den letzten Tagen einige Umbauten daran vorgenommen, so daß sie jetzt wieder einsatzbereit war.

»Sie wissen, welche Hoffnung mich trieb, diese Maschine zu konstruieren?« fragte Lewald leise.

Tobias berührte mitfühlend seinen Arm. »Ich schätze, Sie wollten in der Zukunft nach einem Heilmittel für Ihre Tochter suchen, richtig?«

Lewald preßte die Lippen aufeinander. »Gibt es denn eines?«

»Ja, das existiert«, erklärte Tobias lächelnd. »Finde ich eine Gelegenheit, werde ich es Ihnen bringen.«

»Das heißt, du kommst zurück?« Hinter ihnen war plötzlich Carolines Stimme zu hören.

Die beiden Männer drehten sich überrascht zum Eingang der Scheune um.

»Hast du geglaubt, du könntest dich einfach so davonstehlen, ohne daß ich das bemerke?« fragte Caroline zornig.

Lewald blies beim Anblick seiner Tochter die Backen auf und trat diskret einen Schritt zurück. Plötzlich war er damit beschäftigt, die Lokomotive zu betrachten.

Tobias starrte Caroline betroffen an, während sie auf ihn zutrat.

»Ich dachte, du würdest es mir sagen, wenn es soweit ist.« Tränen verschleierten ihren Blick, die sie tapfer wegzublinzeln versuchte. »Ich dachte, du wüßtest, daß ich…«

Die Stimme versagte ihr. Dann trat sie zu ihm und küßte ihn.

Tobias spürte ihre weichen Lippen auf den seinen, und ein wohliger Schauer durchrieselte ihn. Bevor er reagieren konnte, hatte sie sich schon wieder von ihm gelöst.

»Dösbaddel«, hauchte Caroline, drehte sich um und lief aus der Scheune. Wie erstarrt blickte er hinter ihr her.

»Tja«, brummte Lewald. »Ganz die Mutter, naja. Aber ein Mann muß tun, was er tun muß.«

Tobias wußte jetzt gar nichts mehr.

Lewald blickte ihn ernst an. »Ohne ein Heilmittel wird sie sterben, das ist Ihnen doch klar.«

Tobias nickte.

»Na, also.« Lewald deutete energisch auf die Zeitmaschine. »Dann frage ich mich, worauf Sie noch warten.«

Erkenne dich selbst!

*Hamburg 2006, 16. Dezember,
15.45 Uhr*

Tobias stand fröstelnd in einer Telefonzelle der ABC-Straße und beobachtete sich selbst dabei, wie er die Straße zu dem Uhrenladen überquerte. Die Situation war ebenso bizarr wie vor knapp vierzehn Tagen auf dem Vorplatz des Michels. Oder sollte er besser sagen: damals, vor über 150 Jahren?

Sein Alter ego blickte sich mißtrauisch um, so als spüre es, daß es beobachtet wurde. Hastig zog Tobias den Kopf ein. Kurz darauf sah er sich selbst dabei zu, wie er das Kellergeschäft betrat.

Er griff nach dem Telefonhörer, rief das nächste Krankenhaus an und informierte die Notfallaufnahme über den Ort des Schußwechsels und die Art der Verletzungen, die sich der Uhrmacher zugezogen hatte. Anschließend legte er wieder auf.

Er wußte, daß der Krankenwagen nicht lange brauchen würde. Wenn sein Plan aufging, würden die Rettungssanitäter gerade noch rechtzeitig eintreffen, um dem alten Kettenburg das Leben zu retten.

Erst jetzt bemerkte er den Mann im Trenchcoat, der die Straße entlanggeeilt kam, sich nervös umsah und dann ebenfalls den Laden betrat. Wer der Unbekannte war, hatte Tobias bislang nicht herausfinden können.

Es dauerte nicht lange, und die Alarmanlage des Geschäfts schrillte. Schon senkte sich das eiserne Rollgitter automatisch vor die Ladentür. Bereits wenige Minuten später traf ein Streifenwagen mit Blaulicht ein; zwei Beamte stiegen aus und hasteten die Kellerstiege hinunter. Einer der Männer kehrte zurück, beugte sich zum Funkgerät hinab und öffnete die Heckklappe, um einen Polizeihund ins Freie zu lassen.

In der Ferne war bereits das Horn des Rettungswagens zu hören. Kurz darauf bog ein rotweißer Kastenwagen ebenfalls mit Blaulicht in die Straße ein und hielt neben dem Polizeifahrzeug. Drei Sanitäter sprangen heraus.

Inzwischen hatten sich einige Schaulustige eingefunden, und auch Tobias näherte sich gespannt dem Geschehen. Einer der Polizisten kam wieder aus dem Kellergeschäft und begann damit, die Straße vor dem Laden abzusperren. Kaum war er damit fertig, als nun auch ein Leichenwagen in die Straße einbog. Tobias sank das Herz in die Hose.

War sein Bemühen vergeblich gewesen?

Gemeinsam mit dem guten Dutzend Schaulustiger wartete er ab. Dann, endlich, kamen die Sanitäter wieder die Treppe hoch. Auf einer Trage lag der Uhrmacher. Einer der Rettungsgehilfen hielt eine Plastikflasche mit einer Fusion in die Höhe.

Der Kopf des Uhrmachers drehte sich schwach, und sein Blick traf den des jungen Mannes. Tobias lächelte ihm aufmunternd zu. Er wußte, daß ihn Kettenburg wiedererkannt hatte.

Die Klappe des Rettungswagens schloß sich, und die Sanitäter fuhren mit Horn und Blaulicht ab. Er wandte sich erleichtert ab und schlenderte die Straße hinunter. Ein plötzlicher Schneeschauer setzte ein, und er stellte den Kragen seiner Jacke auf.

»Nosce teipsum. Erkenne dich selbst. Weißt du jetzt, wer du bist, Friedrich?«

Tobias fuhr überrascht herum und erkannte Gerresheimer, der in einem Wagen am Straßenrand saß und das Fenster heruntergelassen hatte. Er blinzelte ihm zu.

»Wo… woher wissen Sie das?« stammelte Tobias und starrte den Fechtlehrer entgeistert an.

Gerresheimer öffnete die Beifahrertür und bedeutete Tobias, einzusteigen und neben ihm Platz zu nehmen. Verwirrt kam dieser der Aufforderung nach.

»Kettenburg überlebt«, erklärte sein Fechtlehrer und blickte nachdenklich hinüber zu dem Kreis der Schaulustigen, wo nun ein Zinksarg aus dem Geschäft getragen wurde. »Du wirst dich später noch mit ihm unterhalten können.«

»Wer sind Sie?« Fassungslos starrte Tobias seinen Mentor an.

»Kettenburgs Zeitreise führte ihn ins Jahr 1988«, fuhr Gerresheimer fort, ohne weiter auf die Frage einzugehen. »Du kannst dir seinen Schock vorstellen, als er das Datum in einer Zeitung erblickte, die er kurz nach seiner Ankunft in einem Abfallkorb fand. Die Teufelsmaschine hatte tatsächlich funktioniert. Allerdings gab es ein Problem. Friedrich hatte die Reise nicht unbeschadet überstanden. Im Gegensatz zu Kettenburg war dem Jungen ja kein Serum injiziert worden.«

Gerresheimer sah Tobias ernst an. »Tatsächlich warst du nach deiner Ankunft in dem Jahr mehr tot als lebendig. Du erinnerst dich? Die Nebenwirkung, wenn man eine Zeitreise ohne das verflixte Serum antritt. Vor allem aber war dein Erinnerungsvermögen so gut wie ausgelöscht. Kettenburg hat dich daher vor die Treppe der Michaeliskirche gelegt. Dort fand man dich und hat dich später ins Waisenhaus gebracht.«

Während Tobias Gerresheimer noch immer mit offenem Mund anstarrte, fuhr der Fechtlehrer fort: »Kettenburg hat natürlich versucht, wieder zurück ins Jahr 1842 zu gelangen. Doch die Energie der Maschine war so gut wie aufgebraucht. Er schaffte es nur, sieben Jahre zu überwinden, und strandete im Jahr 1981. Er, ein Mann aus dem 19. Jahrhundert. Also versteckte er die Zeitmaschine und –

welche Ironie – meldete sich bei der Polizei mit der gleichen Ausrede, die auch du nach deiner Ankunft im Jahre 1842 gebraucht hast. Er gab vor, unter Amnesie zu leiden und sich an nichts erinnern zu können.

Kettenburg wurde von Klinik zu Klinik gereicht und lernte in dieser Zeit viel über das heutige Leben. Irgendwann fand er eine Anstellung als Bibliotheksangestellter, der er bis 1988 nachging. Tja, und in diesem Jahr machte er einen überaus erstaunlichen Lotteriegewinn von umgerechnet 2,5 Millionen Euro.«

»Er kannte die Zahlen, richtig?« platzte es aus Tobias heraus. »Sie standen in der Zeitung aus dem Jahr, die er zuvor aus dem Abfallkorb gefischt hatte.«

»Exakt«, schmunzelte der Fechtlehrer. »Ich vermute, er hat nur auf diese Möglichkeit gewartet. Danach änderte sich alles. Kettenburg investierte im großen Stil in die Aktien eines kleineren Pharmaunternehmens und wurde in den kommenden Jahren zum bedeutendsten Aktionär der Firma. Auf diese Weise konnte er auf die Forschungsvorhaben Einfluß nehmen.«

»Natürlich«, murmelte Tobias. »Es ging um das Serum, habe ich recht?«

»Das zweite Mal ein Volltreffer. Kettenburg besaß schließlich alle notwendigen Unterlagen. Aber niemals hätte er einen Mord begangen, um das Serum herzustellen. Er wollte dem Geheimnis der Flüssigkeit vielmehr mit wissenschaftlichen Methoden auf die Spur kommen. Ein Projekt, das sich über Jahre hinzog und über dem unser Freund ein alter Mann wurde. Du kannst dir vorstellen, wie erstaunt er war, als er feststellte, daß du zu jenem Mann heranwuchst, dem er bereits 1842 begegnet war. Den kleinen Friedrich hatte er nie vergessen, nur dauerte es einige Jahre, bis er herausfand, was mit dir passiert war, seit er dich bei der Kirche abgelegt hatte.«

»Und wer war der Kerl, der uns da unten umbringen wollte?« fragte Tobias.

»Kettenburgs Laborchef«, antwortete Gerresheimer und schürzte die Lippen. »Irgend jemanden mußte er ja in das Projekt einweihen. Womit er nicht gerechnet hatte, war die Tatsache, daß der Mann seine eigenen Ziele verfolgte.«

»Das heißt, Kettenburg hat tatsächlich eine Möglichkeit entwickelt, das Serum künstlich herzustellen?«

»Aber ja!« Gerresheimer grinste in sich hinein. »Sicher brennst du jetzt darauf, wieder ins Jahr 1842 zurückzukehren.«

Tobias starrte sein Gegenüber noch immer staunend an und zuckte die Achseln.

»Aber sicher wirst du zurückkehren«, erklärte Gerresheimer. »Caroline ist mit Abstand das größte Wunder, dem wir beide in all den Jahrhunderten über den Weg laufen werden. Mit Abstand.«

»Wer, zum Teufel, sind Sie?«

»Hast du es immer noch nicht herausgefunden?« schmunzelte Gerresheimer und schaute Tobias in die Augen. Irgend etwas in diesem Blick jagte Tobias einen Schauer über den Rücken. Gerresheimer zwinkerte ihm zu, hob sein Haar und entblößte ein halb verstümmeltes Ohr.

»Himmel, Sie sind ich?« entfuhr es Tobias. Er tastete unwillkürlich zu der fast verheilten Narbe an seinem Kopf.

»Ganz schön schnell«, schmunzelte sein Alter ego. »Ich konnte einfach nicht widerstehen.«

»Aber... aber das ist doch paradox«, entfuhr es Tobias. »Ich meine, wie...«

Gerresheimer brachte ihn mit einem Finger auf den Lippen zum Verstummen. »Frag nicht. Finde es selbst heraus. Es warten noch aufregende Zeiten auf dich. So, und jetzt raus, bevor du mich überredest, dir noch mehr zu erzählen. Heine hatte recht: Es ist nicht gut, seine eigene Zukunft zu kennen.«

Gerresheimer griff an ihm vorbei und öffnete die Beifahrertür. Völlig verwirrt stieg Tobias aus und drehte sich noch einmal um. »Werden wir uns wiedersehen?«

»Natürlich«, erklärte sein Alter ego lachend. »Dafür brauchst du dich doch bloß vor den Spiegel zu stellen. Und nun hau ab und bereite dich auf ein abenteuerliches Leben vor.«

Sein älteres Ich startete den Wagen und fuhr kurz darauf an dem Streifenwagen vorbei. Wenig später war er den Blicken entschwunden. Tobias bemerkte erst nach einer Weile, daß er noch immer mit offenem Mund dastand. Schnee bedeckte inzwischen seine Jacke. Müde klopfte er ihn ab.

Ein aufregendes Leben also erwartete ihn. Tobias mußte schmunzeln.

Irgendwie war das wie in diesen Abenteuergeschichten, die er so gern las. Er besaß eine Zeitmaschine *und* bekam das Mädchen.

Das klang gut. Sehr gut sogar.

Er vergrub die Hände in den Taschen, kickte frohgemut eine leere Zigarettenschachtel beiseite und schlenderte summend die verschneite Straße hinunter.

Epilog

London 1888, 16. März,
17 Minuten nach 3 Uhr am Nachmittag

Die Glocke über der Eingangstür des Trödelladens an der Ecke Marylebone Road und Bakerstreet schlug melodisch an, als der junge Mann das Geschäft betrat und seinen Regenschirm ausklopfte. Eigentlich war er auf dem Weg zu einem guten Freund. Doch der heftige Platzregen, der sich erst seit wenigen Minuten in den Straßenschluchten der Themsestadt austobte, würde noch eine Weile anhalten. Der kleine Laden kam ihm daher gerade recht, um das Ende des Regens im Trocknen abzuwarten.

Neugierig sah sich der Mann um. Das Geschäft war recht schmal, es roch nach Staub und altem Leder. Hohe Regale säumten die Wände, auf denen alte Bücher, tikkende Uhren, blauweißes Porzellangeschirr, Lampenhalter aus Bronze, indische Elfenbeinfiguren und so manches maritime Schmuckstück ihren Platz fanden.

Beiläufig nahm er eines der Bücher zur Hand und blätterte es durch. Dann wandte er sich einer antiken Kommode zu, auf der eine hölzerne Ibisstatue stand. Schließlich entdeckte er einen messingbeschlagenen Holzkasten, der an einer Ecke Brandspuren aufwies.

Neugierig öffnete er ihn und fand in seinem Innern einige Papiere. Stirnrunzelnd nahm er sie zur Hand. Es handelte sich um Konstruktionsskizzen, die ein seltsames Gerät darstellten. Auf den ersten Blick ähnelte es einem Schlitten, hinter dem ein großer runder Parabolschirm gespannt war.

»Seltsam, nicht wahr?« murmelte eine Stimme hinter ihm.

Der junge Mann drehte sich überrascht um und entdeckte den Besitzer des Trödelladens. Mit seiner Nickelbrille und den Ärmelschonern sah er genauso aus, wie man sich den Eigentümer eines derartigen Geschäfts vorstellte.

»Was soll das sein?« fragte der junge Mann.

»Tja, hab ich aus Deutschland«, murmelte der Trödelladenbesitzer und zwinkerte ihm zu. »Genauer gesagt aus Hamburg. Angeblich ist das die Konstruktionszeichnung für eine Zeitmaschine.«

»Wie bitte?« lachte der junge Mann und blätterte die Seiten mit neuem Interesse durch.

»Ich sag nur das, was ich gehört habe«, schmunzelte der Ladenbesitzer und rückte seine Nickelbrille zurecht. »Die Deutschen sind bekanntlich etwas seltsam. Aber ich mache Ihnen einen guten Preis, wenn Sie den ganzen Plunder mitnehmen.«

Der junge Mann willigte ein, klopfte seine Jacke ab und verzog unglücklich das Gesicht. »Wie ärgerlich. Ich habe meine Geldbörse zu Hause liegengelassen. Würden Sie den Kasten vielleicht für mich zurücklegen?«

»Aber natürlich«, stimmte der Trödler dem Vorschlag zu. Er trat hinter den Verkaufstresen und zog Block und Stift hervor.

»Und wie lautet Ihr Name?«

»Schreiben Sie: H. G. Wells.«

*»Und so brannte es vier Tage
In der großen Handelsstadt.
Und jetzt ist ein Trümmerhaufen,
Was Hamburg geheißen hat.
Drum, Ihr Freunde, nehmt zu Herzen,
Was Euch saget dies Gedicht:
Denkt, man solle niemals scherzen
Mit dem Feuer und dem Licht.«*

1842, unbekannter Verfasser

Dramatis Personae

Neben den fiktiven Handlungsträgern des vorliegenden Romans betreten und beeinflussen folgende historisch verbürgte Personen die Bühne des Geschehens:

AALWEBER (eigentl. WEBER, J. J.) – Straßenhändler und bekanntes Hamburger Stadtoriginal. Vormittags handelte er mit Bürsten, nachmittags mit geräucherten Aalen. Berühmt wurde er nicht zuletzt durch seine Reime.

BINDER, POLIZEISENATOR – der damalige Chef der Hamburger Polizei ist heute im wesentlichen nur noch durch die Ablehnung des Gesuchs von Oberspritzenmeister Adolph Repsold bekannt, den Großen Brand mittels Sprengungen bekämpfen zu dürfen. Binder befürchtete Regreßansprüche der Hausbesitzer.

BIOW, HERMANN – ein Pionier auf dem Gebiet der Daguerreotypie. Von ihm stammt die älteste erhaltene Reportagefotografie der Welt: ein Bild der Hamburger Ruinen um die Binnenalster nach den Großen Brand.

BOOTH, JOHN RICHMOND – Betreiber einer bekannten Baumschule vor den Toren Altonas, die durch zahlreiche floristische Neuheiten Bekanntheit erlangte. Der Botaniker schottischer Abstammung tat sich u.a. in der Geschichte der deutschen Rosenzüchtung hervor.

Brahms, Johannes – berühmter Komponist, der bereits als Zehnjähriger durch seine Auftritte als musikalisches Wunderkind zum Lebensunterhalt seiner Familie beitrug.

Freiherr von Ecker und Eckhoffen, Hans Karl – mysteriöser Freimaurer des ausgehenden 18. Jahrhunderts, dessen Todesdatum zugunsten der Romanhandlung etwas vorverlegt wurde. In Wahrheit starb er 1809, aber dies tatsächlich unter rätselhaften Umständen.

Sein älterer Bruder Hans Friedrich erdachte sich 1782 ein auf dem mystifizierenden Rosenkreuzertum aufbauendes System der Freimaurerei. Hervorstechendstes Merkmal war die Einarbeitung der kabbalistischen Mysterien, die auch die Aufnahme von Juden ermöglichte. Zunächst aber nur theoretisch. Der Orden war ständig auf der Flucht vor rosenkreuzerischen und freimaurerischen Anfeindungen. Hans Karl führte ein Zeitlang die Loge dieses Systems, die inzwischen in ›Asiatische Brüder‹ umbenannt worden war. In Hamburg saß er der Loge ›Zum Flammenden Stern‹ vor, die als erste in Deutschland tatsächlich Juden aufnahm.

Graf Cagliostro (eigentl. Giuseppe Balsamo) – einer der bekanntesten Alchimisten und Hochstapler des 18. Jahrhunderts. Der gebürtige Sizilianer kam durch den Verkauf angeblicher Liebestränke, Jugendelixiere, Schönheitsmixturen und anderer alchimistischer Pulver zu Ruhm und narrte damit ein adliges Publikum in ganz Europa. Er behauptete, im Besitz des ›Steins der Weisen‹ zu sein, der ihm sicher auch die Idee eingab, Anfang der 70iger Jahre einen eigenen, für ihn sehr einträglichen Zweig der Freimauerei zu gründen, den er ›Ägyptische Freimaurerei‹ nannte. Nachdem die Inquisition den falschen Grafen verhaftet hatte, starb Cagliostro im Gefängnis von San Leo.

Heine, Heinrich – berühmter Dichter, Sohn des Kaufmanns Samson Heine und seiner Ehefrau Elisabeth geb. van

Geldern. Wenig bekannt ist, daß der Meister der Poesie und der essayistischen Prosa eng mit Hamburg verbunden war.

Insgesamt hat Heinrich Heine fast acht Jahre seines Lebens in Hamburg verbracht. Erst als Lehrling seines Onkels Salomon, später durch zahlreiche Besuche bei seiner Familie und seinem Hamburger Verleger Julius Campe. Bekannt geworden ist vor allem seine jugendliche Schwärmerei für Salomon Heines Tochter Amalie, die zum Zeitpunkt dieses Romans bereits verstorben ist.

In den 30er Jahren des 19. Jahrhunderts zog Heine nach Paris. Seine Werke wurden – ebenso wie die anderer Autoren des ›Jungen Deutschland‹ – im Deutschen Bund verboten. Preußen erließ in den späten 40er Jahren sogar einen Haftbefehl gegen Heine, während er in Hamburg Asylrecht genoß. Für 1842 liegen nur wenige Dokumente über ihn vor; offiziell (!) kehrte er erst 1843 wieder nach Hamburg zurück. Sein vielbeachtetes »Wintermärchen« entstand nach diesem Aufenthalt und verwendete unter anderem den Großen Brand als Motiv.

HEINE, SALOMON – Heinrich Heines heute wenig bekannter Onkel, der Mitte des 19. Jahrhunderts als einer der reichsten Männer Deutschlands galt. Der Bruder von Samson Heine zog 1784 nach Hamburg, begann seine Laufbahn als Bote und Bleistiftverkäufer und fand bald darauf eine Anstellung in dem angesehenen Bankhaus Popert, dessen Inhaber mit seiner Mutter verwandt war. 1797 eröffnete er ein eigenes Bankgeschäft und schätzte seine Steuerkraft 1816, nach Abzug der Franzosen aus Hamburg, bereits auf 2500 Courantmark (für damalige Zeiten ein überaus hoher Betrag).

Bis heute ist nicht geklärt, wie Salomon Heine in so kurzer Zeit ein derartiges Vermögen zusammentragen konnte. Der Bankier erwarb in den folgenden Jahren ein außerordentliches Ansehen im In- und Ausland und trat in Hamburg immer wieder als großzügiger Mäzen auf. Seiner Integrität als Bankier und nicht zuletzt seinen Millionenkrediten und gewaltigen Spenden verdankt es Hamburg ganz wesentlich, nach dem Großen Brand wie Phönix aus der Asche wiederauferstanden zu sein.

HUMMEL (eigentl. BENTZ, JOHANN WILHELM) – ein schwermütiger, dem Spott seiner Umgebung ausgesetzter Wasserträger, der unter dem Namen »Hummel« zur bekanntesten Symbolfigur Hamburgs wurde. Auf ihn geht der Hamburger Schlacht- und Erkennungsruf »Hummel, Hummel! – Mors, Mors!« zurück.

LINDLEY, WILLIAM – ein äußerst fähiger englischer Ingenieur, der seit 1838 den Bau der Eisenbahnstrecke Hamburg–Bergedorf leitete und sich auch während des Großen Brandes bei der Bekämpfung der Feuersbrunst hervortat. In den Jahren nach dem Brand war er noch für eine Reihe weiterer Hamburger Bauprojekte verantwortlich, darunter einer Badeanstalt sowie eines durch Dampfmaschinen betriebenen Wasserturms.

MATTLER & DANNENBERG – die Betreiber des ›Elysium-Theaters‹ im heutigen Hamburger Stadtteil St. Pauli. Seit Mitte des 19. Jahrhunderts gehörten sie zu den bekanntesten Stadtoriginalen der Hansestadt. Das eigenwillige Spiel ihrer Volksbühne erfreute sich weit über die Stadtgrenzen hinaus großer Beliebtheit. Mattler starb 1857. Dannenberg überlebte seinen Kompagnon um zweiundzwanzig Jahre, mußte allerdings 1868 Konkurs anmelden. Zum Schluß versuchte er seine siebenköpfige Familie durch Arbeit für den Hamburger Tier- und Fischhändler Carl Hagenbeck durchzubringen – den Begründer des ›Tierparks Hagenbeck‹, des ersten gitterlosen Zoos der Welt.

ODERMANN, AMANDA – die zum Zeitpunkt des Brandes Einundzwanzigjährige aus Eppendorf (heute ein Stadtteil

Hamburgs) gründete am 10. Dezember 1841 mit 113 Hanseaten den Hamburger Tierschutzverein. Der Verein existiert bis heute.

Repsold, Adolph – der oberste Spritzenmeister der Hamburger Feuerwehr, der die Bekämpfung des Hamburger Brandes leitete. Hätte der Hamburger Senat rechtzeitig auf ihn gehört, wäre der Große Brand von 1842 weit weniger verheerend verlaufen.

Sonnin, Ernst Georg – einer der bedeutendsten Baumeister Hamburgs, der insbesondere durch den Wiederaufbau der 1750 nach einem Blitzschlag abgebrannten St.-Michaelis-Kirche Berühmtheit erlangte. Ursprünglich stammt er aus Quitzow in der Nähe Perlebergs, wo er im Alter von zwölf Jahren seinen Vater verlor, einen Pastor. Seine Mutter zog daraufhin mit ihm in Hamburgs Nachbarstadt Altona (heute ein Stadtteil der Hansestadt), wo er von einem Freund der Familie unterrichtet wurde. Sonnin, der sich auch einen Ruf als begeisterter Astronom erwarb, studierte in Jena anfangs Theologie, dann Mathematik. Nach dem Studium zog er nach Hamburg.

Bevor ihn seine Bauprojekte über die Stadt hinaus bekanntmachten, verdiente er sich seinen Lebensunterhalt mit der Anfertigung zahlreicher kunstfertiger Gerätschaften (darunter Wasser- und Penduhren sowie Erd- und Himmelskugeln).

Wells, Herbert George – englischer Schriftsteller, der mit seinen phantastischen Erzählungen zu Weltruhm gelangte, vor allem mit dem berühmten, inzwischen mehrfach verfilmten Roman »Die Zeitmaschine«.

Nachwort & Danksagung

Bis heute weiß niemand, welches Ereignis am fünften Mai 1842 gegen ein Uhr morgens dafür verantwortlich war, daß sich in der Hamburger Deichstraße 44 ein Speicher entzündete. Unbestritten bleibt aber, daß der Große Brand von 1842 das Gesicht Hamburgs nachhaltig verändert hat.

Das Stadtzentrum der Hansestadt wurde in den Folgejahren von der Trostbrücke in den Bereich zwischen Börse und Binnenalster verlegt. Und viele der touristischen Attraktionen des heutigen Hamburg, darunter das ›neue‹ Rathaus und die nach venezianischem Muster gestalteten Alsterarkaden, wären ohne den verheerenden Großbrand sicher nie entstanden.

Kein Hamburger möchte das heutige Stadtbild missen. Dennoch werde ich immer dann nachdenklich, wenn ich historische Lithografien und Beschreibungen der Stadt in der Hand halte. Zeitzeugen, die einem bewußt machen, daß Herz und Seele des Alten Hamburgs im Frühling 1842 unwiderruflich ein Raub der Flammen wurden. Bei solchen Gelegenheiten ertappe ich mich manchmal bei dem Gedanken an Zeitreisen. Wie wäre es, das Alte Hamburg noch einmal mit eigenen Sinnen zu erleben?

Echte Zeitreisen sind nach heutigem Wissen zwar denkbar, zumindest schließen Relativitätstheorie und Quantenphysik diese Möglichkeit nicht aus, doch ist absehbar, daß die praktische Umsetzbarkeit für Unternehmungen dieser Art noch lange Zeit Fiktion sein wird.

Und so bleibt die Phantasie wohl auch weiterhin die einzig denkbare Alternative, eine solche Zeitreise Wirklichkeit werden zu lassen.

›Der Funke des Chronos‹ möge daher zum einen als Hommage an H. G. Wells, den Begründer des klassischen Zeitreiseromans, verstanden werden, zum anderen aber als Liebeserklärung an meine Heimatstadt.

Mein Hauptanliegen bestand darin, Sie nicht nur auf eine aufregende, sondern auch auf eine möglichst authentische Rundreise durch das Alte Hamburg von 1842 mitzunehmen.

Tatsächlich entstammen nur sehr wenige Einzelheiten dieses Streifzugs meiner Phantasie (etwa der in Ermangelung anderer historisch benannter Räumlichkeiten frei erfundene Neptunsaal des alten Hamburger Rathauses). Und soweit mir bewußt, mußten nur zwei historische Umstände dramaturgischen Erfordernissen weichen. So war im Alten Hamburg ein nächtliches Fahrverbot für Kutschen in Kraft, und Abdeckereien mußten wegen des Gestanks auf das Gebiet außerhalb der Stadtwälle beschränkt bleiben.

Davon abgesehen wurden alle historischen Schauplätze, die im Roman Erwähnung finden, über mehrere Jahre akribisch recherchiert. Wenn also der Protagonist einen ausgestopften Grönländer im damals sehr beliebten *Baumhaus* an der Decke sieht oder das bunte Treiben im weit über die Stadtgrenzen hinaus bekannten Elysium-Theater erlebt, mit anderen Helden der Geschichte durch namentlich erwähnte Straßen des Alten Hamburgs streift oder Zeuge skurriler Begebenheiten während des Großen Brandes wird, dürfen Sie sich darauf verlassen, daß die Lokalitäten und Ereignisse zum Teil wortgetreu den Aufzeichnungen und Überlieferungen jener Tage entsprechen.

Soweit es mir möglich war, habe ich mich auch darum bemüht, den historischen Figuren dieses Romans Originalzitate in den Mund zu legen, um die fiktive Authentizität der Geschichte zu steigern.

Kurz: Es würde mich freuen, wenn Sie für einige Stunden das Gefühl hatten, wirklich im Hamburg der Biedermeierzeit angekommen zu sein.

An dieser Stelle möchte ich mich daher bei all jenen bedanken, die mir mit ihrer tatkräftigen Hilfe, ihrem Fachwissen oder ihrem Rat zur Seite standen, bevor und während dieser Roman Gestalt annahm:

Zu danken habe ich – neben der Hamburgensien-Sammlung der Hamburger Staatsbibliothek und meinem Lektor Joern Rauser – Jürgen Pirner und Dietmar Cremers für inspirierende Diskussionen; Kerstin Hesch für wertvolle historische Recherchen; Volker Ullmann für Anmerkungen zur Fechtchoreographie; Tanja Schumacher, Katja Engler, Lars Schiele, Florian Lacina und Jan Timm für sorgfältige Testlesungen; Jörg »Hampi« Middendorf für fachkundige polizeiliche Beratung sowie meinen Helfern bei Sprache und Dialekt: Marion Seehaus (Hessisch), Hadmar von Wieser & Angela Kuepper (Jiddisch), Robin Fermer (Latein), Tanja Schumacher (Französisch) und – vor allem – Jan »Borchert« Timm, ohne den all die Transkriptionen ins Plattdeutsche nicht möglich gewesen wären.

Last but not least sei meiner Lektorin Friedel Wahren gedankt, die von Anfang an die vorliegende Geschichte glaubte und die Zeitreise in das Alte Hamburg erst ermöglichte: eine Epoche, die vergangen, aber ganz sicher nicht vergessen ist.

THOMAS FINN

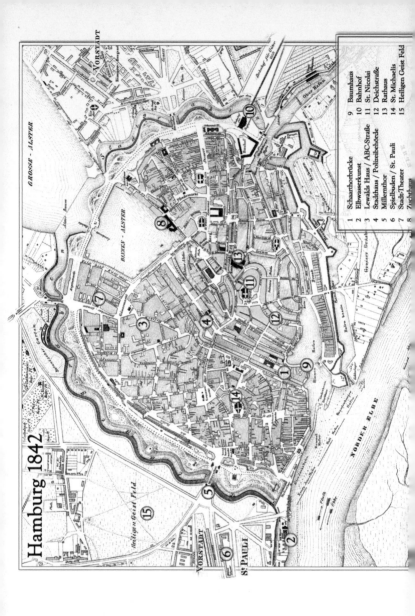

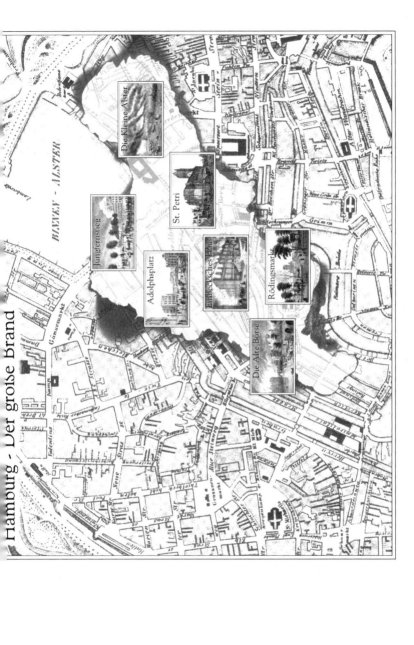

Oisín McGann
Im Namen der Götter
Fantasy-Thriller. Aus dem Englischen von Irene Bonhorst. 320 Seiten. Serie Piper

Oisín McGann legt mit diesem Roman einen hoch brisanten Fantasy-Thriller vor, in dem zwei Welten aufeinander prallen: Der Albtraum des jungen Chamus beginnt, als er ein Massaker überlebt. Selbstmordattentäter des benachbarten Bartokhrin terrorisieren seine Heimat Altima und machen das Leben dort zu einer ständigen Gefahr. Als Chamus nach einem Flug im Feindgebiet notlanden muss, wird er von dem rebellischen Mädchen Rhiadni entdeckt. Diese verrät ihn an die Terrorgruppe Hadram Cassal. Für sie sind die Männer heldenhaft und mutig, stets bereit, für ihr Land zu sterben. Doch als sie den völlig unschuldigen Chamus töten wollen, erkennt sie, dass ihr Volk den falschen Weg geht. Sie befreit Chamus aus der Todesgefahr, und eine Hetzjagd durch die Wälder Bartokhrins beginnt.

Michael Peinkofer
Unter dem Erlmond
Land der Mythen 1. 496 Seiten. Serie Piper

Einst war die Welt von Eis überzogen. Nach furchtbaren Schlachten besiegten die magisch begabten Sylfen die Zyklopen und Eisdrachen. Es gelang ihnen, sie in die Höhlen von Urgulroth zurückzudrängen. Das Eis des Bösen schmolz, und riesige Berge türmten sich dort auf, wo das Heer der Feinde versunken war. Ein ganzes Zeitalter lang lebten die Völker in Frieden. Doch nun mehren sich die Anzeichen, dass das Böse zurückkehrt: Von immer neuen Angriffen der Erlen, monströser Geschöpfe von übermenschlicher Kraft, wird berichtet. Der Jäger Alphart sucht Rat bei dem Druiden Yvolar. Doch um die Welt zu retten, muss Alphart ins verfeindete Zwergenreich reisen und einen drohenden Krieg verhindern... Mit »Die Rückkehr der Orks« und »Der Schwur der Orks« feiert Michael Peinkofer sensationelle Erfolge. Nun führt er mit dem »Land der Mythen« in ein faszinierendes Reich der Elfen, Zwerge, Drachen und Magier, das alle High Fantasy-Fans begeistern wird.